SARAH BESTGEN

Happy End

W0271697

SARAH
BESTGEN

HAPPY END

DEIN GRÖSSTES GLÜCK
DEIN DUNKELSTER ALBTRAUM

THRILLER

Lübbe

NACHHALTIG PRODUZIERT

Die Bastei Lübbe AG verfolgt eine nachhaltige Buchproduktion. Wir verwenden Papiere aus nachhaltiger Forstwirtschaft und verzichten darauf, Bücher einzeln in Folie zu verpacken. Wir stellen unsere Bücher in Deutschland und Europa (EU) her und arbeiten mit den Druckereien kontinuierlich an einer positiven Ökobilanz.

FSC www.fsc.org
MIX
Papier | Fördert gute Waldnutzung
FSC® C014496

Originalausgabe

Dieses Werk wurde vermittelt durch die
AVA international GmbH Autoren- und Verlagsagentur, München.
www.ava-international.de

Copyright © 2024 by
Bastei Lübbe AG, Schanzenstraße 6–20, 51063 Köln

Vervielfältigungen dieses Werkes für das
Text- und Data-Mining bleiben vorbehalten.

Textredaktion: Christiane Branscheid, Bremervörde
Umschlaggestaltung: Kristin Pang
Einband-/Umschlagmotiv: © Magdalena Russocka/Trevillion Images
Satz: hanseatenSatz-bremen, Bremen
Gesetzt aus der Adobe Garamond Pro
Druck und Verarbeitung: GGP media GmbH, Pößneck

Printed in Germany
ISBN 978-3-7577-0071-3

5 4 3

Sie finden uns im Internet unter luebbe.de
Bitte beachten Sie auch: lesejury.de

Für meine Kinder, die mir alles bedeuten

PROLOG

Mai 2023

Sie presste sich gegen die Hauswand und versuchte, eins mit ihr zu werden. Jede einzelne Erhebung des scharfkantigen Fassadenputzes kratzte schmerzhaft über die Haut ihrer Arme. Angestrengt lauschte sie in die Nacht hinein, doch das Hämmern ihres Herzens übertönte alles. Ein Wimmern wartete in ihrer Kehle, kurz davor, herauszubrechen. Sie nahm all ihren Mut zusammen und spähte um die Ecke. Fuhr gleich darauf zurück. Holte Luft. Beugte sich noch einmal nach vorn.

Dunkelheit. Und blasse Schemen. Das Licht der Straßenlaternen versickerte in der Finsternis. Ein Schatten hinter der Bushaltestelle. Eine Silhouette an der gegenüberliegenden Straßenecke. Sie kniff die Augen zusammen. Bewegte sie sich? Ihre Blicke jagten hin und her, scannten die Umgebung in Sekundenschnelle.

Hinter ihr raschelte es. Ohne es verhindern zu können, schrie die junge Frau auf und fuhr herum. Eine Gestalt löste sich aus der Dunkelheit und kam langsam auf sie zu.

Die Erleichterung über das Maunzen der streunenden Katze war nur von kurzer Dauer. Sofort brandete das Gefühl der Bedrohung zurück in ihr Bewusstsein, das sie schon so lange in seinen Klauen hielt. Es hatte Falten der Anspannung in ihr einst hübsches Gesicht gegraben. Es war aussichtslos. Dieser Gedanke war in den letzten Monaten immer lauter und wuchtiger geworden. Aussichtslos, dass sie ewig entkommen konnte.

Sie war zum Risiko geworden und der vermeintlich sichere Hafen zur Gefahr.

Sie sah den Ausweg vor sich. Drehte und wendete ihn, betrachtete ihn noch einmal von allen Seiten. So lange hatte sie darüber nachgedacht. Sich irgendwann dazu durchgerungen, alles vorzubereiten. Nun war der Zeitpunkt gekommen und mit ihm der letzte Funken Mut, der noch gefehlt hatte. Sie würde die Jagd beenden.

Als sie sicher war, nicht innerhalb der nächsten Sekunden niedergerissen zu werden, tastete sie sich im Schatten der Hauswand zu einem abgelegenen Hauseingang vor und ließ sich auf dem fleckigen Beton nieder. Dort zog sie alles, was sie benötigte, aus ihrer Umhängetasche. Pulver. Wasser. Löffel. Feuerzeug. Eine Spritze. Sie musterte die Gegenstände, die für sich gesehen so harmlos wirkten. Ihre Hände zitterten unkontrolliert, immer wieder musste sie Pausen machen, immer wieder warf sie gehetzte Blicke in die Dunkelheit der Straße. Irgendwann, endlich, zog sie die klare Flüssigkeit auf und befestigte die Kanüle auf der Spritze. Ein leichter Druck auf den Kolben, ein vibrierender Tropfen auf der Nadelspitze. Geschafft.

Die junge Frau atmete tief durch, das erste Mal seit langem. *Wie paradox*, dachte sie, als sie ihren Arm abband und eine Vene suchte. Dann schaute sie in den Himmel und sog das Bild des wolkenverhangenen Mondes in sich auf. Tränen lösten sich aus ihren Wimpern. Für einen Moment schloss sie die Augen und versuchte, sich auf ihren Atem zu konzentrieren. Die Luft um sie herum war warm und duftete nach Sommer. Nach Blumen und nach besseren Zeiten. So unschuldig. Sie versuchte, ihren Mut festzuhalten. Oder war es eher die Reinform von Verzweiflung? Schluchzend stieß sie die Luft aus, setzte die Spritze an und injizierte die tödliche Dosis.

Augenblicklich zerriss der Kummer ihr Herz.

»Du bist nun in Sicherheit, mein Schatz«, schluchzte sie, in Gedanken fest bei dem Einzigen, was je für sie gezählt hatte. »Ich werde dort oben bei den Sternen sein und immer auf dich aufpassen. Bitte verzeih mir. Ich habe keine andere Wahl.« Ihre Stimme brach. »Ich liebe dich so sehr. Für immer und ewig.«

Als sie spürte, wie Kälte und Schwere von ihr Besitz ergriffen, versuchte sie, ihr gemeinsames Schlaflied zu summen. Sie konnte ihrer eigenen Stimme anhören, wie die Nacht sie einnahm und mit sich forttrug. Sie wehrte sich nicht. Nicht mehr.

Die zarte Melodie erstarb. Eine kurze Zeit darauf schlug ihr Herz ein letztes Mal. Und schickte, ebenfalls ein letztes Mal, die alles überdauernde Liebe einer Mutter durch die stillen Straßen zu ihrem Kind.

Die grau getigerte Katze blieb noch einen Moment sitzen. Schließlich erhob sie sich, streckte ihren schlanken Körper und verschwand, eine Pfote schüttelnd, leise in der Dunkelheit.

TEIL I

PANIK

KAPITEL 1

März 2023

Ben gluckste, als Mark ihm auf den kleinen runden Babybauch pustete.

»Hast du das gehört?« Mark drehte sich zu Isa um, die auf der Bettkante saß und sich gerade eine Socke über den Fuß streifte. »Er hat gelacht! Mit Ton!«

Isa grinste beim Anblick ihres Mannes, dem die braunen Haare wirr vom Kopf abstanden. Sein ganzes Gesicht leuchtete vor Freude.

»Ja, erinnerst du dich nicht? Ich habe dir doch erzählt, dass er das seit ein paar Tagen macht.« Sie schmunzelte und griff nach ihrem Oberteil.

Während sie sich fertig anzog, vergrub Mark sein Gesicht am Hals ihres gemeinsamen Sohnes, der erneut ein entzückendes giggelndes Lachen hören ließ.

Isa stand auf, um ins Badezimmer zu gehen, hielt aber noch einmal an der Türschwelle inne, ganz in die heitere Szene auf dem großen Bett versunken. So lange hatte sie von Momenten wie diesem geträumt. Sie lächelte noch immer, als sie vor dem Badezimmerspiegel stand und Zahnpasta auf die Borsten ihrer Zahnbürste drückte.

Als sie gerade dabei war, ihre dunkelblonden Locken in irgendeine Art von Zopf zu zwängen, erschien Mark hinter ihr und legte Ben in seine Wippe, die vor der Badewanne auf dem Boden stand.

»Ich habe die Zeit total aus den Augen verloren.« Hektisch griff er nach seiner Zahnbürste.

»Ja, wo wir gerade dabei sind«, erwiderte Isa und fluchte, weil sich das Haargummi völlig in ihrer Mähne verfangen hatte. »Kannst du nach der Arbeit noch die Getränke besorgen? Ich schaffe es heute nicht mehr zum Supermarkt.«

Ihr Blick wanderte über das Holzregal neben der Dusche, das mitsamt den Kosmetikprodukten darauf reichlich Staub angesetzt hatte, und blieb an der Wäsche in der Ecke des dunkelgrau gefliesten Raumes hängen, die sich neben, in und auf dem Wäschekorb türmte. Mark folgte ihrem Blick, spuckte die Zahnpasta aus und beugte sich unter den Wasserhahn.

»Du weißt, dass du dir nicht so eine Mühe machen musst, Schatz, oder? Es wissen doch alle, dass wir ein Baby haben«, sagte er, als er wieder auftauchte.

Isa würde seine Gelassenheit gerne teilen, doch im Gegensatz zu ihrem Mann machte sie das bevorstehende Nachbarschaftsfest schon seit Tagen nervös.

Isa und Mark Winterberg lebten bereits seit ein paar Jahren in einem hübschen Reihenhaus am östlichen Stadtrand von Köln, hatten seitdem aber nie Zeit für eine Einweihungsfeier gefunden. Mark war beinahe rund um die Uhr mit dem Aufbau seiner Kinderarztpraxis beschäftigt gewesen, während Isa, die ohnehin kein besonders geselliger Mensch war, auf ihre Schwangerschaft und schließlich den kleinen Ben fokussiert gewesen war. So sehr, dass selbst der Kontakt zu ihrer ältesten Freundin aus Sandkastenzeiten eingeschlafen war, die mit diesem neuen Lebensinhalt von Isa nicht viel hatte anfangen können und noch weniger mit Isas häufigen Absagen.

Isa war ihre zunehmende Isolierung lange gar nicht aufgefallen, hatte sie mit ihrer kleinen Familie doch alles, was sie je vom Leben gewollt hatte. Doch je älter Ben wurde, desto mehr wurde ihr bewusst, dass ihr kleiner Sohn früher oder später auch Kontakt zu Menschen außerhalb seiner Familie brauchte. Und dass auch sie sich langsam wieder nach einem Austausch mit anderen Erwachsenen sehnte.

Also hatten Mark und sie entschieden, mit ihren Nachbarn anzufangen und eine nachträgliche Einweihungsfeier zu veranstalten, um alle etwas besser kennen zu lernen.

Eingeladen hatten sie Linda Rosauer, eine freundliche und mütterliche Frau in den Sechzigern, die direkt neben ihnen wohnte und ihr Haus und ihren Garten bedauerlicherweise perfekt im Griff zu haben schien. Isa musterte die Zahnpastaflecken in den Steinwaschbecken und seufzte.

Weil Linda kommen würde, hatten sie auch ihren Neffen Jakob Sanders einladen müssen, dessen Vorgarten ein paar Häuser weiter ebenfalls der Inbegriff von Akkuratheit war. Isa fühlte sich in seiner Nähe immer etwas unwohl, denn Jakob war irgendwie eigentümlich, auf eine Art, die man schlecht in Worte fassen konnte. Er lebte eher zurückgezogen und verhielt sich höflich, doch sein Blick ruhte stets eine Sekunde zu lang auf Isa, obwohl er einem direkten Augenkontakt ansonsten tunlichst auswich. Mark hatte ihn einmal als das perfekte Klischee des verschrobenen alleinstehenden Mannes beschrieben, über den nach einer Straftat alle sagen würden, dass er sich so angepasst verhalten habe, dass es – im Nachhinein betrachtet – doch wieder auffällig gewesen sei. Außerdem würden noch Michaela und ihr Mann Sven kommen, ein wirklich nettes Pärchen in den Fünfzigern, deren Haus sich auf der anderen Seite an ihres anschloss, und Monika von gegenüber, eine alleinstehende Osteopathin, die immer etwas zu laut und etwas zu herzlich wirkte – vor allem in Gegenwart von Sven.

Isa war fast erleichtert, dass die übrigen Nachbarn abgesagt hatten, immerhin musste sie als gute Gastgeberin mit jedem ihrer Gäste ein Gesprächsthema finden. Nicht zum ersten Mal erschien es ihr wie eine glückliche Fügung, dass sie einen Mann geheiratet hatte, der im Gegensatz zu ihr gerne und ohne jegliche Schwierigkeiten mit anderen Menschen in Kontakt zu kommen schien. Er würde die Party heute Abend am Laufen halten müssen; Isa sah zu Mark hinüber, der gerade verzweifelt darum bemüht war, seine zerzausten braunen Haare mit Wasser zu bändigen, und schmunzelte.

Zehn Minuten später verabschiedeten Isa und Ben Mark an der Haustür, der in Jeans und lockerem Hemd wie immer außerordentlich gut aussah.

»Bis heute Abend, ihr beiden! Und Isa, stress dich nicht zu sehr!«, rief Mark auf dem Weg zum Auto und winkte.

Isa machte ein unbestimmtes Geräusch, hob Bens Hand und ahmte das Winken nach. »Tschüss, Papa!«

Ben verzog den Mund zu einem Lächeln.

Sie sahen Marks Landrover nach, bis er um die nächste Straßenecke verschwunden war.

»›Stress dich nicht zu sehr.‹ Scherzkeks. Dein Vater hat gut reden, oder, mein Kleiner?« Isa schloss die Haustür. »Jetzt steht nur noch das Frühstück zwischen uns und der Bewältigung dieses Chaos hier.«

Ihr Blick wanderte über die Wäschekörbe am Treppenabgang zum Keller, verstreutes Spielzeug, die Garderobe, an der sich Winter- wie Sommerjacken türmten, und fiel schließlich auf die nachtblaue Fotowand zwischen Gäste-WC und Küche, an der in hellem Holz gerahmte Aufnahmen hingen. Mit Ben auf dem Arm trat Isa näher und strich über das Glas eines ihrer Hochzeitsfotos.

»Schau, Ben. Das sind Mama und Papa noch ohne dauerhafte Augenringe.« Sie unterdrückte ein spontanes Gähnen.

Die vergangene Nacht war hart gewesen. »Kaum zu glauben, dass wir mal ohne dich waren.«

Ben sah aufmerksam zu ihr hoch, als könne er genau verstehen, was sie sagte. Sie strich ihm eine Locke aus der Stirn und gab ihm einen Kuss auf den Kopf. Prompt griff er ihr fest in die Haare.

»Autsch!«, rief Isa, löste ihre Haare hastig aus den kleinen Babyfingern und griff gerade noch rechtzeitig nach einem heftig pendelnden Bilderrahmen, den sie während ihrer Befreiungsaktion mit dem Ellbogen angestoßen hatte.

»Du bist mir einer.« Isa rieb sich über ihre Kopfhaut. »Ganz schön viel Kraft für deine vier Monate.« Sie musterte die kleine, unscheinbare Waldhütte, die auf dem Foto abgebildet war. »Gerade nochmal gut gegangen. Wenn das Bild kaputtgegangen wäre, wäre dein Papa traurig gewesen.«

Die Hütte stand auf einer Lichtung, ganz in orangefarbenes Licht getaucht, das durch umliegende Nadelbäume sickerte. Ein friedlicher Ort und doch so einsam. Ein Ort, der Mark während seiner Jugend vermutlich mehr eine Heimat gewesen war, als es sein tatsächliches Zuhause jemals hätte sein können.

Ein trommelfellzerfetzender meckernder Ton riss Isa aus ihren Gedanken.

»Schon gut, schon gut. Ich habe verstanden. Zeit für deine Milch«, erwiderte sie lachend. »Wir wollen ja nicht, dass du verhungerst.«

KAPITEL 2

Wenige Stunden später holte Isa die letzten Kleidungsstücke aus dem Trockner. Zufrieden atmete sie den Geruch sauberer Wäsche ein und belud die Maschine ein weiteres Mal. Kurz darauf ging die zarte Melodie von Bens Spieluhr, die sie ihm im Wohnzimmer angestellt hatte, im Dröhnen von Waschmaschine und Trockner unter. Ein vages, kaum hörbares Brummen mischte sich hinein. Es klang wie das Starten eines Motors vor dem Haus. *Bestimmt der Postbote.* »Hier unten ist es wie im Bunker«, hatte Mark einmal zu Isa gesagt und auf die dicken Wände gezeigt.

Eilig sortierte Isa die fertige Wäsche zu Ende, um Ben nicht länger als nötig allein zu lassen, sah sich noch einmal um, ob sie auch nichts vergessen hatte und stieg mit dem Wäschekorb unter dem Arm die Kellertreppe hinauf. Eine Weile nestelte sie am Treppenschutzgitter und verlagerte die Wäsche ächzend auf die andere Hüftseite. *Endlich*, es klickte und das Törchen schwang auf. Sie zwängte sich hindurch und stellte den Korb an der Seite ab. Fröstelnd rieb sie sich über die Arme, warf einen Blick auf den Heizkörper und drehte ihn höher.

»So, mein Kleiner, da bin ich wieder!«, rief sie auf dem Weg ins Wohnzimmer und band sich ihre Haare neu zusammen.

Isas Blick fiel auf Bens Krabbeldecke, auf der nur noch seine Lieblingsrassel und seine inzwischen verstummte Spieluhr lagen. Das Törchen der kleinen Umrandung, auf die Mark bestanden hatte, stand offen. Ihr Herz setzte einen Schlag aus. Sie hätte schwören können, es eben verschlossen zu haben. Seit einigen Tagen konnte Ben nicht nur glucksen, sondern sich auch auf den Bauch drehen und wie ein Kreisel fortbewegen. Ein schaler Geschmack legte sich auf Isas Zunge. Offenbar war er auf Erkundungstour gegangen. *Hoffentlich hat er sich nichts getan.*

»Ben? Wo steckst du?«

Ihr Blick wanderte über den Boden des Wohnzimmers, über die hellblaue Couch, auf der noch ihre Frühstücksschüssel stand, und am Sideboard vorbei. Sie ging um jedes Möbelstück herum, rückte die Esszimmerstühle weg, spähte auch von der hinteren Seite unter den großen Esstisch und bückte sich mit wachsender Sorge unter das Sofa. Zuletzt hob sie die Vorhänge an, die links und rechts neben der Fensterfront zum Garten hingen. Nichts.

Verwirrt und ratlos drehte sie sich um die eigene Achse und ging zurück in den Flur. Ihr Herz pochte hart gegen ihre Rippen. Konnte er so weit gekommen sein? Hatte sie ihn übersehen, als sie aus dem Keller gekommen war? Doch auch im Flur keine Spur von Ben, ebenso wenig in der Küche und dem kleinen Badezimmer neben der Haustür. Als Isa ins Wohnzimmer zurückkehrte, war ihr der Schweiß ausgebrochen. Unschlüssig blieb sie stehen, stemmte die Hände in die Hüften und versuchte, die Situation zu erfassen.

»Ben? Schatz?« Ihre Stimme zerschnitt die Stille, die sich über das Haus gelegt hatte.

Es war eine lähmende Stille, eine von der gespenstischen Art. Eine, die mit der Existenz eines brabbelnden und lebensfrohen Babys nicht vereinbar war. Panik stieg in Isa auf. Sie trabte die Treppe ins Obergeschoss hinauf, rannte durch Schlafzimmer, Badezimmer und Kinderzimmer und fragte sich währenddessen, was sie hier eigentlich tat. Ben konnte weder krabbeln noch laufen, wie sollte er ins Obergeschoss gelangt sein?

»Ben? Wo bist du? Mama macht sich Sorgen!«

Atemlos lief sie die Treppen wieder hinunter und durchsuchte erneut jeden Winkel des knapp neunzig Quadratmeter großen Erdgeschosses. Dann eilte sie in den Keller, wo nach wie vor Waschmaschine und Trockner surrten, anklagend und zynisch, und wieder nach oben. Wieder und wieder durchkämmte Isa das gesamte Haus, eine verzweifelte Wiederholung mit dem immer gleichen Ergebnis: Ben war nicht mehr da. Ihr wurde schwindelig. Hatte sie vollkommen den Verstand verloren?

Isa versuchte, ihre durcheinanderwirbelnden Gedanken zu sortieren. Eben hatte Ben noch friedlich auf seiner Decke gelegen und seine Rassel begutachtet. Er war satt, gewickelt und gut gelaunt gewesen. Wohin sollte ein Baby in den paar Minuten, in denen sie die Wäsche gemacht hatte, verschwinden? Sie schüttelte den Kopf, als wäre sie tatsächlich verrückt geworden, und schloss die Augen. *Denk nach. Reiß dich zusammen. Das kann nicht sein.* Fieberhaft suchte sie nach irgendeiner logischen Erklärung für diese bizarre Situation. Doch sie fand keine, so sehr sie sich auch anstrengte.

Keine Spur von ihrem quirligen kleinen Sohn. Keine Spur von seinen Speckärmchen und kleinen kräftigen Fingern, die stets alles in ihrer Nähe erkunden wollten und sich mit Vorliebe in ihren Haaren verfingen. Keine Spur von ihrem kleinen Ben. Ihrem Baby. Abermals lauschte sie in die Stille hinein. Nichts. Eine vernichtende Übelkeit stieg in ihr auf.

Isas Blick blieb an der Terrassentür hängen. Es machte keinen Sinn, dennoch riss sie mangels Alternativen die Glastür auf, hastete über die Veranda und die Stufen in Richtung Garten hinunter und rief auch hier nach ihrem Sohn. Schrill. Ein leichter Regen nieselte auf sie hinab, der Märzwind strich kühl über ihre Arme, irgendwo in den Nachbargärten bellte ein Hund. Isa hörte nichts und alles.

Als die besorgte Stimme ihrer Nachbarin Linda über den Gartenzaun hinüberflog, hatte Isa die Terrasse schon wieder halb hinter sich gelassen. In wenigen Sekunden durchquerte sie das Haus und lief auf der anderen Seite zur Haustür hinaus. Ihr Blick jagte nach links und rechts, bevor sie die Stufen auf den Gehweg hinunterstolperte. Keine Menschen, keine fahrenden Autos. Und vor allem keine Spur von Ben. Nur drückende Gewitterwolken und eine Luft, die nach Regen roch.

Ihr Sohn war weg.

Diese grausame Erkenntnis fiel Isa an wie ein wildes Tier und grub ihr die Zähne in den Nacken. Sie schnappte nach Luft. *Das kann nicht sein. Ich muss ihn übersehen haben.* Erneut hörte sie Lindas Stimme, diesmal seltsam dumpf, und machte zwei Schritte in Richtung Haustür. Die Welt drehte sich rasend schnell, obwohl sie stehen bleiben sollte. Dann wurde alles schwarz.

KAPITEL 3

Stille.

Dann Schreien.

Ihr Herz schrie und stampfte, ihre Ohren brüllten, ihre Kehle drückte. Ihr war eiskalt. Etwas Schlimmes war passiert, aber im ersten Moment konnte Isa nicht greifen, was. Sie lag auf der Couch, in eine Decke gewickelt. Langsam erweiterte sich ihr Sichtfeld. Linda kam aus der Küche und hielt einen dampfenden Becher in der Hand.

»Oh, du bist wach. Das ist gut!« Sie wirkte zerstreut, als sie sich zu ihr setzte und mit der freien Hand an ihrer regenfeuchten rostroten Strickjacke nestelte. »Hier, Liebes. Trink einen Schluck, bitte. Das wird dir guttun. Ich hatte schon Sorge, dass ich einen Krankenwagen rufen muss. Du warst so plötzlich weg. Ein Wunder, dass ich dich überhaupt ins Haus bekommen habe.«

Sie hielt ihr die Tasse hin, doch Isa schüttelte den Kopf.

»Ben«, stieß sie stattdessen aus und krallte ihre Hände in die Decke. Mit einem Schlag stürmte alles auf sie ein.

Linda sah sie mit aufgerissenen Augen an, das warme Braun übergroß hinter den dicken Brillengläsern. Linda würde ihr nun sagen, dass alles nur ein Missverständnis war. Natürlich war ihr kleiner Sohn wieder aufgetaucht.

Dann zog die ältere Frau die Mundwinkel nach unten. Isa hörte ein Wimmern. Es kam von ihr selbst.

»Ich weiß nicht, wie ich das sagen soll. Er ist nicht hier. Aber ich weiß nicht, was los ist. Was ist denn passiert?«, stammelte Linda.

»Das kann nicht sein. Er muss irgendwo sein.« Isa befreite sich aus der Sofadecke und sprang auf.

»Ich habe Mark angerufen, ich hoffe, das war okay? Er hat gesagt, er macht sich sofort auf den Weg!«, rief Linda ihr hinterher, als Isa nach einem weiteren Blick auf Bens Spielecke schon auf dem Weg zur Haustür war.

Ein Gefühl von Erleichterung überkam sie. Mark wusste immer, was zu tun war. Er würde Ben finden. Kurz darauf kam es ihr erneut so vor, als hätte jemand einen Schraubstock um ihre Lunge gelegt und zugedreht. Sie würde ihm erklären müssen, dass Ben unter ihrer Obhut verschwunden war. *Aber er kann nicht verschwunden sein. Das ergibt einfach keinen Sinn.*

Isa zog ihr Handy aus der Tasche und wählte die Nummer ihrer Mutter.

»Hallo Isa! Schön, dich zu hören«, nahm Eleonore den Anruf an. Entspannt und fröhlich. Isa konnte ihr Lächeln förmlich durch die Leitung hören. Hatte genau vor Augen, wie ihre Mutter an ihrem kleinen Telefontisch saß, vermutlich eine Tasse ihres heißgeliebten Kräutertees vor sich, gekleidet in eines ihrer knallbunten Blusenkleider.

Isa sog pfeifend die Luft ein. »Ben ist weg!« Ihre Stimme überschlug sich.

Eleonores Tonlage änderte sich schlagartig. »Was? Was meinst du mit ›weg‹?«

Isa schluchzte laut auf. Irgendein hoffnungsvoller irrationaler Teil ihres Verstandes war davon ausgegangen, dass ihre Mutter wissen würde, was hier los war. Eine Erklärung hätte. Wie Mütter immer eine haben.

»Liebes, ich mache mich sofort auf den Weg. Bleib ganz ruhig«, sagte Eleonore mit so viel Panik in der Stimme, dass ihr Ratschlag beinahe skurril wirkte. Im Hintergrund war das Klirren ihres Schlüssels und das Rascheln ihrer Jacke zu hören.

»Bitte beeil dich«, weinte Isa nun ungehindert und legte auf.

»Mach dir keine Sorgen«, stammelte Linda, die neben sie in den Flur getreten war. »Ich frage die Nachbarn, ob irgendjemand etwas gesehen hat.«

Isa nickte, ihr Blickfeld verengte sich erneut. *Du musst dich zusammenreißen*, sagte sie sich. *Ben braucht dich! Reiß dich am Riemen!* Sie brauchte ein paar Sekunden, bis sie ihre Atmung, die immer wieder von japsenden Schluchzern unterbrochen wurde, einigermaßen beruhigt hatte.

Dann schaltete sie in einen automatischen Modus und begann zu funktionieren. Als Erstes lief Isa zu Monikas Haus auf der gegenüberliegenden Seite, während Linda bei Michaela und Sven links von den Winterbergs klingelte und sich von dort aus weiter vorarbeitete. Die Gespräche liefen immer nach dem gleichen Muster ab, die schockierten und mitleidigen Gesichtsausdrücke prasselten auf Isa ein wie Sequenzen eines überfordernden Films. Einige der Nachbarn waren unterwegs und auch wenn ihre Autos nicht in den Einfahrten standen, klingelte Isa Sturm, nur um irgendwann aufzugeben und zum nächsten Haus hinüberzurennen.

Das Ende der Straße, die mit dem Königsforst an das größte zusammenhängende Waldgebiet im Kölner Umland grenzte, war erschreckend schnell erreicht. Bebend strich sie sich das inzwischen regennasse Haar aus der Stirn. Nichts. Niemand wusste etwas. Niemand hatte etwas gesehen. Es war ein ganz gewöhnlicher Vormittag gewesen. Auch für Isa. Bis Ben verschwunden war.

Isa schaute sich nach Linda um, die das letzte Haus ihrer Seite ebenfalls gerade hinter sich gelassen hatte und auf sie zukam. Mit versteinerter Miene. Ein paar der Nachbarn standen noch in den Türen.

»Das kann nicht sein, das kann nicht sein«, wisperte Isa.

»Isa!« Mark rannte auf sie zu.

»Er ist weg, Mark! Er ist WEG!«, schrie sie mit schwimmenden Augen, plötzlich unfähig, sich zu bewegen.

Als Mark sie erreichte, fiel sie in seine Arme. Die Verzweiflung brannte in ihrem Brustkorb, drängte sich ihre Kehle hinauf und flutete derart aus ihr heraus, dass sie nicht mehr wusste, ob sie ein- oder ausatmen sollte.

»O Liebling. Schhhh. Alles wird gut. Du wirst sehen. Alles wird gut«, stammelte ihr Mann und strich ihr über den Rücken. »Atme. Atme einfach weiter. Ein und aus. Ein. Und Aus. So ist es gut.« Er atmete mit Isa gemeinsam, bis diese nicht mehr zu hyperventilieren drohte und hielt sie dann von sich weg. Seine Hände gruben sich schmerzhaft in Isas Schultern. »Was ist passiert? Linda sagte ebenfalls, Ben ist … weg?« Ungläubigkeit lag in seinen Augen.

»Ja, er ist weg«, heulte Isa erneut auf. »Er hat auf seiner Decke gespielt, bevor ich in den Keller gegangen bin, und als ich zurückkam, war er fort. Ich weiß einfach nicht, wo er ist!«

Isa konnte sehen, wie ihr Mann um Fassung rang. »Das kann nur ein Missverständnis sein.« Seine Stimme vibrierte. »Habt ihr die Nachbarn schon gefragt? Ob jemand ihn gesehen hat? Oder irgendetwas … Merkwürdiges?«

»Von denen, die da sind, hat niemand etwas gesehen oder gehört.« Linda presste die Lippen zusammen.

»Und du bist dir sicher, dass er nicht im Haus ist? Hast du überall nachgesehen? Er kann doch nicht verschwunden sein!«

»Ich habe das Haus mehrmals abgesucht, sogar den Garten«, weinte Isa. »Er muss irgendwo sein. Ich habe ihn bestimmt übersehen.«

Linda und Mark wechselten einen Blick.

»Und du hast nichts gesehen oder gehört? Niemand war da?«, fragte Mark tonlos.

»Ich … ich habe ein Auto gehört«, stammelte Isa, als sie sich plötzlich an das dumpfe Motorengeräusch erinnerte. »Als ich im Keller war.« Ihr Herz trommelte in ihrer Brust. »Linda, war die Post schon da?«

»Nein, ich glaube nicht. Die Postbotin kommt für gewöhnlich später. Aber ich schaue sofort nach.«

Marks Gesicht hatte einen wächsernen Farbton angenommen.

»Und ich gehe ins Haus und schaue mich um. Du solltest … du solltest in der Zwischenzeit die Polizei rufen, Isa. Einfach nur … sicherheitshalber.« Er verstummte, sichtbar um Kontrolle bemüht. »Das ist garantiert nur ein Missverständnis«, wiederholte er mechanisch.

Isas Ohren dröhnten. Als sie nickte, rannte Mark die Straße hinunter, auf der sich nun immer mehr Nachbarn versammelten.

Wie betäubt zog sie ihr Handy aus der Tasche und hielt inne. Regen tropfte auf das Display. Im ersten Moment fiel ihr nicht ein, unter welcher Nummer sie die Polizei erreichen konnte. Ihre Gedanken waren vollkommen blockiert. Schließlich, nach mehreren Anläufen, wählte sie die 110. Als das Freizeichen ertönte, schnürte sich Isas Hals zu. Sie wusste nicht, wie sie den schlimmsten Albtraum ihres Lebens in Worte fassen sollte.

KAPITEL 4

Es klingelte an der Haustür. Isa sah zwei große dunkle Schemen durch das Milchglas, bevor sie öffnete. Zwei Polizeibeamte standen vor ihr, wiesen sich aus und fragten, ob sie Frau Winterberg sei. Isa nickte und bat die beiden Männer herein. Mit einem Schlag kam ihr der sonst geräumige Flur beengt vor. Die Polizisten folgten ihr mit schweren Schritten ins Wohnzimmer und blieben stehen, während ihre Mutter, die inzwischen auch eingetroffen war, Isa bat, sich wenigstens für ein paar Minuten zu setzen. Zu kraftlos für Widerstand ließ Isa sich auf das Sofa sinken. Sofort eilte Linda herbei und stellte ein Glas Wasser vor ihr auf dem Couchtisch ab. Sie bot auch den übrigen Anwesenden etwas an und verschwand dann wieder in der Küche.

»Dann erzählen Sie uns doch mal, was los ist«, bat der ältere und grauhaarigere Polizist. Prüfend suchte er Isas Blick.

»Mein Sohn ist … er ist … ich kann ihn nicht finden.« Ihre eigenen Worte fühlten sich wie Schläge in ihre Magengrube an. Schmerzerfüllt krümmte sie sich zusammen. Mit der Polizei darüber zu sprechen, machte Bens Abwesenheit brutal real.

Ihre Mutter rückte näher und strich ihr über den Rücken, rote Flecken überzogen ihre Wangen und ihr ausladendes Dekolletee.

»Es war ein ganz normaler Vormittag. Und jetzt ist er weg. Einfach weg. Das kann doch nicht sein. Oder? Wie kann das sein?«

»Wie alt ist Ihr Sohn und seit wann ist er verschwunden, Frau Winterberg?«, fragte der Beamte ruhig, ohne auf ihre Fragen zu antworten.

»Er ist am dritten November geboren. Er ist vier Monate alt. Ich weiß nicht, wann und wie er verschwunden ist. Ich kann mir das alles nicht erklären. Hier stimmt etwas nicht. Ich war im Keller in der Waschküche, und als ich wieder nach oben kam, war Ben weg.«

Erneut kämpfte Isa mit den Tränen. *Reiß dich zusammen*, schalt sie sich zum hundertsten Mal an diesem Vormittag.

»Wo haben Sie Ihren Sohn zuletzt gesehen?«

»Auf seiner Spieldecke dort drüben.«

Sie wies zu dem Bereich zwischen Sofa und Wohnzimmerregal und atmete erneut gegen die Übelkeit an. Es kam ihr vor, als wäre es Tage her, seit sie Ben dort zurückgelassen hatte. Sie war kurz davor, endgültig vor Panik durchzudrehen.

Der jüngere der beiden Polizisten folgte ihrem Hinweis und begutachtete die bunte Umrandung und die mit fröhlichen Zootieren bedruckte Steppdecke.

»Es waren fünf Minuten, in denen ich im Keller war, vielleicht auch ein paar mehr. Ich habe nicht auf die Uhr gesehen. Aber ich habe mich extra beeilt, er hat so vertieft gespielt und der Musik seiner Spieluhr gelauscht. Ich konnte doch nicht ahnen … er … er kann doch nicht verschwunden sein! Das Törchen der Umrandung stand offen. Ich muss vergessen haben, es zu schließen.« Isa schnappte nach Luft. »Ich … ich habe einen startenden Motor gehört, als ich im Keller war. Ich habe mir nichts dabei gedacht, ich dachte an die Post. Aber die Post war es nicht! O Gott.« Schluchzend hob sie eine Hand zum Mund. »Ich habe alles abgesucht. Einfach alles. Ich weiß nicht, wo er ist. Wir waren bei den Nachbarn, niemandem ist etwas aufgefallen, die Straße war menschenleer. Mein Mann hat ebenfalls alles abgesucht, er ist noch draußen unterwegs. Aber das ergibt doch alles keinen Sinn. Bestimmt habe ich nur nicht gründlich genug nachgesehen.« Sie sah sich erneut im Raum um, als würde Ben plötzlich bäuchlings in der nächsten Ecke liegen und sie angrinsen.

»Wann waren Sie ungefähr im Keller?«

Isas Blick sprang zu der alten Holzuhr an der Wand, einem Erbstück von ihrem Vater. Ihr Ticken dröhnte ihr in den Ohren. »Vielleicht vor ungefähr einer Stunde? Anderthalb? Ich weiß es nicht.« *Ich bin eine Versagerin.*

»Und zu dieser Zeit haben Sie ein Auto gehört? Vor Ihrem Haus?«

»Ich bin nicht sicher. Da unten hört man kaum etwas. Es war nur ein schwaches Röhren, aber es klang so, als wäre ein Motor gestartet worden.«

Der Polizist notierte sich etwas. »Kann jemand Ihren Sohn abgeholt haben? Wer hat Zugang zum Haus?«

»Ich und mein Mann. Mein Mann war arbeiten, er ist Kinderarzt. Er hat seine Praxis hier im Ort und übernimmt zusätzlich ab und an Dienste im Kinderkrankenhaus in Porz. Ansonsten hat nur Linda einen Schlüssel.«

Ihre Nachbarin betrat in diesem Moment das Wohnzimmer, die Blicke aller Anwesenden richteten sich auf sie. Abrupt blieb die hagere Frau stehen und strich sich ihren krausen Pony aus der Stirn.

»Sie haben einen Haustürschlüssel?« Der Polizist taxierte die ältere Frau.

Linda errötete und zog ihre Strickjacke glatt. »Ja, ich habe einen Schlüssel. Aber …« Ihr Blick huschte zu Isa. »Den habe ich noch nie verwendet. Der ist nur für Notfälle!«

»Linda würde sich niemals einfach so Zutritt zum Haus verschaffen, auf keinen Fall«, stellte Isa ebenfalls klar. Eleonore schüttelte aufgeregt den Kopf.

Linda sah die Beamten mit großen Augen an, woraufhin der ältere Polizist mit ernstem Gesichtsausdruck nickte. »Prüfen Sie bitte, ob der Schlüssel noch dort ist, wo Sie ihn normalerweise aufbewahren. Das gilt auch für die übrigen Schlüssel zu diesem Haus.« Er wandte sich wieder Isa zu. »Wie sieht es mit anderen Türen und Fenstern aus, waren welche geöffnet? Und Ihr Sohn kann sich wirklich nirgendwo versteckt haben?«

Isa dachte krampfhaft nach, versuchte sich erneut zu fokussieren, obwohl ihre Gedanken kaum zur Ruhe kamen. »Alle Fenster und Türen müssten geschlossen gewesen sein. Und Ben ist noch zu klein, um sich zu verstecken. Das kann er noch gar nicht. Er kommt vielleicht ein paar Meter weit, indem er sich um die eigene Achse dreht, aber das war's. Wir haben überall Treppengitter, die waren verschlossen. Ich habe auch erst gedacht, er muss es irgendwie geschafft haben, sich zu verstecken. Oder irgendwo drunterzukriechen. Aber ich habe ihn einfach nirgendwo finden können. Und … Er ist ja noch ein Baby.« Isas letzte Worte gingen in einem erneuten Schluchzen unter.

Dass sich der angespannte Zug um den Mund des Polizisten verstärkte, machte ihr mehr Angst als alles andere.

»Ist Ihnen heute oder in den letzten Tagen am oder um das Haus oder in der Straße etwas aufgefallen? Kam Ihnen etwas merkwürdig vor oder anders als sonst?«

»Nein, ich glaube nicht. Es war alles wie immer.«

»Was heißt ›wie immer‹? Können Sie uns den heutigen Tag im Detail beschreiben? Bitte lassen Sie nichts aus, egal wie unwichtig es Ihnen erscheint.«

Stotternd beschrieb Isa den Vormittag. Die Feier und ihre Aufregung deshalb erschienen ihr nun wie blanker Hohn. Als sie endete, schüttelte sie den Kopf.

»Es ist nichts Ungewöhnliches passiert. Wir waren ja nicht einmal vor der Tür. Es hat keiner geklingelt, es war keiner am

Haus. Das heißt, zumindest ist mir niemand aufgefallen. Außer, außer diesem Motorengeräusch.« Isa hielt inne und versuchte einen Gedanken zu fassen, der sich beinahe sofort wieder verflüchtigte. »Es war kalt. Ungewöhnlich kalt.« Sie riss die Augen auf.

»Kalt?«

»Ja, ich habe die Heizungen hochgedreht. Als ich aus dem Keller kam, war es so frisch im Flur. Als wäre … als wäre …«

»Die Haustür offen gewesen?«, ergänzte der Polizist und warf seinem jüngeren Kollegen einen langen Blick zu.

Isa nickte und begann zu zittern. »O Gott. O mein Gott. Mein Baby«, keuchte sie. »Er ist doch noch so klein. Bitte, Sie müssen uns helfen, Sie müssen ihn finden.«

»Wir werden unser Möglichstes tun, Frau Winterberg. Wir sehen uns jetzt in Ihrem Haus, auf Ihrem Grundstück und in der näheren Umgebung um, bevor wir weitere Maßnahmen einleiten. Mit Ihrem Mann und den beiden Damen hier«, er nickte Eleonore und Linda zu, »möchten wir später noch in Ruhe sprechen und natürlich auch nochmal mit Ihnen. Und es wäre gut, wenn Sie uns schon einmal eine Liste sämtlicher Personen zusammenstellen könnten, die in einem engeren Verhältnis zu Ben stehen.«

Der Beamte wartete Isas gewürgte Zustimmung ab und besprach sich anschließend mit seinem Kollegen. Dann funkte er die Einsatzleitstelle an.

»Wir werden ihn finden, mein Schatz. Es gibt keine andere Option.« Eleonore tätschelte ihrer Tochter mit der freien Hand den Rücken, während sie mit der anderen ein zerknülltes und von Wimperntusche schwarz verfärbtes Taschentuch an ihren Busen drückte. »Du musst stark sein. Für Ben. Er braucht seine Mutter bei Kräften, wenn er wieder da ist!«

Doch Isa fühlte sich, als wäre sie unter einem Berg Felsen begraben.

Die nächsten Stunden zogen an Isa vorbei, als wäre sie selbst nicht mehr Teil dieser Welt. Es traf Verstärkung der Polizeibeamten ein, die systematisch jeden Winkel des Hauses und der näheren Umgebung durchkämmte. Sie durchsuchten Mülltonnen und öffneten Kanaldeckel. Sogar auf dem Speicher, dessen Zugangsleiter an der Decke befestigt war, sahen sie sich um. Isa fiel auf, dass die Beamten bei all ihren Handlungen darauf bedacht waren, möglichst keine eigenen Spuren zu hinterlassen. Ihre Übelkeit kam und ging in Wellen.

Zwischenzeitlich kam Mark nach Hause und sprach mit den Polizisten. Zu sehen, wie hilflos er wirkte, schürte Isas Panik weiter. Ohne ein Wort in ihre Richtung verschwand er wieder durch die Haustür. Isa konnte es ihm nicht verübeln, sie wollte genau das Gleiche tun. Mithelfen, wegrennen, überhaupt irgendetwas tun. Doch es war, als klebte Zement an ihren Füßen.

Irgendwann kam der leitende Polizeibeamte zurück ins Wohnzimmer. Er setzte sich Isa gegenüber und schwieg einige Sekunden.

»Frau Winterberg, wir haben folgendes Problem. Bisher konnten wir Ben nicht finden. Der Vermisstenstatus hat sich spätestens jetzt erhärtet«, sagte er sachlicher, als der Inhalt seiner Worte es eigentlich zuließ. Er machte eine kurze Pause und schien seine nächsten Sätze mit Bedacht zu wählen. »Ich möchte Sie nicht beunruhigen. Aber ich denke, wir sind uns einig, dass Ihr Sohn das Haus nicht selbstständig verlassen haben kann. Wir haben keine Zeit zu verlieren. Ich habe daher das Kölner Kriminalkommissariat hinzugezogen. Die Kollegen treffen gleich ein und werden die weitere Suche nach Ihrem Sohn koordinieren.«

Isa zitterte so stark, dass ihre Zähne aufeinanderschlugen.

»Also denken Sie nicht, dass Ben … dass er wieder auftaucht? Ich meine, wenn die Kriminalpolizei kommt, was soll das bedeuten?« Sie verschluckte sich beim Sprechen. Ein Gefühl des Grauens drückte sie zu Boden.

»Es bedeutet nur, dass die Kollegen auf solche Situationen spezialisiert sind, genau wissen, was in einem Fall wie diesem zu tun ist und den weiteren Einsatz organisieren werden, damit Ihr kleiner Sohn so schnell es geht wohlbehalten nach Hause findet.« Der Polizist lächelte sie an, es sollte wohl beruhigend wirken, aber sein Lächeln erreichte seine Augen nicht. Nicht mehr.

»Wer würde … wer würde meinem Baby etwas antun wollen?«

»Isa, jetzt ist es aber gut«, fuhr Eleonore sie an. »Die Polizei tut alles, um uns zu helfen. Ben wird schon wieder auftauchen. Und dann bekommt er Hausarrest für die nächsten zehn Jahre!« Sie versuchte sich an einem Lachen, doch es schlug in ein Schluchzen um. »Entschuldigung. Ich brauche einen Moment.« Schnellen Schrittes verschwand sie aus dem Raum.

Isa starrte auf die Holzmaserung des Esstisches. Sie wollte sterben, auf der Stelle. Sie ertrug das, was gerade geschah, einfach nicht. Sie ertrug es nicht. Sie schaffte es nicht. Und doch blieb ihr keine Wahl. Natürlich nicht. Sie musste für Ben stark sein. Sie wollte für ihn stark sein, mit jeder Faser ihres Seins. Sie musste ihn finden. Sie würde alles auf dieser Welt dafür geben.

»Frau Winterberg, wir können Ihnen anbieten, die Kollegen der Opferhilfe zu kontaktieren«, unterbrach der jüngere Polizist ihre Gedanken. »Die Kollegen sind darin geschult, Betroffenen, die ein solches Erlebnis verarbeiten müssen, beizustehen.« Seine Stimme war derart mitfühlend, dass Isa zu würgen begann.

Opferhilfe? Nein. Nein, irgendetwas stimmte hier nicht. Sie war kein Opfer. Sie schüttelte den Kopf und umschlang mit beiden Armen ihren Oberkörper.

»Vielleicht später. Ich glaube, meine Tochter muss sich erst einmal etwas sortieren. Wir alle«, erwiderte Eleonore, die wieder in der Wohnzimmertür erschienen war. Mit zitternden Händen strich sie sich über ihre Wangen, ging zu Isa und zog sie in ihre Arme.

KAPITEL 5

Isa sah aus dem Küchenfenster. Zahlreiche Nachbarn standen in Grüppchen herum, sichtlich aufgewühlt angesichts der Tragödie, die sich mitten unter ihnen ereignet hatte. Als ein schwarzer VW Passat in ihre Straße einbog, musste er sich erst einmal einen Weg durch die Menge bahnen, bis eine uniformierte Beamtin ihn durch die Absperrung vor ihrem Grundstück lassen konnte. Hinter Marks Landrover kam er zum Stehen. Zwei großgewachsene Männer stiegen aus, während Isa mit schweißnassen Händen wartete.

Einerseits hatte sie Hoffnung, denn der Polizist hatte ihr erklärt, dass die beiden Kriminalhauptkommissare für die Vermisstenstelle der Kölner Polizei arbeiteten und viel Erfahrung auf ihrem Gebiet hatten. Andererseits ritzte ihre Anwesenheit die Realität von Bens Verschwinden brutal und schonungslos in ihr Herz ein. Nie hätte sie gedacht, einmal mit der Kriminalpolizei zu tun haben zu müssen und schon gar nicht in Bezug auf ihr Baby. Immer wieder fragte sie sich, ob sie bloß in einem grausam realistischen Albtraum gefangen war. Es war zu schlimm, um wahr zu sein. Sie wollte aufwachen. So sehr.

»Hallo, Frau Winterberg.« Eine tiefe, sonore Stimme riss Isa aus ihren Gedanken und ließ sie herumfahren. Sie hatte gar nicht bemerkt, dass die Ermittler bereits ins Haus getreten waren und nun in der Küchentür standen. Der größere der beiden Beamten hatte kurzes dunkles Haar, den Schatten eines Bartes auf Kinn und Wangen und fast schwarze Augen. Mit seinem athletischen Körperbau und der Konzentriertheit, die ihn umgab, wirkte er, als käme er vom Militär. Isa schätzte ihn auf Anfang vierzig.

»Mein Name ist Florian Simons. Ich bin Kriminalhauptkommissar bei der Vermisstenstelle der Kripo Köln. Das ist mein Kollege Thorsten Schwarz.« Er deutete auf den kleinen, untersetzten und eher väterlich wirkenden Polizisten zu seiner Linken, der höflich lächelnd seine Hand hob. »Wir würden gern mit Ihnen reden.«

In seine letzten Worte mischte sich ein pulsierender Lärm. Durch das Küchenfenster sah Isa zum Himmel. Ein Polizeihubschrauber flog über ihr Haus. Unwillkürlich griff sie nach der Fensterbank, um sich festzuhalten, irgendwie. Ihr Atem ging flach. *Das ist nicht wahr. Das passiert nicht wirklich.*

»Frau Winterberg?«, meldete sich Simons wieder zu Wort.

Zwei ernste Augenpaare waren auf sie gerichtet. »Wo können wir sprechen?«

Isa atmete gegen den Widerstand in ihrer Kehle an. Sie wollte nicht zusammenbrechen, nicht jetzt und hier, nicht vor diesen beiden Männern. Doch sich aufrecht zu halten, kostete sie alle Kraft. Mehr, als sie hatte. Wortlos deutete sie zur Küchentür.

Sie nahmen gerade im Wohnzimmer Platz, als Mark hereinkam. Er grüßte fahrig, warf seinen Anorak über den nächstbesten Stuhl und ließ sich neben Isa an den Esstisch sinken. Dann ergriff er ihre Hand, seine Haut war eiskalt. Er sah so abgekämpft aus, wie Isa sich fühlte.

»Mit uns zu sprechen, bedeutet für gewöhnlich keinen schönen Anlass«, begann Simons nun, nachdem er sich und seinen Kollegen auch Mark vorgestellt hatte. Seine Augen hatten trotz der Ruhe, die er ausstrahlte, einen so hellwachen Ausdruck, dass Isa Vertrauen zu fassen begann. Vertrauen und Hoffnung.

»Mein Kollege und ich sind auf die Fahndung vermisster Personen spezialisiert. Die Kollegen, die die Suchmaßnahmen eingeleitet haben, haben uns bereits über die bisherigen Details informiert. Trotzdem ist es uns wichtig, noch einmal aus Ihrem Mund zu hören, was genau geschehen ist.«

Isa überließ Mark die Antworten auf die ersten Fragen, da sie nicht sicher war, ob sie sich übergeben müsste, sobald sie den Mund öffnete. Ihr entging nicht, wie sie von den beiden Ermittlern gemustert wurden und wie akribisch sie bei jeder kleinsten Ungenauigkeit in Marks Aussagen nachhakten.

Schließlich kam erneut der Ablauf des Vormittages zur Sprache. Isa atmete mehrmals tief durch und berichtete abermals mit stockender Stimme, was geschehen war.

»Ich habe versagt. Ich weiß nicht, wo mein Baby ist. Und ich kann mir niemanden vorstellen, der uns oder ihm etwas antun wollen würde«, presste sie zum Schluss hervor.

»Schatz, hör bitte auf, dich zu entschuldigen«, schaltete Mark sich ein. »Ich bin mir absolut sicher, dass Isa nicht fahrlässig gehandelt hat. Du bist eine wundervolle Mutter, Liebling. Für das, was gerade passiert, kannst du nichts, hörst du?« Eindringlich sah er sie an. »Du kannst nichts dafür!«

Isa schüttelte den Kopf. »Ich hätte ihn nicht allein lassen sollen. Ich habe ihn allein gelassen. Mein armes Baby.«

Erneut quollen Tränen aus ihren erschöpften Augen. Aus dem Augenwinkel sah sie, wie Mark sich unwirsch, beinahe zornig, ebenfalls eine Träne von der Wange wischte.

»Frau Winterberg, wenn ich das richtig sehe, haben Sie sich mit Ihrem Sohn hier zu Hause aufgehalten. Dass Sie Ben für ein paar Minuten bei seinem Spielzeug gelassen haben, um Haushaltsarbeiten zu erledigen, ist doch normal. Ich würde behaupten, das machen alle Eltern so, oder nicht?« Simons' Stimme klang ruhig, sein Blick jedoch war prüfend. Irgendwie brennend.

Isa konnte nicht antworten. Grelle Sterne tanzten vor ihren Augen.

»Es ist nun unsere Aufgabe herauszufinden, wie das passieren konnte und womit wir es hier zu tun haben«, meldete sich Schwarz zu Wort. Dann erläuterte er Isa und Mark das weitere Vorgehen, das unter anderem in einer offiziellen Vermisstenmeldung bestand. Auch die Spurensicherung würde in Kürze eintreffen.

Isas Herz raste noch etwas stärker, als der Ermittler ihr Haus als Tatort bezeichnete und sie darauf hinwies, dass die Untersuchung von Haus und Grundstück zwei bis drei Tage in Anspruch nehmen würde und sie besser woanders übernachten sollten. »Nein«, wollte sie schreien. »Nein! Das ist unser Zuhause, hier gehört Ben hin! Ohne ihn gehe ich nirgendwohin!« – doch sie konnte nicht. War nicht einmal in der Lage zu sprechen. Ihr Brustkorb hatte sich derart zusammengezogen, dass selbst das Atmen unerträglich schwerfiel.

»Ich gehe davon aus, dass außerdem zügig eine Sonderkommission eingerichtet werden wird. Die Suche nach Ihrem kleinen Sohn hat für uns oberste Priorität.«

Dann bat der ältere Polizist um Fotos von Ben für den Fahndungsaufruf, die Isa mit zitternden Händen aus einer Schublade nahm. Die Fotos wollte sie längst in sein Album geklebt haben.

Unter Aufbringung all ihrer Kraft gab sie an, wie groß und schwer ihr kleiner Sohn war, was er an diesem Vormittag getragen hatte (einen Bärchen-Pullover und eine kuschelige braune Hose), welche Augenfarbe er hatte (dunkelblau mit wunderschönen goldbraunen Sprenkeln) und wie sein Haar aussah (blond wie Weizen). Sie wollte dazu sagen, dass er nach der Heimat ihres Herzens roch. Dass er neuerdings kicherte, wenn man ihm auf seinen kleinen runden Bauch pustete, die glückliche Szene am Morgen noch schmerzhaft genau vor Augen. Dass er wütend wurde, wenn ihm etwas noch nicht so gelang, wie er sich das mit seinen vier Monaten vorstellte. Sie wollte in die Welt hinausbrüllen, dass er über das ganze Gesicht strahlte, wenn er abends seinen Vater wiedersah. Und wie er sich nachts an sie kuschelte und zufrieden schnaufte, wenn er sich in ihrem Nachthemd vergrub. Wie oft sie seine Finger aus ihren Haaren befreien musste. Dass sie genau aus dem Grund seit seiner Geburt keine Kette mehr getragen hatte. Und wie wunderschön sein stolzes Lächeln war, wenn er etwas Neues gelernt hatte. So vieles gehörte zu ihm. Er war unschuldig und rein, immer neugierig auf die Welt und voller Begeisterung dabei, sie zu entdecken. Er war mehr als seine Maße und seine Kleidung. Er war alles für sie.

In diesem Moment spürte sie ein Ziehen in ihren Brüsten. Erst jetzt fiel ihr auf, wie sehr sie spannten. Daran hatte sie in all ihrer Panik überhaupt nicht mehr gedacht. Es war dieses simple, natürliche Signal, das ihr plötzlich vor Augen führte, wie sehr sie ihr Baby brauchte und wie sehr es sie brauchte. Nicht nur seelisch, sondern auch körperlich. Augenblicklich stürzte all ihre mühsam aufrechterhaltene Beherrschung in sich zusammen.

»Ich muss ihn stillen«, schrie sie los. »Er braucht mich! Ich muss mein Baby stillen! Mein Baby! Wo ist mein Baby?«

Ihre Stimme versagte. Das schrille Heulen, das dann folgte, klang so animalisch und roh, so verzweifelt, dass Isa es nicht als ihr eigenes erkannt hätte, hätte es sie in diesem Moment nicht von innen zerfetzt.

KAPITEL 6

»Die Soko ist eingerichtet«, sagte Schwarz zu Simons und steckte sein Handy zurück in seine Jackentasche. »Wir müssen uns gleich mit dem Team treffen. So wie es aussieht, übernimmt Bode die Kommissionsleitung. Das will schon was heißen. Das werden harte Zeiten.«

Simons nickte. Hermann Bode war seit einigen Jahren Chef des Kölner Kriminalkommissariats elf und mit allen Wassern gewaschen, was Kapitalverbrechen anging. Dass er eingesetzt und vorübergehend von seinen regulären Aufgaben abgezogen wurde, unterstrich die Dringlichkeit und Besonderheit dieses Vermisstenfalles. Bode war gut. Sehr gut sogar. Er galt als streng und unerbittlich, war nicht bei allen Kollegen beliebt. Doch genau diese Strenge und Genauigkeit waren es, die ihm seine Erfolge bescherten. Simons mochte ihn und kam mit seiner sehr klaren Haltung und schmerzhaft direkten Kommunikation gut zurecht. Bode war einer der Polizisten, die für ihre Arbeit lebten. Ebenso wie er selbst.

Ein Polizeihundeführer trabte an den beiden Ermittlern vorbei, sein rehbrauner Malinois hing in der Leine, das ganze drahtige Tier bebte vor Spannung. Es war, als würde es den Boden zu seinen Füßen einsaugen. Die erste Meldung außerhalb des Hauses machte der Hund an der Straße, wenige Meter von der Einfahrt der Winterbergs entfernt.

»Scheint eine sehr frische Spur zu sein«, rief der Hundeführer mit konzentrierter Stimme, die Augen immer auf sein Tier gerichtet. »Möglich, dass das Kind hier in ein Auto gesetzt wurde.«

Simons kniff die Lippen zusammen. Das würde die Verfolgung der Spur nicht einfacher machen. Schließlich begann der belgische Schäferhund, sich einem groß angelegten Zickzackmuster folgend über die Straße zu bewegen. Das sprach für stark verteilte Geruchspartikel und tatsächlich für ein Kraftfahrzeug.

»Unglaublich, was diese Tiere alles können, oder?«, stellte Schwarz fest.

»Ja. Gut, dass die Maintrailer so schnell zur Stelle waren.« Simons hob den Kopf in Richtung Himmel und zog die Brauen zusammen. Es nieselte nach wie vor. »Der Regen wird es ihnen nicht leicht machen. Und bei dem Wetter gehe ich auch nicht davon aus, dass das Fahrzeug während der Fahrt offene Fenster hatte. Keine guten Bedingungen. Ich bezweifle, dass der Hund viele Kilometer macht.«

»Wäre ja schön, wenn er uns zumindest Anhaltspunkte auf Tankstellen liefert«, antwortete sein Partner. »Auch wenn deren Überprüfung viele Überstunden bedeuten wird, neben dem ganzen anderen Kram, der jetzt auf uns zukommt.«

Simons wollte schon den harschen Einwurf machen, dass ihr Arbeitszeitkonto angesichts des verschwundenen Babys wohl das kleinste Problem sei, als das Handy seines Partners klingelte.

»Schwarz hier«, nahm dieser den Anruf entgegen. »In Ordnung, wir machen uns auf den Weg.« Er steckte sein Handy weg. »Wir müssen los«, seufzte er widerwillig und ging zum Dienstwagen, der außerhalb der Absperrung geparkt war. Auf dem Weg dorthin zog er behäbig seine Jeans nach oben.

Simons schüttelte den Kopf. Manchmal nervte ihn die Bequemlichkeit seines Partners, andererseits hatte dieser schon einige Dienstjahre mehr zu verzeichnen als er und im Gegensatz zu Simons ein Privatleben mit Familie, das es zu schützen galt. Simons hatte schon häufiger den Gedanken gehabt, dass die nach außen getragene Gemütlichkeit seines Partners und dessen Pochen auf pünktlichen Dienstschluss und faire Urlaubszeiten viel mehr den Versuch darstellten, eine Grenze zu ziehen. Gegenüber einem Job, der nur allzu leicht alles einnahm. *Und vernichtet,* dachte Simons und erinnerte sich an seine gescheiterte Beziehung mit Cynthia. Zudem war Schwarz ein guter Ermittler, ein wirklich guter, auch wenn er nicht danach aussah. In dem väterlich wirkenden Polizeibeamten steckten ein wacher Verstand und viel Erfahrung.

Auf dem Weg zum Auto drehte Simons sich noch einmal nach dem Hundeführer um, doch dieser war bereits um die nächste Straßenecke verschwunden.

KAPITEL 7

Die Nacht war angebrochen, doch die Dunkelheit hatte keine Chance gegen das Treiben in und vor dem Haus der Wintergs. In regelmäßigen Abständen erleuchteten die Scheinwerfer des Polizeihubschraubers die Wohnräume der Häuser in der Nachbarschaft, der Lärm der Rotorblätter hatte inzwischen auch den letzten Unwissenden der sonst so friedlichen Wohnsiedlung über die Tragödie des verschwundenen kleinen Jungen informiert.

Mit Unterstützung einer Hundertschaft der Polizei und weiterer hinzugezogener Streifenteams sowie der örtlichen Feuerwehr durchkämmten Freiwillige den nahe gelegenen Forst. Parallel durchsuchten Mitarbeiter der Spurensicherung das Haus nach Fingerabdrücken, Faserspuren, Fußabdrücken, Sekretspuren und weiteren Hinweisen auf das Eindringen eines Fremden. Als die Polizisten sie darüber informiert hatten, dass Wärmebildkameras und Mantrailer-Hunde eingesetzt wurden, um ihren Sohn zu finden und Isa Bens Schlafanzug einem Hundeführer hatte überreichen müssen, war sie erneut zusammengebrochen.

Mit jedem erfolglos abgesuchten Ort und jeder weiteren Stunde ohne eine Spur von ihrem Baby wuchs Isas Verzweiflung, die ohnehin schon grausame Ausmaße angenommen hatte. Es war fraglich, ob es ein größeres Gefühl von Versagen und Schuld auf dieser Welt geben konnte.

Mit jedem einzelnen Atemzug zwängte sich ihr die Frage auf, was mit Ben geschehen war. Wie es ihm in diesem Moment wohl gehen mochte, ob er Angst hatte, ob er an sie dachte. Ob er weinte. Ob er müde war oder fror. Wer wohl bei ihm war. Ob er Hunger hatte. Jede Sekunde, jeder Augenblick war eine Qual, schien sie zu ersticken, während ihr Mutterinstinkt, ihr Baby schützen zu wollen, von Minute zu Minute lauter wurde, sie förmlich anbrüllte, und damit jegliches andere Gefühl übertönte.

Stundenlang war Isa auf den Beinen gewesen, hatte keine Pause zugelassen. Mittlerweile fühlte sie sich wie versteinert. Unfähig zu weinen. Unfähig zu denken. Unfähig zu sein.

Schließlich sank Isa auf die Bürgersteigkante gegenüber ihrem Grundstück, das die Mitarbeiter der Polizei seit Stunden bevölkerten. Mark war noch immer unterwegs. Eleonore ließ sich neben ihr auf dem Asphalt nieder und legte einen Arm um sie. Zunächst wehrte sich Isa gegen die Nähe. Sie nahm den Duft ihrer Mutter wahr, spürte ihre Wärme und ihren Schutz, die Geborgenheit. Es war unerträglich, weil es genau das war, was sie Ben gerade nicht geben konnte. Sie rückte ein Stück weg. Isa war ebenfalls eine Mutter, die ihren Sohn auf genau die gleiche Art in den Armen halten sollte, die seine Angst auffangen und ihn vor allen Gefahren beschützen sollte. Sie hatte ihm schon während der Schwangerschaft versprochen, dass er immer in Sicherheit sein würde. Dass sie immer für ihn da sein würde, bedingungslos. Sie würde sofort für ihn sterben. Doch sie hatte ihre elementarste und natürlichste Aufgabe nicht erfüllt.

»Mama, er ist weg«, flüsterte sie, noch immer ungläubig. Als würde das gesprochene Wort die Situation greifbarer machen.

Ihre Mutter versteifte sich. »Er wird wieder auftauchen, mein Schatz«, erwiderte sie mit brüchiger Stimme.

Als Isa merkte, wie sehr auch Eleonore darum kämpfte, sich zu beherrschen, verlor sie abermals ihre eigene Fassung. Sie sank in sich zusammen und fing hemmungslos an zu weinen, ihr Körper bebte minutenlang. Als Eleonore sie erneut in eine feste Umarmung zu ziehen versuchte, ließ Isa es zu, sie war schlicht zu kraftlos für Widerstand. Und in all ihrer Verzweiflung spürte sie, wie wohltuend die Nähe ihrer Mutter nun doch war. Sie versprach ein tiefes Gefühl von Sicherheit, als würde alles wieder in Ordnung kommen. Für einen winzigen Augenblick gestattete Isa es sich, sich an diesem Gefühl festzuhalten.

Irgendwann, Isa hatte keine Ahnung, wie viel Zeit vergangen war, ließ Mark sich schwer neben sie auf die Bordsteinkante sinken.

»Und?«, brachte Isa hervor und sah hoch.

Mit einem kleinen, aber gefährlichen Klirren zersprang die sich aufbäumende Hoffnung in ihrem Inneren, als Mark langsam den Kopf schüttelte. Er fuhr sich mit beiden Händen über das Gesicht und raufte sich die dichten braunen Haare. Eine Geste, die Isa normalerweise an ihm liebte, die ihr jetzt aber einen weiteren unerträglichen Messerstich versetzte. Ihr Mann sah zu Boden, an ihr vorbei, überall hin, aber er sah sie nicht an. Isa bemerkte, wie er seine Fäuste ballte, bis seine Handknöchel weiß hervortraten.

Ihr brannten die Augen.

»Ich verstehe das nicht«, flüsterte sie.

KAPITEL 8

Helga und Dietmar Brandt saßen an ihrem Küchentisch und musterten Simons und Schwarz mit großen Augen. Helga Brandt wischte in einer endlosen Wiederholung mit der flachen Hand über die Tischdecke, während Dietmar Brandts Hals rote Flecken zierten. Simons war sich beinahe sicher, dass die beiden älteren Herrschaften künftig jedem, mit dem sie irgendwie in Kontakt standen, erzählen würden, dass die Kriminalpolizei bei ihnen im Haus gewesen war.

Das Haus der Brandts befand sich in einer Nebenstraße zur Wohnstraße der Winterbergs, entlang der Route, auf der die Mantrailer der Spur des Jungen gefolgt waren. Die Nachricht, dass der Hund auf Höhe der Auffahrt der Autobahn A3 in Richtung Frankfurt am Main eine Negativanzeige gemacht und die Spur verloren hatte, war am Vortag kurz nach der ersten Sitzung der Sonderkommission eingetroffen.

Bode hatte Simons und Schwarz auf die Zeugenbefragung der Brandts angesetzt, nachdem diese der Polizei gemeldet hatten, ein ihnen unbekanntes Fahrzeug gesehen zu haben.

»Also, Herr und Frau Brandt, wann genau haben Sie das Auto gesehen?«, begann Schwarz freundlich, der sich zu dem älteren Ehepaar an den Tisch gesetzt hatte.

Simons blieb auf Höhe des Küchenfensters stehen, das trotz der halbhohen, vermutlich selbstgehäkelten Gardinen einen direkten Blick auf die Straße preisgab. Es roch nach einem deftigen Mittagessen, auf dem Herd stand ein großer Bräter.

»Gestern Vormittag«, antwortete Dietmar Brandt schnell und sah zu seiner Frau hinüber, die ihre Hände knetete. »Helga war am Kochen. Wir wissen die Uhrzeit leider nicht genau.«

»Können Sie sie irgendwie eingrenzen?«

»So gegen zehn Uhr dreißig muss das gewesen sein, vielleicht aber auch etwas später«, antwortete Frau Brandt nicht minder schnell als ihr Mann. Ihre Stimme war heiser. »Entschuldigung, ich kuriere noch einen Husten aus.« Mit zittrigen Fingern wickelte sie ein Kräuterbonbon aus seinem lilafarbigen Papier und schob es sich in den Mund.

»Und das Auto war Ihnen unbekannt? In dieser Siedlung wohnen einige Menschen.«

Dietmar Brandt nickte eifrig. »Ja, doch, das Auto kannten wir nicht. Es ist meiner Frau aufgefallen, weil es so schnell fuhr. Ich war bei ihr in der Küche und habe es auch gesehen, allerdings von hier aus.« Er deutete mit ausgestrecktem Zeigefinger auf den Küchentisch.

»Ich stand gleich beim Fenster«, warf Helga Brandt ein. »Wir haben uns noch darüber unterhalten, dass das kein Nachbar sein kann, die kennen alle die Temporegeln hier und halten sich normalerweise auch daran. Das ist ein verkehrsberuhigter Bereich! Das Auto ist derart gerast, dass das Pfützenwasser zu allen Seiten hochgeschossen ist!« Erbost schnaubte sie und warf Schwarz einen bedeutungsvollen Blick zu, als sei dieses Vergehen gerade sein größtes Anliegen.

»Wie sah das Auto aus?«, schaltete sich Simons ein. »Zuerst Sie, Frau Brandt, Sie konnten den Wagen besser sehen als Ihr Mann.«

»Allerdings kennt Sie sich überhaupt nicht mit Autos aus«, warf Herr Brandt ein und lachte ein wenig, ganz so, als wäre das in Bezug auf ihr Geschlecht ein Naturgesetz. Helga Brandt warf ihrem Mann einen bösen Blick zu.

Simons ließ sich nicht beirren. »Starten wir mal mit der Farbe, Frau Brandt.«

»Dunkel«, erwiderte die ältere Frau und schluckte sichtbar. »Dunkelblau würde ich sagen.« Sie reckte ihr Kinn.

»Schwarz«, warf ihr Mann ein. »Helga, das war doch ganz klar ein schwarzes Auto!«

Seine Frau warf die Hände in die Luft. »Ich stand näher dran, oder nicht? Ich meine, es war dunkelblau. Farben kann ich ja wohl noch erkennen, Dietmar!«

»Okay. Also dunkelblau oder schwarz«, brummte Schwarz und machte sich weitere Notizen. Dann rieb er sich über seine an den Schläfen ergrauten Haare. »Haben Sie das Modell erkennen können? Wie groß war das Fahrzeug?«

Simons ahnte Böses. Leider waren Zeugenaussagen häufig eine schwierige Angelegenheit. Zwar galten Rentner grundsätzlich als aufmerksam, ihre Beobachtungsgabe war jedoch ebenso häufig durch Seh- und Hörschwierigkeiten oder ein nachlassendes Erinnerungsvermögen eingeschränkt.

»Normal groß«, erwiderte Frau Brandt prompt. Simons kniff die Lippen zusammen.

»Habe ich es Ihnen nicht gesagt?«, meldete sich nun wieder Herr Brandt zu Wort und verdrehte die Augen. »Wenn Sie mich fragen, war es eine Limousine. Mit schrägem Heck. Ein Audi vielleicht, oder ein Mercedes. Das habe ich von hier leider nicht erkennen können. Helga, kannst du den Männern denn gar nichts zur Marke sagen?«

»Schritt für Schritt bitte«, warf Schwarz ein. »Was verstehen Sie unter ›normal groß‹, Frau Brandt?«

»Na ja«, antwortete die ältere Frau und schob ihr Hustenbonbon im Mund klackernd hin und her. »Ein Auto für vier

Personen. Keines von diesen kleinen. Eher etwas größer, aber auch kein Bus. Ein ganz normales Auto eben. Aber schick sah es aus. Eher teuer. So eines hätten wir uns niemals leisten können. Das Logo …«, sie unterbrach sich und sah zu ihrem Mann hinüber. »Das Logo war silbrig, glaube ich. Aber ich habe es nicht genau erkennen können. Tut mir leid. Ich kenne mich ja wirklich nicht so gut aus. Es könnte ein Mercedes oder ein Audi gewesen sein, wie mein Mann sagt.«

»Irgendwelche Auffälligkeiten? Schäden, Unfallspuren, Aufkleber?«

»Nein, ich glaube nicht. Es ist wirklich sehr schnell gefahren.«

»Habe ich auch nicht erkennen können«, schloss sich Dietmar Brandt seiner Frau an.

»Besondere Geräusche?« Diese Frage richtete Schwarz nun direkt an Herrn Brandt, der prompt zu seinem Hörgerät griff, seine Hand jedoch ebenso schnell wieder sinken ließ.

»Da muss ich leider passen. Hier drinnen hört man nicht so viel. Die Fenster sind gut isoliert, ich habe das Haus selbst gebaut damals.«

Frau Brandt nickte stolz.

»Mhm«, murmelte Schwarz und klopfte mit dem Kugelschreiber auf seinen Notizblock.

Simons wagte es kaum zu fragen. »Und das Kennzeichen? Können Sie sich an das Kennzeichen erinnern? Sie sagten, das Auto sei keines aus der Gegend gewesen, vielleicht haben Sie daher einen Blick auf das Nummernschild geworfen?«

Sowohl Frau als auch Herr Brandt betrachteten nun die Tischplatte.

»Leider nein.« Helga Brandt schüttelte den Kopf.

»Du brauchst dringend eine Brille, Helga«, warf ihr Mann ein und hob frustriert die Hände.

»Dieser arme kleine Junge. Vielleicht saß er in diesem Auto, wurde entführt, und wir haben es nicht gewusst. Hoffentlich kehrt er bald heim.« Sichtlich ergriffen nahm die ältere Frau ein Taschentuch und tupfte sich über die Augen. »Wir beten für die Familie.« Ihr Mann tätschelte ihr, nun ebenfalls berührt, den Arm. »Wir haben den Kollegen schon unsere Visitenkarte mitgegeben«, sagte er ernst zu den beiden Kriminalhauptkommissaren. »Denen, die gestern die erste Runde durch die Nachbarschaft gedreht haben. Aber zur Sicherheit bekommen Sie auch eine. Wir sind jederzeit bereit, zu helfen. Wirklich jederzeit!« Seine Frau nickte hektisch. »Haben diese neuen Autos nicht eine eingebaute Technik? So ein Tracking?«, fügte der alte Mann hinzu.

»Ganz so einfach ist es leider nicht«, erwiderte Schwarz, der seinen Block zuklappte und aufstand. »Trotzdem vielen Dank für Ihre Unterstützung. Sollte Ihnen noch etwas einfallen, melden Sie sich bitte umgehend bei uns.«

»Ein dunkles, klassisch gebautes und ›normal‹ großes Auto ist nicht gerade etwas Besonderes«, murmelte Schwarz, als sie das überheizte Haus verließen und auf die Straße traten.

»Falls es überhaupt etwas mit dem Verschwinden des Babys zu tun hat.« Simons öffnete die Fahrertür des Dienstwagens. »Aber wir werden sehen. In dieser Gegend sind eher größere Familienautos zu finden. Bruck und Schneider sind an den Tankstellen dran, die in der Nähe der Route liegen, der der Hund gefolgt ist. Vielleicht liefern die Videoaufnahmen weitere Hinweise.«

Er warf einen Blick auf seine Smartwatch und ließ seinen weiteren Gedanken unausgesprochen. Sowohl er als auch Schwarz wussten nur zu gut, wie entscheidend die ersten vierundzwanzig Stunden nach dem Verschwinden eines Kindes waren. Eine Zeitspanne, die im Falle des kleinen, erst vier Monate alten Ben Winterberg bereits überschritten war.

KAPITEL 9

»Mark Winterberg, geboren am 13.01.1986 in Berlin, wohnhaft in der Rosenstraße 13 in Köln, verheiratet mit Isa Winterberg, Vater des verschwundenen Ben Winterberg, von Beruf Kinderarzt. Ist das so korrekt?« Regina Hallwig, die der Vernehmung des Kindsvaters als protokollierende Polizeiangestellte beiwohnte, betrachtete den jungen Mann über ihre Brille hinweg.

Mark Winterberg räusperte sich und bejahte die Frage mit brüchiger Stimme. Dann sah er nervös zu der rot leuchtenden Videokamera hinüber.

Simons musterte den Mann, der nur wenige Jahre jünger war als er selbst, während Schwarz ihn über den Ablauf der Vernehmung und ihre Gesetzmäßigkeiten aufklärte.

Mark Winterberg wirkte unruhig, hager, seine Haut grau und fahl, die Klamotten wahllos zusammengestellt und zerknittert. Die Anspannung hatte tiefe Furchen in das eigentlich attraktive Gesicht gegraben. Das war er ohne Zweifel, ein attraktiver Mann, der bis vor kurzem mit beiden Beinen im Leben gestanden hatte. Einem erfolgreichen Leben als erfolgreicher Kinderarzt mit erfolgreicher Praxis und einer augenscheinlich intakten Familie, die von jetzt auf gleich zertrümmert worden war. Die perfekte Idylle, mit einem Schlag vernichtet.

Die Kollegen hatten bisher keine Altlasten bei den Winterbergs auftun können, keine Schulden, keine Vorstrafen, keine

Feinde, keine kriminellen Verstrickungen. Herr Winterberg war unter ärmlichen Bedingungen aufgewachsen, zunächst in einem Kinderheim, dann bei einer Adoptivfamilie. Sein Adoptivvater hatte ihn laut älterer Polizeiakten misshandelt, bevor Mark in eine Jugendwohngruppe umgezogen war. Mark Winterberg hatte sich ganz offensichtlich aus diesem Dreck herausgekämpft und jede Chance ergriffen, ein stabiles Leben aufzubauen. Doch war sein Leben wirklich so stabil gewesen, wie es den Anschein gemacht hatte? Die Befragung von Isa Winterberg war unauffällig gewesen, wie stand es um ihren Mann? Auf die Begleitung eines Anwalts hatten beide Ehepartner verzichtet.

»Wo waren Sie am Vormittag des fünften März, Herr Winterberg?«, fragte Schwarz schließlich mit ernster Stimme.

»Ich habe an einem Qualitätszirkel für Kinderärzte teilgenommen. Im Porzer Krankenhaus. Dort leiste ich Dienste, neben der Tätigkeit in meiner Arztpraxis.«

»Wer hat noch an diesem Treffen teilgenommen?«

Herr Winterberg listete ein paar Namen auf, zwischendurch machte er kurze Denkpausen. »Das müssten alle gewesen sein. Es gibt aber Protokolle über jede Sitzung.«

Schwarz neigte kaum merklich den Kopf. Das klang wie ein gutes Alibi.

»Wie lange ging dieses Netzwerktreffen? Von wann bis wann genau?«, fragte Simons.

Mark Winterberg wischte sich über das Gesicht. »Ungefähr von neun Uhr bis zehn Uhr dreißig. Anschließend bin ich in meine Praxis gefahren. Da müsste ich so gegen elf Uhr angekommen sein, ich habe nicht auf die Uhr geschaut. Ich habe etwas Papierkram gemacht. Dann rief unsere Nachbarin an, ungefähr gegen elf Uhr dreißig, vielleicht auch elf Uhr zwanzig, etwa eine Viertelstunde später war ich zu Hause, was Linda Rosauer und meine Frau Isa bezeugen können.« Er schluckte sichtbar und griff nach dem bereitgestellten Wasserglas.

Alle seine bisherigen Antworten fielen derart sortiert und flüssig aus, dass Simons sich unwillkürlich fragte, ob der Mann einfach sehr strukturiert war, was zu seinem Beruf als Arzt passen würde, oder ob er sich seine Antworten bereits im Vorfeld zurechtgelegt hatte. Auch das wäre legitim, niemand ging unvorbereitet zu so einer Vernehmung. Schon gar nicht, wenn es um das eigene Kind ging, das spurlos verschwunden war.

»Kann jemand bezeugen, dass Sie nach Ihrem Netzwerktreffen in der Praxis waren? Hat Sie dort jemand gesehen?«

Bens Vater runzelte die Stirn. »Nein, ich hatte die Praxis wegen des Treffens bis mittags geschlossen und meinen Angestellten deshalb freigegeben. Ist das … ist das wichtig?«

Simons lehnte sich nach vorn, während sein Partner die Vernehmung fortführte.

»Schon, Herr Winterberg. Wie lange brauchen Sie normalerweise von der Klinik direkt bis nach Hause?«

»Ich weiß nicht, ob mir die Richtung Ihrer Fragen gefällt.« Simons und Schwarz schwiegen, der junge Mann sah nervös von einem zum anderen. »Er ist mein Sohn. Ich würde meinem Kind doch niemals … niemals …«, fest biss er sich auf die Lippen, dann rieb er sich hektisch über die Augen. »Niemals würde ich meinem Jungen etwas antun!«

Simons konnte ihm ansehen, wie dünn sein Nervenkostüm war. Der Mann wirkte, als wäre er kurz davor, die Fassung zu verlieren.

»Das haben wir auch nicht gesagt, Herr Winterberg«, erklärte Schwarz mit ruhiger Stimme. »Dennoch müssen wir die zeitlichen Abläufe so detailliert wie möglich klären. Es ist sicher auch in Ihrem Interesse, dass wir uns ein umfassendes Bild der ganzen Situation machen. Wir möchten Ben finden. Das ist unser gemeinsames Ziel.«

Mark Winterberg brauchte einen Moment, bis er antwortete. »Es ist nur … es fühlt sich bizarr an.« Er schloss die Augen und atmete tief durch. »Diese Fragen hier beantworten zu müssen, während mein Sohn irgendwo da draußen ist, bei jemandem, der es aller Wahrscheinlichkeit nach nicht gut mit ihm meint.«

»Je eher Sie uns unsere Fragen beantworten, desto eher sind wir hier fertig«, erwiderte Simons sachlich. »Also: Wie lange brauchen Sie für gewöhnlich von der Klinik nach Hause?«

»Etwa dreißig Minuten?« Mark Winterberg biss seinen Kiefer so fest zusammen, dass sich seine Kiefermuskeln abzeichneten. »Ich wäre demnach gegen elf Uhr zu Hause gewesen, wäre ich direkt von der Klinik aus dahingefahren. Soweit ich weiß, haben Sie das Zeitfenster, in dem mein Sohn verschwunden ist, auf zehn bis elf Uhr eingegrenzt. Abgesehen davon haben mich meine Frau und meine Nachbarin wie schon gesagt gegen viertel vor zwölf, vielleicht auch etwas früher, gesehen. Ich hätte also nur sehr wenig Zeit gehabt, um … um …« Erneut schwiegen die Kripobeamten und warteten darauf, dass Herr Winterberg seinen Satz beendete. »Um meinen Sohn wegzubringen und wieder zurückzukommen.« Mark Winterbergs Stimme zitterte. »Das kann ja nicht Ihr Ernst sein.«

»Wir werden die zeitlichen Zusammenhänge und auch die Umstände des Netzwerktreffens im Krankenhaus prüfen«, antwortete Simons knapp. »Lassen wir das Thema erst einmal so stehen. Wir haben noch ein paar weitere Fragen, denen wir uns widmen müssen. Weitermachen möchte ich mit Ihrer Beziehung zu Ihrer Frau. Wie lange sind Sie schon verheiratet?«

Mark Winterberg starrte auf die Tischplatte des kleinen Vernehmungsraumes. Dann holte er Luft. »Acht Jahre. Inwiefern ist das relevant? Wieso interessiert Sie jetzt meine Ehe? Sollte es hier nicht um Ben gehen?«

Simons runzelte die Stirn. »Wie bereits erklärt, machen wir uns ein umfassendes Bild. Beantworten Sie bitte einfach die Fragen, Herr Winterberg.« Es war nicht ungewöhnlich, dass Angehörige in Vernehmungen defensiv oder emotional reagierten. Ihre Arbeit erleichterte es aber nicht gerade. »Wann und wie haben Sie sich kennen gelernt?«

»Zu Studienzeiten. Vor ... da müsste ich jetzt rechnen ...«, Mark Winterberg schien nachzudenken. »Vor etwa dreizehn Jahren. Ich studierte Medizin und Isa Architektur. Wir sind ein paar Mal miteinander ausgegangen, wie man sich nun mal so kennen lernt. Dann führte eins zum anderen. Wir haben uns ineinander verliebt, geheiratet, Zukunftspläne gema...«, seine Stimme brach so plötzlich, dass Simons, der sich gerade ein paar Notizen gemacht hatte, aufmerkte. Mark Winterberg vergrub sein Gesicht in den Händen. »Entschuldigen Sie«, presste er erstickt hervor.

Schwarz schob ihm eine Packung Taschentücher hinüber. »Die ganze Situation muss sehr schwer für Sie sein.«

Mark Winterberg tupfte sich über die Wangen und sagte erneut mehrere Sekunden gar nichts. »Und dann kam Ben«, ergänzte er schließlich und starrte mit rotgeränderten Augen an den beiden Kriminalhauptkommissaren vorbei.

»Wie verlief Ihre Beziehung damals und heute?«

»Gut. Sehr gut sogar. Wir führen eine gute Ehe. Unsere Familie war unser gemeinsamer Traum. Ist. Ist unser gemeinsamer Traum.« Bebend holte Mark Winterberg Luft. »Jetzt ist alles anders. Jetzt ist es der reinste Albtraum.«

KAPITEL 10

Isa akzeptierte ohne jede Gegenwehr, dass die Polizei sie als Eltern genauestens überprüfte. Man hatte Proben von ihnen und anderen nahestehenden Personen aus Bens Umfeld genommen, um sie mit den sichergestellten Spuren aus ihrem Haus abzugleichen, und Mark und sie ausführlich und getrennt vernommen. Sechs Stunden lang hatte Isa all die sensiblen Fragen ertragen und so bereitwillig, ehrlich und tiefgehend wie möglich geantwortet. Sie wollte einfach ihren Sohn wiederhaben, sie hätte sich, wenn nötig, auch foltern lassen. Oder töten.

Mark fiel die Situation weniger leicht. Als er nach seiner Vernehmung, die acht Stunden gedauert hatte, zur Haustür hereinkam, war das Weiß seiner Augen vor Zorn und Erschöpfung gerötet.

»Wie können diese Menschen annehmen, ich hätte etwas mit dem Verschwinden unseres Sohnes zu tun?«, stieß er aus, nachdem er an den Esstisch gesunken war und eine Weile ins Leere gestarrt hatte. »Wie können sie ernsthaft darüber nachdenken? Sie verschwenden ihre Zeit! Anstatt nach dem wahren Täter zu suchen, nehmen sie mich in die Mangel! Ich bin sein Vater, verdammt nochmal! Ich bin ein angesehenes Mitglied der Gesellschaft!«

So zornig wie in diesem Moment und wie so oft seit Bens Verschwinden hatte Isa ihren Ehemann in den gesamten acht Jahren ihrer Ehe nicht erlebt. Bens Geburt hatte ihn verletzlicher gemacht, das schon. Er hatte ihr einmal erklärt, dass sich die große Verantwortung für seinen Sohn wunderschön, zugleich aber auch erdrückend anfühlte. Dass er oft orientierungslos sei, wo er doch selbst als Adoptivkind immer nur davon geträumt hatte, seinen leiblichen Vater zu kennen. Er hatte das erste Mal in seinem Leben keine wirkliche Idee davon gehabt, wie er eine Rolle, in diesem Fall die des guten Vaters, auszufüllen hatte. Ja, er hatte in den vergangenen Monaten manches Mal angespannt gewirkt. Aber seine nun regelmäßigen und auf die kleinsten Auslöser folgenden Wutausbrüche fühlten sich ebenso fremd an wie ihr Haus, das einst der sichere Rückzugsort ihrer kleinen Familie gewesen war.

»Sie haben mich nach einem Alibi gefragt! Sie wollten ganz genau wissen, was ich gemacht habe! Als wäre ich ein Verbrecher!« Fassungslos starrte Mark sie an. »Er ist mein Sohn. Ich würde ihm doch niemals schaden wollen, ich bin doch sein Vater. Ich würde ihm nie etwas Schlechtes antun!«

Dann verbarg er sein Gesicht in den Händen und fing an zu weinen. Sein Körper fiel wie ein aufgestochener Luftballon in sich zusammen. Isa setzte sich neben ihn und hielt ihren hemmungslos schluchzenden Mann fest in ihren Armen. Sie weinten gemeinsam und – so grausam der Grund dafür auch war –, es tat gut, das endlich gemeinsam tun zu können.

KAPITEL 11

April 2023

Die Vernehmungen der Winterbergs und die kurzfristig eingeleiteten Maßnahmen waren nur der Auftakt zu einer Zeit, in der das Leben von Isa und Mark Winterberg wochenlang und akribisch auf links gedreht wurde. Ein Team von insgesamt siebzehn Kriminalbeamten, darunter auch Spezialisten für Telekommunikationsüberwachung, untersuchte hunderte von Spuren und Informationen aus der Bevölkerung und befragte jede Nachbarin und jeden Nachbarn, jedes Familienmitglied der Winterbergs, Freunde und Bekannte, sogar Geschäftspartner und Kollegen. Nach kurzer Zeit wussten alle, mit denen die Winterbergs nur im Entferntesten in Verbindung standen, über die Tragödie ihres verschwundenen Babys Bescheid. Als Isa und Mark die Suchmeldung der Polizei auf ihren Social-Media-Kanälen veröffentlichten, potenzierte sich die Anzahl der Reaktionen und Nachrichten trotzdem noch einmal um ein Vielfaches.

Nach jeder weiteren Nacht, in der Isa irgendwann völlig kraftlos die Augen zufielen, wachte sie schweißgebadet und mit dem Gefühl wieder auf, aus einem schlimmen Albtraum befreit worden zu sein. Bis ihr aufs Neue einfiel, dass dieser Albtraum ihre Realität geworden war. Immer und immer wieder. Wie viel konnte ein Mensch ertragen?

Ununterbrochen musste sie an Ben denken, ihren kleinen Jungen. Und ob der Mensch, in dessen Gewalt er höchstwahrscheinlich war, überhaupt wusste, wie man sich um ein Baby kümmerte.

Ihre Milch war bereits nach kurzer Zeit und ein paar Milchstaus versiegt, Isa hatte es nicht verhindern können. Ihr enormes Stresslevel versetzte ihren Körper in einen absoluten Ausnahmezustand. Es zerfetzte ihr Herz. Als hätte ihr Körper ihr Baby aufgegeben. Als wäre Ben nicht mehr da. Er war nicht mehr da.

Auch Mark lag wach. Es kam nicht selten vor, dass Isa nach einer kurzen Zeitspanne verzweifelten Tiefschlafs die Augen aufschlug und seine Bettseite leer und kalt vorfand. Sie ließ ihm seinen Raum, denn auch sie brauchte ihren.

Isa hatte die Pressekonferenz der gebrochenen Eltern der kleinen Maddie McCann aus Großbritannien noch genau vor Augen, deren Verschwinden im Portugal-Urlaub um die ganze Welt gegangen war. Damals hatte Isa gedacht, wie unglaublich brutal es sein musste, nicht zu wissen, wo sich das eigene Kind befand. Und nun stand sie einige Jahre später selbst vor zahlreichen Mikrofonen und Kameras, mit der Lieblings-Stoffschildkröte ihres Sohnes in den verkrampften Händen.

Nichts hatte sie auf diesen Moment vorbereiten können, auch nicht das Briefing durch den Polizisten, der für die einsatzbegleitende Öffentlichkeitsarbeit zuständig war und sein Bestes gegeben hatte, sie mit der bevorstehenden Situation vertraut zu machen. Kameras, Blitzlicht, zahlreiche Menschen. Isa brachte kein Wort über die Lippen, kämpfte schon damit, überhaupt aufrecht stehen zu bleiben.

Daher überließ sie Mark das Reden. Sie fand ohnehin noch immer keine Worte für das, was ihnen passiert war. Wohl wissend, dass nun auch über sie als Eltern spekuliert wurde, ähnlich wie es Maddies Eltern ergangen war. Wohl wissend, dass sich die Gesellschaft in zwei Lager teilen würde – in jene, deren Herzen vor Anteilnahme schwer wurden und solche, die alles an ihnen unter der Last der Schuldfrage analysieren würden.

KAPITEL 12

Simons warf den Stift, mit dem er sich Notizen gemacht hatte, auf seinen Schreibtisch und lehnte sich zurück. Er sah zu seinem Partner hinüber, der gerade ein Telefonat beendete.

»Und?«

»Wieder nichts«, erwiderte dieser müde und griff nach seiner Kaffeetasse, die den Aufdruck ›Meine Frau sagt, ich bin der beste Ehemann, und meine Frau hat immer Recht!‹ trug. Schwarz hatte sich über Andreas Geschenk lustig gemacht, nutzte die Tasse jedoch täglich. »Wieder nur jemand, der sich wichtigtun wollte. Unbrauchbare Hinweise. Weiter nichts. Das ist doch nicht zu fassen. Dieses Kind kann sich doch nicht in Luft aufgelöst haben. Wir arbeiten seit Wochen Tag und Nacht. Meine Frau weiß schon gar nicht mehr, wie ich aussehe.«

Simons kniff die Lippen zusammen und sah aus dem Fenster ihres Büros im Polizeipräsidium Köln. Der große hellbraune Gebäudekomplex mit den anthrazitfarbenen Fensterrahmen hatte ihm damals bei seinem Dienstantritt auf Anhieb gefallen. Er wirkte aufgeräumt und geradlinig.

Der Fall Ben Winterberg hingegen war alles andere als geradlinig. Bevor Simons nach Köln gekommen war, hatte er mehrere Jahre für die Kripo in Münster gearbeitet. Er hatte sowohl in Münster als auch in Köln schon einigen Sonder- und Mordkommissionen angehört und galt als akribisch, rational und ausgesprochen ehrgeizig, was seine Ermittlungsarbeit betraf. Er verlor nie seinen Fokus, egal wie herausfordernd ein Fall auch sein mochte. Der Fall Ben Winterberg jedoch stach heraus. Er war derart undurchsichtig, dass er in Simons ein wachsendes und für ihn eher unbekanntes Gefühl von Unwohlsein erzeugte.

»Lass es uns nochmal durchgehen.« Er rieb sich über die Augen und griff nach den Akten.

»Die Kollegen von der Tatortuntersuchung konnten keine Einbruchspuren finden, geschweige denn fremde Fingerabdrücke oder andere Spuren, die irgendeinen Hinweis auf unbekannte Dritte geben würden. Und nur die Eltern haben Zugang zum Haus, abgesehen von der Nachbarin, die kein Motiv hat. Der Zeitrahmen würde auch nicht so ganz passen, immerhin war sie kurz nach dem Verschwinden des Jungen durchgängig an der Seite der Kindsmutter. Sie könnte Ben natürlich entführt und in der Zwischenzeit versteckt gehalten haben, aber verdächtig erscheint sie auf Basis unserer Vernehmung nicht, und Hinweise in ihrem Haus, zu dem sie uns freiwillig Zutritt gewährt hat, haben sich auch keine ergeben.«

Er blätterte ein paar Seiten weiter zu den Kopien der Vernehmungsprotokolle.

»Die Ärzte, mit denen Herr Winterberg ein berufliches Treffen ungefähr zum Zeitpunkt des Verschwindens von Ben hatte, haben seine Angaben bestätigt. Bleibt offen, ob er anschließend wirklich in seine Praxis gefahren ist.«

»Seine zeitlichen Angaben sind zumindest schlüssig.«

»Ja. Wäre er von der Klinik nach Hause gefahren, anstatt in die Praxis, wäre das Zeitfenster für Bens Entführung sehr knapp gewesen.«

»Zumal sowieso auch hier die Motivfrage ungeklärt wäre.« Schwarz lehnte sich knarzend in seinem Bürostuhl zurück.

Simons nickte und fuhr fort: »Welches Motiv hätte der Vater gehabt, seinen eigenen Sohn zu entführen oder zu töten und verschwinden zu lassen? Der Backgroundcheck liefert einfach keine griffigen Anhaltspunkte.« Er zählte an den Fingern ab. »Die Familie ist gut situiert, die Arztpraxis läuft erfolgreich, sie können den Hauskredit locker bedienen. Die Winterbergs haben keinerlei Vorstrafen oder Vermerke. Falls Mark Winterberg irgendwelche Leichen im Keller hat, sind sie verdammt gut versteckt.«

»Dasselbe gilt für Isa Winterberg. Sie wiederum hat zwar kein Alibi, allerdings auch kein schlüssiges Motiv«, seufzte Schwarz.

Sie hatten diese Diskussion schon geführt, auch in den Lagebesprechungen der Sonderkommission, und drehten und wendeten die wenigen Anhaltspunkte, die sie hatten, immer wieder, kamen bisher jedoch zu keinem Ergebnis.

»Die momentan einzig denkbare Option in Bezug auf Frau Winterberg ist also nach wie vor ein Unfall mit Kindstodfolge und eine anschließende Vertuschung des Ganzen. Allerdings gab es weder in Haus und Garten noch in den Fahrzeugen des Paares Blut-, Sekret- oder irgendwelche Leichenspuren und auch sonst keine Hinweise auf einen Unfall mit Todesfolge.« Simons schüttelte frustriert den Kopf. »Frau Winterberg ruft nahezu jeden Tag an, um den Stand der Ermittlungen zu erfahren. Sie bringt sich dadurch täglich in Erinnerung. Zudem erschien sie mir während der Vernehmungen offen und auskunftsfreudig. Auch ihre Vergangenheit gibt keinerlei Hinweis auf irgendwelche Auffälligkeiten. Sie ist in einem stabilen Umfeld aufgewachsen, scheint eine fleißige Frau und, laut Berichten aus ihrem Umkreis, liebevolle Mutter zu sein. Es gibt einfach keinen Anknüpfungspunkt. Und ich habe die Panik in ihren Augen gesehen, in jedem Moment, in dem ich mit ihr gesprochen habe. Ich kann mir nicht vorstellen, dass man diese Emotionen spielen kann, sie wirken aufrichtig und authentisch. Andererseits wissen wir beide nur zu gut, dass die Täter in solchen Fällen nun mal meist im engsten Umfeld zu finden sind.«

Schwarz murmelte zustimmend, verschränkte die Arme über dem Kopf und fuhr seufzend fort: »Ein unbekannter Dritter müsste sich unbemerkt und spurenlos Zugang zum Haus verschafft haben.«

»In einem Zeitraum von wenigen Minuten, während Frau Winterberg im Keller war.«

Die beiden Männer schwiegen.

»Oder der Täter hat sich schon vorher Zugang zum Haus verschafft und dann nur auf einen günstigen Zeitpunkt gewartet«, warf Schwarz schulterzuckend ein. Auch diese Möglichkeit hatten die Ermittler bereits durchgespielt. »Was nichts an der Tatsache ändert, dass am Tatort keine außergewöhnlichen physischen Spuren festgestellt werden konnten. Wer auch immer da zugange war, wusste also verdammt genau, was er tut, oder kommt aus dem engsten Kreis.«

»Was ist mit den Schlüsseldiensten der Umgebung? Hast du da schon was gehört?«, fragte Simons und rieb sich nachdenklich über sein Kinn.

Die Verfolgung dieser Spur hatte Bode mit Priorität angeordnet. Da keine Einbruchspuren festzustellen gewesen waren, hatte es zunächst nahegelegen, diejenigen Personen zu prüfen, die einen Schlüssel zum Haus der Winterbergs besaßen: das Ehepaar selbst und ihre Nachbarin Linda Rosauer. Außerdem hatte die Polizei auch mit ihrem Neffen gesprochen, Jakob Sanders, der ebenfalls Zugang zum Schlüssel hätte haben können. All das war ohne Ergebnis geblieben, so dass es als Nächstes um die Überprüfung von örtlichen Schlüsseldiensten gegangen war, für den Fall, dass jemand ein Exemplar hatte nachmachen lassen.

»Alle drei sagten, dass ihr Schlüssel zu keinem Zeitpunkt

verschwunden gewesen sei. Schneider wird bei der nächsten Lagebesprechung sicher ein Update geben, aber soweit ich gehört habe, haben sie kein Unternehmen aufgetan, das irgendeinen Anhaltspunkt für eine Schlüsselkopie liefern konnte.«

Einen Augenblick herrschte resigniertes Schweigen im Büro, bis die Tür schwungvoll geöffnet wurde und die Beamten aus ihren Gedanken riss. Ihre Kollegin Anita Bruck kam herein und mit ihr eine blumige Parfümwolke, die augenblicklich durch den kleinen Raum waberte. Schwarz grinste und warf Simons einen Blick zu.

Simons verdrehte genervt die Augen, denn er wusste genau, worauf sein Partner anspielte. *Der Mist schon wieder.* Für Schwarz schien es ein ungeschriebenes Naturgesetz, dass zwei alleinstehende Kollegen in einem halbwegs zueinander passenden Alter Interesse aneinander finden mussten, früher oder später. Simons hatte es aufgegeben, seinem Partner zu erklären, dass er nichts von Bruck wollte. Nach seiner Trennung vor einigen Monaten hatte er entschieden, dass das der letzte Versuch gewesen war, so zu tun, als könne oder wolle er ein halbwegs normales Privatleben führen. Immerhin hatte sein Arbeitseifer einen nicht unerheblichen Teil zu der Trennung von Cynthia beigetragen. Er hatte für sich entschieden, konsequent nur noch seiner Arbeit Platz in seinem Leben einzuräumen und sich nicht weiter von Emotionalitäten ablenken zu lassen. Darin war er ohnehin nie besonders gut gewesen. Schwarz, der zweifacher Familienvater war, konnte seine Haltung nur schwer nachvollziehen, obwohl genau dieser Umstand ja dazu führte, dass er sich zwischen Arbeit und Familie aufrieb, Tag für Tag. Aber unabhängig davon war Simons sicher, dass auch Bruck in ihm nichts weiter sah als einen Kollegen, der seinen Job sehr ernst nahm und mit dem sie genau deshalb fachlich wetteifern konnte. Die ambitionierte Polizistin war noch nicht lange bei der Kripo Köln, hatte allerdings einige psychologische Fortbildungen speziell zum Umgang mit Kindern und Jugendlichen im polizeilichen Kontext absolviert und galt als talentiert, weshalb sie trotz ihres vergleichsweise jungen Alters ebenfalls der Sonderkommission zugeordnet worden war.

»Es gibt Neues zu Mark Winterberg. Wir haben nun eine verlässliche Zeugin aus dem Ärztehaus, in dem er seine Praxis hat. Sie hat ihn dort zum fraglichen Zeitpunkt gesehen, er ist also tatsächlich nach dem Treffen in der Klinik zunächst in die Praxis gefahren«, platzte die junge Beamtin ohne ein Wort der Begrüßung heraus.

»Damit ist sein Alibi wasserdicht«, stellte Simons fest. Eine Option weniger auf der Liste und trotzdem keine Antworten.

»Ja. Weswegen ich aber eigentlich hier bin: Bode will euch sehen. Die Kollegen von der Telekommunikationsüberwachung haben weitere Handydaten ausgewertet, die überprüft werden müssen, dafür braucht er mehrere Teams. Außerdem ist der Staatsanwalt da und will auf den neuesten Stand gebracht werden. Bode springt im Dreieck, weil wir noch immer nichts Konkretes vorweisen können.«

Schwarz brummte. »Kann ich ihm nicht verdenken. Wenn es so weitergeht, zieht der Fall seine astreine Aufklärungsquote runter. Also dann«, ächzte er und hievte sich hoch.

KAPITEL 13

Mai 2023

»Das kann einfach nicht dein Ernst sein!«, zischte Isa, als Mark nach seiner Arbeitstasche und seinem Schlüssel griff. »Wie kannst du nur ans Arbeiten denken? Unser Sohn wird vermisst! Er wird vermisst, Mark! Willst du ernsthaft zur Arbeit fahren und dich um die Kinder anderer Eltern kümmern?« Tränen der Wut stiegen ihr in die Augen.

»Ich kann nicht anders, Isa. Ich muss etwas tun. Wie oft soll ich dir das noch erklären?«, entgegnete er müde. Sein Gesicht wirkte um Jahre gealtert.

»Aber ich begreife es einfach nicht. Ich denke jede Sekunde an Ben. Jede gottverdammte Sekunde habe ich sein Gesicht vor Augen, nehme seinen Geruch wahr, spüre seine Wärme auf meiner Haut. Jede einzelne Sekunde höre ich seine kleine Stimme. Ich … ich sterbe innerlich!«, schrie sie. »Und du gehst *arbeiten*? Wie geht das? Wie kannst du nur an etwas anderes denken oder etwas anderes tun, als unseren Sohn zu suchen? All die Jahre akzeptiere ich, dass du kaum zu Hause bist, dass du deine Arbeit über alles stellst, aber in dieser Situation? Ich kann das nicht fassen!«

Marks Blick blieb leer. »Nicht nur du vermisst Ben. Ich halte es nicht aus, Isa. Ich kann nicht hier sitzen und darauf warten, dass es endlich Neuigkeiten gibt. Und die Praxis muss nun mal weiterlaufen. Sie ist schließlich unsere Existenz. Du hast mir so oft vorgeworfen, dass mir meine Arbeit am wichtigsten sei. Ich erfülle also eigentlich nur deine Erwartungen, oder?« Er zog die Mundwinkel zu einem traurigen Lächeln nach oben. »Abgesehen davon – du telefonierst doch fast jeden Tag mit diesem Simons. Da hast du doch deinen Ansprechpartner. Ständig rufst du ihn an, nur um zu hören, dass er und die Sonderkommission, zu der die besten Köpfe der Polizei Köln gehören sollen, im Dunkeln tappen. Das ergibt auch keinen Sinn, oder?«

Mit seinen letzten Worten wollte Mark sich abwenden, doch Isa holte aus und verpasste ihm eine schallende Ohrfeige. Sie starrten sich an. Die Sekunden verstrichen. Marks Hand wanderte langsam zu seiner glühenden Wange.

»Es tut mir leid. Ich weiß nicht, was in mich gefahren ist«, würgte Isa hervor und zwängte sich an ihm vorbei. Noch während sie die Treppe hochrannte, fiel die Haustür ins Schloss.

»Da draußen ist wieder was los«, stellte Eleonore fest, als sie am späten Nachmittag ins Schlafzimmer kam.

Isa registrierte, dass die sonst füllige Frau mager aussah. Vielleicht lag das aber auch an ihrer ungewohnt dunklen und schlichten Kleidung, in Farbe hatte Isa ihre Mutter seit Bens Verschwinden nicht mehr gesehen. Selbst ihr Haar wirkte leblos, wie es strähnig und aschblond von ihrem Kopf hinunterhing.

»Immer wieder diese Reporter, man sollte meinen, dass sie mittlerweile genug berichtet haben.« Eleonores Blick blieb an den heruntergelassenen Rollos hängen und wanderte dann weiter zu ihrer Tochter. »Kind, du siehst ja furchtbar aus.«

Sie zog die Jalousie des Dachfensters ein Stück nach oben und öffnete es. Luft strömte in den Raum, die Geräusche des herannahenden Sommers drangen an Isas Ohren. Lachende Kinder, unbesorgte Erwachsene. Irgendwo wurde gegrillt. Isa wurde schlecht. Das Eichenbett knarzte, als sich Eleonore neben sie sinken ließ.

»Ach Liebes«, murmelte sie und streichelte Isas Hand. »Ich mache mir Sorgen um dich. Meinst du nicht, du solltest mal ein wenig an die frische Luft gehen? Etwas mehr essen?« Sie brach ab, als sie das kleine Fotoalbum in Isas Händen bemerkte.

Als sie danach greifen wollte, zog Isa es an ihre Brust und umklammerte es fester.

»Ich will es dir nicht wegnehmen. Ich würde mir nur auch gerne die Fotos ansehen.« In Eleonores Augen standen Tränen. »Unser kleiner Ben. Ich bin sicher, es geht ihm gut. Er wird gefunden, Isa.« Sie verlieh ihren Sätzen eine Zuversicht, die in Isa Tag für Tag mehr erstarb. »Du darfst die Hoffnung nicht aufgeben. Wenn dein Vater noch bei uns wäre …«, sie stockte kurz. »Wenn er noch bei uns wäre, würde er alles daransetzen, Ben zu finden. Er wusste immer eine Lösung. Ich bin sicher, er wacht auch vom Himmel aus über Ben. Er passt auf ihn auf, ganz sicher, Liebes.«

»Ach tatsächlich? Er wusste immer eine Lösung?«, spie Isa aus. »Und wie sah die für sein eigenes Leben aus? Er hat sich umgebracht, Mama! Er hat sich verdammt nochmal umgebracht und uns im Stich gelassen!« Sie bereute den Satz in dem Moment, als er ihre Lippen verlassen hatte und doch war es genau das, was sie empfand. Und mit ihm eine riesige Woge aus Zorn.

Ihre Mutter zog die Mundwinkel nach unten und zupfte an der Decke. »Er passt auf, Isa. Dein Papa hat ein Auge auf Ben und sorgt dafür, dass er heile zu uns zurückfindet.«

Isa konnte nichts erwidern. Sie hatten alles in Bewegung gesetzt, um Ben zu finden. Es war ein grausames Spiel aus Hoffnung und Verzweiflung. Aus Tatendrang und Resignation. Es war schier nicht zu ertragen. Sie musste die Hoffnung bewahren. Natürlich musste sie. Denn ein Aufgeben der Hoffnung hätte ein Aufgeben von Ben bedeutet. Das war unmöglich. Aber sie stand vor einer Wand. Und wenn sie sich umdrehte, war dort wieder eine. Und auch zur anderen Seite. Und hinter ihr. Sie war eingemauert. Mit jedem Atemzug empfand sie Panik und hatte doch kein Ventil dafür. Ihr Sohn war seit über zwei Monaten spurlos verschwunden, und sie konnte nichts dagegen tun.

»Gibt es denn etwas Neues von der Polizei?«

Isa wischte sich kraftlos über die Augen. »Nein.« Allein diese brutale Tatsache auszusprechen, war unerträglich.

»Gar nichts? Was ist mit dem Auto? Diesem dunklen Wagen, den eure Nachbarn gesehen haben?«

»Sie haben es nicht finden können.«

Eleonore schwieg einen Moment und rieb sich über die Nase. »Und was unternehmen sie aktuell? Was sind die nächsten Schritte?«

»Ich weiß es nicht genau. Alle sagen mir, dass das Ermittlungsteam gut aufgestellt ist. Mit erfahrenen Leuten. Erfahrenen Kripobeamten. Ich … ich vertraue ihnen ja. Kontakt hatte ich hauptsächlich zu diesem Simons und seinem Partner. Sie wirken so, als wüssten sie, was sie tun. Als würden sie alles in Bewegung setzen, sie arbeiten rund um die Uhr. Aber sie finden keinen konkreten Anhaltspunkt. Es gibt einfach keine Spur.« Isa schluchzte auf. »Die Infos, die noch aus der Bevölkerung kommen, verlaufen anscheinend immer wieder im Nichts. Sie haben mir erklärt, dass sie jetzt dazu übergegangen sind, über das LKA sämtliche Menschen zu überprüfen, die potenziell mit so einer … mit so einer Tat in Verbindung stehen könnten.« Isas Stimme versagte. Als sie weitersprach, klang es eher wie ein Jaulen. »Niemand weiß, wo mein Baby ist. Oder … oder wie es ihm geht.«

Eleonore strich sich mit bebender Hand eine Haarsträhne hinter die Ohren.

»Ich bin einfach so wütend«, presste Isa hervor. »Ben ist weg und ich … und ich«, ihre Stimme brach erneut.

»Ach Liebes.« Eleonore legte ihre Hand auf Isas und drückte sich ein Taschentuch auf die Augen.

»Ich bin nutzlos, Mama. Ich bin so nutzlos. Ich kann mein Baby nicht retten.«

»Wir werden ihn finden. Gib die Hoffnung nicht auf, Isa. Das ist das, was du für ihn tun kannst. Bewahre dir die Hoffnung und gib vor allem dich nicht auf.« Weinend zog sie ihre Tochter an sich.

»Weißt du, wie schwer das ist? Ich möchte eigentlich nur noch sterben. Aber natürlich kann ich das nicht, denn dann wäre ich nicht mehr da, wenn mein Baby zurückkommt«, schluchzte Isa kraftlos an der Schulter ihrer Mutter.

»So darfst du nicht denken. An's Sterben meine ich. Hörst du?« Eleonore hielt sie ein wenig von sich weg, Angst zeichnete ihr Gesicht. »Weiß Mark, wie es dir geht? Wie geht er mit alledem um?«

»Ach, Mark«, weinte Isa. »Er flieht. Flieht in seine Arbeit. Kümmert sich um fremde Kinder. Ich hasse ihn. Ich hasse ihn dafür. Er sollte uns Ben zurückbringen.«

»Schatz, ich bin sicher, er fühlt sich ähnlich hilflos wie du. Auch er kann nicht mehr tun, als abzuwarten. Es ist jetzt so wichtig, dass ihr zusammenhaltet. In dieser schweren Zeit. Er … er weiß nur sicher nicht anders mit der ganzen Situation umzugehen.«

»Wie sollen wir zusammenhalten, wenn er gar nicht mehr da ist? Wenn er zum Alltag übergeht?«

»Das ist schwer für dich. Ich verstehe das. Aber gib ihm Zeit. Ihr seid so ein tolles Paar. Schon immer gewesen. Die Prüfung, die ihr hier gerade zu bestehen habt, ist vermutlich die schwerste, die es überhaupt für ein Paar gibt. Ihr werdet das schaffen. Ben wird zurückkehren. Ich glaube fest daran.«

Isa konnte nichts erwidern.

KAPITEL 14

Juli 2023

Simons schloss die Tür zu seinem Appartement in Köln Müngersdorf auf. Aufgrund des Fußballspiels im nahe gelegenen Stadion hatte er wieder eine halbe Ewigkeit bis nach Hause gebraucht. Es wurde Zeit, dass er sich endlich eine neue Wohnung suchte, die rechtsrheinisch in der Nähe des Präsidiums lag. Er warf seinen Schlüssel auf die Flurkommode und schob die Haustür mit einem Fuß zu. Dann riss er ein paar Fenster auf, um etwas frische Luft in die stickigen Räume seiner eher spartanisch eingerichteten Wohnung zu bringen.

Nach einer kalten Dusche und einem hastig heruntergeschlungenen Mikrowellengericht, dessen Beschriftung ›Chicken Cacciatore‹ mehr versprochen hatte, als die undefinierbare Pampe hatte halten können, saß Simons an seinem Schreibtisch, studierte die Pinnwände darüber, die voller Ausdrucke und Notizen hingen, und blätterte durch ein paar Kopien zum Fall Ben Winterberg.

Vier Monate. Vier Monate war dieses Baby nun schon verschwunden. Die Soko war sich einig geworden, dass es sich bei dem oder den Entführern um Profis handeln musste, die genau gewusst hatten, was sie taten. Anders war nicht zu erklären, dass sie im Haus keine verwertbaren Spuren hatten feststellen können und auch sonst keiner der tausenden Hinweise, denen sie inzwischen nachgegangen waren, einen konkreten Anhaltspunkt gebracht hatte. Ein Lösegeldschreiben war ausgeblieben, das Motiv nach wie vor völlig unklar. Sämtliche Vernehmungen der Winterbergs, von Bekannten, Freunden, Nachbarn und Verwandten, waren ohne Ergebnis geblieben. Auch die Kollegen der Telekommunikationsüberwachung waren mangels weiterer realistischer Ermittlungsansätze kurz davor, zu kapitulieren. Das Kind hatte sich einfach in Luft aufgelöst.

Als Bode gestern angekündigt hatte, dass der Staatsanwalt und er bald dazu angehalten waren, die Sonderkommission aufzuheben und erst bei neuen relevanten Spuren wieder zu reaktivieren, hatte das niemanden überrascht. Trotzdem war es still im Besprechungsraum des Kriminalkommissariats geworden. Simons hatte sehen können, dass nicht nur er mit unbändiger Frustration zu kämpfen gehabt hatte. Zugleich hatte er aber auch gewusst, dass die Kollegen routiniert zum Tagesgeschäft übergehen würden. Etwas, das ihm selbst nicht gelingen würde. Kapitulation, auch wenn Bode es als Ressourcenschonung bezeichnet hatte, war nichts, was für ihn tolerierbar war. Es ging nicht, es vertrug sich nicht mit seinem Berufsethos. Noch nie war einer seiner Fälle zum Cold Case geworden.

Er würde weiter ermitteln. Genau das hatte er Bode nach der Besprechung auch gesagt. Es hatte eine harsche Diskussion gegeben, während der Bode auf neue dringende Fälle verwiesen und Simons Hartnäckigkeit als Verbissenheit und Kurzsicht bezeichnet hatte. Simons jedoch wusste, dass es auch Bode schwerfiel, den Fall ungelöst auf die Seite zu legen. Er hatte ihn selten derart schlecht gelaunt erlebt wie in den letzten Wochen, der Kommissionsleiter hatte die Soko auf unerbittliche Weise zu Höchstleistungen angetrieben, immer und immer wieder. Simons wusste auch, dass Bode die Hände gebunden waren, dass er an mehr als den Fall des verschwundenen kleinen Ben Winterberg denken musste, ob er wollte oder nicht. Bode war Führungskraft. Aber Simons nicht. Simons war mit Leib und Seele Ermittler, und er hatte sich jedem seiner Fälle verschrieben. Diesem ganz besonders. Ihre Diskussion war ergebnislos geblieben. Aber nur augenscheinlich. Denn das Gespräch beendet hatte Bode mit ein paar Flüchen und der Aussage, dass er von einem seiner besten Ermittler erwarte, dass er sich nach der Schließung der Soko – *während* seiner Arbeitszeit – auf neue Fälle konzentriere. Unausgesprochen war geblieben, was Simons nach seiner Arbeitszeit tun würde. Sie wussten es beide.

Frustriert raufte sich der Kriminalhauptkommissar die Haare und starrte auf seine Notizen. Schön und gut, dass er die inoffizielle Duldung Bodes hatte. Schön und gut, dass sein Plan vorsah, ein weiteres Mal alle Akten und Berichte durchzugehen und sämtliche Unterlagen auf links zu drehen. Er zog einen Stapel Kopien heran, die Angaben des LKA über mögliche relevante Gefährder beinhalteten, die er ebenfalls erneut und möglichst noch akribischer als zuvor durchgehen würde. Doch was würde er tun, wenn das auch dieses Mal ergebnislos bleiben würde? Sie hatten bereits alle erdenklichen Hebel in Bewegung gesetzt, um das Kind zu finden.

»Wo bist du, Junge?«, fluchte Simons in sein leeres Wohnzimmer hinein. Jedes Rätsel ließ sich lösen, davon war er überzeugt, und es frustrierte ihn mehr als alles andere, dass ihnen das im Fall Winterberg bisher noch nicht gelungen war. Auch angesichts des Umstandes, dass er erst heute Vormittag wieder mit Isa Winterberg telefoniert hatte. Er konnte es langsam selbst kaum noch ertragen, diese angesichts des Horrors, in dem sie sich befand, so tapfere junge Frau immer und immer wieder vertrösten zu müssen. »Wir geben nicht auf«, hatte er zu ihr gesagt, zum wahrscheinlich hundertsten Mal innerhalb der letzten Wochen, und es war ihm selbst wie blanker Hohn vorgekommen. Als würde das das Leid dieser Mutter, die ihr Kind vermisste, irgendwie lindern.

»Jedes Rätsel lässt sich lösen, verdammt nochmal«, knurrte Simons und vertiefte sich in den Papieren.

KAPITEL 15

August 2023

Isa strich durch die weichen Teppichfasern. Die Augustsonne schien herein und unternahm den aussichtslosen Versuch, sie zu wärmen. Der Raum war in Hellbraun und Apfelgrün gehalten, die Möbel bestanden aus honigfarbenem Holz. Von den Wänden schauten sie kleine Bären und Füchse an. Ein Zimmer, das eine Kindheit voller Leichtigkeit versprach, in dessen Einrichtung sie all ihre Liebe gesteckt hatte. Isa schluchzte auf.

Immer wenn sie Bens Kinderzimmer in den Wochen nach seinem Verschwinden betreten hatte, kämpften in ihr die Gefühle. Der Wunsch, ihm nah zu sein, besiegte meistens die verzweifelte Beklemmung, die ihr Herz bei all den Erinnerungen an eine Zeit, in der noch alles in Ordnung gewesen war, ergriff.

Ben war nun länger verschwunden, als er vorher auf der Welt gewesen war. Seit neun Monaten war sie Mama. Neun Monate, von denen sie vier als der glücklichste Mensch auf der Welt mit ihrem Sohn verbracht hatte. Neun Monate, von denen sie fünf in der Hölle brannte.

Ihr Blick fiel auf das über das Kinderbett gehängte Mulltuch mit kleinen Walen darauf, in das sich Ben am Morgen seines Verschwindens hineingekuschelt hatte. Wenn sie nur geahnt hätte, dass es das letzte Mal sein würde, dass sie ihren Jungen in den Armen hielt und sein süßes glucksendes Kichern hörte. Wenn sie nur geahnt hätte, was wenige Stunden später passieren würde. Sie presste den weichen Stoff gegen ihr Gesicht. Atmete ein. Er roch noch immer so sehr nach Ben. Nach ihrem Baby.

In diesem Moment klingelte es an der Haustür. Isa fuhr zusammen, strich sich die Tränen von den Wangen und hängte das Tuch sorgfältig zurück über das Babybett. Eine Weile verharrte sie, im Anblick der Wickelkommode versunken. *Welche Größe er jetzt wohl trägt?* Sie schluckte krampfhaft. Dann ging sie hinunter, um zu öffnen.

»Ah, hallo Frau Winterberg, ich hoffe … ich hoffe, ich störe nicht?«

Jakob Sanders hatte teigige Haut, einen löchrigen rot-blonden Bartflaum und angesichts seines schütteren Haares irritierend jungenhafte Gesichtszüge, auch wenn er in seiner Gesamterscheinung deutlich älter als seine zweiunddreißig Jahre wirkte.

»Hallo, Herr Sanders. Worum geht es denn?«

»Ich … ich wollte mich nur mal erkundigen. Nach Ihrem Sohn.« Isas Magen krampfte. »Also beziehungsweise nach Ihnen. Wie es Ihnen geht.« Er lachte nervös.

Seine Augen huschten über Isas Gesicht und fokussierten dann irgendeinen Punkt am Boden, während er am Saum seines Sweatshirts herumnestelte.

Dann holte er Luft, es klang aufgeregt. »Ich habe natürlich mitbekommen, was passiert ist. Dass Ihr Sohn, dass Ben, dass er verschwunden ist. Eigentlich war ich ja eingeladen. Zu Ihrer Party. Die wäre sicher schön geworden. Ich hatte mich wirklich gefreut.« Jakob Sanders sah auf und strahlte sie an. Er musste Isas Gesichtsausdruck bemerkt haben, denn sein Lächeln erstarb. Er stolperte beinahe über seine nächsten Sätze, so hastig sprach er weiter. »Ich habe auch bei der Suche geholfen! Ich wollte mich nicht aufdrängen, deshalb habe ich abgewartet. Aber ich käme mir schlecht vor, wenn ich Ihnen meine persönliche Unterstützung jetzt nicht wenigstens anbieten würde. Das heißt, wenn Sie Unterstützung benötigen. Das weiß ich natürlich nicht?«

Isa registrierte Jakobs merkwürdige Angewohnheit, seine Aussagen wie Fragen klingen zu lassen.

»Unterstützung?«, echote sie, unsicher, wie sie reagieren sollte.

In den ersten Tagen und Wochen nach Bens Verschwinden waren zahlreiche Nachbarn, Freunde und Verwandte vorbeigekommen. Sie alle hatten ihnen ihre Unterstützung angeboten, doch Isa war nie klar gewesen, worin die bestehen sollte. Keiner von ihnen konnte ihnen ihren Jungen zurückbringen. Mit der Zeit waren die Angebote und Kontaktaufnahmen seltener geworden, bis sie schließlich, abgesehen von Linda und Isas Mutter, ganz ausblieben. Es war, als wäre ihre Verzweiflung eine ansteckende Krankheit, eine unsichtbare Mauer um sie herum, die sie von anderen entfernte. Isa war es recht gewesen, sie hatte niemanden sehen und mit niemandem sprechen wollen.

Es überraschte sie, dass nun Lindas Neffe nach all den Monaten vorbeikam und seine Hilfe anbot. Ein praktisch Fremder, dem die Winterbergs ganz und gar nicht nahestanden.

»Ja, also …«, Jakob räusperte sich. »Nachbarschaftliche Unterstützung. Es tut mir schrecklich leid, was Sie ertragen müssen. Vielleicht gibt es irgendetwas, das ich für Sie tun kann. Heute oder in der Zukunft. Ich wollte Sie nur wissen lassen, dass ich Anteil nehme, wirklich großen Anteil, und da bin, wenn Sie mich brauchen. Also, vielleicht mal für ein Essen? Oder für ein offenes Ohr? Ich könnte mir vorstellen, dass Sie jemanden brauchen, der für Sie da ist. Ich kann dieser Jemand sein. Wenn Sie … wenn Sie mögen.«

Isa zog die Brauen zusammen. Zuerst wusste sie nicht, was sie sagen sollte. *Er meint es bestimmt nur gut. Auf seine sehr spezi-*

elle Weise. Sie bemühte sich um ein Lächeln. »Danke für Ihr Angebot. Das ist nett, aber momentan brauchen wir nichts.«

Jakob murmelte zustimmend und musterte Marks leeren Autostellplatz. Ein seltsames kleines Schmunzeln umspielte seine Mundwinkel. Dann überschattete sich sein Gesicht.

»Gibt es denn etwas Neues?« Er sprach so undeutlich, dass Isa nicht sicher war, ob sie seine Frage richtig verstanden hatte.

»Von Ben?«

Jakob nickte. Während er auf ihre Antwort wartete, starrte er an ihr vorbei in den Hausflur hinein.

»Nein, leider nicht.« Isa fühlte sich bleischwer. Er war der Letzte, mit dem sie darüber sprechen wollte. »Ich … ich muss jetzt auch gleich los«, fügte sie deshalb hinzu und machte Anstalten, ins Haus zurückzukehren.

Doch Jakob rührte sich nicht von der Stelle und redete unbeirrt weiter. »Das muss so schwer für Sie sein. Für Sie beide! Aber Ihren Mann, den sehe ich so wenig?«

»Wie meinen Sie das?«

»Na, Ihr Mann. Er ist so wenig für Sie da. Finde ich. Oder?« Lindas Neffe hob die Hände. »Ich will Ihnen nicht zu nahe treten. Ich finde nur … eine Frau wie Sie, die sollte nicht so viel allein sein. In so einer Situation.«

»Er ist da. Wir kommen zurecht«, war alles, was Isa dazu einfiel, perplex angesichts des Urteils, das sich ein nahezu Fremder herausnahm.

»Okay. Ich … ich wollte nur sichergehen.«

Isa kniff die Lippen zusammen und nickte. Jakob trat unsicher von einem Bein auf das andere.

»Oh, ach so. Ich habe noch eine Suppe für Sie dabei!« Er lächelte schüchtern und verwies auf eine unscheinbare Leinentasche zwischen seinen Füßen, aus der er dann umständlich eine große Dose mit einer undefinierbaren orangefarbenen Substanz herauszog. »Ich habe eh zu viel gekocht, wissen Sie? Ich bin ja allein, wer soll das alles essen?« Er grinste.

»Das ist nett, aber ehrlich gesagt habe ich schon etwas zu essen besorgt für heute«, antwortete Isa überrumpelt.

»Na dann ist es vielleicht für morgen? Die Suppe kann man prima auch morgen essen!« Jakob hielt ihr die Dose mit ausgestrecktem Arm entgegen.

Isa seufzte. Womöglich war er einsam, noch nie hatte sie Besuch bei ihm gesehen, abgesehen von seiner Tante.

»Okay, danke. Aber für die Zukunft müssen Sie uns wirklich kein Essen bringen, Herr Sanders«, sagte sie knapp, nahm die Dose und drehte sich kurz in den Flur, um sie auf der Treppe abzustellen.

Als sie sich wieder zurückdrehte, stand Jakob nur noch wenige Zentimeter von ihr entfernt und starrte sie an. Isa sog die Luft ein und trat einen plötzlichen Schritt zurück.

»Kann ich ansonsten wirklich nichts für Sie tun?«, flüsterte er und bewegte sich einen weiteren Zentimeter nach vorn.

Isas Puls beschleunigte sich. »Nein, wie gesagt. Danke für die Suppe, aber jetzt habe ich noch zu tun«, antwortete sie mit wackliger Stimme und deutete an, die Tür schließen zu wollen.

Doch der junge Mann stand im Türrahmen, beinahe schon im Flur und bewegte sich nicht.

»Ich möchte, dass Sie jetzt gehen, Jakob.«

Keine Reaktion. Er war ihr so nahe, dass Isa seinen Schweiß riechen konnte. Ihr Herzschlag beschleunigte sich zu einem trommelnden Staccato.

»Okay, es reicht.« Sie konnte das Zittern in ihrer Stimme nicht verbergen. »Auf Wiedersehen!«, sagte sie laut und deutlich und so bestimmt sie konnte und griff nach der Türklinke.

Nun kam doch Bewegung in den jungen Mann. »Oh, ich …«, setzte er an, doch Isa hatte genug und schob ihn mithilfe der Tür aus dem Flur, die sich kurz darauf mit einem harmlos-sanften Klicken schloss.

»Oh, okay. Auf Wiedersehen?«, erklang es dumpf von draußen. »Wenn Sie etwas brauchen, lassen Sie es mich wissen! Ich helfe Ihnen!«

Isa stand schwer atmend hinter dem Glas. Jakob blieb noch einen Moment stehen. *Geh einfach weg*, bat sie stumm. Und tatsächlich, ein paar Sekunden später konnte sie durch das Milchglas sehen, wie er langsam die Stufen hinunterschritt und sich vom Haus entfernte. Erst als sein Umriss nicht mehr zu erkennen war, konnte Isa sich aus ihrer Erstarrung lösen.

Er war Lindas Neffe und hatte sicher einfach nur aufrichtig helfen wollen. Trotzdem hatte Jakob ihr Angst eingejagt. Bewusst atmete Isa durch, schnappte sich die Dose mit der Suppe und schmiss sie ungeöffnet in den Müll.

KAPITEL 16

November 2023

Isa zog ihren Mantel zu, die kalte Novemberluft brannte auf ihren Wangen. Der Wind raschelte in den inzwischen lichten Baumkronen und beförderte das letzte Laub wirbelnd zu Boden. Ein paar Tropfen landeten auf ihrer Stirn. Sie sah nach oben. Wolkenberge verdeckten das trübe Nachmittagslicht. Es war Zeit, den Heimweg anzutreten. Die Verzweiflung bei dem Gedanken an ihr leeres Zuhause war ihr inzwischen so vertraut, dass sie sie einfach vorüberziehen ließ.

An der doppelstämmigen Buche machte Isa wie immer Halt und berührte die Rinde.

»Mein Schatz, ich werde dich finden«, flüsterte sie ihr tägliches Mantra. »Ich verspreche es dir. Ich gebe nicht auf. Wo auch immer du gerade bist, ich bin bei dir. Mein Baby, ich vermisse dich so.« Tränen traten aus ihren Augen. Sie ließ sie gewähren. Auch das war ihr inzwischen so vertraut, dass sie es gar nicht mehr anders kannte.

Ben war irgendwo da draußen. Und am Leben. Andere Optionen ließ sie auch jetzt noch nicht zu. Andernfalls hätte Isa ihrem eigenen Leben in den vergangenen Monaten längst ein Ende gesetzt. Sie ertrug die Ungewissheit und die Sehnsucht nach ihrem kleinen Sohn nur, weil ihr nichts anderes übrigblieb.

Vorgestern war Bens erster Geburtstag gewesen. Es hätte ein wunderschöner bunter Tag sein sollen, mit vielen Luftballons, Gelächter und Päckchen für ihren kleinen großen Schatz. Vielleicht hätten Mark und sie Ben ein Bobbycar geschenkt. Oder ein Bällebad. Isa hätte ihm einen Geburtstagskuchen gebacken, und er hätte das erste Mal in seinem Leben Zucker kosten dürfen. Zu gern hätte sie seine leuchtenden Augen beim Anblick der Geburtstagskerzen gesehen.

Stattdessen war es der zweitschlimmste Tag ihres Lebens gewesen, gleich nach dem seines Verschwindens. Sie hatte sich im Schlafzimmer eingesperrt, während der Schmerz ihr Herz in kleinste Teile zerfetzt hatte. Mark war wie üblich erst spät abends nach Hause gekommen und hatte nicht nur die Bedeutung des Tages, sondern auch jeden Kontakt zu ihr vermieden. Ganz offensichtlich ertrug er ihren Schmerz nicht. Und floh vor seinem eigenen. Die Anrufe ihrer Mutter und auch den ihrer Sandkastenfreundin Tina, der sie angesichts ihres kaum vorhandenen Kontakts in den letzten Jahren für einen kurzen Moment überrascht hatte, hatte Isa ins Leere laufen lassen, genauso wie sie die Türklingel ignoriert hatte. Es war ihr alles zu viel gewesen. Sie wollte nicht sprechen, sie wollte keinen Trost. Sie wollte schlicht nichts mehr von der Welt um sich herum wissen, solange Ben kein Teil davon war.

Doch auch an diesem Tag, an Bens erstem Geburtstag, hatte sie weitergeatmet, obwohl sich alles in ihr dagegen gesträubt hatte.

Nach ein paar Minuten fand Isa schließlich genug Kraft, ihre Hand von dem mächtigen Baum zu lösen. Mutlos setzte sie ihren Weg durch den Königsforst fort. Eine gebrochene Gestalt mit gekrümmter Körperhaltung. Ein blasses Abbild ihrer selbst. Isa nahm einen Schritt nach dem anderen, ganz in ihren Gedanken gefangen, bis sie den feucht schimmernden Asphalt ihrer Wohnstraße unter ihren Schuhen sah. Sie blickte auf. Und erstarrte.

Simons und Schwarz standen vor ihrer Haustür, aus der ein trügerisch warmer Lichtschein drang. Ihre Mutter, die an diesem Tag zu Besuch war, stand ebenfalls dort. Die Hand vor dem Mund. Inmitten von Scherben. *Das gute Geschirr*, dachte Isa irrsinnigerweise, während ihr eine heftige Übelkeit die Kehle hinaufstieg.

Simons drehte sich zur Straße, als sie sich näherte. Seine Augen glänzten, obwohl sie ihn bisher nicht als jemanden kennen gelernt hatte, der großartige Gefühlsregungen zeigte.

Isa blieb stehen. Sie konnte nicht weiter. Wollte am liebsten brüllen, dass sie nicht hören wollte, was die Kriminalbeamten zu sagen hatten. Umkehren und weglaufen. Sie wollte es nicht wissen. Wenn ihr Baby nicht mehr lebte, wollte sie jetzt und hier sterben. Dieser Hölle auf Erden ein Ende setzen. *Bitte lass mich einfach tot umfallen, lieber Gott. Falls es dich gibt und du mich hörst, bitte lass mich sterben*, flehte sie, während sie wie festgewurzelt auf der Straße stand, zu keiner Bewegung mehr fähig.

KAPITEL 17

Und dann beschleunigte die Zeit wieder.

»Wir haben ihn! Er lebt!«, rief Simons.

Isa hörte seine Worte, aber verstand sie nicht. Wie versteinert verharrte sie auf dem Fußweg, bis sie plötzlich spürte, dass ihre Beine sie nicht mehr trugen. Hilflos sank sie auf die Knie.

Ihre Mutter stürzte zu ihr, weinend und jauchzend, doch Isa konnte nicht reagieren. Nicht weinen, nichts sagen, nichts verstehen. Auch Simons' folgende Worte rauschten an ihr vorbei.

»Wir haben mehrfach versucht, Sie anzurufen, Frau Winterberg. Ben wurde gefunden.« Der sonst so nüchterne Kriminalhauptkommissar wirkte sichtlich ergriffen, behutsam ging er vor ihr in die Hocke.

Mechanisch zog Isa ihr Handy aus der Manteltasche, das sie für den Moment im Wald, der nur ihr und Ben gehörte, stumm gestellt hatte. Drei verpasste Anrufe von Mark, vier von Simons. Sie begriff gar nichts.

»Ben wurde gefunden?« Ihre Stimme verebbte atemlos. Zitternd sog sie neue Luft in ihre Lungen. »Ich verstehe nicht.«

»Kind, Ben ist wieder da! Ben ist wieder da! Ich wusste es!«, schluchzte ihre Mutter, die von all den Gefühlen überrollt zu werden schien, die noch nicht zu Isa durchgedrungen waren, und rüttelte an Isas Schulter.

Isa starrte Simons an, suchte nach irgendeinem Fixpunkt, der ihr Halt geben konnte und fand ihn in seinen dunklen Augen.

»Es ist wahr, Frau Winterberg. Über die Details unterhalten wir uns später, vielleicht kann Ihre Mutter Sie jetzt ins Krankenhaus fahren, dort wartet Ihr Sohn auf Sie«, antwortete er. Seine Lippen verzogen sich zu einem breiten Grinsen.

Die Worte des Polizisten hallten in Isas Kopf wider, doch sie konnte sie nicht greifen. Um sie herum so viel Aufregung, so viel Emotion, doch nichts davon erreichte sie. Als würde sie ihre Umgebung durch eine Panzerglasscheibe betrachten. Als hätte sie nichts damit zu tun. Was passierte hier gerade? Ben, ihr kleiner Junge, ihr Baby, war wieder da? *Sie müssen sich irren. Wo soll er so plötzlich herkommen?* Eine Eiseskälte umfasste ihren gesamten Körper.

»Aber … wie? Wo?«, flüsterte Isa, während sie ihren Herzschlag auf der Zunge spürte und nicht sicher war, ob der Druck in ihrer Kehle bedeutete, dass sie sich in wenigen Sekunden tatsächlich übergeben musste.

»Er wurde an einer Dortmunder Tankstelle aufgegriffen. Der Besitzer hat sich über das unbegleitete Kleinkind gewundert und die Polizei informiert. Inzwischen hat Ihr Mann Ben identifiziert, es besteht kein Zweifel. Er sieht nur ein wenig älter aus. Wie ein Einjähriger und nicht mehr wie ein vier Monate altes Baby. Wir sprechen später noch in Ruhe, Frau Winterberg. Ich denke, es ist wichtig, dass Sie jetzt in die Porzer Klinik fahren. Ben ist bei Ihrem Mann.«

Der Ermittler warf Eleonore einen Blick zu, die hektisch nickte, Isa am Arm nahm und ihr aufhalf.

»Isa, wir fahren jetzt ins Krankenhaus. Lass uns fahren, ja?«, wisperte ihre Mutter. »Er ist wieder da. Ich wusste es. O mein Gott.« Schluchzend lachte sie auf.

»Können Sie fahren, Frau Dahl?«, fragte Simons. »Ansonsten kann ein Kollege Sie beide ins Krankenhaus …«

»Nein, nein«, winkte Isas Mutter ab und wischte sich über

ihre feuchten Wangen. »Wir fahren jetzt sofort los. Natürlich geht das. Isa, komm. Wir müssen zu Ben. *Wir müssen zu Ben!*«

Isa bekam kaum mit, wie Eleonore sie auf den Beifahrersitz ihres alten Opel Corsa verfrachtete. Kurz darauf fingen ihre Beine an zu zittern.

»Mama, Ben ist … Ben ist wirklich wieder da?«, stammelte sie, nachdem ihre Mutter rückwärts aus der Einfahrt gefahren war und krachend den ersten Gang eingelegt hatte. »Wie kann das sein? Wo ist er gewesen?«

»Ja, mein Kind«, schluchzte Eleonore und ließ den Motor aufheulen. »Unser Ben ist wieder da.«

»Was, wenn sie sich irren?«

»Sie irren sich nicht! Mark ist bei ihm, er hat ihn identifiziert. Es besteht kein Zweifel. O mein Gott.« Die Stimme ihrer Mutter brach endgültig.

Es war, als würden Simons Worte nur ganz langsam in Isas Bewusstsein sickern. »Ich kann das nicht glauben.« Sie starrte aus dem Fenster, den Kiefer so fest zusammengepresst, dass es schmerzte. »Wenn sie sich irren und er ist es doch nicht, dann …«, *möchte ich sterben, endgültig,* beendete sie ihren Satz im Stillen.

Ihre Mutter griff über den Schalthebel und drückte Isas Arm. »Kind, er ist es. Ich habe es gewusst. Ich wusste, er kommt wieder.«

Isa langte nach dem Griff über dem Autofenster und klammerte sich daran fest, als hinge ihr Leben davon ab. Es hing ihr Leben davon ab. Sternchen tanzten vor ihren Augen. Sie versuchte, tiefer zu atmen, doch vergebens. Sie schnappte nach Luft, Panik keimte auf.

Ihre sonst so regelfromme Mutter raste über die Autobahn, als könne Ben im nächsten Moment wieder verschwinden, wenn sie nicht rechtzeitig im Krankenhaus eintrafen. Ab und zu tätschelte sie ihrer Tochter das Bein, sagte ansonsten aber kein Wort mehr. Während Isa ihren bebenden Körper kaum unter Kontrolle halten konnte.

Auch der Fußweg vom Parkplatz in die Klinik rauschte an ihr vorbei. Sie orientierte sich an ihrer Mutter, die voranging und den Weg erfragte. Patienten, Besucher, Ärzte und Pfleger, so viele Gesichter, an denen sie vorbeiliefen. Isa nahm sie kaum wahr.

Und dann trat ihnen eine Krankenschwester entgegen, führte sie durch eine gläserne Tür, tätschelte Isa den Arm, sagte irgendetwas in beruhigendem Tonfall und blieb schließlich vor einem Behandlungsraum stehen.

Eine graue Tür mit zerkratztem Alugriff.

Ein verblichenes Schild mit einer Raumnummer daneben.

Die Schwester bedeutete ihnen, kurz zu warten. Die Tür des Besprechungsraumes ging auf.

Isa sah Mark auf dem Boden knien, den Arm um den Oberkörper eines kleinen Jungen gelegt.

Ihr Herz hämmerte, als wollte es ihr aus dem Brustkorb springen.

Ein blonder Haarschopf.

Isa würgte.

Der Junge drehte sich zu ihr um.

KAPITEL 18

Der Tumult in ihr schraubte sich schlagartig in die Höhe.

»Ben?«, flüsterte Isa und klammerte sich am Türrahmen fest. Heftiger Schwindel ergriff sie.

Mark sah auf und lächelte sie an, auch in seinen Augen tobten die Gefühle. Aus dem Hintergrund löste sich eine Ärztin und kam auf sie zu.

»Frau Winterberg?« Isa fixierte den kleinen Jungen, der in einem Krankenhauskittel steckte. »Frau Winterberg, Sie dürfen gleich zu ihm. Sie sind gerade bestimmt absolut überwältigt«, sagte die Frau ruhig und schob sich in ihr Sichtfeld. Sie war die Nächste, die ihren Arm tätschelte. Und ihr prüfend in die Augen sah.

»Es ist nur wichtig, dass wir Ben nicht überfordern, ja? Sie haben sich, wie ich gehört habe, acht Monate nicht gesehen. Gerade in dem Alter ist das eine sehr lange Zeit. Wir wissen nicht, wo er war und was mit ihm geschehen ist.«

Ihre Stimme klang eindringlich, doch erneut floss das Gesagte einfach so an Isa vorbei. Sie nickte heftig, inzwischen stumm weinend. Die Augen der Ärztin glänzten.

»Sie werden das schon machen. Es wird wieder in Ordnung kommen. Sie haben jetzt alle Zeit der Welt. Geben Sie ihm die Chance, in seinem Tempo auf Sie zu reagieren«, fügte sie hinzu und wies dann mit einer einladenden Geste in den Raum.

Isa nickte erneut. Tupfte sich die Wangen trocken. Vergeblich. Nickte noch einmal. Wischte auch die neuen Tränen weg. *Atmen.* Am liebsten wäre sie zu ihrem Baby gerannt. Hätte ihn hochgewirbelt. In ihre Arme geschlossen. Und nie wieder losgelassen. Aber auch sie war von einer seltsamen Anspannung ergriffen. Dort war ihr kleiner Junge. Er war beinahe kein Baby mehr. Er sah schon so kindlich aus. Und sie wusste nicht, wie sie sich ihm nähern sollte. Ihrem eigenen Kind. Ihr Instinkt, der natürliche Umgang einer Mutter mit ihrem Kind, war vollkommen ausgeschaltet. Sie war mit dieser Situation heillos überfordert.

In diesem Moment erhob Mark sich und kam auf sie zu, an seiner Hand das noch tapsig gehende Kleinkind. *Er kann laufen.*

Kurz vor ihr ging Mark erneut in die Hocke und flüsterte: »Da ist deine Mama!«

Der kleine Junge sah zu ihr auf, unsicher. Isa fiel auf die Knie. Lächelte ihn mit schrecklich zitternden Mundwinkeln an. Sog den Anblick seines weizenblonden Haares in sich auf, versank in seinen großen blauen Augen. Blauer, als sie sie in Erinnerung hatte, und doch so sehr seine Augen. Auch seine Gesichtsform hatte sich ein wenig verändert, war über die vergangenen Monate schmaler geworden. *Er ist älter geworden. Natürlich ist er das.* Isa schluckte schwer und hielt ihre Mimik nur mit größter Mühe in Schach. Zu fragil war die Kontrolle über ihre Gefühle. Seine kleine Stupsnase sah immer noch so zierlich und keck aus wie damals.

Ben lächelte sie schüchtern an, auf seine typische schiefe Art. In ihrem Herzen brach etwas auf. Es war Ben. Ihr Kind war zurückgekehrt. Sie strahlte zurück und merkte dabei am Rande, wie Tränen ihre Lippen benetzten. Salzig. Sie atmete zitternd ein und wieder aus. Hielt ihm ihre Hände hin.

»Ma-Ma?«, drang es fragend aus seinem kleinen Mund.

Isa kämpfte die Gefühlsexplosion in ihrem Inneren nieder wie eine Meisterin, beherrschte sie mit aller Gewalt.

»Oh, Ben!«, brach es dennoch keuchend aus ihr heraus.

Ihr kleiner Junge. Er schien sich an sie zu erinnern. Wie war das möglich? Er hatte sie Mama genannt. Vielleicht ein Zufall? Und doch bedeutete dieses simple »Ma-Ma« einfach alles für sie. Sie konnte sich gerade noch so bremsen, ihn in ihre Arme zu reißen. Alles in ihr schrie danach. Doch sie wollte ihn nicht überfordern. So begnügte sich Isa damit, seine kleinen Hände in ihre zu nehmen. Über seine samtweiche Haut zu streichen, so warm und so lebendig. Lachend und weinend genoss sie den Anblick ihres Kindes, das sie tief in ihrem Inneren schon tot geglaubt hatte. Sie konnte es nicht begreifen. Er war wieder da, wohlbehalten. So fremd. Und so vertraut.

»Ja, ich bin da. Ich bin deine Mama. Wo warst du nur?«, flüsterte sie erstickt. Vorsichtig fuhr sie ihm über die Wangen, berührte sein Haar. »Mein Schatz. Es wird alles wieder gut. Mama wird dich nie wieder im Stich lassen. Du bist sicher.«

Dann gab sie ihrer Sehnsucht nach. Vorsichtig zog sie Ben in ihre Arme und weinte sich kontrolliert und stumm den Horror der letzten Monate aus der Seele. Jetzt, wo er wieder da war, hatte sie das Gefühl, nie wieder damit aufhören zu können.

TEIL II

OHNMACHT

KAPITEL 19

Wenn sie jemand gefragt hätte, wie es war, den eigenen Sohn zu verlieren, nichts über sein Schicksal zu wissen, nicht zu wissen, ob es ihm gut ging oder ob er überhaupt noch am Leben war – Isa hätte es nicht beantworten können. Zu überwältigend war ihre Verzweiflung gewesen, als dass sie sie hätte in Worte fassen können.

Wenn sie jetzt jemand fragen würde, wie es war, Ben nach acht Monaten wieder in die Arme zu schließen, nicht zu wissen, was er in der Zwischenzeit erlebt hatte, wie es ihm ergangen war, bei wem er gewesen war – auch das würde sie nicht beantworten können. Auch diese Gefühle waren über alle Maßen überfordernd.

Einerseits war Isa der wohl glücklichste Mensch auf der Welt. Andererseits war es, als hätte jemand von außen in ihre Bindung eingegriffen und sie verändert. Sie sah ihren Sohn vor sich und wollte schreien vor Glück, sie wollte ihn nie wieder loslassen, ihn jede Sekunde des Tages und der Nacht ansehen und in den Armen halten. Doch zugleich wusste sie nicht, was er erlebt hatte, wie sie mit ihm umzugehen hatte, ja nicht einmal, wie gut er sich überhaupt an sie erinnern konnte.

Es gab Stunden, in denen Ben nur weinte und schrie. In denen er so verloren wirkte, obwohl er in ihren Armen lag, obwohl er in Sicherheit war, zu ihnen zurückgefunden hatte. In diesen Momenten fühlte Isa sich so unendlich machtlos, denn jeder ihrer Versuche, für ihn da zu sein und ihm Trost zu spenden, blieb erfolglos. Es gab Nächte, in denen sie mit Ben zusammen weinte, weil sie ihm nicht helfen konnte, das Chaos in seinem Herzen und auch das in ihrem zu ordnen. Diese Distanz, die irgendein Fremder zwischen sie gebracht hatte, war quälender, als Isa es je für möglich gehalten hätte.

Die Kinderärztin und auch Mark hatten ihr erklärt, dass Kinder in Bens Alter noch keine bleibenden Erinnerungen abspeichern konnten. Aber dass das Gefühl, das er in den ersten Monaten seines Lebens zu seiner Mutter und seinem Vater aufgebaut und das ihn geprägt hatte, in ihm schlummerte. Eine Art Körpererinnerung. Die Wärme seiner Eltern, ihre Stimmen, das Gefühl von Geborgenheit in ihrer Nähe, ihr Geruch. All das sei auf einer tiefen unbewussten Ebene abgespeichert und würde ihnen helfen, die vergangenen Monate zu verarbeiten.

Isa hatte das Gefühl, Ben und sie waren wie zwei Puzzleteile, die voneinander getrennt und mit Dellen und Beulen versehen worden waren, so dass sie nun nicht mehr nahtlos ineinanderpassten. Und dennoch zueinander gehörten.

Mark hatte sich für die erste Zeit nach Bens Rückkehr freigenommen. Sie ließen jeden Tag auf sich zukommen, beobachteten ihr Kind ganz genau, versuchten an alte Tagesstrukturen anzuknüpfen und sich möglichst nah zu sein. Einen Anfang zu finden, die tiefen Wunden, die ihnen allen zugefügt worden waren, heilen zu lassen. Mark fand relativ schnell einen natürlichen Umgang mit seinem Sohn, der Ben zu entspannen schien. Isa konnte nicht umhin, in solchen Situationen einen kleinen Stich zu spüren, denn ihr gelang das weniger gut. Es tat weh zu sehen, dass Ben bei Mark Trost fand und nicht bei ihr. Trotzdem bewunderte sie ihren Mann dafür. Denn dass Ben besser auf ihn reagierte als auf sie, war kein Wunder, wenn sie ehrlich zu sich selbst war. Natürlich wirkte auch Mark zwischendurch etwas nachdenklich oder angespannt, im Kontakt zu seinem Sohn aber konnte er sich offensichtlich auf das Hier und Jetzt konzentrieren. Während Isa tagtäglich darum kämpfte, nicht völlig und in jeder Sekunde von der Frage eingenommen zu werden, was ihr Kleiner in den vergangenen Monaten erlebt haben musste. Sie trug eine ständige Unsicherheit in sich. Unsicherheit und Angst, die ihr Sohn zu spüren schien.

Doch wenn Ben nach einem aufwühlenden Tag schließlich doch auf ihrem Schoß saß und sie gemeinsam ein Bilderbuch durchblätterten, heilte Isas Herz ein wenig. Es heilte, wenn er ihr ein schüchternes Lächeln zuwarf. Es heilte, wenn er sich nachts im Tiefschlaf unwillkürlich an sie kuschelte. Es waren diese kleinen Dinge und seine bloße Anwesenheit, die Isa trösteten.

Sie hatten ein unglaubliches Trauma erlebt. Aber sie hatten alle Zeit der Welt, wieder zueinanderzufinden. Denn sie hatten ihr gemeinsames Leben zurück.

KAPITEL 20

Ben schmiegte sich in Marks Arme und musterte die brünette Polizeibeamtin mit großen Augen. Sie waren im Polizeipräsidium Köln, um zu besprechen, wie es nun weitergehen sollte.

Einerseits wünschte sich Isa für sich und ihre kleine Familie Ruhe. Ruhe, um die Wunden heilen zu lassen, Ruhe, um am liebsten einfach alles zu vergessen. Andererseits zermarterte sie sich den Kopf, weshalb Ben so plötzlich wieder aufgetaucht war. Die Möglichkeit, dass er erneut einfach wieder fort sein könnte, schwebte wie ein Fallbeil über ihr. Sie fühlte sich schutzlos ausgeliefert, ohne Kontrolle über das Glück, das gerade erst zu ihnen zurückgekehrt war.

Simons hatte ihnen erklärt, dass die Videoaufzeichnung an der Dortmunder Tankstelle bis jetzt keine Erkenntnisse zum Täter oder Bens Aufenthaltsort während der letzten Monate gebracht hatte. Der Bereich, in dem Ben aufgefunden worden war, wurde durch die Kameras nicht erfasst. Die Videoaufnahmen der Fahrzeuge, die betankt worden waren, hatten bisher ebenfalls keine Hinweise ergeben, obwohl sie alle Fahrzeughalter ausfindig gemacht hatten.

Auch die ärztliche Untersuchung, die gleich nach Bens Auffinden unter Marks Begleitung durchgeführt und um eine gerichtsmedizinische Untersuchung ergänzt worden war, war ohne Auffälligkeiten geblieben. Es gab keine auswertbaren Spuren an seinem kleinen Körper, die irgendeinen Rückschluss auf seinen konkreten Aufenthaltsort oder die Geschehnisse der vergangenen Monate zugelassen hätten. Die kriminaltechnische Untersuchung der Kleidung, die er bei seiner Rückkehr getragen hatte, hatte bis auf Teppichfasern, die nicht eindeutig zuzuordnen waren, ebenfalls nichts weiter ergeben. Die interessanteste Spur lieferte noch die Marke seiner Hose, die hauptsächlich in Kaufhäusern in Osteuropa bezogen werden konnte. Mehrere Ermittler der Sonderkommission, die sofort mit Bens Rückkehr reaktiviert worden war, waren darauf angesetzt worden, doch bisher ohne Erfolg. Massenware.

Nicht nur Bens Verschwinden, sondern auch seine Rückkehr waren ein Mysterium. Isa hatte dem Kriminalhauptkommissar, während er sprach, ansehen können, wie sehr ihn dieser Umstand frustrierte.

Eines jedoch war klar: Wer auch immer Ben in seiner Gewalt gehabt hatte, hatte nicht nur akribisch dafür gesorgt, keine Spuren zu hinterlassen. Er hatte sich auch gut um Ben gekümmert. Sehr gut sogar. Ihr kleiner Junge war kerngesund und wohlgenährt zurückgekommen.

Isa hatte Anita Bruck in den vergangenen Monaten das ein oder andere Mal gesehen, allerdings bisher nur einen flüchtigen Kontakt zu ihr gehabt. Simons hatte ihnen nun erklärt, dass sie als Jugendsachbearbeiterin bei der Polizei speziell in der Befragung von Kindern und Jugendlichen geschult war. Sie hatte ein ausdrucksstarkes und fröhliches Gesicht, eines von der Sorte, das auch ohne ein Lächeln oder Lachen freundlich wirkte. Isa konnte sich gut vorstellen, dass die junge Polizistin mit Kindern wunderbar zurechtkam.

»Das Problem ist«, setzte Bruck fort, »dass Ben eigentlich noch um einiges zu jung für eine Aussage ist. Ihnen wird als Kinderarzt bekannt sein, Herr Winterberg, dass Ben in der jetzigen Phase seiner Sprachentwicklung allenfalls einzelne Worte beherrscht, aber noch keine Sätze bilden kann. Sein Wortverständnis reicht kaum über das Verstehen einfacher, gewohnter Satzstrukturen hinaus.« Mark folgte ihren Ausführungen konzentriert und nickte. »Ähnlich verhält es sich mit dem Erinnerungsvermögen, sein autobiografisches Gedächtnis wird erst in den kommenden Jahren beginnen, zuverlässig zu funktionieren. Man sagt, dass Kinder allerfrühestens mit zwei, wahrscheinlich aber erst mit drei oder sogar vier Jahren Erinnerungen so abspeichern, dass sie längerfristig darauf zugreifen können. Zumindest teilweise. Und inwiefern sie diese Erinnerungen dann sprachlich wiedergeben können, ist wieder ein anderes Thema. Ben wird erst noch lernen, über Vergangenes zu berichten.«

Mark nickte erneut. »Momentan kommuniziert er hauptsächlich über Gesten mit uns. Ein paar einzelne Worte scheint er zu kennen und nutzt sie auch hin und wieder. Aber er ist definitiv nicht in der Lage zu berichten, wo oder bei wem er gewesen ist, da stimme ich Ihnen zu. Völlig ausgeschlossen in seinem Alter. Abgesehen davon«, er sah Isa an, »möchten meine Frau und ich um jeden Preis vermeiden, dass Ben durch unbedachte Fragen oder Kommunikationsversuche gezwungen wird, sich an etwas zu erinnern, das ihn möglicherweise sehr belasten könnte. Die ganze Situation ist sowieso schon schwierig genug für ihn. Für uns alle.«

Isa betrachtete ihren Sohn, der seinen Kopf auf der Schulter seines Vaters abgelegt hatte. Ein Gefühl von Beklemmung machte sich in ihr breit. Natürlich wollte sie Ben nicht belasten. Aber die Vorstellung, nie herauszufinden, wo er gewesen war, erschien ihr unerträglich.

»Wir werden also nie herausfinden, was passiert ist?«, sprach Isa die Sorge aus, die seit seiner Rückkehr in ihr arbeitete.

Simons, der bisher mit verschränkten Armen am Konferenztisch gelehnt und dem Gespräch mit undurchdringlicher

Miene gelauscht hatte, wollte gerade zu einer Antwort ansetzen, als sich Bruck wieder zu Wort meldete.

»Es ist schwierig. Die jüngsten Kinder, die wir befragen, sind drei Jahre alt, eher aufwärts, und in der Regel geht es um Ereignisse, die unmittelbar zuvor stattgefunden haben. Außerdem gibt es in diesem Alter sehr vieles zu berücksichtigen. Wir haben mit dem psychologischen Sachverständigen gesprochen, mit dem wir manchmal in der Begutachtung kindlicher Zeugen zusammenarbeiten. Ich habe natürlich diverse Möglichkeiten in Betracht gezogen, die Kommunikation mit Ben aufzubauen. So wäre es grundsätzlich möglich, Symbol- und Bildkarten einzusetzen, um zumindest ein visuelles Erinnern bei Ben zu überprüfen. Zum Beispiel in Bezug auf örtliche Marker. Aber der Sachverständige sieht das kritisch. Unser Kommissionsleiter auch.« Sie warf Simons einen Blick zu, der nickte und das Wort ergriff.

»Es gibt, wie Sie wissen, die Möglichkeit, ein aktuelles Foto von Ben zu veröffentlichen und damit einen Aufruf zu starten, ob ihn irgendjemand in den vergangenen Monaten gesehen und etwas beobachtet hat, was uns weiterhelfen kann. Sie haben natürlich Ihr Recht auf informationelle Selbstbestimmung, aber es wäre wirklich ein wichtiger Ermittlungsansatz. Bislang kennt die Öffentlichkeit nur Fotos von Ben vor seinem Verschwinden. Haben Sie nochmal darüber nachgedacht?«

Isa warf Mark einen Blick zu. Sie hatten es diskutiert, mehrfach. Am Ende kamen sie jedoch immer wieder zu dem Ergebnis, dass sie sich einfach nicht wohl damit fühlten, Ben erneut dem Blick der Öffentlichkeit auszusetzen. Und damit eventuell auch dem Blick seines Entführers.

»Das kommt für uns nach wie vor nicht in Frage«, antwortete Mark knapp.

Isas Augen brannten dennoch. Hoffnungslosigkeit machte sich in ihr breit.

»Wenn Sie es sich doch anders überlegen, geben Sie bitte Bescheid. Ich kann nur wiederholen, dass uns ein neuer Aufruf weiterhelfen könnte. In jedem Fall wäre es wichtig, dass Sie Ben im Alltag genau beobachten und uns sämtliche Auffälligkeiten umgehend mitteilen.«

»Welche Worte spricht Ben denn schon?«, fragte Bruck.

Isa schluckte. »Er … er hat mich Mama genannt. Bei unserem Wiedersehen.«

Einen Wimpernschlag später meldete sich ihre Irritation darüber zurück, die damals unter all den Glückshormonen vergraben worden war.

»Er hat Sie Mama genannt?«, wiederholte Simons und beugte sich vor, seine dunklen Augen bohrten sich in ihre.

»Ja, ich … ich habe mich in dem Moment so gefreut. Weil ich dachte, er erkennt mich wieder. Es hat mich überrascht, das schon. Aber es tat so gut. Nach all der Zeit. Es war emotional ein absoluter Ausnahmezustand.« Isa verstummte, denn sie sah in den Gesichtern der Polizisten, was sie selbst insgeheim schon vermutet hatte.

»Er muss das Wort ›Mama‹ während seines Verschwindens von irgendjemandem gelernt oder aufgeschnappt haben«, schlussfolgerte Bruck mit ernster Miene.

»Und dich nennt er jetzt Papa«, fügte Isa tonlos hinzu und sah zu Mark, der Ben von einem in den anderen Arm hob.

Er zog seine Stirn in Falten. »Ja. Aber ich bin mir nicht sicher, ob das nicht neu erlernt ist, seit er zurück ist. Kinder in diesem Alter adaptieren so etwas schnell.«

Bruck nickte. »Das ist gut möglich. Aber ›Mama‹ hat er direkt bei Ihrem Wiedersehen gesagt?«

»Ja, eigentlich sofort. Seitdem aber kaum noch.«

»Na ja«, setzte Mark an. »Wir haben ja schon von dir gesprochen, bevor du in den Raum gekommen bist. ›Die Mama kommt gleich‹ oder so. Vielleicht hat er das einfach kombiniert.« Er zuckte mit den Schultern.

»Ja, kann sein«, meldete sich Simons wieder zu Wort. »Wir machen uns darüber Gedanken. Gibt es sonst noch etwas, das Ihr Sohn sagt?«

»Nein, nur Mama, Papa und nein. Bisher zumindest.«

Ein Klopfen ertönte und eine Sekretärin mit silbergrauen Haaren steckte den Kopf herein. Während sie Bruck etwas zuflüsterte, ertönte eine zarte Kinderstimme.

»Rete!«

Zuerst war Isa nicht sicher, ob sie richtig gehört hatte. »Was hast du gesagt, mein Schatz?«

Auch Mark versteifte sich schlagartig.

»Rete«, wiederholte Ben, zappelte mit den Beinen und beobachtete die Sekretärin, die sich gerade aus dem Raum zurückzog. Dann schluchzte er auf.

»Hey, alles gut, mein Kleiner. Es ist doch alles gut«, versuchte Mark ihn zu beruhigen und strich ihm über den Rücken.

»Rete!«, schrie Ben, nun klar und deutlich zu verstehen. Tränen benetzten seine kleinen Wangen.

Isa brannte das Herz. Sie machte zwei Schritte auf Mark zu und streckte die Arme nach ihrem Sohn aus. Doch dieser schrie nur noch lauter und krallte sich an seinem Vater fest. »Nein, nein!«

»Schhhh, ist ja gut«, brummte Mark, drehte sich ein wenig mit ihm weg und schaukelte das kleine Kind hin und her. »Es ist ja gut.«

Während ihr Mann ihren Sohn zu trösten versuchte, konnte Isa nichts anderes tun, als nutzlos herumzustehen und ihre eigenen Tränen mit aller Gewalt zu unterdrücken. Sie musste mehrmals hintereinander schwer schlucken, bis sie sich einigermaßen im Griff zu haben glaubte.

Als Ben sich ebenfalls ein wenig beruhigt hatte, wandte sich Simons mit ernster Miene an Mark und Isa.

»Sagt Ihnen das Wort etwas?«

»Nein, absolut nicht«, erwiderte Mark mit blassem Gesicht, und auch Isa schüttelte ratlos den Kopf. Ihre Gedanken rasten.

»Ich vermute, es ist ein Name«, warf Anita Bruck ein.

»Ja, das war auch mein Eindruck«, stimmte der Kriminalhauptkommissar zu. »Frau Breuer scheint ihn an jemanden erinnert zu haben. Jemanden, den er als ›Rete‹ kennt.«

Hatten sie hier tatsächlich eine allererste Spur? Isa verspürte einen kleinen Funken Hoffnung.

Ben fing erneut an zu weinen, leise diesmal. Er wirkte total erschöpft. So gern wäre sie sein sicherer Hafen. Es tat beinahe körperlich weh, dass er ihren Trost und ihre Nähe ablehnte.

»Ich denke, wir sollten uns auf den Heimweg machen. Ich glaube, Ben reicht es für heute«, sagte Mark. »Sie informieren uns, wenn Sie etwas herausfinden?«

Simons nickte, Bruck jedoch trat von einem Bein auf das andere. Schließlich brach es aus ihr heraus.

»Ich glaube, wir sollten dem Ganzen eine Chance geben. Vielleicht ist es doch nicht aussichtslos, wenn wir einen Versuch unternehmen, mit Ben zu sprechen.« Die junge Polizistin zögerte. »Es scheint offensichtlich greifbare Erinnerungen zu geben. Und Worte, die er während seiner Entführung erlernt hat, die er bisher im Alltag mit Ihnen noch nicht benutzt hat. Ich meine, ›Rete‹, das ist die erste konkrete Spur seit langem!« Anita Bruck sah in diesem Moment genauso hoffnungsvoll aus, wie Isa sich fühlte. Die sportliche Polizistin hob beide Hände. »Das ist doch endlich mal was. Ja, er ist jung. Zu jung für unsere gewohnten Vorgehensweisen. Aber vielleicht …«, sie verstummte in ihren Grübeleien.

»Sie glauben, man könnte dem doch irgendwie nachgehen?«, fragte Isa.

»Moment mal«, meldete sich Mark zu Wort. »Sie haben uns doch eben erklärt, weshalb Ben zu jung für eine Befragung ist, untermauert von der fachlichen Meinung Ihres psychologischen Gutachters. Ihrer Argumentation habe ich auch aus kinderärztlicher Sicht zugestimmt.«

Simons nickte. »Herr Winterberg hat Recht, Anita, so sehr ich mir weitere Ansatzpunkte wünsche. Wir haben das bereits erörtert und sollten auf den Sachverständigen vertrauen. Sofern wir überhaupt Ergebnisse erlangen würden, wären sie alles andere als zuverlässig.«

Die junge Polizistin versteifte sich kaum merkbar.

»Aber können wir es nicht einfach mal versuchen?«, sprang Isa ihr bei. »Frau Bruck scheint sich gut mit der Materie auszukennen. Ich hätte nichts dagegen, wenn sie einen Versuch unternimmt, mit Ben zu sprechen und vielleicht über diesen Weg doch etwas mehr herausfindet. Ich vertraue ihr.«

»Und unser Sachverständiger sagte nicht, dass es unmöglich wäre, Florian. Er sagte nur, er sieht das kritisch. Es wäre sicher eine Herausforderung, aber wir haben doch eigentlich nichts zu verlieren. In besonderen Situationen muss man vielleicht auch besondere Wege gehen.«

»Bei allem Respekt, aber das sehe ich anders«, warf Mark scharf ein. Isa zuckte zurück, obwohl ihr Mann nicht sie, sondern die junge Polizistin anfunkelte, die unwillkürlich die Arme verschränkte. »Natürlich haben wir etwas zu verlieren. Bens seelische Gesundheit! Das kann ich weder als Vater noch als Kinderarzt zulassen. Kann hier irgendjemand von sich behaupten, zu wissen, was ihm geschehen ist? Wie schlimm seine Erlebnisse waren? Wir dürfen nicht riskieren, ihn nachträglich noch stärker zu traumatisieren, als es das Ereignis womöglich ohnehin schon getan hat.« Isas Wangen begannen zu brennen. »Selbst bei Erwachsenen, die Traumata erlebt haben, geht man bei Befragungen äußerst behutsam vor. Nicht ohne Grund. Und Sie wollen es jetzt einfach irgendwie versuchen, bei einem einjährigen Kind, das sich weder mitteilen kann noch selbst versteht, was hier eigentlich vor sich geht und vor allem, was in den letzten Monaten vor sich gegangen ist? Das gerade erst zurückgekehrt ist und langsam beginnt, wieder Vertrauen zu fassen? Vielleicht versuchen Sie lieber mal, auf konventionellen Wegen und vernünftig zu ermitteln, anstatt meinen Sohn dort mit hineinzuziehen. Es sollte doch möglich sein, jetzt nach seiner Rückkehr neue Spuren zu verfolgen.« Marks Worte trafen Isa tief. Nicht wegen seines Ärgers, nein. Sondern weil er Recht hatte. In diesem Moment drehte Mark sich zu ihr. »Isa, ich verstehe deinen Wunsch und deine Not. Glaub mir.« Er griff nach ihrer Hand und drückte sie. »Natürlich möchte auch ich wissen, wo er gewesen ist. Aber doch nicht auf seine Kosten. Ben ist zu klein. Wir wissen nicht, welche Erinnerungen wir aufwühlen würden. Er hat genug durchgemacht. Er kommt gerade erst in unserer Familie an. Das möchte ich nicht durch eine unkontrollierte Befragung gefährden. Außerdem besteht ja die Chance, dass wir auch im Alltag neue Informationen erlangen, wenn er nur vorher etwas zur Ruhe kommen darf. So wie eben.«

»Ja, du hast vollkommen Recht. Ich habe nicht richtig nachgedacht«, erwiderte Isa leise.

Es war die Angst, die sie getrieben hatte. Die Angst, Ben erneut zu verlieren, indem er sich von ihr abwandte, weil sie nicht wusste, wie sie ihm helfen sollte. Die Angst, er könnte erneut verschwinden. Nur dass Angst noch nie eine gute Ratgeberin gewesen war. Tief holte Isa Luft, zum wiederholten Mal seit ihrem Erscheinen auf dem Kölner Polizeipräsidium darum bemüht, ihre Tränen zurückzuhalten. Von Mal zu Mal wurde es schwieriger. Sie bemerkte Simons' Blick auf sich und wandte sich ab.

»Ich bin keine Laiin, Herr Winterberg.« Anita Bruck klang verstimmt, als sie sich schließlich zu Wort meldete. Simons zog die Brauen zusammen und setzte seinerseits dazu an, etwas zu sagen, doch die junge Polizistin hob die Hand und sprach mit fester Stimme weiter. »Ich verstehe Ihre Punkte, aber die Befragung von Kindern ist mein Fachgebiet. Ich …«

»Dann ist Ihnen sicher bekannt, Frau Bruck, dass die Befragung eines einjährigen Kindes maximal suggestiv ist«, unterbrach Mark sie aufgebracht. »Wie gesagt, wir hatten das Risiko bereits besprochen. Ich möchte meinen Sohn keiner weiteren Belastung mehr aussetzen und womöglich Dinge in ihm aufwühlen, die ihm schaden könnten. Es erschließt sich mir nicht, wieso Sie das derart in Frage stellen.«

Bruck öffnete den Mund, doch diesmal kam Simons ihr zuvor und hob nun seinerseits die Hand. »Ich denke, ich kann auch für meine Kollegin sprechen: Wir möchten Ben selbstredend nicht schaden«, sagte er ruhig. »Vielleicht lassen wir das Thema erstmal ruhen. Sie sind seine Eltern, ohne Ihre Einwilligung geschieht nichts.«

»Natürlich, aber …«, setzte die Polizistin an und wurde erneut von Simons unterbrochen. Erbost verschränkte sie die Arme, sichtbar darum bemüht, sich ihren offensichtlich wachsenden Ärger nicht anmerken zu lassen.

»Meine Kollegin ist wie wir alle von Ihrem Fall betroffen. Sie geht nur die wenigen vorhandenen Optionen durch, wie wir Bens Verschwinden endlich aufklären können. Wir versuchen alles in unserer Macht Stehende, um Ihnen zu helfen.«

»Das wissen wir«, warf Isa schnell ein und sah bei ihren Worten auch zu Bruck hinüber, die ihr leidtat. »Und das schätzen wir sehr.«

Simons stieß sich vom Tisch ab und richtete sich auf. »Gut. Lassen wir es für heute darauf beruhen. Wir wägen in Ruhe ab, auch mit dem restlichen Team der Soko, wie wir weiter vorgehen werden. Es ist eine herausfordernde Situation. Es wäre gut, wenn Sie uns in der Zwischenzeit auf dem Laufenden halten könnten, wie Ben sich macht. Falls irgendetwas auffällig ist oder uns weitere Anhaltspunkte liefert, melden Sie sich bitte sofort.«

Mark nickte. »Okay, wir machen uns dann jetzt auf den Weg.«

Simons reichte den Winterbergs die Hand. Bruck schloss sich ihm nach einem Moment des Zögerns an, aber es fiel ihr sichtlich schwer. Aus der Nähe konnte Isa sehen, dass ihr Hals mit roten Flecken übersät war.

KAPITEL 21

»Wieso hast du mich derart abgefertigt?«, zischte die junge Polizistin und folgte Simons in sein Büro.

Simons trat hinter seinen Schreibtisch. »Ich habe dich nicht abgefertigt. Ich finde bloß, du bist über das Ziel hinausgeschossen, und ich habe eingegriffen, um die Situation zu klären.«

»Über das Ziel hinausgeschossen? Wie meinst du das? Ich bin die Einzige, die wirklich Ahnung von Entwicklungspsychologie im polizeilichen Kontext hat!«

Der Kriminalhauptkommissar runzelte die Stirn. »Das hat doch damit nichts zu tun. Du machst einen guten Job, das stellt dir niemand in Abrede. Aber Herr Winterberg ist ein erfahrener Kinderarzt, und seine Bedenken in dieser Funktion und als Vater sind nachvollziehbar. Du weißt doch selbst, was der Sachverständige und auch Bode gesagt haben. Es ging ganz einfach um die Sache. Ich will den Fall auch aufklären, und genau deshalb sind wir weiterhin auf die Kooperation der Winterbergs angewiesen. Das sollten wir uns nicht verscherzen. Wir müssen einen kühlen Kopf bewahren und immer das Wohl des Jungen im Auge behalten. Dein Ehrgeiz in allen Ehren.«

»Ich bewahre einen kühlen Kopf!«, grollte seine Kollegin. »Du hast mich abgefertigt wie ein kleines Mädchen, und das ist das, was mich stört! Du hast mich nicht mehr zu Wort kommen lassen, als hätte ich mich nicht im Griff, nur weil du jede Art von

Emotion scheust und dich nur auf rein sachlicher Ebene wohlfühlst!« Brucks Augen glänzten. Simons zog die Brauen hoch und sah aus dem Augenwinkel, wie Schwarz vollends hinter dem Monitor seines Computers abtauchte. »Herr Winterberg hat eine medizinische Perspektive, meinetwegen. Aber unser Sachverständiger hatte sich nicht vollends gegen einen Versuch ausgesprochen! Es ist nur nicht üblich. Aber nichts an diesem Fall ist üblich.« Sie warf die Hände in die Luft. »Ich meine, es hätte einfach nochmal eine Überlegung wert sein können!«

»Ich will den Fall auch aufklären. Aber auf eine Weise, die Sinn ergibt, Anita. Die Einschätzung des Sachverständigen war sehr klar«, formulierte Simons den aus seiner Sicht einzig relevanten Fakt in dieser Diskussion mit Nachdruck und so ruhig wie möglich und entschied bewusst, Brucks Seitenhieb in seine Richtung zu ignorieren. Auch wenn genau diese Entscheidung für Sachlichkeit statt Emotionalität eigentlich nur bestätigte, was sie über ihn gesagt hatte. Er kniff die Lippen zusammen.

Bruck schüttelte den Kopf und starrte ein paar Sekunden an ihm vorbei, als müsse sie sich sammeln. »Er hat das viel relativer formuliert, als du es aussehen lässt.« Dann atmete sie tief durch. »Aber egal, das müssen wir nicht miteinander ausfechten. So oder so hast du mich wie eine Idiotin dastehen lassen, und das ist nicht okay! Auch wenn du mehr Berufserfahrung hast, ich habe mir meine Position in diesem Team verdient! Und ich bin es leid, dass das aufgrund meines Alters oder Geschlechts immer wieder in Frage gestellt wird.«

Dann wischte sich die junge Frau hektisch über die Augen, drehte auf dem Absatz um und rauschte aus dem Raum.

Simons schüttelte den Kopf und sah zu Schwarz hinüber, der in den letzten Minuten kein Lebenszeichen von sich gegeben hatte und auch jetzt noch angestrengt auf seinen Monitor starrte.

»Was ist los mit ihr?«, fragte Simons mit gerunzelter Stirn und ließ sich hinter seinen Schreibtisch sinken. »Ich stelle ihre Expertise doch gar nicht in Frage. Ich verstehe nicht, wie sie jetzt auf das Thema Alter und Geschlecht kommt. Das hatte doch überhaupt nichts damit zu tun.«

Schwarz zog die Brauen nach oben.

»Was?«

»Na ja … nichts für ungut, aber ich kann sie schon verstehen.«

»Thorsten, sie ist zu forsch an die Sache rangegangen. Nicht mehr und nicht weniger.«

»Mag sein. Für dich ist das so, das glaube ich dir sogar. Trotzdem, und das habe ich dir schon mal versucht zu sagen, könntest du manchmal etwas feinfühliger sein. Und das sage ich als letzter Frauenversteher auf dem Planeten. Aber ich bin, was das angeht, mit meinen Töchtern und meiner Frau durch eine harte Schule gegangen.« Schwarz schmunzelte. »Wenn sie sagt, sie hat sich abgekanzelt gefühlt in der Situation mit Herrn Winterberg, dann wird das höchstwahrscheinlich so gewesen sein, tut mir leid, dir das sagen zu müssen, Partner.«

»Wir sind bei der Polizei«, schnaubte Simons genervt. »Da geht es um Fakten und nicht um Gefühle. Und Fakt ist nun einmal, dass wir auf die Kooperation der Winterbergs angewiesen sind. Da kann Anita nicht herkommen und sich über die berechtigten Einwände Herrn Winterbergs hinwegsetzen und damit womöglich seine Kooperationsbereitschaft verspielen. Die Pferde sind mit ihr durchgegangen. Und nur das habe ich ihr rückgemeldet. Ich musste die Situation einfangen. Kein Grund, dass sie sich persönlich angegriffen fühlt. Ich hätte bei jedem anderen Kollegen genauso reagiert, es ging um die Sache.« Kopfschüttelnd und ein wenig zu energisch schlug Simons eine Akte auf und vertiefte sich darin.

Schwarz räusperte sich.

»Du machst mich heute wahnsinnig«, zischte Simons gereizt und sah auf. Ein leises Lächeln umspielte die Mundwinkel seines Kollegen. Simons entschied, es zu ignorieren.

»Du wirkst in letzter Zeit auch ein wenig angespannt, Florian. Nur mal so, Mister ›Es-geht-um-die-Sache‹«, warf Schwarz ein, stand auf und verließ das Büro auf dem Weg zum nächsten Kaffeeautomaten.

Simons schloss die Augen und kniff sich in die Nasenwurzel. Dann stieß er den Atem aus und schüttelte den Kopf. Sie hatten wirklich größere Probleme als Brucks persönliche Befindlichkeiten oder seine Neigung, sachlich und faktenbasiert zu kommunizieren. Es war gut, dass der Junge wohlbehalten zurückgekehrt war. Und doch war der Fall nun noch mysteriöser als vorher schon, obwohl er das kaum für möglich gehalten hätte. Sie mussten sich mit allem, was sie hatten, auf seine Aufklärung konzentrieren.

Simons lehnte sich erneut nach vorne und blätterte durch seine Notizen. Besah sich die Protokolle der Vernehmung des Mitarbeiters des Tankstellenshops. Fuhr mit dem Finger über die Liste der identifizierten Kunden, die ihre Autos ungefähr zu dem Zeitpunkt von Bens Auftauchen an der Tankstelle betankt hatten. Konzentriert studierte er die Uhrzeiten.

Es hatte ein wenig gedauert, bis die örtliche Polizei nach Aufgreifen des Jungen über das LKA und das System INPOL auf Bens Suchmeldung gestoßen und eine Verbindung zu dem vermissten Kind aus Köln hergestellt hatte. Beschreibung und Alter hatten gepasst, zudem gab es auch in einem weiten Umkreis kein anderes vermisstes Kind dieses Alters.

Jetzt waren die Kollegen von der Telekommunikationsüberwachung dabei, die Funkdaten zum Zeitpunkt von Bens Rückkehr mit denen zum Zeitpunkt von Bens Verschwinden abzugleichen.

Eine Weile blätterte Simons noch in dem Bericht der gerichtsmedizinischen Untersuchung des Jungen und seiner Kleidung, den er ohnehin längst auswendig kannte, bis er frustriert die Luft ausstieß und die Akte zuschlug.

Wieso zur Hölle war der Junge entführt worden, um dann ein paar Monate später wieder freigelassen zu werden? Als wäre nichts gewesen, in bester Verfassung? *Das ergibt doch überhaupt keinen Sinn.* Der Fall Ben Winterberg war zu seinem persönlichen Meisterstück geworden, so viel stand fest.

Simons starrte in die Nacht, die die Welt hinter den großen Fenstern des Präsidiums inzwischen in Schwärze getaucht hatte. Dann warf er einen Blick auf seine Smartwatch. Eine Runde Laufen wäre jetzt genau das Richtige. Die Bewegung würde ihm helfen, sich zu fokussieren. Er musste über das Motiv nachdenken. Und die Hoffnungslosigkeit im Gesicht von Isa Winterberg auch bei der heutigen Besprechung vergessen, die ihm immer wieder vor Augen führte, dass sie nach wie vor keine Antworten gefunden hatten.

KAPITEL 22

Isa stellte einen Topf mit dampfenden Kartoffeln auf den Tisch.

»Kommt ihr bitte? Das Essen ist fertig!«, rief sie und verteilte Kartoffeln, Broccoli und mit Käse überbackenes Hähnchenbrustfilet auf den Tellern. Marks Lieblingsessen.

Sie sah auf, als sie Bens Kichern hörte.

»Ich habe dich gleich, grrrr!«, rief Mark und ging hinter Ben her, der glucksend vor ihm weglief, erstaunlich stabil auf seinen kurzen stämmigen Beinen.

Nach ein paar Runden um den Couchtisch ergriff Mark ihn wieder und kitzelte ihn. Ben japste vor Freude.

Isa streckte die Arme aus, um den verschwitzten kleinen Jungen in seinen Stuhl zu heben, aber Ben drehte sich weg und versteckte sich hinter Marks Beinen. Von dort lugte er hervor. Isa versuchte nun wie Mark zuvor, ihn zu kitzeln, doch Ben schüttelte den Kopf und wich ihren Händen aus.

»Möchtest du etwa nicht mehr gekitzelt werden?« Sie gab sich Mühe, ihre Stimme unbeschwert klingen zu lassen, doch die Leichtigkeit der Situation war verflogen. Isa versuchte, sich die Enttäuschung nicht anmerken zu lassen. »Kein Problem, mein Kleiner. Soll dich der Papa in den Stuhl setzen?« Sie warf Mark einen auffordernden Blick zu, drehte sich zum Tisch um, rückte die Messer zurecht und nahm dann Platz.

Eine Weile war jeder mit seinem Essen beschäftigt.

»Das hatte eben nichts mit dir zu tun, das weißt du, oder

Schatz? Gib ihm einfach Zeit«, meldete Mark sich schließlich zu Wort.

Isa nickte und versuchte, den Kloß in ihrem Hals hinunterzuschlucken. Sie schob sich ein Stück Fleisch in den Mund und kaute.

»Er kann ja nichts dafür«, antwortete sie. »Es ist nur … ich frage mich …« Sie legte ihr Besteck beiseite und bemühte sich um eine neutrale Miene. »Ich stelle mich einfach ungeschickt an, glaube ich.« Frustration und Unsicherheit drängten an die Oberfläche.

Sie blinzelte über das Brennen in ihren Augen hinweg und beobachtete Ben, der wiederum seinen Löffel begutachtete.

»Es ist für uns alle nicht einfach. Mir geht es auch so, dass ich Bens Rückkehr erst einmal verarbeiten muss.« Mark verstummte, Messer und Gabel schwebten regungslos über seinem Teller. »Aber ich finde wichtig, dass wir uns das nicht anmerken lassen. Ihm zuliebe«, fuhr er dann fort und suchte Isas Blick.

»Schon. Das sehe ich auch so, und ich bemühe mich wirklich. Es ist nur … wieso funktioniert es zwischen euch beiden so gut? Versteh mich nicht falsch. Ich finde es schön und freue mich für dich, für euch. Aber er fehlt mir so. Ben war ein absolutes Mamakind. Und jetzt ist es so, als würde …«, Isa holte tief Luft, »… als würde er mich gar nicht mehr kennen.«

»Ach Isa, mach dir doch nicht solche Gedanken. Natürlich kennt er dich noch. Du machst dir mehr Sorgen, vielleicht spürt er das einfach. Ich bin sicher, dass er bald wieder so an dir hängen wird wie noch vor ein paar Monaten. Und sei doch froh, dass er so eine Bindung zu mir zeigt. Wolltest du das nicht immer?«

Er lächelte, doch seine Augen blickten ernst, dann schob er seinen Stuhl zurück, kam um den Tisch herum und nahm Isa in den Arm. Zunächst wollte sie sich dagegen wehren, sie wollte gar nicht so ein Aufheben um ihr Gefühlschaos machen. Sie sollte einfach glücklich sein. Aber als sich Marks Arme um sie legten, konnte sie nicht anders, als sich in seine Umarmung sinken zu lassen. Sie ließ seine Wärme und seinen sauberen Duft auf sich wirken und atmete tief durch. Sie waren sich so lange nicht mehr nahegekommen, dass sie ganz vergessen hatte, wie gut sich das anfühlte.

»Grrr!«, ertönte es von Bens Tischseite. Sein Gesicht war voller Kartoffelstückchen. Isa musste angesichts seines begeisterten Grinsens lachen. Dann strich Mark Isa eine Träne von der Wange und drückte ihr einen Kuss auf die Stirn.

»Es wird alles wieder gut, es wird alles in Ordnung kommen. Das hatte ich dir doch versprochen.«

Isa nickte.

KAPITEL 23

Isa schob Bens Buggy durch das Tor zum Spielplatz, der nur ein paar Straßen von ihrem Haus entfernt lag. Schon bei ihrem Einzug hatten Mark und sie sich ausgemalt, wie es wohl sein würde, hier mit ihrem kleinen Jungen zu spielen. So sehr hatte Isa sich darauf gefreut. Auf diesen Moment, der sich nun vor ihr eröffnete.

Sie beobachtete, wie Ben in seiner gefütterten Matschhose über den feuchten Sand stapfte und neugierig an einer der Schaukeln zog, auf der sich kleine Regenwasserseen gebildet hatten. *Was ist nur los mit mir?*, fragte sich Isa nicht zum ersten Mal in den letzten Tagen und schluckte einen großen Kloß im Hals hinunter. Seit Mark wieder zur Arbeit ging, fühlte sich ihr Herz noch schwerer an, dabei sollte es doch eigentlich federleicht sein.

Am gegenüberliegenden Rand des großen Sandbereiches standen mehrere Bänke, auf denen ein paar Mütter saßen und sich angeregt unterhielten, während ihre Kinder die Spielgeräte erklommen. Eine der Mütter stieß mit einem weinenden Kind und Feuchttüchern in der Hand zur Gruppe dazu.

»O nein, hat er sich wehgetan?«, rief eine andere Frau und stand auf.

»Ich denke nicht, er ist nur hingefallen und hatte jede Menge Sand im Mund«, erwiderte die große Blondine und ging neben dem kleinen Jungen in die Knie. »Alles okay. Wir haben den gemeinen Sand davongejagt, oder?«, fügte sie in spielerischem Tonfall hinzu.

Der Kleine kicherte und nickte.

Genau diese Themen sollten mich jetzt auch beschäftigen, schoss es Isa durch den Kopf, und mit diesem Gedanken stiegen ihr endgültig Tränen in die Augen. In einer Gruppe Mütter sitzen und sich um kleine Missgeschicke kümmern, ihren Jungen trösten, wenn er etwas zu sehr getobt hatte, eine ganz normale Mama mit ihrem ganz normalen manchmal anstrengenden Familienalltag sein, das war alles gewesen, was sie je gewollt hatte.

Aber das hast du doch, zischte es wütend in ihr.

Habe ich das?, fragte ein anderer Teil in ihr zurück.

Du hast dein Kind wieder! Natürlich hast du das!

Ben hatte sich auf den Boden fallen lassen, seine Fäuste im Sand vergraben, aufgeregt und unbeschwert. Immer wieder ließ er die Körner durch seine Hände rieseln, ganz vertieft in sein Spiel.

Ja, sie hatte ihn zurück, und nichts würde sie je mehr Dankbarkeit empfinden lassen als dieses Wunder. Aber inzwischen dämmerte Isa, dass etwas, das im März mit ihm verschwunden war, nicht mit ihm zurückgekehrt war. Die Leichtigkeit. Das Vertrauen in die Welt. Die unbeschwerte Freude. Und mit jedem weiteren Tag lastete ihr Unvermögen schwerer auf ihr. Sie wollte nicht so fühlen. Sie wollte ihm auch nicht so eine Mutter sein, so ernst und schwermütig und unsicher. Aber sie wusste nicht, wie sie sich aus diesem Loch befreien sollte, in das sie scheinbar täglich tiefer hineinrutschte.

Immer wieder grübelte sie darüber nach, wo Ben gewesen war. Wieso er wieder aufgetaucht war. Ständig ging ihr durch den Kopf, dass sie so viel verpasst hatten. Mehr als die Hälfte seines ersten Lebensjahres. Seine ersten Schritte. Seinen ersten Geburtstag. Es fing an zu tröpfeln. Isa hob das Gesicht zum Winterhimmel. Grau in grau.

Als sie den Kopf wieder senkte, stand die blonde junge Frau, die ihr Kind getröstet hatte, nur ein paar Meter von ihr entfernt und war in ihr Handy vertieft. Sie hatte wunderschön seidig glänzende Locken. Ganz anders als Isas krause Mähne. Sie war schlank und hochgewachsen, vermutlich so groß wie Mark. Sie musste jede Menge Sport treiben. Isa fiel auf, dass sie keine Ahnung hatte, wie sie selbst eigentlich aussah. Sie hatte sich schon lange nicht mehr zurechtgemacht, es war ihr monatelang vollkommen egal gewesen.

Die andere Mutter schien Isas Blick auf sich bemerkt zu haben und sah auf.

Hastig wischte sich Isa über ihre feuchten Wangen und lächelte möglichst ungezwungen. »Ist alles wieder gut mit Ihrem Sohn?«, fragte sie betont fröhlich, als hätte sie die Fremde zuvor nicht sekundenlang angestarrt.

»Ja, alles wieder gut«, erwiderte die Frau freundlich und lächelte ebenfalls. Sie senkte ihr Handy. »Nur ein kleines Missgeschick. Er ist allerdings nicht mein Sohn, sondern mein Neffe.«

»Ah, okay«, antwortete Isa und schob ihre Hände tiefer in die Taschen ihres Mantels.

»Ist das Ihr Kind?«, fragte die große Blondine und deutete auf Ben, der inzwischen seine Füße eingebuddelt hatte.

»Ja, das ist Ben.«

»Ein schöner Name.«

»Danke. Und wie heißt Ihr Neffe?«

»Paul. Er ist mein Patenkind. Hält meine Schwester und zwischendurch auch mich, wenn ich die Ehre habe, auf ihn aufzupassen, ganz schön auf Trab. Sie wissen ja, wie Jungs so sind.« Sie grinste ein perlweißes Grinsen.

»Ja«, stimmte Isa zu und hoffte, unbeschwert zu klingen, obwohl sie sich in diesem normalen, unbeschwerten Leben mit normalen, unbeschwerten Themen nicht mehr heimisch fühlte. Wusste sie wirklich, wie ›Jungs so waren‹, wo sie doch so viel mit Ben verpasst hatte? »Und wie heißen Sie?«, fragte sie, um ihr Gedankenchaos zu überspielen.

»Ich heiße Carla Starck. Du kannst mich gerne duzen. Freut mich, …?« Die Blondine ließ das Ende ihres Satzes in der Luft hängen.

»Isa Winterberg.«

Ein Schatten huschte über Carlas Gesicht. »Oh … Winterberg? Und …« Ihr Blick fiel abermals auf Ben. Hitze stieg in Isa auf. »Seid ihr die Familie, deren kleiner Junge …?«

Isa nickte und wusste nicht, was sie sagen sollte. Ihr Brustkorb fühlte sich an wie in einem Schraubstock.

»O nein, das tut mir leid.« Carla wirkte aufrichtig beschämt.

»Schon in Ordnung. Er ist ja wieder da.« Isa lächelte ein kontrolliertes Lächeln, das sich völlig falsch anfühlte.

Die Frau, Carla, fragte sich jetzt sicher, wieso sie die ganze Zeit so trübselig wirkte. Wo doch ihr Kind zurückgekehrt war. Wieso sie nicht vor Freude strahlte. Was mit ihr nicht stimmte. Isa sah sich scheinbar beiläufig nach Bens Buggy um und zog ihn ein Stück heran. Vielleicht war es besser, sich auf den Heimweg zu machen. Sie war einfach noch nicht so weit.

»Meine Schwester sagte das. Dass ihr ihn zurückhabt. Wie großartig und unglaublich. Wir waren uns nicht sicher, weil kaum etwas in den Zeitungen stand, aber … das muss so unglaublich erleichternd gewesen sein.«

»Ja, das war es. Ist es«, antwortete Isa knapp und starrte zu Ben.

Carla folgte ihrem Blick und schwieg eine Weile. Die Situation war derart unangenehm, dass sie offenbar beide nicht wussten, wie sie sie beenden sollten.

»Ich stelle mir das ganz schön schwer vor«, sagte Carla schließlich leise. »Ich meine, eigentlich kann man sich solch eine Situation gar nicht vorstellen. Was für ein Albtraum. Aber wenn ich mir ausmale, ich würde mein Kind verlieren und erst Monate später wieder in die Arme schließen. Puh. Das würde sicher jede Menge mit mir machen. Bestimmt ist das ganz schön überfordernd und beängstigend neben all der Freude.«

»Ja, das ist es«, antwortete Isa, überrascht, dass diese fremde Frau einen Teil von ihrem Kummer so treffsicher in Worte gefasst hatte, obwohl sie sich doch selbst dafür verurteilte. »Wir sind sehr dankbar. Aber es ist auch schwierig. Wir müssen alle erst verarbeiten, was alles geschehen ist.« Isa hörte ihre eigene Stimme dünn werden und wandte ihr Gesicht ab.

»Ja, aber natürlich ist es das«, antwortete Carla so mitfühlend und warmherzig, dass Isa nun noch mehr Schwierigkeiten hatte, ihre hochschießenden Tränen zu kontrollieren.

Beschämt gab sie vor, Bens Sitzsack im Buggy zurechtziehen zu müssen.

»Habt ihr denn herausfinden können, wo er gewesen ist?«

»Nein, leider nicht. Er ist einfach wieder da. Und natürlich sind wir überglücklich. Aber …«, Isa stockte.

»Aber du hast Angst. Ich meine, o mein Gott, ich hätte Angst, wenn ich so gar nichts wüsste«, beendete Carla ihren Satz und betrachtete sie mit großen mitfühlenden Augen. »Das ist ja wirklich ungeheuerlich. Wie soll man damit zurechtkommen?«

Isa blinzelte ihre Tränen weg und hob ihre Schultern.

In diesem Moment kam Ben auf die beiden Frauen zugestapft und hielt Isa ein paar abgerissene Grashalme entgegen. Seine blauen Augen leuchteten vor Freude. Isa musste trotz ihrer Traurigkeit und Sorge unwillkürlich lächeln.

»Na, mein Kleiner? Was hast du denn da?«

»Wenn das nicht der erste Blumenstrauß eines kleinen Jungen für seine Mama ist«, stellte Carla schmunzelnd fest.

Stimmt, dachte Isa und spürte, wie etwas Wärme in ihr aufstieg.

Als Ben sich umdrehte und wieder zurück zu dem Wiesenstreifen neben der Rutsche taperte, räusperte sich die große blonde Frau. »Ich muss nun leider los, Isa. Es hat mich gefreut, dich kennen zu lernen.«

»Oh, ja, mich auch«, erwiderte Isa spontan, weil es stimmte, trotz des Gefühlschaos in ihrem Inneren. Auch wenn sie nur wenige Sätze gewechselt hatten, war Carla ihr sympathisch. Sie war die erste Person, die zu verstehen schien, was in Isa vorging.

»Dann bis demnächst mal, vielleicht trifft man sich ja nochmal wieder«, sagte Carla und winkte zum Abschied, ehe sie in Richtung der anderen Mütter ging.

Isa winkte ebenfalls und sah sich dann nach Ben um, um mit ihm ebenfalls nach Hause zu gehen. Für heute war ihre Kraft aufgebraucht.

KAPITEL 24

»Bis nächsten Freitag.« Mark gab Isa einen Kuss. Isa wiederum versuchte, ihre Nervosität mit einem Lächeln zu überspielen, aber Mark kannte sie so gut wie niemand sonst, mit Ausnahme ihrer Mutter. »Entspann dich, Isa. Wir haben doch darüber gesprochen. Ihr zwei werdet das gut hinbekommen, da habe ich keine Zweifel.«

»Ich hoffe«, antwortete sie knapp und strich Ben über die Wange, der sich umdrehte und ins Wohnzimmer zurücklief. »Was ist, wenn er sich von mir nicht ins Bett bringen lassen will? Oder wieder so viel weint?«, platzte es dann doch aus ihr heraus.

»Das wird schon«, wiederholte Mark, eine Spur ungeduldig. »Es hat doch die letzten Abende auch gut geklappt. Und er weint auch viel weniger als noch am Anfang.«

»Ja, aber er orientiert sich so sehr an dir. Er ist viel entspannter, wenn du zu Hause bist. Ich auch.« Sie schluckte krampfhaft. »Hältst du es wirklich für eine gute Idee, schon wieder zu verreisen? Und dann auch noch für so viele Tage?« Isa konnte den anklagenden Ton in ihrer Stimme nicht ganz verbergen.

»Ich muss zu diesem Kongress, das weißt du doch.« Mark nahm seine Reisetasche vom Boden hoch, sein Gesichtsausdruck war ernst. »Es ist doch auch eine Chance. Die gemeinsame Zeit allein wird euch näher zusammenbringen, als wenn ich hier herumtanze, du wirst schon sehen. Und im Notfall hast du ja deine Mutter gleich um die Ecke.«

Er nahm seinen Schlüssel vom Schlüsselbrett.

Isa verschränkte die Arme.

»Ach, Isa.« Er seufzte und presste die Lippen zusammen. Enttäuschung lag in seinen Augen.

»Schon gut.« Isa atmete durch und straffte den Rücken. »Du hast ja Recht. Es wird schon. Ich bin einfach nur nervös. Bestimmt ist es wie du sagst und bringt uns einander näher.«

»Genau. Und wie wäre es, wenn du dich mal wieder mit jemandem triffst und etwas unternimmst? Vielleicht mit Tina? Sie hat mich letztens angerufen, das wollte ich dir noch gesagt haben. Sie meinte, sie kann dich nach wie vor nicht erreichen.«

Isa hob die Schultern. »Mir ist einfach noch nicht nach Gesellschaft. Unsere Situation ist noch zu frisch. Und sie würde mich nicht verstehen.«

Mark bedachte sie erneut mit einem ernsten Blick. »Wie lange gehst du Tina nun schon aus dem Weg? Ihr seid so lange befreundet, und sie hat sich seit Bens Verschwinden so oft gemeldet. Ich bin sicher, sie wäre gerne für dich da. Ein Treffen und etwas Ablenkung würden dir guttun. Du musst mal über andere Dinge nachdenken, raus aus den Grübeleien.«

»Glaubst du, ich fühle mich wohl damit?« Isa fühlte ihre Augen feucht werden. Doch sie wollte nicht erneut vor Mark weinen, er hielt sie bald endgültig für ein seelisches Wrack. »Das mit Tina fühlt sich einfach komisch an, weil wir schon vor Bens Verschwinden keinen richtigen Kontakt mehr zueinander hatten. Und momentan bin ich einfach so platt. Ich bin froh, wenn ich durch den Alltag komme.« Isa senkte den Kopf.

»Überleg es dir einfach. Mehr als dir sagen, dass es wichtig für dich wäre, mal wieder unter Leute zu kommen, kann ich nicht. Ich muss jetzt leider los.« Mark wandte sich ab und griff zur Klinke.

»Ja. Viel Spaß auf dem Kongress«, presste Isa hervor und zwang sich wie zu Beginn des Gesprächs zu einem Lächeln.

Als sie vom Küchenfenster aus beobachtete, wie Mark rückwärts aus der Einfahrt fuhr, zog sich ihr Herz zusammen.

Aber er hatte Recht. Der Alltag lief weiter, und früher war es auch kein Problem gewesen, mit Ben allein zu sein. Ganz im Gegenteil, sie hatte die Zeit genossen. Manchmal hatte es sich eher so angefühlt, als würden sie aus ihrem gewohnten Rhythmus geraten, wenn Mark ausnahmsweise einmal freigehabt hatte und zu Hause gewesen war. Dass er beinahe rund um die Uhr gearbeitet hatte, hatte Isa nicht viel ausgemacht, sie hatte ja Ben gehabt.

Mit Bens Verschwinden hatte sich das schlagartig geändert; Marks Arbeitswahn hatte sie ab diesem Zeitpunkt persönlich verletzt. In dieser Zeit hatte er sich förmlich in seine Arbeit geflüchtet. Weg von ihr, weg von den Gefühlen und der Verzweiflung. So oft hatte Isa sich schrecklich allein gelassen gefühlt, und so oft hatten sie deshalb gestritten. Bis Isa irgendwann resigniert hatte; es hatte ihr einfach die Kraft gefehlt, einen um den anderen Konflikt mit ihrem Mann auszutragen, der seinen Kummer so unbedingt unter seiner Arbeit vergraben wollte, obwohl sie ihn gebraucht hätte.

Jetzt war Ben zurück, und ihr Familienalltag normalisierte sich allmählich – und doch war nichts wie vorher. Isa wurde von Angst und Unsicherheit zerfressen. Ben war unter ihrer Obhut verschwunden. Und so wünschte sie sich Mark einerseits zu Hause, denn er gab ihr Sicherheit, andererseits spürte sie, dass die Distanz zwischen ihnen zunahm. Sie bekam ganz genau mit, wie ihr Mann sie beobachtete, wenn sie niedergeschlagen war und um all das trauerte, was ihnen genommen worden war. Sie hörte den genervten Unterton in seiner Stimme, wenn sie ihre Sorgen äußerte, auch wenn er sich größte Mühe gab, verständnisvoll mit ihr umzugehen. Aber er verstand sie nicht wirklich, nicht mehr. Das konnte er nicht verbergen. Manchmal dachte Isa sogar, dass er sich auch deshalb wieder in seine Arbeit stürzte. Um, erneut, mit ihren Gefühlen nicht umgehen zu müssen. Um nicht ständig damit konfrontiert zu sein, wie depressiv sie war. Und Isa konnte es ihm nicht übelnehmen. Sie hielt es kaum mit sich selbst aus.

Sie wusste nicht, was schwerer wog – die finsteren Gedanken, die Angst, dass Ben erneut verschwinden könnte, der Kummer über die verlorene Zeit – oder ihr Hass auf sich selbst, dass sie überhaupt so fühlte und dachte und ihren Sohn nicht mit Freude und Leichtigkeit willkommen heißen konnte.

Als Isa sich endlich von dem Blick auf die nun leere Einfahrt löste und ins Wohnzimmer zurückging, durchfuhr sie ein kurzer Adrenalinstoß beim Anblick der leeren Spielecke. Dann entdeckte sie ihren Sohn auf einem der Stühle am Esstisch. Mit einem Kugelschreiber zeichnete er begeistert Linien auf das Holz.

»Oh, mein Kleiner, das ist keine so gute Idee!« Sie eilte zu ihm und nahm ihm sanft den Stift ab, was Ben mit einem wütenden »Nein, nein!« und einem Griff in ihre Hand quittierte.

»Nein, Ben, du kannst nicht mit dem Kugelschreiber auf den Esstisch malen. Ich bringe dir deine Wachsmalstifte, okay? Und deinen Malblock.«

Sie strich ihm über die Wange. Bens Gesicht verzog sich, erste Tränen stiegen ihm in die Augen. Isa wurde auf der Stelle von Nervosität ergriffen. Dann versuchte der kleine Junge, an ihre Hand mit dem Kugelschreiber zu gelangen und schlug nach ihr, als das nicht gelang.

»Ben! Stopp!«, rief Isa überrascht, legte den Stift beiseite und hielt die fuchtelnden und wütenden kleinen Hände ihres Sohnes fest. »Wir hauen uns nicht!«

Ben schrie los, markerschütternd, und dicke Tränen kullerten seine Wangen hinunter. Er versuchte sich aus Isas Griff zu befreien. Sie ließ ihn los und wich einen Schritt zurück.

»Ist ja gut, ich wollte dich nicht festhalten.« Dabei war es genau das, was sie wollte. Sie wollte ihn halten, in ihre Arme schließen, ihm Geborgenheit geben.

In dem Moment kippte der kleine tobende Junge rücklings vom Stuhl. Es knallte, und sein Brüllen maximierte sich schlagartig. Erschreckt lief Isa um den Stuhl herum, beugte sich zu ihm hinunter und wollte ihn hochheben.

»O nein, das tut mir leid, mein Kleiner«, stammelte sie, doch Ben brüllte und brüllte, bis er sich auf den Bauch drehte und aufrappelte. Isa schnürte es die Kehle zu. Sie müsste ihm Halt und Sicherheit geben, für ihn da sein, auch wenn er das gerade nicht zulassen konnte. Stattdessen hatte sie losgelassen, ihn fallenlassen, und er hatte sich wehgetan. Und jetzt lehnte er sie ab.

Isa berührte ihn am Arm und versuchte ihn zu trösten, aber Ben lief geradewegs in seine Spielecke und griff sich schluchzend seinen Teddy.

Sie kämpfte ebenfalls mit den Tränen und näherte sich ihm erneut, doch als er abermals »Nein, nein!«, schrie, blieb ihr nichts anderes übrig, als stehen zu bleiben. Genau so etwas hatte sie befürchtet.

Hilflos sah sie zu, wie Ben mit seinem Ärger und seinem Kummer kämpfte. Es zerriss ihr das Herz, dass er sie schon wieder nicht in seiner Nähe haben wollte. Dass er bei ihr, seiner eigenen Mutter, keinen Trost mehr empfand.

Ich bin eine Fremde für ihn geworden, dachte sie und wischte sich ihre eigenen Tränen von den Wangen. An Ort und Stelle ließ sie sich auf den Boden sinken.

»Ich bin für dich da, wenn du mich brauchst, mein Schatz«,

sagte sie, Bens Weinen übertönend und viel gefasster, als sie es in ihrem Inneren eigentlich war. »Ich sitze genau hier und werde nicht weggehen.«

Nach einer Weile verebbte Bens Schluchzen. Isa unternahm noch einen Versuch, ihn zu berühren, aber er wich nach wie vor zurück. So viele Gedanken gingen ihr durch den Kopf.

Irgendwann hörte sie gleichmäßige Atemzüge und sah auf. Ben lag zusammengerollt auf seiner Decke, den Teddybären eng an sich gepresst, und war eingeschlafen. Sie atmete aus. *Immerhin hat er sich beruhigt*, dachte sie traurig. Vorsichtig stand sie auf, ihre Beine kribbelten. Sie ging in den Flur und suchte ihr Handy.

»Hallo Mama«, sagte sie leise, nachdem ihre Mutter abgehoben hatte.

»Hallo, mein Kind. Schön, von dir zu hören! Wie geht es dir? Und meinem Enkel?«

»Gut.« Isa räusperte sich, um ihre brüchige Stimme zu überspielen. »Hast du nachher Lust auf einen Spaziergang mit uns?«

»Natürlich, immer gerne. Ich muss hier noch etwas fertig machen und dann könnte ich mich auf den Weg machen. In etwa einer Stunde?«

Erleichtert stimmte Isa zu. Sie traute sich nicht mehr zu, den Nachmittag allein mit Ben zu verbringen. Nicht nach dem Desaster von vorhin. Sie hatte gerade aufgelegt, als aus dem Wohnzimmer ein erschrecktes Weinen ertönte. Hastig legte sie ihr Handy beiseite und lief zu Ben. Er wälzte sich schluchzend hin und her. Er schlief offenbar noch, denn er war nicht ansprechbar und hatte die Augen geschlossen. Isa tat es beinahe körperlich weh, ihren kleinen Jungen so zu sehen. Kurzerhand setzte sie sich neben ihn und hob ihn auf ihren Schoß. Während sie ihn fest an sich drückte, wiegte sie ihn leise summend hin und her. Ben wehrte sich nicht, sondern schmiegte sich mit nach wie vor geschlossenen Augen eng an sie an. In sein Schluchzen mischte sich ein Wort, das Isa zunächst nicht verstand.

»Schhhh«, machte sie und streichelte ihn. »Alles wird gut, mein Schatz.«

Sie küsste ihn auf sein Haar, genoss die Wärme seines kleinen Körpers und die Erleichterung, endlich für ihn da sein zu dürfen.

»Rete«, murmelte er leise und vergrub sein tränennasses Gesicht in Isas Pullover.

KAPITEL 25

»Das wird schon, du musst euch Zeit geben.«

Eleonore kramte in der Tasche ihres flaschengrünen Wintermantels und zog ein Taschentuch hervor. Mit Bens Heimkehr war auch die Farbe in ihren Kleiderschrank zurückgekehrt. Und ihre typische Heiterkeit. *Jeder scheint das zurückgewonnene Glück annehmen zu können und aufzublühen. Nur ich nicht.*

»Ja, ich weiß. Das sagen mir alle. Ich fühle mich nur einfach so hilflos, wenn es ihm schlecht geht und ich ihn nicht beruhigen kann. Und ich wüsste so gerne, wer Rete ist.«

»Das wird sich noch fügen. Er ist wieder bei euch und in Sicherheit, das ist die Hauptsache. Weißt du, wie oft du dich von mir nicht beruhigen lassen wolltest?« Ihre Mutter schmunzelte und schüttelte den Kopf. Dann wurde ihr Gesicht wieder ernst. »Hat die Polizei denn schon irgendwelche Anhaltspunkte zu dem Namen?«

»Nein, soweit ich weiß, bisher nicht.«

Sie bogen in ihre Straße ein. Ben lief neben ihnen und strich mit einem kleinen Stock, den er am Wald gefunden hatte, an den Zäunen der Nachbarn entlang. Er hatte eine erstaunliche Kondition für sein Alter. In den Buggy wollte er so gut wie nie, sondern stets selbst laufen und die Welt entdecken. Die täglichen Spaziergänge taten ihnen beiden gut.

Sie näherten sich ihrem Haus, vor dem bereits jemand mit unverwechselbarer Körperhaltung wartete.

»Wer ist das?«, fragte Eleonore.

»Das ist Jakob Sanders, Lindas Neffe. Er wohnt ein paar Häuser weiter.« Isa kniff die Lippen zusammen und schob den leeren Buggy über den Rand des Bürgersteigs.

Ihr Nachbar hatte sie offenbar gehört, denn er drehte sich ihnen zu und strahlte sie an. »Hallo, Frau Winterberg! Da habe ich ja Glück!« Er deutete auf Marks leeren Stellplatz. »Ich dachte schon, Sie wären alle zusammen verreist.«

»Nein, wir sind nicht verreist.« Isa lächelte unverbindlich.

Jakobs Blick wechselte zwischen Isa und Eleonore hin und her.

»Das ist meine Mutter«, stellte Isa sie vor.

Eleonore hob höflich die Hand.

»Oh, freut mich, Sie kennen zu lernen! Ich bin Jakob. Jakob Sanders. Und da ist ja Ben?« Jakob strahlte. »Also hab ich meine Tante richtig verstanden. Ich konnte es kaum glauben, so etwas erlebt man schließlich nicht alle Tage. Ich habe Sie letztens mit ihm ins Auto steigen sehen, die Ähnlichkeit ist unverkennbar. Dann ist er also wieder zurückgekehrt. Das muss eine riesengroße Erleichterung für Sie sein?«

»Ja, das ist es. Wir sind überglücklich«, antwortete Isa und zog Ben zu sich heran.

»Hallo Ben!«, sprach Jakob Sanders den Jungen nun direkt an. »Wir haben dich alle sehr vermisst! Ich habe dir etwas mitgebracht als kleines Willkommen. Als Willkommen zurück. Oder wie auch immer.«

Er lachte gackernd. Dann griff er in seine Jackentasche und zog einen kleinen Flummi heraus. Ben versteckte sich halb hinter Isas Beinen und rührte sich nicht weiter. Obwohl ihr die Situation ein wenig unangenehm war, war Isa doch für einen Moment ergriffen. Ihr kleiner Junge suchte Schutz bei ihr.

»Oh, das ist aber freundlich«, bemerkte Eleonore. Isa kannte sie gut genug, um die Irritation in ihrer Stimme zu hören.

»Ja, das ist es, vielen Dank«, schloss Isa sich an. »Wie immer sehr aufmerksam von Ihnen. Aber ehrlich gesagt ist der Ball noch nichts für Ben. Den kann er verschlucken.«

»Oh.« Das Lächeln des jungen Mannes erstarb. Er sah auf den Flummi in seiner Hand hinunter und runzelte die Stirn.

»Die Geste zählt«, warf Eleonore ein.

»Ich wollte Ihnen eine Freude machen. Wie peinlich, dass ich nicht gründlicher nachgedacht habe«, erwiderte Jakob mit verkniffenem Gesicht. Dann erhellten sich seine Züge schlagartig. »Wenn ich mich direkt auf den Weg mache, kann ich einen größeren Ball für Ben besorgen. Da freut sich Ben sicher? Oder Ben?«

»Das ist lieb von Ihnen, aber nicht nötig. Wirklich nicht. Wie meine Mutter schon sagte, die Geste zählt. Ich fürchte, wir müssen jetzt reingehen.«

Isa nahm Ben bei der Hand, was er ohne Zögern zuließ, und machte Anstalten, den Buggy zur Haustür zu schieben.

»Ich kann den Ball gleich vorbeibringen, das würde ich wirklich gerne machen!«

»Das ist wirklich nicht nötig, wir …«

»Leider ist die Zeit knapp, Herr Sanders, wir haben noch etwas vor«, unterbrach Isas Mutter sie bestimmt, nahm ihr den Buggy ab und schob ihn entschlossen zur Haustür.

Jakob machte einen überraschten Schritt zur Seite.

»Oh ja, ähm … ja, wenn Sie meinen. Aber wenn ich mich beeile …«

»Tschüss, Herr Sanders, und einen schönen Abend noch!«, würgte Eleonore ihn ab. »Gibst du mir mal den Schlüssel, Isa?« Isa widersprach nicht und folgte ihrer Mutter ins Haus, die sogleich die Tür hinter ihr ins Schloss drückte.

Isa zog Ben seine Winterstiefel und seine Jacke aus. »Ich mache uns jetzt unser Abendessen, okay? Heute gibt es Nudeln mit Tomatensauce!«

Ben reagierte nicht weiter und lief ins Wohnzimmer zu seinen Bauklötzen.

Eleonore drehte sich zu Isa um. »Kommt dieser Herr Sanders öfter vorbei?«

»Er bietet hin und wieder seine Hilfe an. Er ist speziell, aber er meint es nur gut. Ich weiß nicht, ob du ihn so hättest anfahren müssen.«

»Also, Kind, ist das dein Ernst? Mit dem stimmt doch was nicht! Der war total aufdringlich!«

»Ja, er weiß nicht, wann es gut ist, aber er tut ja keinem was. Und er ist immerhin Lindas Neffe.« Isa machte sich auf den Weg in die Küche. Die Aufregung ihrer Mutter war ihr einfach zu viel. Sie wollte nicht auch noch über Jakob Sanders nachdenken müssen.

»Also ich finde das schon etwas befremdlich, wie gut er euer Haus im Blick hat!« Eleonore folgte ihr. »Was sagt Mark denn dazu?«

»Ach Mama. Mark sagt gar nichts dazu.«

»Wieso nicht?«

»Er kommt meistens, wenn Mark unterwegs ist«, erklärte Isa knapp und hörte selbst, wie merkwürdig das klang.

Sie bückte sich, um eine Packung Nudeln aus dem Schrank zu nehmen.

»Und das findest du nicht komisch?«

»Mark arbeitet viel, das ist doch nichts Neues. Abends ist Jakob vermutlich selbst beschäftigt oder will nicht mehr stören.« Isa fühlte sich zunehmend in die Ecke gedrängt.

»Mark hatte doch zwei Wochen frei, oder nicht?«

»Ja.« Isa stutzte. »Ich nehme an, Jakob wollte nicht stören. Nach Bens Verschwinden ist er auch erst später gekommen, um seine Hilfe anzubieten. Ich sagte ja, er ist unsicher.«

Eleonore schüttelte den Kopf. »Du kannst mir sagen, was du

willst. Ich mag Linda wirklich gern, aber ihr Neffe ist merkwürdig. Und ich finde es erschreckend, wie naiv du das Ganze einschätzt.«

Isa stellte den Topf, den sie gerade mit Wasser gefüllt hatte, ab und drehte sich um. »Was willst du damit sagen?«

»Er sucht deine Nähe, er beobachtet euer Haus, er weiß, dass Mark verreist ist. Er verhält sich einfach komisch!« Sie hob die Hände. »Wie kannst du so unbedarft sein, nach allem, was passiert ist?«

»Nach allem, was passiert ist?«

»Ja, also ich meine, ich will ja nicht den Teufel an die Wand malen.« Eleonore lachte nervös und zog ihre Holzperlenkette zurecht. »Ich finde einfach, du solltest vorsichtiger sein.«

»Willst du damit sagen, dass ich zu blöd bin, um auf Ben aufzupassen? Dass ich nicht vorsichtig genug war?«

»Nein, das will ich ganz und gar nicht sagen, Isa! Ich meine damit …«

»Doch, genauso meinst du das! Du unterstellst mir, dass ich eine Schuld tragen könnte an Bens Verschwinden! Dass ich nur hätte vorsichtiger sein müssen, dann wäre er … dann wäre er …« Tränen stiegen Isa in die Augen.

»Nein, Kind, wirklich nicht, du verstehst mich falsch!« Eleonore trat einen aufgeregten Schritt auf sie zu.

Aber Isa hatte genug gehört. Es reichte. Es reichte ganz einfach für heute. Sie lief aus der Küche.

»Isa, jetzt sei doch nicht so! Ich finde diesen Jakob einfach komisch, mehr wollte ich doch nicht sagen!«

Ihre letzten Worte gingen im Knallen der Schlafzimmertür unter.

Isa versuchte ihre Tränen zurückzuhalten, doch vergebens. Ja, ihr Sohn war entführt worden, aus ihrem Haus, aus ihrer Obhut. Das würde sie sich bis an ihr Lebensende vorwerfen. Ihr selbst war doch am allermeisten klar, wie sehr sie versagt hatte. Sie schluchzte erstickt. Keiner konnte auch nur ansatzweise erahnen, wie groß ihre Schuldgefühle noch immer waren, wie sehr sie sich selbst verurteilte.

Aber was ihre Mutter in Bezug auf Jakob andeutete, war verrückt. Dachte sie ernsthaft, er wäre gefährlich? Isa schüttelte den Kopf. Das hätte sie als Mutter mit Sicherheit gespürt. *Ganz sicher. So sehr kann ich nun auch wieder nicht versagt haben.*

KAPITEL 26

Am nächsten Morgen stand Isa auf dem Parkplatz vor dem örtlichen Supermarkt, der nur ein paar Straßen von ihrem Haus entfernt lag, und versuchte, die Einkaufstüte in der Ablage unter Bens Buggy zu verstauen. Sie drückte sie so gut es ging zusammen, doch sie war einfach zu groß. Ächzend stellte sie Bens Sitz nach oben, um mehr Platz zu schaffen, und warf bei dieser Gelegenheit einen Blick auf ihren Sohn, der sich gerade begeistert und viel zu schnell einem überquellenden Mülleimer näherte.

»Ben, stopp!«, rief sie, doch er hatte das Objekt seiner Begierde schon erreicht. Hastig lehnte Isa die große Packtüte an den Kinderwagen und eilte zu ihrem Sohn, als die Tüte umkippte und sich ihr Inhalt auf dem Parkplatzasphalt ergoss. »Mist!«, fluchte sie.

»Kann ich helfen?«, erklang eine freundliche Stimme, als Isa Ben gerade davon zu überzeugen versuchte, mit ihr zurück zum Buggy zu gehen. Gestresst drehte Isa sich um.

Carla, der sie neulich auf dem Spielplatz begegnet war, lächelte sie an. »Oh, hallo«, fügte die große Frau erfreut hinzu. »Ich habe dich gar nicht erkannt. Das ist ja ein Zufall. Schön, euch wiederzusehen!«

Isa strich sich eine Locke aus der Stirn und lächelte. »Oh, hi Carla«, erwiderte sie, nahm den tobenden Ben kurzerhand auf den Arm und ging mit ihm zurück zu seinem Buggy.

Carla hatte schon begonnen, die Einkäufe einzusammeln und wieder in der Tüte zu verstauen.

»Danke, das ist lieb, aber doch nicht nötig.« Isa stellte Ben auf den Boden, um ihr zu helfen, doch kurz darauf lief er bereits wieder los in Richtung der anderen parkenden Autos.

»Ben, halt!«, rief Isa entnervt und stieß die Luft aus.

»Kümmere du dich um ihn, ich mach das hier schon«, kicherte Carla. »Ich kenne das von Paul, die Kleinen kann man keine Sekunde aus den Augen lassen.«

Isa lächelte dankbar und lief hinter Ben her, um ihn abermals zurückzuholen.

»So, du kommst jetzt in den Buggy, genug ist genug.« Ein wütendes Weinen erklang, während Isa den kleinen Jungen festschnallte.

»Darf er ein Stück Brezel haben?«, fragte Carla, die mit der gepackten Einkaufstüte danebenstand und nun eine prall gefüllte Bäckereitüte hochhob. »Ich habe genug, ich kann gerne etwas abgeben.« Sie grinste. »Ich glaube, du kannst mal einen Moment zum Durchschnaufen gebrauchen.«

Isa war die ganze Situation unangenehm, musste sie auf die große Blondine doch furchtbar gestresst wirken. Aber ja, sie hatte Recht, sie konnte einen Moment Pause gebrauchen. »Wenn es dir nichts ausmacht, das wäre wirklich lieb«, sagte sie erleichtert und lachte beschämt. »Danke!«

»Ach, kein Problem.« Carla brach ein Stück von der Brezel ab und reichte es Ben, der sofort danach griff und begeistert daran zu lutschen begann.

»Was für ein Chaos, das ist mir echt unangenehm.« Isa legte erschöpft ihre Hand in den Nacken.

»Muss es nicht.« Carla lächelte. »Ich kenne das wie gesagt. Beziehungsweise meine Schwester.«

Isa nickte und betrachtete die schwere Einkaufstüte am Boden neben Carlas Beinen und seufzte. Wieso hatte sie den Wocheneinkauf zu Fuß machen wollen?

Carla schien ihrem Blick gefolgt zu sein. »Ihr wohnt doch sicher in der Nähe des Spielplatzes, oder? Da muss ich nämlich hin, zurück zu meiner Schwester. Wir können zusammen gehen, dann kann ich die Tüte tragen.«

»Oh, das ist wirklich lieb, aber du hast uns schon genug geholfen. Ich will dich nicht noch mehr einspannen.«

»Bist du sicher?« Carla hob die Tüte ein wenig an. »Die ist echt schwer und du hast ja mit dem Kinderwagen keine Hand frei. Es ist wirklich kein Problem für mich, wir haben doch sowieso den gleichen Weg.«

»Okay«, antwortete Isa und lachte. »Danke dir. Aber dann hast du demnächst mal einen Kaffee gut, okay?«

»Das ist ein Deal, würde ich sagen.«

Gemeinsam machten sie sich auf den Weg und unterhielten sich über dieses und jenes. Isa stellte fest, dass sie sich in Carlas Nähe wirklich wohlfühlte. Die Blondine war so offen und herzlich, dass es überhaupt nicht schwer war, mit ihr zu reden. Es tat gut, ein wenig auf andere Gedanken zu kommen.

»Total lieb, dass du uns eskortiert hast«, sagte Isa, als sie vor ihrer Haustür ankamen. »Keine Ahnung, was wir gemacht hätten, wenn wir dir nicht begegnet wären, stimmt's Ben?«

Carla winkte ab und stellte die Papiertüte direkt vor die Tür. »Kein Problem, wie gesagt. War schön, euch wiederzusehen.«

Eine kurze Pause entstand. Dann musste Isa an Marks Worte denken, dass sie sich mal wieder mit jemandem verabreden solle, und gab sich einen Ruck.

»Ich schulde dir noch meinen Teil der Vereinbarung. Sollen wir vielleicht Nummern tauschen? Dann kann ich dich mal zum Kaffee einladen.«

»Oh, ja, eine schöne Idee. So machen wir es.« Carla zog ihr

Handy aus der Tasche. »Wie ist denn deine Nummer?« Isa diktierte sie ihr. »Perfekt. Ich melde mich bei dir. Euch noch einen schönen Nachmittag!«

»Danke, dir auch. Hat mich gefreut und danke nochmal!«

Carla hob eine Hand zum Gruß und trabte die Treppe in Richtung Straße hinunter.

KAPITEL 27

Eva Micharek war eine ordentliche Frau und führte ein ordentliches Leben in einem ordentlichen Ortsteil von Frankfurt an der Oder. Sie war überzeugt, dass Disziplin, Fleiß, Bescheidenheit und der Glaube an Gott die Grundlage für Zufriedenheit und Lebensglück bildeten. Ein geregelter Tagesrhythmus, eine Handvoll frommer Freunde, regelmäßige Kirchgänge und eine Stunde Mittagsschlaf um dreizehn Uhr eines jeden Tages prägten ihr beschauliches Leben.

Unvorhergesehenes kam praktisch niemals vor, was aus ihrer Sicht kein Zufall, sondern die Ernte ihrer Lebensführung war.

Dementsprechend unruhig machte es die betagte, aber rüstige Frau, dass sie nun schon so lange nichts mehr von ihrer Freundin Margarete gehört hatte. Normalerweise telefonierten sie regelmäßig und trafen sich in der Bibelstunde, aber in den letzten Monaten hatte sich Margarete sehr zurückgezogen. Zunächst war sie nicht mehr im Pfarrheim erschienen, dann hatte sie ihre Telefonate ständig abgesagt.

Eines Morgens im Sommer hatte sich Eva auf den Weg zu ihrer Freundin gemacht, um sie mit einem Stück selbstgebackenem Apfelkuchen zu überraschen. Die Sonne hatte geschienen, und es hatte ein schöner Tag werden sollen, daher war sie zu Fuß gegangen. Als sie angekommen war und ihre Freundin mit einem ihr unbekannten Kleinkind aus dem Haus hatte gehen sehen, hätte das Evas gesamte Weltanschauung ins Wanken gebracht. Soweit sie wusste, hatte Margarete keine Enkel. Allerdings hatte sie zu ihrer Tochter seit langem keinen Kontakt, weil sie in die Drogenszene abgerutscht war. Im Zweifel hätte sie von einer Schwangerschaft gar nichts mitbekommen, also war die Tochter vielleicht doch wieder hier aufgetaucht? Margaretes Mann wiederum war vor Jahren an einer Alkoholvergiftung gestorben. Sie hatte genau genommen keine Familie. Als Eva über die Straße gelaufen war, um Margarete zu begrüßen, war diese davongeeilt und hatte sich von diesem Moment an überhaupt nicht mehr bei Eva gemeldet. Eva war ratlos gewesen. Ratlos und unruhig.

Heute, an diesem verregneten und kalten Morgen im November, fasste sie sich erneut ein Herz und entschied, Margarete einen weiteren Besuch abzustatten.

Und wenn sie vorher gedacht hatte, den Anblick von Margarete mit dem kleinen Jungen in ihr geordnetes Weltbild einsortieren zu müssen, war das nichts gegen die Aufregung, die sie nun verspürte. Vor der Haustür des kleinen Heimes ihrer Freundin angekommen, beschlich sie ein Gefühl von Beklemmung. Die Zeitungen stapelten sich auf den Stufen vor dem Eingangsbereich, Herbstblätter lagen wie Konfetti auf dem Rasen vor dem Haus und begannen allmählich zu vermodern. Es wirkte unordentlich, was so gar nicht zu ihrer Freundin passte, der Ordnung und Disziplin alles bedeuteten. Als niemand auf ihr Klingeln reagierte, sah Eva sich um und entschied, um das Haus herumzugehen und einen Blick durch die Terrassentür zu werfen.

Sie spähte durch sämtliche Fenster, konnte jedoch nichts Ungewöhnliches erkennen. Erst als sie sich der Rückseite des Hauses und der Terrasse näherte, nahm sie einen dicken, süßlich-stechenden Gestank wahr. Er war so penetrant, dass er sich wie ein Pelz auf ihre Zunge legte. Die Terrassentür war gekippt. Je näher sie kam, desto intensiver wurde der Geruch. Eva musste würgen und presste ihren Schal vor Mund und Nase. Als sie versuchte, durch die Scheibe zu sehen, nahm der das Glas beschlagende Atem ihr die Sicht. Nach wenigen Sekunden aber konnte sie schemenhaft die Wohnzimmermöbel ihrer Freundin ausmachen. Und auf dem Boden hinter dem wuchtigen Lesesessel zwei geschwollene Füße in ausgelatschten Lederpantoffeln.

Eva keuchte und wich zurück. Ihr Herz trommelte so sehr, dass sie sich an die Brust griff. Noch einmal näherte sie sich der Scheibe. Sie hatte sich nicht geirrt. *Mein Gott, Margarete*, dachte Eva und verharrte mehrere Sekunden mit schreckgeweiteten Augen. Schließlich machte sie auf dem Absatz kehrt und stolperte schreiend zurück zur Straße.

KAPITEL 28

Eva stand bebend auf dem Bürgersteig vor dem Haus ihrer Freundin und wiederholte immer wieder »Das kann nicht sein. Margarete, das kann nicht sein.«

Uniformierte Polizisten schwärmten ein und aus, der Rettungswagen stand mit leuchtendem Blaulicht auf der Straße. Als ein Mann hupte und wild gestikulierte, weil der Rettungswagen seinem breiten Mercedes den Weg versperrte, überkam Eva eine riesige Woge aus Zorn, in die sich all ihre Aufregung entlud.

»Scheren Sie sich zum Teufel! Gott wird Sie strafen!«, kreischte sie so laut, dass sich ihre Stimme überschlug. »Wie kann man nur so unchristlich sein? Sehen Sie nicht, dass hier etwas passiert ist?«

Sie lief auf den schwarzen Wagen zu und trommelte mit all ihrer Kraft gegen das Fahrerfenster. Der Fahrer, teuer gekleidet, starrte sie an und hob die Hände.

»Schon gut, schon gut, Lady, ich habe es nur eilig«, drang es dumpf durch das Fenster. Kopfschüttelnd setzte er zurück.

»Gut so, weg mit Ihnen!« Eva fuchtelte ihm wüst hinterher, dann traten ihr Tränen in die Augen.

In diesem Moment kamen der Notarzt, die beiden Rettungssanitäter und ein Polizist aus dem Haus. Eva eilte auf sie zu.

»Benachrichtigen Sie die Kripo, wir haben hier eine Leiche«, rief der Polizist einem Kollegen zu, der bei einem Streifenwagen stand.

»Was ist los? Was ist passiert?«, fragte Eva mit schreckgeweiteten Augen und hielt sich ihre Hände vor den Mund.

»Sind Sie eine Angehörige von Frau Wiakowski?«, fragte einer der beiden Sanitäter, ein junger hagerer Mann.

»Nein, ich bin eine Freundin, ich habe den Notarzt gerufen. Aber bitte sagen Sie mir, was los ist! Wie geht es Margarete?«

Der Sanitäter schüttelte traurig den Kopf. »Ich darf Ihnen nichts Genaueres sagen. Tut mir leid«, er räusperte sich und warf seiner Kollegin einen Blick zu.

Diese sah Eva mitfühlend an und ergriff das Wort: »Ihre Freundin lebt leider nicht mehr.«

Eva begriff nicht, obwohl sie Margarete ja selbst leblos am Boden hatte liegen sehen, und schüttelte den Kopf. »Nein, das kann nicht sein!«

»Ich fürchte schon.« Die Sanitäterin tätschelte ihr den Arm. »Gibt es irgendjemanden, den wir benachrichtigen können? Angehörige von Frau Wiakowski? Ein Mann oder Kinder?«

»Margaretes Mann ist vor langem verstorben. Sie hat eine Tochter, aber zu ihr bestand seit Jahren kein Kontakt mehr, sie hatte Probleme mit Drogen, soweit ich weiß. Ich weiß nicht, wie man sie erreichen kann. Margarete hat so gut wie nie von ihr gesprochen. Ursprünglich stammt meine Freundin aus Słubice gleich hinter der polnischen Grenze, aber ob es da noch lebende Verwandte gibt …«, sprach Eva so schnell, dass sie beinahe über ihre eigenen Worte stolperte. Sie fühlte sich schrecklich durcheinander. »Haben Sie im Haus ein Kleinkind gesehen?«

Die Sanitäterin zog die Brauen zusammen. »Ein Kleinkind? Nicht, dass ich wüsste.«

Auch ihre Kollegen schüttelten die Köpfe.

»Da war ein kleiner Junge, vor einigen Wochen«, stotterte Eva.

»Ein Enkel? Aber Sie sagten doch, zwischen Frau Wiakowski und ihrer Tochter bestand kein Kontakt?«

»Ja, es war seltsam. Ich habe sie plötzlich mit einem kleinen Jungen gesehen, den ich nicht kannte. Ich weiß nicht, wo er herkam und warum er bei Margarete war.«

»Und Frau Wiakowski hat Ihnen nichts dazu gesagt?«

Eva schüttelte den Kopf. »Nein, sie hat sich in letzter Zeit merkwürdig verhalten. Sie hat sich zurückgezogen. Ich wusste, dass etwas nicht stimmt.« Eva begann zu schluchzen.

Der Notarzt winkte den Polizisten heran, mit dem sie aus dem Haus gekommen waren, und murmelte ihm etwas zu, bevor sich dieser an Eva wandte. »Sie haben uns benachrichtigt, oder? Eva Wicharek?«

»Micharek«, korrigierte sie schniefend.

»Frau Micharek, Sie glauben, es könnte ein kleines Kind im Haus sein?«

»Ja, ich bin nicht sicher, aber möglich wäre es.«

Er runzelte die Stirn. »Ich habe keines gesehen, und ich habe alle Räume betreten. Moment kurz.« Eine Polizistin kam gerade aus dem Haus. »Ihr habt auch kein Kind gefunden, oder?«

Die Kollegin stutzte. »Nein, kein Kind. Auch keine Kindermöbel oder Gegenstände, die auf ein Kind hindeuten, glaube ich. Aber ich sehe nochmal nach.« Sie drehte auf dem Absatz um und ging zurück ins Haus.

»Frau Micharek, Sie sagten gerade, Frau Wiakowski habe sich merkwürdig verhalten. Können Sie das noch einmal näher beschreiben? Aktuell sieht es leider danach aus, als habe sich Ihre Freundin mit einer Überdosis Tabletten und Alkohol das Leben genommen.«

»Das Leben genommen?«, stammelte Eva und bekreuzigte sich. »Mit Alkohol? Nein, das kann ich mir nicht vorstellen.« Sie war außer sich. Ihre Freundin würde doch niemals den Freitod wählen und den lieben Herrgott verärgern. Schon gar nicht auf diese Weise! »Nein, das kann nicht stimmen! Margarete hatte dem Alkohol abgeschworen, wegen ihres Mannes. Auch über ihn hat sie nie viel gesprochen, aber ich weiß, dass er alkoholkrank war, Gott hab ihn selig«, Eva bekreuzigte sich, »und ich glaube, er hat sie nicht gut behandelt. Jedenfalls hat Margarete nicht einmal Pralinen angerührt!«

»Der Selbstmord eines Menschen ist für Angehörige und Freunde leider meistens ein Schock und kommt oft unerwartet.« Der Polizist legte Mitgefühl in seine Stimme.

»Aber Sie hören nicht zu! Meine Freundin, sie war sehr gläubig! Eine fromme Frau! Sie hat ein ordentliches Leben geführt. Ein christliches Leben. Der Herrgott war ihr Retter! Sie würde sich doch nicht das Leben nehmen und ihn enttäuschen, nein, das kann nicht wahr sein!« Eva holte Luft.

Der Polizist nickte ernst. »Frau Micharek, darf ich Sie bitten, den Kollegen Ihre Personalien zu geben und noch etwas zu warten? Die Kripo ist gleich da, die Beamten wollen sicher auch mit Ihnen sprechen.«

Eva nickte und schlang die Arme um ihren Oberkörper. Ihr war schrecklich schwindelig.

KAPITEL 29

Dezember 2023

Noch eine Woche, dachte Isa, während sie Bens Frühstück vorbereitete. *Noch eine Woche, dann kommt Mark wieder.* Sie zerteilte den Apfel etwas zu kräftig, so dass eine Hälfte beinahe vom Küchentresen flog. Isa hielt inne und atmete durch.

Am Vorabend hatte Mark angerufen und Bescheid gegeben, dass er seine Dienstreise noch etwas verlängern wolle. Der Kongress drehe sich um spannende Themen, außerdem habe ihn ein Kollege, der in einer Klinik in der Nähe arbeite, zu einem Meeting im Anschluss eingeladen, bei dem es um ein spezielles neues Diagnoseverfahren für Fachärzte der Pädiatrie gehe. Isa war nicht begeistert gewesen, um ehrlich zu sein, hatten sie Enttäuschung und Mutlosigkeit sofort überrollt. Sie hatte sich so sehr nach Marks Rückkehr gesehnt und war froh gewesen, dass er am Wochenende wieder zu Hause sein würde. Deshalb hatte sie ihre Bedenken auch nicht zurückhalten können.

Mark hatte genervt auf ihre Einwände reagiert. Für ihn sei der berufliche Austausch wichtig, und wenn er schon einmal in Norddeutschland sei, wolle er die Gelegenheit gerne nutzen. Sie käme doch mit Ben zurecht. Der Alltag müsse weiterlaufen.

Und ja, es stimmte. Ben und sie kamen zurecht. Ben aß morgens, mittags, nachmittags und abends. Ab und an spielte er mit ihr, häufiger jedoch für sich allein. Erstaunlich oft für sein junges Alter. Wenn sie spazieren gingen, orientierte er sich an Isa. Und abends ließ er sich von ihr ins Bett bringen, kuschelte sich manchmal sogar an, wenn er schon ein gewisses Maß an Schläfrigkeit erreicht hatte.

Trotzdem hatte Isa nicht das Gefühl, wirklich zu Ben durchzudringen oder dass er eine echte emotionale Bindung zu ihr aufbaute. Zwischen ihr und ihrem Sohn bestand nach wie vor eine Distanz, die langsam, aber sicher zu ihrer ständigen Begleiterin wurde, sich immer gewaltiger aufzutürmen schien und Isa zunehmend stärker belastete.

Besonders schmerzhaft waren die Erinnerungen an Bens Babyzeit. Oft musste sie daran denken, wie sie ihn gestillt hatte. Wie sie ihn getragen und in den Schlaf gewiegt hatte. An das süße, fröhliche Baby, das gegluckst und gestrampelt und gelacht hatte. Zurückgekehrt war ein älterer Junge. Der sich optisch und im Verhalten weiterentwickelt hatte, der stiller geworden war und ihr weniger frei erschien.

Manchmal schmerzten die Erinnerungen an frühere Zeiten so sehr, dass Isa nachts in ihr Kissen weinte, krampfhaft darum bemüht, ihren kleinen Sohn, der wohlbehalten neben ihr schlief, nicht zu wecken. Und sie fühlte sich wie der größte Unmensch. Dort lag er neben ihr im Bett. Gesund. Und sie wurde von Kummer zerfressen.

Die Ereignisse der vergangenen Monate hatten wohl mehr in ihr zerrüttet, als sie je für möglich gehalten hätte. Niemals hätte Isa angenommen, dass sie nach seiner Rückkehr Schwierigkeiten damit haben könnte, mit ihm umzugehen oder für ihn da zu sein. Er war doch ihr kleiner Junge, sie hatte ihn unter ihrem Herzen getragen, sie hatte ihn auf diese Welt gebracht. Der Gedanke, ihn zu finden, ihn wieder in die Arme zu schließen, ihn zu retten, hatte sie die vergangenen Monate am Leben gehalten. Die Suche nach ihm war ihr Universum gewesen. Sie hatte immer nur bis zu dem Moment gedacht, in dem sie ihn wieder bei sich haben würde. Die Möglichkeit, mit seiner Rückkehr nicht zurechtzukommen, hatte schlicht nicht existiert.

Letzte Nacht hatte Isa unentwegt das Bild ihres Vaters vor Augen gehabt. Ihres Vaters, der besonders gegen Ende seines Lebens nicht mehr glücklich gewesen war. Der getrieben gewirkt hatte. Der offensichtlich psychisch nicht gesund gewesen war und seinem eigenen Leben schließlich trotz Frau und Kind ein Ende gesetzt hatte. Isa hatte sich gefragt, ob diese Labilität in der Familie lag und möglicherweise jetzt auch sie ergriffen hatte.

Weil ihr der Gedanke keine Ruhe gelassen hatte, hatte Isa ihre Symptome gegoogelt. Dabei war sie auf die Diagnosekriterien der posttraumatischen Belastungsstörung gestoßen und plötzlich wie elektrisiert gewesen. Denn zu einer PTBS konnte offenbar auch gehören, mit dem traumatischen Ereignis aus dem Gefühl des normalen Lebens herausgerissen zu werden. Ein Gefühl von Fremdheit zu entwickeln. Eine Zeitrechnung vor dem Trauma und nach dem Trauma vorzunehmen und beide Phasen nicht mehr miteinander in Verbindung bringen zu können. Und unter Umständen auch den Zugang zu den eigenen Gefühlen zu verlieren. Isa hatte sich augenblicklich in den Beschreibungen wiedergefunden, sogar ein wenig Erleichterung verspürt. Vielleicht hatte sie endlich einen Namen für das Chaos gefunden, das in ihr herrschte. Vielleicht gab es Hoffnung, dass ihr Zustand behandelbar war. Dass ihre Gedanken und Gefühle normal waren, dass sie sie zulassen durfte, vielleicht sogar musste. Zumindest laut Google.

KAPITEL 30

Nach dem Frühstück baute Isa auf dem Boden eine kuschelige Landschaft aus Kissen und Decken auf.

»Komm mal her, mein Kleiner«, bat sie Ben.

Ben kletterte erfreut auf die Sofakissen und kuschelte sich hinein. Isa zog sein Fotoalbum hervor.

»Schau mal. Hier sind Fotos von dir drin. Und von Mama und Papa. Wollen wir die gemeinsam ansehen?«

Seit Isa von dieser emotionalen Trennung zwischen der Zeit vor dem Trauma und der danach gelesen hatte, hatte sie den Plan gefasst, gemeinsam mit Ben sein Fotoalbum anzuschauen. Sie wollte für sich selbst eine Verbindung schaffen zwischen dem heutigen Ben und dem Baby, das er gewesen war, als sie ihn verloren hatte. Sie hoffte, es würde ihnen beiden guttun, sich mit dieser noch unbeschwerten Zeit vor seinem Verschwinden zu beschäftigen.

Isa setzte sich neben Bens Kissenburg und hielt das Album so, dass er mit hineinsehen konnte, auch wenn sie wusste, dass er mit den Fotos noch nichts anfangen konnte.

Schon nach ein paar Seiten schwammen ihre Augen in Tränen, und es fiel ihr schwer, ihre Stimme beim Erzählen der vielen kleinen Geschichten zu den Fotos nicht zu sehr zittern zu lassen.

»Hier hast du das erste Mal gebadet«, erklärte sie und strich andächtig über das Foto des knapp zwei Wochen alten Säuglings.

»Dein Papa hat dich gebadet, aber du hast so geschrien, dass er froh war, als er dich mir übergeben konnte. Als Kinderarzt, das muss man sich mal vorstellen.« Isa lächelte, auch wenn ihr Herz beim Anblick des kleinen Ben schwer wurde. »In meinen Armen warst du ganz ruhig. Du hast mich mit großen Augen angesehen, als ich das warme Wasser über dein Köpfchen laufen ließ.«

Ben griff gleichermaßen grob wie begeistert in das Album und zog an den dünnen Trennblättern.

»Nicht so hastig, mein Kleiner.« Isa half ihm mit dem empfindlichen Papier. »So, siehst du? Wir müssen aufpassen, dass die Seiten nicht kaputtgehen, wenn wir umblättern.«

»Da!« Ben zeigte begeistert auf ein Foto von Mark und ihm im Kölner Zoo.

»Ja, dein Papa hat dich den ganzen Weg durch den Zoo getragen, du wolltest absolut nicht in deinem Kinderwagen liegen, schließlich hättest du da nicht mal halb so viel gesehen. Ich weiß noch ganz genau, wie ich dachte, dass er mit dir auf dem Arm noch attraktiver aussieht als sowieso schon.« Sie schmunzelte. »Und hier liegst du auf meinem Bauch und schläfst. Das hast du so gerne gemacht.«

Während Isa vollkommen in den Gefühlen vergangener Zeiten versunken war, wurde es Ben langweilig. Er griff immer häufiger in das raschelnde Papier und entschied sich schlussendlich, lieber die spannenden Kissenberge zu erklimmen. Isa ließ ihn gewähren, blätterte aber trotzdem weiter und erzählte weitere kleine Geschichten zu den Fotos. Es fühlte sich richtig an, ihn an ihrer Reise in seine Vergangenheit teilhaben zu lassen.

Gegen Ende des Albums war es, als läge Zement auf ihrer Brust, so schwer fiel ihr das Atmen. Sie betrachtete die Aufnahmen kurz vor Bens Verschwinden und hatte Mühe, die in ihr aufsteigenden Gefühle in Schach zu halten. Zitternd blätterte sie eine weitere Seite um und hielt inne.

Zu sehen war eine Nahaufnahme von Bens Gesicht. Das Foto hatte sie an einem der ersten warmen Tage des Jahres gemacht. Eigentlich war es zu warm für Februar gewesen. Sie hatte Ben in seinem Wollwalkanzug ins Gras gelegt, woraufhin er begeistert an den Halmen gezogen hatte. Auf dem Schnappschuss strahlte er mit aufgerissenen Augen in die Kamera.

Isa hatte vorgehabt, das Foto vergrößern zu lassen und aufzuhängen, weil sie es so sehr liebte. Seine Augen kamen so schön zur Geltung.

Und genau diese starrte sie jetzt an. Strich über das glatte Fotopapier. Und wusste ihre Irritation im ersten Moment nicht einzuordnen. Natürlich war ihr bereits aufgefallen, dass Bens Augen nun blauer waren, als sie sie in Erinnerung hatte. Aber jetzt, beim Anblick des Porträts, wurde ihr mit einem Mal bewusst, wie schön – und wie deutlich – die goldbraunen Sprenkel um seine Pupille herum gewesen waren. Und sie erinnerte sich an ein Gespräch mit Mark darüber, als sie die Fotos auf ihrem Handy durchgesehen hatte.

»Meinst du, er bekommt braune Augen? Oder grüne?«, hatte sie ihren Mann gefragt und ihm das Foto auf ihrem Handy gezeigt.

»Sieht tatsächlich ganz so aus, als würden sie nicht blau bleiben«, hatte er geantwortet. »Ja, die Farbe um die Pupille herum verändert sich schon.« Er hatte herangezoomt. »Vielleicht bekommt er ja doch deine wunderschönen grünen Augen«, hatte er hinzugefügt und sie geküsst.

Isa hatte die Veränderung in Bens Augen von einem tiefen Blau hin zu einem Braunblaumix mit goldenen Tupfen, obwohl sie es wunderschön fand, beinahe ein wenig bedauert. Denn sie hatte Marks meerblaue Augen von Anfang an unheimlich attraktiv gefunden.

Isa stand auf und ging zu Ben, der noch immer auf dem Kissenberg herumturnte.

»Ben? Ben, schau mich mal an.« Er reagierte nicht. Sie strich ihm leicht über den Rücken. »Ben? Kannst du für mich einmal kurz stillhalten, mein Schatz?«

Er drehte sich zu ihr um und sah sie fragend an, direkt in ihre Augen. Blau. Keine Spur von Gold oder Braun oder irgendwelchen anderen Farbschattierungen. Isa griff nach dem Album und hielt es neben Bens Gesicht, der alles andere als erfreut war, stillhalten zu müssen. Prompt drehte er sich um und ließ sich auf die nächstbeste Decke fallen.

Isa hingegen ließ sich mit dem Album in der Hand auf ihre Knie sinken und rührte sich nicht mehr. Ihre Gedanken wirbelten durcheinander. Sie hatte immer angenommen, dass sich die Augenfarbe kontinuierlich entwickelte. Sie hatte jedenfalls noch nie gehört, dass sich Augen nur zeitweise veränderten, um dann zur ursprünglichen Farbe zurückzukehren. Und sogar noch klarer zu werden. Sie schüttelte den Kopf. Dann ließ sie die Schultern in dem Versuch kreisen, die Anspannung zu lösen, die von ihr Besitz ergriffen hatte. Und schalt sich für den kurz aufflackernden Gedanken, Mark auf Bens Augen anzusprechen. Was sollte er schon antworten? *So langsam drehst du echt durch.*

KAPITEL 31

»So, Leute, Ruhe bitte! Lasst uns starten.« Bode trat neben die Metaplanwände, an denen haufenweise Ausdrucke und Notizen zum Fall Ben Winterberg festgepinnt waren. »Also. Kurz und knackig. Welche neuen Erkenntnisse gibt es zur Rückkehr des Jungen?«

Die gesamte Sonderkommission war im Besprechungsraum des Kriminalkommissariates elf im Kölner Polizeipräsidium zusammengekommen. Es hatte Gerüchte gegeben, dass die Kommission nicht mehr allzu lange bestehen bleiben würde, wenn sich nicht bald neue Ansatzpunkte für weitere Ermittlungen ergaben, insbesondere jetzt, da das Kind wohlbehalten zurückgekehrt war. Auch wenn Bens Entführung noch immer ungeklärt war, hatte sich langsam eine Müdigkeit in das Team der Ermittler eingeschlichen, die dem Fall Monate ihres Lebens geopfert und nicht die geringsten Erfolge erzielt hatten. Der Personalaufwand war immens, das Tagesgeschäft lief weiter und derzeit sah es nicht so aus, als hätte die Rückkehr des Kindes wesentliche neue Erkenntnisse gebracht – im Gegenteil, alles wirkte noch sehr viel mysteriöser als zuvor.

»Was ist mit der TKÜ? Gibt es hier neue Ansatzpunkte?«, schepperte Bodes Stimme etwas zu laut durch den Raum.

Der Kollege von der Telekommunikationsüberwachung räusperte sich. »Nicht wirklich, leider nein«, begann er. Er murmelte seine Antwort derart monoton in sich hinein, dass Simons nicht der Einzige war, der sich nach vorne lehnen musste, um den Kollegen verstehen zu können. »Das Videomaterial an der Tankstelle Dortmund hat nichts ergeben. Wir haben die Handydaten zu beiden Zeitpunkten, Entführung und Rückkehr, untersucht und verglichen. Keine Übereinstimmung.«

Bode schwieg und starrte ihn an. Obwohl der Leiter der Sonderkommission von kleiner Statur war und mit seinen eisgrauen Haaren und dem sichtbaren Bauchansatz für einen netten Großvater gehalten werden konnte, strahlte er eine Autorität aus, die den Kollegen nach ein paar Sekunden Blickwechsels unsicher weitersprechen ließ.

»Wir nähern uns erneut dem Punkt, an dem weitere Aktivitäten kaum noch effektiv sind«, fügte er nach weiteren Erläuterungen dessen, was sie getan hatten, hinzu und schürzte die Lippen.

Gemurmel kam auf, Simons warf einen Blick in die Runde. So viele fähige Kriminalpolizisten waren im Besprechungsraum versammelt. Doch Simons sah nur in überarbeitete oder frustrierte Gesichter. Einzig Bruck wirkte wie immer motiviert und saß kerzengerade und konzentriert auf ihrem Stuhl. Prompt meldete sie sich zu Wort, nachdem Bode mit dem TKÜ-Kollegen durch war.

»Ich würde gerne nochmal den Vorschlag machen, Ben Winterberg zu befragen«, sagte sie mit fester Stimme.

Irgendjemand prustete. »Einen Einjährigen? Das kann echt nur von Ihnen kommen.«

Simons runzelte die Stirn. Auch er war nicht begeistert von Brucks Vorschlag, er hatte ihre Auseinandersetzung deshalb noch genau in Erinnerung. Dennoch hielt er einen solchen Umgang unter Kollegen für unangebracht. Bevor er etwas sagen konnte, hob Bode bereits die Hand. »Ich begrüße es sehr, dass zumindest manche von uns noch Ideen entwickeln, wie wir in dem Fall vorwärtskommen.« Er bedachte den Ermittler, der sich lustig gemacht hatte und nun abrupt verstummte, mit einem verächtlichen Blick. »Aber ich bin auch der Meinung, dass das Kind zu klein ist. Nichts, was wir von dem Jungen erfahren könnten, wäre vor Gericht nutzbar. Die Glaubhaftigkeit der Aussage eines Einjährigen würde jeder Richter anzweifeln. Verbunden mit der Gefahr, dass wir die psychische Gesundheit des Kindes aufs Spiel setzen könnten, hat das keinen Zweck, aussichtslos. Das hatten wir bereits. Wir haben schon etliche Monate erfolglose Ermittlungsarbeit hinter uns. Ich möchte mich heute auf die Punkte konzentrieren, die vor uns und nicht hinter uns liegen.«

»Wir könnten den psychologischen Sachverständigen aber nochmal zu Rate ziehen«, setzte die junge Polizistin nach.

Bode zog die Brauen hoch. »Ich halte nichts vom Schleifen drehen, Frau Bruck. Aber wenn Sie sich schon so auf die Aussage des Kindes fixieren: Wie weit sind wir mit dem Wort ›Rete‹ gekommen? Haben wir inzwischen irgendeine Ahnung, was es damit auf sich haben könnte?«

Die junge Polizistin senkte den Kopf.

»Nicht weit, leider«, antwortete Simons an ihrer Stelle ruhig und knapp. »Das Wort ist zu unspezifisch. Uns fehlt der Kontext.«

Bode nickte. »Eben. Das war auch mein Kenntnisstand, und das bestätigt mich nur in meiner Meinung. Also gut, was haben wir sonst noch?«

Bruck lehnte sich zurück und verschränkte die Arme.

Der Reihe nach berichteten die verschiedenen Ermittlerteams von ihren vergangenen Tätigkeiten, die allesamt ohne relevante Ergebnisse geblieben waren.

»Was ist mit der Babykleidung, die auf dem Dortmunder Spielplatz gefunden wurde?«

Ein paar der Kollegen merkten auf und sahen zu Bruck und Schneider hinüber, die sich um den Hinweis durch das LKA gekümmert hatten.

»Die Blutflecken darauf und auch die Kleidung selbst stammen von einem anderen Kind, das sich verletzt hat«, führte Bruck aus.

Bode schob seine Hände in die Taschen seiner schwarzen Jeans und schwieg ein paar Sekunden.

»Gut. Wir haben also ein Baby, das nahezu spurlos verschwindet. Motiv immer noch völlig unklar, keine Lösegeldforderung, kein Erpresserschreiben, nichts. Täter unklar. Und dann kehrt das Kind zurück, und das Ganze wird noch irrsinniger. Kann mir irgendwer hier das Motiv erklären?« Fast schon angriffslustig starrte er in die schweigende Runde.

Niemand rührte sich, alle stellten sich die gleiche Frage. Seit Wochen, seit der Rückkehr des Jungen. Simons konnte Tag und Nacht an nichts anderes mehr denken und kam doch zu keiner Lösung.

»Wieso, frage ich Sie, WIESO verdammt nochmal entführt man ein Baby und setzt es acht Monate später wieder aus?«, polterte Bode und haute auf den Tisch vor sich. Schwarz, der neben Simons saß, zuckte zusammen und setzte sich aufrechter hin. »Angenommen, hier wollte sich jemand auf unlauterem Weg ein Kind beschaffen. Mutter oder Vater spielen. Um dann festzustellen, okay, ist doch zu anstrengend oder weiß der Geier – wieso dieses? Wieso Ben Winterberg? Wie hat er oder sie es geschafft, keine Spuren zu hinterlassen, von keiner Kamera erfasst zu werden oder von Nachbarn gesehen worden zu sein? Was ist mit den Jugendämtern, Adoptionsagenturen, Kinderkrankenhäusern? Haben wir da alles sondiert? Sowohl im Umkreis Köln als auch im Umkreis Dortmund? Ist dort irgendwo ein Kind aufgelaufen, das vorher unbekannt war?«

Mehrere Ermittler, die sich mit dieser Frage befasst hatten, schüttelten die Köpfe und starrten auf die Tischplatten vor sich.

»Die Kleidung des Jungen bei seiner Rückkehr – ich weiß die Antwort schon, aber wir gehen das nochmal durch – auch hier kein Bezug?«

Eine Kollegin mit blondgefärbter Dauerwelle, die mangels ausreichender Sitzplätze an der Wand gestanden hatte, trat nach vorne. »Nein, leider nicht«, begann sie und errötete angesichts der vielen Personen, die sich ihr nun zuwandten. »Die Hose wird zwar vor allem in Osteuropa vertrieben, dort aber sehr weitläufig. Die übrigen Klamotten sind völlig unspezifisch. Die Teppichfasern an der Kleidung sind nicht zuzuordnen.«

»Und sonst keinerlei Spuren an der Kleidung?«

»Nein.«

Es ging noch eine Weile so weiter, bis Bode dazu überging, noch einmal über jede einzelne Person aus dem näheren Umkreis der Winterbergs zu sprechen, doch für Simons war längst klar, worauf das Ganze hinauslaufen würde. Frustrierend klar.

Zum Schluss blieb der Blick des Kommissionsleiters an Simons hängen. »Keine weiteren Ansätze? Auch Sie nicht?«

»Derzeit nicht«, antwortete Simons widerwillig und hasste einfach alles an seiner Antwort.

»Also gut«, seufzte Bode und Simons wusste, was er als Nächstes sagen würde. »Ich verstehe es nicht, aber so ist es eben manchmal. Sie alle wissen, dass ich nichts mehr hasse als Situationen wie diese. Nichts! Scheiße, wie sehr ich das gerade hasse. Aber Sie wissen auch, dass uns die Verbrechen nicht ausgehen und eine weitere Aufrechterhaltung der Kommission unter diesen Umständen und in diesem Umfang angesichts knapper Ressourcen und Gelder auf Dauer nicht vernünftig zu argumentieren ist. Wir drehen bereits die zweite Runde. Ich hatte gehofft, dass Ben Winterbergs Rückkehr unseren Ermittlungen weiterhilft, aber auch diesmal haben wir unsere Ansatzpunkte mit großem Personalaufwand ausgeschöpft, ohne zu konkreten Ergebnissen gekommen zu sein. Ich bitte Sie daher alle ein letztes Mal, Ihre bisherige Arbeit auf links zu drehen. Prüfen Sie, ob Sie noch irgendwelche Ansatzpunkte für weitere Ermittlungen sehen, ob Ihnen etwas durch die Lappen gegangen sein könnte. Falls nein, schreiben Sie alle Ihre Abschlussberichte, denn dann sehe ich mich leider nach Rücksprache mit dem Staatsanwalt erneut dazu gezwungen, Sie alle zurück in die reguläre Sachbearbeitung zu schicken und die Kommission aufzuheben. Ich weiß, das ist frustrierend, aber Sie kennen das Spiel, die Mittel sind knapp, wir müssen Kosten-Nutzen-Rechnungen aufstellen, ob wir wollen oder nicht. Wenn sich neue Spuren auftun, kommen wir selbstverständlich wieder zusammen, und jeder von Ihnen wird auch dann wieder Teil dieser Kommission sein, dafür werde ich mich persönlich einsetzen.« Ohne ein Wort der Verabschiedung marschierte Bode aus dem Raum, seine Lippen waren zu einem dünnen Strich zusammengekniffen.

»Scheiße«, fluchte Simons in den allgemeinen Lärmpegel hinein, der sich ausbreitete. »Verdammte Scheiße.« Abrupt stand er auf und machte sich ebenfalls auf den Weg zurück in sein Büro, ohne auf Schwarz zu warten.

KAPITEL 32

Isas Gedanken überschlugen sich, das Handy in ihrer Hand zitterte. Simons hatte ihr eben mitgeteilt, dass die Sonderkommission ihre Ermittlungen nun erneut einstellen und nur bei neuen Spuren wieder aktiv werden würde. Dass er sie gebeten hatte, sich bei jedem kleinsten Hinweis und jeder Ungereimtheit, die ihr oder Mark auffallen sollten, bei ihm oder seinem Partner zu melden, hatte das Vernichtungspotenzial dieser Nachricht nicht verringert. Kein Stück.

»Nein. Nein, das darf nicht sein«, stammelte sie leise und wischte sich über die brennenden Augen.

Panik flammte wieder auf. Sie konnte nicht mit dieser Ungewissheit leben. Sie konnten die Ermittlungen nicht schon wieder einstellen. Das durften sie nicht. Isa atmete ein und langsam wieder aus, um sich zu beruhigen, irgendwie, doch alles in ihr tobte.

Sie warf einen Blick auf den Videobildschirm des Babyfons. Ben schlief tief und fest in seinem Bettchen.

Erneut öffnete Isa ihren WhatsApp-Chat mit Mark. Er hatte auf ihren Anruf bislang nicht reagiert und ihre Nachricht noch nicht gelesen, die beiden kleinen Haken unter ihrer Textmessage blieben höhnisch grau.

Wo steckst du? Isa scrollte ein wenig nach oben, bis sie die Nachricht fand, nach der sie suchte. City-Hotel Hamburg. Dort befand er sich für die letzten Tage seiner Dienstreise. Sie würde da jetzt anrufen. Vielleicht konnten die ihn auf dem Zimmer oder im Hotelrestaurant erreichen. Er hatte ihr noch am Nachmittag geschrieben, dass der Kongress anstrengend sei und er sich früh ins Bett legen wolle. Sie klickte auf den Direktlink des Hotels und wurde zu Google und einer Telefonnummer weitergeleitet.

»City-Hotel Hamburg Dammtor-Messe, Mehrensberger am Apparat, was kann ich für Sie tun?«

»Ja, hallo, Isa Winterberg hier. Mein Mann Mark Winterberg ist derzeit bei Ihnen zu Gast. Ich muss ihn dringend sprechen und erreiche ihn nicht. Können Sie es vielleicht auf seinem Zimmer versuchen?«

Die Angestellte murmelte etwas, Isa konnte das leise Klicken einer Computertastatur hören.

»Wie war nochmal der Name?«

»Mark Winterberg.«

»Mhm.« Erneut ein Murmeln, mehrere Sekunden vergingen. »Sind Sie sicher, dass er bei uns zu Gast ist, Frau Winterberg? Wir haben hier keinen Mark Winterberg registriert. Niemanden mit dem Nachnamen, um genau zu sein.«

Isa zog die Augenbrauen zusammen. »Das wundert mich. Er hat mir Ihr Hotel genannt. Moment.« Isa schaltete auf Lautsprecher und öffnete noch einmal den WhatsApp-Chat und Marks entsprechende Nachricht. Kein Zweifel.

»Da steht City-Hotel Hamburg Dammtor-Messe«, las sie vor. »Das sind Sie doch, oder? Mein Mann besucht einen Kongress, der wohl bei Ihnen in der Nähe stattfindet?«

»Ja, das sind wir und ja, die Messehalle ist fußläufig zu erreichen. Aber leider hat hier kein Mark Winterberg eingecheckt.«

Isa konnte hören, wie die Angestellte des Hotels im Hintergrund mit jemandem sprach. Dann meldete sie sich zurück.

»Tut mir leid, Frau Winterberg. Es gibt fünf City-Hotels in

Hamburg und mein Kollege sagt gerade, es findet momentan auch kein Kongress statt. Da müssen Sie etwas verwechseln.«

»Gibt es denn noch ein anderes City-Hotel in der Nähe einer Kongresshalle?«

»Bestimmt, in Hamburg gibt es viele Kongresszentren. Wäre auf jeden Fall möglich.«

»Okay. Dann schaue ich mal. Danke für Ihre Hilfe. Bis dann.«

»Auf Wiederhören.«

Stille breitete sich aus, nur unterbrochen vom leisen Rauschen von Bens Babyfon. »Wo genau bist du?«, tippte Isa in die Nachrichtenzeile des Messengers. Ein kleines Häkchen, das sich nicht verdoppelte. Ihre Nachricht wurde offensichtlich nicht zugestellt. Isa starrte auf das Display.

Mit ein paar Klicks öffnete sie Google und suchte die Telefonnummern der anderen City-Hotels heraus. Die nächsten zehn Minuten brachte sie damit zu, mit allen zu telefonieren. Sie kam sich bescheuert vor, eine derartige Aktion war eigentlich überhaupt nicht ihre Art. Aber sie musste mit Mark sprechen. Sie fühlte sich ihrer Sorge über die Auflösung der Sonderkommission nicht gewachsen. Zumindest nicht allein. Sie brauchte Mark jetzt, als ihren Mann und als Bens Vater. Doch mit jedem weiteren Telefonat wuchs ihre Irritation. Nirgendwo war ein Gast namens Mark Winterberg registriert.

Ein leises Klopfen drang an ihre Ohren. *Mist. Carla.* Isa hatte völlig vergessen, dass sie heute Abend vorbeikommen wollte. Sie stand auf, strich sich über ihre Haare und ging zur Haustür, um zu öffnen.

»Hallo, meine Liebe«, begrüßte Carla sie.

Sie hatte sich offensichtlich für ihre Verabredung zurechtgemacht, denn sie trug eine geschmackvolle cremefarbige Seidenbluse. Andererseits sah Carla immer aus, als hätte sie sich extra zurechtgemacht.

Isa zog ihren eigenen verwaschen-rosafarbigen Kapuzenpullover glatt. »Hi Carla, schön dich zu sehen. Komm doch rein. Entschuldige bitte meinen Aufzug, ich bin noch nicht dazu gekommen, mich umzuziehen, der Tag war etwas stressig.« Isa lächelte verlegen, in Gedanken noch bei dem Umstand, dass ihr Mann nicht dort war, wo er vorgegeben hatte zu sein. Unwillkürlich runzelte sie die Stirn.

»Ach, kein Problem, die Farbe steht dir ausgesprochen gut«, sagte Carla beschwingt und schlüpfte aus ihren Boots, nachdem Isa die Haustür geschlossen hatte. »Schläft der Kleine?«

»Ja, tief und fest«, erwiderte Isa und deutete in Richtung Wohnzimmer. »Was magst du denn trinken? Für den versprochenen Kaffee ist es wohl etwas spät, aber wie wäre es mit einem Glas Wein?«

Carla grinste. »Musik in meinen Ohren. Das klingt perfekt. Schön habt ihr es hier!« Sie sah sich um. »Kann ich mich ganz kurz frisch machen? Ich muss schon die ganze Zeit dringend auf die Toilette, meine Blase platzt gleich.« Sie lachte ein offenes Lachen.

Isa grinste und zeigte auf die Tür zum Gäste-WC, in dem Carla kurz darauf verschwand. Dann ging sie in die Küche, um zwei Weingläser zu holen.

Wenig später ließen sich die beiden Frauen auf der Couch nieder. Isa fragte Carla nach ihrem Tag, um Zeit zu gewinnen und selbst nicht reden zu müssen. Möglichst beiläufig warf sie einen Blick auf ihr Handy, doch Mark hatte sich nach wie vor nicht gemeldet. Es musste eine einfache Erklärung für das alles geben.

»Geht es dir heute nicht so gut?«, fragte Carla nach ein paar Minuten des munteren Erzählens, auf das sich Isa kaum hatte konzentrieren können, und musterte sie. »Du wirkst ein wenig abgelenkt, wenn ich ehrlich sein darf.«

»Entschuldige«, antwortete Isa und legte ihr Handy zur Seite, auf das sie abermals einen Blick geworfen hatte. »Tut mir leid, ich wollte nicht unhöflich sein. Ich bin nur ein wenig erschöpft.« Sie zögerte. »Du kennst das ja, Jungs in dem Alter können ganz schön anstrengend sein.« Sie zog eine Grimasse.

Carla nickte und nahm noch einen Schluck von ihrem Wein. Isa konnte sehen, dass sie nicht sicher war, ob sie ihr glauben sollte, dass sie nur der normale Alltagswahnsinn als Mutter beschäftigte. »Das stimmt, Paul ist eine Wucht. Meine Schwester sagt, am anstrengendsten ist es, wenn sie zahnen.« Sie verdrehte belustigt die Augen.

Isa wollte gerade zu einer Antwort ansetzen, verstummte jedoch, als ihr Handy aufleuchtete. Schnell griff sie danach. Eine Nachricht von Mark. »Im City-Hotel in Hamburg, hatte ich dir doch geschrieben. Sorry, war eingeschlafen, anstrengender Tag heute«, stand dort unschuldig im Nachrichtenfenster.

»Alles gut?« Carla beobachtete sie und lächelte zaghaft.

»Ich, ähm …«, Isa unterbrach sich. Ihr Mund war schlagartig staubtrocken geworden. »Ehrlich gesagt kann ich dir das gerade auch nicht beantworten«, platzte sie heraus. Nun machte sich doch langsam ein verdammt komisches Gefühl in ihr breit.

»Habe dort angerufen, dort hast du nicht eingecheckt!!!«, tippte sie mit fliegenden Fingern auf den Screen ihres Smartphones. Zwei blaue Häkchen. Die Anzeige, dass Mark tippte. Dann verschwand der Hinweis und Mark ging offline.

Isa wartete noch ein paar Sekunden, dann ließ sie frustriert ihr Handy sinken. Als ihr bewusst wurde, wie seltsam die Situation für Carla sein musste, lächelte sie beschämt. »Tut mir leid, dass ich gerade so abgelenkt bin. Ich … ich muss nur kurz etwas klären. Ist das okay?«

»Aber klar, mach dir um mich keine Sorgen, ich bin versorgt.« Carla hob ihr Glas und lehnte sich in die weichen hellblauen Polster der Couch zurück.

Isa ging in den Flur und tippte auf das Anrufsymbol. Sofort ging die Mailbox ran. *Was zur Hölle ist los mit dir, Mark?* Er schien sein Handy abgeschaltet zu haben. Aufgewühlt ging Isa zurück ins Wohnzimmer und setzte sich langsam wieder auf die Couch.

»Was ist denn los, Liebes?«, fragte Carla sanft. »Ich weiß, wir kennen uns noch nicht lange, und ich möchte dich wirklich nicht drängen, aber ich merke doch, dass dich etwas beschäftigt.«

Tränen traten Isa in die Augen. »Ich bin nur irritiert, weil ich meinen Mann nicht erreichen kann«, gestand sie schließlich.

»Er ist gerade auf Dienstreise, oder? Was heißt denn, du kannst ihn nicht erreichen?«

»Ja. Er hat mir das Hotel geschickt, in dem er untergekommen ist. Das Ding ist nur, dass er dort nicht als Gast gemeldet ist. Das klingt wie ein Klischee, oder?«

»Es gibt sicher eine harmlose Erklärung«, antwortete Carla tröstend. »Vielleicht hat er sich mit dem Hotelnamen vertan?«

Isa schüttelte den Kopf. »Ich habe alle Hotels mit diesem Namen abtelefoniert, in keinem ist er, deshalb habe ich ihn extra nochmal gefragt, und er wiederholte denselben Namen.«

Nun war es Mitleid, das in Carlas Augen aufflackerte und das in Isa sofort ein Gefühl von Beklemmung hervorrief. »Hm, ja, das ist komisch«, erwiderte Carla nur und verstummte.

»Ich habe versucht, ihn zu erreichen, weil uns die Polizei heute mitgeteilt hat, dass die Suche nach Bens Entführern erneut eingestellt wird«, presste Isa hervor und starrte auf ihre Hände. »Und jetzt ist er nicht zu erreichen. Und lügt mich an. Zumindest sieht es danach aus. Das verstehe ich nicht. Ich vertraue ihm. Aber irgendwie ist das gerade komisch.«

Carla nickte betreten, rückte näher und tätschelte ihr den Arm. »Oh Mann, das tut mir wirklich leid, Isa. Das muss sich schrecklich anfühlen. Das mit deinem Mann, aber auch das mit der Polizei. Sie haben also so gar keine Anhaltspunkte mehr?«

Isa schüttelte stumm den Kopf, darum bemüht, den Damm nicht vollkommen brechen zu lassen. »Tut mir leid, ich … ich komme gleich wieder.«

Mit diesen Worten stand sie auf und ging hastig aus dem Raum.

KAPITEL 33

Adriana Blum stand auf der Türschwelle und strahlte sie mit rosigen Wangen an. Isa konnte ihre Überraschung kaum verbergen, hatte sie sich eine 69-jährige Psychiaterin doch insgeheim anders vorgestellt. Feine Lachfalten kräuselten sich um die stahlblauen Augen der ansonsten irritierend jugendlich aussehenden Frau.

»Hallo, Frau Winterberg! Wie schön, Sie kennen zu lernen!« Dr. Blum trat auf Isa zu und reichte ihr die Hand.

»Ich freue mich ebenfalls«, antwortete Isa nervös und atmete einen angenehm zarten Duft von Vanille ein. »Danke, dass Sie kurzfristig Zeit für uns haben und sogar extra zu uns gefahren sind. Kommen Sie herein.«

Isa wischte ihre Hände unauffällig an ihrer Jeans trocken und nahm der Ärztin ihren eleganten marineblauen Wollmantel ab, um ihn aufzuhängen.

»Gerne, gerne. Ich war eh in der Gegend. Es ist ja Quatsch, dass Sie für ein Kennenlernen extra auf die andere Seite des Rheins fahren und in meine Praxis kommen, wenn ich gerade um die Ecke bin. Und ich gestehe, auch wenn es etwas unkonventionell ist, dass ich neue Klienten auch immer ganz gerne in ihrer gewohnten Umgebung kennen lerne. Das gibt mir gleich einen ganz anderen Einblick. Und ich muss sagen: Ihr Haus sieht toll aus. Man sieht, dass Sie Architektin sind, alles ist so geschmackvoll gestaltet.«

»Danke.« Isa lächelte schüchtern und legte den Mantel über die große Heizung im Flur. Es hatte eine Zeit gegeben, in der ihr Ästhetik wichtig gewesen war.

Die Psychiaterin betrachtete ihre Fotowand.

»Das ist aber nicht von der Hochzeit, oder?«, fragte sie.

Sie war vor dem Foto stehen geblieben, das die Holzhütte aus Marks Kindheit zeigte.

»Nein, das ist von meinem Mann Mark. Ein Ort, der ihm in seiner Kindheit sehr wichtig war. Das ist in einem Nationalpark.«

»Interessant.« Dr. Blum nickte. »Eine sehr stimmungsvolle Aufnahme.«

Ben erschien im Türrahmen zum Wohnzimmer und lugte schüchtern in den Flur.

»Und das ist also Ben«, bemerkte die ältere Frau und ging in die Hocke. »Hallo Kleiner, wie geht es dir?« Dr. Blum hielt Ben eine Hand entgegen und wartete ab.

Isa wollte gerade darauf hinweisen, dass Ben bei Fremden und auch ganz generell zurückhaltend war, als dieser nach kurzem Zögern näher kam, lächelte und seine kleine Hand in die von Dr. Blum legte. Isa konnte ihren Augen kaum trauen.

»Ein aufgeschlossenes kleines Kerlchen.« Die Ärztin lachte herzlich und sah sich nach Isa um. »Sollen wir ins Wohnzimmer gehen? Da können wir uns in Ruhe unterhalten und Sie können mir erzählen, was ich für Sie beide tun kann.« Dr. Blum tätschelte Bens Hand und stand auf.

»Gerne. Was kann ich Ihnen denn zu trinken anbieten?«

»Oh, ein Kaffee wäre ganz zauberhaft.«

»Kommt sofort. Sie können gern schon mal vorgehen«, antwortete Isa und ging in die Küche.

Selbst Ben vertraut ihr auf Anhieb. Kein Wunder, dass sich Carla so wohl bei ihr gefühlt hat.

Isa musste an das Treffen mit Carla vor wenigen Tagen denken, das aufgrund der Umstände so schnell so vertraulich geworden war. Marks Verhalten hatte Isa derart aus der Fassung gebracht, dass sie froh gewesen war, mit jemandem darüber sprechen zu können. Zwei weitere Gläser Wein und der Umstand, dass Mark sich an dem Abend nicht mehr zurückgemeldet hatte, hatten ihr Übriges getan. Als Isa und Carla näher auf die Aufhebung der Sonderkommission zu sprechen gekommen waren, waren schließlich auch Isas Sorgen über die nicht aufgeklärte Entführung und damit auch über ihren eigenen Gemütszustand aus ihr herausgebrochen. Carla hatte Verständnis gezeigt und Isa das Gefühl vermittelt, dass sie sich in keiner Weise für das, was sie empfand, schämen musste.

Als sie ihr im Gegenzug erzählte, dass auch sie eine schwierige Phase in ihrem Leben durchgemacht habe, in der sie Hilfe von einer Psychiaterin angenommen habe, war Isa überrascht gewesen. Überrascht, dass eine so offensichtlich lebensfrohe und selbstbewusste Frau tatsächlich auch einmal an einem derartigen Tiefpunkt gewesen war. Und es hatte die Scham tatsächlich etwas gemildert. Die Scham und Angst über ihr eigenes Unvermögen, mit Bens Rückkehr und den veränderten Umständen zurechtzukommen.

Schließlich hatte Carla ihr die Nummer der Psychiaterin gegeben, bei der sie selbst in Behandlung gewesen war. Und auch wenn der Gedanke, ihr Innenleben mit einer Psychiaterin zu teilen, eine gewisse Angst in Isa ausgelöst hatte, hatte sie sich am Tag darauf ein Herz gefasst und die ältere Frau angerufen. Vielleicht litt sie ja wirklich an einer posttraumatischen Belastungsstörung – in dem Fall wäre Dr. Blum wohl sowieso genau die richtige Ansprechpartnerin.

Als Isa nun ins Wohnzimmer trat, sah sie sich sofort nach Ben um, ein instinktiver Reflex, der wohl nie wieder verschwinden würde. Und ebenso reflexhaft überkam sie Erleichterung, als sie Ben inmitten seiner Kuscheltiere in seiner Spielecke entdeckte. Als sie zum Sofa schaute, auf dem Dr. Blum Platz genommen hatte, kreuzte sich ihr Blick mit dem der Ärztin.

»Darf ich Ihnen Milch oder Zucker anbieten?«, fragte Isa schnell, trat heran und konzentrierte sich darauf, das dampfende Gebräu in die Tassen zu gießen.

»Nein, danke. Schwarz, bitte«, antwortete Dr. Blum und nahm ihren Becher, ohne Isa aus den Augen zu lassen.

»Also, Isa – darf ich Isa sagen?«, begann sie, nachdem Isa sich ebenfalls auf dem Sofa niedergelassen hatte.

Isa nickte.

»Ich wurde Ihnen also von Carla Starck empfohlen?«

»Genau. Carla und ich haben uns vor ein paar Wochen kennen gelernt.«

»Sie sagten am Telefon, es gehe um Sie und Ihren Sohn? Der verschwunden war?«

»Ja.« Isa atmete tief durch und betrachtete die Tasse in ihren Händen. Plötzlich hatte sie einen Kloß im Hals.

»Eine furchtbar schlimme Situation, die Sie da erlebt haben.«

Isa zupfte an der feinen Haut am Rande ihres Daumennagels. »Es ist überwältigend, dass Ben wieder da ist. Natürlich ist es das.« Tränen schossen ihr in die Augen. *Das fängt ja gut an.* »Aber … aber es fällt mir auch schwer, alles zu verarbeiten. Ich habe mit Carla darüber gesprochen. Man kann gut mit ihr über so etwas reden.« Hektisch wischte sie sich über die Augen.

»Das kann ich mir gut vorstellen«, erwiderte die ältere Frau freundlich.

»Sie meinte, dass Sie mir eventuell weiterhelfen könnten. Dabei, die Situation zu verarbeiten.«

Hitze schoss in Isas Wangen. Sie hatte Angst. Angst, wie die Psychiaterin ihre Gefühle einordnen würde, sobald sie mehr darüber wissen würde. Was sie hineinlesen würde. Was es zu bedeuten hatte, dass Isa ihr Kind wieder zurückhatte und doch unter Kummer und Sorge vergraben war.

»Was beschäftigt Sie denn genau?«, fragte die Ärztin behutsam und richtete den aufrechtstehenden Kragen ihrer gestärkten weißen Bluse. Nur wenige Menschen konnten diesen Schnitt tragen; der eleganten Psychiaterin stand er ausgesprochen gut.

»Es … es fällt mir schwer, darüber zu sprechen.«

»Das muss es nicht, Isa. Machen Sie sich keine Sorgen. Nichts, was Sie sagen könnten, würde mich schockieren.«

Isa nickte. Sie hoffte es. Sie hoffte es wirklich. Trotzdem fiel es ihr schwer, ihre nächsten Worte zu formulieren. »Es ist … ich denke, ich brauche etwas Unterstützung, die Situation zu verstehen und zu verarbeiten. Dass Ben verschwunden ist. Dass er nun wieder da ist. Es fällt mir schwer, damit zurechtzukommen. Auch wenn sich das vollkommen bescheuert anhört.« Isa blinzelte die Feuchtigkeit in ihren Augen weg, so gut es ging. Da die Psychiaterin nichts erwiderte, fuhr sie fort. »Ich meine, wir wissen noch immer nicht, wo Ben gewesen ist. Das macht mir einfach Angst. Ich habe das Gefühl, ich werde meine Unsicherheit deswegen gar nicht richtig los. Das belastet mich. Sehr sogar. Ich möchte doch einfach nur, dass alles wieder so wird, wie es mal war. Klingt das verrückt?«

»Nein, ganz und gar nicht.« Dr. Blum stellte ihre Tasse auf dem kleinen Couchtisch ab und legte ihre manikürten Hände ineinander. »Sie haben ein Trauma erlitten. Ich kann mir vorstellen, wie schwer es Ihnen fallen muss, einfach so von jetzt auf gleich einen Strich unter das Geschehene zu ziehen und zum Alltag überzugehen. Das ist fast unmöglich. Nach so vielen Monaten wieder vereint, das ist ganz bestimmt nicht einfach. Wie läuft es denn bisher mit Ben?«

Isa sah zu ihrem Sohn hinüber, der mit seinen Kuscheltieren spielte und wie üblich erstaunlich unbefangen wirkte. »Es läuft schon ganz gut. Wir gewöhnen uns langsam wieder aneinander. Wir sind auf einem guten Weg, würde ich sagen. Aber«, fuhr Isa stockend fort, »er ist jetzt fast ein Dreivierteljahr älter. In einer Zeit, in der generell so viel an Entwicklung passiert, habe ich acht Monate verpasst. Es ist schwierig, damit umzugehen. Und Ben hat natürlich viel durchgemacht. Vermutlich jedenfalls, wir wissen es ja nicht.« Isa bemühte sich darum, ihren Gesichtsausdruck zu kontrollieren. »Daher wäre ich froh, wenn Sie sich auch ihn mal ansehen könnten. Ich denke, es würde nicht schaden, wenn mal jemand guckt, ob er das Erlebte auch wirklich gut verarbeitet bekommt. Carla sagte, dass Sie auch Kinder behandeln?«

»Ja, ich arbeite sowohl mit Erwachsenen als auch mit Kindern. Gibt es denn aus Ihrer Sicht irgendwelche Auffälligkeiten, die darauf schließen lassen würden, dass er zu kämpfen hat? Oder dass ihn etwas belastet?«

Isa schüttelte den Kopf. »Eigentlich nicht. Ben macht alles ganz toll mit. Anfangs hat er häufiger geweint und schlecht geschlafen. Aber das hat sich inzwischen gebessert. Besonders bei meinem Mann verhält er sich entspannt.«

»Bei Ihnen nicht?« Die Miene der Psychiaterin blieb neutral, so dass Isa nicht sicher war, ob die Ärztin den Finger bewusst in die Wunde gelegt hatte oder nicht. Prompt spürte Isa das vertraute Brennen in der Brust.

»Nicht so sehr. Aber ich bin wohl einfach zu ungeduldig. Jeder sagt mir das.« Sie lachte auf, doch Dr. Blum lachte nicht mit.

»War das vorher anders?«

»Ja.« Erneut stieg Hitze in Isas Wangen. »Unsere Bindung war … sie war absolut eng. Ich wusste so gut wie immer, was er gerade braucht, was ihm gefällt oder nicht gefällt. Bei mir ist er zur Ruhe gekommen, hat sich geborgen gefühlt. Ich meine, das ist ja klar. Ich bin schließlich seine Mama.« Sie schniefte und zog ein Taschentuch aus ihrer Hosentasche. »Entschuldigen Sie. Es ist nur einfach schwierig. Ich bin überglücklich, bitte verstehen Sie mich nicht falsch! Ich will nicht undankbar wirken. Allerdings habe ich einfach das Gefühl, dass es mir schwerer fällt, als es sollte. Dass ich mich irgendwie anstelle. Im Umgang mit ihm. Ich meine …«, sie tupfte sich die Augen, »es ist ja einfach eine Frage der Zeit. Oder nicht? Ich sollte in meinem Alter gelernt haben, mich auf das Positive zu konzentrieren und der Situation und Ben die Zeit geben, die nötig ist.«

»Sie drei sind ein Familiensystem«, erwiderte die Ärztin ruhig. »Sie alle sind wichtig. Ben, Ihr Mann und auch Sie. Natürlich spielen Ihre Gefühle also eine wichtige Rolle. Wie kommen Sie darauf, dass es Ihnen schwerer fällt, als es sollte? Wer definiert denn dieses ›sollte‹?«

Wie konnte das Kennenlerngespräch so schnell zu einer Therapiestunde für mich werden?, fragte sich Isa und stellte gleichzeitig fest, dass es entgegen ihrer anfänglichen Ängste guttat, ein wenig von ihrem Gefühlschaos nach außen zu lassen. Adriana Blum hatte trotz ihres eleganten und fast einschüchternden Äußeren etwas Mütterliches an sich.

»Ich sehe, wie mein Mann und Ben miteinander umgehen. Unbeschwert. Obwohl sie sich vor seinem Verschwinden nicht so nahestanden wie Ben und ich. Ich hingegen fühle mich so unbeholfen. Das stresst Ben.« Isa sah zu ihrem Sohn hinüber. »Um ganz ehrlich zu sein: Er findet bei mir keinen richtigen Halt. Noch nicht zumindest. Mein Mann ist gerade auf Dienstreise, wir sind also seit einigen Tagen auf uns gestellt. Es läuft, wir kommen klar. Aber es fühlt sich alles verkrampft an. Nicht natürlich. Nicht so, wie es mal war.«

Dr. Blum schwieg eine Weile. »Für gewöhnlich haben Mütter in den ersten Lebensmonaten, manchmal auch -jahren, eine engere Bindung zu ihrem Kind als die Väter«, antwortete sie dann konzentriert. »Das war bei Ihnen vermutlich ähnlich, und jetzt macht es Ihnen zu schaffen, dass das nicht mehr so ist. Korrekt?«

Isa nickte.

»Nun, Isa, Sie hatten schlicht mehr zu verlieren. Auf mich wirkt es vollkommen normal, dass Ihre enge Bindung stärker aus dem Takt gebracht wurde als die Bindung zwischen Ihrem Mann und Ben. Natürlich sorgt die Fremdheit, die nach so vielen Monaten entsteht, und ganz besonders in Bens jungem Alter, für Unbehagen. Der Unterschied zu Ihrem vorherigen Verhältnis ist enorm groß. Es ist ein absoluter Ausnahmezustand, den Sie da gerade gemeinsam erleben. Sie sollten mit sich genauso geduldig und sanft sein wie mit Ben.«

Isa zog die Mundwinkel nach unten. Da war etwas Wahres dran.

»Sie waren mit ihm zu Hause, als er verschwunden ist, richtig?«

Isa nickte. Ihr Kinn begann zu zittern.

»Ich möchte jetzt gar nicht zu tief einsteigen, das wäre nicht der richtige Zeitpunkt. Aber eine Sache möchte ich Ihnen für heute schon mitgeben: Es gibt eine Menge Gründe dafür, dass Sie eine gewisse Distanz zu Ben wahrnehmen. Besser gesagt eine gewisse Distanz zu sich selbst. Ihr Selbstverständnis als Mutter wurde grundlegend erschüttert, Sie haben ein heftiges Trauma erlitten. Sie können nichts dafür und sind deshalb keine schlechte Mutter. Oder gibt es jemanden, der das Gegenteil behauptet?«

»Nein, nein. Überhaupt nicht. Niemand macht mir Druck. Außer ich mir selbst.«

Dr. Blum lächelte freundlich. »Sehen Sie.«

Isa beobachtete Ben, wie er mit seinen Stapeltürmen spielte. Ihr war tatsächlich ein wenig leichter ums Herz.

»Wie reagiert Ihr Mann denn auf Ihre Sorgen? Ich habe herausgehört, dass er recht entspannt mit seinem Sohn umgeht. Wie geht er mit Ihnen um, angesichts dessen, dass Ihnen das alles ein wenig schwerer zu fallen scheint? Hat er dafür Verständnis?«

»Er …« Isa musste unwillkürlich an die Sache mit dem Hotel denken. Am Folgetag hatte sich Mark zurückgemeldet und überschwänglich entschuldigt. Er sei so müde gewesen und habe Isas Problem nicht richtig verstanden. Und er habe sich vertan, er sei tatsächlich nicht im City-Hotel, sondern im Intercity-Hotel gewesen, er habe die Namen vertauscht. Isa war sich noch immer nicht sicher, was sie davon halten sollte, hatte es aber erst einmal so stehen lassen. Sie wollte nicht am Telefon mit ihm streiten, und eigentlich hatte es auch noch nie einen Grund gegeben, ihm nicht zu vertrauen. Eine Googlesuche, die sie sich trotzdem nicht hatte verkneifen können, hatte ergeben, dass es tatsächlich auch Intercity-Hotels in Hamburg gab, auch in der Nähe von Kongresszentren und in der Nähe desjenigen Hotels, das Mark ursprünglich angegeben hatte. Weitere Kontrollanrufe hatte sie sich gespart. Sie würde das Thema noch einmal mit ihm besprechen, sobald er zu Hause war.

»Er arbeitet viel und ist häufig unterwegs«, setzte Isa fort. »Grundsätzlich hat er schon Verständnis. Zumindest bemüht er sich darum. Er sagt mir auch, ich soll mir Zeit geben. Dass es normal ist, wie Ben auf mich reagiert. Das sagt er auch als Kinderarzt. In der Theorie weiß ich das auch alles. Und trotzdem ist es schwierig, das zu verinnerlichen. Und ich merke, dass er sich um mich sorgt. Weil dieses Gefühl der Anspannung bei mir eher mehr wird als weniger. Und manchmal habe ich auch das Gefühl, dass es ihm zu viel wird. Dass ihm meine Unsicherheit vielleicht sogar auf die Nerven geht.«

Dr. Blum nickte. »Für mich ist Ihre Gefühlswelt mehr als verständlich, wie gesagt, Sie haben einiges zu verarbeiten. Ich denke, dass eine Begleitung durch jemand Externen aber tatsächlich nicht schadet. Gut, dass Sie den Schritt gemacht haben, Hilfe zu suchen. Dieser erste Schritt ist der schwerste von allen. Alles andere kriegen wir hin. Ich bin also gerne für Sie da, wenn Sie mögen. Und auch für Ben. Eigentlich ist mein Terminkalender übervoll und meine Sekretärin reißt mir höchstwahrscheinlich den Kopf ab ...« Dr. Blum schmunzelte. »Wenn Sie also ab morgen nichts mehr von mir hören, wissen Sie Bescheid.« Die ältere Frau lachte und wurde dann wieder ernst. »Aber ich würde Ihnen gerne helfen.«

»Danke, das weiß ich sehr zu schätzen«, antwortete Isa erleichtert. »Wie läuft das denn ab? Kommen wir dann demnächst in Ihre Praxis?«

Dr. Blum nickte. »Genau. Am besten rufen Sie nochmal in der Praxis an und vereinbaren mit Frau Stettler ein paar Termine im Voraus. Für Ben und Sie separat. Die Möglichkeit, wirklich mit ihm zu arbeiten, im therapeutischen Sinn, wird erst noch kommen, wenn er sich sprachlich und kognitiv weiterentwickelt hat. Er ist ja noch sehr klein. Aber es schadet nicht, bereits jetzt eine Beziehung zu ihm aufzubauen und ihn spielerisch kennen zu lernen.«

Die Ärztin zog ihr Handy aus ihrer sicher sehr teuren Krokodilledertasche, die auf dem Teppich neben dem Sofa gestanden hatte, und runzelte die Stirn. »Wenn mich nicht alles täuscht«, murmelte sie, »könnte es sogar sein, dass ich bereits morgen eine Lücke im Kalender habe. Ein anderer Klient hat heute Vormittag abgesagt. Aber ich frage gleich Frau Stettler, wenn ich zurück in der Praxis bin.« Sie sah auf und zog die Mundwinkel nach oben. »Sicher ist sicher.«

Isa nickte. Sie zögerte. »Sie sagten eben, dass Ben eigentlich noch zu jung für eine Therapie ist. Meinen Sie, Sie könnten trotzdem etwas über die Zeit seines Verschwindens herausfinden?«

»Ist das nicht eher Aufgabe der Polizei?« Feine Falten zeichneten sich auf der sonst altersuntypisch glatten Stirn der Psychiaterin ab.

»Könnte man meinen, ja.« Isa schüttelte den Kopf. »Denen sind aber leider aufgrund seines Alters die Hände gebunden, und sie haben Sorge, mein Mann hat Sorge, dass Ben durch eine Befragung unnötig belastet wird. Aber wäre das bei Ihnen nicht etwas anderes? Wenn Sie sich sowieso mit Ben beschäftigen, vielleicht ist es Ihnen als Expertin möglich, einen Anknüpfungspunkt zu finden? Ohne dass er dabei zusätzlich belastet wird?«

Dr. Blum betrachtete Isa sehr nachdenklich, während diese versuchte, sich nicht zu viel Hoffnung auf die Antwort der Psychiaterin zu machen.

»Hm. Das ist schwierig. Anfangs geht es wie gesagt eher darum, eine Beziehung zu ihm aufzubauen. Eben weil er sprachlich und kognitiv noch nicht so weit ist. Hat die Polizei denn bisher gar nichts herausgefunden?«

»Nicht wirklich«, erwiderte Isa und senkte den Kopf. »Ben sagte letztens ein Wort, einen Namen eher, aber wir wissen nach wie vor nicht, was der bedeuten oder wer damit gemeint sein könnte. Die Polizei setzt die Kommission außerdem erst wieder ein, wenn sich neue Spuren ergeben.« Sie spürte einen Stich im Herzen.

»Das tut mir leid zu hören. Ben sagte einen Namen?«

»Rete. Beim Anblick einer älteren Frau. Er hat dann auch

angefangen zu weinen.« Isas Herz schnürte sich zu. Sie hatte die Situation noch genau vor Augen.

»Rete?«

Isa nickte.

»Interessant. Und Sie oder Ihr Mann haben keine Idee, was das zu bedeuten hat?«

»Leider nicht.«

»Schwierig.« Die Ärztin sah zu Ben hinüber und schwieg ein paar Sekunden. »Ich werde natürlich darauf achten, und es wird ohnehin Teil der Therapie sein, mich auch mit seiner Vergangenheit zu beschäftigen. Wie ich aber schon sagte und wie die Polizei und auch Ihr Mann ganz richtig festgestellt haben: Er ist zu jung, um in einen direkten Austausch mit ihm zu gehen. Ich kann ihn nicht direkt danach fragen und deshalb auch nichts versprechen, aber wenn mir etwas auffällt, sage ich Ihnen sofort Bescheid. Ich verstehe sehr gut, wie frustrierend es sein muss, dass die Polizei im Nebel stochert.« Sie schüttelte den Kopf. »Nun gut, ich werde mein Bestes geben. Eine Frage habe ich jetzt noch, wo Sie gerade Ihren Mann und seine Bedenken bezüglich einer polizeilichen Befragung erwähnten: Ist er denn damit einverstanden, dass ich Ben behandle? Hatten Sie schon die Gelegenheit, mit ihm darüber zu sprechen?«

»Nein, er weiß noch gar nicht, dass ich Kontakt zu Ihnen aufgenommen habe. Wir konnten noch nicht darüber reden. Aber er wird bestimmt einverstanden sein. Ich wüsste nicht, weshalb er etwas dagegen haben sollte, dass Ben mit einer anderen Ärztin spricht. Es ist ja nur zu seinem Besten.«

Dr. Blum nickte, kramte kurz in ihrer Tasche und zog eine Visitenkarte hervor. »Die können Sie Ihrem Mann geben. Wenn er Fragen hat, soll er sich bei mir melden.« Dann klopfte sie sich auf die Knie. »Ich habe gleich noch einen Termin, daher muss ich mich leider nun langsam verabschieden.«

»Ja, natürlich. Wir haben genug Ihrer Zeit in Anspruch genommen.«

»Gar kein Problem, es ist wichtig, sich Zeit zu nehmen.« Dr. Blum erhob sich, ging zu Ben und verabschiedete sich von ihm, dann begleitete Isa sie zur Tür.

»Mama?« Ben sah sie fragend an, als Isa ins Wohnzimmer zurückkehrte.

Ein warmes Gefühl durchströmte sie. »Ja, ich bin da, mein Schatz. Zeigst du mir, was du da gebaut hast?«

Ben sah noch einen Augenblick zur Wohnzimmertür und drehte sich dann zu seinen Bauklötzen um.

KAPITEL 34

Isa betrachtete die große Uhr über der Tür des Wartezimmers der eleganten Arztpraxis in Köln-Rodenkirchen und beobachtete, wie der silbrig schimmernde Sekundenzeiger vorwärts wanderte. Ben sollte gleich fertig sein. Isa zwang sich, tief durchzuatmen. Zunächst war sie bei ihm geblieben, doch da er sich unbefangen in der Gegenwart von Dr. Blum gezeigt hatte und sich bei ihr wohlzufühlen schien, hatte Isa nach einer halben Stunde gefragt, ob es in Ordnung wäre, wenn sie kurz auf die Toilette ginge. Dr. Blum hatte zugestimmt und vorgeschlagen, dass Isa anschließend auch für den Rest des Termins ins Wartezimmer gehen könnte. Das würde ihr ermöglichen, Ben aus einer völlig unbefangenen Perspektive zu erleben. Isa hatte eingewilligt, vermutete aber eher, dass Dr. Blum ihre Anspannung aufgefallen war. Sie wollte ihr wohl die Gelegenheit geben, sich ein wenig zu sammeln.

Dr. Blums Sprechstundenhilfe, ganz in Weiß gekleidet, steckte den Kopf zur Tür herein und riss Isa aus ihren Gedanken.

»Frau Winterberg? Ihr Sohn ist jetzt fertig. Sie warten im Behandlungszimmer.«

Isa nickte, stand auf und strich sich ihre Bluse glatt. Frau Stettler ging voraus, Isa folgte ihr über den breiten Flur, der mit dunklem Holzparkett ausgelegt war. Die Wände und Türen waren in Weiß gehalten. Überall hingen große gerahmte Kinderbilder, die auch abstrakte Gemälde hätten sein können. Die Praxis war überaus geschmackvoll eingerichtet und passte gut zu der Psychiaterin, das war Isa gleich nach ihrem Eintreten aufgefallen.

Frau Stettler klopfte an die Tür des Therapieraums und bedeutete Isa, dass sie eintreten könne. Dr. Blum saß neben Ben auf einem hochflorigen Teppich am Boden.

»Ah, hallo Isa! Da sind Sie ja wieder.«

Der kleine Junge sah erst zu Isa, dann zu Dr. Blum, murmelte dann »Mama« und vertiefte sich gleich darauf wieder in sein Spiel mit den kleinen Holzpuppen.

Die ältere Frau strich sich eine Haarsträhne zurück, heute trug sie ihr silberfarbiges Haar in einem eleganten Nackenknoten. Geschmeidig stand sie auf und ging zu ihrem Mahagoni-Schreibtisch. Sie wies auf einen der Stühle davor, auf dem Isa vor einer Viertelstunde ebenfalls gesessen hatte.

»Setzen Sie sich, meine Liebe, ich muss mir nur kurz ein bisschen was aufschreiben.« Sie kritzelte etwas in ihr ledergebundenes Notizbuch, dann nahm sie ihre Brille ab und lächelte Isa an. »Sie haben da wirklich einen aufgeschlossenen kleinen Jungen.«

»Hat alles gut geklappt?«

»Ja. Gleich nachdem Sie rausgegangen sind, habe ich Ben die Holzfiguren gegeben und ein wenig mit ihm gespielt. Ich glaube, das mit uns beiden wird gut funktionieren.«

»Das klingt toll.«

»In Bezug auf seinen Entwicklungsstand kann ich Ihnen auf jeden Fall schon mal sagen, dass Ben trotz des frühen Bruchs in seinem Leben nicht zurückhängt. Bisher zumindest. Er hat einen altersgemäßen Wortschatz, motorisch scheint er mir sogar seinem Alter voraus zu sein. Kinder sind unheimlich zäh und anpassungsfähig, das erlebe ich immer wieder. Aktuell sieht es für mich so aus, dass er das Geschehene ganz gut verarbeitet, aber das wird sich natürlich noch genauer im weiteren Verlauf zeigen.«

»Das würde uns sehr erleichtern. Wenn ihm diese Sache – seine Entführung meine ich – wenn die ihm nicht geschadet hätte.« Isa sah sich nach ihrem Sohn um, der noch immer mit den Figuren spielte. »Unsere erste Sitzung haben wir dann kommende Woche, richtig?«

Dr. Blum nickte. »Genau. Ich denke, es war ganz gut, dass wir heute mit Ben gestartet haben und Sie Ihre erste richtige Sitzung dann nächste Woche haben, ohne Ben, so dass Sie sich auch wirklich voll und ganz auf sich selbst konzentrieren können. Was schon für sich gesehen ein Luxus für Sie als junge Mama sein dürfte, nicht wahr?« Die Ärztin lächelte. Dann sah sie auf ihre azurblaue Armbanduhr. »Was aber nicht bedeuten soll, dass ich nicht auch heute noch etwas Zeit erübrigen kann. Ihnen scheint es nämlich nicht so gut zu gehen, wenn mich nicht alles täuscht.«

Isa wurde rot. »Doch, doch. Schon. Ich bin nur etwas nervös gewesen. Wie Ben so mitmacht.« Sie rückte ihre Tasche zurecht und lächelte so unbefangen sie konnte.

»Sie sehen müde aus.«

»Ja, ich schlafe nicht besonders gut in letzter Zeit.« Isa hielt inne. Dann gab sie sich einen Ruck. »Darf ich Ihnen vielleicht doch noch eine Frage stellen?«

»Natürlich.« Dr. Blum lehnte sich zurück.

Isa nahm ihren Mut zusammen. »Wir haben gestern ja schon darüber gesprochen, dass ich irgendwie das Gefühl habe, keinen richtigen Zugang zu Ben zu finden. Es belastet mich sehr, ich weiß einfach nicht, ob das normal ist, ob ich etwas falsch mache, ob meine Beziehung zu Ben nun für immer beschädigt bleibt, ich …« Isa unterbrach sich und kämpfte mit den Tränen.

Die Worte waren nur so aus ihr herausgesprudelt. »Ich frage mich … ob …«

»Was fragen Sie sich, meine Liebe?«, fragte die Ärztin behutsam in die plötzlich entstandene Stille hinein. »Sie müssen hier bei mir keine Angst haben, Ihre Gedanken auszusprechen.«

»Ich frage mich, ob Bens Verschwinden eventuell etwas in mir kaputtgemacht haben könnte. So richtig kaputt, meine ich.«

»Inwiefern kaputtgemacht?«

»Da ist dieses Störgefühl, das einfach nicht verschwindet.« Isa senkte den Kopf. »Ich habe das Gefühl, wahnsinnig zu werden und an nichts anderes mehr denken zu können.«

»Ihre Gedanken sind mit Sicherheit sehr belastend.« Wortlos schob ihr die Ärztin eine quadratische Box mit Taschentüchern zu. »Sie müssen sich nicht schämen. Es kann schon sein, dass es etwas Begleitung braucht, damit Sie das überwinden können. Damit es Bens und Ihr Zusammenfinden nicht ungünstig stört, die Situation ist sehr sensibel. Aber das kriegen wir schon hin. Sie müssen sich nicht allein da durchquälen.«

Isa nickte und tupfte sich die Augen trocken, so gut es ging. »Halten Sie bei mir eventuell eine posttraumatische Belastungsstörung für möglich?«, platzte es dann aus ihr heraus. »Ich habe gegoogelt. Ich weiß, dass man das nicht tun soll, aber ich glaube, das könnte zu dem passen, was ich momentan erlebe.«

Die Ärztin neigte den Kopf und musterte sie. »Ja, möglich ist das schon. Das sollten wir in Ruhe besprechen, aber ich würde es nicht ausschließen. Ein Trauma haben Sie definitiv erlitten, Sie alle.«

»Okay. Das kann man behandeln, oder? Falls es eine solche Störung ist? So dass wieder alles so wie früher wird?«

»Es wird vielleicht nicht genauso wie früher. Wir alle verändern uns, entwickeln uns weiter, das Leben hält Überraschungen und Hindernisse für uns bereit. Aber ich bin sicher, dass es wieder gut werden wird. Etwas anders möglicherweise, aber gut«, antwortete die Ärztin.

KAPITEL 35

Eleonore schloss Isa in die Arme. »Ich bin so froh, dich zu sehen. Ich habe gar nicht mit eurem Besuch gerechnet!« Sie bückte sich zu Ben hinunter, der schüchtern vor der Wohnungstür stand. »Hallo, mein Kleiner, Oma hat dich schon vermisst!«

Sie gingen hinein und Eleonore suchte ein paar Kinderspielzeuge für Ben heraus. Anschließend kochte sie Wasser auf und stellte ihrer Tochter kurz darauf eine Tasse Kräutertee hin.

»Es hat mir wehgetan, dass wir wegen eures Nachbarn so aneinandergeraten sind«, sagte sie schließlich.

»Ja, mir auch.«

»Ich meinte es wirklich nicht böse. Ich wollte dir nichts unterstellen, wirklich nicht.«

»Ich weiß, Mama. Schon gut. Es ist einfach schwer für mich, all das.« Isa holte Luft. »Ich bin etwas zart besaitet momentan. Entschuldige, dass ich mich so angegriffen gefühlt habe.«

»Und mir tut es leid, dass ich dein Urteilsvermögen in Frage gestellt habe. Dieser Jakob ist der Neffe deiner Nachbarin, ihr kennt ihn, ich habe da wohl etwas überreagiert.«

»Wie gesagt, ich finde ihn auch merkwürdig. Unbeholfen. Manchmal etwas aufdringlich. Ich verstehe ja, was du meinst. Aber so ist er eben. Er versucht nur zu helfen.«

Eleonore pustete in ihre Tasse und nickte.

»Wie geht es dir denn? Wie läuft es mit Ben?«

»Ach, ganz gut. Es funktioniert schon besser im Alltag. Ich

glaube, die Therapie wird ihm guttun. Ich hatte dir ja am Telefon davon erzählt. Er war erst einmal da, aber noch am selben Tag hat er mich mehrmals Mama genannt. Keine Ahnung, ob das zusammenhängt, Dr. Blum kann ja nicht zaubern, aber gut hat es trotzdem getan.« Isa betrachtete ihren Sohn.

»Das ist wirklich schön. Oma hat er mich noch nicht genannt. Aber das kommt sicher noch.«

Isa nickte. »Ja, Mark sagt auch immer wieder, dass alles seine Zeit braucht und ich vertrauen soll. Auf Ben, auf uns und darauf, dass alles wieder gut wird.«

»Versteh mich bitte nicht falsch, aber hast du denn nicht das Gefühl, dass es das schon ist?«

»Doch, natürlich, schon.« Isa zögerte. »Ben ist wieder da. Ich fühle mich nur einfach immer noch etwas unsicher. Ich habe das Gefühl, da ist noch eine gewisse Distanz zwischen uns. Ich habe gestern auch mit Dr. Blum darüber gesprochen. Sie hält eine posttraumatische Belastungsstörung für möglich. Sie bietet mir ab nächster Woche Einzelsitzungen an. Ich denke, das wird mir guttun.«

Eleonore sah Isa auf eine Art an, wie nur Mütter es können. »Meinst du wirklich, du brauchst so etwas? Ist es nicht normal, etwas Startschwierigkeiten zu haben? Ich meine, Ben war so viele Monate verschwunden. Das war der reinste Horror. Für uns alle. Ich weiß ja nicht. Bist du sicher, es ist eine gute Idee, sich direkt deswegen behandeln zu lassen? Von einer Psychiaterin? Was sagt Mark denn dazu?«

Fragend hob Isa ihre Augenbrauen. »Mark? Er unterstützt das, ich meine, er ist ja selbst Arzt. Er weiß um die positiven Effekte von Therapien.«

»Schon, Kind. Ich hätte nur gedacht, dass deine Gefühle normal sind. Eine Psychiaterin ist doch für die … Kranken da.«

»Ja, auch ich wünschte mir, es wäre anders.« Isa lachte tonlos auf. »Aber leider ist es so, dass ich Unterstützung brauche. Ich schaffe das nicht mehr allein.« Sie schluckte und reckte ihr Kinn. Ihre Mutter betrachtete sie mit glänzenden Augen. »Und es ist auch für Ben gut. Das wiederum hat Mark anders gesehen. Dass ich belastet bin, kriegt er mit. Ich glaube, dass ich mir Unterstützung suche, erleichtert ihn auch etwas. Dass aber auch Ben nun in Behandlung ist, fand er weniger gut. Er sagt, dass Ben das nicht braucht. Dass ich meine Sorgen und Ängste nicht so auf ihn übertragen soll.« Isa runzelte die Stirn.

Ihre Mutter schwieg. Dann räusperte sie sich. »Na ja ... ich verstehe schon, was Mark damit meint. Es geht Ben doch gut. Und diese Psychiater ... die wühlen dann in Themen rum, die vielleicht eigentlich keine wären.« Eleonore kniff ihre Lippen zu einem schmalen Strich zusammen.

»Ach Mama, das ist doch Quatsch. Wäre Papa mal zu jemandem gegangen, hätte auch ihm vielleicht geholfen werden können«, platzte es aus Isa heraus, die Ärger in sich aufsteigen spürte. Sie war es leid, sich selbst und ihre Handlungen als Mutter hinterfragen zu müssen. Sie presste die Zähne zusammen und starrte auf das rosafarbige Porzellan in ihren Händen.

Ihre Mutter schwieg eine Weile. Als Isa aufsah, sah sie sie mit den Tränen kämpfen.

»Tut mir leid, ich wollte dich nicht verletzen«, fügte Isa überrascht hinzu.

Doch ihre Mutter schüttelte nur den Kopf und begann, imaginäre Krümel von der Tischplatte zu fegen. Es vergingen einige Sekunden. »Es ist schwer, darüber zu sprechen. Auch nach all der Zeit noch«, sagte sie schließlich so leise, dass sich Isa nach vorne beugen musste, um sie zu verstehen. »Papa hatte Hilfe. Wir wollten dich nicht damit belasten. Er war einige Monate bei einem Psychiater. Zwischenzeitlich sogar in einer speziellen

Klinik. Deshalb reagiere ich auch so sensibel auf das Thema. Es holt viel wieder hoch.«

Jetzt war es an Isa, sprachlos zu sein. »Er war in Therapie? Wieso erfahre ich das erst jetzt?«

»Ach Kind, spielte es denn noch eine Rolle? Nachdem er seine Entscheidung getroffen hatte?« Eleonore zog ein Taschentuch hervor.

»Ja! Ja, es spielt eine Rolle. Ich habe immer gedacht, nein, ich habe mich immer gefragt, ob Papa hätte geholfen werden können. Ob er unter anderen Umständen, wenn ich eine bessere Tochter gewesen wäre, noch bei uns wäre.« Isa kämpfte nun ihrerseits mit den Tränen. »Ich habe immer gedacht, wir hätten versagt, Mama. Du hättest mir doch sagen können, sagen müssen, dass er Hilfe bekommen hat!«

»Ach Kind. Wenn ich gewusst hätte, womit du dich quälst, hätte ich natürlich etwas gesagt«, antwortete Eleonore. »Ich wollte aber auch Peters Wunsch respektieren. Er hat sich so geschämt. Er wollte zu Lebzeiten nicht, dass du dich sorgst, und so habe ich angenommen, dass er es auch danach nicht gewollt hätte, dass ich dich mit diesen Themen belaste.«

»Mama?«, drang eine zarte Stimme an Isas Ohr.

»Mein Schatz, was ist denn?«, fragte Isa und strich Ben, der neben ihr aufgetaucht war, über die Haare. Er hielt ihr einen kaputten Bauklotz hin.

Isa und Eleonore mussten lächeln, trotz der Traurigkeit, die in der Luft lag.

»Oh, was ist denn damit passiert?« Isa nahm den Bauklotz entgegen und wendete ihn hin und her. »Ist der kaputtgegangen?«

Bens kleine Miene überschattete sich. Beschämt sah er zu Boden.

»Das ist doch nicht schlimm«, ergänzte Isa sofort. »Das

kann passieren. Was für ein schusseliger Bauklotz!« Sie schalt den Klotz und lächelte Ben an. Seine Mundwinkel hoben sich ein wenig. »Das ist überhaupt nicht schlimm«, wiederholte sie. »Komm, wir gehen mal zusammen zu deinen Klötzen, bestimmt sind noch genug da, die heile geblieben sind. Ich bin gleich wieder da«, sagte sie zu ihrer Mutter, die abwinkte.

»Natürlich, macht ihr zwei nur.«

Isa spielte eine Weile mit Ben und genoss sehr, dass er ausnahmsweise so offen den Kontakt zu ihr suchte. Gleichzeitig wünschte sie sich etwas Zeit für sich, um ihre Gefühle zu sortieren. Ihr Vater war vor seinem Selbstmord bei einem Psychiater gewesen? Sie hatte immer angenommen, er hätte seinen Kummer zeit seines Lebens mit sich selbst ausgemacht. Sie war ehrlich überrascht, dass sich dieser eiserne, stolze und gegenüber Ärzten stets skeptische Mann Hilfe gesucht hatte. Ihr war nie so richtig klar gewesen, was ihn dazu getrieben hatte, seinem Leben ein Ende zu setzen, auch wenn er sich zuvor angespannt und etwas seltsam benommen hatte. Sie hätte beinahe alles darauf verwettet, dass er sich keinem anvertraut hatte. Zumindest hatte auch ihre Mutter es immer so klingen lassen.

Als Ben müde wurde, legte sie ihn für seinen Mittagsschlaf auf die Couch. Vor seinem Verschwinden war an so etwas nicht zu denken gewesen, er war ein eher schlechter Schläfer gewesen und hatte viel Begleitung und Körperkontakt gebraucht. Nächtelang hatte sie ihn herumgetragen und dabei selbst kaum ein Auge zugemacht. Aber das hatte sie nie gestört, sie hatte es sogar genossen. Mama sein war alles, was sie je wirklich vom Leben gewollt hatte. Es war ein komisches Gefühl, dass sie ihm nun nur ein paar Mal über den Kopf streicheln musste, damit er zur Ruhe fand. Als er fest schlief, stand Isa auf und suchte ihre Mutter.

Im Schlafzimmer wurde sie fündig. Es roch nach den Lavendelsäckchen, die Eleonore seit jeher in ihrem Kleiderschrank hängen hatte. Sie saß auf ihrem sorgsam hergerichteten Bett und hatte einen Ordner auf dem Schoß liegen. Sie schien ganz in Gedanken versunken, bis Isa sich zu ihr setzte.

»Wie geht's Ben?«, fragte sie mit geschwollenen Augen und geröteter Nase.

»Er schläft. Mama, was ist denn nur los?«

»Ich habe ganz einfach gedacht, Peter hätte es nicht gewollt«, brach es aus ihrer Mutter heraus. »Dass ich dir von seiner Behandlung berichte. Und ich, ich auch nicht. Ich wollte nur vergessen. Es war eine so schwierige Zeit und was haben all die Behandlungen und Medikamente am Ende gebracht? Rein gar nichts!« Die füllige Frau schluchzte auf. »Nichts haben sie bewirken können, diese tollen Psychiater mit ihren Uni-Zertifikaten.«

»Was hatte Papa denn überhaupt?«

»Ach, ich bin ja keine Fachfrau.« Eleonore strich über die Dokumente in dem Ordner. »Sein Arzt sprach von einer Schizophrenie. Kannst du dir das vorstellen?« Sie schüttelte den Kopf, als wäre der bloße Verdacht oder die Diagnose als solche bereits eine Beleidigung.

»Schizophrenie? Wie hat sich das denn geäußert?«

»Nun ja, dein Vater hat, also er hat Stimmen gehört. Anfangs habe ich ihn öfter dabei erwischt, wie er mit sich selbst geredet hat. Er hat es geleugnet. Zunächst. Aber er wurde immer fahriger und irgendwie ängstlicher. Irgendwann hat er mir dann gestanden, dass in seinem Kopf eine Stimme ist. Die sich mit ihm unterhält. Und manchmal«, sie lachte ohne jede Heiterkeit auf, »und manchmal Radiosongs abspielt.«

»Okay, das ist heftig.« Isa setzte sich zurück.

»Anfangs war die Stimme nur sporadisch da. Aber mit der Zeit wurde dein Vater immer wunderlicher. Die Stimme hat ihm wohl gesagt, er würde abgehört werden oder so etwas.« Die ältere Frau zuckte mit den Schultern und sah auf die Papiere hinunter, als versuche sie immer noch zu verstehen, was eigentlich geschehen war. »Er hat einen richtigen Verfolgungswahn entwickelt. Das war auch der Zeitpunkt, wo ich ihn dazu gedrängt habe, zu einem Arzt zu gehen. Du kennst ja deinen Vater. Er hat sich so geschämt, Isa. Er hatte das Gefühl, die Kontrolle zu verlieren. Daher hat er schließlich auch in den Arztbesuch eingewilligt. Er ging einige Monate zur Therapie, hatte einen Klinikaufenthalt, um seine Medikamente einzustellen und eine Zeit lang wirkte er wieder glücklicher. Ruhiger. Doch dann wurde es wieder schlimmer. Schlimmer als vorher. Er zog sich immer mehr zurück. Sperrte sich ins Zimmer ein. Redete mit sich selbst.« Traurig schüttelte Eleonore den Kopf.

»Das war die Zeit, wo er kaum erreichbar war, oder? Wo du zu mir meintest, er hätte Probleme mit seinem Herzen und bräuchte Ruhe?« Isa konnte nicht verhindern, dass Schärfe in ihrer Stimme mitschwang.

»Ich wusste einfach nicht, wie ich dir das anders erklären sollte. Bitte verzeih mir.« Zum zweiten Mal an diesem Tag begann ihre Mutter zu weinen. »Ich hätte dir das alles gleich erzählen sollen. Aber du warst doch sein kleines Mädchen. Ich habe es nicht übers Herz gebracht. Ein verwirrter Geist, das ist schwer zu begreifen, schwer zu akzeptieren.« Sie schniefte. »Ich glaube, er hat es irgendwann einfach nicht mehr ausgehalten. Wenn ich das geahnt hätte, wenn ich gewusst hätte, so etwas könnte passieren …«, sie schüttelte den Kopf. Nach einer Weile atmete sie aus und sah zum Fenster hinaus. »Mein einziger Trost ist, dass er nun von dieser schrecklichen Qual befreit ist. Dass er nun wieder er selbst sein kann.«

KAPITEL 36

»Wo bist du?« Schwarz' Stimme schepperte durch die Freisprechanlage. Simons regelte die Lautstärke herunter.

»Sorry, ich hätte dir vorher Bescheid geben sollen, aber es ist wahrscheinlich nicht so wichtig. Ich bin auf dem Weg zu Frau Winterberg. Sie ist etwas beunruhigt wegen eines Nachbarn. Ich höre mir das mal an. Ich wollte dich nicht von deiner Arbeit abhalten, jetzt, wo die Kommission aufgelöst ist.«

»Das ist ja sehr löblich von dir, aber wieso fährst du direkt zu ihr? Hätte man das nicht telefonisch klären können?« Schwarz klang irritiert. »Und was heißt beunruhigt?«

»Das werde ich gleich herausfinden. Es lag auf dem Weg. Ich melde mich später, ich bin jetzt da.«

Simons legte auf und bog schwungvoll in die Einfahrt der Winterbergs ein.

Es mochte ja sein, dass Schwarz und die meisten der übrigen Kollegen ganz gut damit zurechtkamen, dass die Sonderkommission auf Eis gelegt worden war. Und ja, natürlich hatten sie genug anderes zu tun. Er selbst konnte den Fall aber nicht zur Seite legen und zur Tagesordnung übergehen, auch wenn er erneut dazu angehalten worden war. Als sich Frau Winterberg bei ihm gemeldet hatte, war er vielleicht etwas zu bereitwillig gewesen, der Sache nachzugehen. Aber er konnte und wollte die Familie nicht im Stich lassen.

Mit einem Seufzen stieg der hochgewachsene Kriminalhauptkommissar aus dem Wagen, betätigte die elektrische Verriegelung, die von einem nervtötend lauten Piepen begleitet wurde, und ging zur Haustür.

Frau Winterberg öffnete mit Ben auf dem Arm.

»Hallo, Herr Simons«, begrüßte sie ihn und lächelte. Sie wirkte nervös. »Vielen Dank, dass Sie sofort hergekommen sind. Ich weiß nicht, ob das nötig gewesen wäre.«

»Kein Problem, ich war sowieso gerade in der Gegend«, wiederholte er die nicht wirklich wahre Begründung, die er auch Schwarz gegeben hatte, und folgte ihr ins Wohnzimmer. Alles sah aus wie bei seinem letzten Besuch.

Isa Winterberg setzte Ben an einem kleinen Kindertisch ab, auf dem eine Schüssel mit geschnittenem Obst stand und ging zu einem großen Sideboard unter den Fenstern zum Garten. Mit mehreren Seiten Papier in der Hand bedeutete sie Simons, sich an den Esstisch zu setzen.

»Ich hoffe, Sie halten mich nicht für verrückt«, begann sie und reichte ihm zögerlich die Blätter. »Ich habe diesen Brief heute Mittag im Flur gefunden. Besser gesagt auf dem Flurboden, er muss unter der Tür durchgeschoben worden sein, während wir bei meiner Mutter waren.«

Simons nahm die Papiere entgegen und runzelte die Stirn. Es waren locker zehn Seiten, beidseitig dicht mit Kugelschreiber beschrieben.

»Von wem ist das denn?« Er drehte die Papiere auf der Suche nach einer Unterschrift. »Jakob Sanders?«

»Ja. Der Neffe von Frau Rosauer, unserer direkten Nachbarin, die uns immer sehr lieb unterstützt. Es ist so ...«, sie lachte gezwungen. »Meine Mutter hat mir da einen Floh ins Ohr gesetzt. Wahrscheinlich hat das alles nichts zu bedeuten, da bin ich mir eigentlich sicher. Aber ...«, stirnrunzelnd sah sie auf den Brief in Simons' Händen hinunter. »Merkwürdig ist es schon.

Und meine Mutter würde durchdrehen, wenn sie hiervon erfahren würde.«

Simons nickte abwartend. Noch konnte er sich keinen Reim auf die ganze Sache machen, aber Frau Winterberg war ihm zu keinem Zeitpunkt in den vergangenen Monaten wie eine Person vorgekommen, die grundlos hysterisch reagierte. Ganz im Gegenteil: Er hatte nach wie vor Respekt davor, wie tapfer und gefasst die so sanftmütig wirkende Frau mit allem umging.

»Herr Sanders, Jakob – wir sind uns noch nicht ganz einig, wie wir uns ansprechen –, er wohnt schon einige Jahre in unserer Straße«, fuhr sie fort. »Ich habe nie viel mit ihm zu tun gehabt. Als Ben verschwunden war, kam er hin und wieder vorbei und bot seine Hilfe an oder etwas zu essen. Er hat sich nach uns, na ja, also eigentlich eher nach mir erkundigt. Er kam nämlich immer dann, wenn mein Mann nicht zu Hause war.«

Simons zog einen kleinen Block aus der Tasche und machte sich Notizen zu dem, was Frau Winterberg berichtete, auch wenn er nach wie vor noch nicht wusste, worauf das Ganze hinauslief. Sie hatten Jakob Sanders wegen seines potenziellen Zugangs zum Schlüssel seiner Tante auf dem Schirm gehabt und befragt, dann jedoch aufgrund seines nahezu lückenlosen Alibis als Verdächtigen ausgeschlossen. Was er jetzt erfuhr, war neu.

»Jakob verhält sich immer etwas merkwürdig. Unsicher. Als wenn er nicht richtig wissen würde, wie er mit einem umzugehen hat. Ich habe mich schon manchmal etwas unwohl gefühlt, aber auch deshalb, weil wir um Ben getrauert haben und ich generell lieber für mich war.« Frau Winterberg senkte den Kopf. »Und weil ich seine Hilfe auch einfach nicht wollte. Ich bin nicht gut darin, das klar zu kommunizieren, das muss ich ehrlicherweise sagen.« Sie errötete leicht und lächelte. Simons erwiderte das Lächeln spontan. Ihre bescheidene Demut fiel ihm nicht zum ersten Mal auf. »Einmal stand Jakob beispielsweise in unserer Einfahrt und schnitt unsere Hecken zurück, als ich gerade vom Einkaufen heimkehrte. Ich hatte ihn nicht darum gebeten, und er hat auch nicht gefragt, sondern einfach losgelegt. Solche Sachen eben. Als Ben wieder aufgetaucht war, kam Jakob eine ganze Weile nicht vorbei. Meine Mutter meinte, dass das schon auffällig wäre, weil mein Mann zu der Zeit freihatte und ebenfalls zu Hause war.« Frau Winterberg zuckte mit den Schultern. »Und letztens ist er uns dann auf der Straße begegnet. Er wollte Ben einen Ball schenken, doch als ich ihm erklärte, dass ein kleiner Flummi für einen Jungen in Bens Alter noch zu gefährlich ist, wollte er unbedingt extra nochmal einkaufen fahren, um einen größeren zu besorgen. Da hat meine Mutter ihn etwas schroff zurechtgewiesen und abgewimmelt. Tut mir leid, Sie fragen sich wahrscheinlich, worauf ich eigentlich hinauswill. Das ist alles ja noch nichts Dramatisches. Ich hätte mir da auch nichts bei gedacht, wenn …«

»Ihre Mutter nichts gesagt hätte«, beendete Simons ihren Satz und schmunzelte.

»Ja, genau«, erwiderte sie mit rosa gefärbten Wangen. »Das muss sich total bescheuert für Sie anhören. So ging es mir auch. Ich habe mich deswegen sogar mit meiner Mutter gestritten. Aber dann habe ich heute diesen Brief im Flur gefunden.« Sie warf erneut einen Blick auf die Seiten in Simons' Hand. »Er ist verstörend. Und ich möchte hier wirklich niemanden zu Unrecht an den Pranger stellen. Wahrscheinlich ist Jakob einfach ein bisschen seltsam und damit hat es sich. Aber ich würde mich wohler fühlen, wenn Sie sich den Brief durchlesen und mir Ihre Meinung dazu sagen könnten.«

»Denken Sie, er könnte etwas mit Bens Verschwinden zu tun haben?«, fragte Simons ohne Umschweife.

Es wurde still.

»Nein. Nein, eigentlich nicht. Ich denke mir, wenn er irgendwie einen Anteil daran gehabt hätte – also falls, weil einen Grund kann ich mir nicht vorstellen – hätte mir das auffallen müssen. Oder etwa nicht?«

»Wie meinen Sie das?«

Frau Winterberg errötete nun stärker. »Ich denke, dass mein sechster Sinn als Mutter oder wie auch immer man das nennt, sich gemeldet haben müsste. Ich hätte es instinktiv spüren müssen.« Sie verschränkte die Arme und beobachtete ihren Sohn.

Simons neigte den Kopf. »Manchmal mag das zutreffen. Dass Mütter und Väter oder der Mensch allgemein ein Gespür für Gefahren hat. Aber Sie würden sich wundern, wie unschuldig Täter wirken können. Sie leben oft mitten unter uns. Sie haben doch bestimmt schon häufiger gehört, dass Nachbarn, Freunde oder sogar Verwandte, sogar Ehepartner, jahrelang nichts vom kriminellen Doppelleben ihrer Mitmenschen wussten. Leider ist es nicht so einfach, das ›Böse‹ zu erkennen. Gerade Kriminelle sind oft Meister darin, sich zu verstecken. Sich völlig angepasst und unauffällig zu verhalten.« Simons unterbrach sich beim Anblick von Frau Winterbergs Gesicht. »Entschuldigen Sie meinen Vortrag«, fügte er hinzu und hob die Hände. Er konnte Schwarz' Kritik an seiner mangelnden Feinfühligkeit förmlich hören. »Ich will Ihnen damit keine Angst machen, sondern nur sagen, dass ich es für richtig halte, dass Sie mich benachrichtigt haben. Das heißt nicht, dass ich Ihren Nachbarn verdächtig finde. Aber es schadet nie, vorsichtig zu sein.«

Isa Winterberg nickte.

»Ich schlage vor, ich lese den Brief erst einmal und danach reden wir weiter.«

»Ja, okay. Danke. Ich hole Ihnen in der Zeit etwas zu trinken. Einen Kaffee? Oder Tee?«

»Ich brauche nichts, danke«, erwiderte Simons und vertiefte sich in den Brief.

Liebe Frau Winterberg,

ich nehme jetzt meinen ganzen Mut zusammen, um Ihnen zu schreiben. Ich möchte Ihnen so lange schon erzählen, was mein Herz fühlt. Aber wenn wir uns sehen, kann ich einfach nicht, weil Sie mir den Atem rauben. Bestimmt haben Sie das schon gemerkt. Und vielleicht ist Ihnen auch bereits klar, was ich aussprechen möchte, weil Sie es ebenfalls fühlen. Manchmal denke ich das. Aber dann zweifle ich wieder. Ich werde aus Ihnen nicht richtig schlau. Ich möchte aber, dass Sie aus mir schlau werden können. Ich möchte, dass Sie wissen, dass ich Sie verehre. Sie sind der schönste Mensch, den ich jemals kennen gelernt habe.
Wieso ich das denke?
Fangen wir bei den kleinsten und unwichtigsten Dingen an: Sie haben die schönsten und gütigsten moosgrünen Augen, in die ich jemals sehen durfte. Ihre Wimpern sind lang und gebogen und haben die dunkelgoldene Farbe Ihres Haares. Wenn Sie lächeln, lächeln Ihre Augen immer mit. Ich verehre die kleinen Falten in Ihren Augenwinkeln. Ihr Haar, das Sie immer hinter die Ohren klemmen, ist so wild und wunderschön wie Sie.

Simons konnte seine Augenbrauen nicht noch höher ziehen. Er überflog die nächsten Zeilen und anschließend die nächsten Absätze, denn Jakob Sanders Beschreibungen von Frau Winterbergs Vorzügen gingen über Seiten.

»Ja, ich weiß, mir ging es genauso«, sagte die junge Frau, als sie ins Wohnzimmer zurückkehrte und Ben etwas zu trinken hinstellte. »Das können Sie eigentlich überspringen. Ist mir sowieso unangenehm. Zeigen Sie mal.« Sie nahm den Brief entgegen, blätterte eine Weile und drückte ihm dann die letzten drei Blätter wieder in die Hand. »Ab hier dürfte es wichtig sein. Das davor ist – na ja, wie soll ich das sagen«, sie hob verlegen die Schultern. »So viel hat auf jeden Fall noch nie jemand über mich geschrieben.«

Simons runzelte die Stirn und las weiter.

Und zuletzt verehre ich Sie dafür, dass Sie die beste Mutter sind, die ich je kennen gelernt habe. Jeder kann sehen, wie sehr Sie Ben lieben. Als er verschwunden ist, ist Ihr ganzes Licht erloschen. Das war für mich nur schwer auszuhalten. Was hätte ich dafür getan, Ihnen Ihr Kind zurückzubringen. So oft habe ich mir das ausgemalt.

Ich wäre Ihr Held gewesen! Leider war das keine Option. Aber ich konnte nach Ihnen sehen. Ihr Mann war so oft nicht da. Ich kann nicht verstehen, dass er so wenig zu Hause ist. Wenn ich Ihr Mann wäre, ich würde mich nie mehr von Ihnen wegbewegen. Immer auf Sie aufpassen und in jeder Sekunde für Sie da sein. Es tat mir so leid, dass er Sie so oft allein gelassen hat. Und gleichzeitig habe ich gehofft, es öffnet Ihnen die Augen. Ich möchte, dass Sie wissen, dass es mit mir ganz anders wäre. Ich hoffe, dass Sie das gespürt haben.

Zeigt sich die wahre Liebe nicht erst in den schlimmsten Momenten unseres Lebens?

Sie haben definitiv das Schlimmste erlebt. Ich war in dieser Phase da, so oft ich konnte. Bestimmt ist Ihnen das aufgefallen, es muss so sein. Ich wäre auch noch öfter vorbeigekommen, doch meine Tante meinte, dass sich das nicht gehört.

Dass Sie trotzdem noch mit Ihrem Mann zusammen sind, kann ich mir nur so erklären, dass er Sie von sich abhängig gemacht hat. Er verdient bestimmt gut. Vielleicht haben Sie Angst, dass Sie alles verlieren, wenn Sie sich trennen?

Ich würde alles tun, damit es Ben und Ihnen gut geht.

Es folgten ein paar Absätze mit Wiederholungen, Drehungen, Wendungen, verschiedenen Formulierungen zu ein und demselben Gedanken. Als Simons auf der letzten Seite ankam, zog sich sein Magen endgültig zusammen.

Vielleicht fehlt Ihnen einfach nur der letzte Mut, und ich hoffe, dass mein Brief Ihnen den geben kann. Ich träume jede Nacht davon, dass Sie durch diese schlimme Zeit in Ihrem Leben erkannt haben, wer Ihre einzig wahre Liebe ist. Dann hätte es einen Sinn gehabt. Oder?

So schlimm Bens Verschwinden für Sie auch war. Jetzt ist er gesund und munter wieder da. Und wenn sein Verschwinden dazu geführt hat, dass Sie sich mir verbunden fühlen, dass Sie endlich sehen, dass nur ich der richtige Mann für Sie sein kann, dann hat es sich gelohnt. Für Sie, für mich und am Ende auch für Ben. Er soll mit einem Vater aufwachsen, der für seine Mutter da ist und sie verehrt. Nichts weniger hat er verdient. Und nichts weniger haben Sie verdient. Ich sehne mich so sehr nach unserer kleinen Familie. Nur Sie, Ben und ich. Und wir können endlich Frieden finden. Ich wäre Ben der beste Vater, den Sie sich vorstellen können, und Ihnen der beste Ehemann, den Sie sich erträumen können.

So. Nun kennen Sie all meine Gedanken und Gefühle, falls Ihnen manche davon bisher noch unbekannt waren. Ich kann Ihnen gar nicht sagen, wie erleichtert ich bin, mich offenbart zu haben. Und wie sehr ich hoffe, dass der Brief Ihnen hilft, nun den richtigen Weg einzuschlagen.

Ich würde natürlich verstehen, wenn Sie Ihren Mann nicht von jetzt auf gleich verlassen können. Wenn Sie sich nicht sofort offen zu mir bekennen können. So eine Veränderung muss selbstverständlich im Stillen vorbereitet werden. Senden Sie mir einfach ein Signal, auf welchem Weg auch immer. Ich werde es

erkennen und mich in Geduld üben. Und Sie unterstützen, sollten Sie Unterstützung benötigen.
Ich habe Sie im Blick. Machen Sie sich keine Sorgen.

In Liebe,
Ihr Jakob

Simons atmete aus und lehnte sich zurück. Frau Winterberg saß ihm gegenüber und studierte seine Mimik.

»Das ist ein Ding.« Nach Lächeln war ihm nicht mehr zumute. Das las sich nicht gut. Gar nicht gut. »Es war richtig, dass Sie mir den Brief gezeigt haben. Die Worte von Herrn Sanders könnte man durchaus als Motiv betrachten. Verdreht zwar, aber ein Motiv.« Er vertiefte sich noch einmal in die Seiten.

Isa Winterberg spielte an ihrem Ehering. »Ja, das ging mir auch durch den Kopf. Ignorieren konnte ich den Brief nicht, so viel steht fest. Ich bin ja einerseits erleichtert, dass Sie erkennen, was mich beunruhigt. Aber ich kann mir andererseits einfach nicht vorstellen, dass Jakob tatsächlich etwas mit Bens Verschwinden zu tun haben könnte. Ich weiß, ich müsste vermutlich in vollkommener Alarmbereitschaft sein. Irgendwie bin ich das auch. Und irgendwie nicht. Ich meine … Lindas Neffe?« Sie schüttelte den Kopf.

»Ich verstehe, was Sie meinen. Ein Motiv macht einen noch nicht zum Täter.« Simons kniff die Augen zusammen und betrachtete die letzte Seite des Briefes. »Aber es ist auffällig, wie sehr er hofft, dass Bens Verschwinden zu Ihrem gemeinsamen Glück führt. Als würde er all das Leid für Sie, Ben und Ihren Mann gar nicht wahrnehmen und sich einzig und allein auf diese wahnwitzige Idee konzentrieren, Sie dadurch für sich zu gewinnen. Und …«, er las murmelnd ein paar Zeilen, »und immer wieder schreibt er, dass er denkt, dass Sie insgeheim auf ihn reagieren. Schon reagiert haben. Dass Sie erkennen beziehungsweise bereits erkannt haben, was er für die einzige Wahrheit hält. Er hat Sie im Blick. Und er kalkuliert bereits ein, dass Sie abwehrend auf sein Schreiben reagieren könnten, interpretiert dies aber im Voraus als Bestätigung seiner Gefühle.«

Er sah Frau Winterberg direkt an, suchte nach den richtigen Worten. »Wenn Sie meine ehrliche Meinung hören wollen: Das Verhalten von Herrn Sanders weist starke Züge eines Stalkers auf. Dass er den Schritt gegangen ist, sich Ihnen so ausführlich zu offenbaren, ist alarmierend. Man weiß nie, wie sich solche Geschichten entwickeln oder enden. Wir sollten das ernst nehmen. Und da wir nicht ausschließen können, dass er diese ganze Situation mit Bens Entführung und seiner Rückkehr absichtlich inszeniert hat, um Ihnen näherzukommen, werden wir ihn noch einmal unter die Lupe nehmen müssen. Auch zu Ihrem Schutz. Dieser Brief ist Grund genug, nochmal nachzufassen. Und sehen Sie es mal so: Wenn er wirklich hinter alldem steckt, dann möchten Sie das wissen, oder?«

Frau Winterbergs Gesicht wurde rot. »Ja klar. Natürlich würde ich das wissen wollen. Ich hatte nur gehofft, dass ich überreagiere. Dass die Aussagen meiner Mutter mich zu sensibel gemacht haben. Wenn er für Bens Verschwinden verantwortlich wäre, ich wüsste nicht, was ich tun würde.« Sie starrte auf die Tischplatte. »Ich habe bisher einfach nicht für möglich gehalten, dass irgendjemand, den wir kennen, so etwas tun könnte.«

Simons nickte. »Es ist auch noch überhaupt nicht gesagt, dass wir hier eine echte Spur haben, und wir haben ihn ja auch damals bereits vernommen. Aber wir sollten das untersuchen. Warten wir mal ab. Ich bespreche mich mit den Kollegen, wie wir hier am besten vorgehen. Kennt Ihr Mann den Brief?«

»Nein, ich wollte zuerst mit Ihnen darüber sprechen. Und

meinen Mann nicht unnötig beunruhigen. Der Brief liest sich wie ein Angriff auf ihn.«

Das war auch Simons aufgefallen. »Ich denke, Sie sollten Ihren Mann einweihen, falls sich Herr Sanders andere Möglichkeiten einfallen lässt, sich Ihnen zu nähern. Sie sollten als geschlossene Einheit auftreten. Ihn nicht provozieren, aber durchaus zeigen, dass Sie zusammengehören.«

»Ja, das klingt sinnvoll. Ich zeige ihm den Brief heute Abend. Ich hoffe nur, er knöpft sich Jakob nicht direkt vor«, erwiderte sie und hob einen Mundwinkel.

»Das sollte er nicht tun«, antwortete Simons ernst. »Das wäre zwar menschlich, der Erfahrung nach heizt das die ganze Situation allerdings nur unnötig an. Zeigen Sie sich einfach zusammen und lassen Sie sich gar nicht erst auf dieses Spiel ein.«

KAPITEL 37

Isa lief leise die Treppe hinunter und entdeckte Marks Reisetasche im Flur. Sie holte das Babyfon aus der Küche und schaltete es an.

Den Rest des Tages war sie vollauf mit Bens Betreuung beschäftigt gewesen und damit, das Haus zumindest halbwegs in Ordnung zu bringen, bevor Mark zurückkehrte. Sie hatte Jakobs Brief, der nach wie vor auf dem Sideboard lag, irgendwann gedanklich beiseitegeschoben. Sie konnte sich einfach nicht vorstellen, dass er wirklich etwas mit Bens Entführung zu tun gehabt haben sollte. Oder vielmehr, dass sie sich so in ihm getäuscht haben könnte. Das war ein Gedanke, den sie nicht weiterdenken wollte, bis es keine näheren Anhaltspunkte dafür gab. Für einen kurzen Moment hatte Isa sogar überlegt, ob sie Mark wirklich von dem Brief erzählen und ihn damit beunruhigen sollte. Aber Herr Simons hatte Recht, es war besser, sicherzugehen. Ob das allerdings noch heute Abend sein musste, wusste sie nicht. Sie hatte Mark nun einige Tage nicht gesehen, und es gab einiges, das ihr auf dem Herzen lag und das sie miteinander besprechen mussten.

Als sie das Wohnzimmer betrat, sah Mark auf. Er wirkte müde.

»Hi, meine Schöne«, begrüßte er sie und lächelte kurz. »Schläft Ben?«

Isa nickte. »Ja, es hat recht gut geklappt, ihn ins Bett zu bringen.« Sie strich sich die Locken aus der Stirn und ging langsam zum Sofa, um sich neben ihren Mann zu setzen. Es tat gut, ihn zu sehen.

»Siehst du? Ich habe dir doch gesagt, dass ihr zurechtkommen werdet.«

»Das schon, einfach war es allerdings nicht. Aber egal«, bremste sie sich. »Darüber müssen wir nicht jetzt gleich als Erstes sprechen.« Isa bemühte sich um ein Lächeln. Da war es wieder, dieses düstere und schwere Gefühl.

Mark kniff die Lippen zusammen. »Sei doch einfach mal stolz, dass alles funktioniert hat, fast zwei Wochen lang. Wieso siehst du das denn schon wieder negativ?« Sein Gesicht nahm einen enttäuschten Ausdruck an.

Isa setzte sich ein wenig zurück, etwas verstimmt über seine sofortige Kritik. So lange hatten sie sich nicht gesehen, und trotzdem war innerhalb von Sekunden wieder diese unterschwellige Spannung greifbar. »Ich fühle mich auch nicht wohl damit, das weißt du. Deshalb gehe ich ja jetzt zu Dr. Blum.«

»Dr. Blum?« Mark blinzelte.

»Ja, die Psychiaterin. Bei der Ben und ich vorgestern waren, wir haben doch am Telefon darüber gesprochen. Kann sein, dass ich ihren Namen bisher nicht genannt habe. Wieso, kennst du sie?«

»Nein, ich …« Mark unterbrach sich, eine steile Falte hatte sich zwischen seinen Augenbrauen gebildet. Er starrte ins Leere.

»Hallo, Erde an Mark, was ist denn los?«

Mark verengte die Augen, sagte aber ein paar weitere Sekunden nichts, bis er schließlich das Wort ergriff. »Ich habe nur gerade nachgedacht. Ich habe ihren Namen noch nie gehört. Das kommt mir komisch vor. Ich kenne eigentlich alle Ärzte aus der Region … zumindest die guten.«

Isa hob die Brauen angesichts der Gereiztheit, die plötzlich in Marks Worten mitschwang, stand auf und holte die Visitenkarte der Ärztin. »Hier, das sind ihre Kontaktdaten. Ich hatte dir ja schon gesagt, dass du dich gern bei ihr melden kannst, wenn du irgendwelche Fragen zu ihrer Vorgehensweise oder zu Bens Behandlung hast.« Mark nahm das hellblaue Kärtchen entgegen. Isa konnte an der Muskulatur seines Kiefers sehen, dass er die Zähne zusammenbiss. *Was hat er jetzt schon wieder für ein Problem?* »Vielleicht sprichst du einfach mal mit ihr, sie ist wirklich gut in dem, was sie tut. Das kann ich aus eigener Erfahrung sagen.«

Mark legte die Karte vorsichtig beiseite und rieb sich über das Gesicht. Seine Stimme klang angespannt, als er zu einer Antwort ansetzte. »Ich bin, wie ich dir bereits sagte, der Meinung, dass Ben keine psychiatrische Behandlung nötig hat. Das sage ich nicht nur als sein Vater, der auch ein Mitspracherecht haben sollte, sondern auch als Arzt.« Er suchte Isas Blick, inzwischen war sein Ärger unverkennbar. »Ben geht es gut. Er zeigt keine Belastungsanzeichen. Dass du dir Hilfe suchen möchtest, ist das eine, aber ich finde nicht gut, dass du das auf unseren Sohn überträgst. Das hatte ich aber ja eigentlich bereits gesagt, oder nicht?« Isas Wangen begannen zu brennen. »Und dann geht ihr auch noch zu einer Psychiaterin, von der ich noch nie zuvor etwas gehört habe. Isa, ganz ehrlich, wieso folgst du der Empfehlung einer Wildfremden, anstatt mal mit mir als deinem Mann zu sprechen? Ich hätte dir gute Namen nennen können. Auch wenn ich, wie schon so oft gesagt, der Meinung bin, dass deine Gefühle und Gedanken grundsätzlich normal sind. Solange du dich nicht immer weiter hineinsteigerst. Das ist eigentlich das einzige Problem, oder?« Nun starrte er sie herausfordernd an. Isa öffnete perplex den Mund, um etwas zu erwidern, doch er kam ihr zuvor. »Wieso kannst du dir nicht einfach Zeit geben? Wieso kannst du nicht akzeptieren, dass alles in Ordnung ist? In Ordnung kommt? Wieso musst du so schwere Geschütze auffahren? Und wieso kannst du Ben nicht aus der Sache raushalten?«

»Schwere Geschütze?«, unterbrach Isa ihn schließlich doch und lachte entgeistert auf. »Was schadet es denn? Es ist doch meine Sache! Du hattest das doch unterstützt, dass ich mir Hilfe suche! Wieso reagierst du so gereizt?« Ihre Augen wurden feucht. »Aber ehrlich gesagt ist das in letzter Zeit irgendwie nichts Neues, oder? Mit dir kann ich nicht mehr reden, Mark! Du möchtest meine Probleme, meine Bedenken und meine Ängste ja nicht mehr hören. Deshalb suche ich mir Hilfe und das ist dir dann jetzt auch wieder nicht recht? Irgendwie kann ich nur noch alles falsch machen in deinen Augen. Aber weißt du was, ich brauche deine Zustimmung nicht!« Isa verstummte, darum bemüht, nicht vollends die Fassung zu verlieren. Sie spürte all das in sich brodeln, was sie mit sich herumtrug und immer wieder unterdrückte.

»Isa, ich bitte dich. Es ist nicht so sehr deine Sache, wie du glaubst! Deine Schwermütigkeit und deine ständige Beschäftigung mit dem Thema betreffen uns alle. Mehr, als du denkst.« Mark stand auf, schob die Hände in die Taschen seiner Jeans und ging zum großen Fenster, dessen Scheibe ihn aufgrund der Nachtschwärze dahinter spiegelte. »Du siehst ständig nur das, was nicht klappt.«

»Ich versuche ja, positiv nach vorne zu sehen.« Wütend wischte Isa sich über die Augen. »Ich kann es nicht! Hörst du mir überhaupt zu? Genau aus dem Grund gehe ich zu Dr. Blum, um mir helfen zu lassen und endlich wieder in der Lage zu sein, die schönen Dinge zu sehen!«

Das Babyfon rauschte. Isa warf einen Blick darauf, doch Ben hatte sich anscheinend nur umgedreht und schlief weiter.

Mark drehte sich zu ihr um. »Schön und gut, aber mein Rat

könnte dir trotzdem noch etwas bedeuten! Es hat eine Zeit gegeben, in der wir ein Team gewesen sind!«, stieß er aus. »Ich kann dir bessere Psychiater empfehlen als diese Ärztin, wenn du unbedingt darauf bestehst, dich in das Thema noch mehr hineinwühlen zu wollen!«

»Was ist denn dein Problem? Wie kannst du wissen, dass sie weniger gut ist als deine Kontakte? Ruf die Frau doch einfach mal an!« Isa deutete auf die Karte. »Dann wirst du sehen, dass sie überaus qualifiziert ist! Und sie kann im Gegensatz zur Polizei vielleicht sogar herausfinden, wo Ben gewesen ist! Ben kommt hervorragend mit ihr aus, genauso wie ich. Lass uns das machen, Mark. Du bist doch kaum zu Hause, also was kümmert es dich eigentlich?«

»War klar, dass das Thema auch noch auf den Tisch kommt.« Mark warf die Hände in die Luft. »Das ist ja die Ursache für alles.«

Heiße Wut stieg in Isa auf. Wann hatte diese Explosivität Einzug in ihre Beziehung gehalten? Mark und sie hatten eigentlich nie zu den Paaren gehört, die sich viel gestritten hatten.

»Erklär mir gerne nochmal, wieso du nicht in dem Hotel warst, das du mir bei WhatsApp genannt hast? Denn es ist mir immer noch nicht klar, wie dieses Missverständnis zustande kommen konnte!«, rief sie einem spontanen Impuls folgend, während es in ihren Ohren zu hämmern begann. »Anstatt mich anzuklagen und dich an irrsinnigen Dingen aufzuhängen, können wir gerne mal über dich sprechen, denn das Thema ist für mich noch nicht erledigt! Du hast mir den Namen dieses Hotels zweimal geschrieben, zweimal, Mark! Und dann fällt dir plötzlich auf, es war doch ein anderes? Was erfahre ich, wenn ich die Intercity-Hotels durchtelefoniere? Dass du dich erneut im Namen vertan hast?«

Marks Gesicht nahm einen roten Farbton an. »Wir haben

schon darüber gesprochen, Isa! Ich habe dir doch bereits gesagt, dass mir das Missverständnis leidtut!«

Isa funkelte ihn an. Sie war aufgewühlt, so schrecklich aufgewühlt. Da war wieder dieses dumpfe Gefühl, dass etwas an seiner Version nicht stimmen konnte, auch wenn sie in seinen Augen nichts als Verletztheit und Ärger sehen konnte. Sie hatte wirklich versucht, mit ihrer Skepsis bezüglich Marks Dienstreise umzugehen, diese sich selbst und ihrer labilen Stimmung zuzuschreiben, aber ohne Erfolg. Ihr erneut aufkommendes Misstrauen war ein weiterer Stein auf der Mauer, die in letzter Zeit zwischen ihnen entstand. Eine ganze Reihe von Steinen. Ihre Beziehung war immer von Ehrlichkeit und Wertschätzung geprägt gewesen. Bis jetzt.

Sie starrte auf ihre Hände, weil sie nicht wusste, was sie sagen sollte, und zupfte an der Haut rund um ihren Daumen.

»Isa, ich wollte dich nicht beunruhigen«, setzte Mark schließlich nach einer Weile des Schweigens an. Isa spürte, wie sich das Polster absenkte, als er wieder neben ihr Platz nahm, doch sie sah nicht auf. »Es war einfach nur ein Missverständnis.«

»Ich habe einfach Angst, Mark«, antwortete sie nach ein paar Sekunden und spürte, dass das die Wahrheit war. Ihre Wut verpuffte mit einem Schlag. Zitternd atmete sie ein. »Ich fühle mich so einsam mit allem. Mit diesen Gefühlen, mit denen ich zu kämpfen habe und die du nicht verstehst, dann die Sache mit der Auflösung der Sonderkommission und dann bist du kaum da und …« Isa spürte, wie Mark sich erneut versteifte und blickte auf. »Es ist doch nicht böse gemeint, es ist einfach, wie es ist!«

»Isa, ich rackere mich ab, um uns als Familie ein gutes Fundament zu schaffen! Wieso siehst du das nicht? Ich tue das doch nicht für mich, sondern für uns! Als verantwortungsvoller Ehemann und Vater! Du hast … du hast keine Ahnung, du … verdammt, Isa!« Mark schlug mit der Faust auf sein Bein und starrte sichtbar aufgewühlt an ihr vorbei.

»Das weiß ich ja auch«, setzte Isa an, überrascht über die Verzweiflung, die plötzlich in seiner Stimme gelegen hatte. »Ich weiß, dass du das auch für uns als Familie tust, und dafür bin ich dir dankbar.« Sie berührte ihn am Arm. »Ich habe nur einfach Angst. Ich fühle mich entfremdet von allem. Auch von dir«, presste sie hervor und begann zu weinen. »Sei einfach ehrlich zu mir, verstehst du? Ich denke nicht, dass du in Hamburg warst. Oder zumindest nicht dort, wo du vorgegeben hast zu sein. Das mit dem Hotelnamen ergibt einfach keinen Sinn. Ich kriege das nicht logisch für mich zusammen, so sehr ich das auch versuche. Ich kann mit allem umgehen, wirklich. Nur nicht damit, dass Geheimnisse zwischen uns stehen.«

Mark schwieg eine ganze Weile. Zusammengesunken saß er neben ihr, seine Mimik angespannt. Isas Herz zog sich zusammen.

»Also … also stimmt es?«, flüsterte sie. Ihre Augen weiteten sich.

»Isa, verdammt, nein!«, fuhr er sie an. »Nein, ich betrüge dich nicht!« Isa zuckte zurück, Hitze stieg ihr in die Wangen. »Es war ein Missverständnis, wie oft soll ich das noch sagen? Hör auf, dir ständig solche Gedanken zu machen! Bitte hör damit auf. Es ist alles gut!« Isa konnte Tränen in seinen Augen schimmern sehen. »Bitte vertrau mir. Vertrau auf den Mann, den du geheiratet hast, den du liebst! Das tust du doch, oder? Oder ist das endgültig vorbei? Verloren gegangen in all dem, was wir durchmachen mussten?«

Nun stiegen auch in Isas Augen Tränen. Ihr Mann sah sie derart eindringlich und verzweifelt an, dass sie sich fragte, ob es vielleicht doch ihr inneres Chaos in Bezug auf Ben und die gesamte Situation war, das um sich griff und sie dazu brachte, nun überall Gespenster zu sehen. Sie biss sich auf die Innenseite ihrer Wange.

»Bitte, Schatz. Vertrau auf mich und auch auf Ben und auf das, was wir uns aufgebaut haben«, setzte Mark nach und wischte sich ein paar Tränen von den Wangen. »Ihr seid alles, was ich habe. Ich tue wirklich alles«, er unterbrach sich und wandte sein Gesicht ab. Isa konnte sehen, wie er um Fassung rang. »Ich tue alles für uns. Bitte glaub an mich. Alles andere ertrage *ich* nicht.«

Isa warf sich in seine Arme, die sich sogleich fest um sie legten, und begann hemmungslos zu weinen.

»Ich vertraue dir«, sagte sie erstickt und schniefte. »Ich bin nur einfach so schrecklich durcheinander.«

Mark drückte ihr einen Kuss auf den Kopf. »Ich weiß«, flüsterte er. »Aber lass das bitte nicht auch noch zwischen uns kommen.«

Eine Weile saßen sie so da und suchten Halt in der Umarmung des anderen. Irgendwann machte Mark sich von Isa frei und gab ihr einen Kuss auf die Stirn.

»Isa«, setzte er an und holte Luft. »Ich will nicht mehr mit dir streiten. Wirklich nicht. Aber dass ich von dieser Dr. Blum noch nie zuvor gehört habe, finde ich nicht beruhigend. Schon mal gar nicht, wenn auch Ben zu ihr gehen soll.«

Isa presste die Lippen zusammen. »Mark, ich ...«

Mark hob eine Hand. »Ich höre mich um, in Ordnung? Ich bin dein Mann und Bens Vater. Ich will einfach sichergehen, dass ihr in den besten Händen seid. Lass mich bitte für euch da sein. Ich werde mich vergewissern, das ist alles.«

»Gut. Dann hör dich eben um«, antwortete Isa nach kurzem Zögern und stieß die Luft aus. »Aber ich kann nur wiederholen, was ich schon die ganze Zeit sage: Sie ist gut. Wir fühlen uns wohl.«

Mark machte einen grimmigen Gesichtsausdruck, aber erwiderte nichts mehr. Isa konnte ihm ansehen, dass er sich um des lieben Friedens willen jeden weiteren Kommentar verkniff. Genauso wie sie selbst. »Okay, gut«, sagte er schließlich und sah auf seine Uhr. »Ich muss kurz mal im Krankenhaus anrufen und nach dem Zustand eines Patienten fragen. Ich wollte mir erst Zeit nehmen, um mit dir zu reden, aber das muss ich heute dringend noch erledigen. Ist das okay?«

Isa nickte, setzte sich zurück und strich sich über die Haare.

»Ich bin gleich wieder da. Was hältst du davon, wenn wir anschließend Essen bestellen? Das haben wir lange nicht mehr gemacht.«

»Okay, ja, gute Idee.« Isa verzog ihre Mundwinkel zu einem Lächeln.

Mark lächelte zurück, doch seine Augen blieben ernst. Mit einem Blick auf sein Handy verließ er den Raum. Isa umschlang ihren Oberkörper mit ihren Armen. Noch nie war er außer Hörweite gegangen, um berufliche Telefonate zu führen. *Hör endlich auf, so paranoid zu sein*, schalt sie sich selbst.

KAPITEL 38

Ein wenig später drückte Mark auf die Pause-Taste des Fernsehers, stapelte die leeren Pizzakartons auf dem kleinen Wohnzimmertisch aufeinander und legte das benutzte Besteck obendrauf.

»Sowas sollten wir wieder öfter machen. Einfach ein bisschen die Seele baumeln lassen.«

»Das stimmt«, erwiderte Isa und wischte sich mit einer Serviette den Mund ab. Er hatte Recht. Ihr Leben war eine so lange Zeit derart aus den Fugen geraten, dass sie beinahe verlernt hatten, sich schöne und ganz alltägliche Momente darin zu schaffen. Es war ihr sogar gelungen, sich auf die Folge *Dexter* zu konzentrieren, eine Serie, die Mark und sie vor gefühlten Ewigkeiten gemeinsam begonnen und mit der Tragödie rund um Ben vollkommen vergessen hatten. »Ich bringe das kurz in die Küche«, ergänzte sie und griff nach den Kartons.

»Bleib sitzen, ich mach das.«

Mark stand auf, schob sein Handy in seine Hosentasche, nahm die Kartons mit dem Besteck und griff mit der anderen Hand nach der leeren Verpackung der Pizzabrötchen. Isa musterte das unscheinbare Rechteck seines Smartphones in seiner Tasche. Schließlich gab sie sich einen Ruck, als Mark hinausgegangen war, und stand ebenfalls auf, um ein paar neue Teelichter zu holen.

Im Vorbeigehen fiel ihr Blick auf das Sideboard und damit auf den Brief von Jakob, der noch immer darauflag. Ihr Herz machte einen nervösen Hüpfer. *Stimmt, da war ja noch was.* Auf keinen Fall wollte sie dem heutigen Abend ein weiteres angespanntes Gesprächsthema hinzufügen.

Als sie die Blätter gerade in eine der eh schon übervollen Schubladen stopfen wollte, legten sich Marks Arme um sie. Sie hatte ihn gar nicht hereinkommen hören.

»Ich möchte endlich Frieden in unserem Leben. So sehr«, flüsterte er und hörte sich dabei traurig an. Dann lugte er ihr über die Schulter. »Was machst du da?«

»Gar nichts. Das hat Zeit bis morgen«, sagte Isa und wollte die Schublade schließen, als Mark ihr zuvorkam.

»Warte doch mal. Was hat Zeit bis morgen?« Er griff an ihr vorbei und zog Jakobs Brief wieder hervor. »Was ist das denn? Ist das ein Brief? Von wem?« Mark wendete die Seiten hin und her wie zuvor Simons.

Isa konnte förmlich spüren, wie die Verspannungen zurück in ihre Muskeln wanderten.

»Von unserem Nachbarn. Jakob Sanders, Lindas Neffe.«

»Der uns ständig seine Hilfe angeboten und ungefragt die Hecken geschnitten hat?« Marks Lippen verkrampften sich. »Warum schreibt er uns denn einen Brief?«

»An mich, besser gesagt, er …«

»An dich?« Mark sah auf die zahlreichen Blätter in seinen Händen hinunter und begann wahllos ein paar Zeilen zu lesen.

Isa stand hilflos daneben.

»Du musst das nicht alles lesen, ich kann es dir zusammenfassen.«

Marks Miene versteinerte sich. Als Isa ihm die Seiten aus der Hand nehmen wollte, drehte er sich weg und setzte sich an den Esstisch.

»Ist das sein Ernst?«, durchbrach er nach ein paar Sekunden die Stille.

»Psst, bitte nicht so laut, Ben schläft doch«, erwiderte Isa. »Mir ging es wie dir«, fügte sie hinzu, doch Mark polterte schon weiter.

»Ist das sein gottverdammter Ernst? Er gräbt dich unverhohlen an! Zweifelt mich an! Und ist ernsthaft der Meinung … also er glaubt ernsthaft, dass …«, er stieß ein scharfes Lachen aus. »Dass du dich für ihn interessieren könntest?« Seine Augen blitzten sie an.

Isa stockte. »Ja, er … keine Ahnung, er scheint sich da in eine fixe Idee verrannt zu haben.«

»Eine fixe Idee? Das ist mehr als das, würde ich sagen!«

»Ich finde das auch nicht gut. Ich finde es gruselig, um ehrlich zu sein. Dass er sich so etwas zusammenspinnt. Das hätte ich nicht gedacht.«

»Wie er mich übergeht, wie er mich hinstellt. Ich bin nicht für dich da gewesen? Und dieser erbärmliche Typ kann das beurteilen?« Mark schien ihre Antworten gar nicht wahrzunehmen. Er wurde von Sekunde zu Sekunde wütender. »Vielleicht sollte er es auch mal mit einem verantwortungsvollen Job und Geldverdienen versuchen, hängt der nicht nur zu Hause herum?«

»Er ist recht einsam, glaube ich. Es steht doch außer Frage, dass das, was er sich da zusammenreimt, absoluter Blödsinn ist.«

»Ich glaube es nicht. Er behält dich im Blick? Er will Ben ein Vater sein? Er ist der bessere Ehemann? Der hat ja absolut nicht mehr alle Tassen im Schrank!«

»Schatz, jetzt häng das doch bitte nicht so hoch.«

Isa wollte zu ihm gehen, doch Mark hielt ihr die eng beschriebenen Seiten Papier wie eine Barriere entgegen und fuchtelte damit herum.

»Du hättest mir diesen Schwachsinn gleich zeigen sollen, Isa! Ich werde ihm sofort einen Besuch abstatten! Das lasse ich nicht auf mir sitzen! Was nimmt der sich heraus?«

Er zerknüllte die Seiten in der Faust, stand auf und stapfte in Richtung Wohnzimmertür, als Isa ihn zurückrief.

»Mark, jetzt warte doch mal! Das kannst du nicht machen! Ich habe mit Herrn Simons gesprochen, er …«

Mark drehte sich zu ihr um. »Mit dem Polizisten? Was hat der damit zu tun?«

»In dem Brief geht es nicht nur um dich!«, stieß Isa aus. »Wie dir vielleicht auffällt, schreibt Jakob mehrmals, dass das Verschwinden von Ben gut gewesen sein könnte. Dafür, dass ich erkenne, dass er der ›Richtige‹ ist. Was total verrückt ist!«, fügte sie hinzu, als sich Marks Gesicht noch eine Spur mehr verfinsterte.

»Und dieser Polizist ist der Erste, an den du dich wendest?«

Isa zog die Brauen zusammen. »Ich hatte kein gutes Gefühl dabei, wie Jakob auf Bens Entführung anspielt«, setzte sie an. »Ich bin unsicher geworden. Ich wollte niemanden beunruhigen, vor allem dich nicht, deshalb habe ich bei der Kripo um Rat gefragt, ja.«

»Ich war davon ausgegangen, dass meine Frau mit ihren Sorgen zuerst zu mir kommt. Aber offenbar trifft das nun auf keinen Lebensbereich mehr zu.« Er schüttelte den Kopf.

Und da war sie wieder, die Mauer. Isa starrte ihn an.

»Mark, das ist doch Blödsinn. Ich wollte dich damit nur nicht unnötig belasten, während du unterwegs warst. Du hattest anderes zu tun. Ich dachte mir, dass es reicht, wenn einer von uns beiden unter Strom steht wegen all dieser Dinge.« Es hatte ein hilfloser Witz sein sollen, doch Mark zog nur die Brauen hoch. »Jakob spielt auf Bens Entführung an, Mark. Für mich war klar, das kann ich nicht ignorieren. Und für mich war ebenso klar, dass ich das an die Polizei weitergeben muss! Vielleicht hilft es ihnen bei den Ermittlungen.«

Mark starrte auf den Brief in seinen Händen hinunter. »Mag sein«, erwiderte er nach ein paar Sekunden. »Aber ich hätte trotzdem erwartet, dass du damit zuerst zu mir kommst. Aber ja, du hast Recht in Bezug auf Jakob.« Er entwirrte die Blätter und schüttelte den Kopf. »Es ist ekelhaft, wie er Bens Verschwinden für seine eigenen Zwecke interpretiert. Das habe ich eben gar nicht richtig registriert, aber es stimmt.«

Mark fuhr sich über sein Gesicht und ging wieder zum Esstisch. Dort ließ er sich langsam auf einen Stuhl sinken. Ohne aufzusehen, fragte er: »Was sagt die Polizei?«

»Simons meint, dass Jakob zumindest ein Motiv für Bens Entführung haben könnte. Ob er wirklich etwas damit zu tun hat, ist natürlich überhaupt nicht gesagt, er hat damals ja auch ein Alibi vorweisen müssen, weil er über Linda an unseren Schlüssel hätte kommen können. Es wäre irgendwie auch unvorstellbar, ich meine, er ist Lindas Neffe. Er ist etwas verschroben, aber ein Kind entführen? Und über Monate verstecken? In unserer direkten Nachbarschaft?« Isa schüttelte den Kopf. »Ich mag eigentlich gar nicht weiter darüber nachdenken. Aber es hätte mir auch keine Ruhe gelassen, der Polizei nicht Bescheid zu geben. Er hat schon wirklich viel unsere Nähe gesucht. Meine Nähe.«

»Ja, das stimmt. Dieser Irre hat eine vollkommen verzerrte Wahrnehmung, ob er nun Lindas Neffe ist oder nicht. Er wäre nicht der erste Straftäter, der einfach nur ein ›bisschen wunderlich‹ wirkt, oder? Er scheint in Bezug auf dich in seiner ganz eigenen Welt zu leben.«

»Dir ist klar, dass es für mich nur dich gibt, oder? Und dass Jakobs Worte vollkommener Schwachsinn sind?«

Ihre Blicke trafen sich. »Ja, natürlich weiß ich das«, antwortete Mark dann und fuhr sich durch die dichten braunen Haare. »Ich mag es nur einfach überhaupt nicht, dass er unser Familienleben so beobachtet. Sich erlaubt, es zu bewerten. Mich zu bewerten.« Er schob die Blätter zur Seite. »Was wird Herr Simons jetzt genau unternehmen? Ich hoffe, er macht ihm die Hölle heiß? Denn ansonsten werde ich das tun.«

»Wir sollen uns zurückhalten, meint die Polizei. Und das ist auch völlig richtig, Mark. Es ist das Beste, Jakob und seinen verwirrten Gedanken keine Angriffsfläche zu bieten. Herr Simons sagt, wir sollen als Einheit auftreten und uns ansonsten nicht weiter auf Jakob einlassen. Er wird ihn in der Zwischenzeit nochmal genau überprüfen und befragen. Am wichtigsten ist, herauszufinden, ob er doch irgendetwas mit Bens Verschwinden zu tun gehabt haben könnte.« Isa massierte sich die Schläfen, mit einem Mal fühlte sie sich sehr erschöpft.

»Tut mir leid, dass ich so wütend geworden bin.« Mark legte eine Hand auf Isas Arm. »Die ganze Situation muss unglaublich belastend für dich sein. Da brauchst du meinen Ausbruch nicht auch noch. Ich bin einfach nur … ebenfalls ziemlich am Limit.«

»Schon okay, ich verstehe das. Hätte mich gewundert, wenn du anders empfunden hättest. All unsere Gefühle sind erlaubt und normal, zumindest würde Dr. Blum das jetzt sagen.« Isa hob die Mundwinkel zu einem zaghaften Lächeln.

KAPITEL 39

Isa öffnete die Haustür. Carla stand im Schneegestöber, doch wie üblich konnte ihr nicht einmal die Natur etwas anhaben. Ihre himbeerfarbene Mütze leuchtete mit ihren blonden Locken um die Wette, und ihr taillierter cremefarbener Ledermantel vermittelte trotz der Minusgrade und der wirbelnden Flocken um sie herum ein sommerliches Flair.

»Das ist ein Wetter!« Ihre Freundin lachte ein ansteckendes Lachen.

Isa schloss die große Frau in die Arme. »Schön, dich zu sehen! Komm rein, bevor du noch festfrierst.«

Carla legte ihre feuchte Winterkleidung ab und folgte Isa in die Küche. Ben saß auf dem Boden vor einem geöffneten Schrank voll mit bunten Plastikdosen.

»Ben?«, sprach Isa ihren Sohn an. Er reagierte nicht, wie so oft, wenn sie ihn rief, und versuchte weiter, einen großen blauen Deckel auf eine kleinere orangefarbene Dose zu drücken.

»Ben? Kleiner?«, wiederholte Isa, ging zu ihm und berührte ihn an der Schulter. Gedankenverloren drehte er sich um. »Schau mal, wir haben Besuch!«

Die große Frau hockte sich hin. »Hallo Ben, wie geht's, Kumpel?«

Ben hielt Carla kommentarlos eine Dose entgegen.

»Oh, danke«, entgegnete diese lachend. »Was ein Süßer! Und er ist dir einfach so ähnlich!«

»Findest du? Als Baby war er mir wie aus dem Gesicht geschnitten, ich muss dir gleich mal Fotos zeigen. Aber seit er wieder da ist, sehe ich hauptsächlich Mark in ihm, muss ich sagen.« Isa musterte die Gesichtszüge ihres Sohnes.

»Ich finde, man sieht ganz eindeutig, dass du seine Mutter bist.« Carla richtete sich auf. »Ist es nicht meistens so, dass man das selbst nicht erkennt?«

»Ja, das kann sein. Ist auch nicht so wichtig. Ich wäre sehr zufrieden damit, wenn er das Aussehen seines Vaters hätte.« Isa lachte, und Carla stimmte ein.

»Du machst es schon wieder«, schmunzelte diese dann.

»Was genau?«

»Du stellst dein Licht unter den Scheffel.«

Isa stockte, wie immer, wenn Carla rundheraus ihre Meinung kundtat. »Ach na ja. Ich bin einfach stolz auf meinen Mann. Und heute geht es mal nicht um mich, okay?« Sie lächelte die lieb gewonnene Freundin an. »Heute bist du mal dran, etwas mehr über dich zu erzählen.«

»Oh, oh«, erwiderte Carla.

Isa bereitete Bens Mittagessen zu und setzte sich mit ihm und Carla an den Esstisch. Während Ben seine Spaghetti in sich hineinstopfte, versuchte Isa sich auf das Gespräch mit Carla zu konzentrieren und zugleich das Ausmaß an Tomatenspritzern auf Tisch, Stuhl und Boden im Griff zu behalten.

»Vorsicht, Ben!«, rief sie, als dieser eine Faust Nudeln neben sich auf den Boden fallen ließ. Sie tauchte unter den Tisch ab, um ein paar der Spaghetti wieder hervorzuangeln. Als sie sich wieder aufrichtete, bemerkte sie Carlas Blick auf sich.

»Du machst das so toll mit ihm. Du bist wirklich eine wunderbare Mutter. Wie schnell er sich wieder eingelebt hat! Ich finde, man merkt euch das gar nicht an.« In ihrem Gesicht lag ein Ausdruck von ehrlicher Anerkennung.

»Was genau?«

»Dass ihr so lange getrennt wart.«

»Einfach ist es nicht.« Isa lächelte und strich sich die Haare aus der Stirn.

»Das ist ja klar. Und trotzdem macht ihr zwei das großartig. Habt ihr denn schon Pläne für Weihnachten?«

Isa schüttelte den Kopf. »Ehrlich gesagt haben wir darüber noch gar nicht gesprochen. Irgendwie kann ich immer noch nicht begreifen, dass wir Weihnachten tatsächlich zusammen feiern werden. Es ist surreal, dass ich mir darüber überhaupt wieder Gedanken machen darf.« Sie schaute zum Fenster hinaus, Schneeregen prasselte gegen die Scheibe. »Was hast du an Weihnachten vor?«

»Mir ist Weihnachten nicht so wichtig.«

»Nicht?« Isa konnte Carlas Gesichtsausdruck nicht recht deuten.

»Meine Eltern sind schon lange tot.«

»Oh, das tut mir leid«, warf Isa ein.

»Nein, nein, das muss es nicht. Es ist schon lange her.« Carla zog die Mundwinkel nach oben und ihre zarte silberne Halskette zurecht. »Ich bin es gewohnt, allein zu sein. Halb so wild.« Isa wollte zu einer Antwort ansetzen, als ihre Freundin ihr zuvorkam. »Ach, da fallen mir die Fotos ein. Du sagtest eben, dass du mir Ben und dich als Baby zeigen willst?«

»Ja, klar, ich suche sie raus.« Isa zögerte einen Moment. »Aber wollen wir danach nicht wirklich mal ein wenig über dich sprechen? Ich weiß gar nicht genau, was du eigentlich so machst.«

»Gestatten: Carla Starck, 32 Jahre alt, Kommunikationsdesignerin, nach einer bescheuert schmerzhaften Trennung Single und wohnhaft in Köln. Irgendwann mal die einsame Lady mit fünf Katzen. Sonst noch etwas?«

Isa schmunzelte. »Und nun machst *du* es schon wieder.«

»Was?«

»Ausweichen, wenn es um dich geht.«

»Ach, mein Leben ist einfach nicht besonders spannend. Ein ganz gewöhnliches. Das wird dich langweilen, du wirst schon sehen«, erwiderte Carla unbeschwert und machte eine wegwerfende Handbewegung. »Jetzt erst einmal her mit den Fotos!«

Isa scrollte eine Weile auf ihrem Handy und fand schließlich, was sie suchte. Eine Collage, die sich aus einem Foto von Ben, einem Babyfoto von Mark und einem von ihr selbst zusammensetzte, sie waren zum Zeitpunkt der Aufnahmen alle ungefähr im selben Alter. Sie hielt Carla ihr Handy hin.

»Ja, erstaunlich, ohne Zweifel dein Sohn.«

»Verstehst du jetzt, was ich meine?« Isa scrollte weiter. »Ich habe hier noch eine Collage, da sieht man es noch besser. Nämlich im Profil … ah, hier ist es. Schau mal, hier sieht man Bens und mein Profil nebeneinander. Die gleiche Gesichtslinie.«

Isa zoomte heran und wollte das Handy gerade ihrer Freundin reichen, als sie innehielt. Sie runzelte die Stirn und vergrößerte den Bildausschnitt erneut. Dann warf sie einen Blick auf den mit Tomatensoße über und über bekleckerten Ben.

»Was ist?«

»Ach, ich …« Isa schüttelte den Kopf, als würde sie den komischen Gedanken, der ihr kam, wie eine lästige Fliege vertreiben können. »Kann sich die Ohrform verändern?«, fragte sie dann mit einem missglückten Lachen.

Carla zog die Brauen zusammen. »Wie meinst du das? Zeig mal her.«

»Ben hatte als Baby diesen leichten Knick, diese feine Einkerbung am oberen Ohrrand. Wie eine kleine Elfe. Genau wie ich ihn habe.« Isa hielt Carla ihr Handy hin und deutete auf ihr Ohr. »Siehst du?«

Carla nickte zögerlich. »Wobei ich das jetzt nicht so markant finde. Wäre mir nicht aufgefallen.«

»Jetzt hat er diesen Knick nicht mehr.«

Carla zuckte die Schultern, nachdem sie Ben kurz begutachtet hatte. »Ist wohl herausgewachsen. Ist doch noch alles im Wachstum bei dem kleinen Mann. Und eine leichte Einkerbung könnte man schon noch vermuten. Ich wünschte, ich hätte noch die schönen zarten Ohren, die ich als Kind hatte.« Sie lachte, bis sie Isas Miene sah, die prompt versuchte, ihr Gesicht zu entspannen. »Hey, was ist denn mit dir los?«

Isa zog die Mundwinkel nach oben, obwohl ihr Magen krampfte. »Ach, nichts weiter. Ich war nur gerade in Gedanken.«

Da war wieder dieses latente Gefühl der Fremdheit. Das auftauchte, wenn sie nicht damit rechnete, und von Mal zu Mal stärker an ihr nagte. Es ließ sich einfach nicht einordnen. Es verengte ihr den Hals.

Carla hob die Augenbrauen. »Ist wirklich alles in Ordnung? Du machst dir doch nicht etwa Sorgen, weil Bens Ohren mit ihm gemeinsam gewachsen sind?«

»Nein, natürlich nicht. Er ist eben einfach älter geworden. Das weiß ich doch. Ich bin vermutlich immer noch damit beschäftigt, zu verarbeiten, dass Ben als acht Monate älterer Junge zurückgekehrt ist. Ich trauere den Monaten, die ich verpasst habe, manchmal etwas zu sehr hinterher, das ist alles.« Isa strich Ben über seine kleine Hand.

Carla drückte ihre Schulter. »Das ist doch ganz normal, Süße.«

Isa nickte. *Wieso nur fühlt sich das alles so ganz und gar nicht normal an?*

»Hat sich das eigentlich mit Mark und dem Hotel geklärt? Habt ihr nochmal darüber gesprochen? Das hatte dich ja ziemlich beschäftigt.« Mitfühlend sah Carla sie an.

»Ja.« Isa räusperte sich, erleichtert über den Themawechsel.

»Wir haben nochmal darüber geredet, als er zurückgekommen ist. Er hat wiederholt, dass es ein Missverständnis war. Er wirkte ziemlich verletzt, dass mich das so durcheinandergebracht hat. Was ich auch verstehen kann. Er hat mir nie einen Grund gegeben, ihm nicht zu vertrauen.« Isa schüttelte den Kopf und drängte die Erinnerung daran beiseite, dass ihr Mann nach ihrem klärenden Gespräch zum Telefonieren aus dem Raum gegangen war.

Carla nickte. »Du wolltest ihm ja auch nicht misstrauen. Ist doch gut, dass ihr das klären konntet. Ich finde wichtig, dass man über die Dinge spricht, die einen bewegen. Kommunikation ist das A und O, und das sage ich nicht nur, weil ich Kommunikationswissenschaften studiert habe.« Sie grinste.

»Stimmt, da hast du Recht.« Isa lächelte zurück, diesmal aufrichtig.

Carla blieb, bis Isa Ben zum Mittagsschlaf hingelegt hatte. Als sie gerade aufbrach, um zurück zur Arbeit zu fahren, stieg Mark aus dem Auto und kam den Gehweg hinauf.

»Ach, hallo«, sagte Carla überrascht. »Ich wollte gerade los, aber schön, dich kennen zu lernen.«

»Hallo Carla, freut mich ebenfalls, ein Gesicht zum Namen zu haben«, antwortete Mark höflich. »Ich habe schon viel von dir gehört. Und von Dr. Blum, die du empfohlen hast.«

Carla war es sicher gar nicht aufgefallen, aber Isa hatte sehen können, wie sich Marks Augen um Nuancen verengten.

»Ja, richtig, ich habe nur gute Erfahrungen mit ihr gemacht.« Carla legte den Kopf schief.

»Mag sein, auch wenn ich sicher bin, dass Isa auch ohne Dr. Blum alles in sich trägt, was sie braucht. Ich kenne sie ja immerhin schon eine ganze Weile.« Mark drückte Isa einen Kuss auf die Wange. Er lächelte, aber um seine Augen rührte sich kein Muskel.

»Das ganz bestimmt«, erwiderte Carla.

»Mark ist etwas skeptisch, weil er sie nicht höchstpersönlich für die Behandlung seiner Frau und seines Sohnes ausgewählt hat«, warf Isa mit scherzhaftem Unterton ein, um der unterschwelligen Spannung entgegenzuwirken, die sich aufzubauen begonnen hatte.

»Ach daher weht der Wind«, Carla lachte. »Ich finde, dass Dr. Blum eine der Besten ist. Ich muss jetzt leider los, hat mich gefreut!«

Carla ging zu ihrem roten Mini Cooper und winkte zum Abschied. »Tschüss, ihr beiden. Ihr drei, meine ich!«

»Tschüss, Carla! Schön, dass du da warst«, rief Isa und sah dann ihren Mann an, der die Hand zum Abschied gehoben hatte. »Schon zu Hause? Ich dachte, du bist noch in der Praxis?«

»Ich habe mir heute früher freigenommen. Ich dachte, wir könnten ein bisschen Zeit miteinander verbringen. Was macht Ben?«, fragte er und ging hinein.

»Er schläft gerade.«

Isa war sein beiläufiger Blick zu Jakobs Haus nicht entgangen.

Als Ben ausgeschlafen und Mark ein wenig Büroarbeit in seinem Arbeitszimmer erledigt hatte, gingen sie gemeinsam zum Spielplatz. Mark ließ Ben etliche Male die Rutsche hinunterrutschen, bevor er sich zu Isa gesellte, die das Treiben vom Rand aus beobachtete. Er legte den Arm um sie und atmete durch, als würde er sich das erste Mal am heutigen Tag etwas entspannen.

»Es ist so schön zu sehen, wie viel Spaß er hat, oder?«, stellte er fest und sah Ben dabei zu, wie er den Schnee beiseiteschob, um an den Sand darunter zu gelangen.

»Ja, kaum zu glauben, dass er nun in dem Alter ist, in dem er sich für Spielplätze interessiert. Das wird im Frühjahr bestimmt richtig schön.«

»Auf jeden Fall. Hier hast du Carla kennen gelernt?«, fragte Mark und lehnte sich gegen den Holzzaun, der den Spielplatz umrahmte.

»Ja genau. Sie war mit ihrer Schwester und ihrem Patenkind hier.«

Die Wintersonne stand schon tief und bahnte sich ihren Weg zwischen zwei Häusern hindurch geradewegs in Marks Augen. *So blau*, dachte Isa.

»Ist dir eigentlich aufgefallen, dass Bens Augen jetzt wieder ganz klar sind? Blau, meine ich«, sprudelte es aus ihr heraus. So beiläufig wie möglich sah sie wieder zu ihrem Sohn, der sämtliche Steinchen und Stöcke begutachtete, die er finden konnte.

»Aha? Nein, ich habe nicht bewusst darauf geachtet. Sie waren doch die ganze Zeit blau?«

»Das schon. Aber sie hatten sich doch bereits verändert. Weißt du noch? Dieses Braungold um seine Pupillen. Das Blau hatte sich schon getrübt. Du meintest damals, sie würden braun oder vielleicht sogar grün wie meine Augen werden. Scheinbar doch nicht.« Sie zuckte mit den Schultern.

»Ach, das meinst du. Hättest du es nicht gesagt, wäre es mir wohl gar nicht aufgefallen. Worauf du alles achtest. Typisch Architektin«, neckte er sie. »Du hast einfach einen Blick für Formen und Farben in sämtlichen Variationen.«

»Er ist unser Sohn, natürlich achte ich auf so etwas.« Isa bemerkte, dass sie schnippischer klang, als sie wollte.

»Das war doch kein Angriff.« Mark runzelte die Stirn. »Ist alles in Ordnung?«

»Ja, schon«, Isa stieß die Luft aus. »Das mit seiner Augenfarbe habe ich schon vor einiger Zeit festgestellt. Ich weiß selbst nicht, wieso ich das jetzt angesprochen habe. Ich meine, seine

Augen hatten sich bereits verfärbt. Und jetzt sind sie wieder klar und blau. Ich wusste nicht, dass das geht, aber offenbar ist es ja so. Auch wenn …« Sie unterbrach sich und lächelte krampfhaft, um nicht weinen zu müssen.

»Wenn was?« Mark musterte Isa besorgt.

»Na ja. Ich habe das gegoogelt. Bescheuert, ich weiß. Und nirgendwo steht, dass sich die Augenfarbe wieder zurückverändern kann. Man liest nur, dass sich die Augen in den ersten zwei Jahren verfärben, von einer Farbe – meist Blau – zur nächsten. Aber zurück? Das scheint nicht oft vorzukommen.«

»Doch, klar geht das. Meist werden die Augen kontinuierlich dunkler, wenn sie einmal anfangen, sich zu verfärben. Aber bis zum Alter von meist zwei Jahren kann im Grunde alles passieren.« Er hob die Arme. »Und so ein schönes Grün, wie du es hast, entsteht sogar oft erst im Jugendalter. Wieso hast du mich nicht einfach danach gefragt?«

»Ich wollte nicht bescheuert klingen.« Isa wischte sich über die Augen. »Auch wenn mir das offenbar nicht gelungen ist, denn jetzt bin ich genau das. Aber trotzdem gut zu wissen, dass es ganz normal ist.«

»Was sollte es denn sonst sein?« Die Falten in seiner Stirn wurden tiefer.

»Keine Ahnung, vergiss es. Ich sagte ja, es war dumm.«

So eine einfache und banale Erklärung für etwas, über das sie sich ewig den Kopf zerbrochen hatte. *Ich sollte mich wirklich entspannen.* Entschlossen schluckte Isa den Kloß im Hals hinunter und lehnte ihren Kopf an Marks Schulter, der noch eine Weile zu ihr hinabsah, ohne etwas zu sagen. Schließlich richtete er seinen Blick genauso wie Isa zurück auf Ben, zu ihrem gemeinsamen Sohn, ihrem ganzen wiedergewonnenen Glück.

KAPITEL 40

Simons hatte sich bei Bode, der als vorheriger Leiter der Sonderkommission noch immer Ansprechpartner für alle Belange des Falles und mögliche neue Spuren war, klar dafür ausgesprochen, Sanders zum Verhör nicht auf das Revier vorzuladen, sondern ihm zusammen mit Schwarz zunächst zu Hause einen Besuch abzustatten. So bestand die Chance, sich von seiner Wohnsituation einen genaueren Eindruck zu verschaffen. Die Bewilligung eines Durchsuchungsbeschlusses würde zu viel Zeit benötigen, ganz davon abgesehen, dass sie hierfür keine handfesten Anhaltspunkte hatten.

Schwarz klingelte, während Simons ein Stück an der Vorderseite des geklinkerten Hauses entlangging und um die Ecke in den Garten spähte. Alles unauffällig, wenn auch ungewöhnlich gut gepflegt. Der Rasen war trotz der winterlichen Jahreszeit akkurat kurzgehalten, die Beete frei von Unkraut, die Terrassenmöbel ordentlich abgedeckt, die Pflastersteine wie frisch mit dem Hochdruckreiniger bearbeitet. Nicht ein Laubblatt lag herum. Die Tür ging auf.

»Herr Sanders? Mein Name ist Thorsten Schwarz, das ist mein Partner Florian Simons. Unsere Kollegen hatten Sie ja schon vor ein paar Monaten kennen gelernt; wir sind von der Kripo und hätten ein paar Fragen an Sie. Dürfen wir reinkommen?«

Schwarz hielt Jakob Sanders seinen Ausweis entgegen.

Simons tat es ihm gleich und musterte den untersetzten Mann. Er sah locker aus wie Anfang oder gar Mitte vierzig, obwohl sein Gesicht noch sehr jugendlich wirkte und Simons aus den Vernehmungsprotokollen der Kollegen wusste, dass Herr Sanders erst Anfang dreißig war. Prompt bekam das eher teigige Gesicht rote Flecken. Sanders' Blick sprang von Schwarz zu Simons und zurück.

»Kripo? Ist irgendwas passiert?«

»Nein, Herr Sanders. Wir würden uns einfach gerne nochmal mit Ihnen zum Fall Ben Winterberg unterhalten. Am liebsten aber nicht hier draußen«, wiederholte Schwarz und rieb sich die Arme. Simons war sicher, dass er in seiner Daunenjacke nicht fror.

Sanders reagierte nicht, als wäre er noch dabei, die Situation zu erfassen.

»Ja natürlich, kommen Sie herein«, flötete er dann plötzlich, als hätte er ihren Besuch erwartet und bedeutete ihnen, ihm zu folgen.

Mit hängenden Schultern schlurfte er voran. Schwarz und Simons tauschten einen Blick.

Während sich Schwarz mit Sanders an dessen kleinen Küchentisch setzte, blieb Simons im Hintergrund stehen, um die Räumlichkeiten auf sich wirken zu lassen. Das Mobiliar war wahrscheinlich so alt wie das Haus selbst, vermutlich aus den Siebzigerjahren. Alles glänzte vor Sauberkeit und guter Pflege; man hätte ebenso gut davon ausgehen können, im Haus einer alten und sehr reinlichen Dame zu stehen. Jeder einzelne Gegenstand schien wertgeschätzt zu werden und seinen unverrückbaren Platz zu haben.

»Herr Sanders, Sie haben ja mitbekommen, dass Ben Winterberg zwischenzeitlich für mehrere Monate verschwunden war«, begann Schwarz und klappte seinen Notizblock auf.

»Oh, ja. Ja, das habe ich natürlich mitbekommen. Eine furchtbare Tragödie. Die arme Frau Winterberg.«

»Frau Winterberg?«

»Ja. Und der arme Junge natürlich.« Sanders sah zu Simons auf, der sich durch die Küche bewegte. »Und für Herrn Winterberg war das sicher auch nicht leicht. Klar. Davon ist zumindest auszugehen, oder? Er ist nicht oft da. Daher kenne ich ihn nicht sehr gut.«

Wiederholt strich er über imaginäre Falten in der geblümten Tischdecke. Schließlich nahm er seine Hände unter den Tisch.

Schwarz nickte. »Es war und ist für die ganze Familie Winterberg ein schlimmer Schicksalsschlag. Wieso wir mit Ihnen sprechen wollen: Unsere Ermittlungen dauern weiterhin an. Und in diesem Zusammenhang führen wir noch einmal ein paar Gespräche mit verschiedenen Personen, die vielleicht zur Aufklärung der Geschehnisse beitragen können.«

»Okay, dann hoffe ich, dass ich Ihnen helfen kann.«

Sanders lacht wie ein Frettchen, dachte Simons. Überhaupt fand er den ganzen Mann unangenehm, konnte aber nicht wirklich greifen, weshalb. Während Schwarz Sanders der Form halber über die rechtlichen Zusammenhänge ihres Gespräches aufklärte, nahm sich Simons Zeit, den jungen Mann genauer zu betrachten. Wie er da so saß, in seiner beigefarbenen Bundfaltenhose und dem weißen Hemd, als wäre er aus einer anderen Zeit gefallen. Selbst im Haus trug er Schuhe, hellgraue Stoffsneaker mit strahlend weißer Sohle.

»Wo waren Sie an dem Tag, als der kleine Ben verschwand?«, fragte Simons rundheraus, als Sanders bestätigt hatte, die rechtliche Aufklärung verstanden zu haben.

Schwarz runzelte die Stirn.

»Ich … ähm … wo ich war?«, wiederholte Sanders nervös.

»Das habe ich doch schon erzählt. Ihren Kollegen. Aber … also, ja, das kann ich Ihnen beantworten?«

»Ist das eine Frage oder eine Feststellung?«

»Ja, nein, also eine Feststellung. Ich war an dem Tag am Grab meiner Eltern. Zur Grabpflege. Sie wissen schon. Die Erde aufschütten, das Unkraut entfernen, die Grabsteine frei kehren, neue Blumen einpflanzen, alles …«

»Danke für die Erläuterung, Herr Sanders, wir können uns vorstellen, wie Grabpflege funktioniert«, schaltete sich nun wieder Schwarz ein und lächelte höflich. »Von welchem Friedhof sprechen wir? Und können Sie uns nochmal sagen, von wann bis wann Sie genau am Grab waren?«

Auf Sanders' Stirn waren feine Schweißperlen getreten. »Sie verdächtigen mich?«

»Nein, wir stellen Ihnen wie gesagt nur ein paar Fragen, reine Routine«, antwortete Schwarz ganz unbehelligt von der Nervosität seines Gegenübers.

Sanders starrte den kräftigen Polizisten ein paar Sekunden lang an. »Aber ich habe bereits mit Ihren Kollegen gesprochen. Damals. Kurz nach der Entführung. Die Polizei hat mit uns allen gesprochen. Der ganzen Nachbarschaft. Sie haben sogar den Friedhofsleiter angerufen. Der … der hat das bestätigt.«

»Das ist grundsätzlich richtig, Herr Sanders. Es ist wie gesagt Routine, mit einzelnen Personen öfter zu sprechen und in einem zweiten oder dritten Anlauf tiefer in gewisse Themen einzusteigen. Und Sie stehen der Familie dank Ihrer familiären Verbindung zu Frau Rosauer nun einmal näher als andere Nachbarn. Das bedeutet auch, dass Sie unter Umständen mehr und anderes beobachtet haben könnten als andere, ohne dass es Ihnen recht bewusst ist. Zurück zu Ihrem Aufenthalt auf dem Friedhof. Der Zeitraum konnte nicht komplett und zu hundert Prozent lückenlos durch Zeugen bestätigt werden, wie Sie wissen.«

Sanders kaute auf seiner Lippe. »Ja, weil … das ist auch schwer, weil … ich war ja den ganzen Tag da. Von neun bis zum späten Nachmittag. In Brück, wo meine Eltern beerdigt sind. Frank, der Friedhofsgärtner, war zwischendurch mal weg. Zur Mittagspause, wenn ich mich recht erinnere, und die war ganz schön ausgedehnt. Hat echt Ärger von seinem Chef bekommen deshalb. Er macht das aber öfter, wissen Sie«, Sanders schaute verschwörerisch, als würde er ein Geheimnis lüften. »Na ja, deshalb ist es etwas schwer, er hat mich vor und nach seiner Pause gesehen. Wie Sie wissen. Während seiner Pause nicht, da war er ja nicht da, deshalb. Aber da waren die Krausens da, ein älteres Ehepaar. Am Grab des Bruders von Frau Kraus.« Sanders verstummte und wischte sich über die Stirn.

»Ein merkwürdiger Umstand, oder?« Simons ignorierte Sanders' letzten Satz, dessen Wahrheitsgehalt die Kollegen bereits geprüft hatten. Das Ehepaar Kraus hatte Sanders mittags ebenfalls auf dem Friedhof gesehen, es war lediglich die Zeit zwischen circa viertel vor und zwanzig nach elf nicht abgedeckt. Die Soko war damals zu dem Schluss gekommen, dass diese Zeitspanne inklusive Hin- und Rückfahrt nicht ausgereicht hätte, um Ben Winterberg zu entführen oder an seiner Entführung realistisch beteiligt gewesen zu sein. Und doch kam ihm etwas merkwürdig vor an dem Mann. Er blieb direkt hinter Sanders stehen, der sich unsicher zu ihm umdrehte.

»Hm?«

»Ich meine, wer ist denn schon den ganzen Tag auf dem Friedhof? Wie viel Arbeit kann so ein Grab schon machen?«

Schwarz unterbrach seine Notizen und sah auf.

Sanders wich Simons' Blick aus und drehte sich wieder zur Tischplatte. Die Schultern zog er hoch, während er sich etwas näher zum Tisch beugte, als wolle er der Nähe des Kriminalhauptkommissars entgehen.

»Meine Tante, Linda Rosauer, sie wohnt neben den Winterbergs?«, antwortete er schnell. Simons konnte riechen, dass er stark zu schwitzen begonnen hatte. »Also, meine Tante und ich wechseln uns ab. Mit der Grabpflege, meine ich. Sie ist die Schwester meiner verstorbenen Mutter.«

Schwarz warf Simons angesichts des Themensprungs einen Blick zu.

»Sie weiß, dass ich an dem Tag am Grab war. Meine Tante. Mein Auto war ja nicht zu Hause. Und ich lasse mir gerne Zeit dort. Ich mag die Ruhe und den Frieden. Es geht mir gut dort. Manchmal, ja manchmal helfe ich Frank auch. Kümmere mich um die anderen Gräber. Er weiß das zu schätzen. Sein Chef darf das nicht wissen, aber nun ja, das ist so.« Sanders fuhr sich durch das lichte rote Haar. »Frank ist sehr nett. Wir unterhalten uns hin und wieder, er sagt immer, er könne die Gräber nicht besser zurechtmachen als ich. Er ist dankbar für meine Hilfe. Ich mach das gerne, wissen Sie.« Er lächelte stolz. »Den Friedhof haben wir dann gemeinsam verlassen. Am späten Nachmittag.«

Schwarz nickte, ohne etwas zu sagen und kritzelte erneut etwas in sein Notizbuch.

Der junge Mann leckte sich über die Lippen und verfolgte die Bewegungen des Stiftes. Er sah auf und gleich wieder weg, als sich sein Blick mit dem von Simons kreuzte.

»Wie lange leben Sie hier schon?«, fragte Simons.

»Oh, ja, also im Prinzip seit meiner Geburt. Das ist das Haus meiner Eltern. Ich habe es geerbt.«

»Und kennen Sie die Winterbergs schon lange?«

Sanders schüttelte den Kopf. »Nein, so lange wohnen sie ja noch nicht hier. Ich kenne die Familie Winterberg auch eigentlich nur vom Sehen. Also zumindest, bis ihr Sohn verschwand. Seitdem habe ich etwas mehr mit Frau Winterberg zu tun.« Ein unergründlicher Ausdruck trat in seine Augen. Als er erneut Simons' Blick auf sich bemerkte, sprach er hastig weiter. »Ja also, das klingt jetzt sicher komisch? Ich habe Frau Winterberg öfter meine Hilfe angeboten. Sie ist immer so allein. Jetzt hat sie ja wieder Ben. Aber als er verschwunden war, na ja, ihr Mann war so selten da, und ich hatte Mitleid. Eine Frau sollte nicht so viel allein sein, oder?«

»Das kann ich nicht beurteilen und Sie ebenfalls nicht.«

»Nein, klar, nein. Natürlich nicht«, stotterte Sanders. »Ich wollte nur erklären, wieso ich ihr meine Hilfe angeboten habe. Damit Sie, also Sie könnten ja sonst etwas Komisches von mir denken!« Er lachte ein holpriges Lachen.

Er schaltet schnell, dachte Simons. Weder er noch Schwarz stimmten in das Lachen ein.

»Sie denken schon etwas Komisches, oder?« Sanders' Lachen erstarb. »Sie dürfen sich gerne umsehen! Ich habe nichts zu verbergen!« Abrupt stand er auf. Von einer auf die andere Sekunde wirkte der junge Mann wie ein völlig anderer Mensch. »Hätten Sie mir gleich gesagt, dass Sie mich verdächtigen, hätte ich Ihnen das sofort angeboten! Klar, ich bin allein. Meist sind es ja die einsamen Kerle, oder? Nur zu, schauen Sie sich um, ich erlaube es Ihnen freiheraus«, rief er laut. Nur sein ausweichender Blick in Richtung Boden erinnerte an den schüchternen und unsicheren Mann von eben.

»Wie schon gesagt, Herr Sanders, wir sammeln einfach weitere Informationen. Es ist uns daran gelegen, aufzuklären, wohin der kleine Ben verschwunden war und was in jener Zeit passiert sein könnte. Nichts weiter. Dennoch nehmen wir Ihr Angebot, uns umzusehen, gerne an«, antwortete Schwarz freundlich und warf Simons einen Blick zu, der kaum merklich nickte.

»Bitte sehr«, stieß Sanders aus und machte eine Handbewegung in Richtung Wohnzimmer.

Schwarz und Simons sahen sich gründlich um, behielten Jakob Sanders dabei aber immer im Auge. Er folgte ihnen von Raum zu Raum. Ab und an schnaubte er, verhielt sich aber ansonsten still.

Als sie schließlich jedes Zimmer zumindest oberflächlich in Augenschein genommen hatten, blieb Simons nachdenklich im Hausflur stehen. »Haben Sie keinen Keller, Herr Sanders?«

Der junge Mann funkelte ihn an. »Klar, hätte ich mir denken können. Wie klischeehaft. Der Keller. Natürlich wollen Sie den Keller sehen. Da könnte ich ja sprichwörtlich ein paar Leichen versteckt halten.« Er lachte tonlos und nahm einen schweren Wandteppich zur Seite, der eine schmale Holztür verborgen hatte. »Bitte sehr!« Sanders blieb stehen, ohne die Tür zu öffnen.

Schwarz trat darauf zu, öffnete sie und spähte in die Dunkelheit. »Gibt es hier auch irgendwo Licht?«

Sanders wies stumm auf eine von der Decke baumelnde Kette. Schwarz zog an ihr. Es erhellte sich eine schmale Steintreppe, die in die Tiefe führte. Der Kriminalhauptkommissar musste den Kopf einziehen, als er voranging. Simons bedeutete Sanders, Schwarz zu folgen, der dies erneut schnaubend quittierte, und ging als Letzter hinunter.

Der Keller roch feucht und modrig und war zugestellt mit Metallregalen, Konserven und Flaschen. Müll war kaum von Vorräten zu unterscheiden, ein harter Kontrast zu dem ansonsten sorgsam gepflegten Haus. Die Glühbirne flackerte. Unschlüssig drehten Schwarz und Simons sich um.

»Ist das der einzige Raum?«, fragte Simons.

Wortlos ging Sanders in eine Nische zwischen zwei Regalen und öffnete eine massive Metalltür. Schwerer Ölgeruch waberte durch den Keller. Schwarz warf einen Blick hinein. »Der Heizungsraum?«

Sanders nickte.

Simons fragte sich, ob es ihm die Sprache verschlagen hatte oder ob er zu sauer war, um weiterhin mit ihnen zu reden. Er konnte den Mann schlecht einschätzen.

Schließlich räusperte sich Sanders. »Das war's, Sie haben alles gesehen.«

Simons sah sich noch einmal um und nickte Schwarz schweren Herzens zu. Es wäre unklug, Sanders' Nerven weiterhin zu strapazieren.

»Alles klar, danke für Ihre Kooperation.«

»Ich helfe gerne, wenn es um Isa und Ben Winterberg geht«, erwiderte Sanders. »Und Herrn Winterberg natürlich«, ergänzte er und hob die Mundwinkel.

»Wir melden uns, wenn wir noch Fragen haben.«

Die beiden Beamten machten sich auf den Weg nach oben.

Sie waren übereingekommen, den Brief an Isa Winterberg zunächst nicht zu erwähnen.

Als die Haustür hinter ihnen ins Schloss fiel und sie durch frische kalte Luft zum Auto gingen, atmeten sie beide tief durch.

Schwarz ergriff als Erster das Wort. »Der Typ hat es selbst gesagt. Er erfüllt nahezu perfekt das Klischee des eigenbrötlerischen Straftäters. Ich sehe nur keine direkte Verbindung zur Entführung des Jungen.«

KAPITEL 41

Isa hatte Ben gerade hingelegt und war dabei, die Einkäufe aus dem Auto ins Haus zu tragen, als es klingelte. Einmal, zweimal, dreimal. An der offenen Tür.

»Ist ja gut!«, rief sie, legte den Sack Kartoffeln auf den Küchentresen und ging zurück in den Flur. Direkt an der Türschwelle stand Jakob Sanders. Isa atmete ein. So viel Körperspannung hatte sie noch nie in ihm gesehen. Bevor sie zum Gruß ansetzen konnte, fuhr er sie an.

»Niemals hätte ich das von Ihnen gedacht! Ausgerechnet von Ihnen! Bitte sagen Sie mir, dass Sie nicht wirklich glauben, ich könnte Ben entführt haben?« Seine Stimme überschlug sich.

Hitze durchfuhr Isa. »Wie kommen Sie darauf?«

»Wie ich darauf komme? Wie ich darauf komme? Ist das eine ernstgemeinte Frage?«

Während sie noch überlegte, was sie darauf erwidern sollte, kam Jakob ihr zuvor.

»Die Polizei war eben bei mir. Und hat mich verhört! Verhört wie einen Kriminellen! Sie haben das Haus auf den Kopf gestellt! Sie haben alles durchsucht!« Seine Stimme brach. Tränen liefen ihm über die Wangen, aber schwach wirkte er nicht. Im Gegenteil. Zorn und Verletztheit strömten ihm aus jeder Pore und ließen ihn unberechenbar wirken.

Isa bekam es mit der Angst zu tun. *Wie war das noch? Sie sollten Jakob nicht provozieren?* Das hatte ja gut funktioniert.

»Es tut mir leid, Herr Sanders. Ich weiß nicht, was ich sagen soll.«

Jakob starrte sie an. Sein Kinn zitterte. »Ich kann das nicht glauben! Ausgerechnet Sie! Nach allem, was zwischen uns ist. Nein, das kann nicht sein.«

Er schüttelte den Kopf und sah ihr weiterhin in die Augen, der längste Blickkontakt, den er jemals gehalten hatte. Isa war sprachlos. Die Sekunden verstrichen, während er sie taxierte und sie seine Gefühle durch seine Augen rauschen sehen konnte. Schließlich weiteten sie sich.

»Das waren Sie gar nicht. So ist es doch, oder? Natürlich. Ich hätte es wissen müssen.« Isa war verwirrt. »Ich hätte wissen müssen, was mein Geständnis bei Ihnen auslöst. In Ihrer Familie. Ihr Mann hat den Brief gesehen, oder?« Er kam einen Schritt näher, seine Gesichtszüge nahmen einen mitleidigen Ausdruck an.

Isa wich zurück. »Nein, ich kann Ihnen nicht ganz folgen, fürchte ich«, stammelte sie.

Jakob verzog den Mund zu einem verkniffenen Lächeln. »Natürlich. Ich verstehe. Sie können nicht offen reden. Tut mir leid. Wo ich doch immer schon gesehen habe, wie er mit Ihnen umgeht. Wie er Ihr Licht auf kleiner Flamme hält. Tut mir leid, dass ich Sie so angegangen habe.« Er sah sich um und kam dann noch näher an sie heran. Zu nah. »Ihr Mann hat die Polizei auf mich gehetzt, oder?«, flüsterte er so dicht vor ihr, dass sie seinen pappigen Atem riechen konnte.

Isas Nackenhaare stellten sich auf, erneut trat sie einen Schritt zurück.

Ein Klacken erklang.

»Was ist denn hier los? Bist du das, Jakob?«, rief Linda von draußen.

Jakob wich schlagartig zurück und spähte zum Haus seiner Tante hinüber. »Oh, hallo Tante!«

»Was ist denn los? Alles in Ordnung?«

Isa sammelte sich und trat nun ebenfalls nach draußen, an Jakob vorbei. »Ja, ich denke schon. Jakob ist … er ist etwas aufgebracht.«

Linda, die in braunen Pantoffeln und einer blassgelben Schürze vor ihrer Haustür stand und sich fröstelnd die Arme rieb, musterte ihren Neffen. »Jakob?«

Jakob starrte auf die Hecke zwischen den beiden Häusern. Nach einem Moment sagte er: »Herr Winterberg verdächtigt mich.« Die Wut war in seine Stimme zurückgekehrt. »Ich wurde heute erneut verhört. Verhört! Kannst du dir das vorstellen? In meinem Haus! Im Haus meiner Eltern!«

Linda riss den Mund auf. »Du wirst verdächtigt?«

»Ja! Ich dachte erst, Frau Winterberg hätte mich angeschwärzt. Es tut mir wirklich leid«, sagte er zu Isa. »Aber mir wurde klar, Herr Winterberg muss es gewesen sein. Das passt zu ihm.« Er richtete sich auf und ballte die Fäuste.

»Ich verstehe gar nichts mehr. Wieso verdächtigt? Sie glauben doch nicht etwa … die Polizei glaubt, du hast etwas …« Linda sprach nicht weiter, ihr Gesicht fror ein. »Isa?«

Isa zögerte. »Keiner von uns verdächtigt Jakob. Ich wusste nicht, dass die Polizei ihm einen Besuch abstattet. Und mein Mann wusste das auch nicht. Keiner von uns hat Sie angeschwärzt.«

Jakob zog die Brauen zusammen.

»Die Polizei ermittelt weiter.« Auch wenn das nicht ganz stimmte. »Es liegt nicht in meiner oder Marks Hand, in welche Richtungen.« Isa fasste einen Entschluss und reckte ihr Kinn. »Eventuell haben Sie sich selbst ins Visier gebracht.«

Jakob sagte kein Wort. Rote Farbe überzog seine Wangen. Von einem anderen Farbton als das wütende Rot, das vorher in Erscheinung getreten war.

»Selbst ins Visier gebracht?«, echote Linda. »Aber Jakob, was soll das bedeuten?«

Jakob senkte den Kopf, seine Arme hingen schwer an seinen Körperseiten hinunter.

»Isa, was soll das bedeuten?«, fragte ihre Nachbarin erneut und strich sich ihren Pony aus der Stirn.

»Ich denke, das sollte er dir selbst sagen. Ich möchte nur klarstellen, dass wir nichts damit zu tun haben, dass die Polizei ihm heute einen Besuch abgestattet hat.« Isa richtete sich nun ebenfalls auf und nahm zum ersten Mal in dieser Situation ihren Körper wieder wahr.

Jakob warf ihr einen Blick zu, der nach Antworten zu suchen schien. Seine Mundwinkel zogen sich nach unten. Dann drehte er sich um, stapfte die vom Schneematsch feuchten Stufen hinunter und machte sich ohne ein weiteres Wort auf den Weg zurück zu seinem Haus.

»Jakob?«, rief Linda ihm hinterher. »Was ist denn jetzt los?« Sie warf die Hände in die Luft. »Könnte mir irgendjemand mal erklären, was das hier zu bedeuten hat? Isa! Sag doch bitte, um was es hier geht!«

Isa überlegte. Sie vertraute Linda. Linda war die ganze Zeit über, das ganze letzte Jahr, so sehr für sie da gewesen. Sie schuldete ihr eine Erklärung. Und um ehrlich zu sein, würde sie sich sicherer fühlen, wenn ihre Nachbarin Bescheid wusste. Immerhin kannte sie ihren Neffen, vielleicht konnte sie ein wenig Licht ins Dunkel bringen. Daher bat sie sie, zu ihr rüberzukommen.

Sie setzten sich auf die Couch. Isa war die Situation unangenehm, daher begann sie zuerst stockend zu erzählen. Schließlich sprudelte alles aus ihr heraus.

Linda hörte ihr gebannt zu, ihre Gesichtszüge regten sich keinen Millimeter. Als Isa fertig berichtet hatte, holte sie Jakobs

Brief aus der Kommode und reichte ihn ihrer alten Nachbarin. Diese starrte auf die Blätter und schüttelte den Kopf.

»Ich glaube dir das, Isa. Ich glaube, ich möchte das gar nicht lesen.« Sie legte die Blätter mit zitternder Hand auf dem Couchtisch ab. Eine Weile blieb es still. »Ich weiß nicht, was ich sagen soll. Ich möchte mich in aller Form für meinen Neffen entschuldigen. Dass er so etwas fertigbringt, dass er dich so bedrängt, Liebes. Das ist mir schrecklich unangenehm. Ehrlich. Ich bin schockiert.« Ihre hinter ihrer Brille wie üblich übergroß erscheinenden Augen glänzten feucht. »Euer gerade erst zurückgewonnenes Familienleben so durcheinanderzuwirbeln … also nein, das gehört sich nicht. Das ist nicht anständig.« Abermals schüttelte sie den Kopf, ungläubig. »Aber bitte, du musst mir glauben, nie und nimmer hat er etwas mit Bens Verschwinden zu tun! Nie und nimmer!« Linda schien sich aus ihrer Schockstarre zu lösen, denn es kam Leben in ihre Körpersprache. »Wirklich, Isa!« Sie nahm einen so tiefen Atemzug, dass sich ihre Brust sichtbar hob und senkte. »Zu so etwas wäre er nicht fähig! Ich weiß, wie er ist. Wie er wirkt. Wie er auch auf euch wirken muss. Er ist oft unbeholfen und einfach ein wenig eigen. Gott hab meine Schwester selig, aber dieser Junge hätte seine Mutter gebraucht. Länger als die paar Jahre, die sie auf dieser Erde weilte.« Sie krampfte ihre Hände zu Fäusten zusammen. »Und vor allem nach diesem Brief. Natürlich kommt euch das merkwürdig vor. Natürlich wundert sich die Polizei. Nach der Sache mit dem Schlüssel. Wie kann er nur so dumm sein! Aber …«, sie ergriff Isas Hand, ihre Haut fühlte sich eiskalt und trocken an. »Aber bitte glaube mir. Ein Kind entführen? Mehrere Monate versteckt halten? Niemals. Wirklich! Niemals!« In Lindas Worte mischten sich leise Schluchzer.

Isa wusste nicht, was sie sagen sollte. Die Not ihrer Nachbarin, ihrer alten Freundin, war offensichtlich. Und eigentlich sprach sie das aus, was auch Isa die ganze Zeit über gedacht hatte. Sie konnte sich einfach nicht vorstellen, dass Jakob zu so etwas fähig wäre.

»Linda, ich glaube dir, dass du das nicht für möglich hältst. Ich weiß selbst nicht, was ich denken soll. Ich habe Jakob immer etwas komisch gefunden, ehrlich gesagt. Irgendwie verschroben. Und seine Hilfsangebote in all den Monaten waren zwar sehr lieb, aber auch aufdringlich. Es fiel ihm immer schwer, ein ›Nein‹ zu akzeptieren. Bitte nimm mir meine Worte nicht übel«, fügte sie schnell hinzu, aber Linda winkte ab.

»Mach dir keine Gedanken, ich weiß, was du meinst. Ich habe Jakob so oft gesagt, er muss sensibler sein. Wissen, wann es richtig ist und vor allem, was.« Sie wischte sich über die Wangen, die jetzt tränenfeucht waren. »Aber jetzt verstehe ich auch seine Hartnäckigkeit. Es tut mir ehrlich leid, dass mein Neffe euch so einen Kummer bereitet hat!«

»Schon gut, du kannst ja nichts dafür. Und er irgendwie auch nicht. Ich glaube, er fühlt eben so, wie er fühlt. Klar, sein Brief, der hat mich schockiert.« Isa starrte auf die Blätter. »Ich würde lügen, wenn ich behaupten würde, Mark hätte das Ganze entspannt aufgenommen. Und ja, ich habe mit Herrn Simons gesprochen, dem Kripobeamten, der für uns zuständig ist. Ich wusste nicht weiter. Es fühlt sich so seltsam an, Ben wieder bei uns zu haben und zu wissen, dass sein Entführer nach wie vor irgendwo da draußen herumläuft. Unerkannt und unbehelligt. Ich weiß einfach gar nicht mehr, was ich denken soll. Dann kam dieser Brief, und ich hatte das Gefühl …« Nun standen Tränen in Isas Augen. Linda drückte ihre Hand. »Ich hatte einfach das Gefühl, ich wäre die dümmste Mutter auf diesem Planeten, wenn ich den ignorieren würde. Ich musste es der Polizei melden, verstehst du? Ich vertraue meinen eigenen Instinkten nicht mehr. Und ich habe solche Angst, dass Ben wieder verschwindet.« Isas Stimme versagte. Genauso wie ihr Nervenkostüm und der Damm, der ihre Gefühle bisher mit aller Macht zurückgehalten hatte.

»Ach, Liebes«, flüsterte Linda und zog sie in ihre Arme. »Ach, Kind. Lass es raus.«

Und Isa ließ es raus. Sie hatte keine Ahnung, ob sie gerade den größten Fehler ihres Lebens machte, indem sie sich bei der Tante des Mannes ausweinte, der womöglich Bens Entführer war. Aber sie konnte es nicht verhindern. Sie fühlte sich orientierungslos. In ihrer Welt und in sich selbst. Wusste nicht mehr, was richtig oder falsch war. Was Gefahr und was Sicherheit. Das Einzige, was sie hatte, war ihr Gefühl. Und auch wenn ihr das viel zu zerbrechlich erschien, um sich darauf zu stützen, blieb ihr doch keine andere Wahl. Ihr Gefühl sagte ihr, dass sie bei Linda sicher war. Also unternahm sie nichts gegen die Panik, die Belastung, die Trauer und die Wut, die aus ihr herausbrachen. Vermutlich hätte sie auch gar nichts dagegen unternehmen können.

Nach einer Weile, Isas Weinen war in ein Schniefen abgeebbt, knisterte das Babyfon. Sie richtete sich auf.

Ben starrte geradewegs in die Kamera. »Rete«, sagte er.

»Das macht mich noch wahnsinnig«, flüsterte Isa und schloss die Augen.

KAPITEL 42

»Guten Abend, Frau Winterberg«, nahm der Kriminalhauptkommissar den Anruf entgegen und lehnte sich in seinem Bürostuhl zurück. Draußen war es bereits stockfinster, auch wenn ein paar vorwitzige Kollegen Lichterketten und einen großen leuchtenden aufblasbaren Weihnachtsmann auf dem Parkplatz am Fuße des Gebäudes installiert hatten.

»Hallo, Herr Simons, schön, dass ich Sie erreiche«, drang es aus der Leitung.

»Was kann ich für Sie tun?«

Frau Winterberg schien kurz zu zögern. »Jakob Sanders war heute bei mir.«

Simons zog die Brauen zusammen. »Okay und das heißt?«

»Er war sehr aufgebracht, weil Sie und Ihr Kollege ihm wohl einen Besuch abgestattet haben. Er meinte, Sie hätten ihn verhört und sein ganzes Haus auf den Kopf gestellt?«

»Das ist nicht ganz richtig«, erwiderte Simons. »Genau genommen ist das eine epische Übertreibung. Wir waren bei ihm, das ja. Aber von einem ›Verhör‹ waren wir weit entfernt, abgesehen davon sagen wir dazu heutzutage sowieso Vernehmung. Wir haben ihm lediglich ein paar Fragen gestellt, seine Angaben von damals noch einmal überprüft und uns umgesehen, weil er uns das von sich aus angeboten hat.« Er hielt inne, weil ihm auffiel, dass er sich gerade als Polizist gegenüber einer Zivilistin hinsichtlich seiner Vorgehensweise gerechtfertigt hatte. Er runzelte die Stirn. »Ist er Ihnen zu nahe gekommen?«

»Nein, aber es war schon bedrohlich, wenn ich ehrlich bin. Erst war er auf mich sauer. Aber von einem auf den anderen Moment, ohne dass ich etwas gesagt hätte, ist er dazu übergegangen, meinen Mann für den Schuldigen an seiner Misere zu halten. Er faselte etwas davon, dass Mark die Polizei auf ihn gehetzt hätte, weil er von dem Brief Wind bekommen hätte. Er schien beinahe Mitleid mit mir zu haben. Es war schon etwas gruselig.« Sie stockte. »Ich war froh, dass Linda, meine Nachbarin, in diesem Moment vor die Tür getreten ist und unseren Streit bemerkte. Das schien ihn zur Besinnung zu bringen. Ich hoffe, ich habe nichts Falsches gemacht, aber in dieser Situation hielt ich es für richtig, Linda von dem Brief zu erzählen, als Jakob gegangen war.«

Simons tastete nach seinem Bleistift, klemmte sich den Hörer zwischen Schulter und Ohr und machte sich eine Notiz. »Wie hat sie reagiert?«

»Sie war entsetzt. Sie hat sich tausend Mal für das Verhalten ihres Neffen entschuldigt. Aber sie hat auch darauf bestanden, dass er zu so etwas wie einer Kindesentführung nicht in der Lage wäre. Ich glaube ihr, dass sie dieser Überzeugung ist.«

Simons nickte stumm und klopfte mit dem Stift auf das Papier. So ähnlich war es auch bei der Erstvernehmung gewesen. Es wäre nicht das erste Mal, dass ein Täter und sein wahrer Charakter unter dem Radar seiner Angehörigen blieben. Allerdings hatten sie in Sanders' Haus zumindest auf den ersten Blick keine Anhaltspunkte für irgendeinen konkreten Verdacht gegen ihn gefunden, und der Friedhofsleiter hatte seine Aussagen von damals auch noch einmal bestätigt. Aktuell lag keine Grundlage für einen Durchsuchungsbeschluss vor. Er hatte Bruck nach Rücksprache mit Bode jedoch auf einen erneuten

Backgroundcheck des Mannes angesetzt; in der Hoffnung, über diesen Weg weitere Anknüpfungspunkte zu finden.

»Was hat denn die Vernehmung ergeben?«, fragte die junge Frau am anderen Ende der Leitung.

»Wir haben aktuell nach wie vor keine Hinweise darauf, dass er etwas mit Bens Entführung zu tun hat. Mehr darf ich Ihnen dazu leider nicht sagen. Es wäre mir trotzdem recht, wenn Sie sich so gut es geht weiterhin von ihm fernhalten würden. Ihr Mann weiß Bescheid?«

»Ja«, antwortete Frau Winterberg und sprach zögernd weiter. »Er hat sich ziemlich geärgert. Was ich auch verstehen kann. Aber es hat ihn beruhigt, dass Sie Jakob auf dem Schirm haben. Auch wenn ich mir gewünscht hätte, dass das nicht zu so einer Situation wie heute Mittag führt. Er scheint es nun total auf meinen Mann abgesehen zu haben.«

»Seine Hinweise behandeln wir natürlich mit Vorsicht.«

»Seine Hinweise? Was meinen Sie?«

»Sie wissen ja bereits, dass er bei Ihrem Mann kein gutes Gefühl hat. In Bezug auf seinen Umgang mit Ihnen und Ben.« Simons verschwieg bewusst, dass sich Herr Sanders ein weiteres Mal telefonisch auf dem Präsidium gemeldet und einen klaren Verdacht gegen Mark Winterberg ausgesprochen hatte, an der Entführung seines Sohnes beteiligt gewesen zu sein.

»Ja, das hat er ja schon in seinem Brief breitgetreten«, drang es skeptisch aus der Leitung. »Oder was meinen Sie jetzt?«

Sie ist clever, dachte Simons und überlegte, wie er das Gespräch auf sicherem Terrain halten konnte. In diesem Moment ging die Tür zu seinem Büro auf, und Bruck kam mit einem Stapel Papiere herein. Simons wies mit der freien Hand auf sein Handy, doch Bruck zog nur die Brauen hoch und blieb stehen.

Er fuhr sich über seine kurzen Haare. »Unser oberstes Ziel ist es, herauszufinden, was mit Ihrem Sohn geschehen ist. Natürlich ordnen wir alles, was wir erfahren, entsprechend ein, Frau Winterberg«, führte er so nüchtern wie möglich aus und hoffte, dass sie es damit auf sich beruhen ließ.

Es blieb einen Moment still in der Leitung. »Verdächtigt er meinen Mann? Und Sie ziehen das in Betracht?« Simons presste seine Lippen zusammen. »In welchem Universum halten Sie es bitte auch nur ansatzweise für möglich, dass Mark etwas mit dem Verschwinden unseres Sohnes zu tun haben könnte?«, fuhr Frau Winterberg energisch fort. »Und das nur, weil unser durchgeknallter Nachbar auf ihn zu sprechen kommt? Das kann nicht Ihr Ernst sein!«

»So war das auch nicht gemeint, Frau Winterberg«, erwiderte Simons mit Nachdruck und ein wenig überrascht über das Temperament, das sich bei der jungen Frau Bahn brach. »Keine Sorge. Ich wollte damit nur sagen, dass wir alle Hinweise, die uns in Bezug auf Ihren Sohn erreichen, gründlich analysieren und selbstverständlich keine voreiligen Schlüsse ziehen.« Er spürte Brucks Blick auf sich und drehte sich weg. »Ich darf mit Ihnen keine Ermittlungsdetails besprechen«, fügte er hinzu. »Leider muss ich nun auch Schluss machen. Bitte seien Sie weiterhin vorsichtig in Bezug auf Ihren Nachbarn und melden Sie sich bei mir oder meinem Partner, wenn es etwas Neues gibt, das uns bei den Ermittlungen weiterhelfen kann.«

»Alles klar. Einen schönen Abend noch.« Das Freizeichen ertönte schneller als erwartet.

Simons runzelte die Stirn und legte sein Handy beiseite. So resolut hatte er Frau Winterberg bisher nicht erlebt, auch wenn ihn diese toughe Seite an ihr bei näherer Betrachtung eigentlich nicht überraschte. Er hatte geahnt, dass mehr hinter der sanftmütigen und nachgiebigen Fassade stecken musste, immerhin hatte er selten erlebt, dass ein Angehöriger seiner Fälle so tapfer mit solch traumatisierenden Ereignissen umging wie Isa Winterberg.

Bruck musterte ihn. »Pass auf, dass du dieser Frau aus reiner Sympathie nicht zu viele Details erzählst. Ich finde, du sprichst ganz schön vertraut mit ihr.«

»Vertraut?«, echote Simons und konnte nicht umhin, sich angegriffen zu fühlen. »Ich habe ihr bloß ganz kurz die Umstände erläutert, das war alles«, schloss er an. »Ich muss dir keine Rechenschaft ablegen, oder?«

Die junge Polizistin hob ihre Brauen. »Alles gut. Nein, natürlich musst du das nicht. Ich halte es nur nicht für besonders klug, dass du so einen Kontakt zu einer Angehörigen in einem Entführungsfall pflegst. Schwarz meinte, du wärst sogar zu ihr gefahren wegen der Sache mit Sanders' Brief? Predigst du nicht immer, dass Unvoreingenommenheit und ein sachlicher Blick das Wichtigste sind? Du bist nicht ihr persönlicher Berater.«

»Ich bin absolut unvoreingenommen, Anita«, antwortete Simons energischer, als er beabsichtigt hatte, und fragte sich kurz darauf und angesichts seiner offensichtlich defensiven Haltung, ob es wirklich stimmte, was er da sagte. Dann wischte er den Gedanken beiseite. *Ich versuche einfach nur, diesen Fall aufzuklären und einer verzweifelten Frau polizeilich zur Seite zu stehen.*

»Was hältst du denn wirklich von den Beobachtungen und Anschuldigungen des Nachbarn?«, erwiderte Bruck mit gerecktem Kinn. »Er liegt ja nicht total verkehrt, oder? Es fällt mir schwer, Mark Winterberg zu greifen.«

Simons sah aus dem Fenster. Es hatte zu regnen begonnen. Bruck sprach da nichts Unwahres an. »Ja, seine Einschätzung hat durchaus eine gewisse Substanz. Aber Mark Winterberg hat kein Motiv, hatte es nie. Und er hat ein unumstößliches Alibi. Wir sind das hundertmal durchgegangen. Aber ich werde mich trotzdem nochmal dahinterklemmen. Der Fall steckt eh durchgängig in einer Sackgasse, wir haben also nichts zu verlieren.«

»Außer Ressourcen, wie Bode jetzt sagen würde«, schmunzelte Bruck.

»Außer Ressourcen«, erwiderte Simons und musste ebenfalls einen Mundwinkel heben. Auch wenn Bruck und er immer mal wieder aneinandergerieten, wusste er doch zu schätzen, dass sie sich ebenso ihrer Arbeit verschrieben hatte wie er und frei ihre Meinung kundtat. Auch wenn sie einem damit ganz gehörig auf die Nerven gehen konnte.

»Es gibt noch Kartons mit Protokollen aus dem Krankenhaus, in dem Mark Winterberg arbeitet. Die sich auf seine Dienstzeiten aus den letzten zwei Jahren beziehen.«

»Ich dachte, die hätten Schneider und du durchgesehen?«, fragte Simons.

»Ja, wir haben sie vorsortiert und gescreent. Es gab bis dato nichts Auffälliges. Dann kam uns die Auflösung der Soko und Bens Rückkehr in die Quere.« Die junge Polizistin hob die Arme.

»Okay. Bedeutet zwar vor allem Fleißarbeit, aber besser als nichts. Habt ihr inzwischen nochmal Sanders' Backgroundcheck überprüft?«

Bruck hielt den Stapel Papiere in die Höhe, den sie die ganze Zeit über in Händen gehalten hatte. »Deshalb bin ich ursprünglich hergekommen. Die Kollegen und ich konnten nach wie vor nichts herausfinden. Alles unauffällig. Bis auf den Umstand, dass Herr Sanders ein wirklich einsames Leben zu führen scheint, was wir aber ja auch bereits wussten.« Sie blätterte ein Papier auf. »Wir waren gründlich. Beide Male. Es gibt nichts. Er ist ein unbeschriebenes Blatt. Führt ein angepasstes, absolut unauffälliges Leben.«

Simons seufzte. »Was ist mit Liebesbeziehungen? Irgendwelche Frauen in seinem Leben? Stalking? Ich kann mir nicht vorstellen, dass es vor Isa Winterberg nie jemanden gab, dem er nachgestellt hätte.«

»Nein, nichts.« Bruck legte die Blätter auf Simons' Schreibtisch. »Aber das muss nicht unbedingt etwas heißen. Solche Fälle werden nur selten zur Anzeige gebracht. Dennoch haben wir hier keine Anhaltspunkte.«

Simons spürte den vertrauten Frust in sich aufsteigen. Zerknirscht fuhr er sich durch das Gesicht. Nach der Aufhebung der Sonderkommission war er erleichtert gewesen, mit Isa Winterbergs Anruf und dem Brief dieses irren Nachbarn doch noch einmal den Hauch einer Spur gewonnen zu haben und den Fall nicht vollends zur Seite legen zu müssen. Doch die aufkeimende Hoffnung drohte sich nun wieder zu verflüchtigen.

»Lass uns mit Bode sprechen. In Bezug auf die Krankenhausberichte und in Bezug auf Sanders. Ich möchte den Mann vorladen und mit seinem Brief an Isa Winterberg konfrontieren«, erwiderte er mit grimmiger Stimme. »Sein Verhalten fällt unter Stalking, und es ist nicht abzuschätzen, wie sich das entwickeln wird, wenn wir das laufen lassen. Wir sollten uns für eine offizielle Gefährderansprache entscheiden. Ich möchte das gleich im Keim ersticken, der Kerl ist nicht ganz koscher.«

Und da war es wieder. Das Gesicht von Isa Winterberg. Und ihre Sorge angesichts des Nachbarn, der sich ihr gegenüber eindeutig grenzüberschreitend verhielt. Entschieden drängte Simons seine Gedanken abermals beiseite. Vielleicht hatten seine Kollegen ja doch Recht, und er musste etwas mehr professionelle Distanz zu dem Fall gewinnen. So lange schon befasste er sich damit, es war nicht gut, wenn die Grenzen verschwammen und man sich allzu verantwortlich fühlte.

Bruck zog die Brauen hoch. »Der Fall hat es dir echt angetan, oder?«, antwortete sie prompt.

»Er ist noch nicht aufgeklärt«, erwiderte Simons knapp. »Irgendwo muss das lose Fadenende sein, nach dem wir die ganze Zeit suchen.«

Bruck nickte versöhnlich. »Ja, das stimmt allerdings. Und genau dafür bewundere ich dich.«

»Hm?«, murmelte er irritiert.

»Ich finde grundsätzlich ja gut, dass du dranbleibst und deinen Job so ernst nimmst. Gibt nicht viele von deiner Sorte. Von Polizisten wie dir können wir Neulinge am meisten lernen.«

Simons nickte nur, weil er nicht wusste, wie er auf ihr Kompliment reagieren sollte.

Aus unerfindlichen Gründen schmunzelte Bruck. »Ich rede mit Bode, ich muss sowieso zu ihm«, sagte sie dann im Hinausgehen.

KAPITEL 43

»Wie geht es Ihnen heute?«, fragte Dr. Blum.

»Recht gut. Denke ich«, antwortete Isa. Diese Frage überforderte sie regelmäßig.

Die Ärztin musterte sie mit einem nichtssagenden Lächeln auf den Lippen und schwieg. Isa versuchte sich am Blickkontakt, scheiterte jedoch nach wenigen Sekunden.

»Ich finde die Frage schwierig«, gestand sie.

»Inwiefern?«

»Darauf kann ich alles und nichts antworten. Ich meine, wie soll es mir gehen? Ich könnte so viel dazu sagen, und gleichzeitig bin ich gar nicht sicher, ob ich das möchte. Oder ob ich das selbst überhaupt weiß.«

»Sie meinen, ob Sie selbst wissen, wie es Ihnen wirklich geht?«

»Ja.«

»Welche Facetten von ›Wie geht es mir?‹ nehmen Sie denn aktuell wahr?«

Isa dachte nach. Einerseits freute sie sich auf die Sitzungen mit der Psychiaterin, andererseits hatte sie nach wie vor Respekt vor ihnen. Immerhin hatte sich Mark in dieser Angelegenheit beruhigt. Halbwegs zumindest. Er hatte mit Dr. Blum telefoniert und Isa anschließend zu verstehen gegeben, dass die Ärztin okay sei und dass er sich Isa nicht in den Weg stellen werde, wenn sie wirklich denke, diese Hilfe zu brauchen, auch wenn er das nach wie vor nicht unbedingt so sehe.

»Gut geht es mir natürlich, weil Ben wieder bei uns ist«, begann Isa Dr. Blums Frage zu beantworten. »Andererseits macht es mich traurig, dass zwischen uns immer noch Distanz herrscht.« Sie zögerte. »Er ist mein Sohn. Es sollte sich ganz natürlich anfühlen, mit ihm umzugehen und sich mit ihm zu beschäftigen. Es sollte alles einfach sein. Wieso ist es das nicht?« Isa griff nach den Kosmetiktüchern auf dem kleinen Tisch und drückte sich eins gegen die Augen. Ihre Dämme drohten bereits wieder zu brechen. Das wurde immer schlimmer. »Entschuldigen Sie bitte, ich muss Sie mit der immer gleichen Litanei zu Tode langweilen.«

»Sie sind wütend auf sich?«

»Ja, schon. Und gleichzeitig habe ich Angst. Angst vor mir selbst.« Isa starrte mit schwimmenden Augen aus dem Fenster. Es dämmerte bereits, der Himmel zeigte ein schönes Rosarot. Eigentlich ein so friedlicher Anblick. »Ich habe ja sogar Angst, meine Gedanken auszusprechen«, fuhr sie mit leiser Stimme fort. »Ich meine, ich mache mir Sorgen darüber, was Sie von mir denken könnten.«

Die ältere Frau gluckste. »Was ich von Ihnen denken könnte? Isa. Ich bin Psychiaterin. Sie haben keine Ahnung, was ich schon alles erlebt habe. Es ist meine Berufung, für Sie da zu sein und mit Ihnen gemeinsam die Irrungen und Wirrungen Ihrer Seele zu erkunden.« Sie nahm ihre Brille ab und lächelte sie an. Gütig. Mütterlich. »Es gibt keinen Grund dafür, dass Sie sich für Ihre Gedanken oder Gefühle schämen. Sie sind da, und Sie können sie auch nicht einfach abstellen. So funktioniert das eben leider nicht. Sie müssen lernen, sie einzuordnen und damit umzugehen und sollten sich nicht einreden lassen, sie verstecken zu müssen. Vor mir schon erst recht nicht. Wir haben doch schon einiges miteinander besprochen, Sie sollten wissen, dass Sie bei mir gut aufgehoben sind. Welche Gedanken plagen und ängstigen Sie denn über das Besprochene hinaus so sehr, dass Sie sie nicht einmal Ihrer Psychiaterin anvertrauen möchten?«

Isa riss das Kosmetiktuch in ihrem Schoß in kleine Stücke. Nervosität überkam sie, als sie den Mund öffnete, um sich ganz und gar zu öffnen. »Ich frage mich«, begann sie stockend, »was mit mir nicht stimmt. Das Gefühl von Fremdheit wird immer stärker, wenn ich ganz ehrlich sein soll. Ich fühle mich Ben einfach nicht mehr … nicht mehr als Mutter verbunden.« Isas Augen liefen über. Sie brauchte ein paar Sekunden, um sich zu sammeln. »Ich habe so sehr gehofft, dass die Zeit uns helfen wird. Aber ich merke einfach keine Veränderung. Ja, wir gewöhnen uns aneinander, natürlich. Aber mein Muttergefühl kehrt nicht zurück. Es ist vielmehr, als würde ich mich mit jedem Tag noch mehr davon entfernen.« Ein Schluchzen brach sich Bahn.

Dr. Blum hielt ihr ein weiteres Taschentuch hin, stellte die Box dann wieder auf den Tisch und legte ihr Notizbuch beiseite. »Dass Sie so empfinden, Isa, hat Ursachen. Wäre es vielleicht möglich, dass Sie so viel über alles nachdenken – so viel prüfen und beobachten –, dass für Ihre Instinkte, für das reine Fühlen, kein Platz mehr bleibt?« Sie betrachtete Isa. »Es scheint mir, als hätte Ihr Verstand die absolute Oberhand. Er analysiert und wertet ohne Unterlass. Der emotionale Teil von Ihnen, der Ihre Liebe, Ihre Intuition und Ihr Muttergefühl beherbergt, kommt dabei wenig zu Wort. Ratio über Herz, wenn man so will. Hört sich das für Sie plausibel an?«

Isa putzte sich die Nase, ihre Augen brannten, und ja – ihr Kopf lief heiß. Auch oder vor allem in diesem Moment. »Ja, das klingt schon logisch. Ich habe schon immer zum Grübeln geneigt. Und mich damit manches Mal ganz verrückt gemacht.« Dr. Blum nickte. »Nur ist es diesmal anders. Irgendwie bedrohlicher.«

»Es geht ja auch um viel mehr. Um vermutlich das für Sie Wichtigste im Leben.«

»Ja, schon, aber …«, Isa schüttelte den Kopf. Und nach einem Moment, der ihr allen Mut abverlangte: »Ich fühle mich mittlerweile schon fast paranoid.«

»Inwiefern?« Dr. Blum runzelte kaum merklich die Stirn, schlug ihr ledergebundenes Notizbuch wieder auf und notierte sich etwas.

»Dieses Gefühl der Fremdheit ist nicht allein emotional.« Isa räusperte sich. Griff mit zittrigen Fingern zum Glas und trank einen Schluck Wasser. Es war viel zu sprudelig. Mit einem lauten Klingen stellte sie es ungelenk zurück auf den Beistelltisch. »Anfangs war es einfach ein unterschwelliges Gefühl von Distanz. Das ich mir mit allem, was geschehen ist, erklären konnte. Eine Art Überforderung, Gefühlschaos. Aber dieser Gedanke, dass es sich fremd anfühlt, zwischen Ben und mir, der festigt sich. Es ist schlimm, das überhaupt auszusprechen. Das hat mein Kleiner nicht verdient. Aber ich komme allein aus dieser Spirale nicht mehr heraus. Ich möchte so etwas nicht denken!«

»Dass Ben nicht Ihr Sohn ist?«, fasste Dr. Blum Isas Worte mit einem ernsten Zug um den Mund zusammen, über den die Ruhe in ihrer Stimme nicht hinwegtäuschen konnte.

»Ja«, würgte Isa hervor und schluchzte auf.

Dr. Blum beugte sich vor und legte eine Hand auf Isas Unterarm. So ließ sie ein paar Sekunden verstreichen, bis Isa sich einigermaßen gesammelt hatte.

»Ist das nur der bloße Gedanke, der immer häufiger auftaucht?«, hakte sie mit sanfter Stimme nach. »Oder gibt es Situationen, in denen Sie das Gefühl haben, dass sich dieser Gedanke im Alltag bestätigt?«

Die eisblauen Augen der Ärztin sahen direkt in ihr Inneres. Zumindest kam es Isa so vor, die erneut hastig den Kopf senkte und schniefend ihre Hände begutachtete. Sie nickte kaum merklich.

»Inzwischen gibt es immer wieder Momente, die mich sehr ängstigen«, gestand sie flüsternd. »Weil ich plötzlich meine, einen Beweis dafür zu entdecken, dass dieser Gedanke vielleicht … stimmen könnte.«

»Mhm«, murmelte Dr. Blum und wirkte sehr nachdenklich. »Was sind das für ›Beweise‹?«

Isa musste nicht lange überlegen. Immer wieder musste sie darüber nachdenken, und immer schlechter gelang es ihr, diese Gedanken zu verbannen. Stockend erzählte sie Dr. Blum von ihren Entdeckungen in Bezug auf Bens Augenfarbe und Ohrform. »Aber da ist auch so vieles, was ich an ihm wiedererkenne. Seine Gesichtszüge. Sein Grinsen. Seine Mimik. Alles wie damals als Baby. Ich meine, ich weiß auch nicht, worüber ich mir hier Sorgen mache.« Isa lachte verzweifelt. »Mir ist klar, dass meine Gedanken einfach verrückt sind. Ich habe wirklich große Angst, durchzudrehen.« Sie verstummte. Und wusste nicht, was sie noch sagen sollte. Sie hatte das Monster in ihrem Kopf in Worte gepackt. Umschrieben. Hervorgezerrt ans Tageslicht. Das hatte sie jegliche Kraft gekostet.

»Nun«, begann die Ärztin, »ich kann mir vorstellen, dass Sie diese Gedanken sehr belasten und auch, dass sie einen Keil zwischen Ben und Sie treiben. Es wundert mich ehrlich gesagt nicht.« Isa zog die Mundwinkel nach unten. »Sie können nichts dafür, Isa, verstehen Sie mich nicht falsch. Sie tun alles für das Gegenteil. Bemühen sich um Nähe und Liebe, darum, den Abstand zu verringern. Es ist nichts, was Sie ohne Weiteres beeinflussen können. Und dennoch ist es so, zumindest stellt es sich für mich so dar, dass diese kreisenden Gedanken und Ängste per se schon Distanz hervorrufen. Es hat etwas von einer selbsterfüllenden Prophezeiung. Sie befinden sich in einem Teufelskreis.

Diese Beobachtungen, die Sie machen – ich denke, dass es wenig Sinn macht, sie auf ihren Wahrheitsgehalt hin zu analysieren. Ich würde mit in die Gedankenspirale einsteigen, wenn ich jetzt mit Ihnen gemeinsam überlegen würde, inwiefern diese körperlichen Veränderungen realistisch sein könnten. Nur so viel: Vertrauen Sie Ihrem Mann. Er ist Mediziner.«

Isa nickte hastig. Sie konnte nicht umhin, sich zurechtgewiesen zu fühlen. »Ja, natürlich, das tue ich.«

Adriana Blum nickte. »Ich weiß, dass meine Aufforderung zu vertrauen recht unprofessionell ist. Denn selbst wenn Sie rational wissen, dass Sie ihm vertrauen können, fühlt es sich für Sie momentan anders an. Und wenn es so einfach wäre, pathologische Ängste und Zwangsgedanken zu bekämpfen, wäre ich völlig überflüssig, nicht wahr?«

Isa fühlte Nervosität in sich aufsteigen.

»Pathologisch? Also halten Sie das, was in mir vorgeht, tatsächlich für … krankhaft?«

Die Psychiaterin blinzelte. »Sie nicht?«

Schachmatt.

»Ich will Ihnen keinen Stempel aufdrücken oder Sie schlechtmachen. Krank meint in diesem Zusammenhang nur ›nicht gesund‹. Gewissermaßen von dem abweichend, was wir als gesund und förderlich ansehen. Normalerweise haben unsere Gedanken einen Nutzen. Und alarmierende Gedanken sogar einen sehr großen. Sie machen uns auf Gefahren aufmerksam. In Ihrem System ist das offenbar etwas in Schieflage geraten. Es ist, als würde das Alarmsystem in Ihrem Körper nicht mehr zur Ruhe kommen. Es hat sich verselbstständigt. Auch in Situationen, die keine Gefahr in sich bergen, schlägt es an. Aber genau daran werden wir weiter und in Ruhe arbeiten.« Sie sah auf die Uhr. »Sind meine Worte bis hierhin erst einmal verständlich?«

Isa nickte. Sie fühlte sich vollkommen überladen.

»Gibt es psychische Störungen in Ihrer Familie?« Die Psychiaterin musterte sie forschend, ihr Stift verharrte über der aufgeschlagenen Seite in ihrem Notizblock. Isa versteifte sich. »Ich frage deshalb, weil gerade Angststörungen oft eine genetische Komponente haben. Natürlich liegt in Ihrem Fall das Trauma von Bens Entführung zugrunde. Als Auslöser. Und dennoch kann es sein, dass es familiäre Häufungen gibt, dass Sie sozusagen vorbelastet sind. Vulnerabilität nennen wir das in der Fachsprache. Also eine gewisse Anfälligkeit für bestimmte psychische Erkrankungen. Die dann, wenn Geschehnisse ungünstig zusammenfallen, in Erscheinung treten.«

»Ja, ich ...«, Isa räusperte sich. Ihre Handflächen wurden feucht. »Mein Vater. Er hat sich das Leben genommen vor ein paar Jahren. Ich habe erst vor kurzem erfahren, dass er unter einer paranoiden Schizophrenie litt.« Ihr Kinn begann zu zittern. »Ist es möglich, dass ich auch an so etwas leide?«

Dr. Blum stieß die Luft aus und schwieg ein paar Sekunden. »Es wäre unprofessionell von mir, wenn ich Ihre Frage sofort verneinen würde, nur um Sie zu beruhigen. Das ganze Thema ist sehr komplex und bisher ist mein Einblick zu klein.« Isas Ohren rauschten. »Das soll aber auch keine Bejahung Ihrer Frage sein, das steht ebenfalls fest«, fügte Dr. Blum hinzu und neigte ihren Kopf. »Zu der Diagnose einer paranoiden Schizophrenie gehört schon einiges mehr als das, was Sie mir bisher berichtet haben. Aber manche Symptome gehören einem ähnlichen Spektrum an. Ich würde mir gerne Zeit dafür nehmen und das Thema mit Ihnen in der nächsten Sitzung erörtern. Ich möchte Sie auch bitten, ein paar Bögen für mich auszufüllen und zum nächsten Termin mitzubringen.«

Die Psychiaterin stand auf, ging zu einem Regal hinter ihrem Schreibtisch und zog einige Blätter aus verschiedenen transparenten Ablagefächern. Geschäftsmäßig kam sie zu Isa zurück und reichte sie ihr.

»Wir finden schon heraus, wie wir Ihnen helfen können, Isa. Sie sind nicht die Erste und werden nicht die Letzte sein, der ihr Geist einen Streich spielt. Dass Sie hier bei mir sind und sich mit dem Thema beschäftigen, ist der erste und wichtigste Schritt. Was wir vorerst erreichen wollen, ist, dass es Ihnen bald besser geht und Sie wieder Herrin über Ihre Gedanken und Gefühle werden, sofern man das überhaupt jemals wirklich sein kann.« Ihre Augen funkelten belustigt. »Jetzt verbringen Sie erst einmal ein paar schöne Weihnachts- und Festtage, und dann schauen wir, dass wir Sie wieder auf die Spur kriegen. Okay?«

»Okay«, antwortete Isa mit wackliger Stimme.

Und obwohl die Unbeschwertheit der Ärztin und die mögliche Erklärung ihrer Ängste ein wenig dazu beitrugen, die Oberfläche des Eisklotzes in ihrem Magen anzutauen, war ihr außerordentlich schlecht, als sie die Praxis verließ.

KAPITEL 44

Bens Augen glitzerten beim Anblick der vielen bunten Lichter des prächtig geschmückten Weihnachtsbaumes.

»Baum!«, rief er. »Baum, Baum, Baum!«

Quietschend stürmte er auf das Objekt seiner Begierde zu. Mark hastete ihm hinterher.

»Vorsicht!«, rief er und fing den glucksenden kleinen Jungen ein.

Isa stellte das Geschirr auf dem Esstisch ab. Es roch nach Tannennadeln und Kerzenwachs.

»Wann ist deine Mutter ungefähr hier?«, fragte Mark, der mit Ben auf dem Arm neben sie trat.

»Sie müsste in einer halben Stunde da sein. Sollen wir erst die Bescherung machen? Bevor uns der kleine Kerl hier alle Geschenke auseinanderpflückt?«, schlug sie vor und kitzelte Ben am Bauch.

Er kicherte, schob aber ihre Hand weg. »Nein, nein«, sagte er. Isa kitzelte erneut, Ben kicherte erneut, schob ihre Hand aber nun ernsthafter weg. »Nein!«, rief er und schüttelte den Kopf.

Isa ließ von ihm ab. Mark drückte sie mit seinem freien Arm an sich. Ihr entging die kleine steile Falte zwischen seinen Brauen genauso wenig wie sein prüfender Blick in ihr Gesicht.

»Ich kann hier auch weitermachen. Sag mir, was zu tun ist, und du verbringst etwas Zeit mit dem Quälgeist hier.«

»Nein, schon gut. Ihr beide seht euch viel seltener. Ben und ich haben uns jeden Tag«, erwiderte Isa betont munter und konzentrierte sich darauf, Stoffservietten auf den Tellern zu drapieren.

Als es ein wenig später klingelte, nahm Mark Ben hoch und ging mit ihm zur Haustür, um zu öffnen.

Isa folgte ihnen und begrüßte ihre Mutter, die mit rosigen Wangen und vom Schnee glitzernden Haaren im Hausflur stand.

»Hallo, ihr Lieben. Ein traumhaftes Weihnachtswetter! Ich kann mich gar nicht erinnern, wann wir das letzte Mal an Heiligabend Schnee gehabt hätten und dann gleich so viel!« Eleonore legte ihre Sachen ab und beugte sich zu Ben hinunter. »Na, bist du schon aufgeregt, was das Christkind wohl vorbeigebracht hat?«

Ben nickte heiter, obwohl Isa sich sicher war, dass er die Frage nicht wirklich verstanden hatte.

So viel Fröhlichkeit heute, alle sind so glücklich, stellte sie fest. So hatte sie sich das immer gewünscht, das Weihnachtsfest im Kreise ihrer Liebsten. Und doch nagte noch immer etwas an ihr. Entschlossen, den trüben Gedanken heute keinen Raum zu geben, nahm sie ihren Sohn bei der Hand.

»Hilfst du Mama beim Weihnachtsbraten?«, fragte sie und zog ihn mit sich in die Küche, in der es nach Zimt und Orangen roch. Sie setzte ihn auf die Arbeitsplatte, drückte ihm einen sauberen Kochlöffel und eine unbenutzte Rührschüssel in die Hand und machte sich selbst an die weiteren Vorbereitungen. Sie schmunzelte, als Ben eifrig in der Schüssel zu rühren begann. Aus dem Wohnzimmer drang Jingle Bells, Mark hatte eine Weihnachts-Playlist gestartet.

»Kann ich dir noch helfen?«, fragte ihre Mutter, die nun ebenfalls in die Küche kam. Sie trug einen auffälligen dunkelroten Pullover, auf dem ein Tannenbaum abgebildet war. Die bunten aufgenähten Bommeln sollten wohl Weihnachtsbaumkugeln darstellen. Isa schmunzelte.

»Nein, danke, wir haben alles im Griff, stimmt's, Ben?« Sie lächelte ihrem Sohn zu, prüfte, ob er sicher saß und widmete sich wieder dem Essen.

Als der Braten im Ofen schmorte und das Weihnachtsdessert im Kühlschrank auf seinen Einsatz wartete, setzten sich Mark, Isa und Ben für die Bescherung auf die Couch. Eleonore bestand darauf, anzufangen und holte ihre Päckchen unter dem Baum hervor. Ben strahlte über beide Ohren, nachdem er sein Geschenk ausgepackt und sich dabei ein großer Spielzeug-Lastwagen offenbart hatte. Er rutschte sofort von der Couch und ließ das Fahrzeug brummend und tönend über den Teppich fahren.

»Ich glaube, er ist nun für den Rest des Tages beschäftigt«, sagte Mark. »Oh, vielen Dank, Eleonore.« Er wickelte den letzten Rest des Geschenkpapiers von einem erlesenen Rotwein und wendete die Flasche im Licht. Es hatte sich zur Tradition entwickelt, dass Eleonore ihrem Schwiegersohn zu Weihnachten einen guten Tropfen schenkte, der zum Festessen ausgeschenkt wurde.

»Der sieht gut aus. Ich öffne ihn schon einmal, damit er atmen kann.« Mit diesen Worten ging er zum Sideboard, um einen Korkenzieher zu holen.

»Und jetzt du!« Isa konnte das aufgeregte Funkeln in Eleonores Augen sehen.

Gespannt drehte sie das viereckige Päckchen und klopfte dagegen. »Auf jeden Fall etwas Robustes.«

Eleonore grinste, ohne etwas zu sagen.

Isa packte es aus und hatte zunächst die Rückseite eines schweren und edlen Bilderrahmens vor Augen. Genau genommen handelte es sich um eine Anordnung von drei aneinander befestigten Rahmen. Neugierig drehte sie das hübsche Geschenk um. Ihr stockte der Atem.

»Gefällt es dir?«, hauchte ihre Mutter.

Isa konnte nichts sagen. Unentwegt richtete sie ihren Blick auf die in verziertem Silber eingerahmten Fotos. Ihre Augen brannten schmerzhaft. Eine Aufnahme zeigte Ben kurz nach seiner Geburt und eine weitere musste Eleonore in den letzten paar Wochen unbemerkt gemacht haben. Ben stand im Schnee und lachte spitzbübisch in die Kamera. Aber das eigentliche Bild, das ihr den Hals zuschnürte, befand sich in der Mitte. Isa konnte sich kaum davon lösen.

Es war eine Schwarz-Weiß-Aufnahme von ihrem vier Monate alten Sohn kurz vor seinem Verschwinden. Sie kannte das Foto nicht. Sie strich über das Glas. Ein Wimmern drang aus ihrer Kehle.

Mit zitternden Händen legte sie das Bild beiseite, sprang mit einem gewürgten »Entschuldigung« auf und lief aus dem Raum. Sie schaffte es gerade so in das kleine Badezimmer. Schluchzend schloss sie die Tür und sank auf dem Toilettensitz zusammen.

Eine erbarmungslose Sehnsucht überrollte sie. Sehnsucht nach ihrem Sohn. Sehnsucht nach ihrem Baby. *O Gott, Ben, ich vermisse dich so.* Als Isa merkte, was sie da dachte, heulte sie noch lauter auf, zog die Knie an die Brust und vergrub ihren Kopf in den Armen. Ihre Gedanken mischten sich mit ihren Gefühlen und wurden zu einer tobenden Einheit, ihr ganzer Körper schüttelte sich vor Schmerz.

»Mein Baby«, schluchzte sie, immer und immer wieder.

Sie konnte kaum atmen, so viele Tränen drangen an die Oberfläche. Sie wollte schreien, den Schmerz, die Sehnsucht hinausbrüllen und auch die Angst. Die Angst vor den Gedanken und Gefühlen, die über sie hinwegstürmten, so greifbar und so echt. Und doch so falsch. Doch sie konnte nicht schreien, sie konnte nur verzweifelt nach Luft schnappen, ihren bebenden Körper unter Kontrolle halten und an ihr Baby denken, das sie so schmerzhaft vermisste. Ihr ganzer Brustkorb brannte fürchterlich.

Nach einer Weile, Isa hatte keinerlei Zeitgefühl mehr und fühlte sich vom Weinen bleischwer und kraftlos, drang ein zaghaftes Klopfen an ihre Ohren.

»Isa, ist alles in Ordnung?«, erklang die Stimme ihrer Mutter durch die weiße Holztür. »Darf ich öffnen?«

»Einen Moment«, schniefte Isa, stand auf und ging schwankend zum Waschbecken, um sich ihr Gesicht zu waschen.

Sie kühlte ihre Haut und versuchte das Desaster an verlaufener Schminke und geschwollenen Augen irgendwie einzudämmen. Immer noch zittrig strich sie sich über ihre Haare und klemmte sich ein paar Locken hinter die Ohren. Sie war erschrocken über den stumpfen Kummer in ihren geröteten Augen. *Es ist Weihnachten, verdammt nochmal.* Dann atmete sie tief durch und ging zur Tür.

Ihre Mutter erwartete sie auf der anderen Seite. Sie hob die Arme, bot ihr eine Umarmung an, aber Isa winkte ab und zwang ihre Gesichtsmuskeln in ein Lächeln. »Nein, bitte. Es ist alles gut.«

Eleonore ließ die Arme wieder sinken. »Ich habe gedacht, ich mache euch damit eine Freude. Dir. Ich dachte, du würdest das schön finden. Ich habe nicht erwartet, dass es dich so aufwühlt.«

Isa schüttelte den Kopf. »Es ist ein wundervolles Geschenk.« Sie unterbrach sich und starrte in die Luft. Drängte die erneut aufsteigenden Tränen zurück.

Ihre Mutter hob noch einmal den Arm, um sie zu berühren.

»Alles gut«, Isa ließ ihren Atem konzentriert entweichen.

»Ich muss mich zusammenreißen. Es ist ein sehr schönes Geschenk, Mama. Es hat nur Erinnerungen geweckt, die mich etwas überwältigt haben.« Sie wischte sich über die erschöpften Augen. »Wo sind denn Mark und Ben? Ich habe die Bescherung total kaputtgemacht.«

»Nein, keine Sorge, mein Schatz. Mark ist mit Ben in den Garten gegangen, der Kleine schaufelt haufenweise Schnee in seinen neuen LKW. Wir können die Bescherung vielleicht nach dem Essen fortsetzen? Ich habe den Ofen heruntergedreht, der Braten müsste gleich fertig sein.« Sie musterte Isa. »Es tut mir weh, dich so zu sehen. Ich dachte, diese Zusammenstellung der Fotos würde eine Verbindung symbolisieren. Ich wollte zeigen, dass eure Geschichte weitergeht, auch wenn ein Zeitfenster fehlt.«

»Das ist eine wundervolle Idee, Mama, wirklich. Ich meine das ernst, und sie gefällt mir sehr gut. Es tut nur einfach nach wie vor weh, dass mir Zeit mit ihm gestohlen wurde.« Ihre Stimme krächzte bedrohlich. »Ich muss und werde das in den Griff bekommen.«

»Ach Isa. Sei nicht so streng zu dir. Du trauerst um die verlorenen Monate. Das ist doch normal.« Sie tätschelte ihr unbeholfen den Arm.

Isa nickte nur und ging zurück in das kleine Badezimmer, um sich die neuen Tränen von den Wangen zu wischen.

»So. Genug davon. Heute ist ein schöner Tag, ich möchte ihn nicht weiter ruinieren«, sagte sie entschieden, als sie wieder hinauskam. »Hoffentlich ist der Braten nicht zu trocken geworden.«

Sie hantierte gerade damit herum, als ein schüchternes »Mama?« ertönte.

Isa drehte sich um, in der Tür stand Ben zwischen Marks

Beinen und schaute sie mit großen Augen an. Mark gab ihm einen kleinen Stups.

»Na, geh schon zu ihr«, sagte er. »Er hat nach dir gefragt.«

Isa lächelte verkrampft, wischte sich die Hände an einem Küchenpapier ab und ging in die Knie. Als sie die Arme öffnete, lief Ben auf sie zu und schlang seine Ärmchen um ihren Hals.

Isa drückte ihn fest, schloss die Augen und vergrub ihre Nase in seinen Haaren. Es fühlte sich schön an.

Aber es half nicht gegen den Schmerz. Ihr Puls beschleunigte sich. Wieso verdammt nochmal half es nicht?

Die Antwort, die so simpel war, begann in ihr Bewusstsein zu sickern. Und sie fragte sich augenblicklich, wie sie ihr hatte verborgen bleiben können. Während sich ihre innere Unruhe wieder in die Höhe schraubte, wurde Isa unwiderruflich und endgültig klar, was es war, das sie im Badezimmer überrollt hatte, das sie im Grunde sogar hinausgeschluchzt hatte. Was sie Dr. Blum zu erklären versucht hatte. Was sie seit Wochen heimsuchte und was sie dennoch weit von sich wegzuschieben versucht hatte. Sie hatte nicht bloß das Gefühl, dass mit ihrer Mutterliebe oder ihrem Verhältnis zu Ben etwas nicht stimmte – nein. Es war auch nicht bloß ein Gefühl von Fremdheit zu ihrem eigenen Kind.

Dieser zerschmetternde Schmerz, der sie völlig durcheinanderbrachte, der sie immer erbarmungsloser heimsuchte, dessen Wahrheit sie nicht hatte sehen wollen, bis er sie vollkommen überflutet hatte – es war inzwischen ganz genau derselbe Schmerz wie der nach Bens Entführung. Der Schmerz der Panik, der Schmerz der Sehnsucht, der Schmerz des Vermissens. Sie vermisste ihren Jungen, sie hatte Angst um ihn. Nach wie vor. Erneut. Sie vermisste ihn, als wäre er nie zurückgekehrt. Obwohl sie am Weihnachtstag in der Küche hockte und ihn in ihren Armen hielt.

Isa brach der Schweiß aus. Mit einem Mal wurde ihr flau und kalt zugleich. *Was denkst du denn da schon wieder? Verlierst du langsam den Verstand?* Bewusst atmete sie ein und aus, doch Ben schien zu spüren, dass sich etwas verändert hatte, denn er löste sich aus ihrer Umarmung und blieb schüchtern vor ihr stehen. Isa schenkte ihm ein flüchtiges Lächeln und richtete sich mit wackligen Beinen auf.

Ihr Blick traf auf den von Mark, der sie beobachtet zu haben schien. Sein Gesicht war todernst, Kummer lag in seinen Augen. Isa wusste nicht, was sie sagen sollte. Also nahm sie den Bräter mit dem duftenden Stück Fleisch und rief mit zitternden Mundwinkeln, vielleicht etwas zu laut: »Das Essen ist fertig!«

KAPITEL 45

Isa stapfte durch den Schneematsch vor ihrem Haus, um die Küchenabfälle zur Biotonne zu bringen. Der Deckel der Tonne war festgefroren und brauchte mehrere kräftige Züge, bis er sich öffnen ließ. Fröstelnd rieb sich Isa auf dem Weg zurück zur Haustür über ihre Arme, als ihr Handy vibrierte. Eilig holte sie es aus ihrer Hosentasche und hielt es ans Ohr.

»Isa Winterberg«, meldete sie sich, nachdem sie den Anruf angenommen hatte.

»Hallo, Frau Winterberg, Simons hier, von der Kripo Köln.« Simons' dunkle Stimme drang aus dem Hörer. »Fröhliche Weihnachten noch nachträglich.«

»Danke, Ihnen auch«, erwiderte Isa überrascht. Der Ermittler schien sich nach den Feiertagen offensichtlich keinen weiteren Urlaub gegönnt zu haben. Oder rief er nur an, weil es dringende Neuigkeiten gab? Ein Stoß Nervosität durchfuhr sie.

Der Kriminalhauptkommissar kam gleich zur Sache. »Ich möchte Ihnen ein Update in Bezug auf Jakob Sanders geben. Passt es Ihnen gerade?«

»Ja, natürlich«, antwortete Isa und warf einen schnellen Blick zu Lindas Haus.

»Wir haben ihn mit dem Brief an Sie konfrontiert. Und ihn darauf hingewiesen, dass ihn das in keinem guten Licht erscheinen lässt und er solche Kontaktaufnahmen zukünftig zu unterlassen hat. Wir nennen das eine Gefährderansprache, das können Sie sich wie eine ernsthafte Ermahnung vorstellen. Er hat zuerst aufgebracht reagiert, sich dann aber entschuldigt und zugesagt, sich von Ihnen fernzuhalten.«

Isa zog die Brauen zusammen. »Okay, danke. Ich wollte ihn mit dieser ganzen Angelegenheit aber nicht vor den Kopf stoßen. Das ist ihm und Frau Rosauer sicher sehr unangenehm.« Erneut sah sie zu Lindas Haus hinüber.

»Ich verstehe, dass Sie keinen Streit in der Nachbarschaft heraufbeschwören möchten. Doch in solchen Fällen ist es wichtig, klare Signale zu senden. Uns zu informieren und zur Tat schreiten zu lassen, ist eine eindeutige Ansage von Ihnen, dass Sie kein Interesse an einer Beziehung haben, wie Jakob Sanders sie anzustreben scheint. Wir müssen auf Nummer sicher gehen. Auch wenn es aktuell keine Hinweise auf eine Verstrickung mit Bens Verschwinden gibt, sollten Sie trotzdem vorsichtig sein. Zwar ist Stalking inzwischen ein Straftatbestand, dennoch ist unser Spielraum in solchen Situationen sehr begrenzt, bis etwas Schwerwiegenderes passiert. In diesem Fall, auf der Grundlage des Briefes, konnten wir zumindest eine Warnung ihm gegenüber aussprechen.«

»Okay, danke. Wie geht es jetzt weiter? Ist die Sonderkommission wieder aktiv?«

Simons stieß hörbar den Atem aus. »Nicht offiziell, nein.« Kälte kroch Isa den Nacken hoch, auch wenn sie mit einer solchen Antwort schon gerechnet hatte. »Aber ich bleibe dran, versprochen. Melden Sie sich bitte, wenn Ihnen noch irgendetwas ein- oder auffällt.«

»Mache ich«, antwortete Isa tonlos, weil sie nicht wusste, was sie ansonsten noch sagen sollte. Erneut begannen ihre Augen zu brennen.

Es hupte, und ein eleganter schwarzer Mercedes bog mit Schwung in ihre Einfahrt.

»Ich muss Schluss machen, Herr Simons«, sagte Isa verblüfft, als eine offenbar sehr gut gelaunte Dr. Adriana Blum in einem extravaganten schokobraunen Daunenmantel ausstieg und ihr zuwinkte. »Wir haben gerade Besuch bekommen.«

»Alles klar, bis dann!«, drang es aus der Leitung.

»Bis dann«, murmelte Isa und legte auf.

Die Psychiaterin schloss zu ihr auf. »Hallo, Frau Winterberg«, flötete sie.

»Hallo, Dr. Blum, das ist ja eine Überraschung.«

»Ja, ich dachte, ich statte Ihnen einen kurzen Besuch ab und sehe, wie es Ihnen und Ben so geht. Weihnachtstage sind ja immer so schrecklich aufwühlend.« Dr. Blum lächelte und strahlte ihre typische Leichtigkeit aus, ihre Worte aber wogen schwer für Isa. Sie merkte augenblicklich, wie sie sich verspannte. »Ich hoffe, Sie mögen Blumen?« Die Psychiaterin hielt ihr einen mit Christbaumkugeln und Lametta verzierten Blumenstrauß entgegen. Er sah teuer aus.

»Oh, vielen Dank!« Isa nahm den schweren Strauß entgegen. »Wow, der ist ja elegant. Ich weiß gar nicht, was ich sagen soll, das wäre doch nicht nötig gewesen.« Sie schnupperte an den Blumen, die aufgrund ihrer Farben und Üppigkeit einen intensiven Duft versprachen, jedoch vollkommen geruchlos waren.

Die Ärztin lächelte. »Wo ist denn der kleine Mann? Für ihn habe ich natürlich auch etwas!« Sie wackelte mit einem in buntes Papier gewickelten Geschenk. »Ich hoffe, ich störe Sie nicht bei irgendwelchen nachträglichen Feierlichkeiten?«

»Nein, wir … wir verbringen heute einen ruhigen Tag nach dem Weihnachtstrubel. Kommen Sie doch mit hinein. Dann lernen Sie auch meinen Mann kennen.«

»Ich gebe zu, das war ein Teil meines Plans«, schmunzelte die Ärztin und folgte Isa zur Haustür.

Mark und Ben waren im Garten, als Isa und Dr. Blum das

Wohnzimmer betraten. Als Ben durch die großen Fensterscheiben sah, dass sie Besuch bekommen hatten, grinste er und erklomm die Treppe zur Terrasse.

Isa legte den Strauß eilig auf den Esstisch und fing Ben an der Terrassentür ab, um ihn von seiner Schneekleidung zu befreien. »Na, da freut sich aber jemand«, stellte sie fest.

Ben rannte zu der Ärztin und umarmte ihre Beine. Dr. Blum lachte und ging in die Hocke.

»Ich freue mich auch, dich zu sehen, Ben!«, sagte sie heiter. »Aber, wie unhöflich von mir!«, ergänzte sie dann, richtete sich wieder auf und trat auf Mark zu, der im Türrahmen stand. »Da platze ich einfach so herein und stelle mich gar nicht vor. Adriana Blum, freut mich sehr, Sie nun auch persönlich kennen zu lernen, Herr Winterberg. Wir hatten ja schon telefoniert.«

»Freut mich ebenfalls, Dr. Blum«, antwortete Mark hölzern. Er wirkte vollkommen überrumpelt. Isa konnte es ihm nicht verdenken, schließlich ging es ihr ähnlich.

»Bei Ihrem Gesichtsausdruck war es aber wohl keine gute Idee, dass ich vorbeigekommen bin«, scherzte die ältere Frau prompt und zog ihre fein geschwungenen Augenbrauen hoch.

»Ach was, das ist sehr nett von Ihnen«, lenkte Isa schnell ein. »Nicht wahr, Mark?«

»Ja, wirklich nett, dass Sie vorbeischauen«, stimmte er Isa nach einem kurzen Moment zu. »Ich bin nur etwas überrascht, das ist alles.« Er lächelte nun, wenn auch etwas verkrampft. »So lerne ich Sie auch einmal persönlich kennen.«

»Ja, es ist immer wichtig, alle beteiligten Personen im Blick zu haben. Isa erzählt mir so viel von Ihnen.« Sie schmunzelte.

»Ach, ist das so?« Mark warf Isa einen Blick zu.

»Das war ein Scherz, Herr Winterberg«, kicherte Dr. Blum. »Natürlich geht es nicht hauptsächlich um Sie, keine Bange.«

Isa konnte sehen, dass Mark dem quirligen Humor der Psychiaterin nicht folgen konnte und ging hinüber, um seine Hand zu drücken. Sie lächelte ihm zu. *Entspann dich.*

»So, jetzt aber das Wichtigste!« Dr. Blum sah sich nach Ben um. »Nicht wahr, Kleiner? Schau mal, das Christkind hat bei mir etwas für dich abgegeben.«

Sie reichte Ben das Päckchen, der gleich anfing, am Papier zu reißen.

»Das ist aber schön, ist das eine Spieluhr?«, fragte Isa neugierig. Ben hielt eine hübsche Kiste mit einer Bärenfigur obendrauf in der Hand.

»Genau, wenn man hier dreht«, Dr. Blum drehte an einem silbernen Knopf, »spielt sie eine wunderhübsche Melodie.«

Ben starrte gebannt auf den sich nun drehenden Bären und fing an zu summen.

»Na, offenbar haben wir hier einen kleinen Musikliebhaber«, rief Dr. Blum aus und klatschte in die Hände.

Die Erwachsenen ließen sich in der Sitzecke nieder, während Ben mit seiner Spieluhr spielte. Dr. Blum plauderte munter, fand ein Gesprächsthema nach dem nächsten und lobte Isas Weihnachtsplätzchen. Mark blieb eher schweigsam, ein Besuch der Psychiaterin der eigenen Ehefrau war schließlich nichts Alltägliches.

Zwischendurch kam Ben zu Dr. Blum und zeigte ihr verschiedene seiner Spielzeuge.

Als Isa ihm eine halbe Stunde später sein Mittagessen zubereitet hatte und ihn auf den Arm nehmen wollte, machte sich sein kleiner Körper steif.

»Nein.« Wild schüttelte er seinen Kopf.

»Ben, du hast doch bestimmt Hunger«, versuchte Isa es erneut und wollte seine Hand nehmen, die er ihr jedoch gleich wieder entzog.

»Nein!« Er flüchtete sich zwischen Dr. Blum und Mark, der zu intervenieren versuchte.

»Oh, das riecht aber köstlich. Mama hat dir bestimmt etwas ganz Leckeres gekocht.«

Ben schüttelte nur weiter den Kopf und warf Isa einen grimmigen Blick zu. Ein Arm ruhte auf dem Knie der älteren Frau, der andere auf dem von Mark. In einem anderen Leben hätte Isa die Szene wohl lustig gefunden. Doch alles, was sie jetzt spürte, war ein brennender Schmerz in ihrer Brust.

»Ich bin auch neugierig!«, sagte Dr. Blum zu Ben und stand auf. »Komm, wir gehen zusammen. Zeigst du mir mal, was deine Mama für dich gekocht hat? Vielleicht kriege ich ja etwas ab?«

Ben nickte begeistert, nahm die Hand der Ärztin und ging mit ihr in Richtung Esstisch. »Mama?«, sagte er heiter fragend und sah sich nach Isa um, bevor er erneut zu der Psychiaterin hochsah. Diese nickte. »Genau, deine Mama hat für dich gekocht. Hmmmm, lecker.« Sie lächelte.

Isa sah ihnen nach. Mark trat neben sie.

»Alles in Ordnung?« Er drückte ihre Schulter.

»Ja, geht gleich wieder. Ich habe nur etwas Kopfschmerzen.«

Sie schloss für einen Moment die Augen. Dann holte sie Bens Mittagessen. Als er sich wortwörtlich in seine Nudeln vertieft hatte, gab sie vor, etwas aufräumen zu wollen und zog sich erneut in die Küche zurück. Sie stellte die Kaffeemaschine an und bemerkte nach ein paar Sekunden, dass der Kaffee ins Leere lief. Hastig stellte sie eine Tasse darunter und verbrühte sich an der kochend heißen Flüssigkeit die Finger. Fluchend zog sie ihre Hand weg. Ihre Gedanken nahmen eine nervöse Geschwindigkeit auf. Sie wusch ihre Hände ab und rieb sich über die Schläfen.

»Sie trinken den Kaffee schwarz, wenn ich mich richtig erinnere?«, fragte Isa Dr. Blum, als sie mit zwei Tassen an den Esstisch zurückgekehrt war.

»Ja, vielen Dank.«

Dr. Blums Blick ruhte auf Isas zittriger Hand, als sie die Tasse vor ihr abstellte.

»Alles in Ordnung, meine Gute?«

»Ja, alles in Ordnung«, erwiderte Isa und stellte auch Mark einen Kaffee hin, der sie erneut mit zusammengezogenen Brauen beobachtete. »Ich habe nur etwas Kopfschmerzen«, erklärte sie nun auch der Psychiaterin.

Dr. Blum nickte und hob ihre Tasse zum Mund.

Ben hatte seinen Teller bereits weggeschoben und gähnte herzhaft.

»Da ist wohl jemand müde«, stellte Isa fest und wischte den Mund und die Hände ihres Sohnes sauber. »Zeit für deinen Mittagsschlaf.« Sie griff ihm unter die Arme, um ihn aus seinem Stuhl zu heben, doch wieder reagierte er nicht wie erwartet.

»Nein, Papa!«, sagte er und drehte sich weg.

»Isa, ich kann das übernehmen«, sagte Mark und war bereits im Begriff aufzustehen, doch Isa winkte ab.

»Komm, Ben, wir kriegen das doch immer wunderbar hin. Wir können deine neue Spieluhr mit hochnehmen und anmachen, was hältst du davon?« Sie deutete auf die kleine Kiste.

Ben schien einen Moment zu überlegen und nickte.

Isa nahm den kleinen Jungen erleichtert auf den Arm und griff nach der Spieluhr. *Na also.* Als sie gerade im Flur angekommen waren, stemmte sich Ben gegen ihre Brust.

»Nein, Papa!«, rief er und schlug gleich darauf ein wütendes Weinen an.

»Ben, was ist denn heute los mit dir?« Isa hörte die Schärfe in ihrer Stimme. »Kann es sein, dass du schon ganz schön müde bist?«

»Nein!« Ben weinte immer lauter. »Nein, Papa!«, rief er und zappelte in ihren Armen.

»Ben, hey!«, übertönte Isa ihren Sohn und hatte Mühe, ihn und die Spieluhr festzuhalten. »Papa ist ja gleich auch noch da, komm, wir …« Weiter kam sie nicht, denn Ben schrie ohrenbetäubend laut auf und riss an ihrem Pullover.

Es schepperte, als Isa die Holzkiste aus der Hand rutschte und auf dem Fliesenboden aufschlug. Der Bär segelte davon, während die Musik ansprang. Ben rutschte aus ihren Armen und lief kreischend ins Wohnzimmer zurück.

Isa konnte sich nicht rühren. Ihre Fingernägel gruben sich heftig in ihre Handflächen. Sie starrte auf den Bären, der halb unter der Heizung lag. Ihr Schädel dröhnte, ihr Atem war außerhalb ihrer eigenen Kontrolle.

»Isa?«, fragte Mark mit viel zu viel Anspannung in der Stimme und kam mit dem schniefenden Ben in den Flur, der seine kleinen Arme um den Hals seines Vaters geschlungen hatte. Sein Kopf war an seiner Schulter vergraben. »Ist alles okay?«

Hinter ihm tauchte Dr. Blum auf, ließ ihren Blick durch den Flur wandern und blieb dann ebenfalls an Isas Gesicht hängen.

Die Melodie der Spieluhr schwoll zu einem Rauschen an. Ihr Herz jagte. Es war zu viel. Einfach alles zu viel.

»Nein, es ist nicht okay. Gar nichts ist okay«, würgte sie hervor, drehte sich um und lief die Treppe hoch. Im Schlafzimmer angekommen, warf sich Isa auf ihr Bett, vergrub sich in Decke und Kissen und schnappte nach Luft. Die Tränen liefen ihr über die Wangen, während sich ihre Lunge Atemzug für Atemzug mehr zusammenzog. Sie hörte die tierischen Laute, die sie von sich gab und erschauderte vor sich selbst. Aber sie konnte nicht anders. Ihre Gedanken glichen einem Feuerinferno, ihr hämmernder Kopf fühlte sich auch genauso an. Inzwischen tanzten Sterne vor ihren Augen.

Nur am Rande ihres Bewusstseins registrierte sie die warme Hand auf ihrem Arm.

»Isa, du musst atmen. Atme ganz in Ruhe. Ein und aus«, erklang eine dumpfe Stimme. Mark.

Isas Sichtfeld verwirbelte.

»Schau mich an«, sagte er nun eindringlicher und half ihr, sich aufzurichten. »Atmen! Ein – und aus – ein – und aus.«

Isa sah in seine blauen Augen, die besorgt auf ihr ruhten, und versuchte, seinen Anweisungen zu folgen. Nach einiger Zeit gelang es ihr, sich an dem Rhythmus seiner Worte zu orientieren.

»So ist es gut, ruhig atmen. Ein und aus.«

Isa nickte bebend und schniefend, atmete keuchend ein und schluchzend aus.

Nach ein paar Minuten reichte Mark ihr eine Packung Taschentücher. Sie musste einen furchtbaren Anblick bieten. Isa putzte sich notdürftig die Nase, kam aber nicht gegen den stetig nachlaufenden Strom an Tränen an. Ihr Blick fiel auf Ben, den Mark auf dem Schoß hielt und der sie unsicher beobachtete. Eine unglaubliche Scham überkam sie.

»Ich kann nicht mehr«, bebte sie so leise sie konnte. Sie wollte Ben nicht noch mehr beunruhigen, doch es kostete sie eine beinahe unmenschliche Kraft, ihre vernichtenden Gefühle unter Kontrolle zu halten. »Ich kann einfach nicht mehr. Ich habe solche Angst«, flüsterte sie und vergrub ihr Gesicht in den Armen. »Ich weiß nicht, was mit mir los ist. Ich erkenne mich nicht mehr wieder. Es zerreißt mich.«

Sie heulte auf, obwohl sie es nicht wollte. Heraus kam ein schriller seltsamer Laut. Anscheinend drehte sie nun vollends durch. Was war nur aus ihr geworden?

»Was genau zerreißt dich? Isa, was ist denn mit dir los?«

»Ben liebt mich nicht mehr. Ich mache alles falsch, es fühlt sich alles falsch an. Ich bin keine … keine Mutter mehr.« Isa verschluckte sich und hustete. »Ich habe Angst. Ich glaube, ich werde verrückt. Ständig diese Anspannung. Dieser Druck. Ich drehe durch. Ich stehe so unter Strom. Mein Kopf schmerzt.«

Mark saß da, hielt ihre Hand und schwieg. Isa weinte bitterlich, bis ihre Tränen versiegten. Und einem Gefühl von Leere Platz machten. Und von Scham. So viel Scham. Ihr schniefendes Atmen war minutenlang das einzige Geräusch, das zu hören war, bis Ben sich zu regen begann und sich dadurch wieder in Isas gequältes Bewusstsein schob.

»Ich möchte mich kurz frisch machen«, stammelte sie, wühlte sich aus der Bettdecke und schwankte ins Badezimmer, ohne ihren Mann und ihr Kind noch einmal anzusehen. Nach ein paar Minuten drang Marks Stimme durch die geschlossene Tür.

»Ich warte unten.«

»Ja«, antwortete Isa zittrig und drückte sich einen kalten, nassen Waschlappen gegen das Gesicht. »Aber wenn es dir nichts ausmacht, möchte ich mich gleich etwas hinlegen. Kannst du mich bei Dr. Blum entschuldigen?« Und wieder diese Scham, die weitere Tränen provozierte. Die Psychiaterin hatte ihren Zusammenbruch in Echtzeit miterlebt.

»Sie ist schon weg, keine Sorge. Sie versteht das. Sie ist schließlich Psychiaterin.«

»Oh, okay. Das ist mir so unangenehm.«

»Muss es nicht, alles okay. Leg dich hin und ruh dich etwas aus. Wir reden später.«

Isa atmete aus. Sie nahm zwei Ibuprofen aus dem Schrank neben dem Waschbecken und spülte sie mit etwas Wasser aus der Leitung hinunter. Dann drehte sie den Wasserhahn der Badewanne auf, fügte so viel Lavendel-Badesalz hinzu, bis sich riesige Schaumberge bildeten, zog sich aus und ließ sich in das viel zu heiße Wasser sinken. Dass es beinahe ihre Haut verbrühte, merkte sie nicht. Erschöpft schloss sie die Augen. Das Bild ihres Sohnes flackerte in ihr Bewusstsein.

»Oh Ben«, jaulte sie auf. Ihre Tränen vermischten sich mit dem Badewasser. »Ich vermisse dich so.«

KAPITEL 46

Januar 2024

Seit dem Morgen hatte sich in Isa eine starke Nervosität eingenistet. Sie bereute, die letzten beiden Termine bei Dr. Blum verschoben zu haben. Aber sie hatte Abstand gebraucht. Abstand von dem ganzen Wahnsinn in ihrem Inneren. Auf dem Weg zu Marks Praxis wurde ihr jedoch bewusst, dass das wohl eher ein Fluchtversuch gewesen war. Vor sich selbst. Ein vergeblicher. Der Wahnsinn gehörte jetzt offenbar zu ihr, genauso wie ihre Kopfschmerzen, die inzwischen jeden Anflug von Nervosität begleiteten. Sie versuchte, sich auf ihre Atmung zu konzentrieren, die schon wieder besorgniserregend flach ging. Schneematsch spritzte zu beiden Seiten ihres Autos in die Höhe. Isa warf einen Blick in den Rückspiegel. Ben schaute von seinem Kindersitz aus müde aus dem Fenster.

An diesem Morgen hatte sie ihn komplett entkleidet und jeden Zentimeter seines Körpers untersucht. Sie hatte nicht anders gekonnt. Zu laut war die innere Stimme geworden, die ihr inzwischen immer eindringlicher zu verstehen gab, dass Ben vielleicht nicht Ben war.

Es war nicht so, als wäre ihr das Fehlen des Muttermals nicht schon vorher aufgefallen. Natürlich war es das. Relativ früh schon, als Mark den kleinen Jungen nach seiner Rückkehr gebadet hatte, hatte sie darauf hingewiesen, dass das dunkle kleine Muttermal unten am Rücken nicht mehr vorhanden war. Das Ben seit seiner Geburt gehabt hatte. Doch zu dieser Zeit war sie noch relativ unbeschwert gewesen. Und hatte nicht weiter darüber nachgedacht, als Mark ihr gesagt hatte, dass Muttermale im Kindesalter kommen und gehen. Es war ja auch wirklich sehr klein gewesen.

Doch an diesem Morgen, als sie sich ganz genau auf seinen Körper konzentriert hatte, als sie ihn bewusst und hoch konzentriert mit dem Baby aus ihrer Erinnerung verglichen hatte, wog das fehlende Muttermal schwer. Es fügte sich nahtlos in ihre anderen Beobachtungen ein.

Isa zwang sich, gleichermaßen die Ähnlichkeiten festzustellen. Sich bewusst zu machen, was sich nicht oder nur kaum verändert hatte. Und ehrlicherweise gab es da jede Menge.

Auch hatte sie gegoogelt. Mal wieder. Und ja, Muttermale schienen auch verschwinden zu können. Vor allem im Kindesalter. Und dennoch, da war ihr Gefühl. Und das ließ sich nicht mehr beiseitedrängen. Noch im Badezimmer hatte sie die erste Panikattacke des Tages vor dem sie schüchtern beobachtenden kleinen Jungen weggeatmet.

Mark musste ihr helfen. Dringend. Isa wollte ihn darum bitten, Ben noch einmal komplett zu untersuchen. Sie ernst zu nehmen. Nicht als Vater zu agieren, sondern als Mediziner. Am Rande ihrer tosenden Gedanken war ihr bewusst, dass er sie für völlig verrückt erklären würde. Spätestens jetzt. Aber auch das war in Ordnung. Isa war müde. So müde. Sie wusste nicht mehr, wie sie den Tag allein mit dem Kind, das ihr so fremd war, und ihren panischen Gedanken überstehen sollte. Sie wusste nicht einmal, wie sie die nächsten Stunden überstehen sollte. Sie brauchte Klarheit. Entweder war Ben nicht Ben, oder sie war tatsächlich und unwiderruflich verrückt geworden, so einfach war das.

Isa parkte vor dem Backsteingebäude, in dem sich mehrere Arztpraxen befanden, hob Ben aus dem Auto und ging mit ihm hinein. Im vierten Stock stiegen sie aus dem Aufzug und klingelten an Marks Praxistür. Während sie darauf warteten, dass ihnen geöffnet wurde, klopfte Isas Herz unangenehm stark. Schließlich ertönte der Summton, und Isa trat mit Ben an der Hand ein.

Der Empfang von Marks Kinderarztpraxis war in Apfelgrün gehalten, die Räume wirkten freundlich und einladend. An die Wände waren Bäume und lustige Bauernhoftiere gemalt. Hinter dem Tresen stand Lisa Moor, eine der Arzthelferinnen, und lächelte ihr entgegen. Isa hatte sie auf einer Weihnachtsfeier der Praxis kennen gelernt. Sie hatte die junge Frau auf Anhieb gemocht, sie wirkte offen und fröhlich, genau richtig für den Umgang mit kleinen Patienten.

»Oh, hallo Frau Winterberg!«, rief sie ihr zu und kam um den Tresen herum. »Wie schön, Sie wiederzusehen!«

»Hallo, Frau Moor, ja, es ist schon eine Weile her«, erwiderte Isa und lächelte.

»Hallo Ben!« Lisa Moor beugte sich strahlend zu dem kleinen Jungen hinunter. »Du willst sicher deinen Papa besuchen, oder?« Sie warf Isa einen betretenen Blick zu. »Ihr Mann ist heute leider gar nicht in der Praxis. Ich erledige nur etwas Papierkram und bin für den Telefondienst zuständig.«

»Ach, okay? Wo ist er denn?«, fragte Isa irritiert. Sie war sich sicher, dass er heute Morgen davon gesprochen hatte, in die Praxis zu fahren.

»Er macht heute ganztägig Hausbesuche.«

»Wie schade. Wir wollten ihn eigentlich überraschen. Na ja. Dann ein anderes Mal.« Isa gab sich lockerer, als ihr zumute war. War ihr Erinnerungsvermögen nun ebenfalls in Mitleidenschaft gezogen?

»Morgen ist er ganz normal hier, vielleicht kommen Sie dann nochmal wieder? Er freut sich sicher über diese Überraschung.«

»Ja. Momentan ist es ja auch ein Glücksfall, ihn in der Praxis anzutreffen. Bei seinen ganzen Dienstreisen. Gut, dass Sie hier die Stellung halten.«

Ein Flackern trat in die Augen der Arzthelferin, einen kurzen Moment nur. »Ja, Dr. Winterberg engagiert sich sehr, das muss man sagen«, erwiderte sie und fuhr sich durch die Haare.

»Irgendwie haben die Kongresse auch nochmal zugenommen, oder?«, fragte Isa einem spontanen Impuls folgend und beobachtete das Gesicht der jungen Arzthelferin.

»Die Kongresse? Die eher nicht so. Momentan finden kaum welche statt. Dr. Winterberg tauscht sich aber viel mit Kollegen aus.« Lisa Moors Blick fiel auf den Tresen. »Er legt Wert auf ein gutes Netzwerk.« Sie verzog die vollen Lippen zu einem Lächeln. »Das ist natürlich auch für uns gut, wenn unser Chef immer auf dem neuesten Stand bleibt.« Isa nickte unverbindlich. »Ich freue mich auf jeden Fall, Sie und Ben wiederzusehen. Mensch, er ist so groß geworden!« Die Arzthelferin beugte sich erneut zu Ben hinunter. »Das letzte Mal, dass ich dich gesehen habe, ist schon ewig her. Schau dich an, jetzt bist du ein richtiges Kleinkind.« Sie richtete sich wieder auf. »Ich bin froh, dass alles wieder in Ordnung gekommen ist!«

Schwere legte sich auf Isas Brust. »Ja. Wir auch.«

»Es war eine schreckliche Zeit. Ich schäme mich immer noch dafür, dass ich Ihren Mann beunruhigt habe.« Die Arzthelferin sah beschämt zu Boden. »Aber ich war so berührt von allem. Es tat mir so leid für Sie.«

»Was meinen Sie?«

Lisa Moor blinzelte. »Oh, ähm«, sie nestelte an ihrer Halskette. »Ich dachte, Dr. Winterberg hätte Ihnen das erzählt? Ist gar nicht so wichtig, vergessen Sie's!«

Sie lachte und wandte sich ab, um eine kleine transparente

Kiste mit Kinderspielzeug aus einem Regal zu ziehen. Ihre hellblonden Haare wurden von einer regenbogenfarbigen Spange zusammengehalten.

»Schau mal, Ben, magst du dir davon etwas aussuchen? Für unsere kleinen Patienten«, erklärte sie Isa und hielt Ben die Kiste hin.

Der kleine Junge wühlte begeistert darin herum.

»Was haben Sie gemeint, Frau Moor?«, hakte Isa nach und ließ ihre Stimme so arglos wie möglich klingen.

Die Arzthelferin ließ die Kiste sinken. Ben ergriff sie und setzte sich damit auf den Boden.

»Oh Mann, das ist mir wirklich unangenehm. Aber … ich habe das Fass ja jetzt aufgemacht. Selbst schuld, oder?« Sie lächelte unbeholfen. »Es gab da einen kleinen Patienten, der kam im Sommer. Ich weiß nicht mehr genau, wann. Mit seiner Oma. Sie waren das erste Mal hier in der Praxis. Ich war damals total von der Rolle. Ehrlich. Er sah genau aus wie Ben. Dachte ich zumindest.« Isas Puls schoss in die Höhe. »Als ich Ben eben wiedersah, musste ich gleich wieder daran denken. Und glauben Sie mir, ich habe wirklich viel dafür getan, das zu vergessen.« Sie schüttelte den Kopf. »Aber es tröstet mich ehrlich gesagt auch ein wenig, dass der Junge ihm wirklich sehr ähnlich gesehen hat, wenn ich Ben jetzt so vor mir habe. Ich dachte schon, ich würde völlig spinnen. Wenn ich Ben jetzt sehe, kann ich mir selbst ein kleines bisschen verzeihen.«

»Ich komme nicht wirklich mit, Lisa. Bitte der Reihe nach. Sie haben einen Jungen gesehen, der aussah wie Ben?«

»Oh, ich wollte Sie damit jetzt nicht beunruhigen«, antwortete Lisa Moor schnell. »Es war ja offensichtlich eine Verwechslung.« Sie presste die Lippen zusammen. »Als der Junge reinkam, dachte ich, es sei Ben. Ich bin gleich total aufgeregt zu Dr. Winterberg gelaufen, Ihrem Mann meine ich, und habe ihn darauf angesprochen. Er wirkte so erschrocken. Er kam gleich aus dem Behandlungszimmer. Ich werde seinen Gesichtsausdruck nie vergessen. Das ist mir immer noch peinlich.«

Isa fühlte sich wie elektrisiert. »Was hat er denn gesagt?«

Die rundliche Frau zog die Brauen zusammen. »Zunächst wirkte er geschockt, er hat kein Wort über die Lippen gebracht. Dann hat er den Jungen näher angesehen und mir ein Kopfschütteln zugeworfen. Es war nicht Ben. Dr. Winterberg war trotzdem leichenblass. Meine Aufregung und Vermutung, dass soeben Ben in die Praxis gekommen ist, muss ihn sehr getroffen haben. Er hat die Oma und den Jungen dann in ein freies Untersuchungszimmer gebeten. Nach der Untersuchung kam Dr. Winterberg zu mir und sagte mir nochmal in Ruhe, dass das nicht Ben gewesen sei. Natürlich nicht. Bloß ein Kind, das ihm etwas ähnlich sah.« Die Arzthelferin schloss die Augen. »So ein Aufhebens. Das tat mir so unglaublich leid. Ihr Mann wirkte ziemlich mitgenommen, hat an dem Tag auch früher Schluss gemacht. Ich vermute, er hat Ihnen extra nichts gesagt. Die Zeit war sicher schlimm genug für Sie.«

Isa versuchte, ihre Gesichtszüge unter Kontrolle zu halten, doch ihre Gedanken rasten. »Wie hieß denn der Junge? Können Sie das im System nachsehen?«

»Ich darf Ihnen leider keine näheren Informationen geben«, erwiderte sie mit einem Anflug von Irritation in der Stimme. »Datenschutzrechtlich. Sie wissen schon. Entschuldigung. Es war ja auch nicht Ben.« Sie hob die Hände.

»Ja natürlich.« Isa versuchte sich zu sammeln und holte Luft. *Reiß dich zusammen. Wie sie dich ansieht.* Schlimm genug, dass ihr enges Umfeld mitbekam, wie sie allmählich dem Wahnsinn zum Opfer fiel.

»Der Junge ist abgesehen davon auch gar nicht im System«, fügte die Arzthelferin zögerlich hinzu. »Die Oma hatte die Krankenkassenkarte nicht dabei, wenn ich mich richtig erinnere. Sie wollte sie nachreichen. Ist aber nicht geschehen. Dr. Winterberg sagte, wir lassen es darauf beruhen. Ich glaube, er wollte diese Begegnung nicht wiederholen.«

»Ja«, antwortete Isa, weil ihr sonst nichts anderes einfiel. Sie musste Mark dringend darauf ansprechen.

In diesem Moment klingelte das Praxistelefon.

»Da muss ich leider drangehen.«

»Klar. Wir wollen Sie auch gar nicht länger aufhalten. Es war schön, Sie wiederzusehen. Bis bald!«

Isa nahm Ben an die Hand, der stolz einen Stoffdino umklammert hielt, und verließ mit ihm die Praxis.

Noch im Auto wählte Isa Marks Nummer, doch er nahm nicht ab. War sie vorher schon nervös gewesen, konnte sie sich jetzt kaum noch konzentrieren. Schließlich rief sie ihre Mutter an.

»Das ist ja ein Zufall«, antwortete diese, nachdem ihr Isa die merkwürdige Situation in Marks Praxis geschildert hatte.

»Ja … ist es denn wirklich ein Zufall?«, platzte es aus Isa heraus. Sie umklammerte das Lenkrad.

Ein paar Sekunden lang drang nur ein leises Rauschen aus der Leitung. »Was meinst du damit?«, hakte ihre Mutter nach.

»Ich finde es einfach komisch. Wie oft kommt das denn vor, dass sich Kinder so ähnlich sehen? Die Arzthelferin hat Ben zuvor nur wenige Male gesehen und sich trotzdem gleich erinnert.«

»Kind, ich weiß nicht genau, worauf du hinauswillst«, antwortete Eleonore zögernd. »Genau daran könnte es doch liegen, oder? Wenn die Arzthelferin Ben nicht oft gesehen hat. Sie hat das Kind mit ihm verwechselt. Sein Verschwinden war in aller Munde. Ganz sicher auch in Marks Praxis unter seinen Mitarbeiterinnen. Hast du ihn denn mal darauf angesprochen?«

»Er war gar nicht da. Ist wohl auf Hausbesuchen. Ich frage ihn heute Abend, was es mit der Geschichte auf sich hat.« *Und mit seinen Dienstreisen, die angeblich zu Kongressen führen, die anscheinend gar nicht stattfinden.* Isa warf einen Blick in den Rückspiegel. »Mama, wo wir gerade sprechen, hast du schon mal gehört, dass Muttermale verschwinden können? Dunkle meine ich? Die seit der Geburt bestehen? Innerhalb von ein paar Monaten?«

»Isa, ich bin auch jetzt nicht sicher, worauf du hinauswillst. Ist alles in Ordnung bei euch?«

»Ja oder nein, Mama?«

Eleonore räusperte sich. »Irgendwie klingst du gar nicht gut. Mark kann dir das mit den Muttermalen sicher besser erklären, oder? Ich kenne mich da nicht aus. Neue Muttermale entstehen, und ich glaube, alte verblassen manchmal auch. Worum geht es denn überhaupt?«

Isa nickte stumm und warf noch einen Blick in den Rückspiegel zu ihrem Sohn, der inzwischen eingeschlafen war.

»Isa?«

»Schon gut. Danke, Mama. Ich muss auflegen, wir sind gleich zu Hause, und Ben ist eingeschlafen.« Isa wartete nicht ab und legte nach einem kurzen »Bis später« auf.

Sie hatte keine Bodenhaftung mehr. Keine Orientierung in ihren eigenen Gedanken. Wie sollte sie das ihrer Mutter erklären?

Nachdem sie in ihre Einfahrt eingebogen war, stellte sie den Motor ab und blieb noch eine Weile sitzen. Es gluckerte und klackte, während die Maschine langsam abkühlte, bis sie schließlich ganz verstummte. Isa starrte auf die Front ihres Hauses. Das ergab alles keinen Sinn. Lisa Moor hatte einfach nur einen Jungen gesehen und sich an Ben erinnert gefühlt. Ihre Mutter hatte Recht. Isa bemerkte, dass sie das Lenkrad nach wie vor umklammerte und gab ihrem Gehirn den bewussten Befehl, ihre Finger zu lösen.

KAPITEL 47

Es kostete sie alle Kraft zu warten, bis sie zu Abend gegessen hatten. Anschließend machte Mark den kleinen Jungen bettfertig, während Isa den Tisch abräumte und die Küche in Ordnung brachte. Sie putzte nicht nur die Arbeitsfläche, sondern auch sämtliche Fronten und Griffe. Akribisch. All das geschah automatisch, in Gedanken war sie ganz woanders. Schließlich hörte sie Mark die Treppe ins Erdgeschoss herunterkommen. Isa wischte sich ihre Hände an ihrer Jeans trocken und ging ins Wohnzimmer. Mark hatte schon auf der Couch Platz genommen und sah auf.

»Alles in Ordnung?«, fragte er beim Anblick ihres Gesichtsausdrucks.

Isa blieb an Ort und Stelle stehen. Dann atmete sie tief durch. »Ich war heute in der Praxis.«

»Oh, wieso das denn?«

»Wir wollten dich besuchen, Ben und ich. Aber du warst nicht da.«

»Ja, ich war heute in Porz, ein paar Hausbesuche machen. Da bin ich immer eine Weile unterwegs. Wie schade, ich hätte mich über euren Besuch gefreut.« Er lächelte, aber Isa kannte ihn gut genug, um den subtil angespannten Zug um seinen Mund zu bemerken.

»Du sagtest doch heute Morgen, du würdest in der Praxis sein.«

»Sagte ich das?«

»Ja.« Isa verschränkte die Arme.

»Tut mir leid, Schatz, dann war das ein Missverständnis.«

»Deine Arzthelferin, Lisa Moor, hat erzählt, dass du in letzter Zeit gar nicht so viel auf Kongressen bist.«

Zwischen Marks Augenbrauen bildete sich eine Falte. »Was meinst du damit?«

»Du hast mir doch erzählt, du bist wieder auf einem Kongress gewesen, letzte Woche. Lisa aber meint, dass du eher deine Kontakte pflegst. Zu anderen Ärzten. Dass momentan gar nicht so viele Kongresse stattfinden.«

Mark verengte die Augen. »Ich weiß nicht, worauf du hinauswillst. Ist das so ein großer Unterschied? Mal ist es ein Kongress, aber natürlich gibt es auch Netzwerktreffen. Und selbst wenn nicht, was tut das zur Sache?«

Doch Isa wollte nicht lockerlassen. Nicht mehr. Sie konnte schlicht und ergreifend nicht. Sorge und Verzweiflung drangen ihr förmlich den Hals hinauf. »Ich bin nicht sicher, Mark. Wenn es nichts zur Sache täte, könntest du mir doch die Wahrheit sagen, aber das hast du nicht getan. Du bist ständig unterwegs, und mir fällt zunehmend auf, dass ich nicht weiß, wo. Mir kommt das einfach komisch vor. Die Sache mit dem Hotel, dann diese Unstimmigkeiten, deine Distanziertheit mir gegenüber. Du entfernst dich von mir und bist nicht ehrlich zu mir.« Tränen stiegen ihr in die Augen, obwohl sie genau das hatte vermeiden wollen.

»Ernsthaft Isa, schon wieder?«, ätzte Mark, und die unüberhörbare Gereiztheit in seiner Stimme versetzte Isa einen scharfen Stich. »Das Thema hatten wir schon.« Er schüttelte den Kopf und fuhr sich durch die Haare.

»Ich merke, zwischen uns stimmt etwas nicht! Und ich würde es ja sogar verstehen«, Isas Stimme brach. »Ich würde es verstehen!«

»*Was* würdest du verstehen?« Mark sah auf, seine Augen blitzten. Und sein Knie begann zu wippen – eine Eigenart, die Isa seit ihren Studienzeiten nicht mehr an ihm gesehen hatte.

»Ich … ich würde verstehen«, Isa schluchzte los, »wenn es da jemand anderen gäbe. Eine andere Frau. Ich hätte endlich eine Erklärung für das, was ich sowieso wahrnehme. Bitte sprich mir meine Wahrnehmung nicht ab, sei ehrlich zu mir. Bitte. Ich halte das nicht mehr aus. Es reicht wirklich, das macht mich noch wahnsinnig. Diese Unsicherheit in Bezug auf alles, was ich fühle und denke. Tu mir das nicht mehr an, ich flehe dich an. Sag es einfach, und es ist okay. Alles ist besser, als mir weiterhin den Kopf darüber zerbrechen zu müssen, was zwischen uns steht.«

Mark lachte tonlos auf, dann stieß er die Luft aus. Isa sah ihren Mann nur verschwommen vor sich, angesichts der Tränen, die sich in ihren Augen gesammelt hatten. Er starrte auf seine Hände. Hände, die nervös waren. Unruhig. Genauso wie sein nach wie vor wippendes Knie. Sekunden verstrichen, in denen Isa nur ihr eigenes Schniefen hörte.

»Isa, ich …«, setzte er an und unterbrach sich gleich darauf kopfschüttelnd. Er klang erschöpft. Was fehlte, war die Wut. Da war kein Ärger mehr in seiner Stimme.

»Bitte, Mark«, flüsterte Isa und ließ sich vor ihm auf die Knie sinken. »Bitte sei einfach ehrlich. Nichts ist schlimmer als das Gefühl, vollkommen paranoid zu sein«, flehte sie und weinte. »Wenigstens in diesem Punkt brauche ich Gewissheit. Ich kann da einfach nicht mehr lockerlassen. Ich kann nicht. Ich drehe noch durch.«

Er sah sie nicht an, starrte weiterhin auf seine Hände. Dann atmete er tief ein. »Du hast Recht.« Seine Worte kamen so leise und brüchig, dass Isa nicht sicher war, ob sie sie richtig verstanden hatte, obwohl ihr Herz bereits schmerzhaft zu trommeln begann. Mark verbarg sein Gesicht hinter den Händen. »Du hast Recht«, keuchte er, diesmal deutlicher.

»Ich habe Recht?«, echote Isa kraftlos. *Bitte nicht.* Ihr Magen machte einen heftigen Sprung.

Marks Augen suchten ihre. Stumpf, zerrissen. Sämtliche Farbe war aus seinem Gesicht gewichen. »Es tut mir so leid. Bitte glaub mir. Es tut mir leid. Ich wollte das nicht. Ich … O Gott.« Er schüttelte den Kopf, lehnte sich zurück und begann hemmungslos zu weinen.

Ein dumpfer Schmerz breitete sich in Isas Brust aus. Sie musste sich zwingen, ihren Mund zu öffnen und mit ihren Lippen Worte zu formen. »Also … also stimmt es? Es gibt eine andere Frau?«

Mark atmete ein paar Mal zitternd ein und aus. Isa konnte sehen, wie sehr er darum bemüht war, die Fassung zu bewahren. Während sie selbst noch gar nichts verstand. Obwohl sie es geahnt hatte. *Bitte, bitte nicht.*

»Ja, es gibt da jemanden.« Marks Stimme klang kraftlos. »Gab. Eine Kollegin. Von weiter weg. Ich … ich habe es beendet. Letzte Woche. Es hatte nichts zu bedeuten, bitte glaub mir.« Er lehnte sich wieder nach vorn und griff nach Isas Händen. Seine Haut war eiskalt, Verzweiflung tränkte seine Stimme. »Es waren nur ein paar Wochen. Ich war nicht stark genug, um mit allem zurechtzukommen. Bens Verschwinden, Bens Rückkehr, deine Sorgen, einfach … alles.«

Isa konnte sich nicht rühren, nicht einmal entscheiden, ob sie ihm ihre Hand entziehen wollte oder nicht. Ihre Gedanken rasten. Sie hatte sich nicht getäuscht. Während Schmerz und Schock in ihr wühlten, war da auch eine seltsame bleischwere Ruhe und Erleichterung.

Sie. Hatte. Sich. Nicht. Getäuscht.

Ohne etwas zu sagen, setzte sie sich zurück und starrte ins Nichts.

»Isa? Schatz? Bitte, sag doch was! Ich verspreche«, seine Stimme wackelte, »es ist vorbei. Ich hätte viel früher etwas sagen sollen. Ich wollte dich nicht zusätzlich belasten. Damit, dass ich meinen Scheiß nicht sortiert bekommen habe und so feige war. Dass ich einen solchen Ausweg gesucht habe. Es tut mir so leid, dass ich dich angelogen habe. Ich war einfach nicht stark genug. Ich … ich hatte Angst. Ich will, dass es dir wieder besser geht. Und nicht noch schlechter. Durch mich.«

Isa spürte und sah seine Verzweiflung. Es fühlte sich echt an, wie er das sagte. Aber sein Betrug brannte und pochte in ihrer Brust, genauso wie die Erkenntnis, dass sie einen großen Anteil daran trug. Sie war nur noch ein Schatten ihrer selbst, und er hatte das nicht mehr ausgehalten. Das Ganze war so ekelerregend klassisch, dass sie es geahnt, geradezu gewusst hatte, noch bevor Mark begonnen hatte, darüber zu sprechen. Und jetzt wollte sie es nicht glauben. Und irgendwie doch. *Ich. Habe. Mich. Nicht getäuscht.* Eine Erinnerung schob sich in ihr Bewusstsein. Schrill.

»Deine Arzthelferin, Lisa Moor, hat mir außerdem erzählt, dass im Sommer ein Junge in der Praxis war, der genau wie Ben aussah«, stieß sie vollkommen mechanisch aus und sah auf, das erste Mal seit Minuten.

Mark starrte sie an, fassungslos. »Wie kommst du jetzt darauf?« Seine Stimme klang belegt, doch Isa antwortete nicht und wartete darauf, dass er weitersprach.

»Kann sein, ich erinnere mich da an eine Situation. Aber was spielt das für eine Rolle?«

»Wieso hast du mir nie davon erzählt? Oder der Polizei Bescheid gegeben?«

Mark ließ Isas Hand los und setzte sich aufrechter hin.

»Darüber willst du jetzt sprechen? Das ist das Thema, das dich jetzt gerade am meisten bewegt?« Er lachte tonlos auf. »Ich fasse es nicht. Der Junge war mit einer Verwandten da. Seiner Oma, wenn ich mich richtig erinnere. Er sah Ben nicht einmal besonders ähnlich, wieso also hätte ich das tun sollen?«

»Wieso habt ihr seine Personalien nicht aufgenommen? Die Krankenkassenkarte nicht nachgefordert?«

»Ich glaube, ich muss ein ernstes Wort mit Lisa sprechen. Das sind alles Praxisinterna, über die sie gar nicht sprechen dürfte.« Mark fuhr sich durch die Haare und wirkte vollkommen überfordert. »Ich kann dir nicht folgen. Eben ging es noch um …«

»Deine Untreue? Ja, richtig. Entschuldige, dass ich mich mit deinem Verrat gerade nicht weiter befassen will«, brach es aus Isa heraus, und sie spürte, dass es stimmte. Sie hörte die Verletztheit, die in ihren Worten mitschwang, mehr als dass sie sie fühlte. Doch in ihrem Kopf pulsierte immer nur dasselbe Mantra: *Ich habe mich mit diesem Gefühl nicht getäuscht. Vielleicht also auch nicht mit dem anderen.* »Antworte mir auf meine Fragen, Mark«, wisperte sie.

»Lisa hatte sich vertan.« Ihr Mann hob die Hände. »Sie hat eine Ähnlichkeit erkannt, die nicht besonders groß war. Was willst du von mir hören? Du glaubst doch nicht ernsthaft, dass ich das hätte unter den Tisch fallen lassen, wenn ich auch nur im Mindesten unsicher gewesen wäre, es könnte einen Zusammenhang mit Bens Verschwinden geben? Was soll das Ganze? Isa, bitte, setz dich mal zu mir. Die Situation kommt mir gerade etwas komisch vor. Eben sprechen wir über das, was ich getan habe, jetzt kommst du mit solchen Fragen um die Ecke. Ich habe Fehler gemacht, ja, riesengroße Fehler. Du hast alles Recht der Welt, wütend auf mich zu sein. Stattdessen nimmst du das einfach so hin und beharrst stattdessen jetzt auf diesen komischen Themen.« Er schüttelte den Kopf. »Bitte komm mal neben mich. Lass uns einfach gerade füreinander da sein. Ich mache mir Sorgen um dich.«

Doch Isa blieb, wo sie war. Sie war versucht, seiner Bitte zu folgen. Sich umarmen zu lassen. Sich dem Sog seiner Worte hinzugeben. Aber sie konnte nicht. Nicht mehr. Die Ängste, die sie den ganzen Tag über in Schach gehalten hatte, brandeten jetzt in ihr Bewusstsein. Mit voller Wucht.

»Bens Muttermal ist verschwunden. Das dunkle am Rücken, das er seit seiner Geburt hatte«, zischte sie erstickt, der Schweiß brach ihr aus. *Ich. Habe. Mich. Nicht. Getäuscht.*

»Ja. Das hatten wir doch schon. Muttermale kommen und gehen, vor allem im Kindesalter. Vor allem die, die direkt mit der Geburt da sind. Sie verblassen, genau wie sich Augenfarben verändern. Das ist doch gerade nicht zu fassen.« Mark wischte sich über den Mund. »Und ich habe mir die größten Sorgen gemacht, wie ich dir von meinem Fehltritt erzählen soll, aber du blendest das völlig aus.«

»Das Muttermal. Seine Augen. Seine Ohren.«

»Isa, was wird das hier? Was zur Hölle willst du mir damit sagen?« Er stand auf und entfernte sich ein paar Schritte. »Langsam reicht es. Was willst du von mir?«

»Ich zähle nur die Tatsachen auf, die mir auffallen und die du vehement abzustreiten versuchst. So viele Veränderungen, das können keine Zufälle sein. Wie kann ein so deutliches Muttermal verschwinden? Innerhalb von acht Monaten! Wie kann der Knick in seinen Ohren in dieser kurzen Zeit herauswachsen, während er bei mir immer geblieben ist? Wie können seine Augen wieder klar blau sein, obwohl sie schon begonnen hatten, sich dunkler zu färben?« Isa spürte neue Tränen in sich aufsteigen. Es war, als hätte sie mit dem Aussprechen all ihrer Beobachtungen und Gedanken ein Ventil geöffnet, das sich nun nicht mehr schließen ließ. »Bin ich wirklich so verrückt, Mark? Beantworte mir das! Drehe ich durch? Mein Gefühl hat mich in Bezug auf deine Dienstreisen nicht getrogen, oder? Vielleicht trügt es mich auch hier nicht! Ich weiß es nicht. Es fühlt sich einfach alles so verwirrend an. So fremd und so verkehrt.« Zitternd holte sie Luft.

Mark musterte sie, dann antwortete er mit verletzend kühler Stimme: »Das ist doch der reinste Irrsinn.«

Isa schluckte gewaltvoll.

Er ging zu seiner Aktentasche, stellte sie auf den Tisch, wühlte darin herum und zog eine Klarsichtfolie mit einem Dokument darin hervor. Einen Moment zögerte er, dann hielt er es ihr entgegen.

Eine wahnwitzige Sekunde lang dachte Isa, es handle sich um Scheidungspapiere.

»Bitte sehr. Überzeug dich selbst. Wovon auch immer du dich überzeugen musst. Die Ergebnisse sind vorgestern gekommen. Ich habe auf den richtigen Moment gewartet, um sie dir zu zeigen. Der ist dann wohl jetzt gekommen.« Er schnaubte.

Isa griff zögernd nach der Folie. MEDILAB stand im Briefkopf. Es war das Ergebnis eines DNA-Tests aus einem Kölner Labor. Isa las die Zeilen, die Bens Verwandtschaft zu ihr und Mark zweifellos bestätigten, wieder und wieder, ihre Augen sprangen hin und her. Sie atmete zitternd ein und schluchzend wieder aus. Die Folie bebte in ihren Händen.

»Ich bin mir völlig bescheuert vorgekommen, diesen Test überhaupt in Auftrag zu geben, aber ich wusste mir nicht mehr anders zu helfen, wusste *dir* nicht mehr anders zu helfen. *Du* veränderst dich, Isa! Du benimmst dich immer seltsamer! Ich meine, diese ganzen Zweifel und Fragen, du stehst nur noch unter Strom. Ich weiß nicht, was mit dir los ist. Aber anscheinend hilft dir nur noch, es schwarz auf weiß zu sehen. Wieso auch immer du Zweifel hegst an der Identität deines eigenen …«, er unterbrach sich, nahm das Dokument zornig aus ihren Händen und stopfte es zurück in seine Aktentasche. »… deines eigenen Sohnes! Dort steht es. Es ist Ben! Ben! Verstehst du das? Es ist Ben, verdammt nochmal! Niemand zweifelt das an, nur du!« Die letzten Worte brüllte er. »Und ich fühle mich wie der letzte Arsch auf Erden, weil ich nicht ehrlich zu dir war! Habe gedacht, dass es dir irgendwie hilft, wenn ich die Wahrheit über meine Dienstreisen sage! Stattdessen wird alles nur noch schlimmer! Ich meine, sieh dir an, wo wir jetzt wieder stehen! In genau dem gleichen *Drama*, das ich nicht mehr ausgehalten habe! *Du bist wie im Wahn!*«

Isa ging einige Schritte rückwärts, das Zittern hatte ihren gesamten Körper ergriffen. Sie verbarg ihr Gesicht in den Händen, Tränen tropften stumm zwischen ihren Fingern hervor. An der Wand neben der Wohnzimmertür sackte sie zusammen.

»Isa, so geht es einfach nicht weiter! Es vergeht Monat um Monat. Ich …« Marks Stimme wurde leiser. »Ich ertrage das kaum noch. Es überträgt sich auf Ben! Du bist nur noch damit beschäftigt, deinen eigenen Wahnvorstellungen zu folgen! Du lebst nur noch in deinem Kopf! Ich dachte, Dr. Blum wollte dir helfen! Unser Sohn braucht dich, und du entfernst dich immer weiter von ihm, anstatt für ihn da zu sein und ihm zu helfen, wieder in dieser Familie anzukommen! Was ist nur los mit dir, Herrgott?!«

»Es … es tut mir leid«, wimmerte Isa. »Es tut mir so leid. Ich weiß es nicht. Ich weiß gar nichts mehr. Ich … es tut mir so leid.« Das Wirbeln in ihrem Kopf wurde immer schneller. Marks Betrug. Seine Affäre. Ihre Intuition. Ben. Der Junge in der Praxis. Ben. Die Muttermale. Seine Ohren. Ihre Intuition? Der DNA-Abgleich. Marks Blick. Befremdet. Abgestoßen. Ben.

»Ich … ich kann nicht … tut … tut mir leid«, heulte sie und begann, sich an den Haaren zu ziehen.

»Mein Gott, ich ertrage das nicht mehr!«, brüllte Mark und stürmte aus dem Raum.

Und Isa drehte durch.

Sie begann zu schreien, in einer Intensität, die sie selbst noch nie an sich gehört hatte. Krampfte ihre Hände zu Fäusten, schlug sich damit gegen den Kopf, auf die Arme, auf den Boden vor sich, gegen alles, was sie erreichen konnte. Sie warf sich hin und her, konnte ihre Augen nicht mehr öffnen, schnappte verzweifelt nach Luft und brüllte. Brüllte in dem Versuch, das Chaos und die Verzweiflung in ihrem Inneren herauszulassen, nach außen zu geben, loszuwerden, doch vergebens. Sie hatte sich von der Welt gelöst und die Welt von ihr.

Irgendwann mischte sich eine fremde Stimme in ihr Schreien. »Isa! Isa, hören Sie mich? Ganz ruhig!« Diese Stimme war nicht fremd, sie gehörte zu Dr. Blum.

Irgendwo am Rande ihres Bewusstseins nahm Isa wahr, dass diese sich hektisch mit jemandem unterhielt.

Dann zogen sie zwei Arme nach hinten auf den Boden, zwei weitere Arme – oder waren es die gleichen? – hielten sie fest, während sie tobte und heulte wie ein wildes Tier. Sie spürte einen kurzen Stich, Kälte kroch durch ihren Körper, sie rang ein letztes Mal nach Luft, und dann wurde alles dunkel.

KAPITEL 48

»Frau Winterberg? Hören Sie mich?«

Isa blinzelte. Grelles Weiß. Sie schloss die Augen wieder und stöhnte. Es war, als hätte sie Sand im Mund.

»Frau Winterberg?«

Sie blinzelte erneut. Eine verschwommene Gestalt tauchte in ihrem Sichtfeld auf.

»Wo bin ich?«, murmelte Isa mit schwerer Zunge.

»Es ist alles in Ordnung, Frau Winterberg. Sie sind in der Sonnenberg Privatklinik in Langenfeld. Mein Name ist Dr. Strohwanger. Ich bin Ihre Ärztin.«

Allmählich nahm die Person vor ihr schärfere Konturen an. Eine eckige Brille umrahmte dunkle Augen, die fast schwarzen Haare waren zu einem wilden Knoten aufgetürmt. Ärztin? Sie sah eher aus, als käme sie frisch von der Uni.

»Privatklinik?«

Isa ächzte und versuchte sich zu bewegen. Es raschelte. Sie lag in einem Bett. Ihre Augen wanderten durch das Weiß des spartanisch eingerichteten Raumes, der außer dem Bett, in dem sie lag und einem fest installierten Schränkchen daneben, keine Möbel enthielt. In die asphaltgraue Tür war ein Fenster eingelassen. Es gab keine Klinke, nur einen Knauf. Langsam verschwanden die Schlieren in ihrem Sichtfeld.

»Ja, ich bin Ärztin der Psychiatrie. Sie wurden gestern Abend eingeliefert, von Ihrer behandelnden Psychiaterin Dr. Blum. Sie kennt unseren Direktor, daher sind Sie wohl hier gelandet und nicht in Köln selbst. Oder weil wir eine exzellente Behandlung gewährleisten können, das wäre marketingtechnisch vermutlich die bessere Antwort gewesen.« Die Ärztin lächelte.

»Dr. Blum?«

Langsam flackerten Bruchstücke von Erinnerungen in Isas Bewusstsein auf. Der Wohnzimmerboden. Ein Schreien. Gewicht auf ihren Armen. Brennende Augen. Marks Gesicht. Mark.

»Wo ist mein Mann?«, stöhnte sie auf. Ihr Puls beschleunigte sich.

»Er ist momentan nicht hier. Er kommt Sie sicher bald besuchen. Sie haben geschlafen, die Beruhigungsmittel, die Sie erhalten haben, haben Sie ganz schön ausgeknockt.« Die Ärztin schaute sie mitfühlend an.

»Ben. Mein Sohn. Ich ...« Isa wimmerte.

»Es ist alles in Ordnung, Frau Winterberg. Ben geht es gut, er ist bei Ihrem Mann. Ruhen Sie sich erst einmal aus. Und dann schauen wir gemeinsam, was wir für Sie tun können.«

Was habe ich nur angerichtet? »Wie lange muss ich hierbleiben?«

Die Ärztin hatte begonnen, etwas in einer Krankenakte zu notieren, und hielt inne. »Sehen Sie«, begann sie zögernd und spielte mit dem Kugelschreiber. »Dr. Blum hat uns gesagt, dass es Ihnen zunehmend schlechter geht. Sie leiden an Wahnvorstellungen, Paranoia und Panikattacken, richtig?« Sie studierte Isas Gesicht. »Es ist so, dass Ihre behandelnde Ärztin und Ihr Mann der Auffassung sind, dass es Ihnen aktuell so schlecht geht, dass Sie womöglich eine Gefahr für sich selbst und auch für Ihren Sohn darstellen.« Isa begriff nicht, was sie da hörte. »So eine Situation ist nie leicht. Auch für mich nicht«, fügte Dr. Strohwanger hinzu. »Wir möchten Sie gerne eine Weile hierbehalten, in Ihrem Interesse und im Interesse Ihrer Familie. Ich möchte Sie kennen lernen und mir ein Bild von der Situation machen. Unser gemeinsames Ziel ist es, dass es Ihnen bald besser geht.«

Es war, als watete Isa durch einen dicken, undurchdringlichen Nebel, als wären ihre Gedanken klebrig und schwer. Es dauerte ein paar Sekunden, bis sie das Gehörte verstanden hatte. Das Gefühl von Resignation, das dann einsetzte, war so überwältigend, dass das Adrenalin des Schocks über ihre Situation sofort niedergedrückt wurde. Sie war am Ende. So richtig am Ende. *Weggesperrt wie eine Geisteskranke.* Als sie den Kopf zur Seite drehte, tropften Tränen von ihren Wimpern und benetzten das Kopfkissen, das ekelerregend steril roch. Sie gab keinen Ton von sich. Sie konnte nicht.

»Ich gebe Ihnen nochmal etwas zur Beruhigung, okay? Ruhen Sie sich aus. Wenn irgendetwas ist, können Sie den Knopf hier über der Kopfstütze betätigen. Ich bin für Sie da.«

Nach ein paar Minuten machte sich Schwere in Isa breit. Sie hieß sie willkommen.

KAPITEL 49

Die ersten Tage waren einfach an Isa vorbeigezogen. Sie hatte zugestimmt, auf der geschlossenen Station der psychiatrischen Abteilung zu bleiben, andernfalls hätte ein Richter über ihre Zwangsunterbringung entscheiden müssen. Sie hätte allem zugestimmt. Sie hatte absolut keine Kraft mehr, fühlte sich durchgängig wie betäubt, obwohl sie nur noch zur Nacht ein leichtes Schlafmittel bekam. Sie brauchte keine weiteren Beruhigungsmittel. Sie hatte vollkommen resigniert. Dr. Strohwanger hatte bisher nur kurze Gespräche mit ihr geführt und ihr ein paar Fragen zu ihrer Symptomatik gestellt, wie sie es nannte. Isa kam nicht einmal auf die Idee, nach Besuch oder einem Telefonat zu fragen, bis Dr. Strohwanger ihr erläuterte, dass es für den Anfang das Beste sei, keinen Kontakt nach außen zu pflegen und sich ganz auf sich selbst zu konzentrieren. Zur Ruhe zu kommen und herauszufinden, wie ihr am besten zu helfen sei. Isa war nicht sicher, ob sie Hilfe wollte. Sie wollte eigentlich gar nichts mehr. Sie war innerlich vollkommen zerbrochen. Sie war froh, dass man sie die meiste Zeit in ihrem kahlen Zimmer allein ließ.

Eines Nachmittags betrat einer der Pfleger ihren Raum. Er hatte kurze blondierte Haare, schwarze Ohrringe und flippige Tätowierungen.

»Frau Winterberg, wie geht es Ihnen heute?«, fragte er munter, nachdem er sich die Hände mit der Flüssigkeit aus dem Spender am Zimmereingang desinfiziert hatte.

Er zog sich einen Stuhl heran und setzte sich neben ihr Bett. Isa starrte zur Decke. *Bitte geh einfach weg*, dachte sie. Sie wollte mit niemandem sprechen. Sich nicht aus ihrer Lethargie herausziehen lassen, die ihre Gefühle komplett betäubte.

»Dr. Strohwanger hat einen ersten Behandlungsplan für Sie ausgearbeitet. Den möchte ich Ihnen gern vorstellen. Es wird Zeit für ein wenig Struktur und Gesellschaft, Sie sollen unsere Klinik immerhin gestärkt und nicht zermürbt verlassen«, erklärte er. Um seine Augen kräuselten sich kleine Falten, als er lächelte. »Zunächst haben Sie ab sofort zweimal pro Woche eine Therapiesitzung bei Dr. Strohwanger. Sehen Sie hier? Dienstags und freitags.« Er hielt Isa eine Kopie des Planes hin. Isa sah drauf, der Höflichkeit halber, las aber keine der Zeilen. »Außerdem haben Sie an zwei Vormittagen pro Woche Ergotherapie.« Er zeigte mit dem Finger auf die entsprechend markierten Zeitfenster. »Und Kunsttherapie, hier und hier. Wenn Sie sich bereit fühlen – das bespricht die Ärztin mit Ihnen in der Einzelsitzung –, können Sie außerdem gern an einer gruppentherapeutischen Sitzung teilnehmen, die ist zweistündig und findet einmal pro Woche statt. Wenn Sie sich in den kommenden Tagen stabil halten und wir keine Anzeichen für Selbstgefährdung oder Ähnliches sehen, diese Einschätzung liegt natürlich bei Dr. Strohwanger, würden wir Sie gern auf die offene Station verlegen. Da nehmen unsere Patienten ihre Mahlzeiten gemeinsam im Aufenthaltsraum ein, und es ist insgesamt etwas …«, er unterbrach sich, ein amüsierter Zug erschien um seinen Mund, »… etwas lustiger als hier. Da haben Sie auch die Möglichkeit, an unserer Tanz- und Körpertherapie teilzunehmen. So, habe ich irgendetwas vergessen?« Der Pfleger studierte den Plan. »Die morgendliche Visite haben Sie ja bereits mitgemacht, einmal pro Woche findet die Chefarztvisite statt. Auf der offenen Station halten wir die Visiten in einem der Behandlungszimmer und nicht in Ihrem Patientenzimmer ab, das ist vielleicht auch etwas angenehmer.« Er sah auf. »Haben Sie noch Fragen?«

Isa schüttelte den Kopf. Nichts von dem, was er gesagt hatte, war von Belang. Er sollte sie einfach wieder allein lassen. Sie hatte versagt, vollkommen versagt. Ihr Kind nicht wiedererkannt. Ihm keine Mutter mehr sein können. Ihren Mann in die Flucht geschlagen. Nichts war mehr von Bedeutung, die Welt nur noch ein in kaltes Grau getränkter Ort voll irrelevanter Schemen.

»Okay, wenn irgendetwas ist, geben Sie Bescheid. Dr. Strohwanger kommt dann gleich zu Ihnen.«

Er wedelte mit dem Plan und legte ihn auf den Beistelltisch.

»Frau Winterberg«, begann die junge Ärztin etwa zwanzig Minuten später und studierte ihre Notizen. Ein blumiges Parfüm begleitete jede ihrer Bewegungen, ihre Haare hatte sie heute mit einer modischen Spange zurückgenommen.

»Wir haben ja bereits über das Gefühl der Fremdheit, wie Sie es genannt haben, gesprochen. Sie haben beschrieben, dass es seit der Rückkehr Ihres Sohnes von Monat zu Monat und zuletzt beinahe täglich eindringlicher wurde. Und dass sich der Gedanke festgesetzt hat, dass Ihr Sohn Ben womöglich nicht der ›richtige‹ Ben ist.« Sie blätterte in der Akte. »Parallel nahmen Ihre Angstzustände und Panikattacken zu. Nachdem Ihr Mann Sie mit einem DNA-Test konfrontiert hat«, die Ärztin räusperte sich, »haben Sie einen emotionalen Zusammenbruch erlitten, der Sie schließlich zu uns geführt hat.« Sie sah von den Papieren auf und schob ihre Brille die Nase hoch.

Isa starrte auf ihre Hände. Sie sahen irgendwie blass aus. Ausgemergelt. Ihre Adern traten blau hervor. *Die Hände einer Wahnsinnigen.*

»Ich habe in der Zwischenzeit mit Ihrem Mann telefoniert.« Etwas regte sich in Isas Brust. Eine winzig kleine Erhöhung der Schlagfrequenz ihres gelähmten Herzens. *Ich habe ihn verloren.* »Wie wir besprochen haben, helfen uns die Eindrücke von nahestehenden Personen, Ihr Symptombild genauer zu definieren. Vorab möchte ich Ihnen aber erst einmal von ihm ausrichten, dass es Ben und ihm den Umständen entsprechend gut geht und sie hoffen, dass Sie bald wieder auf die Füße kommen.« Isas Augen begannen zu brennen. Sie blinzelte, um das Gefühl zu vertreiben. Sie wollte nichts empfinden. Sie konnte es nicht ertragen. »Ich würde gerne ein paar der Angaben Ihres Mannes mit Ihnen durchgehen. Ich bin nämlich ehrlich gesagt etwas irritiert. Es gibt Abweichungen von dem, was Sie mir berichtet haben. Ich möchte sichergehen, nichts falsch verstanden zu haben.«

Isas Brauen zogen sich zusammen, ein paar Millimeter nur. »Ich war offen und ehrlich«, flüsterte sie. Ihre Stimme klang ganz rau, so wenig hatte sie sie in der letzten Zeit benutzt.

»Sie haben mir berichtet, dass Ihre Angstzustände seit Bens Rückkehr auftreten. Sie aber vorher, das heißt abgesehen von den traumatischen Monaten nach der Entführung Ihres Sohnes, nie etwas Vergleichbares erlebt haben. Richtig?«

»Ja«, antwortete Isa stumpf und fragte sich, worauf die Ärztin hinauswollte.

»Sehen Sie, das ist seltsam. Ihr Mann berichtete mir nämlich, dass Sie schon länger, konkret bereits vor der Entführung Ihres Sohnes, unter Angstzuständen gelitten hätten. Und dass Sie Probleme gehabt hätten, sich von Ihrem Sohn zu lösen und häufig übermäßig stark um sein Wohlergehen besorgt gewesen seien.« Dr. Strohwanger sah Isa direkt in die Augen und hatte ein ernstes Lächeln aufgesetzt.

Isas Pulsschlag erhöhte sich weiter, ließ die Mauer ihrer Lethargie und Betäubung bröckeln. Was sagte die Ärztin da? »Nein, ich, nein, also …«, stammelte Isa in dem Bemühen, die Situation zu begreifen. Dann unterbrach sie sich und versuchte, ihre Gedanken zu ordnen. Zu beschleunigen. Ihre Zunge war schwer. »Ich weiß nicht, was mein Mann damit meint«, sagte sie und leckte sich über die trockenen Lippen. »Ben und ich und auch Mark, wir sind wunderbar zurechtgekommen. Sicher, dass Sie das richtig verstanden haben? Das ergibt überhaupt keinen Sinn.« *So verrückt kann ich nicht sein. Oder?* Isa holte Luft, weil ihr Atem flach ging.

»Frau Winterberg, ich bin auf Ihrer Seite. Ich denke, alle sind das. Sehen Sie, Sie müssen mir weiterhelfen. Ich habe auch mit Dr. Blum, Ihrer Psychiaterin, gesprochen.« Die Ärztin hielt inne und blätterte abermals in ihren Notizen. »Dr. Blum bestätigt die Schilderungen Ihres Mannes.«

Panik sickerte durch Isas Adern und ließ Hitze in ihre Wangen schießen. Eine Gefühlsregung, wie sie sie seit Tagen nicht mehr gespürt hatte. Vor der sie sich fürchtete. Genau wie vor allen anderen, die nur darauf warteten, unter dem lähmenden Mantel des Schocks hervorzukriechen. Sie vollends um den Verstand zu bringen. Schwerfällig richtete sie sich in ihrem Bett auf. »Was?«, kam es ihr keuchend über die Lippen. »Ich kenne Dr. Blum doch erst seit der Zeit nach Bens Entführung. Wie … wie will sie …«

Dr. Strohwanger presste die Lippen zusammen und unterbrach sie mit sanfter Stimme. »Sie sind nicht erst seit Bens Rückkehr in Behandlung, nicht wahr, Isa?«

»Was?« Isa lachte auf. Ein seltsames Geräusch. »Verarschen Sie mich?« Ihre Worte nahmen Geschwindigkeit auf. Schüttelten die Verlangsamung ab.

»Frau Winterberg, das hier kann nur funktionieren, wenn wir offen miteinander umgehen. Dr. Blum hat mir die Behandlungsberichte zugeschickt. Sie behandelt Sie seit Bens Geburt gegen paranoide Wahnvorstellungen und Angstzustände. Sie sagte, Ihr Vater sei ähnlich vorerkrankt, die Schwangerschaft, die Geburt und die damit verbundenen hormonellen Veränderungen hätten die Symptomatik bei Ihnen ausgelöst. Sie haben sich immer mehr zurückgezogen, auch keine Freundschaften mehr gepflegt und sich einzig und allein um Ben gekümmert.«

Im Zimmer breitete sich eine lähmende Stille aus. Isa vernahm das altbekannte Rauschen in den Ohren. Offenbar meinte die Ärztin ernst, was sie sagte. In das Wummern ihres Pulses hinein mischten sich Gedankenfetzen, die so unglaublich waren, dass Isa sie nicht zu Ende denken wollte. Vielleicht halluzinierte sie. Vielleicht waren die Mittel, die sie erhalten hatte und die angeblich nur schlafunterstützend wirkten, stärker als gedacht gewesen.

»Okay, ich sehe, dass Sie überrascht sind«, ergriff Dr. Strohwanger erneut das Wort. »Das bin ich auch, denn Sie kommen mir bisher zwar niedergeschlagen, aber sortiert vor, und ich wüsste nicht, weshalb Sie mir gegenüber unehrlich sein sollten.« Isa konnte sehen, dass die Ärztin wirklich darum bemüht war, die Situation nachzuvollziehen.

»Ich weiß wirklich nicht, was hier vor sich geht.« Isa holte Luft, aber es war, als blockierte etwas ihre Luftröhre. »Natürlich waren die ersten Monate nach Bens Geburt etwas ruhiger. Wir alle mussten uns erst auf das neue Zusammenleben einstellen und in einen Alltag finden. Aber … aber das ist ja normal, wenn man das erste Kind bekommt. Am Tag von Bens Verschwinden hatten wir eine kleine Party gemeinsam mit den Nachbarn geplant, auf die ich mich sehr gefreut hatte.« Isa verstummte, ihre Anspannung wegen des Nachbarschaftsfestes plötzlich überdeutlich vor Augen.

Dr. Strohwanger neigte den Kopf. »Manchmal nehmen wir

uns selbst nicht so wahr, wie andere das tun, die uns nahestehen. Es mag sein, dass Ihre Sorge um Ben sich für Sie völlig normal angefühlt hat, auf Ihr Umfeld jedoch stärker gewirkt hat.«

Isa lachte hilflos und schüttelte den Kopf. »Nein, es war alles in Ordnung. Wahrnehmung hin oder her, ich würde doch wissen, wenn ich schon vorher bei Dr. Blum in Behandlung gewesen wäre. Ich meine, sonst wäre ich ja vollkommen verrückt, oder? Mark hat nie gesagt, dass ihm mein Verhalten komisch vorkommt. Von diesen Themen war nie die Rede. Er … er hat Dr. Blum doch letztens erst kennen gelernt. Er hatte in Bezug auf sie seine Zweifel! Ich …« Isa unterbrach sich und fuhr sich erneut mit der Zunge über die Lippen. »Ich verstehe wirklich nicht, was hier los ist! Ich habe keine Ahnung, wieso Dr. Blum und mein Mann so etwas behaupten.« Spontan kam ihr ein Einfall. »Sie können meine Freundin fragen, Carla! Sie kennt mich zwar erst seit Bens Rückkehr, aber sie weiß, dass ich die Therapie bei Dr. Blum erst dann gestartet habe. Sie hat sie mir nämlich als Psychiaterin empfohlen!«

Isa hörte Stimmen auf dem Flur, die lauter und wieder leiser wurden. Die Ärztin reagierte nicht, sie hatte nur die Stirn gerunzelt. Mit einem angespannten Zug um den Mund legte sie ihre Akte weg und nahm die Brille ab.

»Frau Winterberg, Ihr Mann und Dr. Blum gaben mir bereits die Kontaktdaten von Frau Starck. Mit dem Hinweis, dass auch Frau Starck versucht hat, Ihnen mit Ihrer Symptomatik zu helfen. Ich konnte sie bisher leider nicht erreichen, fürchte aber, dass sie mir nichts Neues berichten wird.« Die Ärztin machte eine kurze Pause und schien ihre nächsten Worte mit Bedacht zu wählen. »Frau Starck hat Dr. Blum wohl ebenfalls auf Ihren Gemütszustand angesprochen. Sie hat sich um Sie und Ihren Sohn gesorgt, um Ben. Er soll unter Ihrem Verhalten gelitten haben. Auch Ihre Ärztin und Ihr Mann sind deshalb in Sorge.

Sie seien besessen davon, dass er nicht Ihr Kind sei und hätten ihn das immer stärker spüren lassen. Es soll laut ihren Angaben sogar so weit gegangen sein, dass Sie ihn immer wieder entkleidet haben, um seinen Körper nach Auffälligkeiten abzusuchen?«

»Nein«, hauchte Isa und starrte die Ärztin an. »Nein, nein, nein! So war das nicht!«, rief sie. Erschreckend laut und erschreckend schrill. »Nein! Nein, nein, nein! Ich habe ihn mir angesehen, ja, aber erst, nachdem mir Unterschiede aufgefallen sind! Ich habe mir immer Mühe gegeben, dass er meine Unsicherheiten nicht spürt! So wie Sie das beschreiben, klingt das total irre! So war es aber nicht!« Pfeifend schnappte Isa nach Luft und fasste sich an den Hals. Der Gesichtsausdruck der Ärztin änderte sich. Langsam griff sie nach dem Diensttelefon in ihrer Kitteltasche. »Das ist nicht wahr, hier läuft gewaltig etwas schief, ich weiß nicht, was hier los ist!« Isa griff nach der Hand der Ärztin. »Sie müssen mir glauben! Ich weiß nicht, wieso mein Mann und meine Ärztin so etwas sagen! Ich flehe Sie an, Sie müssen mir glauben, so wahnsinnig kann ich nicht sein! Oder … oder doch?« Ihre Stimme überschlug sich. *Was, wenn doch?*

»Frau Winterberg, bitte beruhigen Sie sich«, sagte Dr. Strohwanger in einem eindringlichen Tonfall. »Atmen Sie ruhig ein und aus. Ganz ruhig. Wir werden das aufklären, deshalb sind Sie hier. Es kommt alles wieder in Ordnung.« Sie tätschelte ihre Hand, betätigte anschließend einen Knopf an ihrem Telefon und nahm es ans Ohr. »Dr. Strohwanger hier. Ja genau. Zimmer 109. Könnten Sie Frau Winterberg bitte etwas zur Beruhigung bringen?« Sie hörte einen Moment zu, ließ Isa aber nicht aus den Augen. »Ja.« Sie legte auf und steckte das Telefon zurück in ihre Tasche. »Frau Winterberg, auch wenn es sich gerade für Sie nicht so anfühlt, ich bin auf Ihrer Seite. Ich bin für Sie da. Ich möchte, dass Sie jetzt erst einmal wieder zur Ruhe kommen und verarbeiten, worüber wir gerade gesprochen haben. Mit Panik und Aufruhr lässt sich kein klarer Gedanke fassen, das wissen Sie. Wir sprechen später weiter, okay?«

Wellen der Angst und Verwirrung schlugen über Isa zusammen. »Meine Mutter! Bitte, fragen Sie meine Mutter!«, keuchte sie und dachte im selben Moment, dass sie eigentlich gar nicht sicher war, was ihre Mutter antworten würde. *Stimmt mit mir etwas nicht? Oder mit den anderen?*

Ihr Blick verhakte sich mit dem der Ärztin, als eine Schwester das Zimmer betrat und Dr. Strohwanger Isa gleich darauf mit geübten Bewegungen eine Injektion verpasste.

KAPITEL 50

Simons hörte nur das Freizeichen, niemand nahm ab. Zum zweiten Mal an diesem Tag.

»Wieso ist es dir überhaupt so wichtig, Frau Winterberg zu erreichen?«, fragte Schwarz, der ihm gegenüber an seinem Schreibtisch saß.

»Habe ich dir doch gesagt«, erwiderte Simons knapp und runzelte die Stirn. Es sah ihr gar nicht ähnlich, nicht erreichbar zu sein. Auch an den beiden vorherigen Tagen hatte er es schon bei ihr versucht.

»Vielleicht sind sie im Winterurlaub oder genießen ganz einfach das zurückgewonnene Familienglück?«

»Ich will ja nur nachhören, ob sich Herr Sanders an unsere Abmachung hält und ob es irgendetwas Neues gibt. Das alles lässt mir keine Ruhe. Das muss dir doch ähnlich gehen.«

Er betrachtete den älteren Kollegen, der gemütlich in seinem Bürostuhl saß und seine Kaffeetasse in den Händen drehte. *Wohl nicht.* Simons spürte einen leisen Anflug von Ärger.

»Ja klar, ich hätte mir auch gewünscht, dass wir den Täter schnappen, wie oft denn noch.« Schwarz lehnte sich nach vorne und stellte die Tasse ab, dann rückte er seinen Gürtel zurecht. »Aber wir haben einfach absolut nichts in der Hand. Was will man da machen? Immerhin ist der Junge wohlauf zurückgekehrt, das ist doch nicht nichts, oder? Wir haben hier auch so einen Arsch voll Arbeit, da müssen wir uns nicht noch um besonders komplizierte Fälle kümmern, die bereits ein gutes Ende genommen haben.«

Simons gab einen undefinierbaren Laut von sich. »Ich komme nicht von der Motivfrage weg, Thorsten. Warum entführt jemand ein Kind, nur um es einige Monate später unbeschadet zurückzubringen? Das ergibt einfach keinen Sinn. Es muss eine Antwort auf diese Frage geben. Wir haben etwas übersehen.«

»Aber was? Wir sind das so oft durchgegangen.«

»Ja, aber eine Antwort haben wir nicht gefunden.« Simons warf seinen Stift auf den Tisch. »Mir fällt nicht ein einziges sinnvolles Motiv für diese Tat ein. Wollte jemand die Winterbergs erpressen? Und hat es sich dann anders überlegt? Wenn ja, weshalb? Oder war es als eine Art Strafe oder Drohung gedacht? Die einer von beiden oder beide sogar verstanden haben, deren Botschaft angekommen ist, bloß nicht bei uns, weil uns relevante Spuren oder Details entgangen sind?« Seufzend starrte er auf die halb geöffneten Pappkisten und Stapel an Kopien von Krankenhausberichten, die die Dienstzeiten von Mark Winterberg aus den vergangenen Jahren beinhalteten. Er war fast damit durch.

Sein Partner war seinem Blick gefolgt. »Viel Spaß dabei, Bode zu verklickern, dass du dich noch immer damit beschäftigst«, stellte er lakonisch fest und nickte mit hochgezogenen Brauen in Richtung der Kisten. »Hast du heute auch schon etwas anderes getan, als in diesen alten Kamellen herumzuwühlen?«

Simons presste die Lippen zusammen und sparte sich seine Antwort. Sein Partner schüttelte den Kopf und wandte sich wieder seinem Rechner zu, als Simons erneut in den Dokumenten zu blättern begann. Als er sich mangels Alternativen den Stapel an Berichten vornahm, die er vorerst wegsortiert hatte, weil

Mark Winterbergs Name nicht als behandelnder Arzt vermerkt worden war, blieb sein Blick an zwei Formulierungen hängen. Mutmaßliche Kindesmisshandlung. Unbekannte Herkunft. Er verengte die Augen und griff nach den Blättern, die halb unter anderen verborgen lagen. Es ging um die Behandlung eines kleinen Mädchens namens Agata Nowak, das unbegleitet mit lebensbedrohlichen Verletzungen ins Porzer Krankenhaus eingeliefert worden war. Die Polizei war wegen des Verdachts auf Kindesmisshandlung hinzugezogen worden. Todesdatum: 12.10.2022. Ein Jahr alt. So alt wie Ben Winterberg bei seiner Rückkehr, und der Vorfall hatte nur wenige Monate vor seiner Entführung stattgefunden. Simons war bewusst, dass er hier geradezu zwanghaft nach Verbindungen suchte, dennoch tippte er einige Angaben in die Datenmaske seines Computers ein und las den polizeilichen Vermerk. Es hatte einige Zeit gebraucht, bis die Behörden herausgefunden hatten, dass das Mädchen aus Polen stammte. Es hatte mit seiner Mutter in einem Frauenhaus gelebt, bis beide eines Tages spurlos verschwunden waren. Laut Vermerk waren die Mitarbeiterinnen des Frauenhauses davon ausgegangen, dass die Mutter abgehauen und Agata mit sich genommen hatte. Sie konnte allerdings nie gefunden werden, während das Mädchen urplötzlich und schwer verletzt im Porzer Klinikum aufgetaucht war, wo es kurze Zeit später verstorben war. Simons lehnte sich über den Schreibtisch und griff nach den Tabellen, die Mark Winterbergs Dienstzeiten verzeichneten, und kaute auf seinem Bleistift. Herr Winterberg hatte Dienst gehabt. Er war zwar nicht als behandelnder Arzt vermerkt, aber er war vor Ort gewesen. Nachdenklich lehnte Simons sich zurück, als das Telefon klingelte und ihn jäh aus seinen Gedanken riss.

Es meldete sich eine atemlose Stimme. »Hallo? Wer ist da?«

»Florian Simons hier«, erwiderte Simons irritiert. »Mit wem spreche ich?«

»Hier ist Mark Winterberg«, drang es aus der Leitung. »Herr Simons von der Kripo? Haben Sie versucht, meine Frau zu erreichen? Ich gehe gerade die verpassten Anrufe auf ihrem Handy durch, Ihrer scheint darunter zu sein.«

»Ja, genau, danke für den Rückruf. Ist alles in Ordnung?«

Schwarz sah herüber und zog seine Stirn in Falten.

»Wieso fragen Sie?«

»Ich habe Ihre Frau länger nicht erreichen können.«

»Wenn es Neuigkeiten zur Entführung unseres Sohnes gibt, können Sie auch mich anrufen. Meiner Frau geht es im Moment nicht besonders gut. Nichts, was Sie beunruhigen müsste, sie braucht nur ein wenig Ruhe. Sie ist bald wieder auf dem Damm.«

Simons registrierte die Gereiztheit in Mark Winterbergs Stimme. »Das tut mir leid zu hören«, erwiderte er höflich. »Im Moment geht ja wieder viel herum, hat sie sich etwas eingefangen?«

Schwarz' Augenbrauen waren förmlich unter seinem Haarschopf verschwunden. Simons wusste, was er dachte und drehte sich in die andere Richtung.

»Das geht Sie nun wirklich nichts an«, entgegnete Herr Winterberg prompt. »Die Zeiten, in denen wir alles offenlegen mussten, sind wohl vorbei. Meine Frau benötigt einfach eine kleine Auszeit, sie fühlt sich etwas belastet in letzter Zeit. Wie ich schon sagte, es wird ihr sicher bald besser gehen. Also, was war der eigentliche Grund Ihres Anrufs? Ich habe nicht viel Zeit.«

Simons haderte mit sich. Die Situation kam ihm seltsam vor, aber Herr Winterberg ließ keinen Zweifel daran, dass er ein weiteres Nachhaken seinerseits nicht tolerieren würde.

»Verstehe. Bitte richten Sie Ihrer Frau Genesungswünsche aus«, antwortete er daher neutral. »Ich hatte ursprünglich angerufen, um zu fragen, ob sich die Situation mit Herrn Sanders beruhigt hat.«

Mark Winterberg lachte humorlos auf. »Sie meinen den Irren? Ich sage Ihnen eines, ich hätte ihn gern wegen Verleumdung angezeigt, bei dem Mist, den er da über uns breitgetreten hat, hätte Isa sich nicht dagegen ausgesprochen. Soweit ich weiß, hat er sich zumindest nicht mehr bei ihr gemeldet. Aber ich werde ihn weiter im Auge behalten. Beantwortet das Ihre Frage?«

»Ja, ich denke schon. Gut zu hören, dass unsere Maßnahmen gewirkt haben.«

»Ja. Bis dann, Herr Simons.«

Bevor sich Simons seinerseits verabschieden konnte, hatte Herr Winterberg schon aufgelegt.

»Was ist los?«, fragte Schwarz.

Simons schüttelte den Kopf. »Ich weiß auch nicht. Herr Sanders hat sich ruhig verhalten in letzter Zeit. Das ist gut. Aber …«

»Aber was?«

»Frau Winterberg scheint es nicht gut zu gehen. Ihr Mann ist nicht mit der Sprache herausgerückt, was genau ihr Problem ist. Irgendetwas von wegen Auszeit und Belastung. Er klang ziemlich gereizt.«

»Ist doch nur nachvollziehbar, wenn sie noch mit den Geschehnissen zu kämpfen hat.« Schwarz zuckte mit den Schultern.

»Schon. Sie wirkte auf mich auch bei meinem letzten Besuch etwas angespannt«, erwiderte Simons nachdenklich.

»Und was ist daran merkwürdig? Sie hat viel durchgemacht und ist etwas belastet, ob körperlich oder seelisch, was geht uns das an? Du beißt dich wirklich zu sehr fest. Seit wann hast du denn so einen Heldenkomplex für die Jungfrau in Not?«

»Was meinst du damit?«

»Ich meine, seit wann hörst du bei den Leuten nach, wie es ihnen geht? Das gehört nicht zu unserer Vorgehensweise. Wir haben getan, was wir konnten, sowohl in Bezug auf das Stalking als auch im Entführungsfall.«

»Frau Winterberg kam mir belastet, aber nie wirklich labil vor, nicht einmal in der Zeit, in der Ben verschwunden war. Also wieso jetzt? Und ganz abgesehen davon, und das sage ich nicht zum ersten Mal«, schnaubte Simons, »haben wir nicht alles getan, was geht, solange wir den Fall nicht aufgeklärt haben. Ganz einfach.« Allmählich gingen ihm die Belehrungen seiner Kollegen, er sei zu nah an dem Fall und seinen Beteiligten dran, ganz ernsthaft auf die Nerven.

Sein Partner hob die Hände. »Ja, Florian, aber ohne Spuren kommen wir nicht weiter. Wir haben beide Elternteile als Verdächtige ausgeschlossen, mehrfach.«

Simons schwieg ein paar Sekunden und betrachtete den Krankenhausbericht über die kleine Agata. Dann lenkte er seine Gedanken zurück auf das Telefonat mit Herrn Winterberg.

»Es ist trotzdem eine Ungereimtheit. Ich meine, wieso ist Frau Winterberg derart belastet, dass sie abtaucht und eine ›Auszeit‹ braucht? Ihr Kind ist zurückgekehrt. Ist man da nicht irgendwie … glücklicher?«

»Mhm«, murmelte sein Partner. »Schon, könnte man meinen. Andererseits scheint sie ziemlich darunter zu leiden, nicht zu wissen, wo Ben gewesen ist. Wenn ich da an euren Austausch mit Bruck zurückdenke.«

»Ja. Auch so eine Sache. Herr Winterberg scheint das besser abhaken zu können. Mehr noch. Er bestand sehr vehement darauf, jegliche Nachforschungen bezüglich Bens Verbleiben einzustellen. Ich verstehe, dass er als Kinderarzt eine andere Sicht auf solche Dinge hat als wir Normalsterblichen, aber ich …«

Simons starrte auf die Tischplatte, als erneut ein schepperndes Schrillen erklang und ihn zusammenfahren ließ.

»Meine Güte.« Erneut nahm er den Hörer seines Festnetztelefons ab. »Ja?«

»Die Zentrale hier. Ein Herr Sanders möchte Sie sprechen. Es geht um den Winterbergfall. Darf ich ihn durchstellen?«

»Okay«, antwortete Simons perplex.

Es knackte in der Leitung.

»Hallo? Herrn Simons möchte ich sprechen. Sind Sie noch dran? Hallo?«, ertönte eine nervöse Stimme. Unverkennbar Jakob Sanders.

»Ich bin bereits am Apparat. Was kann ich für Sie tun, Herr Sanders?«

Schwarz hob die Brauen.

»Oh ja, hallo Herr Simons«, antwortete Sanders, als hätte er gerade einen Sprint zurückgelegt. »Ich muss mit Ihnen sprechen!«

»Das dachte ich mir bereits, schließlich haben Sie meine Nummer gewählt«, erwiderte der Kriminalhauptkommissar trocken.

»Ja, nun, also, es geht um Frau Winterberg. Ich dachte, das sollten Sie wissen.« Sanders sprach so schnell, dass er über seine eigenen Worte stolperte. »Ich habe mich an alles gehalten, was Sie sagen. Es war reiner Zufall, dass ich das mitbekommen habe.«

Simons verdrehte die Augen. »Rücken Sie schon raus mit der Sprache. Was haben Sie mitbekommen?«

»Ich will nur nicht, dass Sie wieder falsch von mir denken.« Er räusperte sich und holte Luft. »Frau Winterberg ist weg«, schluchzte er dann. »Sie haben sie leblos aus dem Haus getragen und mit dem Krankenwagen mitgenommen.« Die Aufregung des Mannes übertrug sich förmlich durch die Leitung. Simons richtete sich auf.

»Was heißt leblos?«

»Ich weiß es nicht genau. Sie konnte nicht gehen, wurde mit einer Trage aus dem Haus gefahren, und ein Arm hing herunter … Ich bin mir sicher, dass sie nicht bei Bewusstsein war. Und diese ältere Frau, die in diesem teuren Auto herumfährt – sie war schon mehrfach zu Besuch bei den Winterbergs –, die war auch da und ist im Krankenwagen mitgefahren.«

»Okay«, antwortete Simons zögernd. »Und Herr Winterberg? Haben Sie den auch gesehen?«

»Ja, er stand mit Ben in der Haustür, wirkte allerdings nicht sehr mitgenommen angesichts dieser doch eigentlich schlimmen Situation. Ich frage mich, was da passiert ist. Ich weiß, ich habe einen Fehler gemacht, mich in Dinge eingemischt, die mich nichts angingen. Ich … diese zwischenmenschlichen Dinge fallen mir einfach schwer, ich habe alles falsch angegangen und damit einen völlig verkehrten Eindruck erweckt. Ich will wirklich keinen Ärger bekommen. Daher habe ich mich auch nicht sofort gemeldet. Doch ich wohne nun einmal hier, und in dieser kleinen Straße bekommt man eben mit, wenn ein Krankenwagen bei den Nachbarn vorm Haus steht. Und ich habe ein ganz komisches Gefühl in Bezug auf Herrn Winterberg, das sagte ich Ihnen bereits, und das hat sich nicht geändert. Er wirkte nicht ängstlich oder besorgt um seine Frau. Eher angespannt und merkwürdig distanziert. Ich mache mir Sorgen um die arme Frau Winterberg!« Sanders' Stimme zitterte heftig. »Und er … er stand einfach nur da.«

»Okay«, unterbrach ihn Simons, der hastig mitgeschrieben hatte. Er kringelte das Wort »Krankenhaus?« mit Bleistift ein. »Sonst noch etwas?«

»Nein, das ist alles. Können Sie mir Bescheid geben, wenn Sie mehr wissen?«

Simons lachte auf. »Beim besten Willen nicht, nein. Das wissen Sie doch. Aber ich schaue, was ich herausfinden kann.

Danke Ihnen für den Hinweis.« Er hatte erstmalig Mitleid mit dem Mann. Und überraschenderweise hatten sie etwas gemeinsam: eine ehrliche Sorge um Frau Winterberg. »Gut, nochmals danke und bis dahin«, verabschiedete er sich etwas freundlicher und legte auf.

Er berichtete seinem Partner in knappen Sätzen, was Sanders erzählt hatte. Dann hob er den Krankenhausbericht über die kleine Agata hoch und fasste auch diesen zusammen.

»Florian, ich weiß nicht.« Schwarz rieb sich über seine Bartstoppeln. »Diese Sache mit dem Mädchen … ich sehe hier keine Verbindung. Das ist Stochern im Nebel. Solche Fälle gibt es zuhauf. Herr Winterberg ist Kinderarzt, macht Dienste im Krankenhaus. Natürlich kommt er mit solchen Fällen in Berührung. Und diese andere Sache …«, er hielt inne und schüttelte nachdenklich den Kopf. »Wir sind für Bens Entführung zuständig. Waren. Das hier ist die Privatangelegenheit der Winterbergs. Ich meine, Frau Winterberg scheint es nicht gut zu gehen. Okay. Der Krankenwagen war da. Der liebeskranke Nachbar findet die Reaktion ihres Ehemannes, auf den er offensichtlich eifersüchtig ist, merkwürdig; auch keine Neuigkeit für uns. Herr Winterberg selbst hat dir gegenüber berichtet, dass es keinen Grund zur Sorge gibt. Ganz ehrlich: Ich sehe keine Verbindung zum Entführungsfall und demnach keinen konkreten Grund, dass wir uns einmischen sollten.«

»Ich weiß es selbst nicht, Thorsten. Aber ich will zumindest wissen, was mit Frau Winterberg los ist und warum man sie ins Krankenhaus gebracht hat. Mein Instinkt sagt mir, hier stimmt etwas nicht.«

Schwarz schwieg eine Weile, die Zweifel standen ihm ins Gesicht geschrieben. »Dein Instinkt also, ja? Ich weiß nicht, ob ich das jemals vorher von dir gehört habe. Pass auf, dass du dich nicht zu sehr darin verstrickst und den Fall noch mehr zu deiner persönlichen Suche nach der Wahrheit machst als ohnehin schon.«

Simons wollte zu einer verärgerten Antwort ansetzen, als sein Partner eine Hand hob. »Ich weiß, du willst den Fall nicht aufgeben, und das hier erscheint dir wie die Spur, nach der wir schon so lange suchen. Das habe ich verstanden.«

Simons knurrte: »Dann muss ich mich ja nicht ständig wiederholen.«

»Pass einfach auf dich auf«, ergänzte sein Kollege noch, während Simons schon halb zur Tür hinaus war, um nach Bruck zu suchen.

Er fand sie in der Cafeteria.

»Anita? Kann ich dich kurz sprechen?«, riss er sie aus ihrer Unterhaltung mit einem jüngeren Kollegen. Simons musterte ihn beiläufig – blond, gut gebaut, soweit er sich erinnern konnte, einer der Typen aus der IT-Abteilung. Er nickte ihm knapp zu.

Bruck sah ihn überrascht an und reckte das Kinn. »Ehrlich gesagt unterhalte ich mich gerade mit Sebastian.«

»Ja, tut mir leid. Es ist dringend. Unter vier Augen, bitte.«

Bruck seufzte. »Bin gleich wieder da, okay?«

Sie folgte Simons in einen leeren Besprechungsraum.

»Also, womit kann ich dienen?«

»Ich brauche deine Hilfe. Im Fall Winterberg.«

Bruck zog die Brauen hoch und wartete ab.

»Vorerst inoffiziell«, fügte Simons hinzu.

»Inoffiziell?«

»Ja. Ich will nicht, dass Bode davon Wind bekommt. Ich möchte erstmal schauen, was es damit auf sich hat. Du musst bitte etwas für mich herausfinden. Den aktuellen Aufenthaltsort von Frau Winterberg. Vermutlich eins der umliegenden

Krankenhäuser. Und wenn es irgendwie geht, auch den Grund ihrer Einlieferung.«

»Okay«, antwortete sie und runzelte die Stirn. »Ich muss dir nicht erklären, dass der Einlieferungsgrund in der Regel nicht so einfach in Erfahrung zu bringen ist, oder? Ohne konkreten Anlass ist niemand verpflichtet, uns Auskunft zu geben.«

»Du bist die Beste des Teams, was Recherchen angeht. Du musst sicher nur den ein oder anderen Gefallen einfordern. Laut Herrn Winterberg nimmt sich seine Frau nur eine Auszeit, weil sie sich belastet fühlt. Doch sie geht seit Tagen nicht mehr an ihr Handy, und nun hat mich eben Jakob Sanders angerufen, um mir zu berichten, dass ein Krankenwagen sie mitgenommen hat. Nachdem sie leblos aus dem Haus getragen wurde. Du hast doch Kontakte zur Leitstelle der Feuerwehr, oder? Gegebenenfalls ist sie darüber eingeliefert worden. Ich möchte wissen, was dahintersteckt. Dafür muss ich ja nicht gleich die gesamte Soko alarmieren.«

Bruck schürzte die Lippen. »Doch, eigentlich schon, und das weißt du auch. Mir geht noch kein Licht auf, weshalb das ein Grund für eine polizeiliche Ermittlung sein soll.« Sie musterte ihn nachdenklich. »Ich meine, dein Ehrgeiz in allen Ehren; aber warst nicht du derjenige, der betont hat, dass Sanders' Aussagen mit Vorsicht zu genießen sind?«

»Ja. Der Meinung bin ich auch immer noch, und auch aus diesem Grund soll es inoffiziell sein. Betrachte es als einen Gefallen. Du hast was gut bei mir«, antwortete er knapp.

Bruck sah ihn schweigend an, dann nickte sie. »Ich schaue, was ich herausfinden kann. Aber das geht nicht von heute auf morgen. Ich bin morgen auf dieser Tagung in Hamburg …«

»Ja, schon gut. Aber kümmere dich drum. Okay? So schnell, wie es eben möglich ist«, unterbrach er sie.

Sie zog abermals die Brauen hoch und verließ den Raum.

Simons blieb zurück und ließ sich gegen einen der Tische sinken. Unbedingt logisch war sein Aktionismus nicht, das war ihm selbst nur allzu sehr bewusst. Er atmete aus.

Und dennoch … er schüttelte den Kopf. Wieso reagierte Isa Winterberg ausgerechnet jetzt derart labil und nicht während der Zeit des Verschwindens ihres Babys, wo es viel nachvollziehbarer gewesen wäre? Und wieso mauerte Mark Winterberg so offenkundig? Es war, als schottete er seine Familie ab. Vor ihnen, vor der Polizei, der Öffentlichkeit. Irgendetwas arbeitete in Simons' Hinterkopf. Er wusste nur noch nicht genau, was. Aber er war dicht dran, es herauszufinden, das spürte er genau.

TEIL III

ZORN

KAPITEL 51

Isas Gedanken drehten sich im Kreis, nachdem sie mit einem komischen Geschmack im Mund und Kopfschmerzen wieder aufgewacht war. Entweder war sie tatsächlich wahnsinnig geworden, und zwar in einem Ausmaß, das sie nie für möglich gehalten hätte, oder der Rest der Welt war es. Sie hatte Schwierigkeiten, die Aneinanderreihung von bizarren Ereignissen noch in irgendeinen Zusammenhang zu bringen.

Die ersten Stunden brachte sie damit zu, sich verzweifelt darüber den Kopf zu zerbrechen, ob sie sich wirklich derart in sich selbst täuschen konnte, und mehrere Panikattacken wegzuatmen. Isa hatte keine Ahnung, was hier vor sich ging. Ihre Gedanken pendelten zwischen dem DNA-Test und den Behauptungen ihres Mannes und ihrer Psychiaterin hin und her.

In den letzten Tagen hatte sie sich damit abgefunden, dass mit ihr etwas nicht stimmte. Sie war in eine völlige Lethargie versunken, hatte nichts mehr fühlen wollen, nichts mehr fühlen können, und einfach nur vor sich hinvegetiert. Die Einlieferung in die Psychiatrie hatte ihr den Boden unter den Füßen weggezogen und sie in ein tiefschwarzes Loch aus Verzweiflung und Lähmung hineingestürzt. Ihr das Gefühl gegeben, Mark, Ben und auch sich selbst verloren zu haben, endgültig.

Und nun musste sie feststellen, dass es ein Trugschluss gewesen war zu glauben, dass sie bereits am Tiefpunkt angekommen gewesen war. Die Zweifel ihres Umfeldes an ihrer geistigen

Gesundheit und damit auch ihre eigenen Zweifel an ihrer Zurechnungsfähigkeit, an ihrem Erinnerungsvermögen, an ihrem Mutterinstinkt, an einfach allem, hatten sich tatsächlich noch gesteigert. Um ein Vielfaches.

Erneut schnürte sich Isas Brustkorb derart zu, dass sie heftig gegen die Enge in ihrer Brust anatmen musste. Sie schloss die Augen, wippte vor und zurück und schluchzte auf, als ihr bewusst wurde, dass sie gerade genau das Bild einer Frau abgab, die tatsächlich in die Psychiatrie gehörte. Nach mehreren tiefen Atemzügen hatte sie sich so weit wieder unter Kontrolle, dass sie die Augen öffnen konnte.

Ben. Denk an Ben, flüsterte sie sich selbst zu. *Du darfst dich nicht in dir verlieren. Er braucht dich. Mein kleiner, süßer, unschuldiger Ben.* Isa heulte auf. Holte das Bild ihres kleinen Jungen zurück vor ihre Augen, griff danach wie eine Ertrinkende. *Ich bin deine Mama. Ich habe dir Schutz versprochen. O Gott.* Isa spürte genau, wie die Panik lauerte, kurz davor war, zum Sprung anzusetzen und sie erneut unter sich zu begraben. Und Isa setzte ihr verzweifelt das Einzige entgegen, was ihr noch geblieben war: ihre Liebe zu ihrem Kind.

»Ben!«, rief sie in den leeren Raum hinein. »Ben«, wiederholte sie schluchzend. »Ben.« Immer wieder sagte sie seinen Namen wie ein Mantra. Sie konnte sich nicht aufgeben. Sie war seine Mutter und hatte ihm ihren Schutz versprochen. Dieses Versprechen zu halten, war ihr bereits einmal nicht gelungen. Sie konnte und wollte es nicht ein zweites Mal so weit kommen lassen. Er war noch immer in Gefahr, das spürte sie mit jedem einzelnen Herzschlag, egal was ihr die anderen sagten. Vielleicht war es das Gefühl einer Verrückten, die jeden Bezug zur Realität verloren hatte. Ja, vielleicht. *Aber was, wenn nicht?* Isa begann am ganzen Körper zu zittern. *Ja, was, wenn nicht?*

All die Erinnerungen an ihre gemeinsame Zeit vor seinem

Verschwinden standen Isa so lebhaft und wahrhaftig vor Augen, dass sie sich einfach nicht vorstellen konnte, dass das nicht echt gewesen sein sollte. Sie war nicht angespannt gewesen. Sie war nicht in Behandlung gewesen. Sie wusste doch ganz genau, wie und wann Carla ihr Dr. Blum empfohlen hatte. Wie Mark reagiert hatte. All die Erinnerungen, all die Einzelheiten, die konnte sie sich doch niemals alle zusammengesponnen haben. *Oder doch?* Erneut schloss Isa die Augen und schüttelte den Kopf, während ihr Tränen über die Wangen rannen. *Nein.* Dann müsste sie ihr komplettes Sein in Frage stellen. Ein gesunder Kern ihrer selbst weigerte sich unumstößlich anzuerkennen, dass sie von Grund auf und seit jeher krank gewesen sein sollte. In einem Ausmaß, das alles in Frage stellte, was ihr Leben ausgemacht hatte. *Was, wenn ich mich nicht irre?*

Letztendlich war es genau diese so simple und doch so finstere Frage, die dazu führte, dass Isa sich ganz langsam für die andere Option zu öffnen begann. Eine Option, vor der sie sich fast noch mehr fürchtete, eine Option, die eine neue und ihr bisher unbekannte Dimension von Übelkeit erzeugte. Die sie sogar so weit brachte, sich den Finger in den Hals zu stecken, um sich zu übergeben. Erfolglos. Das düstere Gefühl von Bedrohung, das mit dieser anderen Option einherging und von ihr Besitz ergriff, ließ sich nicht loswerden. Wenn sie diese andere Option weiterdachte, musste sie ebenfalls alles hinterfragen. Vielleicht nicht sich selbst, aber die Menschen, die ihr am nächsten standen. Und es würde bedeuten, dass von genau diesen Menschen eine Gefahr ausging. Eine Gefahr, von der außer ihr niemand etwas ahnte.

Als Dr. Strohwanger das nächste Mal nach ihr sah, fühlte sich Isa so aufgewühlt und zeitgleich so klar wie seit Monaten nicht.

»Frau Winterberg, wie geht es Ihnen?«, fragte die Ärztin und kam zu ihrem Bett.

»Besser.« Isas Augen begannen zu brennen. Sie stieß die Decke weg und setzte sich umständlich auf die Bettkante. Und kratzte die jämmerlichen Reste ihres Selbstbewusstseins zusammen.

»Ich weiß, wie das alles auf Sie wirkt. Wie sich eins zum anderen fügt.« Sie holte Luft und zwang sich, die junge Ärztin anzusehen, die sich einen Stuhl herangezogen hatte und ihr aufmerksam zuhörte. »Ich erwarte nicht von Ihnen, dass Sie das scheinbar Offensichtliche ignorieren. Mir ist bewusst, welcher Eindruck entstanden ist. Wenn ich ehrlich bin, bin ich selbst bis in meine Grundfesten verunsichert. Ich zweifle meine komplette Wahrnehmung an und kann das alles, was hier passiert, nicht einordnen.« Isa brauchte ein paar Sekunden, um sich wieder zu fokussieren. Mit zitternder Stimme sprach sie weiter. »Aber ich möchte Sie um etwas bitten. Um etwas, das für Sie als Ärztin, für Sie als Psychiaterin, selbstverständlich sein sollte.«

Dr. Strohwanger runzelte die Stirn.

»Ich bitte Sie darum, sich einen eigenen, unvoreingenommenen Eindruck zu machen. Um nichts weiter. Ich weiß nicht, was hier vor sich geht. Ich habe momentan keine logische Erklärung für all das.« Wütend wischte sie sich über ihre Augen. Sie wollte, sie musste jetzt Stärke zeigen. »Aber bitte, geben Sie mir eine Chance. Betrachten Sie mich, als würden Sie mich als Patientin neu kennen lernen, als hätten Sie nicht bereits mit meinem Umfeld gesprochen und wüssten nicht, was in den vergangenen Wochen und Monaten passiert ist. Vertrauen Sie Ihren eigenen Beobachtungen, hören Sie sich meine Geschichte von *mir* an. Ich bin für jede Art von Test und Gespräch offen. Wirklich, ich mache alles mit. Einfach alles. Wenn Sie selbst am Ende zu dem Ergebnis kommen, dass ich unter Wahnvorstellungen leide, unter einer völligen Realitätsverzerrung, unter Gedächtnisverlust oder was auch immer, dann werde ich mich bemühen, dafür offen zu sein, diese Einschätzung anzunehmen und in die nötigen Behandlungsmaßnahmen einwilligen. Aber sollten Sie auch nur den kleinsten Zweifel an alldem haben, was Sie über mich erfahren haben, dann geben Sie mir bitte eine Chance. Ich flehe Sie an!«

Es vergingen einige Sekunden, ehe Dr. Strohwanger zögernd antwortete: »Ich nehme an, das ist ein legitimer Wunsch.« Sie musterte Isa. »Ich gebe zu, Ihre Situation ist ungewöhnlich. Dr. Blum sagte mir voraus, dass Sie mir den Vorschlag machen würden, mit Ihrer Mutter über Ihre Situation zu sprechen. Sie sagte, Ihre Mutter sei voreingenommen, da Ihr Vater aufgrund seiner paranoiden Schizophrenie Suizid begangen habe. Dennoch habe ich sie angerufen, Ihre Mutter.«

Isa hielt den Atem an. Welche Version würde sie nun hören?

»Ihre Mutter stellt die Situation so dar wie Sie. Sie sagt, Sie hätten ihr gegenüber nach Bens Rückkehr offen über ihre größer werdenden Probleme und Sorgen gesprochen. Und über den Wunsch, erstmalig eine Therapie zu beginnen.«

Isa wagte sich kaum zu rühren. Es war, als hätte ihre Mutter direkt zu ihr selbst gesprochen. Ihr ein Seil zugeworfen, an das sie sich klammern konnte.

»Ich muss sagen, ich bin verwirrt«, fügte die Ärztin hinzu. »So eine Situation ist mir noch nicht untergekommen, und glauben Sie mir, ich habe schon einiges gesehen und erlebt. Deshalb – ja, ich werde die Fremdeindrücke zu Ihrer Symptomatik erst einmal beiseitelassen und eine erweiterte Diagnostik durchführen. Ich möchte Ihnen aber keine falschen Hoffnungen machen! Es spricht vieles für das Bild, das Ihre Psychiaterin und Ihr Mann zeichnen. Allein der Umstand, dass beide es so darstellen, ist ein Indiz dafür. Ich wüsste auf jeden Fall nicht, weshalb diese Ihnen nahestehenden Menschen falsche Angaben machen sollten. Außerdem gibt es diesen DNA-Test, der beweist, dass zumindest Ihre Zweifel an Bens Identität in Ihnen selbst begründet liegen müssen, dass kein Wahrheitsgehalt in ihnen liegt.« Dr. Strohwanger hob die Hände, um Isa von einer Erwiderung abzuhalten. »Aber ich werde einige weitere Tests mit Ihnen durchführen, einfach um sicherzugehen. Zusätzlich werde ich eine Kollegin, die als Psychotherapeutin auf Station zwei arbeitet, für eine Zweitmeinung hinzuziehen. Sie müssten sich bereit erklären, auch mit ihr Gespräche zu führen. Und ich möchte ein MRT Ihres Kopfes anfertigen, um organische Auffälligkeiten auszuschließen. Sie klagen auffallend oft über Kopfschmerzen, deshalb ist die Möglichkeit einer physischen Anomalie ebenfalls gegeben. Ist das okay für Sie?«

Isa nickte heftig, ein Gefühl von Erleichterung durchströmte sie. »Natürlich. Egal, was nötig sein sollte, ich bin zu allem bereit, möchte Sie in allem unterstützen und meinen Teil dazu beitragen, dieses Chaos zu entwirren. Von mir aus können Sie meinen Kopf auch aufschneiden.« Sie meinte es todernst.

Über das Gesicht der Psychiaterin huschte ein Schmunzeln. »Ich denke, so weit müssen wir nicht gehen.«

KAPITEL 52

Februar 2024

In den kommenden Tagen gab Isa alles dafür, ihre tosenden Emotionen unter Verschluss zu halten und der Panik keine Möglichkeit mehr zu geben, das Steuer zu übernehmen. Sie fokussierte sich einzig und allein auf Ben und das Ziel, herauszufinden, was los war. Das war sie sich und ihrem Sohn schuldig. Sie führte jedes Gespräch so offen, wie es ihr möglich war, erklärte sich zu jeder Untersuchung und jedem Test bereit. Sie versuchte sich auch auf die einzelnen therapeutischen Angebote einzulassen. Frau Dr. Strohwanger hatte eine ganze Wagenladung an Terminen in ihren Zeitplan gequetscht.

Aufgrund der Überbelegung der geschlossenen psychiatrischen Station und Isas Kooperationsbereitschaft entschied die Ärztin schließlich nach ein paar Tagen, sie auf eine der offenen Stationen zu verlegen.

Zwei Mal überredete Isa Dr. Strohwanger, das Stationstelefon benutzen zu dürfen, auch wenn diese sich mit einem Kontakt nach außen schwertat, schließlich war Isas Symptomatik noch nicht geklärt. Sie wolle verhindern, wie sie ihr erklärte, einem möglichen Wahn weiteres Futter zu liefern, aber verbieten könne sie ihr die Kontaktaufnahmen natürlich nicht.

Doch die Sorge der Ärztin blieb ohnehin unbegründet, Isa erreichte weder Mark noch Dr. Blum. Auch Carla nahm nicht ab. Schon bald fühlte Isa sich wie ein Tier im Käfig, abgeschnitten von der Außenwelt und ohne Möglichkeit, auf irgendetwas darin Einfluss zu nehmen. Allein gelassen mit dem Chaos in ihrem Inneren, mit ihrem Kampf gegen eine Panik, die immer wieder herauszubrechen drohte und die alles verschlingen würde, sollte ihr das gelingen. Isa hatte keine Ahnung, wie lange sie diesen Zustand noch aushalten konnte, ohne vollends durchzudrehen.

Und dann stimmte der Chefarzt endlich einem Besuch ihrer Mutter zu. An einem regnerischen Nachmittag saß Isa auf den harten Holzstühlen des Aufenthaltsraums der offenen Station und wartete auf Eleonore. Sie konnte sich nicht erinnern, angesichts eines Treffens mit ihrer Mutter jemals so aufgeregt gewesen zu sein. Doch als sie das vertraute Gesicht und das liebevolle Lächeln darin erblickte und die ältere Frau auf sich zueilen sah, fiel alle Nervosität von ihr ab. Unwillkürlich schluchzte sie auf.

»Isa! Isa! Mein Kind! Da bist du ja!«, rief Eleonore so laut, dass sich eine Krankenschwester und zwei Patienten auf dem Flur nach ihr umdrehten.

Isa stand auf und wurde in eine feste Umarmung gezogen, die ihr beinahe die Luft abschnürte. Erleichterung, Geborgenheit und Hoffnung durchströmten sie.

»Hallo Mama«, weinte sie.

Nachdem ihre Mutter sie losgelassen hatte und einen Schritt zurücktrat, presste sich Isa ein Taschentuch gegen die Augen. Ihre Knie zitterten derart heftig, dass sie zurück auf den Stuhl sank.

»Mein Kind«, hauchte Eleonore und wischte sich ebenfalls ein paar Tränen weg. »Isa, Schatz. Ich bin so froh, dich zu sehen.«

Sie setzte sich dicht neben Isa und strich ihr über die Haare. Dann betrachtete sie sie vom Kopf bis zu den Zehen. »Du bist so dürr geworden!«

Isa lachte weinend auf. »Das ist mein kleinstes Problem, Mama.«

Ein sanfter Ausdruck trat in die Augen ihrer Mutter. »Ich weiß, ich weiß.« Sie schniefte. »Ich bin so froh, dich zu sehen. Sie haben mich nicht zu dir gelassen. Ich war außer mir vor Sorge. Wie kann denn so etwas sein? In Deutschland? Ich dachte, wir leben in einem aufgeklärten Land mit Regeln und Gesetzen!« Eleonore tupfte sich immer wieder hektisch die Augen. »Ich habe mir solche Sorgen gemacht!«

»Ich weiß«, flüsterte Isa und verstummte, weil ihr die Stimme versagte. Sie drückte die Hand ihrer Mutter.

Es tat so gut, ein bekanntes Gesicht zu sehen. Ein Gesicht, dem sie vorbehaltlos vertraute.

»Mama, wir haben einiges zu besprechen und nicht so viel Zeit dafür, wie ich mir wünschen würde«, begann sie mit kratziger Stimme.

Eleonore nickte. »Ja, natürlich. Ich reiße mich schon zusammen.« Sie drückte einen Kuss auf Isas Handrücken. »Aber beantworte mir bitte vorher eine Frage: Wieso entlässt du dich nicht? Du bist doch hier nicht eingesperrt.« Eleonore sah sich um, als könnten plötzlich ein paar Wärter auftauchen. »Mir gefällt das nicht, was sie mit dir machen. Dass du hier bist und all das. Und wieso überhaupt Langenfeld? Wieso hat man dich so weit weggebracht?«

Isa konnte dasselbe Gefühlschaos in Eleonores Augen sehen, das auch unter ihrer eigenen Oberfläche brodelte. Aber sie musste sich fokussieren. Sie zwang sich, tief einzuatmen.

»Glaub mir, ich würde gerne gehen. Alles hinter mir lassen.« Sie warf einen Blick aus dem bodentiefen Fenster des Aufenthaltsraumes und beobachtete die Äste der noch blattlosen Buchen des Klinikparks, wie sie sich im Februarwind hin und her neigten. »Aber genau darum geht es. Ich möchte diesen Horror endgültig hinter mir lassen, und das kann ich nur, wenn ich ganz sicher bin, dass es mir gut geht. Man hilft mir hier. Wenn ich jetzt davonlaufe, werde ich nie mit all dem abschließen können, weil ich mir nicht mehr selbst trauen könnte. Ich muss mich dem stellen. Was auch immer hier passiert, ich brauche Gewissheit. Es ist gut, dass ich hier bin.« Noch einmal drückte sie fest die Hand ihrer Mutter, bevor sie fortfuhr: »Ich weiß nicht, was meine Ärztin dir bereits gesagt hat.«

»Ehrlich gesagt nicht viel. Sie hat viele Fragen gestellt. Zu Wahnvorstellungen und so etwas. Zu deinem Vater. Und zu Ben. Mark hat mir nur gesagt, dass du einen Zusammenbruch hattest. Dass du den Druck nicht mehr aushältst, die Neuzusammenfindung mit Ben. Dass das Ben schaden würde und es wichtig wäre, dass ihr vorerst Abstand haltet. Mir kam das alles so komisch vor. Auch wenn … natürlich kamst du auch mir ungewöhnlich angespannt vor in den letzten Wochen, das muss ich zugeben. Du hast merkwürdige Fragen gestellt.« Erneut stiegen ihrer Mutter Tränen in die Augen.

Isa schluckte hart und ergriff wieder das Wort. Sie mussten sich beeilen, man hatte ihr für den Anfang vorsichtshalber nicht mehr als eine halbe Stunde mit ihrer Mutter zugestehen wollen. Sie schilderte ihr in kurzen Sätzen, was Dr. Strohwanger ihr zu Mark und Dr. Blum berichtet hatte. Eleonores Augen weiteten sich, aber Isa ließ ihr keine Gelegenheit, ihre Bestürzung kundzutun. »Egal, wie das alles für dich klingen mag, du musst etwas für mich tun, Mama«, schloss sie schließlich mit bebender Stimme.

Auch Eleonore bebte. »Wie kann er so etwas behaupten? Und diese Dr. Blum! Diese Psychiaterin, ich wusste es!« Isas Mutter spie die letzten Worte derart heftig aus, dass Spucke flog. »Ich bin sprachlos. Du bist eine tolle Mutter. Die beste Mutter, die man sein kann. Ich war immer stolz auf dich. Ich bin es noch! Und er … er …«

Isa nickte und rieb sich über ihr stechendes Brustbein. Die Verspannungen rund um ihren Brustkorb ließen sie wie so oft in den letzten Tagen kaum noch atmen. »Ich weiß, das ist alles sehr viel auf einmal. Danke, dass du mich so siehst, denn du weißt, wie sehr ich in den letzten Monaten selbst daran gezweifelt habe.« Sie schluckte hart. »Es ist verrückt. Ich warte ständig darauf, dass mir irgendjemand sagt, dass das alles nur ein schlechter Scherz ist. Glaub mir, ich habe absolut keine Ahnung, was hier los ist. Dr. Strohwanger hat mir versprochen, mich unabhängig von dem, was über mich gesagt wird, zu untersuchen. Wenn sie zu dem Schluss kommen sollte, dass ich etwas von dem, was Papa gequält hat …«

»Nein! Nein, Isa! Hör auf damit! Das war etwas völlig anderes! Das …«

»Frau Winterberg, die Besuchszeit ist gleich vorbei«, ertönte es vom Eingang des Aufenthaltsraumes. Ein Pfleger stand in der Tür und wies auf die Uhr an der sonnengelb gestrichenen Wand.

Isas Wangen brannten. »Mama, du musst mir jetzt gut zuhören. Du kannst etwas für mich tun. Ich weiß nicht, wieso Mark diese Dinge über mich erzählt. Ich kenne mich auch nicht besonders gut mit psychischen Erkrankungen aus. Ich weiß nicht, wie sich das bei Papa damals entwickelt hat. Aber …«, Isa atmete durch. *Konzentrier dich*, spornte sie ihren müden Geist an. »Aber ich weiß, dass ich nichts mehr zu verlieren habe. Und wenn nur die geringste Hoffnung besteht, dass nicht ich die Verrückte in dieser Geschichte bin, dann würde das in dem Fall auch bedeuten, dass der Ben, der zurückgekommen ist, nicht der Ben ist, der verschwunden ist. Dass mein Baby, unser Ben, noch irgendwo da draußen ist. Verstehst du?«

»Isa, ich …«, flüsterte ihre Mutter und griff sich nun ebenfalls an die Brust. »Mark erzählte etwas von einem Test. Von einem Nachweis, dass Ben … Ben ist.« Schluchzend holte Eleonore Luft.

»Ich weiß«, antwortete Isa erstickt. »Genau darum geht es. Ich muss sichergehen, verstehst du? Du musst dich an die Polizei wenden, dir werfen sie keine Paranoia vor, dir werden sie zuhören. Du musst Herrn Simons von der Kripo dazu bringen, einen neuen DNA-Test zu machen. Einen offiziellen.«

Isa konnte sehen, wie es hinter Eleonores Stirn arbeitete, wie verzweifelt sie bemüht war, den Geschehnissen zu folgen.

»Es steht Marks Wort gegen meines und … ich traue ihm nicht mehr«, fuhr Isa fort und versuchte den Kummer zu ignorieren, der ihr die Kehle zuzuschnüren begann. »Er hat mich betrogen und über Wochen belogen, was seine Dienstreisen anging.«

»Er hat *was*?« Die Augen ihrer Mutter weiteten sich noch ein Stückchen mehr.

»Ja, das tut jetzt aber nichts zur Sache, das ist jetzt nicht so wichtig, so komisch das auch klingen mag.« Isa lachte auf. »Ich meine, schau dich mal um.« Sie deutete durch den Raum, schüttelte den Kopf und schloss für ein paar Sekunden die Augen. *Bleib am Steuer. Fokussier dich.*

»Das ist ja unglaublich. Ich verstehe überhaupt nichts mehr«, antwortete Eleonore tonlos.

»Ich möchte einen neuen DNA-Test«, setzte Isa dort an, wo sie den Faden verloren hatte. »Die Polizei hat sich damals bei Bens Identifizierung auf Marks Aussage verlassen und keinen DNA-Test durchgeführt. Wieso auch, ich habe ja auch keine Zweifel geäußert. Ich möchte aber jetzt einen DNA-Test, Mama. Von Ben. Und wenn der neue Test Marks Testergebnis bestätigt, gebe ich auf. Ehrlich. Dann ist Marks Betrug doch das größere Problem unserer Ehe. Und mein … mein Geisteszustand.« Sie schluchzte auf. »Aber das abzusichern bin ich mir und Ben schuldig.«

Eleonore fuhr sich über die Unterarme, sie hatte eine sichtbare Gänsehaut. Auf den Fluren der Station wurde es lauter, einige Patienten hatten ihre Gruppensitzung beendet. Eine Mitarbeiterin der Küche kam mit einem Geschirrwagen herein, es schepperte, als sie diesen über die Leiste der Doppeltür zum Aufenthaltsraum schob.

Isas Herz trommelte in ihrer Brust.

Ihre Mutter begann zu nicken. »Ja. Ich mache es. Natürlich. Ich meine, ich weiß nicht, was hier los ist und wohin das alles führen soll. Aber natürlich bitte ich die Polizei um einen erneuten Test. Du bist meine Tochter.«

KAPITEL 53

Isa Winterbergs Mutter saß ihnen mit leuchtend roten Flecken im Gesicht gegenüber und nestelte an ihren Ringen.

»Also, Frau Dahl, Sie wollten uns sprechen? Wegen Ihrer Tochter? Worum geht es?«, begann Simons.

»Ich bin ihre Mutter. Ich stehe immer hinter ihr!«

Simons runzelte die Stirn. »Weshalb sollte es daran einen Zweifel geben?«

Frau Dahl sah von Simons zu Schwarz und zog die Schultern hoch. »Na wegen der Einweisung. Sie halten sie da fest wie eine Irre. Meine Tochter ist aber nicht verrückt! Das versichere ich Ihnen!« Tränen stiegen ihr in die Augen.

»Mal ganz langsam, Frau Dahl«, schaltete sich Schwarz ein, der ebenso irritiert aussah, wie Simons sich fühlte. »Was ist denn mit Ihrer Tochter?«

»Sie wissen es nicht? Ich dachte, die Polizei weiß so etwas?«

Simons biss die Zähne zusammen und warf Schwarz einen Blick zu. Bruck hatte ihm bisher nur gesagt, dass sich Frau Winterberg laut der Rettungsleitstelle der Feuerwehr, über die ihr Transport organisiert worden war, in einer Privatklinik im Rheinland aufhielt. Den Grund der Einlieferung hatte sie noch nicht in Erfahrung bringen können. Er hatte sie nicht zu schnelleren Ergebnissen gedrängt, weil er wusste, dass sie viel zu tun hatte und weil sein Auftrag kein offizieller gewesen war, genau genommen einer ohne Absprache mit höheren Ebenen, was ein

No-Go innerhalb der polizeilichen Hierarchie darstellte. Aber das war nicht die ganze Wahrheit.

Vor allem hatte er abgewartet, weil ein Teil von ihm unsicher geworden war. Sich gefragt hatte, ob an den Worten seiner Kollegen, er beiße sich zu sehr fest, etwas dran sein könnte. Sich gefragt hatte, ob der Grund hierfür wirklich nur sein beruflicher Ehrgeiz war. Weil er selbst nicht genau hatte einordnen können, weshalb ihn die ganze Situation rund um Isa Winterbergs Einlieferung derart beunruhigte, dass er an nichts anderes mehr hatte denken können.

»Mein Schwiegersohn hat meine Tochter einweisen lassen. In die Psychiatrie!«, fuhr Eleonore Dahl fort. »In eine Klinik in Langenfeld! Können Sie sich das vorstellen? Und sie behaupten Dinge über sie, Dinge, die einfach nicht stimmen!«

Der Ermittler konnte sehen, wie viel Aufregung in ihr stecken musste. Auch sein Puls erhöhte sich nun. »Wer sind ›sie‹ und was für Dinge?«, fragte er alarmiert und lehnte sich nach vorne.

»Ach, Ungeheuerliches! Sie sagen, dass meine Tochter schon länger unter Wahnvorstellungen leide. Und dass sie keine gute Mutter wäre! Dass Ben unter ihr gelitten habe, vor seinem Verschwinden. Und seit seiner Rückkehr. Dass sie ihm geschadet habe. Das ist Wahnsinn.«

Stille kehrte ein. Nach Schwarz' Gesichtsausdruck zu urteilen, war er genauso fassungslos wie Simons. Frau Dahl sah von einem zum anderen.

»Oh, nein, nein, bitte!«, warf sie ein und gestikulierte wild. »Isa ist die beste Mutter, die man sich nur vorstellen kann! Ich verstehe nicht, was in meinen Schwiegersohn gefahren ist! Und in diese Ärztin. Diese Psychiaterin.« Sie dehnte die Silben des Wortes, als wäre es ein Schimpfwort. »Mit meiner Tochter ist absolut alles in Ordnung.« Ihre letzten Worte gingen in ein Schluchzen über. »Sicher, die vergangenen Monate waren schwer für sie, aber für wen wären sie nicht schwer gewesen? Das eigene Kind entführt! Nach vielen Monaten wieder da! Isa, habe ich gesagt. Isa, das ist normal! Gib dir Zeit! Und sie hat sich so viel Mühe gegeben. So viel! Aber diese Unsicherheit, diese ständigen Zweifel, die haben sie aufgefressen.«

Simons' Gedanken rasten. Psychische Probleme bei Isa Winterberg könnten den gesamten Fall in eine völlig neue Richtung lenken. In eine Richtung, die er als Allerletztes erwartet hätte. Hatten sie, hatte er, die junge Mutter möglicherweise komplett falsch eingeschätzt? Wieso war dann aber vorher nie die Rede davon gewesen, dass sie emotional instabil war?

»Frau Dahl, warten Sie einen Moment. Das alles sind für uns vollkommen neue Informationen. Ich bin nicht sicher, ob ich verstehe, was Sie uns mitteilen wollen«, versuchte er die aufgebrachte Frau zu beruhigen. »Erklären Sie uns bitte der Reihe nach, was passiert ist. Aus Ihren Worten schließe ich, dass es Ihrer Tochter schon seit einer Weile nicht mehr gut ging und sie sich professionelle Hilfe geholt hat?«

»In Ordnung, ich gebe mein Bestes«, schluchzte Frau Dahl und atmete mehrmals tief durch, um sich zu beruhigen. Stück für Stück berichtete sie anschließend von Isa Winterbergs Zweifeln. Der fehlenden Verbindung zu dem Kind, das zu ihr zurückgekehrt war, und den körperlichen Merkmalen, die sich von denen des vier Monate alten Ben unterschieden. Von Isas Vorwürfen sich selbst gegenüber und dem Wunsch, endlich wieder Normalität zu fühlen und schließlich von der Entscheidung, sich Hilfe zu suchen und in Therapie zu gehen, obwohl gerade sie selbst, ihre Mutter, ihre Zweifel daran geäußert hatte.

»Sehen Sie, ich weiß selbst nicht, was ich davon halten soll. Aber sie fühlte sich Ben so fremd. Ich glaube, das alles hat sie sehr gestresst und sehr unter Druck gesetzt in den letzten Monaten. Natürlich sind wir davon ausgegangen, dass es etwas mit den ganzen Belastungen durch die Entführung zu tun hat. Dass sich die zwei, Isa und mein Enkelsohn, erst wieder aneinander gewöhnen müssen. Aber meine Tochter ist der Meinung … ist der Meinung, dass Ben, also dass dieser Junge, unter Umständen gar nicht ihr Ben ist. Sie hat lange mit sich gekämpft, wollte diese Gedanken nicht zulassen. Deshalb auch die Therapie bei der Psychiaterin. Und dann hat Mark ihr diesen DNA-Test gezeigt, der beweisen soll, dass dieses Kind, das ihr so fremd ist, ihr Ben ist. Zu erfahren, dass ihre Gefühle, ihre Unsicherheit, allein aus ihrem Inneren kommen, muss Isa völlig aus der Bahn geworfen haben. Nachdem Mark ihr erzählt hat, dass er sie wochenlang betrogen hat und ihr dann obendrauf auch noch diesen Test gezeigt hat, ist sie zusammengebrochen.« Eleonore schluckte mehrmals hintereinander. Simons sah ihr an, wie sehr sie darum kämpfte, weitere Tränen zurückzuhalten. »Deshalb hat Mark sie einliefern lassen, unterstützt von dieser Dr. Blum. Und jetzt sitzt sie in dieser Klinik, in der Psychiatrie. Sie ist vollkommen verzweifelt. Mark, mein Schwiegersohn, erzählt Lügen über sie, genau wie diese Psychiaterin. Sie hat der Frau vertraut. Und jetzt, wo sich alle gegen sie verschwören, hat sie das Gefühl, dass wirklich etwas nicht stimmt.«

Simons wusste nicht, was er denken sollte. Er war vollkommen sprachlos angesichts der Dinge, die Eleonore Dahl da vor ihnen enthüllte.

»Warten Sie einen Moment. Dr. Blum, sagten Sie? Dr. Adriana Blum?« Schwarz, dessen Gesichtsfarbe in den letzten Sekunden außergewöhnlich blass geworden war, räusperte sich und warf Simons einen beunruhigten Blick zu.

Eleonore Dahl nickte hastig. »Ja, so heißt ihre Psychiaterin. Wieso, kennen Sie die Frau?«

»Der Name ist uns im Rahmen der Ermittlungen um Bens

Verschwinden bereits begegnet, ja. Allerdings in einem vollkommen anderen Zusammenhang«, bestätigte Schwarz. »Wie sehen die Lügen aus, die über Ihre Tochter erzählt werden?«

»Mark und Dr. Blum behaupten, Isa sei schon seit Bens Geburt bei ihr in Behandlung gewesen!« Die ältere Frau schien um Worte zu ringen. »Aber das ist ausgekochter Blödsinn! Das hätte ich mitbekommen! Ich erinnere mich noch genau an den Moment, als Isa mir erzählte, dass sie ihre Probleme nicht mehr allein bewältigen könne und die Therapeutin aufsuchen wolle. Das war erst, nachdem Ben zurückgekehrt war. Und meine Tochter ist trotz allem so tapfer. Sie ist so stark. Ich würde durchdrehen!« Sie atmete zitternd aus und starrte auf ihre Hände, die sie mit gespreizten Fingern auf die Tischplatte gelegt hatte.

Schwarz schien es nun ebenfalls die Sprache verschlagen zu haben, er öffnete und schloss den Mund wie ein Fisch. In einer anderen Situation hätte Simons den Anblick seines Partners witzig gefunden; in diesem Moment aber war er selbst derart geschockt, dass auch er erneut nichts erwidern konnte.

»Okay, Frau Dahl, ich muss sagen …«, lachte er schließlich auf, »ich bin irritiert. Restlos. Ihre Tochter hat nie etwas in dieser Richtung angedeutet. Wieso hat sie nichts gesagt? Solche Informationen hätten für unsere Ermittlungen von großer Bedeutung sein können!«

Die Augen der älteren Frau füllten sich erneut mit Tränen. »Es hat doch niemand außer ihr gezweifelt! Meine Tochter hat den Fehler bei sich gesucht, hat von einer PTBS gesprochen, die sie zeitweise als Grund für ihre Distanz gegenüber Ben gesehen hat!«

»Ben wurde von Herrn Winterberg identifiziert«, brachte sich nun wieder Schwarz ein. Skepsis schwang in seiner Stimme mit. »Es gab auch sonst kein vermisstes Kind, auf das die Beschreibung gepasst hätte, bis heute nicht. Und der kleine Ben, er sieht doch auch so aus wie er aussehen müsste.«

»Mir ist das erst auch nicht so aufgefallen. Ben sieht aus wie Ben. Also so, wie ich ihn mir mehrere Monate älter ungefähr vorgestellt habe. Er war noch so klein, als er verschwunden ist.« Frau Dahl rieb sich mit ihrem Taschentuch über die Augen. »Das ist alles sehr schwer für mich. Mein Enkel war verschwunden. Dann ist er plötzlich wieder aufgetaucht. Und jetzt so etwas. Ich kann es mir doch auch nicht erklären.« Sie atmete zitternd aus und wieder ein. »Wissen Sie«, sagte sie dann leise, »seit Isa davon gesprochen hat … sie hat nicht viel davon gesprochen, nicht wie im Wahn oder so«, die Augen der älteren Frau flackerten. »Aber sie hat mir erzählt, wo sie Veränderungen sieht. Und seit ich weiß, was sie meint, kommt mir das schon auch ein wenig komisch vor. Aber ich war so voller Freude über Bens Rückkehr, die Veränderungen habe ich einfach beiseitegeschoben. Immerhin war er fast ein Dreivierteljahr weg. Da kann man sich schon ein wenig verändern, oder? Besonders in diesem Alter.« Sie sah Simons und Schwarz mit großen Augen an, als wüssten sie mehr als sie.

»Über welche Veränderungen sprechen wir denn genau?«, fragte Simons.

»Seine Augenfarbe ist immer noch blau, zum Zeitpunkt seines Verschwindens aber veränderte sie sich bereits ins Braune.«

»Aha«, erwiderte Schwarz. »Wir haben doch damals ebenfalls eine blaue Augenfarbe vermerkt?«

»Mit goldenen Sprenkeln«, ergänzte Simons ernst. Sein Partner und er tauschten einen Blick.

Schwarz rieb sich über das Kinn. »Und diese goldenen Sprenkel sind jetzt nicht mehr da?«

»Nein. Die sind nicht mehr da.« Frau Dahl schluckte heftig.

»Augenfarben verändern sich. Vor allem in dem Alter.«

Schwarz verschränkte die Arme. »Sie sind zum Großteil blau gewesen und sind es jetzt immer noch.«

»Ja, aber es ist nicht nur das. Isa sprach noch von Muttermalen, die verschwunden sind. Einem Knick im Ohr, der nicht mehr da ist. Das sind alles Kleinigkeiten, und natürlich ist es möglich, dass sie sich verwachsen. Doch all diese Dinge zusammengenommen ergeben eben ein anderes Bild.« Die Stimme von Isa Winterbergs Mutter brach erneut. »Ich weiß selbst nicht, was ich glauben soll. Theoretisch kann all das einfach durch die Zeit verschwunden sein, und wenn man dem Kind beim Wachsen und sich Verändern zugesehen hätte, wären diese Dinge wahrscheinlich gar nicht groß aufgefallen. Aber Ben war nun einmal verschwunden. Und spürt eine Mutter nicht, ob sie wirklich ihr Kind vor sich hat? O Gott.« Frau Dahl griff nach einem weiteren Taschentuch, verbarg ihr Gesicht darin und schluchzte nun hemmungslos.

Schwarz stieß die Luft aus und erhob sich, um ein Fenster zu öffnen. Dann ging er zum hinteren Konferenztisch und holte ein Glas und eine Flasche Mineralwasser für Isa Winterbergs Mutter. Er schien Zeit zu schinden. Zeit, um all das sacken zu lassen, das sich gerade vor ihnen ausbreitete.

Simons konnte es ihm nachfühlen. Seit ein paar Minuten fühlte er einen Druck in der Magengegend. Ganz so, als wäre ihm schlecht. Ihm. Dem hartgesottenen Ermittler. Die Aussage, Ben sei womöglich gar nicht Ben, erschütterte ihn wirklich bis ins Mark. Das wäre ein ganz neuer Ermittlungsansatz. Einer, der die Sachlage vollkommen verändern würde. Einer, auf den sie nicht in hundert Jahren gekommen wären. Er war nicht sicher, ob es so etwas überhaupt jemals gegeben hatte. Vorausgesetzt, Isa Winterberg saß keiner paranoiden Wahnvorstellung auf. *Was zur Hölle ist los mit diesem Fall?*

Frau Dahl dankte seinem Partner, nachdem dieser ihr das

Glas Wasser gegeben hatte, und nahm einen tiefen Schluck. Dann wischte sie sich mit zitternden Händen über die Stirn.

»Jetzt, wo Isa von ihrem eigenen Mann in die Psychiatrie eingewiesen wurde«, fuhr sie deutlich konzentrierter fort, »und Dinge erzählt werden, die einfach nicht stimmen, hat meine Tochter den Wunsch geäußert, dass – und das ist der eigentliche Grund, dass ich Sie besuche – dass der DNA-Test wiederholt wird. Sie möchte, dass von offizieller Stelle überprüft wird, ob der Junge ihr Sohn ist. Ich kann nicht glauben, dass meine Tochter Wahnvorstellungen haben soll, nie und nimmer. Sie ist so eine liebevolle Mutter. Sie lässt sich von der zuständigen Ärztin in der Klinik auf den Kopf stellen, um die Wahrheit zu beweisen. Das ist Isa.« Frau Dahl schüttelte den Kopf. »Selbst bei so haarsträubenden Behauptungen will sie noch auf Nummer sicher gehen, dass wirklich nicht sie selbst das Problem ist.«

Das würde tatsächlich zu ihr passen, dachte Simons bei sich. »Wenn ich Sie nochmal kurz unterbrechen darf, Frau Dahl«, er hob die Hand. »Wir müssen näher auf diesen angeblichen DNA-Test eingehen, den Ihr Schwiegersohn Ihrer Tochter gezeigt haben soll. Bisher gab es keinen Zweifel an Bens Identität, deshalb hat die Polizei nie einen anfertigen lassen.«

Isa Winterbergs Mutter knetete ihre Hände. »Ich weiß nicht, wo und von wem der Test gemacht wurde, und ich habe ihn auch nicht gesehen. Aber Isa erzählte mir, dass Mark ihn ihr gezeigt hat.«

»Und das Ergebnis lautet, dass …«, Schwarz ließ den Rest seines Satzes in der Luft hängen und fixierte die Frau.

Frau Dahl starrte auf ihre Hände. »Isa sagt, er beweist, dass der Junge Ben ist. Aber … Mark hat sie so sehr belogen. Sie traut ihm nicht mehr. Wir möchten das absichern lassen! Von neutraler Stelle. Durch Sie!«

Sein Partner stieß die Luft aus, lehnte sich zurück und fuhr sich durch das lichter werdende Haar. Simons wusste abermals ganz genau, was er dachte. Auch ihm drängte sich nun noch vehementer die Frage auf, ob sie sich womöglich wirklich und vollkommen in Isa Winterberg und ihrem Geisteszustand getäuscht hatten.

Dann wiederum flackerte eine Erinnerung in seinen Gedanken auf. Ein Bild ausdrucksstarker und ehrlicher grüner Augen. Unwillkürlich schüttelte er den Kopf. Er konnte sich das einfach nicht vorstellen. Beides nicht. Weder, dass das Kind nicht Ben sein sollte, noch, dass Frau Winterberg verrückt sein sollte. Aber auf eins von beidem schien die Sache hinauszulaufen.

»Ich denke«, setzte er an und legte eine Hand in den Nacken. »Ich denke, dass ein weiterer Test angesichts der aktuellen Situation begründbar ist. Wir müssen das aber erst intern besprechen.«

»Oh, vielen Dank!«, antwortete die ältere Frau und wischte sich hektisch über die Augen. »Danke, dass … Sie glauben gar nicht, wie sehr es mich erleichtert, dass Sie mir zuhören und mich ernst nehmen. Dann haben wir es schwarz auf weiß, nicht wahr?«

Fragt sich nur, was. »Wir warten ab, wie das Ergebnis ausfällt.«

»Ja, in Ordnung«, flüsterte Frau Dahl und drückte sich ihre Handtasche gegen die Brust. »Sie melden sich dann?«

»Selbstverständlich«, Schwarz nickte. »Kommen Sie, das war aufwühlend genug. Ich bringe Sie hinaus.«

Simons verabschiedete sich von Isa Winterbergs Mutter und versuchte, seine schwirrenden Gedanken irgendwie zu ordnen, während er auf Schwarz' Rückkehr wartete. Die Antwort auf das Mysterium rund um Ben Winterbergs Verschwinden schien offenbar doch in der Familie zu liegen. *Verdammt nochmal.* Er schob den Stuhl, auf dem er kurz zuvor gesessen hatte, so heftig gegen den Konferenztisch, dass es schepperte.

War Frau Winterberg labiler, als es den Anschein gemacht hatte? Hatte Herr Winterberg sie deshalb von der Polizei abzuschirmen versucht? Um sie zu schützen? War das vielleicht auch der Grund, weshalb Mark Winterberg bei keinem ihrer Gespräche erwähnt hatte, dass Isa Winterberg in psychiatrischer Behandlung gewesen war? Saßen sie mit einem DNA-Test dem Wahn einer tragisch kranken jungen Frau auf, die womöglich auch etwas mit der Entführung ihres eigenen Kindes zu tun gehabt hatte und nun vollends durchzudrehen schien?

Was war dann aber mit ihrem verdammten Gesicht, das jedes ihrer Gefühle spiegelte? Frau Winterberg hatte immerzu und jedes Mal ehrlich auf ihn gewirkt. Tapfer und klug. Sanftmütig und bescheiden. Nicht … verrückt.

Was ist also, wenn der DNA-Test tatsächlich zeigt, dass der Junge nicht Ben Winterberg ist? Was ist, wenn Isa Winterberg Recht hat? Der Kriminalhauptkommissar lachte auf, obwohl ihm noch nie weniger nach Lachen zumute gewesen war. Es schallte auf seltsame Weise durch den leeren Besprechungsraum. »Das ist doch der reinste Wahnsinn«, sagte er dann in die Stille hinein. Und stellte fest, dass ihm nun tatsächlich furchtbar schlecht war.

KAPITEL 54

Simons öffnete die Glastür am Eingang des Polizeipräsidiums und atmete den frischen Wind ein, der ihm entgegenschlug. Er war müde, und genau deshalb würde ihn nichts von einer Laufrunde abhalten können, wenn er gleich nach Hause kam. Nach einer kurzen Dusche würde er danach zurück zum Präsidium fahren.

Der vergangene Tag war anstrengend gewesen. Bode hatte die Sonderkommission nach Rücksprache mit der Staatsanwaltschaft wieder einberufen, allerdings mit verminderter Personenzahl, um die möglichen neuen Ansatzpunkte für weitere Ermittlungen erst einmal zu prüfen.

Einer der Punkte, über den sie lange diskutiert hatten, war, ob sie Mark Winterberg angesichts der undurchsichtigen Sachlage über ihr Vorhaben eines erneuten DNA-Tests informieren sollten oder ob es aus ermittlungstaktischen Gründen klüger wäre, ihn im Unklaren zu lassen. Das würde jedoch bedeuten, dass sie ohne sein Wissen an die DNA des Jungen gelangen mussten; seine und Isa Winterbergs DNA-Proben lagen bereits vor.

Simons hatte vorgeschlagen, das kriminaltechnische Labor zunächst herausfinden zu lassen, ob sie über die Kleidung, die Ben bei seiner Rückkehr getragen hatte, ausreichend und eindeutig zuzuordnende Hautzellen oder sonstige Partikel gewinnen konnten, um ein ausreichendes DNA-Profil von dem Jungen ableiten zu können.

Parallel dazu wollte Bode schon einmal mit dem Staatsanwalt die Möglichkeit eines richterlichen Beschlusses für einen DNA-Abgleich von Mark, Isa und Ben Winterberg ohne die Einwilligung der Beteiligten besprechen.

In der Zwischenzeit hatte Simons mit der Psychiaterin aus Langenfeld sprechen können, in deren Betreuung sich Isa Winterberg befand. Allerdings hatte sich Frau Dr. Strohwanger in keiner Weise auf irgendetwas festlegen wollen. Sie könne Isa Winterbergs Gesundheitszustand noch nicht einschätzen, die Untersuchungen dauerten noch an. Dr. Blums psychiatrische Berichte läsen sich schlüssig, die Kollegin genösse zudem eine großartige Reputation in Fachkreisen. Der einzige Grund, weshalb Dr. Strohwanger dennoch erneute umfassende Untersuchungen angeleiert habe, sei der, dass die Mutter der Patientin, Eleonore Dahl, die Aussagen ihres Schwiegersohnes und der behandelnden Ärztin ihrer Tochter bestritten habe. Hier müsse man wiederum berücksichtigen, dass Frau Dahl bereits ihren Mann durch Suizid an eine paranoide Schizophrenie verloren habe. Sie könnte also ihre eigenen Gründe haben, eine mögliche Erkrankung ihrer Tochter zu bestreiten oder gar zu leugnen. Frau Winterberg käme Dr. Strohwanger grundsätzlich schon sortiert vor, aber das müsse nichts heißen. Wahnvorstellungen hätten viele Gesichter. Nein, sie wolle sich hier wirklich noch nicht festlegen, bevor sie ihre Untersuchungen nicht abgeschlossen habe. Einen solchen Fall habe sie noch nie gehabt.

Tja, wir auch nicht, dachte Simons jetzt, als er auf seinen Wagen zuschritt. Die Elektronik piepte, als er ihn öffnete. Die Scheinwerfer erhellten den vom Regen fleckigen Parkplatzasphalt, als sein Diensthandy klingelte. Seufzend zog er es aus der Tasche seiner gefütterten Lederjacke, die ihn laut Schwarz wie einen in die Jahre gekommenen Piloten aussehen ließ.

»Ja?«

»Das musst du dir ansehen!«, drang die aufgeregte Stimme seines Partners aus dem Hörer. »Ich hoffe, du bist noch nicht losgefahren?«

»Wieso?«

»Frau Dahl hat ein Foto des Jungen in sämtlichen Facebook-Gruppen gepostet. Das hat die Presse aufgegriffen, es wird gerade im Fernsehen ausgestrahlt.«

»Bitte was? Wieso hat sie das denn getan? Dieses Vorhaben hat sie bei ihrem Besuch mit keinem Wort erwähnt! Und wieso hat sich die Presse nicht vorher bei unserer Pressestelle gemeldet?« Fluchend schloss Simons sein Auto wieder ab und ging schnellen Schrittes zurück zum Eingang des Präsidiums.

»Unser Pressesprecher meint, da stecke ein übereifriger Journalist hinter. Anscheinend haben wir aus seiner Sicht zu oft jegliche Auskünfte über den Fall Ben Winterberg verweigert.«

»Tja, da hat ihm Frau Dahl dann wohl prächtig in die Karten gespielt. Wieso hat sie nicht auf das Testergebnis gewartet?«

»Ich habe sie schon einbestellt. Das kann sie uns gleich alles selbst erklären. Hier laufen bereits die Telefone heiß.«

»Ich bin gleich wieder oben«, versprach Simons, legte auf und hastete die Treppen zu den Räumlichkeiten des Kriminalkommissariats hoch.

KAPITEL 55

Eva ertränkte ihren Kummer in Wolle.

Sie saß auf ihrem Sofa und häkelte kleine Untersetzer mit ausgefallenen Mustern. Neben ihr lagen haufenweise fertige Topflappen, Schals, Tischdecken, Wandbehänge und Kissenbezüge. In zwei Wochen war wieder Kirchenbasar, die Einnahmen kamen ihrem Ortsteil zugute, und sie freute sich schon auf den Blick der Vorsitzenden ihrer christlichen Frauengruppe, wenn sie ihr ihre Werke präsentierte. Seit vielen Jahren schon befanden sie sich in einem inoffiziellen Wettstreit um die schönsten Handarbeiten.

Eva blinzelte hektisch und schaltete das Fernsehprogramm um. Wenn Margarete noch lebte, würden ihre Freundin und sie gemeinsam häkeln und stricken. Und sich über die Vorsitzende aufregen.

Margarete war bereits seit einigen Monaten tot, die Todesursache schien noch nicht geklärt zu sein, zumindest hatte Eva nichts mehr dazu gehört. Sie konnte es nach wie vor nicht fassen. Sie vermisste ihre gute alte Freundin schmerzlich und betete regelmäßig für sie. An solchen Abenden war es besonders schwierig. Ihre Hände bewegten sich wie von selbst. Bis sie plötzlich innehielt. Über den Fernseher flimmerte eine Eilmeldung.

Eva griff nach der Fernbedienung, um lauter zu stellen. Dass ihr dabei ihre Häkelarbeit aus der Hand rutschte, bemerkte sie gar nicht. Die eine Hand vor dem Mund, die andere Hand am Herzen saß Eva da und konnte nicht glauben, was sie sah.

»Wenn Sie den Jungen erkennen und ihn womöglich in Verbindung mit einer älteren Frau gesehen haben, deren Name ›Rete‹ oder ähnlich lautet, melden Sie sich bitte bei Ihrer örtlichen Polizeidienststelle oder unter Chiffre-Nummer 539710 direkt bei unserem Team. Vielen Dank«, plärrte eine sonore Männerstimme aus dem Fernseher. »Und jetzt zum Wetter.« Der Nachrichtenmann übergab an seine Kollegin im korallenroten Kleid, die in die Kamera strahlte, als wäre die Wetteransage der Traum ihres Lebens.

»Rete«, flüsterte Eva mit aufgerissenen Augen. Konnte das wahr sein?

Ihre Hände zitterten unablässig, als sie die Nummer der Polizei in ihr Telefon tippte.

»Polizeirevier Frankfurt Oder, Schuster am Apparat. Was kann ich für Sie tun?«

»Mein Name ist Eva Micharek«, stammelte die alte Frau.

»Können Sie bitte etwas lauter sprechen, ich verstehe Sie schlecht.«

Eva räusperte sich. »Micharek, Eva Micharek. Ich … ich kenne den Jungen.«

Aus der Leitung erklang ein Seufzen. »Sprechen Sie von der Meldung aus den Nachrichten? Der Junge aus Köln? Wir haben mit dieser Suchmeldung nichts zu tun. Ein riesiger Aufwand, es ist eine Katastrophe«, brach es aus dem Beamten heraus.

»Oh, okay. Okay. Ich kann auch beim Sender anrufen, wenn Sie nicht zuständig sind«, lenkte Eva ein und spürte, wie Hitze in ihre Wangen schoss.

»Wie sicher sind Sie sich denn, tatsächlich diesen Jungen gesehen zu haben?«, fragte der Beamte skeptisch. »Momentan haben wir die Anweisung von oben, seriöse Anrufe zumindest zu dokumentieren, bis die Sachlage geklärt ist.«

»Ich bin mir wirklich sehr sicher. Ich habe den Jungen gesehen. Vor ein paar Monaten. Mit meiner alten Freundin Margarete Wiakowski. Margarete. Wie Rete. Verstehen Sie?« Eva keuchte auf und fasste sich an die Brust. »Hier in Frankfurt. Sie ist allerdings tot, soweit ich weiß, soll es Selbstmord gewesen sein, sagen sie. Ihre Kollegen. Man hat Tabletten und Alkohol bei ihr gefunden. Aber das ist doch seltsam. Und dann taucht dieses Kind im Fernsehen auf. Das kann doch kein Zufall sein!« Eva nestelte an ihrer Bluse herum, ihr Herz stolperte unangenehm. Sie hatte gewusst, dass ihre Freundin in irgendetwas verwickelt gewesen war. »Wissen Sie, sie hat sich so seltsam benommen vor ihrem Tod. Ich wusste, da steckt etwas dahinter. Ich glaube, das ist der Junge, den ich bei ihr gesehen habe!«

Aus dem Hörer war nur hin und wieder ein »Mhh« oder »Aha« gedrungen, während sie erzählt hatte. Eva war sich nicht einmal sicher, ob das, was sie sagte, einen Sinn ergab. Dennoch schien der Polizeibeamte sich etwas zu notieren.

»Wie war der Name Ihrer Freundin?«, hakte er nach.

»Margarete Wiakowski.«

»Und Sie sagen, es gibt eine polizeiliche Ermittlung zu ihrem Tod? Und bei ihr haben Sie den Jungen gesehen?«

Eva nickte hektisch.

»Sind Sie noch dran?«

»Ja, ja. Entschuldigen Sie. Ich bin mir sicher! Er war bei ihr, ein paar Monate vor ihrem Tod. Im Sommer war das. Im Juli oder August, ganz genau weiß ich das nicht mehr. Ich habe das auch schon den ermittelnden Beamten erzählt, als ich Margaretes Lei…, als ich Margarete gefunden habe.«

»In Ordnung, geben Sie mir bitte noch Ihre Personalien und

eine Telefonnummer durch, unter der wir Sie erreichen können.«

Wenig später war das Telefonat beendet.

Und Eva saß mit Adrenalin in den alten Adern in ihrem Wohnzimmer und wusste nicht, wohin mit sich. Fahrig griff sie nach der heruntergefallenen und halb aufgelösten Häkelarbeit, nur um sie gleich darauf wieder sinken zu lassen. Ihre Meldung würde doch nie und nimmer ernst genommen werden. Vielleicht sollte sie es gleich in Köln auf der Wache versuchen.

Hastig ging sie zu ihrem Sekretär, auf dem ein Laptop von der Größe eines Aktenkoffers stand. Sie schaltete ihn ein und wartete, während er rauschend und knisternd zum Leben erwachte. Nervös strich sie ihren Rock glatt. *Margarete, du kannst auf mich zählen*, dachte sie. Dann hämmerte sie mit spitzen Zeigefingern auf ihre Tastatur ein.

KAPITEL 56

»Frau Dahl, Sie haben einen ganz schönen Wirbel veranstaltet«, begann Simons. »Bitte erklären Sie uns, was Ihre unabgesprochene Suchmeldung für einen Hintergrund hat. Immerhin beschäftigt die gerade sämtliche Polizeidienststellen im ganzen Land, wir können uns kaum retten vor Presseanfragen und Anrufen von vermeintlichen Zeugen. Wir sind irritiert, um es harmlos auszudrücken. Mit dem Öffentlichkeitsteam der Polizei war auf Wunsch Ihrer Tochter und Ihres Schwiegersohnes abgestimmt, dass nach Bens Rückkehr kein Foto von ihm an die Presse geht. Zum Schutz seiner Privatsphäre und der seiner Familie. Ihrer Familie.«

Die ältere Frau sah weinerlich aus. »Ich hätte nicht mit so einer Resonanz gerechnet! Und es war ja Isas eigener Wunsch. Sie dreht schier durch, da in der Klinik. So richtig wussten wir nicht, ob Sie uns überhaupt geglaubt haben und wie lange das nun alles dauert mit dem Test. Und Isa meinte, genau so eine Art Aufruf sei vor wenigen Wochen sowieso Ihr Vorschlag gewesen, unabhängig von der Frage, ob Ben nun Ben ist. Mark und sie, na ja, eigentlich war es eher Mark, der eine Fotoveröffentlichung damals abgelehnt hat, aus Sorge um Ben, aber jetzt, angesichts der Umstände …«, Frau Dahl schüttelte den Kopf und schluckte. »Also hat sie mir erklärt, wie ich das Foto in diese Facebook-Gruppen einstelle. Dann haben sich die Journalisten darauf gestürzt. Ich wollte Ihnen keine Probleme bereiten, aber

Isa ist meine Tochter, und wir wussten uns doch nicht anders zu helfen! Isa vertraut niemandem mehr, verstehen Sie? Sie hat solche Angst um ihr Kind, das zerreißt sie einfach! Sie muss wissen, ob diese Angst begründet ist oder nicht, und was hat sie noch zu verlieren?«

Es klopfte an der Tür. Schwarz, der ihr am nächsten saß, stand auf und streckte den Kopf hinaus. Er unterhielt sich flüsternd mit einem Kollegen, trotzdem war das Wort ›Anruferin‹ und der Satz ›kennt den Jungen‹ deutlich zu hören. Frau Dahl richtete sich auf.

»Florian, kommst du mal kurz mit raus?«, forderte ihn Schwarz mit betont ruhiger Stimme auf.

Als Simons zurückkehrte, hatte Spannung von ihm Besitz ergriffen.

»Frau Dahl, ich danke Ihnen für das Gespräch. Wir haben vorerst keine Fragen mehr. Wenn irgendetwas ist …«

»Hat sich jemand gemeldet? Der Ben erkannt hat?«, unterbrach ihn Eleonore Dahl und riss die Augen auf. »Bitte, ich kann seit Wochen weder schlafen noch essen. Bitte sagen Sie mir, was los ist!«

»Wir müssen das Ganze erst gründlich prüfen und können Ihnen keine Ermittlungsdetails weitergeben«, antwortete Simons und zögerte. Er wollte der Frau weder falsche Hoffnungen machen noch zu viele Informationen preisgeben, doch er musste wissen, wie sie auf die Nachricht reagierte. Er räusperte sich. »Es hat sich jemand gemeldet, der Ben – das heißt, einen Jungen, der ihm ähnlich sieht – vor einiger Zeit in Begleitung einer älteren Dame gesehen haben will.«

Eleonore Dahl griff sich an die Brust.

»Das muss Sie bitte nicht beunruhigen, Frau Dahl, wie gesagt, wir gehen dem Ganzen erst noch nach und können zum jetzigen Zeitpunkt nichts über den Wahrheitsgehalt dieser Aussage sagen.«

»Das ist es nicht«, stotterte Frau Winterbergs Mutter. Ihr rotfleckiges Gesicht war merkwürdig blass geworden. »Ich wusste, meine Tochter ist nicht verrückt! Eine ältere Frau sagen Sie?«

Simons runzelte die Stirn und nickte. »Sagt Ihnen das was?«

»Nicht mir, aber Isa! Es tut mir leid, mir fällt das erst jetzt wieder ein. Sie rief mich an, kurz bevor sie eingewiesen wurde, weil sie etwas Merkwürdiges erfahren hatte. Sie hatte meinen Schwiegersohn in seiner Praxis besuchen wollen, dort allerdings nur die Arzthelferin angetroffen. Die hat ihr erzählt, im Sommer sei ein Junge mit einer älteren Frau in Marks Praxis gewesen, der Ben zum Verwechseln ähnlich gesehen habe. Sie soll Mark sofort informiert haben, dass es sein könne, dass sein Sohn im Wartezimmer sitze, es war ja immerhin zu der Zeit, als unser Ben verschwunden war. Die Arme war jedoch im Nachhinein ganz beschämt, dass sie sich wohl geirrt hatte – das jedenfalls hatte Mark ihr versichert. Isa schien sich da nicht so sicher zu sein!«

Simons zog die Brauen zusammen. »Frau Dahl, das ist erneut eine überaus wichtige Information, die Sie uns bereits heute Vormittag oder viel früher hätten mitteilen müssen. Was hat Herr Winterberg denn zu diesem Vorfall gesagt? Ihre Tochter hat ihn doch sicherlich darauf angesprochen.«

Eleonore Dahl stockte. »Das ist eine gute Frage, das weiß ich ehrlich gesagt nicht. Es ging alles drunter und drüber, kurze Zeit später rief er mich an und sagte mir, dass meine Tochter im Krankenhaus ist.« Ihre Unterlippe begann zu zittern. »Kann das ein Zufall sein? Dass Ben, oder wer auch immer, zweimal in Zusammenhang mit einer älteren Frau erwähnt wird?«

Diese Frage stellte sich auch Simons. *Einer älteren Frau, die jetzt tot ist,* fügte er im Geiste hinzu.

KAPITEL 57

»Woran erinnern Sie sich konkret, Frau Moor?«, fragte Simons und beobachtete die junge Sprechstundenhilfe ganz genau. Schwarz und er hatten extra einen Zeitpunkt am Abend gewählt, um Mark Winterbergs Angestellte ungestört und bei sich zu Hause anzutreffen.

»Also … ich … das ist mir wirklich unangenehm, ich wollte ja gar keinen Wirbel veranstalten«, stammelte Lisa Moor mit hochrotem Kopf. Sie strich sich mit zitternder Hand eine Haarsträhne aus der Stirn.

»Das haben Sie nicht«, erwiderte Simons. »Wir brauchen nur ein paar weitere Informationen.« Er hob die Augenbrauen, lächelte, wie er hoffte aufmunternd, und wartete.

Mark Winterbergs Arzthelferin nickte, ihre Gesichtszüge waren wie festgefroren.

»Ja, natürlich, klar.« Unsicher und stotternd erzählte sie von dem Besuch des Jungen und seiner Oma in der Praxis im Sommer und auf Schwarz' Nachfrage, noch nervöser, von Mark Winterbergs Reaktion. Ihre Augen huschten zwischen den beiden Kriminalhauptkommissaren hin und her. »Wie ich Frau Winterberg schon sagte, ich habe da einen unnötigen Aufruhr veranstaltet. Mir tut das so leid, es war ja nicht Ben. Und dass Herr Winterberg total durch den Wind war, kann man ja verstehen. Er ist so ein toller Chef, ein engagierter Arzt, seine Familie steht über allem, er …«

»Haben Sie die Personalien des Kindes und seiner Oma im Praxissystem?«, unterbrach Schwarz die erneute Rechtfertigungstirade der jungen Frau und ihr vorsorgliches Bemühen, ihren Chef zu verteidigen.

Lisa Moor schluckte, schüttelte den Kopf und richtete ihren Blick zu Boden, als sie antwortete. »Nein, die …«, sie räusperte sich. »Die haben wir nicht. Die Oma des Jungen hatte keine Krankenkassenkarte dabei und hat sie auch nicht nachgereicht.«

Schwarz zog die Brauen hoch und warf Simons einen Blick zu.

»Und weshalb haben Sie die Daten nicht festgehalten und die Karte nachgefordert? Ich nehme an, Sie haben nicht regelmäßig Patienten, die Sie umsonst behandeln?«

Lisa Moors Gesicht nahm einen noch dunkleren Farbton an. »Nein, wir … also, wir haben nichts notiert. Herr … Herr Winterberg wollte das auf sich beruhen lassen. Das kann ich total verstehen, es muss ihn traumatisiert haben zu denken, Ben sei wieder aufgetaucht, einfach so, in seiner Praxis.«

»Hat es sich bei der älteren Frau, die das Kind in die Praxis begleitet hat, um diese Person hier gehandelt?«, fragte Simons und hielt der Arzthelferin ein Foto von Margarete Wiakowski hin, das sie inzwischen zur Verfügung gestellt bekommen hatten.

In dem Moment, in dem sich ihre Augen weiteten, hatte Simons seine Antwort. Sein Herzschlag beschleunigte sich.

»Ja, ich … ich meine, es ist lange her, und ich habe sie nicht lange gesehen, aber … ja, ich erinnere mich an diese Frau. Das müsste sie sein. Wie … wie kann das sein? Wer ist das?« Nun lag Schock in den Augen von Lisa Moor. Schock und Irritation.

Schwarz fuhr sich durch die Haare und warf Simons einen schnellen Blick zu. Dieser verstaute das Foto der Frau, die jetzt tot war, in seiner Jackentasche und bemühte sich entgegen seiner Aufregung um einen geschäftsmäßigen Ton.

»Vielen Dank, Frau Moor, Sie haben uns sehr geholfen. Unterschreiben Sie bitte noch auf der Mitschrift meines Partners und bestätigen, dass alle Angaben, die er notiert hat, so korrekt sind. Wir möchten Sie bitten, unser Gespräch für sich zu behalten. Wenn Ihnen noch etwas einfällt, melden Sie sich.« Simons reichte der fassungslosen Frau eine Visitenkarte und wandte sich zum Gehen.

»Verstehst du, was hier los ist?«, fragte Schwarz und schaltete in den nächsten Gang.

Sie hatten Bode Bericht erstattet und waren nun auf dem Weg zum Haus der Winterbergs, um Mark Winterberg mit den neuen Ermittlungserkenntnissen zu konfrontieren. Bode hatte Bruck und ihren Partner Schneider auf die Frankfurter Anruferin angesetzt, um möglichst schnell noch mehr über die ganze Situation herauszufinden.

»Noch nicht.« Simons schüttelte den Kopf. »Wieso war Ben mit dieser Frau in der Praxis von Mark Winterberg, und warum hat dieser geleugnet, dass der Junge sein Sohn war? Und wieso ist Frau Wiakowski jetzt tot? Wir hätten näher dranbleiben müssen. Auch, was Isa Winterbergs Einlieferung angeht. Ich hatte Bruck zu verstehen gegeben, dass mir die Recherche dazu wichtig ist. Aber ich kann ihr keinen Vorwurf machen. Ich hätte es direkt offiziell über die Sonderkommission laufen lassen sollen. Ich hätte meinem Gefühl vertrauen sollen. Verdammt nochmal. An der ganzen Sache ist ganz gewaltig etwas faul.«

Schwarz setzte den Blinker und schwieg eine Weile.

»Ich halte nichts davon, sich im Nachhinein Vorwürfe zu machen. Es gab ja keine markanten Anhaltspunkte. Natürlich hatten wir das Verschwinden des Jungen noch nicht aufgeklärt …«

»Und wieso er überhaupt zurückgekehrt ist«, stieß Simons aus.

»Ja. Aber der Junge war immerhin in Sicherheit. Die Sache mit dem Kind in der Praxis, wenn es denn wirklich Ben war, konnten wir nicht ahnen. Genauso wenig konnten wir ahnen, dass Isa Winterberg seine Identität anzweifelt. Wie hätten wir darauf bitte kommen sollen, wenn keiner der Betroffenen mit uns spricht? Und ganz ehrlich, das mit der Identität halte ich für eine steile These. Eine wirklich steile These.«

»Vielleicht war genau das unser Fehler.« Simons runzelte die Stirn. »Der Fall steckte fest, monatelang. Wir haben nicht außerhalb unseres gewohnten Rahmens gedacht. Vielleicht haben wir uns die ganze Zeit die falschen Fragen gestellt.«

»Noch ist ja aber überhaupt nicht klar, ob an der Sache mit der Identität etwas dran ist. Beide Elternteile haben Ben als ihr Kind identifiziert. Es wird kein anderes Kind mit diesen Merkmalen vermisst. Dann das passende Alter, die passende Optik. Das ergibt doch überhaupt keinen Sinn. Ehrlich gesagt erscheint mir eine psychische Erkrankung bei Isa Winterberg viel wahrscheinlicher. Alles andere wirft nun wirklich völlig verrückte Fragen auf.«

»Genau das meine ich ja.« Simons starrte durch das Beifahrerfenster. »Es sind neue Fragen. Fragen, die Bewegung reinbringen. Eine Bewegung, die wir nur noch nicht verstanden haben.«

Schwarz trommelte mit seinen Daumen auf das Lenkrad. »Der Zeitraum, in dem die Zeugin Ben in Frankfurt bei Margarete Wiakowski gesehen hat, würde ja passen, oder?«

»Beziehungsweise das zurückgekehrte Kind«, warf Simons ein und runzelte die Stirn. »Ja, das würde passen. Das war laut der Zeugin im Frühsommer.«

»In dem Zeitraum, in dem Ben tatsächlich verschwunden war. Und kurz darauf dann die Sichtung von Margarete Wiakowski und dem Jungen in der Praxis von Mark Winterberg.«

»Ja«, erwiderte Simons knapp. »Was er selbst nie irgendjemandem erzählt hat.« Nachdenklich verstummte er. »Weißt du, was mir bei dem Gespräch mit Frau Dahl durch den Kopf ging? Was mich nicht mehr loslässt?« Er schnaubte. »Hätten wir das Foto des Kindes nach seiner Rückkehr genutzt und wären damit an die Öffentlichkeit gegangen, hätte uns das einen Riesenschritt weitergebracht.«

»Du weißt doch, dass die Winterbergs der Veröffentlichung des Fotos nach Bens Rückkehr nicht mehr zugestimmt haben. Und weil das Recht auf informationelle Selbstbestimmung im Grundgesetz verankert ist, durften wir uns nicht darüber hinwegsetzen.«

Simons nickte. »Schon klar. Aber jetzt denk nochmal nach. Waren es wirklich ›die Winterbergs‹, die das nicht wollten? Wie sind die Gespräche nach der Rückkehr des Jungen abgelaufen? Ich erinnere mich, dass es vor allem Mark Winterberg war, der konsequent darauf bestand, seinen Sohn weder weiteren Befragungen noch der Öffentlichkeit auszusetzen. War nicht vor allem er es, der wiederholt Bedenken zu weiteren Ermittlungen geäußert hat?«

Sein Partner neigte den Kopf. »Hm«, murmelte er und zog seine Brauen zusammen. »Er hatte Sorge um seinen Sohn.«

»Die hatte Isa Winterberg auch, doch im Gegensatz zu ihrem Mann hat sie versucht, Antworten zu finden. Während sie sehr darunter zu leiden schien, dass wir die vergangenen Monate noch nicht aufgeklärt hatten, hat er sich insgesamt erstaunlich gut auf die Zukunft konzentrieren können. Das hat mich von Anfang an irritiert, aber ich habe angenommen, dass Menschen nun mal unterschiedlich mit solchen Situationen umgehen. Angst und Trauer zeigen sich nicht bei jedem auf die gleiche Weise, und manch einer steckt so etwas eben leichter weg als andere. Allerdings dachte ich das vor dem Hintergrund, dass Ben Winterberg zurückgekehrt ist. Wenn dieser Junge aber nicht Ben ist, wirft das ein völlig neues Licht auf das Verhalten des Vaters.« Er stieß die Luft aus.

»Schon. Das wäre dann aber die heftigste Kehrtwende, die je einer unserer Fälle genommen hätte«, erwiderte Schwarz.

Den Rest der Fahrt schwiegen die beiden Ermittler, jeder in seinen Gedanken versunken.

Die Einfahrt der Winterbergs war leer und das gesamte Haus dunkel, nirgendwo war Licht zu sehen. Die beiden Kriminalhauptkommissare stiegen aus und klingelten an der Haustür. Keine Reaktion. Simons versuchte, durch die Fenster zu spähen, konnte jedoch nichts erkennen. Zu schwach war das einfallende Licht der Straßenlaternen.

»Wo ist er?«, murmelte er. »Herr Winterberg? Hier ist die Polizei, bitte machen Sie auf!«, rief er laut, während Schwarz kraftvoll an die Tür klopfte und einen überraschten Laut ausstieß, als diese ohne jeden Widerstand aufschwang. Sie war nicht ganz verschlossen gewesen.

»Er ist nicht da«, ertönte eine Stimme von der Seite.

»Guten Abend, Frau Rosauer«, begrüßte Simons die Nachbarin der Winterbergs, die soeben aus ihrem Haus getreten war. »Haben Sie gesehen, dass Herr Winterberg das Haus verlassen hat? Er reagiert nicht auf unser Klingeln, und die Haustür steht offen.«

»Ja, es kam mir schon etwas komisch vor.« Die ältere Frau zog ihren Bademantel eng um sich. »Er war so in Eile, hat den kleinen weinenden Ben hinter sich hergezogen und einige Taschen in sein Auto geladen. Sie sind Hals über Kopf abgefahren. Und das um diese Uhrzeit!«

»Er ist also noch nicht lange fort?«, hakte er nach.

»Nein, eine halbe Stunde vielleicht.«

Simons hob die Augenbrauen und sah zu seinem Partner hinüber. Vermutlich hatte die Sprechstundenhilfe ihren Chef über den Besuch der Polizisten informiert. Entschieden drückte er die Tür auf.

»Wir bräuchten eigentlich einen Durchsuchungsbeschluss«, murmelte Schwarz mit Blick auf die nun offen stehende Haustür.

»Das Haus ist dunkel und verlassen, und die Tür steht offen. Es könnte etwas passiert sein. Hier besteht ohne Frage Gefahr im Verzug«, sagte er laut und deutlich. Und dann etwas leiser: »Ich will keine weitere Zeit verlieren, wir müssen endlich an den längeren Hebel kommen. Ich meine, kann das ein Zufall sein, dass Mark Winterberg ausgerechnet jetzt verschwindet?« Er zog ein paar Latexhandschuhe aus der Tasche und betrat den Hausflur. »Wir sehen uns das jetzt näher an. Du oben, ich unten.«

Schwarz folgte ihm nach kurzem Zögern und ging ins Obergeschoss, während Simons sich dem Erdgeschoss widmete.

Nach ein paar Minuten kam sein Partner die Treppe wieder herunter. »Die Schränke stehen offen, überall liegen Kleidungsstücke verstreut.«

Simons drehte sich um die eigene Achse. Auch um ihn herum herrschte pures Chaos. »Ich kann mich nicht erinnern, das Haus jemals in so einem Zustand gesehen zu haben.«

Schwarz raufte sich die Haare. »Es wirkt tatsächlich, als wäre er überstürzt aufgebrochen und hätte nicht vor, so schnell zurückzukommen.«

»Riechst du das auch? Hier riecht es irgendwie ...«

»Verbrannt«, ergänzte Schwarz und drehte sich schnuppernd in alle Richtungen.

Sie suchten eine Weile, bis Schwarz im Müll unter der Küchenspüle fündig wurde. »Na sieh mal einer an.«

Er starrte auf den Umschlag, der zur Hälfte versengt war. Mit spitzen Fingern zog er ihn unter einigen Bioabfällen hervor, öffnete das löchrige Papier und zog behutsam einen Zettel heraus, zumindest den Teil, der davon noch übrig war.

»Vielleicht war auch das hier der eigentliche Grund für seine Flucht und unser Eintreffen unmittelbar danach nur ein Zufall«, stellte er verblüfft fest.

Du scheinst dir absolut sicher zu
Ehemann, Vater und Arzt. Aber das
Schein, nicht wahr? Bald werd
Deine Fassade bröckelt und die
erfahren, wer du wirklich bist.
Richtige, bevor ich über dic

Schwarz zog sein Handy aus der Tasche, noch bevor Simons reagieren konnte. Auch sein sonst so behäbiger Partner schien nun in höchstem Maße alarmiert zu sein. *Endlich.*

»Bode? Schwarz hier. Wir brauchen einen Durchsuchungsbeschluss für die Praxis von Mark Winterberg und für sein Haus, außerdem eine Fahndung. Er scheint abgehauen zu sein. Hals über Kopf.« Er lauschte dem Sonderkommissionsleiter. »Genau. Ja, okay, das klingt gut. Dann kann die Spurensicherung hier direkt Proben von Ben für den DNA-Abgleich sichern.« Er sah sich um und nickte. »Genau, mit Ben. Die Nachbarin hat gesehen, wie er mit dem Jungen ins Auto gestiegen und davongefahren ist.« Abermals hörte sein Partner den Ausführungen des Kommissionsleiters zu, dann murmelte er zustimmend. »In Ordnung, wir halten Sie auf dem Laufenden.«

»Gibt es etwas Neues?«, fragte Simons, während sich die Ermittler auf den Weg zum Auto machten.

»Die Zeugin aus Frankfurt, Eva Micharek, ist nun auf dem Weg zum Präsidium. Bode sagt Bescheid, wenn sie eintrifft.«

Simons nickte und dachte einen Moment nach. »Okay. Dann sollten wir jetzt dieser Dr. Blum einen Besuch abstatten und herausfinden, was sie über die ganze Angelegenheit weiß. Und in die Langenfelder Klinik würde ich auch gerne fahren. Ich bin mir wirklich nicht mehr sicher, ob Frau Winterberg da richtig aufgehoben ist.«

»Ja, so langsam kommen auch mir Zweifel, doch wir sollten nichts überstürzen. Lass uns das Ergebnis des DNA-Abgleichs des Jungen mit den Winterbergs abwarten. Wir haben weder eine gesicherte Diagnose ihres Geisteszustandes noch einen Beweis, dass ihre Theorien der Wahrheit entsprechen. Außerdem können wir in der Klinik heute Abend ohnehin nichts mehr ausrichten. Frau Winterberg befindet sich dort immerhin in Sicherheit. Und abgesehen davon können wir eigentlich auch nicht ausschließen, dass ihre psychischen Probleme die Ursache für Mark Winterbergs Verhalten sind. Vielleicht stammt die Botschaft an ihn am Ende von ihr, und sie steckt hinter dieser ganzen Kette an Eskalationen?«

Simons öffnete die Autotür, hielt inne und sah seinen Partner über das Dach des Wagens hinweg an. »Möglich. Aber da habe ich meine Zweifel, Thorsten. Ich weiß, wir müssen neutral ermitteln, aber ich glaube nicht an eine so schwerwiegende psychische Störung. Anfangs konnte ich mir einfach nicht vorstellen, dass wir uns bei all unseren Gesprächen und Befragungen so in ihr getäuscht haben sollten, zugegeben. Aber so langsam kommen auch andere Punkte hinzu. Alles weist in irgendeiner Form auf Mark Winterberg hin, nicht zuletzt seine heutige Flucht. Auch der Brief, von wem auch immer er ist, deutet ja darauf hin, dass mit seiner augenscheinlich sauberen Fassade irgendetwas ganz und gar nicht stimmt. Und dass es jemanden gibt, der sein wahres Gesicht kennt und zu enthüllen droht.«

»Wir werden sehen«, murmelte Schwarz. »Schauen wir erstmal, was Adriana Blum zu alledem sagt.«

Simons klopfte auf das Wagendach und ließ sich hinter das Steuer sinken.

KAPITEL 58

»O mein Gott, o mein Gott«, wimmerte die Arzthelferin und hielt ihre Hände vor den Mund.

Sie standen im Eingang der Praxis von Adriana Blum, der Schlüssel steckte noch in der Tür, und starrten auf das Chaos, das sich vor ihnen ausbreitete.

Simons und Schwarz traten an ihr vorbei und blieben wie angewurzelt stehen.

Glücklicherweise wohnte Frau Stettler in einer kleinen Mietwohnung im selben Haus und hatte den Ermittlern die Praxis öffnen können, als dort niemand auf das Klingeln reagiert hatte.

»Die privaten Wohnräume von Frau Blum schließen sich an die Praxis an, sagten Sie?«, fragte Schwarz leise und starrte angestrengt in das Halbdunkel des eleganten Altbauflures.

»Ja, gleich dort hinten, wo die große Glastür ist«, antwortete Adriana Blums Mitarbeiterin aufgeregt und deutete den Flur hinunter. »O mein Gott«, stammelte sie dann erneut und machte ein paar Schritte nach vorne, hinein in das Chaos. Aufgerissene Schränke, verstreute Dokumente, aufgeschlitzte Tapeten. »Was, wenn ihr etwas passiert ist?« Ihre Stimme ging in ein verängstigtes Fiepen über.

Simons hob abrupt die Hand. »Frau Stettler, wir müssen uns erst umsehen. Warten Sie bitte draußen.« Er deutete mit gerunzelter Stirn auf den Eingang, die andere Hand ruhte auf seiner Dienstwaffe.

Er warf Schwarz einen Blick zu, der seine Hand ebenfalls bereits an sein Holster gelegt hatte. Er nickte und nahm die bebende Arzthelferin am Arm. »Kommen Sie«, flüsterte er und geleitete sie hinaus.

Dann kehrte er zurück zu Simons. Hoch konzentriert und so leise wie möglich gingen sie den Flur entlang. In jedem der Räume dasselbe Bild der Verwüstung. Es wirkte, als wäre nichts so belassen worden, wie es gewesen war. Selbst die Stühle im Wartezimmer waren zu einem Haufen aufgetürmt. Das einst elegante, seidig schimmernde Tapetenpapier hing in Fetzen herunter.

»Hier scheint wohl jemand etwas gesucht zu haben«, murmelte Schwarz, als sie im Behandlungsraum der Psychiaterin angekommen waren. Ein hochfloriger Teppich lag umgedreht auf einem nachtblauen Sessel, ein massiver Schreibtisch aus dunklem Holz war auf die Seite gekippt, sein Unterboden aufgebrochen.

Simons umrundete ihn, bückte sich und spähte in das aufgehebelte Holz. Dann richtete er sich wieder auf, zog Latexhandschuhe aus seiner Jacke und über die Hände und blätterte ein paar Seiten in einem aufgeschlagenen Aktenordner um, der auf einem Schubladenwagen neben dem Schreibtisch lag.

»Was kann eine Psychiaterin in ihrer Praxis versteckt halten, das so wertvoll ist, dass jemand diese derart auseinandernimmt?«

Schwarz, der ein teuer aussehendes Gemälde an der gegenüberliegenden Wand musterte, hob ratlos die Schultern. »Das ist eine gute Frage.« Mit ebenfalls behandschuhten Händen hob er den Rahmen des Bildes ein Stück von der Wand weg und spähte dahinter. »Da kann uns die Spurensicherung hoffentlich mehr sagen.«

Simons nickte. »Ja, lass uns noch einen Blick in die Privaträume werfen und dann nochmal Meldung machen.«

Er trat zurück auf den Flur und von dort auf die große Glastür zu, die sich mit ein wenig Druck aufschieben ließ. Dicht gefolgt von Schwarz besah er sich die edle schwarze Küche, deren Küchenschränke fast ausnahmslos offen standen und genau wie die Praxis durchwühlt worden waren, das Wohnzimmer mit einer Liegelandschaft in Teddyfell-Optik, aus der das Innenleben der Polster an den Stellen quoll, an denen sie aufgeschnitten worden war, und das in Tannengrün gestrichene, holzvertäfelte Schlafzimmer mitsamt Bett, auf dem sich Kleidung aus dem Schrank in wirren Knäueln stapelte.

Während Simons das kleine Badezimmer betrat, das wie der Rest der Wohnung und der Praxis äußerst hochwertig und geschmackvoll gestaltet war, benachrichtigte Schwarz erneut den Sonderkommissionsleiter.

»Die Spurensicherung hat heute verdammt viel zu tun«, murmelte er, als er aufgelegt hatte. »Jetzt läuft eine zweite Fahndung nach Frau Blum. Was ist hier nur los?« Er rieb sich über sein Gesicht. »Was machst du da?«

Simons kniete vor der Badewanne und klopfte die Fliesen ab. »Sei bitte mal leise.« Er hielt sein Ohr näher an die Wanne und fuhr konzentriert über die Fugen. An mehreren Stellen drückte er probeweise, bis er spürte, wie eine der Fliesen minimal nachgab. Sein Puls beschleunigte sich.

»Hatten wir diese Stelle nicht mal in irgendeinem Lehrbuch für gewiefte Verstecke? Ich fasse es nicht«, schnaubte Schwarz und beugte sich schwerfällig neben Simons herunter, der begonnen hatte, die Fliese aus ihrer Verankerung zu heben. »Das kann doch nicht wahr sein, was bist du, ein Spürhund?«

Simons reagierte nicht. Er konzentrierte sich einzig und allein darauf, die Fliese zu lösen und reichte sie schließlich an Schwarz weiter, der sie behutsam beiseitestellte. Dann zückte er seine Taschenlampe und leuchtete den Hohlraum aus, der sich hinter der Fliese auftat. Mit der Hand fuhr er an der rauen Außenseite der Badewanne entlang und tastete die Rückseite der Fliesen ab.

Plötzlich hielt er inne. »Da ist etwas!«, wisperte er und beugte sich noch etwas weiter nach vorne.

Ein Gegenstand. Er befühlte ihn. Viereckig, größer als erwartet. Er betastete seinen Rand, griff nach einer Ecke und zog versuchsweise. Es dauerte eine Weile, bis er den Gegenstand in Richtung Loch befördert hatte, da er sich immer wieder zwischen Fliesen und Wanne verkantete. Ächzend manövrierte der Kriminalhauptkommissar ihn heraus und legte ihn behutsam vor sich auf dem Boden ab.

Ein dunkelgrauer Aktenordner. Simons schlug ihn auf.

»Was ist das denn?«, stieß Schwarz tonlos aus.

Simons biss seinen Kiefer so fest zusammen, dass es knackte, und blätterte ein paar Seiten weiter. Übelkeit stieg in ihm auf, denn er erkannte etwas wieder. »Der Fall entpuppt sich als absoluter Albtraum.«

KAPITEL 59

»Frau Winterberg? Dr. Strohwanger möchte Sie sprechen!«, erklang es von der Tür des Gruppenraums. Eine Krankenschwester steckte den Kopf herein und murmelte dem Therapeuten eine Entschuldigung zu.

Isa stand überrascht auf und folgte ihr hinaus. Diese Gruppentherapiesitzungen waren ihr ein Gräuel. Sie war froh, dass ihr heute eine Ausrede geliefert wurde, nicht daran teilnehmen zu müssen. Sie klopfte an die Tür des Büros der Ärztin und betrat es nach einem knappen »Herein!«.

Dr. Strohwanger saß an ihrem Schreibtisch und sah auf. »Frau Winterberg, gut, dass Sie so schnell gekommen sind. Bitte setzen Sie sich.« Sie wies auf die Stühle vor ihrem Tisch und legte ihre Brille ab.

»Sind Sie fertig mit Ihren Tests?« Isa fühlte Angst in sich aufsteigen.

Die Ärztin zögerte einen Moment. »Ja, so gut wie. Ich werde noch einen Bericht schreiben und hatte eigentlich vor, dieses Gespräch in den kommenden Tagen ganz in Ruhe mit Ihnen zu führen. Aber angesichts der Umstände ist es glaube ich sinnvoll, dass wir das vorziehen.«

»Angesichts der Umstände?« *Hat sie von dem Facebook-Aufruf Wind bekommen?* Isa setzte sich und versuchte sich zu wappnen.

»Es sind zwei Polizisten hier, die nachher ebenfalls mit Ihnen reden möchten. Es gibt offenbar neue Entwicklungen in Ihrem Fall.«

Isas Mund wurde trocken. »Neue Entwicklungen?«

»Sie werden es Ihnen selbst erklären, ich will da nichts vorwegnehmen, darf ich auch gar nicht. Aber ich habe darum gebeten, dass ich als Ihre Ärztin vorher allein mit Ihnen über Ihre Testergebnisse spreche und über die Option, Sie zu entlassen. Damit Sie nach dem Gespräch mit der Polizei eine gute Entscheidung für sich treffen können.«

»Gute Entscheidung?« Isa hatte Schwierigkeiten, der jungen Ärztin zu folgen. Was hatte die Polizei herausgefunden?

Dr. Strohwanger nickte und betrachtete Isas Akte, die aufgeschlagen vor ihr auf dem Tisch lag. »Ja, eine gute Entscheidung in Bezug auf Ihren Aufenthalt hier. Sowohl meine Kollegin als auch ich konnten nämlich auch abschließend keinen konkreten Hinweis darauf finden, dass Sie unter einer Störung aus dem Bereich der Schizophrenie oder an Wahnvorstellungen leiden. Momentan ist das Einzige, was dafür sprechen würde, die Aussage der beiden Personen aus Ihrem Umfeld. Ihre emotionale Instabilität, mit der Sie hier angekommen sind, lässt sich ganz klar durch die Traumata erklären, die Sie in den letzten Monaten erlebt haben. Und das Gefühl der Fremdheit zu Ihrem Sohn – nun …«, Dr. Strohwanger suchte nach Worten. »Ich würde das ebenfalls nicht zwangsläufig einer manifesten tiefergehenden Störung zuschreiben. Auch das kann ich mir grundsätzlich auch im Zusammenhang mit Bens Entführung und Rückkehr nach mehreren Monaten vorstellen. Sie stehen so oder so unter einem enormen Druck.« Die Ärztin verstummte für ein paar Sekunden und betrachtete Isa forschend. »Ihre MRT-Auswertung ist auch unauffällig. Sie kommen mir belastet, aber klar sortiert vor. Ich kann mir keinen Reim darauf machen, weshalb Ihr Mann und Ihre Ärztin anderes als das behaupten, was Sie mir über Ihre Vergangenheit berichtet haben. Angesichts der neuen Entwicklungen und der Aussagen der Polizei und unserer umfassenden und dennoch ergebnislosen Diagnostik wäre es für mich also nachvollziehbar, wenn Sie nach Hause gehen wollen würden.«

Isa wusste nicht, was sie sagen sollte. Zu viele Gedanken drängten sich gleichzeitig in den Vordergrund und traten dann wieder zurück.

»Sie halten mich also nicht für … gestört?«, flüsterte sie schließlich und hatte Angst, die Worte der Ärztin missverstanden zu haben.

Dr. Strohwanger schüttelte langsam den Kopf. »Ich denke, Sie sind belastet und traumatisiert. Aber Stand jetzt sehe ich keine Anhaltspunkte für eine tiefgreifende Störung, nein. Auszuschließen ist sowas nie, es gibt theoretisch auch symptomfreie Phasen. Aber … nein. Ich denke, Frau Winterberg, mit Ihnen ist alles in Ordnung.«

In Isas Ohren begann es zu pulsieren. Sie schluckte mehrmals hintereinander gegen die Übelkeit an, die ihr die Kehle heraufkroch.

»Alles in Ordnung?«, echote sie mit zitternder Stimme.

»Ja«, antwortete die junge Ärztin und lächelte bewegt. »Davon gehe ich aus. Sie müssen sich bezüglich Ihres Aufenthaltes aber auch nicht jetzt gleich entscheiden«, ergänzte sie mit sanfter Stimme. »Nehmen Sie sich Zeit, sprechen Sie erst einmal mit der Polizei. Wenn Sie mögen, können wir uns dann später noch einmal zusammensetzen und überlegen, wie Sie mit der Situation umgehen möchten. Und wenn Ihnen die Belastung zu groß erscheint und Sie das Gefühl haben, irgendetwas nicht verarbeiten zu können, können Sie natürlich auch gerne hierbleiben. Sie stellen keine Gefahr für sich und andere dar, Sie können also ganz frei entscheiden, was Sie für sich selbst als richtig und notwendig empfinden.«

Isa nickte mechanisch, obwohl sie nichts lieber wollte, als endlich diese Klinik zu verlassen. Andererseits hatte sie noch keinen blassen Schimmer, was zur Hölle die Polizei herausgefunden hatte. Die Wanduhr tickte laut. Einige Sekunden lang war Isa in ihren Gedanken gefangen.

»Ich danke Ihnen für Ihre Unterstützung«, sagte sie schließlich und sah die junge Ärztin mit schwimmenden Augen an. »Ich … ich spreche mit der Polizei, und dann werde ich gehen und meinen Sohn finden. Das ist das Einzige, was zählt und schon immer gezählt hat. Damit alles endlich wieder in Ordnung kommen kann. Denn wenn mit mir alles okay ist, dann …«, Isa unterbrach sich. Der Gedanke, der sich auch in den letzten Minuten immer wieder in ihren Geist geschoben hatte, war so ungeheuerlich, so fürchterlich, dass sie ihn nicht zu Ende denken wollte. Hilflos hob sie die Arme, während ihr erste Tränen die Wangen hinunterliefen.

Dr. Strohwanger lehnte sich nach vorne und legte eine Hand auf Isas Unterarm. »Frau Winterberg, ich wünsche Ihnen von ganzem Herzen, dass alles wieder in Ordnung kommt. Ich wüsste nicht, wer das mehr verdient hätte als Sie. Manchmal ist es wirklich ungeheuerlich, welche Geschichten das Leben schreibt. Aber Sie sind nicht hilflos. Nehmen Sie den Stift in die Hand und schreiben Sie mit. Und melden Sie sich, wenn Sie meine Unterstützung brauchen. Ich bin für Sie da. Sie wissen, wo Sie mich finden.«

Isa nickte schluchzend.

KAPITEL 60

Wenige Minuten später verließ Isa aufgewühlt den Raum der Ärztin und ging zu den Patientenzimmern. Gemurmel drang aus den Therapieräumen, ihre Sohlen quietschten leise auf dem Linoleum.

Was hatte das alles zu bedeuten? Hatte ihr Gefühl tatsächlich die ganze Zeit über Recht behalten, und Ben war nicht Ben? Kälte stieg in Isa auf. Wer war dann der Junge, der monatelang als ihr Sohn unter ihrem Dach gelebt hatte? Der sie Mama nannte, mit dem sie gekuschelt hatte, den sie getröstet hatte? Den sie, so gut es ging, behandelt hatte wie ihr eigenes Kind? Den Mark als ihren gemeinsamen Sohn identifiziert hatte? Und wo war dann Ben, ihr Ben? Isa schüttelte den Kopf und atmete gegen die Panik an. Nach wie vor erschien ihr das Szenario, es könnte sich vielleicht wirklich nicht um Ben handeln, eigentlich doch zu finster und zu abgedreht, um wahr zu sein. Schließlich war da auch das Testergebnis von Mark, das sich immer wieder wie ein Mahnmal in ihre Gedanken schob. Von dem neuen Test hatte sie noch nichts gehört. Aber wenn Ben andererseits ihr Ben war – was war dann mit Mark los? Und Dr. Blum? Irgendwie passte das alles nicht zusammen. Sie konnte nicht erwarten zu hören, was die Polizei herausgefunden hatte. Und gleichzeitig hatte sie furchtbare Angst davor.

»Frau Winterberg?«

Eine große Gestalt löste sich von der Wand neben ihrer Zimmertür und kam auf sie zu. Es war Simons. Er wirkte, wie für ihn typisch, derart ernst und ruhig, dass Isa unwillkürlich an ihre erste Begegnung zurückdenken musste, in der sie ihm genau deshalb auf Anhieb vertraut hatte.

»Ich würde gerne mit Ihnen sprechen.«

Isa nickte, ihr Herz pochte ihr unangenehm in der Brust.

»Wie sind Sie verblieben? Bezüglich Ihres Aufenthaltes hier?« Er verstummte, als ein Pfleger mit einer schrill kreischenden Patientin an ihnen vorbeikam.

»Frau Strohwanger hält es für legitim, wenn ich nach Hause gehe. Sie sagt, dass meine Tests … unauffällig sind. Das möchte ich auch. Nach Hause gehen, meine ich«, antwortete Isa, als die beiden um die Ecke gebogen waren und schluckte. Sie hatte noch immer das Gefühl, sich rechtfertigen zu müssen, ihre Zurechnungsfähigkeit beweisen zu müssen, obwohl sie im Grunde ihrem gesamten Aufenthalt hier freiwillig zugestimmt hatte – wenn man von ihrer Einlieferung einmal absah.

Simons nickte nachdenklich, dann deutete er zum Ausgang. »Sollen wir Sie dann mit zurück nach Köln nehmen? Wir müssen wieder zum Präsidium, dann können wir unterwegs reden und verlieren keine Zeit. Packen Sie Ihre Sachen zusammen, und ich schaue, wo mein Partner ist. Wir treffen uns in zehn Minuten draußen?«

Isa packte in aller Eile und verließ mit großen Schritten die Klinik. Simons wartete mit laufendem Motor gleich vor dem Ausgang. Als sie sich auf den Beifahrersitz fallen ließ, nahm sie den unaufdringlichen Geruch seines Aftershaves wahr. Angespannt drehte sie sich zum Rücksitz, auf dem Schwarz saß und freundlich eine Hand hob. Sie lächelte flüchtig, zu nervös, um etwas zu sagen. Tausend Fragen gingen ihr im Kopf herum, aber sie wusste nicht, mit welcher sie beginnen sollte. Ob sie überhaupt wissen wollte, was hier los war.

Simons brach das Schweigen, nachdem er vom Klinikgelände gefahren war und begann, ihr in knappen Sätzen von den neuesten Entwicklungen zu berichten. »Es gibt inzwischen Hinweise darauf, dass Ihr Mann gewisse Informationen hat, die er uns vorenthalten hat.« Ein ernster Ausdruck lag auf dem Gesicht des Kriminalhauptkommissars. Er warf Isa einen prüfenden Blick zu. Auch Schwarz' Blick spürte sie auf sich. Sie konnte nicht einordnen, ob die Ermittler noch skeptisch in Bezug auf ihre Zurechnungsfähigkeit waren, ob sie sie ebenfalls für verdächtig hielten oder ob sie sich schlicht vergewissern wollten, dass sie aushielt, was Simons zu erzählen hatte. Isa kämpfte gegen ihre flacher werdende Atmung an. »Wir fahnden inzwischen nach ihm. Als wir gestern mit ihm sprechen wollten, haben wir nur Frau Rosauer angetroffen, die ihn kurz zuvor mitsamt Gepäck hat wegfahren sehen.«

Eine bleierne Stille legte sich über sie, die nur durch das Brummen des Automotors unterbrochen wurde.

»Weggefahren? Mark ist … Mark ist weg?«

Simons nickte mit zusammengezogenen Brauen. »So sieht es derzeit aus, ja.«

In Isa setzte sich eine Kaskade aus Gefühlen und Gedanken in Gang. Übelkeit und Fassungslosigkeit setzten sich durch und stiegen ihr die Kehle hinauf.

»Sie fahnden nach ihm? Mark würde doch nie abhauen«, presste sie hervor. »Mit … mit Ben?«

»Ja«, bestätigte Simons abermals und umschloss das Lenkrad fester.

»Haben Sie irgendeine Ahnung, wohin er gefahren sein könnte?«, fragte Schwarz von der Rückbank.

»Nein, ich … ich weiß es nicht.« Isa konnte keinen klaren Gedanken mehr fassen. Stattdessen machte sich ein verzweifeltes, paradoxes Gefühl in ihr breit. Die Möglichkeit, selbst erkrankt zu sein, erschien ihr plötzlich enorm verlockend. Während der Gedanke, Mark könnte tatsächlich in irgendetwas verwickelt sein, worauf seine Flucht nun unweigerlich hindeutete, eine furchtbare Angst in ihr auslöste. Auch wenn diese Möglichkeit seit ein paar Wochen im Schatten ihrer Gedanken gelauert hatte, so hatte Isa sie doch nicht wirklich für realistisch gehalten. Die Suchmeldung mit Bens Foto war pure Verzweiflung gewesen. Hilflosigkeit angesichts der Optionen: eigener Wahnsinn oder Machenschaften, die ihr den Sohn und den Ehemann nahmen.

Jetzt hätte sie sich liebend gern für den eigenen Wahnsinn entschieden. »Und die … die Suchmeldung? Von meiner Mutter?«, wisperte sie und atmete angestrengt durch die Nase ein und den Mund wieder aus, eine Technik, die ihr Dr. Strohwanger gegen Panikattacken empfohlen hatte.

»Sie scheinen mit Ihrer Facebook-Meldung eine Lawine an Ereignissen in Gang gesetzt zu haben, die eine wahnsinnige Geschwindigkeit aufnimmt«, meldete sich Schwarz von hinten zu Wort. »Ihr Umfeld scheint durch die Veröffentlichung von Bens Foto ziemlich aufgeschreckt worden zu sein. Wir wollten gestern Abend beispielsweise mit Frau Dr. Blum sprechen. Ihre Praxis und ihre Privaträume wurden vollkommen verwüstet, praktisch auf links gedreht, als hätte dort jemand etwas gesucht. Von Dr. Blum keine Spur. Ihre Mitarbeiterin war total aufgelöst.«

»Frau Stettler?« Isa hatte Mühe, das Gesagte zu verarbeiten. »Und Dr. Blum ist ebenfalls verschwunden? Ich verstehe nicht … wieso waren Sie überhaupt bei ihr?«

»Ihre Mutter hat uns bereits von Frau Blum erzählt, aber

könnten Sie uns noch einmal aus Ihrer Sicht schildern, wie Sie die Ärztin kennen gelernt haben und wie das Zusammentreffen mit Ihrem Mann ausgesehen hat?«, bat Simons, ohne auf Isas Frage einzugehen.

Irritiert sah Isa den Kriminalhauptkommissar von der Seite an und berichtete von Carlas Empfehlung und der kühlen ersten Begegnung zwischen Dr. Blum und Mark.

Simons nickte grimmig und tauschte über den Rückspiegel einen Blick mit seinem Partner. Isa konnte seinen Gesichtsausdruck nicht deuten.

»So hat Ihre Mutter uns das auch geschildert. Aber, Frau Winterberg, diese Begegnung, die Sie da beschreiben, war nicht die erste zwischen Ihrem Mann und Ihrer Psychiaterin. Denn die Frau saß ebenfalls in dem Ärztezirkel, dem Ihr Mann zum Zeitpunkt von Bens Verschwinden beiwohnte.«

Isa blieb der Atem weg. »Was?«, keuchte sie.

»Sie wussten wirklich nicht, dass sich die beiden kennen?«, fragte Schwarz skeptisch. Auch Simons warf ihr einen schnellen Blick zu, als er die Fahrspur wechselte.

»Nein. Er hat so getan … er …«, stammelte Isa und lachte auf. »Er hat so getan, als wäre sie eine Fremde. Ich war doch dabei, bei ihrem angeblich ersten Treffen. Er hatte vorher nur einmal mit ihr telefoniert. Darum habe ich ihn sogar gebeten. Ich wollte, dass er seine Bedenken bezüglich der Therapie ablegt und erkennt, dass sie eine hervorragende Ärztin ist und mir wirklich helfen kann. Ich begreife das alles nicht. Ich meine, jetzt, während meines Aufenthaltes in der Klinik, habe ich natürlich darüber nachgedacht, wie es sein kann, dass sie beide diese ungeheuerlichen Lügen über mich erzählen. Ich bin logischerweise zu dem Schluss gekommen, dass die zwei irgendwie im Austausch stehen müssen. Aber ich habe nicht verstanden, wie oder warum«, flüsterte Isa erstickt und kämpfte mit den Tränen. »Was habe ich überhaupt über Mark gewusst?«

»Wir haben im Haus einen Brief gefunden. Eine Drohung«, setzte Schwarz an und lehnte sich nach vorn. »Was wissen Sie darüber?«

»Einen Brief? Was? Ich weiß nicht, wovon Sie reden.« Isa atmete immer schneller. Sie wusste nicht, wie lange sie diese Situation noch aushalten konnte. Sie schloss die Augen und zählte stumm bis fünf.

»Es handelt sich um einen Brief, in dem angedeutet wird, dass Ihr Mann etwas zu verbergen hat.« Simons schien bemerkt zu haben, dass Isa ernsthaft mit der ganzen Situation zu kämpfen hatte, denn er sprach mit deutlich ruhigerer Stimme als zuvor Schwarz. »Wir müssen Sie das fragen: Wissen Sie etwas darüber?«

»Stammt der Brief von Ihnen, Frau Winterberg?«, kam es von der Rückbank.

Isa lachte auf. Es war ein schwaches Lachen, ein wackliges Lachen. Ein verzweifeltes Lachen.

»Ob der Brief von mir kommt? Ich habe doch gar keine Ahnung, was hier gerade passiert. Ich war …«, sie begann zu weinen. »Ich war bis eben in einer gottverdammten Psychiatrie. Weggesperrt von meinem eigenen Mann und meiner Ärztin, der ich in den letzten Monaten mein gesamtes Inneres anvertraut habe. Nur um dann zu erfahren, dass sich die beiden bereits kannten. Ich meine … ich meine …«, Isa schluchzte. »Das ist doch total krank.«

Es blieb eine Weile still im Auto. »Ja, das ist es wohl«, meldete sich dann wieder Simons zu Wort und starrte mit zusammengepressten Lippen auf die Fahrbahn. »Wir klären auf, was hier vor sich geht, Frau Winterberg. Wir warten noch auf das Ergebnis des DNA-Tests. Der sollte schon einmal etwas Klarheit in die ganze Sache bringen. Immerhin in Bezug auf Bens Identität.«

Isas Magen verkrampfte sich. »Halten Sie es also auch für möglich, dass Ben nicht Ben ist?«, flüsterte sie und wusste nicht, was sie hören wollte.

Der Ermittler schien seine Antwort abzuwägen. »Sagen wir es so … wir können uns noch keinen richtigen Reim auf das alles machen. Aber ich würde es auch nicht mehr kategorisch ausschließen.« Isa schluckte schwer. »Glauben Sie mir, auch ich bin von jeder neuen Wendung überrascht. Und das, obwohl ich als Polizist schon einiges erlebt habe. Ihr Fall ist schon ein ganz besonderer.« Simons fuhr sich über seine kurzen Haare und räusperte sich dann. »Es gibt noch etwas, worüber wir sprechen müssen. Wir haben bei der Durchsuchung von Frau Dr. Blums Privaträumen in einem Versteck etwas gefunden, was uns in höchste Alarmbereitschaft versetzt hat.« Zögerlich sprach er weiter. »Es ist ein Ordner, der eine Sammlung von Zeitungsartikeln enthält, in denen es um vermisste Kinder geht. Auch die Berichte über Ben sind darin abgeheftet.« Ein Stoß Adrenalin durchfuhr Isa. »Die Soko ist noch dabei, die Berichte zu prüfen. Die Fälle sind uns bekannt, sie haben alle innerhalb der letzten acht Jahre stattgefunden. Die zentrale Frage, die sich stellt, ist, weshalb Dr. Blum diese Artikel aufbewahrt hat. Uns ist aufgefallen, dass es in mindestens einem weiteren Fall eine Verbindung zu Ihrem Mann gibt. Das wiederum wirft weitere Fragen auf, die wir dringend beantworten müssen. Wir hoffen, dass Sie uns dabei unterstützen können.«

»Eine Verbindung zu Mark?« Erneut stieg Isa Übelkeit die Kehle hinauf. Ihre Augen flogen über die Autotür und suchten den Knopf für den elektrischen Fensterheber. Sie legte einen Finger darauf, für den Fall, dass sie sich tatsächlich übergeben musste, und atmete tief durch.

»Ja. Sagt Ihnen der Name Agata Nowak etwas?«

Isa schüttelte den Kopf.

»Ein kleines Mädchen, noch fast ein Baby. Sie tauchte schwer misshandelt im Porzer Krankenhaus auf, wo sie auch kurze Zeit später verstorben ist. Es war damals in der Presse, weil die Herkunft des Kindes ungeklärt war. Die deutschen Behörden haben einige Zeit gebraucht, um festzustellen, dass die Kleine aus Polen stammte und dort mit ihrer Mutter in einem Frauenhaus gelebt hatte. Ihre Mutter verschwand spurlos und konnte nie gefunden werden. Wir gehen davon aus, dass nicht sie die Verletzungen ihres Kindes verschuldet hat, sondern jemand anders.«

»Aber nur weil mein Mann in Porz arbeitet, muss er doch nicht gleich etwas mit diesem Fall zu tun gehabt haben«, hauchte Isa fassungslos.

»Nicht zwangsläufig, das ist richtig. Sein Name wird auch in keinem der Berichte erwähnt, doch wir haben herausgefunden, dass er Dienst hatte, als die Kleine dort war. Wenn Sie jetzt darüber nachdenken: Hat Ihr Mann vielleicht mal davon erzählt? Haben Sie über Dinge gesprochen, die ihn in seinem Job beschäftigt haben? In irgendeinem Zusammenhang?«

In Isas Kopf türmten sich schwarze Gedanken zu einem Ungeheuer auf. »Wann war das?«

»Herbst 2022.«

»Moment«, Isa hatte Mühe, ihren eigenen Gedanken zu folgen. »Doch ja, das müsste hinhauen«, flüsterte sie. »Ich war hochschwanger, es muss also Herbst 2022 gewesen sein, da wirkte Mark eines Abends furchtbar verstört, als er nach Hause kam. So hatte ich ihn noch nie erlebt. Er wollte mir nicht sagen, was los war. Irgendwann hat er schließlich doch auf mein Drängen hin erzählt, dass er ein misshandeltes Kind im Krankenhaus behandelt hat, das es leider nicht geschafft hat.« Isa schluckte. »Mein Gott, das muss die kleine Agata gewesen sein. Er war so voller Kummer und Zorn. Zumindest habe ich es damals so interpretiert. Aus heutiger Sicht … Ich kann nicht mehr sagen, welche Emotionen ihn wirklich beschäftigt haben.« Isas Stimme wurde dünn. Sie verstummte und umschlang ihren Oberkörper mit ihren Armen.

Ihre ganze Welt war aus den Fugen geraten, obwohl sie schon letztes Jahr um eine ähnliche Zeit gedacht hatte, dass ihr nichts Schlimmeres widerfahren könnte. Sie hatte angenommen, ihren Sohn, die größte Liebe ihres Lebens, verloren zu haben. Sie hätte nie für möglich gehalten, dass sie für eine Zeit sich selbst verlieren würde. Und dass sie nach all dem offenbar gerade im Begriff war, nun auch den Rest zu verlieren, der ihr Leben ausgemacht hatte. Ihren Mann, ihre Familie, ihr Vertrauen in die Menschen, die sie liebte.

»Entschuldigen Sie«, wimmerte sie, als ihr die Tränen kamen, nestelte an ihrer Tasche und zog ein Taschentuch hervor.

»Sie müssen sich nicht entschuldigen«, murmelte Schwarz von der Rückbank, während Simons auf die Straße starrte.

Eine Weile sagte keiner mehr etwas. Dann verlangsamte Simons und kam vor dem Haus von Isas Mutter zum Stehen.

»Frau Winterberg, ich weiß, das ist gerade alles enorm aufwühlend für Sie. Aber wir müssen Sie bitten, vorerst bei Ihrer Mutter zu bleiben und so gut es geht Ruhe zu bewahren. Wir wissen noch nicht, womit wir es zu tun haben, wohin Ihr Mann gefahren ist und was seine Absichten sind. Er hat schon einmal versucht, Sie aus dem Verkehr zu ziehen, indem er Sie unter Vorspiegelung falscher Tatsachen in die Geschlossene hat einweisen lassen. Wir können nicht einschätzen, zu welchen Maßnahmen er noch greifen würde, wenn er sich in die Enge getrieben fühlt. Wir melden uns, sobald wir mehr wissen«, sagte der hochgewachsene Kriminalhauptkommissar und sah Isa zum ersten Mal seit einigen Minuten wieder an. Mitgefühl überschattete die Augen des ansonsten so nüchtern wirkenden Ermittlers. Eilig wandte Isa ihr Gesicht ab.

»Ich soll also einfach warten?«, flüsterte sie fassungslos.

»Ja. Ich kann mir vorstellen, dass das alles andere als einfach ist.«

»Alles andere als einfach?« Isa lachte kraftlos auf. »Sie haben ja keine Ahnung.«

»Bitte vertrauen Sie uns und lassen Sie uns unseren Job machen. Ich verspreche Ihnen, dass wir uns melden, sobald wir können.«

Isa machte den Mund auf, um etwas zu erwidern, als Schwarz' Handy piepste. Mit gerunzelter Stirn sah er auf die Nachricht im Display.

»Wir müssen los«, sagte er zu Simons. »Tut mir leid, Frau Winterberg, wir müssen Sie jetzt rauswerfen. Wir halten Sie auf dem Laufenden, wie mein Partner bereits sagte, versprochen.«

»Schon gut.« Isa öffnete die Beifahrertür.

»Und denken Sie bitte noch einmal genau nach. Vielleicht gab es noch weitere Situationen, in denen Ihr Mann belastet von der Arbeit kam oder weitere Erzählungen von Kindern, die er während seines Dienstes behandelt hat. Egal, was es ist, alles kann uns helfen«, ergänzte Simons eindringlich.

»Ich glaube nicht. Die Geschichte mit dem Mädchen hat sich mir eingeprägt, weil er eben sonst nicht solche Sachen erzählt hat. Aber ich werde nachdenken.«

»Bitte auch darüber, wohin Ihr Mann gefahren sein könnte. Vielleicht fällt Ihnen da noch etwas ein. Sie haben ja unsere Nummer.«

Isa fühlte sich wie eine Versagerin, weil sie auf keine der Fragen eine Antwort liefern konnte. Weil sie sich selbst vollkommen verloren fühlte. Weil sie anscheinend nichts über ihren

Mann gewusst hatte. Sie nickte und stieg aus. »Danke fürs Fahren. Und für alles andere.«

»Passen Sie auf sich auf«, kam es von Simons, der ihr einen ernsten Blick hinterherwarf, während er bereits wieder den Motor startete.

KAPITEL 61

»Was willst du jetzt tun?«, fragte Eleonore.

Sie saßen in der Küche ihrer Mutter. Isas Tee erkaltete unangerührt. Sie war voller Nervosität und zeitgleich erschöpft, mit jeder Zelle ihres Körpers.

»Wenn ich das nur wüsste.«

Sie tippte auf das Display des Handys ihrer Mutter, obwohl sie es laut gestellt hatte und auf diese Weise keinen Anruf verpassen konnte. Ein Teil von ihr hatte gehofft, mit Mark sprechen zu können. Ihn nochmal anzurufen, auch wenn er auf ihre vorherigen Kontaktversuche nicht reagiert hatte, war ihr Plan gewesen, seit sie von seinem Verschwinden erfahren hatte. Sie hatte es kaum abwarten können und ihre Mutter gleich nach ihrer Ankunft um ihr Handy gebeten.

Ein naiver Teil von ihr hatte gedacht, Mark würde sofort abheben, wenn nicht der Klinikanschluss, sondern die Nummer ihrer Mutter angezeigt wurde. Dass er Isa alles erklären würde. Dieser naive Teil versuchte immer wieder aufs Neue zu verdrängen, dass Mark sie mit seinen Aussagen in die Psychiatrie gebracht hatte. Dass er mit seinen Lügen alles dafür getan hatte, dass sie dort blieb. Dass er sie nicht nur belogen, sondern auch betrogen hatte. Dass er auch in den letzten Tagen nicht auf ihre Anrufe reagiert hatte, Klinikanschluss hin oder her. Und dieser naive Teil war erschüttert, dass sein Handy weiterhin ausgeschaltet zu sein schien.

»Mama, wie kann das alles sein?«, fragte Isa in den Raum hinein, ohne ihre Mutter anzusehen.

»Liebes, ich wünschte, ich könnte dir das beantworten.«

»Ich liebe ihn doch. Kann ich mich so getäuscht haben?«

»Ich denke nicht, dass du dich komplett getäuscht hast. Es wird irgendeine Erklärung geben. Vielleicht weißt du nicht alles über Mark. Offenbar weiß keiner von uns alles über ihn. Aber das Ganze wird irgendeinen Sinn ergeben.« Eleonore ergriff Isas Hand.

»Ich fühle mich so machtlos. Wie als Ben verschwand.« Isas Stimme flatterte. »Und ich habe so wahnsinnige Angst um mein Kind.« Unwirsch wischte sie sich über das Gesicht. »Ich werde und kann nicht mehr zulassen, dass das alles einfach nur geschieht«, stieß sie dann aus und stand auf. »Ich werde nicht weiter akzeptieren, dass ich der passive Teil von etwas bin, das ich nicht verstehe und das mich so sehr betrifft.«

»Der Polizist sagte doch, du sollst abwarten«, merkte Eleonore mit besorgter Miene an.

»Er ist dumm, wenn er glaubt, dass das eine realistische Bitte ist. Ich fahre jetzt zu uns nach Hause. Ich möchte einfach nach Hause.«

»Kind, die Polizei hat euer Haus doch schon durchsucht«, entgegnete ihre Mutter behutsam und stand ebenfalls auf. »Ich weiß nicht, ob du da so einfach reinkannst. Das ist bestimmt wieder ein – eine Art Tatort. Ich will auch wissen, was hier los ist. Aber meinst du nicht, die Sache ist bei der Polizei in den besten Händen? Dieser Simons und sein Partner, sie scheinen mir wirklich bemüht zu sein.«

»Was wäre ich für eine Mutter, wenn ich nach allem, was geschehen ist, tatenlos herumsitzen würde? Ich halte das nicht mehr aus. Ich muss helfen, schließlich kenne ich meinen Mann besser als jeder andere, oder zumindest dachte ich das. Aber wenn ich nur hier herumsitze und vor mich hin brüte, wird mir sicher nicht einfallen, wo Mark sich versteckt haben könnte. Und außerdem möchte ich mein Handy holen. Vielleicht hat Carla sich gemeldet. Ich habe wochenlang nichts von ihr gehört. Ich fahre jetzt nach Hause, sonst verliere ich wirklich noch meinen Verstand.«

Eleonore folgte ihr in den Flur. »Also gut«, sagte sie und griff nach ihren Schuhen. »Aber ich komme mit.«

KAPITEL 62

Isa hatte nicht erwartet, dass es noch schlimmer kommen könnte. Immer wenn sie dachte, sie hätte den absoluten Tiefpunkt erreicht, wurde das fragile Fundament, auf dem sie stand, in neue Trümmer gelegt.

Auf der Straße vor ihrem Haus zu knien, in Jakob Sanders Blut, und ihm beim Sterben zuzusehen, war eines dieser Ereignisse, das außerhalb jeder Möglichkeit gelegen hatte.

»O Gott«, keuchte Eleonore neben ihr. »Wieso brauchen die so lange, die müssen sich beeilen!«

Ihre Mutter starrte auf ihr Handy, als könne sie den Krankenwagen, den sie erst kurz zuvor gerufen hatte, mit purer Willenskraft herbeizaubern.

»Mama, sag Linda Bescheid!«, rief Isa und umklammerte Jakobs blutfeuchte Hand.

Er hatte die Augen halb geschlossen, seine Brust hob und senkte sich so schwach, dass es kaum zu erkennen war. Isa hatte keine Ahnung, wie sie mit seinen Verletzungen umgehen sollte, das Auto hatte ihn brutal erwischt. Alles war so schnell gegangen.

Sie waren gerade in ihre Wohnstraße eingebogen, als Jakob frontal von einem Auto erfasst worden war. Er war wie ein Stunt-Dummy zur Seite geflogen. Die schwarze Limousine, die ihn erwischt hatte, war geradewegs an ihnen vorbeigerast. Fahrerflucht. Und nicht nur das – es hatte so ausgesehen, als wäre

Jakob absichtlich überfahren worden. Das Auto hatte beschleunigt, als er auf die Straße getreten war.

Das Einzige, was Isa davon abhielt, vollends durchzudrehen, war Jakob selbst und der See aus Blut, in dem er lag.

»Ich bin bei dir, Jakob!«, flüsterte sie immer und immer wieder, während ihr Tränen über die Wangen liefen. Sie hatte so schlecht von ihm gedacht, hatte ihn als Stalker bei der Polizei angezeigt – und jetzt? Hatte er am Ende vielleicht sogar Recht gehabt mit seinen Vermutungen über Mark? War er es gewesen, der als Einziger Marks wahres Wesen erkannt hatte?

Ihr Blick flog zu Lindas Haus, zu dem ihre Mutter gerade lief. Dann zum Straßenende. Leer. In der Ferne waren Sirenen zu hören.

»Halte durch, sie sind bald da!«, schluchzte Isa.

Jakobs Augenlider flatterten. Isa spürte einen sanften Gegendruck in ihrer Handfläche.

»So ist es gut. Du schaffst das!«

»Isa, ich …« hustete Jakob, ein rotes Rinnsal lief ihm aus dem Mundwinkel.

»Ich bin da, alles wird gut. Heb dir deine Kraft auf«, flüsterte sie und strich ihm über die rostrot gefärbte Wange.

»Isa, es …«, setzte er erneut an und keuchte. »Es tut mir leid.« Seine weiteren Worte waren so leise, dass Isa sie nicht verstehen konnte.

»Was sagst du da?« Sie hielt ihr Ohr näher an seinen Mund.

»Die Botschaft … an deinen Mann … die war von mir!« Er nahm einen so brodelnden Atemzug, dass Isa erneut panisch zum Straßenende sah. Die Sirenen wurden lauter. Bald war Hilfe da.

»Weißt du etwas über Mark?«

»Ich … ich dachte … Affäre«, hustete er. »Affäre mit dieser … Frau … mit dem eleganten Auto. Ich … habe die beiden zusammen gesehen. Ich … er sollte dich nur besser behandeln. Es tut mir so … leid.« Das letzte Wort krächzte er, dann schnappte er nach Luft. Tränen lösten sich aus seinen Augenwinkeln.

Und aus Isas. »Jakob, das muss dir nicht leidtun. Bitte heb dir deine Kraft auf. Du kannst mir später alles in Ruhe erklären.«

»Nein, ich …«

Isa hörte Lindas Schreie. Ihre Nachbarin rannte über die Straße. Im gleichen Moment rasten zwei Rettungsfahrzeuge um die Ecke. Ihre Sirenen schrillten ohrenbetäubend, das Blaulicht blitzte grell über die Fassaden der Häuser.

»Ich … dich immer geliebt. Ich … ich wollte nur helfen«, murmelte Jakob mit flatternden Augenlidern.

Dann rutschte seine Hand aus Isas. Als Linda neben ihm zu Boden ging, sackte sein Kopf zur Seite.

»Jakob! Jakob, nein!«, kreischte sie.

Isa keuchte entsetzt, nahm seinen Kopf zwischen ihre Hände, doch schon im nächsten Moment wurde sie an den Schultern gepackt und von ihm fortgerissen. Ein Sanitäter bedeutete ihr hastig, auf dem Bordstein Platz zu nehmen.

Dann ging alles ganz schnell. Eine Notärztin und zwei Rettungssanitäter beugten sich über Jakobs leblosen Körper und begannen, um sein Leben zu kämpfen. Isa kauerte am Rand der Straße, unfähig, ihre Augen von der Tragödie zu lösen, die sich vor ihren Augen abspielte. Sie nahm kaum wahr, dass Eleonore die unablässig schreiende Linda neben ihr fest in ihren Armen hielt.

Isa wusste, was kommen würde, als die Sanitäter und die Ärztin irgendwann ihre Arbeit verlangsamten. Und schließlich einstellten. Sie starrte auf ihre Schuhe und Hände, voll mit Jakobs Blut, als die Notärztin zu ihnen trat. Sie musste nicht hören, was sie sagte. Lindas Schreien schraubte sich in die Höhe, ihr Schmerz schlug wie eine Druckwelle durch die Luft und ergriff alles und jeden, der in der Nähe war.

KAPITEL 63

Isa hatte kein Zeitgefühl mehr. Sie hätte nicht sagen können, ob Minuten oder Stunden vergangen waren, als Eleonore und ein Sanitäter Linda in ihr Haus begleiteten. In dem Moment, als sie an Simons dachte und daran, ob sie ihn anrufen sollte, erblickte sie seinen Dienstwagen, der mit hoher Geschwindigkeit auf die Straßensperre zuhielt. Abrupt kam er zum Stehen, Simons und Schwarz stiegen aus und liefen auf die Absperrung zu.

»Simons und Schwarz vom Kriminalkommissariat Köln«, rief der Kriminalhauptkommissar einer Polizistin zu, die mit ihrer Kollegin vor ihnen eingetroffen war, und verlangsamte auf den letzten Metern. Er hielt ihr seinen Ausweis entgegen. »Wer hat die Einsatzleitung?«

Er sah sich um, dann fiel sein Blick auf Isa. Seine Miene fror ein.

»Was machen Sie denn hier?«, rief er entsetzt.

Doch Isa war nicht fähig zu antworten. Die ganze Zeit über hatte sie sich auf den Beinen gehalten, das Treiben um sich herum beobachtet, zu verstehen versucht, was eigentlich geschehen war. Kurz bevor sie auf dem Boden aufschlug, war Simons bei ihr und fing sie auf.

»Ist ja gut«, sagte er, als sie haltlos in seinen Armen zu schluchzen begann. »Ist ja gut.«

Er hielt sie, während sie Träne um Träne vergoss. Um Jakob,

den eigentümlichen Jakob, der es doch immer nur gut mit ihr gemeint hatte.

»Er hatte keine Chance«, weinte sie wieder und wieder, bis es in ihrem Kopf angekommen war.

Nach einer Weile verebbten ihre Tränen. Die Umgebungsgeräusche drangen zurück an ihre Ohren, und die körperliche Nähe zu dem Ermittler wurde ihr nur allzu sehr bewusst. Beschämt machte Isa sich frei und trat einen Schritt zurück. »Entschuldigen Sie.« Kraftlos wischte sie sich über das Gesicht. »Sie sehen mich ständig weinen.«

»Sie müssen sich nicht entschuldigen«, sagte Simons ernst.

Schwarz trat neben sie und räusperte sich. »Tut mir leid, Frau Winterberg«, murmelte er und klopfte ihr so unbeholfen und fest auf die Schulter, dass Isa ein wenig schwankte. »Kann ich dich kurz sprechen?«, fragte er seinen Partner.

Simons zögerte.

»Schon gut, ich komme klar«, sagte Isa und atmete tief durch.

Während sich Simons und Schwarz ein paar Schritte entfernten, bemerkte Isa die Nachbarn, die hinter der Absperrung standen. Es war wie ein Déjà-vu. Genauso hatten sie dort gestanden, als Ben verschwunden war. Sie versuchte, sich auf ihre Umgebung zu konzentrieren, um nicht erneut in Kummer und Schock abzurutschen. Ihr Blick blieb an einer jüngeren Frau hängen, die ihr irgendwie bekannt vorkam. Isa wischte sich über die Augen wie schon hunderte Male zuvor und versuchte, den Tränenstrom zu stoppen. *Ist das eine der Mütter vom Spielplatz?*

»Entschuldigen Sie bitte«, rief sie zögernd, räusperte sich und ging unsicher auf die Frau zu. »Darf ich … darf ich Sie etwas fragen?«

»Klar, ich … Tut mir leid, dass ich hier stehe. Ich habe bloß die Sirenen gehört und …«, erwiderte die Frau und lächelte entschuldigend, als Isa bei ihr angekommen war.

»Nein, keine Sorge«, unterbrach Isa sie. »Wir kennen uns vom Spielplatz, richtig?«

Die Frau nickte zögerlich.

»Sind Sie zufällig Carlas Schwester?«

»Carla? Ähm, nein.« Sie sah irritiert aus. »Nein, ich habe keine Schwester, und ich kenne keine Carla.«

Enttäuschung durchfuhr Isa. »Oh, ach so. Okay. Meine Freundin Carla war an dem Tag auch auf dem Spielplatz, als wir uns gesehen haben. Ich habe sie in letzter Zeit nicht erreichen können und hatte gehofft … vergessen Sie es.« Beschämt trat sie wieder einen Schritt zurück.

»Wohnt sie auch hier in der Gegend?«

»Nein, sie wohnt in Köln. Sie besucht hier nur ab und zu ihre Schwester und ihren Patensohn, die an dem Nachmittag auch auf dem Spielplatz waren. Daher dachte ich, dass Sie die Schwester sein könnten. Ich habe sie noch nicht persönlich kennen gelernt.«

Die Frau zog die Brauen zusammen. »Wir hatten ein Spielgruppentreffen. Keine von uns hatte ihre Schwester dabei.«

»Sind Sie sicher? Es waren doch einige Mütter da. Und Carla hat ihr Patenkind getröstet, er war hingefallen. Sie haben sie bestimmt gesehen.«

»Ja, stimmt«, antwortete die junge Frau nachdenklich und runzelte die Stirn. »Da war eine Frau, sie hatte den Sohn meiner Freundin getröstet. Sie war sehr nett und konnte gut mit dem Kind umgehen, aber irgendwie war das komisch. Der Junge war definitiv nicht ihr Patenkind.« Sie hob beschämt die Brauen. »Wir haben uns noch gefragt, wer sie ist und wieso sie ohne Kind auf dem Spielplatz ist. Man kennt ja normalerweise alle Nachbarn.«

Ich nicht, dachte Isa. Und spürte ein unangenehmes Brennen in der Brust. Dieser Frau traute sie ohne zu zögern zu, tatsächlich jeden in der Nachbarschaft zu kennen. Und genau zu wissen, wer zu wem gehörte.

»Wir dachten erstmal, sie mag Kinder und sitzt einfach gern auf Spielplätzen herum.« Sie lachte unbeholfen.

Isa bemühte sich ebenfalls um ein Lächeln, obwohl sie größte Mühe hatte zu verarbeiten, was die Frau da sagte. *Carla wird mich wohl kaum angelogen haben.*

»Als Sie sich dann mit ihr unterhalten haben, haben wir angenommen, dass sie zu Ihnen gehört.«

»Können Sie mir beschreiben, wie die Frau aussah, die Sie meinen?«, fragte Isa kraftlos. »Nur, damit wir auch sicher von der gleichen sprechen.« In ihren Ohren hatte es zu rauschen begonnen.

»Groß, blonde Locken, meine ich. Recht attraktiv auf jeden Fall.«

KAPITEL 64

»Alles in Ordnung, Frau Winterberg?«

Simons schloss zu Isa auf, als diese restlos aufgewühlt in Richtung ihres Hauses ging.

»Hm?«, fragte sie.

»Ist alles okay?« Er musterte sie.

»Ja, entschuldigen Sie. Ich bin noch etwas neben der Spur. Wegen …« Sie kamen an den rostroten Flecken am Boden vorbei, wo Jakob gelegen hatte. Isa schluckte und verstummte.

»Ja, verständlich«, antwortete der Ermittler. »War das eine Nachbarin?« Er deutete zur Absperrung, wo sich die Menge langsam aufzulösen begann.

Für einen kurzen Moment überlegte Isa, Simons von ihrer Irritation zu erzählen. Doch sie hatte selbst noch keine Ahnung, wie sie einordnen sollte, was sie eben gehört hatte. »Ja, sie wollte nur hören, was passiert ist«, antwortete sie daher nur. *Ich muss mit Carla sprechen. Ich muss sie irgendwie erreichen, sobald ich mein Handy habe.*

»Okay«, antwortete Simons langsam. »Ich will nicht unsensibel erscheinen, aber haben Sie mit Herrn Sanders sprechen können, bevor er gestorben ist? Und Sie müssten mir bitte auch generell noch einmal aus Ihrer Sicht erzählen, was genau hier passiert ist. Ihre Mutter haben wir schon gefragt, Frau Rosauer ist leider momentan nicht vernehmungsfähig, aber Ihre Aussage ist genauso wichtig.«

Isas Herz zog sich augenblicklich zusammen. »Ja, natürlich. Ich weiß gar nicht, wo ich anfangen soll.« Isa schüttelte den Kopf und schloss für einen Moment die Augen. »Es hat sich alles so überschlagen. Wir sind gerade erst angekommen, da sah ich Jakob auf die Straße treten und genau in diesem Moment beschleunigte die schwarze Limousine, die ebenfalls die Straße entlangfuhr. Es gab einen entsetzlichen Knall, und dann flog Jakob durch die Luft und … und das Fahrzeug fuhr einfach weiter. Die sind nicht einmal langsamer geworden.«

»Die? Das heißt, es saßen mehrere Personen in dem Auto?«, hakte Simons nach.

Isa stockte. »Ich … ich weiß es ehrlich gesagt nicht. Ich glaube nicht, dass ich Personen erkannt habe. Entschuldigen Sie. Es ging wirklich alles viel zu schnell, das war nur eine unbedachte Formulierung.« Isa verstummte. Sie wollte nichts Falsches sagen, keinen unehrlichen oder verwirrten Eindruck machen.

»Schon gut. Ich verstehe das. Wie ging es weiter?«, beruhigte Simons sie.

»Ich bin sofort zu ihm geeilt, während meine Mutter den Krankenwagen gerufen und sich dann um Linda gekümmert hat. Ich konnte nichts mehr tun … er ist vor meinen Augen … sein letzter Atemzug … Er sagte, dass die Botschaft an Mark von ihm gewesen ist.«

»Das hat er gesagt?«

»Ja. Er meinte, er habe mir nur helfen wollen. Er stammelte etwas von einer Affäre. Von Mark und … und Dr. Blum.« Isa lachte. Es klang hysterisch, weshalb sie abrupt verstummte. »Das alles wird einfach immer bizarrer«, fuhr sie fort und schüttelte den Kopf. »Ich kann mir das beim besten Willen nicht vorstellen. Ich meine, ja, Mark war wohl nicht so treu, wie ich dachte. Er sprach von einer Kollegin. Aber doch nicht Dr.

Blum. Allein der Altersunterschied. Aber andererseits – keine Ahnung. Ich weiß nicht, ob ich meinem Urteilsvermögen überhaupt noch trauen kann.«

»Eine Affäre zwischen Ihrem Mann und Adriana Blum?«, erwiderte Simons perplex.

»Ja.«

»Hat Sanders seinen Verdacht genauer erklärt? Oder sonst noch etwas erzählt?«

Isa schüttelte ihren Kopf. »Dafür war keine Zeit und keine Kraft mehr.« Sie starrte an Simons vorbei und versuchte, die neu aufsteigenden Tränen zurückzuhalten. Ihr Blick fiel auf ihr Haus. Ihre Heimat. Ihr sicherer Hafen. Ihre Augen brannten heftig.

»Es wäre gut, wenn Sie nun wieder zu Ihrer Mutter fahren würden, Frau Winterberg«, fuhr Simons fort. Er wies auf die zahlreichen Uniformierten, die die Straße bevölkerten. »Wir machen das hier schon.«

Isa hörte an seiner Stimme, dass er es nur gut mit ihr meinte. Und doch kam bei seinen Worten ein leiser Ärger in ihr auf, der ihren Kummer auf Seite zu drängen begann. »Das können Sie nicht von mir erwarten«, war zunächst alles, was sie über die Lippen brachte.

»Frau Winterberg, das hier ist kein Ort für Sie. Bitte, fahren Sie zu Ihrer Mutter. Was haben Sie hier überhaupt gemacht?«

Sie konnte seiner Bitte nicht nachkommen. Nicht mehr. Sie hielt es nicht mehr aus, zum Warten verdammt zu werden. Sie reckte ihr Kinn. »Nein, ich werde nicht fahren, ausgeschlossen. Nach der Zeit in der Klinik muss ich wenigstens für einen Moment in mein Zuhause zurück. Außerdem wollten Sie meine Hilfe. Wenn ich bei meiner Mutter in der Wohnung sitze, wird mir sicher nichts einfallen, wo Mark sein könnte. Ich muss sehen, ob ich irgendetwas finde, das mir erklärt, was mit meinem

Mann los ist. Und mit meinem Sohn. Und ich brauche mein Handy.«

»Ich kann Ihnen Ihr Handy geben, das wurde als Beweisstück sichergestellt, dürfte inzwischen aber geprüft worden sein. Aber ich halte es für keine gute Idee, dass Sie ins Haus gehen und sich hier länger als nötig aufhalten. Wir müssen erst einmal davon ausgehen, dass Jakob Sanders' Tod kein Unfall war.«

Isa blinzelte hektisch. »Das ist mir klar. Aber ich möchte in mein Haus. Das hier ist mein Leben. Jakob war mein Nachbar! Mark ist mein Mann, Ben mein Sohn – oder zumindest dachte ich das. Verstehen Sie? Das ist für mich hier kein Fall von vielen, den es aufzuklären gilt. Es ist mein verdammtes Leben!« Abermals traten Tränen in ihre Augen.

»Das verstehe ich, aber …«

»Nein, Sie verstehen gar nichts!« Isas Stimme zitterte. Ihre Schocklähmung schien sich parallel zu ihrer wachsenden Wut aufzulösen. Einer Wut, die nur teilweise der Bitte des Polizisten galt. Einer Wut, die vielmehr allem galt, was in ihrem Leben passiert war und noch immer passierte. Schwarz und zwei weitere Beamte sahen zu ihnen herüber. »Sie verstehen das eben nicht, weil es nicht Ihr Leben ist, das aus den Angeln gehoben wird, immer und immer wieder!«

»Es ist mein Job, die Geschehnisse aufzuklären …«, antwortete der Ermittler ruhig, doch Isa hatte genug. »Hätten Sie Ihre Arbeit gemacht, wäre das alles hier überhaupt nie passiert!«, brach es aus ihr heraus, während ihr Puls derart laut in ihren Ohren hämmerte, dass sie ihre eigenen Worte kaum verstehen konnte.

Sie wollte von niemandem mehr hören, wie sie sich angesichts dieser ganzen bizarren Ereignisse zu verhalten oder zu fühlen hatte. Dass sie lieb und brav abwarten sollte. *Mark, Dr. Blum, Carla, Jakob, Ben.* Alles in ihr begann zu schreien.

»Sie haben Recht«, antwortete der Kriminalhauptkommissar nach einem kurzen Moment des Schweigens, in dem er Isa mit ernster Miene angesehen hatte, und hob beschwichtigend eine Hand. »Sie haben Recht mit dem, was Sie sagen. Und genau deshalb bitte ich Sie ja gerade, uns unsere Arbeit machen zu lassen. Denn das hier ist Polizeiarbeit. Und Sie helfen niemandem, wenn Sie sich selbst noch zusätzlich in Gefahr bringen. Und wir mehr damit beschäftigt sind, uns um Sie zu sorgen, als unsere Arbeit zu erledigen. Das würde keinen Sinn ergeben.«

»Ich habe nie von Ihnen verlangt, dass …«

Eine Polizistin trat auf Simons zu und murmelte etwas, das Isa nicht verstand.

»Bin gleich wieder da«, sagte er nach kurzem Zögern.

Schwarz schob sich in Isas Sichtfeld.

»Frau Winterberg, Sie müssen das verstehen«, begann er sanft. »Mein Kollege hat Recht. Muten Sie sich nicht so viel zu. Wir haben Ihr Haus bereits durchsucht.«

Isa schüttelte Eleonores Arm ab, die ebenfalls an ihrer Seite aufgetaucht war.

»Nein, ich lasse mich nicht mehr auf die Reservebank setzen. Ich bin keine Marionette!« Ihre Brust hob und senkte sich heftig, aber sie war noch nicht fertig. »Mein Sohn ist verschwunden! Dann taucht er wieder auf oder vielleicht auch nicht, wenn es ein anderes Kind ist, das in den letzten Monaten bei uns gewohnt hat. Mein Mann und meine Ärztin erzählen Lügen über mich, um mich auf unbestimmte Zeit in einer psychiatrischen Klinik wegzusperren. Und jetzt ist mein Mann, dem ich zuvor nicht mal eine einfache Affäre zugetraut hatte, zusammen mit meinem Sohn oder … oder …«, sie lachte auf. Tränen strömten ihr über die Wangen. »Oder wem auch immer geflohen. Geflohen! Und als wenn das nicht alles schon verrückt genug wäre, sehe ich, wie mein Nachbar, den ich für einen gruseligen Stalker gehalten und den Sie ernsthaft als Täter für das Verschwinden meines Sohnes in Betracht gezogen haben, direkt vor unserer Haustür überfahren wird. Und bevor dieser Nachbar seinen letzten Atemzug tut, teilt er mir mit, die Affäre, die mein Mann hinter meinem Rücken geführt hat, könnte mit Dr. Blum gewesen sein, der Ärztin, die er angeblich erst seit wenigen Wochen kennt, nämlich seit ich sie ihm vorgestellt habe. Und Sie sagen mir, ich soll bei meiner Mutter bleiben, die Füße stillhalten, Däumchen drehen und einfach darauf vertrauen, dass Sie Ihre Arbeit erledigen, in der Sie seit fast einem Jahr praktisch keine Erfolge nachweisen können?« Isa schluchzte. »Ich will doch nur in mein Haus, einen Anhaltspunkt finden, wo mein Mann sein könnte und ein paar persönliche Dinge holen, bevor ich zu meiner Mutter zurückfahre! Das können Sie mir doch nicht ernsthaft verbieten!«

Entschieden trat sie an dem kräftigen Polizisten vorbei und ging zur Haustür.

»Frau Winterberg!«, rief er ihr hinterher.

»Lass sie«, kam es von Simons, der gerade sein Gespräch beendet hatte. Sein Gesichtsausdruck war undurchdringlich. »Die Spurensicherung ist durch, es ist also glaube ich vertretbar. Ich begleite sie. Es scheint ihr wirklich wichtig zu sein.«

KAPITEL 65

Durch die Räume zu gehen und sich an ihrem Rückzugsort, der Heimat ihrer Familie, so fremd zu fühlen, versetzte Isa in einen paradoxen Zustand aus Schmerz und Orientierungslosigkeit. Sie sehnte sich nach der Geborgenheit ihrer eigenen vier Wände und spürte doch zugleich, dass sie sich an diesem Ort nie wieder beschützt fühlen würde. Ihr Blick wanderte über die aufgerissenen Schränke und Schubladen und all das Chaos, das Zeugnis über Marks Flucht ablegte. *Ich habe gedacht, ich kenne dich.* Isa schloss die Augen und zählte stumm bis fünf, um die Verzweiflung zurückzudrängen, die sie erneut zu überrollen drohte. Es war ein ständiger Kampf zweier gegensätzlicher Mächte, die sich doch so ähnlich waren. Der Kummer brauchte die Wut und die Wut den Kummer.

Abrupt wandte sie sich ab und ging die Treppe hinauf.

Auf der Schwelle zum Arbeitszimmer im Obergeschoss blieb Isa stehen. Der Raum atmete Marks Anwesenheit. Nicht zu wissen, was vor sich ging, was ihn zu seinen Handlungen getrieben hatte, wo er war, tat so weh, dass sich Isa eine ganze Zeit lang nicht rühren konnte. Dann ging sie zu seinem Wandregal und riss ein Buch nach dem anderen von seinem angestammten Platz. Sie durchblätterte alte Fachzeitschriften, während der Zorn erneut in ihr wuchs. Sie durchwühlte Marks Ablagen und fegte seine Schallplattensammlung von der Fensterbank. Als sie schließlich in der Raummitte stehen blieb, ging ihr Atem stoßweise. Nun war auch dieser Raum verwüstet und vom Chaos beherrscht.

Was hast du vor mir verborgen, du Schweinehund? Ihr Blick wanderte über seinen Schreibtisch und blieb an einem Hochzeitsfoto hängen. Sie selbst hatte es rahmen lassen, das Holz hatte denselben Farbton wie sein Mobiliar. Wie glücklich sie sich angrinsten. Isa ballte ihre Hände zu Fäusten. *Nicht jetzt*, flüsterte sie sich selbst zu. *Nicht hier. Konzentrier dich.* Langsam ging sie auf den Schreibtisch zu, als Licht aus dem dahinterliegenden Fenster auf das Foto traf.

Irritiert nahm sie den schweren Rahmen hoch. Tatsächlich, das Foto lag nicht mehr dicht an der Glasscheibe. Sie drehte es und fuhr mit dem Finger unter dem neu entstandenen Spalt entlang. Ihr Herzschlag beschleunigte sich. Einen ganz kurzen Moment lang erwartete sie, unter dem Bilderrahmen, dem Zeugnis ihres einstigen Glücks, eine Botschaft von Mark an sie zu finden. Doch: nichts. Der Rahmen schien sich einfach nur verzogen zu haben. Hoffnungslosigkeit fraß sich in ihr Bewusstsein. Isa legte das Foto mit der Glasseite nach unten auf den Tisch und wandte sich ab.

Im Anschluss durchsuchte sie die übrigen Räume im Ober- und Erdgeschoss und versuchte dabei, alle Gefühle beiseitezuschieben, die um ihre Aufmerksamkeit schrien.

Als sie wieder im Flur ankam, fühlte sie sich schwer wie Blei, aufgeladen von allem, was sie nicht hinausließ. Sie klammerte ein paar persönliche Gegenstände und Badartikel an sich, die sie mitnehmen wollte; ansonsten hatte Isa dieser Ort, der sich einst ihr Zuhause genannt hatte, nichts mehr zu bieten. »Ich möchte jetzt zu meiner Mutter fahren«, presste sie hervor und ging an Simons, der sich still im Hintergrund gehalten hatte, vorbei zur Haustür.

KAPITEL 66

»Mama, setz dich bitte einfach mal hin«, sagte Isa gereizt, während sie aus dem Küchenfenster ihrer Mutter auf die Straße starrte, als würden sich dort irgendwelche Antworten auftun.

Eleonore stand ein paar Sekunden unschlüssig herum, bis sie sich umständlich auf einen Stuhl sinken ließ. »Linda tut mir so leid«, wisperte sie mit rotgeränderten Augen. »Der arme Jakob. Ich verstehe das alles nicht.«

»Ich auch nicht«, war alles, was Isa antworten konnte.

Sie fühlte sich schrecklich kraftlos. Simons hatte ihr versprochen, sie bezüglich der Fahndung nach Mark nahtlos auf dem Laufenden zu halten. Und obwohl Isa auf keinen Fall hatte tatenlos herumsitzen wollen, tat sie nun wieder einmal genau das. Ausgefüllt von Sehnsucht. Sehnsucht nach ihrem kleinen Sohn, von dem sie nicht wusste, wo er nun letztendlich war und wie es ihm ging. Sehnsucht nach ihrem Mann, zu dem sie sich die gleichen Fragen stellen musste und der sie doch auch so zornig machte, dass sie schreiend auf ihn einprügeln wollte. Erneut war sie zum Warten verdammt.

Der Akku ihres Handys war leer gewesen, als sie es zurückbekommen hatte. Isa hatte es sofort an das Ladekabel gehängt, doch da ihr Mobiltelefon ein altes Gerät war, brauchte es ewig, bis es wieder funktionsfähig war. Als es sie schließlich aufforderte, ihren PIN-Code einzugeben, begann es kurz darauf, ein Software-Update herunterzuladen. Isa hatte sich gerade noch davon abhalten können, es an die Wand zu schmeißen. Immer wieder stand sie auf und ging nachsehen, ob es endlich einsatzbereit war, Marks Worte im Ohr, der sie so oft darauf hingewiesen hatte, dass sie sich endlich für ein neueres Modell entscheiden solle. Die berechnete Zeit für das Update nahm ständig zu, anstatt weniger zu werden.

Spät abends schließlich klingelte es an der Haustür und Simons kam herein. Er sah abgekämpft aus.

Eleonore, die wie Isa nicht zur Ruhe gefunden hatte, stürzte sich auf die willkommene Aufgabe und zwang den Polizisten, sich zu setzen. Seine Widerrede ignorierend, rührte sie energisch in einer Kartoffelsuppe herum, die sie auf dem Herd für ihn erhitzte.

Isa setzte sich ihm gegenüber.

»Es gibt ein paar Neuigkeiten«, begann Simons langsam.

Eleonore drehte sich um, während sie wie verbissen weiterrührte.

»Das Ergebnis des DNA-Tests liegt vor.« Er sah Isa lange in die Augen, bevor er weitersprach. »Ihr Mann, Mark Winterberg, ist der Vater des Jungen.«

»Also ist es wirklich Ben«, flüsterte Isa und spürte überhaupt nichts.

Simons schüttelte langsam den Kopf.

Mit einem Scheppern ließ Eleonore die Kelle in den Topf fallen, dass es zu allen Seiten Suppe regnete.

»Der Junge ist nur mit Ihrem Mann verwandt. Nicht mit Ihnen, Frau Winterberg. Er ist nicht Ihr leiblicher Sohn.«

Ehe Isa seine Worte begreifen konnte, sank ihre Mutter ohnmächtig am Herd zusammen.

Simons sprang sofort auf, fühlte Eleonores Puls und tätschelte ihre Wangen. »Frau Dahl! Hören Sie mich?«

Isa eilte herbei und half Simons, Eleonore in eine Position zu bringen, die ihren Kreislauf wieder in Schwung brachte. Dann holte sie ein Glas kaltes Wasser. Es dauerte nur wenige Sekunden und die ältere Frau schlug stöhnend die Augen auf.

»Frau Dahl, es ist alles in Ordnung. Sie sind ohnmächtig geworden. Ich möchte gerne einen Arzt rufen, okay?«

Simons zog sein Handy hervor, doch Isas Mutter rappelte sich mit erstaunlicher Geschwindigkeit auf. »Unterstehen Sie sich!«, brachte sie mühsam hervor und streckte Isa eine zitternde Hand entgegen. »So weit kommt es noch. Isa, hilf mir bitte auf. Ein Schluck Wasser und ich bin wieder auf den Beinen.«

Für Isa lief die gesamte Situation wie ein Film ab, an dem sie nicht beteiligt war. Wie ferngesteuert half sie ihrer Mutter auf und hielt ihr das Glas an die Lippen. Sie reichte Simons ein Blutdruckmessgerät und half ihm, Eleonore auf die Couch im angrenzenden Wohnzimmer zu verfrachten. Als klar war, dass es ihr besser ging und ihr Kreislauf stabil war, strich Isa ihr zögernd über die Schulter.

»Ruh dich aus, Mama, ja? Ich muss mit Herrn Simons sprechen.«

Eleonore nickte und sah sie mit stumpfen Augen an. Ohne dass sie ein Wort wechselten, wusste Isa, dass ihre Mutter ein weiteres Gespräch mit weiteren ›Neuigkeiten‹ nicht verkraften würde. Sie wussten es beide. Isa drückte ihre Schulter erneut. Ihre Mutter nickte noch einmal, schloss die Augen und ließ sich erschöpft in die Polster sinken.

Mit einem Gefühl von Zement im ganzen Körper ging Isa zurück in die Küche. Simons beendete gerade ein Telefonat und drehte sich zu ihr um. Sie schloss die Küchentür.

»Er ist also nicht Ben?«

Obwohl sie es gespürt hatte, monatelang, tief in sich drin, begriff sie in diesem Moment rein gar nichts.

»Wenn Ben Ihr leiblicher Sohn ist, dann nein«, antwortete der Polizist und rieb sich über das Gesicht. »Es tut mir so leid, Frau Winterberg.« Mit den Händen im Nacken starrte er in die Nacht hinaus.

»Wer ist er dann? Und wo ist Ben?« Isas Stimme war kaum mehr als ein zerbrechliches Flüstern.

Simons seufzte schwer. »Wenn ich das nur wüsste.«

In Isas aufkeimende Panik mischte sich spontan ein ungeheuerlicher Gedanke.

»Könnte …«, sie unterbrach sich. *Nein, das kann unmöglich sein.*

»Was meinen Sie?«

»Nein, das kann ich mir beim besten Willen nicht vorstellen.« Sie schüttelte den Kopf und atmete zitternd ein.

»Ich nehme an, ich weiß, woran Sie denken«, antwortete Simons vorsichtig. »Darüber hat die Soko auch schon diskutiert.«

»Nur weil Jakob denkt, dass sie eine Affäre hatten, heißt das noch nicht …« Isa schnürte sich der Hals zu.

»Nein, das heißt es auf keinen Fall. Angesichts des Alters von Adriana Blum wäre ein so kleines Kind auch wirklich nur sehr schwer vorstellbar. Und vielleicht hat Herr Sanders auch generell das mit der Affäre missverstanden. Aber wir werden das klären. Ich bespreche mit unserem Chef, ob wir noch eine DNA-Auswertung mit Proben von Adriana Blum und dem Kind machen. Und wir werden alles daransetzen, Ben zu finden. Den wahren Ben.«

Isa konnte kein weiteres Wort mehr über ihre Lippen bringen.

Zehn Minuten später machte sich der Ermittler wieder auf den Weg. Zu viele Fragen und zu wenig Antworten. Eleonore war auf dem Sofa eingeschlafen, und Isa legte sich angezogen auf das Bett ihrer Mutter.

In die schreiende Traurigkeit und den Schock in Bezug auf ihren Mann, der ihr so fremd geworden war, und ihren Sohn, dessen Schicksal noch immer ungeklärt war, mischte sich der Hauch eines neuen Gefühls: Sorge um den kleinen Jungen, der seit November unter ihrem Dach gelebt hatte. Isa hatte sich ihm immer so fremd gefühlt. Doch nun, da sie wusste, dass er tatsächlich fremd gewesen war, entstand ein zartes Gefühl von Nähe. Wer auch immer er war, auch er war ein Opfer dieser ganzen Situation. Sie war eine Fremde für ihn gewesen, und er hatte keine Wahl gehabt, als ihre Nähe, ihre Zuneigung und ihren Wunsch nach seiner Liebe zu ertragen – selbst völlig verängstigt und überfordert von der Situation. Wo war seine Mutter? Warum ließ sie ihn im Stich? Warum ließ sie zu, dass dieses Spiel mit ihm gespielt wurde?

Marks offensichtlich wiederholte Untreue war beinahe belanglos angesichts des übrigen Gräuels, das sich nach und nach vor Isa entfaltete. Und doch so unendlich schmerzhaft.

So starrte Isa in völliger Dunkelheit an die Zimmerdecke, äußerlich ruhig und innerlich entwurzelt, bis ihr Handy mit einem unschuldigen Piepsen zum Leben erwachte.

KAPITEL 67

Von jetzt auf gleich war Isa hellwach. Sie tastete nach dem Smartphone und versuchte es zu entsperren, doch sie vertippte sich mehrfach. Sie war zu hektisch und ihre Finger zu zittrig. Die Nachttischlampe polterte zu Boden, als sie nebenbei versuchte, an den Schalter heranzukommen. Fluchend beugte sie sich vom Bett hinunter und griff nach dem Kabel. Ein Kegel aus dämmrigem Licht erhellte die Bettseite, nachdem sie die Lampe zurück auf den Beistelltisch gehoben hatte.

Erneut tippte sie den geforderten Entsperrungscode in ihr Handy ein. *Bitte, lass Mark sich gemeldet haben*, hämmerte es in ihrem Kopf, während ihr Adrenalin durch die Adern jagte.

Tatsächlich. Das Icon des Messenger-Dienstes zeigte drei neue Nachrichten an. Atemlos öffnete Isa die Liste ihrer bisherigen Chatverläufe. Enttäuschung schlug über ihr zusammen. Es war nicht Mark, der sich gemeldet hatte.

Im nächsten Augenblick durchfuhr sie eine neue Welle von Aufregung.

»Carla«, hauchte Isa und öffnete den gemeinsamen Chat.

Ihre Augen flogen über das Display. Eine Adresse. In Warschau? *Was soll das?* Und ein Foto. Darunter eine Sprachnachricht. Sie öffnete das Foto als Erstes und wartete, bis sich der Downloadkreis vervollständigt hatte. Einige ewige Sekunden später stieß Isa einen Schrei aus.

»Isa, was ist los?«

Es rumpelte im Flur, und ihre Mutter riss die Tür zum Schlafzimmer auf. Mit zerzausten Haaren, Schlafabdrücken im Gesicht und schreckgeweiteten Augen.

Doch Isas gesamte Aufmerksamkeit galt dem Foto. Und den drei Personen, die darauf abgebildet waren. Mehrere Male zoomte sie auf die Gesichter.

»Kind, was ist denn?« Eleonore eilte herbei.

Die Matratze neigte sich unter ihrem Gewicht, als sie sich neben ihre Tochter setzte.

»Hat Mark sich gemeldet?«

Stumm hielt Isa ihr das Handy entgegen. Eleonore kniff die Augen zusammen und hielt sich das Mobiltelefon dicht vor ihr Gesicht.

»Ich habe meine Brille nicht auf. Wer ist das?«

»Mark«, flüsterte Isa. »Und Dr. Blum, hier in der Mitte. Sie legt einen Arm um ihn. Die Person rechts, um die sie den anderen legt, kenne ich nicht.«

»Was?« Ihre Mutter starrte auf den Bildschirm. »Wieso kann ich das nicht richtig erkennen?«, fluchte sie. »Der Junge, der ist doch noch ein Jugendlicher?«

»Ja. Es sind zwei Jugendliche. Es ist Mark während seiner Jugend, Mama«, stammelte Isa. »Und eine deutlich jüngere Dr. Blum.«

»Dann kennen sich die beiden aber schon ziemlich lange.«

Isa nickte und nahm ihrer Mutter das Handy wieder ab, klickte auf das kleine Play-Zeichen der Sprachnachricht und stellte die Lautstärke hoch. Zuerst war nur keuchendes Atmen zu hören. Dann erklang Carlas Stimme. Atemlos. Aufgewühlt. Ängstlich. Isa krochen Schauer über den Rücken.

»Isa, es tut mir so leid. Ich habe keine Zeit. Du musst mir jetzt gut zuhören. Bitte vertrau niemandem. Dein Gefühl hat dich nicht betrogen, sie haben nur versucht, dich das glauben zu lassen.« Carla schluchzte auf. *»Es tut mir so schrecklich leid, ich hätte früher etwas unternehmen müssen. Aber ich konnte nicht. Ich war nicht sicher. Auch ich wurde getäuscht …«*, ein Rauschen erklang, das Carlas Stimme für einen Moment übertönte. Isas Herz raste. *»… dachte wirklich, ich würde dir helfen. Etwas Gutes tun. Doch alles ist in Wirklichkeit ganz anders, das weiß ich jetzt. Hätte ich das gewusst, hätte ich doch niemals …«* Erneut ertönte das Rauschen. Dort, wo Carla war, musste ein starker Wind gehen. *»… ist nicht Ben. Du hattest die ganze Zeit Recht. Adam ist Marks unehelicher Sohn. Er hat ihn als Ben ausgegeben. Es tut mir so, so leid. Auf dem Foto ist Adams Mutter. Neben Mark und Adriana. Ich wurde hellhörig, als sie dich wegsperrten. Hätte viel früher hellhörig werden müssen.«* Erneut ein Rauschen. *»… nachgeforscht. Ich erkläre dir das alles später. Aber jetzt geht es um Leben und Tod. Ich bin in Warschau. Dort ist auch Ben. Ich habe dir die Adresse …«*, abermals ging Carlas Stimme in den Umgebungsgeräuschen unter.

Isa starrte auf ihr Handy, klickte erneut das Play-Zeichen an, doch die Sprachnachricht war zu Ende. Sie ließ die Nachricht noch weitere zwei Mal laufen.

»Das kann doch alles nicht wahr sein«, flüsterte Eleonore, während Isa auf das Anrufsymbol klickte.

»Bitte, geh ran. Bitte, geh ran«, flehte sie, doch vergebens, sofort sprang die Mailbox an. »Scheiße! Carla! Was soll das alles bedeuten?«

Bebend sprang sie auf.

»Kind, was hast du vor?«

»Ich muss mit der Polizei sprechen«, presste Isa hervor. »Ben lebt, und er ist in Warschau!«

KAPITEL 68

»Frau Winterberg müsste gleich hier sein«, warf Simons Bruck zu. »Gib bitte unten Bescheid, dass sie sie sofort in Konferenzraum drei schicken sollen.«

Bruck nickte und verließ den Raum.

»Und sie hat nur gesagt, sie hat Nachricht von ihrer Freundin Frau Starck?«, fragte sein Partner.

Simons nickte und trommelte mit seinem Stift auf die Tischplatte seines Schreibtisches. Sein Körper war völlig übermüdet, doch sein Kopf lief auf Hochtouren.

Simons und Schwarz waren gerade im Konferenzraum angekommen, als ein Beamter in Begleitung von Isa Winterberg an die Tür klopfte.

»Schießen Sie los«, bat Simons die junge Frau zwei Minuten später und setzte sich ihr gegenüber.

Frau Winterberg sah blass und abgespannt aus. *Kein Wunder bei dem, was sie durchmacht.* Mitgefühl durchfuhr ihn.

»Ich habe unter anderem diese Sprachnachricht von Carla bekommen«, begann sie aufgeregt. Ohne jede weitere Erklärung tippte sie auf ihr Handy. Atemloses Keuchen erfüllte den kleinen Besprechungsraum.

Schwarz zog die Brauen zusammen. Als die Sprachnachricht endete, schlug er auf den Tisch, stieß seinen Stuhl nach hinten und stand auf. »Verdammte Scheiße! Adam also, nicht Ben. Ich fasse es nicht!« Mit steifen Schritten ging er zum Fenster.

Simons konnte es ihm nachfühlen. Auch er schwankte zwischen Freude über die erste richtige Spur zu Ben, Fassungslosigkeit über das, was sich da schichtweise vor ihnen entblätterte, unsäglichem Zorn, so meisterlich an der Nase herumgeführt worden zu sein und gekränkter Ehre wegen ebenjenem.

»Außerdem hat Carla mir dieses Foto geschickt«, fügte Isa Winterberg tonlos hinzu und reichte Simons das Handy. Der Kriminalhauptkommissar fragte sich, wie sie überhaupt noch die Fassung wahren konnte. »Das ist mein Mann und laut Carla Adams Mutter. Zwischen ihnen …«

»Dr. Blum«, beendete Simons ihren Satz und schüttelte den Kopf.

»Und hier ist die Adresse. In Warschau. Wo Ben … wo Ben sein soll?«

Sie formulierte ihren letzten Satz wie eine Frage, und Simons erkannte, dass die Information, Ben könne am Leben sein und sich tatsächlich an einem Ort befinden, den sie nun endlich kannten, noch gar nicht richtig zu ihr durchgedrungen war. Vermutlich traute sie sich gar nicht erst zu hoffen, zu groß war die Angst vor einer neuen Kehrtwende des Schicksals.

»Dann ist das Kind, das die Arzthelferin in der Praxis von Herrn Winterberg gesehen hat im letzten Sommer, wohl auch Adam und nicht Ben gewesen«, murmelte Schwarz. Simons nickte nachdenklich.

»Aber woher wollen Sie wissen, dass es nicht auch Ben gewesen sein könnte?«, fragte Isa Winterberg.

»Ganz sicher wissen wir das natürlich nicht. Da wir Ben aber seit seinem Verschwinden nicht mehr gesehen haben …« Simons unterbrach sich, als Frau Winterberg einen erstickten Laut von sich gab.

»Nein, bitte sprechen Sie weiter.« Sie hob eine zitternde Hand zum Mund.

Simons zögerte.

»Bitte, es geht schon«, flüsterte die junge Frau und starrte ihn an.

»Wir haben Ben seit seinem Verschwinden nicht mehr gesehen. Nur Adam. Wenn wir Ihrer Freundin Glauben schenken. Wir wissen, dass das Kind, Adam, bei Ihnen war in den letzten Monaten. Sein Foto ist es, das Eva Micharek wiedererkannt und mit dem Jungen bei ihrer Freundin Margarete in Frankfurt in Verbindung gebracht hat. Und auch die Arzthelferin Ihres Mannes erinnerte sich an den Jungen, der mit Frau Wiakowski in der Arztpraxis erschien, als Sie mit, wie wir inzwischen wissen, Adam dort waren.«

Isa Winterberg nickte stumm, Tränen tropften ihr von den Lippen.

Schwarz räusperte sich und schob ihr ein Foto zu. »Kennen Sie Margarete Wiakowski? Haben Sie sie schon mal irgendwo gesehen?«

Isa Winterberg starrte auf das Foto hinunter.

»Nein, diese Frau habe ich noch nie gesehen. Margarete Wiakowski.« Einen Moment wirkte es, als wäre sie eingefroren. »Rete«, flüsterte sie dann und schluckte krampfhaft.

Simons nickte betreten.

»O Gott«, schluchzte die junge Frau auf. »Rete. Mir wird erst jetzt bewusst, dass der arme kleine Kerl, dass Adam die ganze Zeit nach ihr gerufen hat.«

Nun war Simons derjenige, der aufstand, zum Fenster ging und in die Dämmerung hinausstarrte, die so paradox unschuldig den nächsten Tag ankündigte.

»Wo ist seine Mutter?«, flüsterte Isa nach ein paar Sekunden stillen Weinens.

»Auch das werden wir noch herausfinden«, antwortete Simons. Und verschwieg, dass sie in der Zwischenzeit eine weitere

Benachrichtigung erhalten hatten: Margarete Wiakowskis mutmaßlicher Selbstmord war ein Mord gewesen.

»Ich frage mich auch, wie Carla in das alles verwickelt ist«, schniefte Isa Winterberg. »Ich verstehe einfach gar nichts mehr.«

Schwarz nickte und zückte seinen Stift, um sich weitere Notizen zu machen. »Haben Sie irgendeine Idee, wie Ihre Freundin an diese Informationen gekommen sein könnte?«

Die junge Frau knetete ihre Hände. »Ich weiß nicht. Ich weiß nicht, ob es etwas zu bedeuten hat. Ich habe Carla vor ein paar Monaten kennen gelernt.«

»Wann war das etwa?«, fragte nun auch Simons und kam zum Tisch zurück.

Isa Winterberg starrte ins Leere. »Kurz nachdem Ben zu uns zurückgekehrt war. Adam. Adam, meinte ich. O Gott.« Ihre Stimme brach. »Entschuldigung, ich muss das alles erstmal verarbeiten.« Weinend schüttelte sie den Kopf. »Sie war da auf dem Spielplatz. Mit ihrem Patenkind und ihrer Schwester. Zumindest sagte sie mir das. Aber es waren auch andere Mütter dort. Eine davon stand nach Jakob Sanders' …«, Isa Winterberg unterbrach sich einen Moment und atmete tief durch, »… Tod hinter der Absperrung. Ich habe sie auf Carla angesprochen, weil ich sie zu dem Zeitpunkt länger nicht erreicht hatte. Die Nachbarin meinte, Carla wäre damals allein auf dem Spielplatz gewesen. Ohne Schwester oder Patenkind. Sie hatte sich der Gruppe angeschlossen, zumindest sah es damals für mich so aus. In Wahrheit aber kannte sie keine der anderen Mütter dort.«

Simons zog die Brauen hoch. »Wieso erfahren wir auch diese nicht unerhebliche Info erst jetzt?«, fragte er scharf.

»Ich … tut mir leid. Ich konnte das alles nicht einordnen. Ich konnte das nicht glauben, ich wusste ja nicht, dass Carla auch in das alles involviert ist. Ich war noch davon ausgegangen, dass sich die Nachbarin vertun muss. Dass das alles ein schreckliches Missverständnis ist. Ich komme mir so blöd vor«, wisperte Isa Winterberg und sah dabei so zerbrochen und hilflos aus, dass es dem Ermittler trotz seines spontanen Ärgers über die gerade enthüllten weiteren Ereignisse, die ihnen entgangen waren, einen unerwarteten Stich versetzte. »Meinen Sie, das hat etwas zu bedeuten?«, schloss die junge Frau verzweifelt an.

»Wir werden das prüfen«, antwortete er und sah zu seinem Partner hinüber, den er selten so ernst gesehen hatte wie in den letzten Tagen.

Dieser stieß die Luft aus und kratzte sich am Kopf. »Wir müssen gleich die Sonderkommission zusammentrommeln. Wir sollten ihr Handy orten lassen.«

Simons nickte. »Bruck soll ihren Bekannten aus der IT auf das Handy ansetzen. Am besten sofort.«

Sein Partner brummte zustimmend und ging zur Tür.

»Informier bitte auch Bode. Er wird wegen der Adresse in Warschau Kontakt zu den polnischen Kollegen aufnehmen wollen. Sie sollen sofort eine Streife hinschicken.«

Als Schwarz den Raum verlassen hatte, stand Isa Winterberg auf.

»Ich möchte dorthin.«

»Wohin?«

»Nach Warschau.«

»Bitte was?«, entgegnete Simons entgeistert.

»Ich muss Sie nicht um Erlaubnis bitten. Ich wollte Sie nur informieren. Ich nehme den nächsten Flug, den ich kriegen kann.«

»Frau Winterberg …«

Die junge Frau hob die Hand. »Nicht schon wieder, Herr Simons. Sie können mich nicht aufhalten, das Thema hatten wir schon. Ich habe keine Kraft für eine Auseinandersetzung deshalb.«

»Frau Winterberg, Sie wissen überhaupt nicht, was Sie dort erwartet! Ich kann Sie nicht allein dorthin fliegen lassen. Das kommt nicht in Frage.« Er schüttelte den Kopf. »Bei allem Verständnis und allem Respekt, ich …«

»Mit Ihnen oder ohne Sie. Entscheiden Sie«, entgegnete die junge Frau ruhig und ging zur Tür.

»Wieso sind Sie denn so stur?«, knurrte Simons.

Frau Winterberg hielt inne und drehte sich langsam um. Ärger blitzte in ihren sonst so sanften Augen auf. »Stur nennen Sie das? Das ist die erste richtige Spur zu meinem Baby! Und Sie nennen mich ›stur‹?«

Der Kriminalhauptkommissar raufte sich die Haare. »So war das nicht gemeint. Ich verstehe Sie ja. Allerdings werden Sie vor Ort nicht weit kommen, die polnische Polizei wird Ihnen keine Auskunft erteilen, geschweige denn Zutritt zur Adresse gewähren!«

»Aber Ihnen.«

»Ich kann Sie nicht mitnehmen, Frau Winterberg. Das geht nicht. Ich kann vor Ort auch nichts ausrichten, das ist eine Frage der Zuständigkeiten, so einfach ist das alles nicht. Es liegt im Ermessen der Kollegen vor Ort, inwieweit ich eingebunden werde. Zumal wir sowieso erst in der Soko besprechen müssen, wer von uns hinfliegt!«

»Bitte.«

Isa Winterbergs brüchiges Flehen trug derart viel Schmerz in sich, dass Simons ernsthaft mit sich zu kämpfen hatte. Vor allem aber waren es ihre Augen und die Verzweiflung darin, die es ihm mehr als alles andere schwer machten, ihre Bitte zu verweigern. Ein Umstand, der eigentlich völlig untypisch für ihn war.

Mehr über sich selbst als über sie verärgert, schüttelte er den Kopf. »Nein, tut mir leid. Das geht nicht. Es geht einfach nicht. Selbst dann nicht, wenn ich das wollen würde.«

»Also gut«, presste sie hervor und verließ ohne ein weiteres Wort den Raum.

»Scheiße«, fluchte Simons.

KAPITEL 69

März 2024

Es war selbst für ihn ein komisches Gefühl, in das Flugzeug zu steigen und zwischen all den Leuten zu sitzen, die völlig harmlose Gründe für ihre Reise nach Polen hatten. Wie musste es da Isa Winterberg gehen?

Simons musterte sie verstohlen von der Seite. Sie waren sich am Flughafen begegnet, nun saß sie eine Sitzreihe schräg vor ihm. Er hatte bereits damit gerechnet, dass sie sich nicht davon abbringen lassen würde, auf eigene Faust nach Warschau zu fliegen, demnach war ihr Zusammentreffen nur in der Hinsicht ein Zufall gewesen, dass sie die gleiche Flugzeit gewählt hatten.

Die junge Frau starrte regungslos aus dem Fenster. Nur ihr angespannter Gesichtsausdruck und die weißen Knöchel der miteinander verschränkten Hände verrieten, was in ihr los sein mochte.

Simons seufzte. Er verstieß nicht gegen die Vorschriften, sie hatten zufällig den gleichen Flug erwischt. Trotzdem konnte er nun nicht so tun, als wäre sie nicht da. Er fühlte sich verantwortlich. Er rieb sich über die müden Augen. Er würde sie mitnehmen müssen, sobald sie gelandet waren und dafür Sorge tragen, dass sie irgendwo sicher unterkam, während er sich ein Bild von der Situation vor Ort machte.

Als sie gelandet waren und im Abholbereich des Flughafens Warschau-Modlin auf Simons polnische Kollegen warteten, begann er sich langsam ernsthafte Sorgen zu machen. Frau Winterberg hatte weiterhin kein Wort gesprochen, ihr Gesicht glich einer wächsernen Maske.

»Ist alles in Ordnung?«, fragte er sie schließlich, wohl wissend, dass diese Frage mehr als unpassend war.

Isa Winterberg sah auf, in ihren Augen lag nichts als Erschöpfung. Sie nickte und starrte gleich darauf wieder auf die Straße.

»Wenn Ihnen diese Situation hier zu viel ist, was ich absolut verstehen könnte, können wir …«

»Nein«, unterbrach sie ihn. »Niemand könnte mich davon abhalten, möglichst nah an meinen Sohn heranzukommen, wo auch immer er gerade ist. Und meinen Mann. Auch wenn ich nicht weiß, in was er da verwickelt ist, ist er ja noch immer mein Ehemann.« Ihre Augen glänzten. »Es ist nur …«

Simons konnte sehen, wie sie ihren Kiefer zusammenpresste und die Nasenflügel blähte. Es war offensichtlich, dass Frau Winterberg eine klägliche Rüstung umgelegt hatte, die ihr gerade zu entgleiten drohte.

»Ich weiß nicht, ob ich mir wünschen soll, dass Ben bei Mark ist oder lieber nicht«, ächzte sie, schloss die Augen und atmete scharf ein. »Es ist alles so ein riesiges Chaos, dass ich überhaupt nicht mehr weiß, was ich fühlen oder denken soll. Nichts fühlt sich mehr richtig an. Oder real. Jetzt sehne ich mich fast nach den Gesprächen mit Dr. Strohwanger.« Sie lachte auf, während ihr eine Träne die Wange hinunterlief.

Simons' Handy hatte sich offenbar wieder mit dem Netz verbunden. Er zuckte zusammen, als es in seiner Hand zu klingeln begann. Er bedeutete Frau Winterberg, dass er den Anruf annehmen müsse und entfernte sich ein paar Schritte.

»Ja?«

»Endlich«, stieß Schwarz aufgeregt aus.

»Wir sind gerade erst gelandet. Haben sich die polnischen Kollegen schon gemeldet?«

»Genau deshalb rufe ich an. Bode hat mit der Warschauer Dienststelle telefoniert. Dort ist kurz vor seinem Anruf ein Notruf eingegangen. Ein Nachbar der Warschauer Adresse hat Schüsse gemeldet. Kurz danach hat er gesehen, wie ein junger Mann und eine ältere Frau aus dem Haus geflohen sind.«

»Ein junger Mann und eine ältere Frau?«, wiederholte Simons und wagte nicht, Frau Winterberg anzusehen. »Herr Winterberg und Dr. Blum?«, flüsterte er und entfernte sich zwei weitere Schritte von der jungen Frau, die ihm besorgt hinterhersah.

»Ja, wäre möglich. Und, Florian, sie haben in dem Haus drei Leichen gefunden.«

KAPITEL 70

Nur wenige Sekunden, nachdem Simons das Telefonat mit Schwarz beendet hatte, entdeckte er ein Dienstfahrzeug mit der Aufschrift Policja. Es blendete auf und kam auf sie zu. Sie verließen die Überdachung der Wartezone, liefen durch den einsetzenden Nieselregen und stiegen in einen Polizeiwagen älteren Modells, der sein Alter auch über den Geruch seines Innenraums preisgab. Von dem am Rückspiegel pendelnden Duftbaum war nichts mehr zu merken.

Simons war beinahe froh, dass der junge polnische Kollege englisch sprach und sofort losplauderte, denn er hatte keine Ahnung, wie er dem Kollegen Isa Winterbergs Anwesenheit erläutern, geschweige denn ihr die Neuigkeiten überbringen sollte, die Bode in Erfahrung gebracht hatte.

Nachdem sie ein paar Belanglosigkeiten zum Wetter und zum Flug ausgetauscht hatten, berichtete der polnische Polizist, dass der Warschauer Nachbar, der sich gemeldet hatte, auf der Wache sitze und eine Aussage gemacht habe. Simons könne gerne auch mit ihm sprechen, sie hätten eine Dolmetscherin vor Ort.

Noch bevor der Polizist weitersprechen konnte, unterbrach Simons ihn und erklärte ihm, sein Kollege habe ihn darüber bereits informiert. Zwar wollte er dringend wissen, was genau die polnische Polizei in dem Haus vorgefunden hatte, zugleich wollte er aber nicht riskieren, dass Isa Winterberg im Nebensatz eines Fremden von der Tragödie erfuhr, die sich dort abgespielt haben musste.

Schweren Herzens drehte sich Simons zu der jungen Frau um und holte Luft.

»Bevor Sie das gleich von irgendjemand anderem erfahren«, er zögerte einen Augenblick. »Man hat in dem Haus drei Tote gefunden. Alle drei mit Schusswunden.«

Isa Winterberg entglitten die Gesichtszüge.

»Es sind keine Kinder darunter«, warf der Kriminalhauptkommissar schnell ein.

Die junge Frau hob eine Hand vor den Mund.

»Ben und Adam sind nicht vor Ort«, wiederholte Simons eindringlich. »Und ziemlich sicher auch nicht Ihr Mann und Dr. Blum.«

Isa Winterbergs Kinn zitterte heftig. »Wer?«, stöhnte sie.

Simons schluckte. »Das Ehepaar, das unter der Adresse gemeldet war.«

Der Polizist stellte das Radio lauter, eine polnische Stimme ertönte. Dem Klang nach handelte es sich um die Nachrichten.

»Und wer … wer ist der dritte Tote?«

Das war der schwerste Teil. Simons brauchte ein paar Sekunden.

»Nein«, flehte die junge Frau und sah ihn haltsuchend an.

Der Kriminalhauptkommissar schluckte. Er nahm die Kollegen von der Opferhilfe und ihr emotional aufgeladenes Gerede zugegebenermaßen nicht immer ernst – jetzt gerade wünschte er sie sich jedoch sehnlichst herbei. »Es sieht alles danach aus, dass Ihr Mann und Adriana Blum das Haus verlassen haben.«

»Also Carla?«

Simons senkte den Blick und nickte.

»Carla. O mein Gott. Carla«, ächzte Isa Winterberg erstickt.

Der junge polnische Beamte warf einen besorgten Blick in den Rückspiegel.

»Die Obduktion ist in Auftrag gegeben, und sie muss noch offiziell identifiziert werden. Aber wir sind uns leider auch so ziemlich sicher. Sie hatte ihren Ausweis bei sich und ein Fotoabgleich war auch eindeutig.«

Isa Winterberg zitterte heftig am ganzen Körper.

»Wir haben Ihren Mann und Dr. Blum länderübergreifend zur Fahndung ausgeschrieben. Das BKA ist eingeschaltet und schickt ebenfalls einen Vertreter nach Warschau.«

»O Mark. In was bist du da nur hineingeraten«, wimmerte die junge Frau und sackte in ihrem Sitz zusammen.

Simons hätte in diesem Moment nichts lieber getan, als sie in den Arm zu nehmen. Stattdessen unterdrückte er den Impuls und starrte, auch innerlich um professionelle Distanz kämpfend, zum Autofenster hinaus.

KAPITEL 71

Auf dem Revier angekommen, wurde Isa Winterberg in einen Besucherraum gebracht. Simons war froh, dass sie das anstandslos zu akzeptieren schien, denn sie wirkte absolut zerbrechlich. Die plötzliche Vehemenz und Klarheit ihrer Worte, als er den Raum verlassen wollte, trafen ihn daher völlig unvorbereitet.

»Versprechen Sie mir, dass Sie danach sofort zu mir zurückkommen und mir erzählen, was der Nachbar gesagt hat. Versprechen Sie mir das!«

Er sah auf seinen Ärmel hinunter, den Frau Winterberg in einem festen Griff hielt. Sie ließ ihn los und trat einen Schritt zurück.

»Natürlich. Ich komme gleich wieder. Versprochen. Ich lasse Sie nicht im Ungewissen.«

Isa Winterberg ging ohne ein weiteres Wort zu den dunkelblauen Plastikstühlen, die an der Wand aufgereiht waren. Er fragte sich wie so oft im Jahr zuvor, wie sie sich überhaupt noch auf den Beinen halten konnte.

Dem Gespräch mit dem Nachbarn, einem alten gebeugten Mann mit Nickelbrille und Halbglatze, wohnten neben Simons ein polnischer Polizist und eine Dolmetscherin bei.

Die Dolmetscherin erklärte dem alten Mann zunächst, wer Florian Simons war und dass er aufgrund weiterer Ermittlungen in Deutschland ebenfalls mit ihm sprechen wolle.

Wässrige braune Augen wanderten von der Dolmetscherin zu Simons und wieder zurück. Der alte Mann wirkte aufgeregt.

»Tak, oczywiście!«, krächzte er, was die Dolmetscherin prompt mit »Ja, sicher!« übersetzte.

Sie sah zu Simons. »Sie dürfen. Ich übersetze für Sie.«

»Okay. Ich würde mich freuen, Herr Kowalczyk ...«, unsicher warf er der Dolmetscherin nun seinerseits einen Blick zu, die ihm zunickte und mit der Übersetzung seines ersten Teilsatzes begann. »Ich würde mich freuen, wenn Sie mir noch einmal von Anfang bis Ende berichten könnten, was Sie heute gesehen haben.«

Der alte Mann hörte der Dolmetscherin konzentriert zu und legte seine Hände auf den Tisch.

»Ja, natürlich. Ich war beim Einkaufen«, begann die Dolmetscherin, als der alte Mann eine Pause machte. »Als ich nach Hause kam und meine Einkäufe auslud, habe ich gesehen, wie ein Taxi vorfuhr. Ich habe mich gewundert, es war ein deutsches Taxi. Mit einem deutschen Kennzeichen.«

Der polnische Polizist, der dem Gespräch bisher schweigend beigewohnt hatte, warf in gebrochenem Deutsch ein: »Aus Frankfurt an der Oder, das haben wir bereits überprüft.«

Simons setzte sich auf. *Schon wieder Frankfurt?*

»Eine ältere Frau, sehr elegant, ich hatte sie ab und an mal bei meinen Nachbarn gesehen, trat aus dem Haus und ging zu dem Taxi. Sie hatte ein weinendes Kleinkind bei sich.« Adrenalin durchfuhr Simons. »Das Kind, das ich in den vergangenen Monaten öfter bei meinen Nachbarn gesehen habe. Eine merkwürdige Geschichte mit diesem Kind. Es war plötzlich da. Das hat mich erschreckt. Sie müssen wissen, meine Nachbarn lebten sehr zurückgezogen. Sie haben nie viel gesagt, und ich habe nie gefragt, wo das Kind auf einmal herkam. Ich mische mich nicht ungefragt in die Angelegenheiten fremder Leute ein. Es sind anständige Leute. Ich habe mir gedacht, das wird schon alles seine Richtigkeit haben. Und dann sehe ich, wie diese Frau den Jungen allein in ein Taxi setzt.« Der alte Mann saß ihnen sichtlich ergriffen gegenüber und rang mit den Händen. »Er hat so schrecklich geweint. Das tat mir in der Seele weh, doch diese Frau verzog keine Miene, sagte kaum ein tröstendes Wort. Ich konnte nicht einordnen, was ich da gesehen habe. Es ging so schnell. Das Taxi fuhr ab, und die Frau kehrte ins Haus meiner Nachbarn zurück. Und ich konnte mir das alles nicht erklären.«

Der alte Mann beobachtete Simons unablässig, der der Dolmetscherin mit rasendem Herzen zuhörte.

»Ein Kleinkind sagten Sie?«, warf er ein. »Wie sah es aus?«

Die Dolmetscherin übersetzte. Simons fühlte Übelkeit in sich aufsteigen.

»Klein. Nicht viel älter als ein Jahr, vielleicht auch zwei. Hellbraune lockige Haare. Mehr konnte ich leider nicht erkennen.«

Nicht weizenblond wie Adam, dachte Simons.

Der polnische Polizist sagte etwas, das die Dolmetscherin übersetzte. »Wir haben Familienfotos im Haus gefunden. Von dem Ehepaar mit einem kleinen Jungen, der der Junge sein dürfte, der später ins Taxi gesetzt wurde. Herr Kowalczyk hat ihn wiedererkannt.«

Er schob Simons zwei Fotokopien zu. Dieser nahm die Blätter hoch. Kälte kroch ihm den Nacken hinauf. Der Junge auf den Fotos sah fast genauso aus wie Adam. Aber nur fast.

»Gibt es noch ältere Fotos? Auf denen der Junge noch ein Baby ist?«, fragte er atemlos.

Der Polizist schüttelte den Kopf. »Bis jetzt haben wir keine gefunden. Sämtliche Fotos zeigen das Kind ab einem Alter von ein paar Monaten.«

»Und das Kind ist plötzlich bei Ihren Nachbarn aufgetaucht?«, fragte er den alten Mann und wartete mit jagendem Puls die Übersetzung seiner Antwort ab.

»Ja, die Frau war nicht schwanger. Plötzlich war das Baby da, schon ein paar Monate alt. Ich dachte, es wäre vielleicht ein Kind aus der Verwandtschaft. Oder ein Adoptivkind.«

Simons schluckte schwer. Er konnte es nicht fassen. Sie schienen Ben Winterberg gefunden zu haben. Nach all der Zeit.

»Bitte berichten Sie weiter«, bat er den alten Mann aufgeregt.

»Ich bin in mein Haus gegangen. Und habe immerzu darüber nachgedacht, was ich da gerade gesehen habe. Das kam mir so komisch vor, dass ich mich schließlich dazu entschieden habe, zu meinen Nachbarn hinüberzugehen und nachzufragen, ob alles in Ordnung ist. Ich habe mit mir gehadert, müssen Sie wissen. Ich mische mich nicht gern in die Angelegenheiten anderer Leute ein, deshalb bin ich erst in den Garten zum Zaun gegangen, um nachzusehen, ob ich von dort etwas erkennen kann. Ob alles mit rechten Dingen zugeht, verstehen Sie?«

Simons platzte fast vor Ungeduld. Die Dolmetscherin übersetzte mit einer solchen Ruhe, dass er sie am liebsten geschüttelt hätte.

Als der alte Mann fortfuhr, wischte er sich über die Augen.

»Ich habe Schreie gehört. Es klang wie ein Streit. Ich habe nicht verstanden, worum es ging, es war glaube ich kein Polnisch, aber dann krachte ein Schuss.«

»Einer?« Simons runzelte die Stirn und sah zu seinem polnischen Kollegen hinüber, der nickte.

»Ja, nur einer.« Dann wechselte der Polizist ins Polnische, die Dolmetscherin sprang ein.

»Er sagt, dass es derzeit so aussieht, als sei das Ehepaar bereits vorher tot gewesen. Vermutlich hat der Schuss, den Herr Kowalczyk gehört hat, der jungen deutschen Frau gegolten. Genaueres wird die gerichtsmedizinische Untersuchung zeigen.«

Der alte Mann meldete sich erneut zu Wort. Simons hörte an seiner sich überschlagenden Stimme, dass er furchtbare Angst gehabt haben musste.

»Ich habe diesen Schuss gehört und bin zur Straße gelaufen. Dann haben diese Frau, die das Kind zuvor in ein Taxi gesetzt hat, und ein junger Mann das Haus verlassen. Sie sind über die Straße und um die Ecke gerannt, ich hatte solche Angst, dass sie mich entdecken könnten. Deshalb bin ich ins Haus zurückgekehrt und habe die Polizei gerufen.«

»Wie sahen die beiden Personen aus, die geflohen sind?«

»Der junge Mann war hochgewachsen. Und dunkelhaarig. Um die 30 oder 40. Ich habe ihn noch nie zuvor gesehen. Die Frau elegant gekleidet, um die 60 vielleicht. Gut frisiert. Sie war häufiger bei meinen Nachbarn, seit der Junge dort aufgetaucht ist.«

»Sie haben eine internationale – mir fehlt das Wort – Suche eingeleitet, richtig?«, schaltete sich der polnische Polizist in gebrochenem Deutsch wieder ein.

Simons nickte. »Ja, ich wollte mich nur noch einmal vergewissern. Die flüchtigen Personen heißen aller Wahrscheinlichkeit nach Dr. Mark Winterberg und Dr. Adriana Blum.«

Der Beamte nickte und winkte der Dolmetscherin ab, die für ihn übersetzen wollte.

»Wir suchen das Taxi. Mit dem Jungen. Auf den gängigen Routen nach Deutschland, nach Frankfurt«, ergänzte er mit ernster Miene.

»Danke«, antwortete Simons, stand auf und verabschiedete sich von dem alten Mann. »Sie haben uns sehr geholfen.«

KAPITEL 72

Isa hatte es nicht lange auf den Plastikstühlen ausgehalten. Immer wieder ging sie den mit dunkelblauem Teppich ausgelegten Flur der Polizeidienststelle hinunter und hielt nach Simons Ausschau, der in irgendeinem der angrenzenden Räume verschwunden sein musste.

Polizistinnen und Polizisten kamen an ihr vorbei, es herrschte reger Betrieb. Manche musterten sie irritiert, andere grüßten sie. Isas Herz klopfte ihr hart gegen die Rippen, mehrmals musste sie tief und bewusst durchatmen, um nicht in die Panik abzugleiten.

Immer wieder dachte sie an Ben. An ihren kleinen Ben. Carla hatte gesagt, dass er an der Warschauer Adresse zu finden sei. Doch bisher hatte es keinen Hinweis auf ein Kleinkind gegeben – nur drei Tote.

»Wo bist du, mein Schatz?«, flüsterte sie und drängte die aufsteigenden Tränen so sehr zurück, dass alles brustaufwärts zu schmerzen begann.

Neben der Sorge um ihren kleinen Sohn und der Angst, ihm nun so nahe gekommen zu sein und ihn vielleicht doch nicht zu erreichen, mischte sich immer wieder Carlas Stimme in Isas Gedanken. Ihre aufgewühlte, aufgeregte Stimme in der Sprachnachricht. Und die fassungslose Erkenntnis, dass ihre Freundin nicht mehr lebte. Erschossen worden war. *Wie bist du in all das hineingeraten, Carla? Und welche Rolle hast du dabei gespielt?*

Isa ging zu einem Wasserspender und füllte einen kleinen transparenten Becher. Sie zwang sich, das weiche, nachgiebige Plastik an die Lippen zu heben und ein paar Schlucke des eiskalten Wassers zu trinken. Während ihre Gesichtsmuskeln vor Anstrengung zitterten.

Sie konnte nicht über Carlas Tod nachdenken. Sonst wäre sie zu nichts mehr in der Lage. Doch wenn sie die Gedanken an Carla blockierte, waren da wieder die Gedanken an Ben. Und an den kleinen Adam, von dem sie nur wusste, dass er Marks Sohn war. Und der dieser jungen Frau auf dem Foto.

Sie fühlte sich völlig überfordert. So lange hatte er sich so fremd für sie angefühlt. So lange hatte man ihr weismachen wollen, dass es ihr eigener Sohn sei, dass er Ben sei. Jetzt, wo sie wusste, dass sie die ganze Zeit über Recht gehabt hatte, fiel es ihr umso schwerer zu begreifen, dass das kleine Kind, um das sie sich in den vergangenen Monaten so sehr bemüht hatte, Adam hieß. Und nicht Ben. Eine eigene Existenz hatte, über die sie rein gar nichts wusste.

Und dann war da noch Mark. Er löste wohl die schlimmsten widerstreitenden Gefühle in ihr aus. Hass in seiner reinsten Form. Trauer. Ekel. Ungläubigkeit. Schock. Aber da war auch Sehnsucht. Und Liebe. Liebe, die all das nicht begreifen wollte. Nicht begreifen konnte. Liebe, die daran festhielt, dass sie sich nicht so grundlegend in dem Menschen getäuscht haben konnte, den sie vor Jahren geheiratet hatte. Liebe, die sie Mark so sehr vermissen ließ, dass es ihren Brustkorb zusammenschraubte.

»Frau Winterberg«, rief Simons und kam auf sie zu.

Aufregung durchfuhr Isa.

»Lassen Sie uns zu den Stühlen gehen«, schlug er vor und ging voran in den Warteraum, in dem er Isa zuvor zurückgelassen hatte. Isa konnte seinen Gesichtsausdruck nicht deuten.

Als sie saßen, musterte er sie ernst. »Geht es Ihnen noch gut? Halbwegs, meine ich?«

Isa lächelte ein verunglücktes Lächeln. »Ich kann Ihnen die Frage nicht beantworten. Das fiel mir schon schwer, als noch alles in Ordnung war. Aber jetzt? Nein, gut geht es mir nicht. Natürlich nicht. Aber ich schaffe das schon. Was haben Sie herausgefunden?«

Simons holte Luft. »Ich habe eine gute, eine sehr gute Nachricht, die zeitgleich aber auch eine schlechte ist.« Er schien nach Worten zu suchen. »Wir wissen inzwischen, dass der Nachbar ein kleines Kind, einen kleinen Jungen gesehen hat, der höchstwahrscheinlich Ben gewesen sein dürfte. Ihr Ben. Er hat beobachtet, wie eine ältere Frau, vermutlich Dr. Blum, dieses kleine Kind in ein Taxi gesetzt hat. Der Nachbar sprach von hellbraunem lockigem Haar, Adam war es also nicht. Er ist schließlich so blond, wie man nur blond sein kann.« Seine Augen wanderten für einen Augenblick über Isas wie üblich ungebändigte Lockenmähne.

»Ben?« Isa hob beide Hände zum Mund.

»Ja, es sieht ganz danach aus. Es wurden Fotos sichergestellt, im Haus des Ehepaares. Fotos, die das Ehepaar und den Jungen zeigen. Sie bilden ungefähr die Zeitspanne ab, in der Ben verschwunden ist, ältere Fotos gibt es nicht.«

Simons hielt Isa eine der Fotokopien hin, die er sich von seinem polnischen Kollegen ausgeliehen hatte.

Sie griff danach. Ein seltsamer Laut drang aus ihrem Mund. Erstickt. Gequält. Es war ein Familienfoto. Von einer augenscheinlich glücklichen Familie. Doch das Kind zwischen den beiden Fremden, die sich wie Eltern gaben, war ihr Sohn.

»O mein Gott«, schluchzte sie heftig, das Blatt zitterte wild in ihren Händen. »Das ist Ben – das ist mein Junge, oder?«, flüsterte sie, plötzlich von Angst ergriffen, sie könnte sich täuschen. Erneut.

Auch Simons war sichtlich ergriffen. »Wir gehen davon aus, ja. Die Ähnlichkeit zu Adam ist unübersehbar. Und zu Ihnen im Übrigen auch. Der Nachbar berichtet, dass dieser kleine Junge plötzlich aufgetaucht ist und dann anscheinend bei dem Ehepaar wohnte. Die Kollegen sind noch dabei, alles zu untersuchen, konnten bisher aber keine Geburtsurkunde oder irgendeinen Hinweis darauf finden, dass das Kind vor dem Frühsommer letzten Jahres bereits dort gewesen ist.«

»Carla hat Recht gehabt«, schluchzte Isa auf. »Das ist mein Baby! Mein Sohn!« Gleich darauf presste ihr eine plötzliche Erkenntnis jegliche Luft aus der Lunge. »Er wurde in ein Taxi gesetzt? Er ist … weg?«

»Das Taxi wird bereits gesucht. Es kam aus Deutschland, mit Kennzeichen aus Frankfurt an der Oder.«

»Frankfurt an der Oder? Wurde da nicht auch Adam gesehen, mit dieser Margarete?«

»Genau.« Simons nickte. »Irgendwas muss es mit der Grenze und Nähe zu Polen auf sich haben. Es kann kein Zufall sein, dass sich alles im Grenzgebiet abspielt.«

»Sie müssen ihn finden«, keuchte sie. »Sie müssen das Taxi mit Ben darin finden.« Tränen rannen Isa über die Wangen. »Bitte, Sie müssen mir mein Baby zurückbringen!«

Dann taumelte sie vom Sitz und erbrach sich in den nächstgelegenen Mülleimer.

KAPITEL 73

Isa stand auf dem Parkplatz vor dem grau-gläsernen Gebäude des Deutsch-Polnischen Polizeizentrums in Świecko, einem kleinen Ort nahe der deutschen Grenze. Seit dem Sonnenaufgang vor zwei Stunden fixierte sie die Straße.

Sie waren am Vorabend in einem Hotel im Warschauer Zentrum untergekommen. Mitten in der Nacht hatte Simons vor ihrer Zimmertür gestanden und ihr mitgeteilt, dass das Taxi auf der A2 in Richtung der deutschen Grenze aufgegriffen worden war. In der Obhut des Taxifahrers habe sich tatsächlich ein kleiner Junge befunden. Es deute alles darauf hin, dass es sich dabei wie vermutet um ihren Sohn Ben handle. Die Polizei vor Ort sei noch dabei, die Situation zu prüfen und die Formalitäten zu klären. Man habe sich aber darauf geeinigt, Ben am Morgen in das Deutsch-Polnische Polizeizentrum an der Grenze zu überstellen. Sie müssten sich sofort auf den Weg machen.

Isa hatte sich an das erste angebliche Wiedersehen mit ihrem Baby erinnert gefühlt und nicht glauben können, dass diese Situation ihr nun ein zweites Mal bevorstehen sollte.

Und dennoch stand sie nun auf der Straße vor dem Gebäude und wartete auf das Polizeiauto, das ihren Ben, ihren Sohn, tatsächlich zu ihr zurückbringen sollte. Sie konnte es noch immer nicht glauben. Sie wagte nicht einmal zu blinzeln, obwohl ihre Augen brannten und ihr Körper unablässig zitterte. Am schlimmsten war der Takt ihres rasenden Herzens, den sie direkt hinter den Augen spürte. Übelkeit durchbrandete sie in Wellen. Doch der Gedanke, so unglaublich er auch erscheinen mochte, ihren Sohn nach so langer Zeit endlich wieder in die Arme schließen zu können, verlieh ihr die Kraft, diese Situation durchzustehen.

Simons hatte sie mehrfach gefragt, ob sie nicht drinnen warten wolle, aber sie hatte sich geweigert. Nun stand er schräg hinter ihr und berührte sie am Arm.

»Ich bin bei Ihnen! Es wird alles gut werden.« Er warf ihr einen aufmunternden Blick zu. Eine beträchtliche Leistung, wo doch auch jede Faser seines Körpers unter Spannung zu stehen schien.

»Ich frage mich, wie es sein wird, Ben endlich wiederzusehen. Ben. Und kein fremdes Kind, das als er ausgegeben wird«, entfuhr es Isa, bevor sie erstickt aufschluchzte. »Werde ich das überhaupt glauben können? Ich meine – wenn er wirklich auftaucht? Werde ich das glauben können? Nach allem, was war? Oder wird es sich wieder fremd anfühlen?«

Isa spürte, dass sie kurz davor war, die Nerven zu verlieren. Sie wusste, wenn sie ihre Selbstkontrolle auch nur ein winziges bisschen aufgab, würde sie zusammenbrechen und zu gar nichts mehr in der Lage sein. Also atmete sie so tief durch, wie sie nur konnte und konzentrierte sich weiter darauf, die Straße abzusuchen.

Gerade in dem Moment, als sie dachte, ihre Beherrschung endgültig zu verlieren, kam ein Polizist aus dem Gebäude, und rief auf Deutsch, dass das Kind jetzt ankommen würde.

Der schwarz wummernde Tunnel, der sich sofort um Isas Sichtfeld herum bildete, schirmte sie vollkommen ab. Mit ihrem eigenen Keuchen im Ohr setzte sich Isa wie fremdgesteuert in Bewegung und rannte auf die Straße. Sie sah ein Dienstfahrzeug auf sich zukommen, schüttelte Hände und Arme ab, die sie zurückhalten wollten und sprintete vor den Wagen, der mit quietschenden Reifen bremste. Für einen Wimpernschlag registrierte sie den erschreckten Gesichtsausdruck des Polizisten hinter dem Steuer, hechtete um das Fahrzeug herum und riss die Tür zur Rückbank auf.

Augenblicklich verlangsamte sich die Zeit.

Bernsteinbraune Augen sahen sie an und trafen sie mitten ins Herz.

»Ben!«, japste sie und spürte mit jeder Faser ihres Seins, dass es stimmte.

Isa heulte auf, schnallte den kleinen Jungen mit bebenden Händen und doch so vorsichtig wie möglich ab und zog ihn aus dem Kindersitz direkt in ihre Arme. Rücklings sank sie mit ihm auf den Asphalt und erstickte fast an ihrem Schluchzen. Sie wollte ihn nicht erschrecken, ihn nicht überfordern, doch es zerriss sie innerlich.

Mit einem stillen Tränenstrom im Gesicht hielt sie ihn ein wenig von sich weg, ungläubig, dass er es tatsächlich sein sollte. Mit der erneuten Erkenntnis, dass sie wirklich Ben vor sich hatte, dass ihr Baby nach all der Zeit zu ihr zurückgefunden hatte, schnappte sie nach Luft in dem Bemühen, ihre Gefühle zurückzudrängen und den knapp eineinhalb Jahre alten Jungen nicht noch mehr zu überfordern, als er es vermutlich ohnehin schon war.

Prompt verzog der kleine Junge den Mund, lehnte sich ihr entgegen und vergrub sich an ihrer Schulter. Helle Schluchzer ergriffen den kleinen Kinderkörper.

Isas Herz brach und heilte gleichzeitig. Wie sollte ihr Baby auch verstehen, was hier gerade passierte? Und doch war ihre Begegnung, ihre Bindung so spürbar real, wie nichts im letzten Jahr real gewesen war. Es war die Verbindung zwischen einer Mutter und ihrem Kind. Dieser kleine Junge schmiegte sich so eng an sie, als würde er trotz seiner Angst und der vollkommen überfordernden Situation instinktiv spüren, dass er zu seinem sicheren Hafen zurückgekehrt war.

Und so wiegte Isa ihren Sohn bebend und weinend in den Armen, atmete seinen erstaunlich vertrauten Geruch ein und konnte nicht fassen, dass sie ihn lebendig bei sich hatte. Nach all dieser Zeit und nach all diesem Horror.

Als sie sich beide ein wenig beruhigt hatten, löste sie sich vorsichtig von ihm und setzte ihn auf ihr Knie, um ihn genauer betrachten zu können. Fast fürchtete sie sich davor.

Lachend und schniefend strich sie über die kleine Elfenkerbe an seinem Ohr. Ben hatte die feinen Gesichtszüge seines Vaters, dichte dunkelblonde Wimpern und Augenbrauen. Sein hellbraunes Haar begann sich zu locken, wie ihres. Und diese Pausbacken. Der Babyspeck war noch unverkennbar. Adam sah ihm erschreckend ähnlich, aber es war Ben. Ohne jeden Zweifel.

»Mein Schatz«, wisperte sie und küsste ihn mit tränennassen Lippen behutsam auf die Stirn. »Mama hat dich so vermisst!«

Tränen lösten sich auch aus Bens Augen, dann sank er zurück an ihre Brust. Gleich darauf zog er seine Knie zum Körper und kringelte sich wie ein Neugeborenes ein.

»Schhh … es ist ja gut, mein Schatz«, summte Isa und strich ihm über seinen Rücken, wieder und wieder. Sie hielt ihn fest. Sie beschützte ihn. Von jetzt an und für immer.

Und mit jedem Schlag ihres Herzens flutete Trauer durch ihre Adern. Trauer um das verlorene Jahr, Trauer um die Verunsicherung und Angst, die ihr kleiner Junge hatte durchleben müssen. Trauer wegen seiner Überforderung, seine Mutter wiederzusehen, instinktiv ihre Nähe zu suchen und doch nicht zu wissen, was eigentlich geschehen und wo sie gewesen war.

Doch vor allem war da Liebe. Eine Liebe, die bedingungslos

war, eine Liebe, die alles heilen konnte. Eine Liebe, die die Welt wieder zum Drehen brachte.

Isa musste nicht weiter darüber nachdenken, ob es tatsächlich Ben war, der zu ihr zurückgekehrt war. Sie fühlte es. Ihr Körper fühlte es. Und auch der kleine Junge fühlte es.

TEIL IV

LIEBE

KAPITEL 74

Sie hatte jegliches Zeitgefühl verloren. Irgendwann legte sich eine Hand auf ihre Schulter, die sie wieder mit der Außenwelt verband. Isa registrierte diffuse, aufgeregte Geräusche um sich herum. Bemerkte am Rande, dass der feuchte Asphalt ihre Jeans durchnässt hatte. Sah die Reifen des Polizeiwagens vor ihren Schuhen aufragen. Sie zog Ben, der sich ganz schwer in ihre Arme gekuschelt hatte, noch etwas enger an sich.

»Das ist also der kleine Ben«, stellte Simons mit einem sanften Ausdruck in den Augen fest und ging vor ihnen beiden in die Hocke. Wärme durchströmte sie.

»Ja«, schluchzte sie. »Ja, das ist mein kleiner Sohn.«

Sie strich ihrem Jungen über die Haare und küsste ihn. Nie wieder würde sich irgendjemand zwischen sie stellen. Nie wieder.

Der Kleine machte sich von ihr frei und zeigte schüchtern auf die vor dem Gebäude aufgereihten Polizeiwagen. Eine Mischung aus den Plauderlauten eines Kleinkindes und polnischem Kauderwelsch sprudelte aus seinem Mund, und Isa wurde bewusst, dass er das letzte Jahr in Warschau zugebracht hatte. Mit schmerzendem Herzen, und doch so erleichtert, lächelte sie ihn an, wischte ihm über die feuchten Wangen und zeigte ebenfalls auf die Autos.

Auch Ben lächelte nun, wenn auch zaghaft, und fuhr mit seinem Zeigespiel fort. Er weitete es auf die Straßenlaternen, die

Wolken und das Gebäude hinter ihnen aus, doch immer wieder kehrte sein Blick zu Isa zurück, als könne er nicht begreifen, dass nun die Person wieder da war, deren Abwesenheit er nur hatte fühlen, aber nicht begreifen können.

»Frau Winterberg, ich möchte Ihr Wiedersehen wirklich nicht stören. Aber es wäre besser, wenn Sie mit hineinkommen würden«, rief sich der Kriminalbeamte wieder in Erinnerung. Er wies zum Eingang des Polizeizentrums. »Ein Kinderarzt würde sich Ben gleich gerne einmal ansehen, um sicherzustellen, dass mit ihm wirklich alles in Ordnung ist, und es gibt noch einige Formalitäten zu erledigen.«

Simons half ihr, mit Ben auf dem Arm aufzustehen und führte sie zurück ins Gebäude und in einen kleinen Raum, in dem ihnen etwas zu trinken und Papier und Stifte zum Malen angeboten wurden. Während sie auf den Arzt warteten, der extra aus Deutschland angefordert worden war, spielte und malte Isa mit ihrem Sohn. Sie konnte sich nicht an ihm sattsehen, sie konnte ihr Glück nicht fassen. Immer wieder rollten ihr Tränen über die Wangen, Tränen der Erleichterung. Tränen darüber, dass die Welt wieder in Ordnung gekommen war.

Ben suchte ihre Nähe und hielt doch Abstand. Er verhielt sich erstaunlich unabhängig für ein so kleines Kind. Isa begann zu ahnen, dass er genau diese Unabhängigkeit gebraucht hatte, um seine Seele vor großem Schaden zu schützen. Unweigerlich fühlte sie sich an Dr. Blums Worte erinnert, die ihr erklärt hatte, wie widerstandsfähig Kinder seien, und fühlte Wut in sich aufsteigen, auch wenn die Psychiaterin mit ihrer Einschätzung auf eine bittere Weise richtiggelegen hatte.

Eine Dreiviertelstunde später hatte der Kinderarzt seine Untersuchung beendet. Er schätzte Ben als kerngesund ein, und auch sein Entwicklungsstand schien altersgemäß. Außerdem waren

Isa und Ben Proben für einen DNA-Abgleich entnommen worden. Auch wenn Isa unumstößlich sicher wusste, dass dieses Mal wirklich ihr Sohn zu ihr zurückgekehrt war, war sie einverstanden gewesen, den Test zur Sicherheit zu machen.

Nun waren Simons, Isa und der kleine Junge das erste Mal allein in dem Büro, in dem man sie untergebracht hatte. Isa war erneut in den Anblick ihres Kindes versunken und ging zum wiederholten Mal die Ähnlichkeiten und Unterschiede zwischen Ben und Adam durch. Ungläubig angesichts der ausgeprägten Gemeinsamkeiten, die auf den gleichen Vater schließen ließen. Sie waren Halbbrüder. Und doch auch so verschieden.

In diesem Moment stellte sie fest, dass ihre grenzenlose Erleichterung, die sie in der letzten Stunde vollkommen eingenommen hatte, erste Risse bekam. Während sie Ben musterte, flackerte das Bild blauer Augen und strohblonder Haare in ihren Gedanken auf. Und mit ihm ein Gefühl, das sie in all ihrem Glück, ihren Sohn wieder bei sich zu haben, nicht erwartet hatte: Sorge. Sorge um ein Kind, das nicht ihr eigenes war und doch irgendwie schon. Und dessen Schicksal nun das ungeklärte war.

»Gibt es etwas Neues von Adam?« Hilfesuchend sah sie Simons an. »Es sind doch nur Mark und Dr. Blum geflohen. Die übrigen Personen im Haus waren tot. Wo ist er also?«

»Das wissen wir leider noch nicht. Wir haben keine Hinweise auf ihn gefunden. Ich befürchte, nur Ihr Mann kann uns diese Antwort geben. Der Taxifahrer schweigt auch bisher. Er scheint geschmiert worden zu sein.« Der Kriminalhauptkommissar fuhr sich über das Gesicht. »Haben Sie irgendeine Idee, wohin Ihr Mann geflohen sein könnte?«

Isa rieb sich über die Arme. »Nein, ich … nicht die geringste. Ich habe so wenig über ihn gewusst, wie sich jetzt zeigt. Ich habe das Gefühl, eine Illusion geliebt zu haben. Ich meine – er hatte ein weiteres Kind fast im selben Alter wie Ben. Mit dieser Frau auf dem Foto. Wo ist sie? Adam ist ihr Sohn. Und Bens Halbbruder. Er … er ist mir wichtig. Ich kann ihn nicht im Stich lassen. Ich muss wissen, dass es ihm gut geht, wo auch immer er jetzt ist. Bitte finden Sie ihn. Und meinen Mann.« Sie blinzelte die aufsteigenden Tränen zurück.

KAPITEL 75

Isa lag in den harten, aber sauber riechenden Laken des schmucklosen Hotelzimmers und konnte ihre Gedanken nicht zur Ruhe bringen. Ben schlief fest an sie gekuschelt neben ihr, seit einer Stunde schon strich sie ihm über seine Locken und war nicht fähig, damit aufzuhören. Leise seufzte und schmatzte er in einem Schlaf, der so tief war, wie nur Kinder ihn schliefen. Er hatte zum Glück irgendwann der Müdigkeit nachgegeben, nachdem er gegen Abend schließlich doch mit vielen Tränen auf die Überforderung dieser ganzen Situation reagiert hatte.

Isa konnte nur erahnen, wie viel ihr kleiner Junge durchgemacht hatte und noch immer durchmachte, auch wenn er erstaunlich widerstandsfähig wirkte. Eine Widerstandskraft, die ihn geschützt hatte, die zugleich aber ganz und gar nicht normal war für ein eineinhalbjähriges Kind. Nicht nur, dass er im Alter von gerade einmal vier Monaten entführt und bei einer wildfremden Familie untergebracht worden war – vor kurzem war er ein weiteres Mal aus seinem gewohnten Umfeld gerissen worden, in dem er sich laut der Fotos fast das gesamte vergangene Jahr über befunden hatte und das, nachdem die Menschen, bei denen er gelebt hatte, getötet worden waren.

Isa fragte sich, wie nahe sich Ben und das Ehepaar gestanden hatten, wie sie mit ihm umgegangen waren und ob er sie vermisste. Die Fotos aus dem Haus bildeten eine liebevolle Familie ab, als hätte das Warschauer Ehepaar Ben adoptiert und aufrichtig geliebt. Isa konnte sich keinen Reim darauf machen, wie es überhaupt dazu gekommen war und wie Mark, Dr. Blum und Carla in das Ganze verwickelt waren.

Mark war ihr Ehemann und, wie sie angenommen hatte, engster Vertrauter gewesen. Immer wieder versuchte Isa, die Informationen, die sie in den vergangenen Tagen und Wochen über ihn gewonnen hatte, mit dem Mann in Verbindung zu bringen, mit dem sie ihr Leben geteilt hatte. So schockierend die vergangenen Geschehnisse auch gewesen waren – ein ganz kleiner Teil ihres Verstandes raunte ihr zu, dass es Anzeichen gegeben hatte, dass nicht alles so gewesen war, wie es den Anschein gemacht hatte.

Sie hatte bereits vor Bens Geburt gespürt, dass ihn etwas beschäftigte. Sie hatte das allerdings auf den Aufbau seiner Praxis geschoben, auf seinen beruflichen Ehrgeiz. Nach ihren damaligen Gesprächen auch auf die Veränderung, Vater zu werden. Auf den Wunsch, seiner Familie ein stabiles Fundament zu bauen. Er hatte nie viel über seine Vergangenheit als Adoptivkind gesprochen. Isa hatte ihn nicht drängen wollen. Erst in den letzten Tagen war ihr wirklich bewusst geworden, wie wenig sie ihren Mann gekannt hatte. Und nun zermarterte sie sich permanent das Hirn, was sie wohl noch übersehen haben mochte.

O Mark, dachte Isa und spürte, wie sich heiße Tränen einen Weg über ihre Wangen bahnten. Was an ihm war echt gewesen? Wieso war er nach Warschau gereist, woher hatte er gewusst, dass er Ben dort finden würde? Wieso hatte Dr. Blum Ben in ein Taxi gesetzt? Wo hatte es hinfahren sollen? Und wie war Carla in alles verwickelt? Isa schluckte schwer. *Die arme Carla.* Sie war sich sicher, dass sie versucht hatte, zu helfen.

Isa stand vorsichtig auf und tastete sich zu dem kleinen Tisch vor, auf dem sie ihr Handy abgelegt hatte. Eilig kehrte sie ins Bett zu Ben zurück, der sich unruhig hin und her wälzte. Als er wieder zur Ruhe gefunden hatte, rief sie das Foto auf, das ihr Carla geschickt hatte. Sie hatte es so oft studiert, auf der Suche nach Antworten. Immer wieder hatte sie an die Gesichter herangezoomt. Und darüber nachdenken müssen, welches Schicksal diese drei Personen verbinden mochte. Adriana stand zwischen den beiden Jugendlichen, vierzehn oder fünfzehn Jahre alt mochten sie sein, und wirkte mütterlich, wie sie ihre Arme um sie legte. Doch weder Mark noch Adams Mutter lehnten sich an die Psychiaterin an, sie standen kerzengerade. Beinahe respektvoll. Angestrengt. Isas Blick fiel auf den Hintergrund. Die drei schienen im Wald zu stehen, vor einer Blockhütte.

Sie zoomte dieses Mal nicht auf die Gesichter der drei Menschen, sondern auf die Hütte. Und eine Sekunde später sprengte sich etwas mit Wucht in ihr Bewusstsein.

KAPITEL 76

Bis zum Morgengrauen hatte Isa einen Plan geschmiedet. Sie brauchte einen Vorsprung, auf diesen Gedanken war sie schnell gekommen. Wenn sie die Polizei sofort über ihre Vermutung über Marks Aufenthaltsort informierte, hatte er keine Chance mehr. Und auch wenn sie sich nicht im Klaren darüber war, ob sie ihn überhaupt in irgendeiner Form schützen wollte oder konnte, merkte sie doch, dass sie den Glauben an das Gute in ihm noch nicht aufgegeben hatte. Aufgeben konnte. Sie brauchte Antworten. So dringend. Antworten für Mark, für Ben, für Adam, für Carla und am Ende auch für sich selbst. Antworten, die nur sie selbst in Erfahrung bringen konnte, das spürte sie instinktiv. Und sie würde einen Teufel tun, ihren Instinkt ein weiteres Mal beiseitezudrängen.

Nachdem Eleonore, die sich nach Isas Anruf in der Nacht gleich auf den Weg gemacht hatte, in dem kleinen Grenzort angekommen war, ihre Tränenströme halbwegs versiegt waren und sich ihre Aufregung über das Wiedersehen mit ihrem Enkel, ihrem tatsächlichen Enkel, ein wenig gelegt hatte, sagte Isa ihr, sie müsse sich mit Simons treffen und einige Dinge klären, es könne ein wenig dauern.

Es zerriss Isa das Herz, Ben so schnell allein lassen zu müssen. Auch wenn er bei ihrer Mutter in guten Händen war, war Eleonore dem kleinen Jungen völlig fremd. Zu sehen, wie ihn Isas

Abschied verunsicherte, tat ihr körperlich weh. Doch sie wusste, dass sie tun musste, was zu tun war, um ihr gemeinsames wiedergefundenes Glück ein für alle Mal zu sichern. Für jetzt und für die Zukunft.

Also buchte sich Isa einen Mietwagen und machte sich am späten Vormittag auf den Weg. Simons würde sie erst informieren, wenn sie vor Ort war, denn das würde ihr ein wenig Zeit schenken. Die erste Stunde ihrer Fahrt brachte Isa damit zu, heftig zu weinen und sich selbst mit aller Gewalt davon abzuhalten, umzudrehen und zu ihrem Kind zurückzufahren. Ihr Plan fühlte sich so verkehrt und gleichzeitig so richtig an.

Laut Navigationsgerät benötigte sie noch weitere zwei Stunden und zehn Minuten für ihre Fahrt. Zwei Stunden und zehn Minuten, um die sich überschlagenden Ereignisse der vergangenen Tage irgendwie zu sortieren. Zwei Stunden und zehn Minuten, um sich zu überlegen, was sie Mark eigentlich sagen wollte, wenn sie tatsächlich auf ihn treffen sollte. Ihr eigener Mann war ihr so fremd geworden, wie ein Fremder es niemals sein könnte.

Mark hatte nie viel über seine Kindheit und Jugend gesprochen, doch die freilebenden Adler im Müritzer Nationalpark waren eine so prägende Erinnerung für ihn gewesen, dass er das Foto der Hütte, in der er als Kind öfter gewesen war, zwischen ihre Hochzeitsfotos in den Flur gehängt hatte. Er hatte erzählt, dass er Ben einmal an den Ort bringen wolle, der ihm Zuflucht vor der grausamen Realität seiner Kindheit geboten hatte. Er wolle ihm, wenn er alt genug sei, die Adler zeigen, die ihm ein paar der wenigen positiven Erinnerungen an eine Zeit beschert hatten, die eigentlich insgesamt hätte geborgen und schön sein sollen, für ihn aber genau das Gegenteil bedeutet hatte. Als Isa sich nicht weiter auf die Menschen auf Carlas Polaroid konzentriert, sondern stattdessen die Holzhütte und den Wald im Hintergrund registriert hatte, war es ihr wie Schuppen von den Augen gefallen. Die gleiche Hütte wie auf dem Foto im Flur ihres Hauses. Es war ihr einziger Anhaltspunkt, doch es fühlte sich an, als wäre er eine echte Chance.

Im Nationalpark zwischen Rostock und Berlin angekommen, fuhr Isa nacheinander zwei der nahegelegenen Parkplätze an. Diese hatten zwar jeweils einen Anschluss an das Wanderwegenetz, hielten jedoch keine weiteren Informationen vor. Isa war nicht so töricht zu glauben, dass sie allein eine Chance haben würde, eine so unscheinbare und offensichtlich abgelegene Waldhütte wie die auf dem schätzungsweise fünfundzwanzig Jahre alten Polaroid zu finden. Sie hatte im Internet gelesen, dass der Müritzer Nationalpark mit über zweiunddreißigtausend Hektar Fläche als der größte Waldnationalpark Deutschlands galt – eine Fläche der Stadtgröße Münchens. Nach weiterer Internetrecherche steuerte Isa die Nationalpark-Information in Federow an und parkte vor einem kleinen Gebäude, in dem sich Parkmitarbeiter aufzuhalten schienen.

Mit einem mulmigen Gefühl im Bauch betrat sie die Information und ging auf einen alten drahtigen Ranger zu. Sie zeigte ihm das Foto von Mark, Dr. Blum und der namenlosen Jugendlichen und wies auf die Hütte im Hintergrund. Als der vermutlich kurz vor der Rente stehende Mann ihr mitteilte, im Laufe seiner dreißig Jahre im Dienst des Nationalparks nie auf eine solche Hütte gestoßen zu sein, sank Isas Hoffnung mit einem Schlag auf den Nullpunkt. Sie brauchte ein paar Sekunden, um sich zu sammeln.

»Können Sie einen Kollegen fragen? Ich weiß, dass es diese Hütte gibt. Meinem Mann ist sie sehr wichtig. Wir haben bald Hochzeitstag. Es wäre eine so schöne Überraschung für ihn, wenn ich einen Ausflug dorthin für ihn planen könnte«, erklärte sie mit flehender Stimme.

Sie hatte sich diese Ausrede bereits auf ihrer Fahrt zurechtgelegt. Noch während sie sprach, traten ihr Tränen in die Augen. Der Ranger konnte nicht wissen, dass nicht ein Hochzeitstag, sondern in Wirklichkeit ihr ganzes Leben und das Schicksal ihrer Familie von dieser Information abhing.

Brummend strich er über seinen grauen Schnauzbart und zog die Augenbrauen zusammen. »Das verstehe ich ja, junge Dame. Aber ich weiß wirklich nicht, wo die Hütte sein könnte.«

Abermals zog er ein Kartenbuch heran und blätterte minutenlang mal hier und mal dort durch die vergilbten Seiten. Isa hielt die Situation kaum aus und war fast versucht, sich auf eigene Faust auf den Weg zu machen, als eine jüngere Kollegin eintrat, knapp grüßte und mit einem Blick auf die merklich unruhige Isa fragte, ob sie helfen könne.

Isa sah den skeptischen Blick des Rangers, der seiner jungen Kollegin ganz offensichtlich nicht mehr Ortskenntnis als sich selbst zutraute, und kam ihm zuvor.

»Ja, vielen Dank, vielleicht können Sie das. Ich suche diese Hütte hier.«

Sie nahm ihr Handy vom Tresen und hielt es der Mitarbeiterin hin. Diese nahm es entgegen, zoomte heran und sagte eine ganze Weile gar nichts. Als sie ihr schließlich das Handy zurückgab, war Isa schon sicher, dass auch sie keine Antwort wusste. Enttäuschung senkte sich schwer auf ihre Schultern.

»Ich habe eine Ahnung«, begann sie wider Erwarten. Aufregung durchfuhr Isa. Die junge Frau sah zu ihrem älteren Kollegen hinüber. »Willi, da beim Rautenausee. Abseits der Wanderrouten in dem Abschnitt mit dem dichten Fichtenwald. Da gibt es doch so eine kleine Hütte. Die ist schon halb verfallen. Aber ich meine, es ist ein Adler drauf.«

Der Ranger sah sie zweifelnd an. »Ich kann mich nicht erinnern.« Er kratzte sich am Bart. »Aber möglich wäre es. Der Abschnitt ist sehr abgelegen. Ich war lange nicht mehr dort.«

»Es gab doch dort in der Nähe früher mal eine Naturentdeckerstation. Für Kinder«, erläuterte die Mitarbeiterin. »Als ich hier angefangen habe, habe ich mir die historischen Karten angesehen. Die Hütte ist vermutlich ein Überbleibsel.«

»Mhm«, brummte der Ranger. »Aber die kann die junge Frau hier doch unmöglich meinen? So abseits der Wege?«

Beide Augenpaare richteten sich auf Isa, die nichts mehr wollte, als sofort das Informationszentrum zu verlassen und sich auf den Weg zu dieser Hütte zu machen.

»Doch, das klingt ganz so, als könnte es die Hütte sein, die mein Mann aus seiner Kindheit kennt.«

»Die Hütte liegt aber wirklich abgelegen, wenn sie überhaupt noch steht«, warf die Mitarbeiterin ein. »Und wir haben es schon relativ spät für so eine Wanderung, in wenigen Stunden wird es dämmern.«

»Wäre es denn vielleicht möglich, dass mich einer von Ihnen morgen dorthin begleitet?«

Die beiden sahen sich an. Der ältere Mann neigte den Kopf. »Möglich ist das. Das kostet allerdings ein bisschen was. Ist ja eine Privatführung.«

»Das ist kein Problem. Ich zahle jeden Preis.«

Der Ranger zog angesichts der seltsamen Fremden die Augenbrauen nach oben. »Nun gut, wenn Ihnen das so wichtig ist …«, brummte er dann, ging zu einem Papierkalender und blätterte darin herum. »Sie müssten allerdings um acht Uhr in der Früh bereit sein.«

»Ja, kein Problem.« Isa zwang ihre Gesichtsmuskeln, sich zu entspannen. »Können Sie mir denn vielleicht schon einmal auf der Karte zeigen, welche Route wir gehen müssen? Dann habe ich schon etwas für den Gutschein für meinen Mann, den ich ihm basteln möchte.«

Die jüngere Mitarbeiterin führte Isa zu einer Wandkarte und zeigte ihr den Standort der Hütte.

Als Isa die Touristeninformation nach weiteren quälend langen Minuten endlich verlassen konnte, musste sie sich bremsen, nicht sofort loszusprinten. So kontrolliert und gelassen wie möglich stieg sie in den Leihwagen ein, in der Manteltasche eine Handkarte mit den wichtigsten Routen durch den Park, inklusive der, die sie gehen musste. Die Mitarbeiterin sah ihr durch das Fenster hinterher.

KAPITEL 77

Isa zweifelte mehr als einmal an ihrer Courage. Immer wieder schaute sie auf ihr Handy und die Faltkarte und fragte sich, ob sie nicht doch lieber auf den nächsten Tag und die Begleitung des Rangers hätte warten sollen. Andererseits hatte sie keine Ahnung, wen oder was sie an der Hütte vorfinden würde.

Auf den großen Wanderwegen war Isa zügig vorangekommen. Immer wieder waren ihr andere Wanderer begegnet, hauptsächlich Paare, Familien oder Menschen mit Hunden. Es hatte fast idyllisch gewirkt. Doch mit fortschreitender Stunde und Tiefe des Waldes wurde der Marsch immer beschwerlicher und mit ihm das Gepäck an Zweifeln und Ängsten, das Isa mit sich trug.

Beinahe hätte sie die Stelle verpasst, an der sie den offiziellen Wanderweg verlassen musste. Sie war schon ein paar Meter daran vorbeigelaufen, als sie einen Blick auf die Karte warf, sich umdrehte und den Zwillingsfelsen inmitten von Brombeerranken entdeckte, von dem die Mitarbeiterin gesprochen hatte. Hinter ihm ragte eine dicht bewachsene Böschung auf.

Isa gönnte sich ein paar Minuten Pause, trank einen Schluck Wasser und rief ihre Mutter an, um sich nach Ben zu erkundigen, dem es laut Eleonore Gott sei Dank gut ging. Dann studierte sie die Landkarte. Isa war nicht wohl dabei, sich so allein in die freie Natur zu schlagen. Doch was blieb ihr anderes übrig? Sie war so weit gekommen, sie konnte nicht aufgeben. Also packte sie die PET-Flasche zurück in ihren Rucksack, atmete durch und stieg über die Felsformation. Sie kletterte die Böschung hoch und durchquerte den Wald in Richtung Nordosten, wie die Rangerin es erklärt hatte.

Eine weitere halbe Stunde später, die Nachmittagssonne stand schon tief, war Isa den Tränen nahe. Es war ein erstaunlich warmer Tag für März. Ihre Hände waren schmutzig, ihr Oberteil durchgeschwitzt und ihre Beine müde. Erschöpft drückte sie sich zwischen zwei Kiefern hindurch und stand direkt auf einer Lichtung, die einem Märchen der Gebrüder Grimm hätte entstammen können. Oder einer Geschichte von Stephen King.

Sie konnte ihren Schrei gerade noch unterdrücken, als sie am anderen Ende, direkt vor der Baumgrenze, eine kleine marode Holzhütte ausmachte. Mehrere Sekunden starrte sie sie an und pumpte erdige Luft in ihre Lungen. Ihr unregelmäßiger Atem zerriss die Stille des Waldes, die sonst nur durch ein paar einsame Vogelrufe unterbrochen wurde. Angestrengt kniff Isa die Augen zusammen. Ja, da war ein Adler ins Gebälk eingeschnitzt, genau wie bei der Hütte auf dem Foto in ihrem Flur. Sie sah auf ihr Handy, das sie aufgrund der Kompass-App in ihrer Hand gehalten hatte, und besah sich abermals das Polaroid, das Carla ihr geschickt hatte.

Das musste sie sein. Auch wenn die Hütte in der Realität, von Moos bedeckt und in die Farben des Waldes dahinter überfließend, eher düster als heimelig wirkte. Die löchrige Veranda, in der halbe und ganze Holzplanken fehlten – das konnte Isa sogar vom anderen Ende der Lichtung aus erkennen –, verstärkte den bedrohlichen Eindruck ebenso wie ein herrenloses Paar Wanderschuhe, das an den Schnürsenkeln zusammengebunden in der Astgabelung eines Baumes daneben hing.

Isa beobachtete das kleine Fenster links neben dem Eingang der Hütte. Keine Bewegung, kein Licht, kein Anzeichen für Leben. Sie fühlte sich wie gelähmt. Ihr Plan war absurderweise aufgegangen, sie hatte die Hütte gefunden. Doch jetzt stand sie hier und wusste nicht weiter. Sie hatte Angst davor, die Hütte leer vorzufinden. Angst davor, sie nicht leer vorzufinden. Angst davor, auf Mark zu treffen. Angst davor, nicht auf ihn zu treffen. Angst davor, nur auf ihn zu treffen, ohne Adam.

Dennoch öffnete sie nun eine SMS, gab Florian Simons als Empfänger ein und schickte ihm die Koordinaten ihres Standortes, wie sie es geplant hatte. *Sicher ist sicher*. Er würde sich bestimmt sofort auf den Weg machen, vielleicht auch mit schnelleren polizeilichen Verkehrsmitteln. Sie hatte keine Ahnung, ob die Polizei Hubschrauber besaß und falls ja, in welchen Situationen sie eingesetzt wurden. Oder wie lange sie brauchen würden. Aber auch unabhängig davon wusste sie, dass ihr nicht viel Zeit bleiben würde. Die Sonne stand tief, ihr Licht drang nur noch schwach durch die umliegenden Bäume. Bald würde es richtig düster sein, und dann stand sie inmitten der Wildnis, allein und ohne Orientierung.

Isa kämpfte sich aus ihrer Schockstarre.

Moos und Reisig bedeckten den Waldboden und dämpften ihre Schritte, als sie über die Lichtung schlich. An der Hütte angekommen, stellte sie sich auf die Zehenspitzen, griff nach dem morschen Holz der Fensterbank und versuchte, durch das kleine Fenster ins Innere zu spähen. Kratzer und Schlieren ließen sie nur blasse Schemen erkennen.

Sie zuckte zusammen. Angestrengt hielt sie ihr Ohr näher an die Scheibe. Da war es wieder. Ein leises Geräusch, undefinierbar und irgendwie schwach. Ein Wimmern? Adam?

Abrupt nahm Isa ihre Hände hinunter und fluchte unterdrückt auf. Ein Splitter hatte sich in ihren Zeigefinger gegraben. Sie zog ihn heraus, saugte an der kleinen Wunde und drehte sich zur Veranda um. Im Staub auf den Brettern waren Fußabdrücke zu sehen. Isa ließ ihre Hand sinken und ging die Stufen hinauf. Vorsichtig überstieg sie die klaffenden Lücken der nachgiebigen Dielen, durch die der Waldboden zu sehen war. Als sie an dem Metallgriff der windschief zusammengehämmerten Tür zog, gab diese so plötzlich nach, dass Isa scharf die Luft einsog.

Die Holzhütte bestand aus nur einem einzigen Raum. Es war dämmrig, Licht drang nur durch das schmutzige Fenster zur Vorderseite und zwischen ein paar Holzplanken in den Wänden hindurch. Isa nahm einen muffigen und abgestandenen Geruch wahr. Ihr Blick fiel auf ein verschlissenes grünes Samtsofa, das schräg gegenüber an der kurzen Seite der Hütte stand. Spielzeug lag herum, das mit seiner Fröhlichkeit an diesem zugigen Ort ebenso grotesk wirkte wie die Kinderdecke mit den bunten Autos auf dem Sofa. Auf einem fest mit der rückseitigen Wand verschraubten Tisch lagen Äpfel und Bananen neben Windeln und kleinen Stapeln von Kinderkleidungsstücken, an denen noch Etiketten hingen.

Isas Nackenhaare stellten sich auf, als sie erneut das dumpfe Wimmern hörte, lauter diesmal. Ihre Augen jagten umher und machten ein Paar einst blaue und nun völlig verdreckte Absatzschuhe halb hinter dem Sofa aus. Langsam ging sie darauf zu. In den Damenschuhen steckten schlanke Beine in einer zerrissenen Strumpfhose, zu denen ein Körper in Tweet-Kleidung und die aufgerissenen Augen der geknebelten Dr. Adriana Blum gehörten, die sich bei Isas Anblick hektisch hin und her warf.

Entsetzt keuchte Isa auf. Sie lief zu der Psychiaterin hinüber, zog ihr den Knebel aus dem Mund und starrte sie an. Nicht fähig, auch nur ein einziges Wort über ihre Lippen zu bringen.

»Isa, Sie sind es! Gott sei Dank! Gott sei Dank!«, rief die Ärztin mit krächzender Stimme, holte tief Luft und brach in Tränen aus.

Dr. Blum sah abgekämpft aus, voller Schlamm und Striemen, als hätte sie sich bäuchlings durch das Unterholz gezogen. Ihre stahlblauen Augen richteten sich auf Isa, als hinge jegliche Hoffnung von ihr ab.

»Was machen Sie hier?«, stammelte Isa in dem verzweifelten Versuch, die Situation zu erfassen.

»Er wird gleich wieder hier sein, bitte, Sie müssen mich befreien!«, hustete Dr. Blum und zerrte an ihren Fesseln, die an längs verlaufenden Rohren an der Seitenwand der Hütte befestigt waren.

»Wer wird gleich hier sein?«, fragte Isa, obwohl sie eine tiefschwarze Ahnung hatte, wie die Antwort auf ihre Frage ausfallen würde.

»Mark«, hauchte die Psychiaterin prompt. »Bitte, Sie … du darfst ihm nicht trauen. Er hat mich als Geisel genommen. Verschleppt! In dieses Loch gebracht! Er ist zu allem fähig!« Tränen hinterließen helle Spuren auf ihrem schmutzigen Gesicht.

Isas Ohren rauschten. »Als Geisel? Mark?«

»Er hat Carla erschossen, Isa. Er hat Carla erschossen.« Ihr Schluchzen hörte sich wie der tiefe Pfeifton einer Asthmatikerin an.

»Mark hat Carla erschossen?« Isa war nicht imstande, ihren Körper in Bewegung zu setzen, ihre Arme hingen nutzlos an ihren Seiten hinunter. »Aber … wieso? Das glaube ich nicht, das kann ich nicht glauben. Du warst mit ihm dort. In dem Haus. Der Nachbar hat euch gesehen. Wie ihr zusammen geflohen seid. Wer sagt mir, dass du nicht lügst?«

Isa war ebenfalls dazu übergangen, die Ärztin zu duzen, alles andere erschien ihr angesichts der Situation, in der sie sich befanden, vollkommen lächerlich.

»Sehe ich so aus, als hätte ich irgendeine Wahl gehabt?«, flüsterte Dr. Blum und lachte auf. Angestrengt schloss sie die Augen. »Mark war bei mir in Therapie. Viele Jahre. Ich habe immer versucht, ihn auf den rechten Weg zu bringen. Du weißt, dass er eine schwierige Kindheit hatte. Sein Adoptivvater hat ihn misshandelt. Ich habe alles in meiner Macht Stehende getan. Ich habe geglaubt, er könnte lernen, ein normales Leben zu führen. Aber ich habe mich überschätzt. Ich war so naiv.« Ihre Worte gingen in einen neuerlichen Hustenanfall über.

Isas Gedanken klebten wie Kaugummi. »Ihr kanntet euch also seit seiner Jugend? Mark und du?«

»Ja, Mark war mein Ziehkind. Carla war auch bei mir in Therapie, schon als Jugendliche. Sie kam aus dem Heim. Und jetzt … jetzt ist sie tot.« Sie verzog ihr Gesicht und lehnte den Kopf zurück, als würde der seelische Schmerz über ihren gesamten Körper herfallen. »Mark hat Carla erschossen. Sie ist ihm auf die Schliche gekommen. *Ich* bin ihm auf die Schliche gekommen. Das konnte er nicht dulden. Wir haben bedroht, was er sich all die Jahre aufgebaut hat. Doch was blieb uns für eine Wahl? Wir konnten die Augen nicht verschließen vor dem, was er tat. Vor dem Monster, zu dem er geworden war. Ich war noch dabei, Beweise gegen ihn zu sammeln. Ich …«

»Der Ordner? In deinem Badezimmer?«, unterbrach Isa die Psychiaterin, einem spontanen Gedankensprung folgend, der sich auf grausame Weise in die Logik ihrer Worte einfügte. »Der mit den Zeitungsartikeln?«

»Ja. All diese Kinder hat Mark entführt.« Isa hob eine Hand vor den Mund. »Ich weiß, das klingt vollkommen verrückt. Ich habe nichts gesagt, weil ich wusste, ohne ausreichende Beweise wird mir niemand glauben. Ich habe Carla darauf angesetzt. Auf euch. Habe sie gebeten, mich zu unterstützen und euch zu beobachten. Herauszufinden, was Mark genau tut, wie er die Kinder und Familien auswählt. Sie sollte nur darauf achten, dass er keinen Verdacht schöpft. Aber sie kannten sich ja zum Glück nicht. Es ist so entsetzlich und ungeheuerlich. Aber es ist wahr. Er hat kleine Kinder, Babys um genau zu sein, aus Polen und anderen osteuropäischen Ländern entführt und an reiche kinderlose Paare verkauft, die meisten davon aus Deutschland. Er hat ein illegales Adoptionsnetzwerk aufgebaut. Und damit jede Menge Geld gemacht, denn es ist in Deutschland normalerweise sehr langwierig und schwierig, an ein so kleines Kind zu kommen. Mit vielen Auflagen verbunden und die Wartelisten sind lang, was einige gut betuchte Paare offensichtlich umgehen wollen. Es ist ein florierendes Geschäft.«

Alles in Isa schwankte. Sie musste sich an der Hüttenwand abstützen, um sich auf den Beinen zu halten. »Das kann ich nicht glauben«, wisperte sie und schüttelte den Kopf. Am liebsten wäre sie aus der Hütte und dem ganzen verdammten Wald gerannt und nie wieder zurückgekehrt.

»Es ist wahr, Liebes. Leider ist es wahr.«

»Nein, das kann nicht sein. Nicht Mark. Das glaube ich nicht. Er ist Kinderarzt!«

Dr. Blum lächelte traurig. »Das kam ihm zugute. Er hat die entführten Kinder vor ihrer Überführung in die neuen Familien untersucht und medizinisch behandelt, wenn nötig auch geimpft und so weiter, sie kamen ja meist aus ganz einfachen Verhältnissen aus Ländern, wo es keine verpflichtenden regelmäßigen Untersuchungen gibt. Das hat die Preise nach oben getrieben. So ticken reiche Leute wohl, sie wollen sich absichern, wie bei einem Welpen aus dem Tierschutz. Ich weiß, wie unglaublich das alles klingt. Es tut mir so leid, Isa. Diesen Schock hast du nicht verdient. Das alles hast du nicht verdient.«

Isas Gedanken sprangen von einem Punkt zum nächsten. »Aber … Carla ist meine Freundin. Sie hat ein Patenkind in meiner Nachbarschaft, sie …«, Isas Stimme erlahmte, als sie sich an das Gespräch mit der jungen Mutter vom Spielplatz erinnerte. Und an Simons' Ärger darüber, dass sie davon nicht gleich berichtet hatte.

Die Psychiaterin zögerte einen Moment. »Nein, hatte sie nicht.« Sie schluckte schwer. »Es ist Carla so schwergefallen, das kannst du mir glauben. Ich brauchte jemanden in eurer unmittelbaren Nähe. Ich habe auf diesem Weg versucht, mehr herauszufinden.«

»Und Carla hat dich mir empfohlen«, ergänzte Isa tonlos, weil sich eins zum anderen fügte.

»Genau. Das war abgesprochen. So habe ich einen Zugang zu euch gefunden. So wusste ich, dass du Carla vertraust.«

Isa grub ihre Fingernägel in ihre Handflächen. »Sie hat mich getäuscht. Du hast mich getäuscht.«

»Sie hat dich wirklich gemocht, Isa«, flüsterte Dr. Blum mit Tränen in den Augen. »Es war nur aus einer guten Absicht heraus, bitte glaub mir das!«

»Aber ich … nein«, Isa schüttelte wild den Kopf. Verzweifelt suchte sie nach irgendeinem Fixpunkt, an dem sie sich orientieren konnte. Der Sinn ergab. Wirklich Sinn. »Mark kann das alles, was du da behauptest, nicht getan haben!« Sie spürte, wie sich ein gewaltiger Widerstand in ihr aufbaute. »Ich habe ihm vertraut! Ich habe ihn gekannt!«, rief sie.

»Hast du das wirklich? Kannst du das noch immer behaupten, nachdem er dir ein anderes Kind untergeschoben hat?« Dr. Blums Stimme wurde fester, herausfordernd sah sie Isa in die Augen. »Die ganze Zeit über hat er dich betrogen! Sei nicht töricht! Du hast versucht, sein uneheliches Kind anzunehmen, in dem Glauben, es sei dein eigenes!«

»Adam?«

»Ja, natürlich Adam!« Dr. Blum feuerte ihre Worte wie eine Gewehrsalve auf Isa ab. »Kannst du Mark wirklich trauen? Was weißt du über ihn? Was hast du erfahren? Wie ging es dir im letzten Jahr? Was ist aus Ben geworden? Aus Adam? Aus Carla? Denk nach, Isa! Wo war er die ganze Zeit über, als du zu Hause saßt und um euer Kind getrauert hast? Wieso die ganzen Dienstreisen? Die ständige Abwesenheit?«

Alles in Isa sträubte sich, den Fragen der Ärztin zu folgen. Doch sie musste abermals feststellen, dass ihre Worte auf eine erschreckende Art und Weise logisch waren, als wäre sie gerade dabei, ein finsteres Puzzle fertigzustellen.

»Bitte …«, Tränen perlten aus den Augen der einstigen Vertrauten. »Bitte, mach mich los. Wir stehen das zusammen durch, aber wir müssen uns zuerst in Sicherheit bringen. Er wird mich nicht am Leben lassen!«

Isa war unfähig, eine Entscheidung zu treffen, sie fühlte sich vollkommen verstört, vollkommen überfordert. *Mark ist oft weg gewesen, weil er seine Arbeit liebt. Weil er diese verdammte Praxis aufbauen wollte. Okay, später wohl auch, um sich mit dieser anderen Frau abzulenken. Von mir und meinem Kummer. Mark ist Kinderarzt. Was sie da sagt, kann einfach nicht stimmen. Das kann nicht sein. Es darf nicht sein.* Einige Sekunden vergingen, während ihre Gedanken hin und her sprangen, in einer grausamen Endlosschleife gefangen.

Dann haftete sich eine alles entscheidende Frage in ihr Bewusstsein.

»Wieso … wieso hat Mark Ben entführt? Unseren eigenen Sohn, sein eigenes Kind? All das, was du da erzählst, erklärt nicht, wieso er das hätte tun sollen.«

Dr. Blum leckte sich über die Lippen und setzte zu einer Antwort an. Dann erstarrte sie mit schreckgeweiteten Augen, noch bevor Isa das schabende Geräusch hinter sich registriert hatte.

KAPITEL 78

»Weg von ihr. Sofort.«

Mark. Marks Stimme. So kalt. Und so fremd.

Isa wich zurück und drehte sich langsam zu ihm um.

»Mark«, keuchte sie.

Er stand im Türrahmen, auf seinem Arm der kleine Adam, dessen verängstigter Gesichtsausdruck Isa mitten ins Herz traf.

Ohne darüber nachzudenken, lief sie auf den Jungen zu, doch Marks Ruf zerschnitt die Luft. »Stopp! Keinen Schritt weiter!«

Er wirkte vollkommen ausgemergelt. Sein Gesicht glich einer fremden Fratze, sein Blick wanderte wild umher. Isa blieb abrupt stehen. Wer war der Mann, den sie hier vor sich hatte? Nichts an ihm erinnerte sie an den liebevollen, selbstbewussten und gebildeten Mann, den sie geheiratet hatte.

Er eilte zum Fenster, ohne sie aus den Augen zu lassen. Noch während er die Lichtung absuchte, zischte er: »Wie hast du uns gefunden? Bist du allein?«

»Ja, ich bin allein«, stammelte Isa. »Mark, was … was ist hier los?«

Er drehte sich zu ihr um und stierte sie an, schien jede kleinste Regung in ihrem Gesicht zu untersuchen. »Ist die Polizei auch hier? Wage nicht, mich anzulügen, Isa!«

»Nein, ich sage doch, ich bin allein hier. Ich … ich wollte in Ruhe mit dir sprechen.« Sie hörte selbst, wie weinerlich ihre Stimme klang.

Seine Augen hielten sie ein paar weitere Sekunden lang gefangen, dann wandte er sich ab und spähte erneut durch das Fenster.

»Wo ist Ben? Weißt du, wo er ist?« Isa konnte Angst in seiner Stimme hören.

»Es geht ihm gut. Die Polizei hat ihn gefunden. Er ist in Sicherheit.« Sie antwortete intuitiv, wie Elternteile untereinander das nun mal tun, die die Liebe und Sorge um ihr gemeinsames Kind teilen. Im nächsten Augenblick fragte sie sich, ob es klug gewesen war, ihm die Wahrheit zu sagen.

Mark stieß die Luft aus. »Das ist gut.«

Isa sah unwillkürlich zu Dr. Blum hinüber. Marks spürbare Erleichterung über das Wohlergehen seines Kindes passte so überhaupt nicht zu dem selbstsüchtigen Monster, das die Psychiaterin skizziert hatte.

»Isa«, sagte diese prompt und riss ächzend an ihren Fesseln. »Er ist nicht der Mann, für den du ihn hältst!«

»RUHE!«, brüllte Mark quer durch die kleine Hütte.

Gefolgt von einem schrillen kleinen Kinderschreien, das Isas Herz in Stücke riss. Der kleine Adam weinte bitterlich, während Isa wie eingefroren neben dem abgewetzten Samtsofa stand.

»Mark, bitte …«

»Mama«, wimmerte der kleine Junge.

»Bitte Mark, gib ihn mir«, schluchzte Isa auf. Erste Tränen kämpften sich durch den lähmenden Schock und drängten aus ihren Augen.

Doch Marks Augen blieben hart. »Bleib zurück! Ich muss nachdenken!«, stieß er aus und raufte sich auf eine schmerzhaft vertraute Art die Haare.

Ein paar Sekunden lang war nur das Schniefen des kleinen Jungen zu hören, der seinen Kopf an der Schulter seines Vaters vergrub, der ihn so erschreckt hatte.

»Was machst du hier, Isa?«, fragte Mark schließlich erneut.

Als seine Augen dieses Mal auf ihre trafen, war es die Vertrautheit darin, die ihr die Lunge zusammenschraubte. Das da vor ihr war ihr Ehemann.

»Isa, bitte, vertrau ihm nicht! Denk an das, worüber wir gesprochen haben!«, forderte Dr. Blum sie abermals auf.

»Du. Sollst. STILL SEIN!« Spucke flog aus Marks Mund.

Isa fuhr zusammen, genau wie der kleine Adam, dessen Lippen und Kinn heftig zu zittern begannen. Als sie ihren Blick von dem kleinen Kind löste, das sie mit jeder Faser ihres Seins schützen wollte, fing alles in ihr an zu schreien.

Mark hielt eine Pistole in der freien Hand. Eine nachtschwarze Waffe, die er nun geradewegs auf die Psychiaterin richtete.

KAPITEL 79

Isas Gedanken waren rot und grell und schrillten in ihrem Kopf.

»Isa, hilf mir!«, keuchte Dr. Blum mit Panik in der Stimme.

»Schweig!« In Marks Augen stand züngelnde Mordlust, die Psychiaterin erbleichte so sehr, dass Isa es trotz des Drecks in ihrem Gesicht sehen konnte.

»Also, ich frage nochmal: *Was* machst du hier?«, knurrte Mark und sah zu Isa hinüber. Sein Arm mit der Waffe blieb auf Dr. Blum gerichtet.

Isa atmete zitternd ein. »Ich will endlich wissen, was hier los ist. Was das alles«, sie deutete auf Dr. Blum, die Hütte, Mark und Adam, »zu bedeuten hat. Was hier vor sich geht.« Weitere Tränen rannen ihr die Wangen hinab. Still.

»Willst du das wirklich?« Er lachte auf, schmerzlich.

»Ja, natürlich will ich das! Es wird Zeit für die Wahrheit, oder?«

»Und dann? Wohin soll die Wahrheit führen?« Er schüttelte den Kopf und senkte ihn dann. Resignation zeichnete sein Gesicht, zumindest war es das, was Isa zu erkennen glaubte. Sicher war sie sich bei gar nichts mehr.

Sie versuchte tiefer zu atmen. »Das kann ich dir auch nicht sagen, weil ich nicht weiß, wie die Wahrheit aussieht. Aber ich bin allein hier, weil ich deine Seite der Geschichte hören möchte. Weil ich uns das schuldig bin. Weil du uns das schuldig bist. Mir«, flüsterte Isa erstickt.

Mark schwieg eine Weile. »Ich muss hier etwas zu Ende bringen. Und ich fürchte, du wirst es verhindern wollen. Rufst am Ende vielleicht doch die Polizei. Deinen Simons.« Er schnaubte.

Isa spürte Wut in sich aufwallen. Hass. Hass auf ihn, Hass auf seine Taten, Hass auf seine Lügen und Hass, dass er sie nun zusätzlich zu allem um die Wahrheit betteln ließ.

Doch Isa wusste auch, dass jetzt nicht die Zeit für Hass war. Hass entfernte, Hass entzweite. Sie aber musste an Mark heran. Wortwörtlich. Adams Anblick brannte wie Feuer hinter ihrem Brustbein. Der kleine schmächtige Kinderkörper war nach wie vor eng an Marks Schulter vergraben, als wäre er dort in Sicherheit. Isa schluckte. *War er das?*

»Mark«, begann sie unter Aufbietung all ihrer Kraft und Selbstbeherrschung. »Ich bin hier, weil ich deine Version der Wahrheit hören möchte, ganz egal, wie sie lautet. Verstehst du? Sonst hätte ich die Polizei doch mitgebracht. Oder eher hergeschickt, ohne mir selbst die Mühe zu machen. Aber dass du hier bist, weiß nur ich. Ich habe es geahnt. Carla hat mir ein Foto geschickt. Ich habe es niemandem verraten. Also bitte … bitte erklär mir, ob das, was sie über dich sagt«, Isa deutete auf Dr. Blum, »wahr ist. Denn das kann ich einfach nicht glauben.« Ihre Stimme brach. »Lass mich nicht umsonst hergekommen sein.«

Mark fixierte sie. Nach ein paar Sekunden veränderte sich etwas in seinem Gesicht. »Also gut«, flüsterte er und schloss für einen Moment die Augen. »Du willst die Wahrheit?«

Isa nickte.

»Dann hör mir zu.« Er atmete durch. »Adriana ist eine Psychopathin. Sie hat mich als Jugendlichen, ich war fast noch ein Kind, unter ihre Fittiche genommen und aufgefangen. Auch Carla war ihr Ziehkind, tatsächlich habe ich sie aber erst kennen gelernt, nachdem Adriana sie in unsere Familie eingeschleust hat.«

Isa warf Dr. Blum einen schnellen Blick zu, die für Mark unmerklich mit dem Kopf schüttelte, in ihren Augen ein ängstliches Flehen.

»Doch all das war eine Lüge. Das Gefühl, aufgefangen zu werden, hat mich getrogen. Auch Carla hat so gefühlt. So hat diese Kreatur es geschafft, uns zu Soldaten zu machen und für ihre perfiden Pläne einzusetzen. Sie wusste genau, wo unsere wundesten Stellen waren und wie sie uns manipulieren konnte. Zwei verlorene Seelen!«

Mark atmete heftig. Dann richtete er seine Augen geradewegs auf Isas. Sie konnte Hass in ihnen toben sehen. Aber auch Kummer.

»Ich habe geglaubt, ich würde etwas Gutes tun, verstehst du?«, presste er hervor. »Ich hatte Adriana alles zu verdanken. Das Jugendamt hatte mich im Stich gelassen. Aber Adriana nicht. Sie hat mich aus den Fängen eines sadistischen Arschlochs von Adoptivvater befreit. Sie hat mir mein Studium finanziert. Sie hat mich an mich glauben lassen. Als sie mir eröffnete, ich könnte etwas tun, ich könnte der Welt etwas zurückgeben, war ich zu allem bereit.« Tränen traten ihm in die Augen. »Natürlich war ich das! Also habe ich geholfen, vernachlässigte osteuropäische Kinder, solche aus richtig schlechten Verhältnissen, in gute Familien zu vermitteln. Zumindest war es das, was ich zu tun glaubte.« Mark blinzelte hektisch. »Ich habe nie gefragt, woher die Kinder kommen, die ich für Adriana untersucht und behandelt habe. Natürlich wusste ich, dass sie sie illegal aus dem System herauslöst, das war ja die Idee dahinter. Ihnen den Kampf gegen die Bürokratie zu ersparen und ein anderes Schicksal zu ermöglichen als mir. Meine Aufgabe war es, sicherzustellen, dass sie gesund sind, bevor wir sie in die neuen Familien vermitteln. Gemeinsam haben Adriana und ich sie auf ihre neuen Eltern vorbereitet, von denen ich dachte, sie seien gut ausgewählt. Von denen ich dachte, sie würden diese Kinder retten und ihnen ein besseres Leben schenken.« Er hob Adam ein Stück höher. »Doch dann tauchte die kleine Agata im Krankenhaus auf. Ich erkannte sie auf Anhieb. Sie war eines der Kinder, das ich vor ihrer Vermittlung untersucht hatte. Sie war kerngesund gewesen, ein fröhliches kleines Mädchen, und dann lag sie in diesem erbärmlichen Zustand vor mir. Es war offensichtlich, dass es ihr in ihrer neuen Familie ganz und gar nicht gut ergangen war. Sie war schwer misshandelt worden.«

Nun liefen Mark Tränen die Wangen hinunter. Isa konnte die Ohnmacht und den Schock in seinen Worten fühlen und musste krampfhaft schlucken. *Das kann er sich doch nicht zusammenspinnen*, dachte sie. *Unmöglich.* Das Rauschen in Isas Ohren nahm zu.

Mit zitternder Stimme sprach Mark weiter.

»Die Klinik schaltete die Polizei ein. Ich konfrontierte Adriana damit, konnte es nicht glauben, wollte es nicht wahrhaben. Sie ließ es mir gegenüber so aussehen, als hätte uns die Adoptivfamilie hinters Licht geführt. Sie wirkte ebenso schockiert wie ich. Ich habe es ihr abgekauft. Vorerst.« Mark sah für einen kurzen Moment zu Dr. Blum hinüber. »Du warst schon immer so meisterhaft gut darin, andere Menschen das sehen zu lassen, was sie sehen wollen, nicht wahr?«

Die Ärztin hatte ihr Gesicht zur Seite gedreht, als hätte sie mit alldem, was er da erzählte, überhaupt nichts zu tun. Isa sah wieder zu Mark, der mit den Zähnen knirschte. Sie geradezu fletschte. Nicht zum ersten Mal in dieser Situation erinnerte er sie an ein wildes Tier, das kurz davor war, zum Angriff überzugehen.

Stockend sprach er weiter. »Als Agata verstarb, gerieten Adriana und ich in einen heftigen Streit. Ich ließ nicht mehr locker, ich machte mir solche Vorwürfe. Bis sie schließlich all die grausamen Machenschaften vor mir enthüllte, die ich die ganze Zeit über unwissentlich unterstützt hatte. Es waren keine guten Familien, in die wir die Kinder vermittelt hatten. Das waren sie nie. Es waren reiche Familien. Höchstbietend. Adriana war ihre Eignung vollkommen egal. Ich habe dazu beigetragen, Kinder zu verkaufen und Profit aus ihnen zu schlagen!« Marks Stimme schraubte sich in die Höhe. »Du hast mich zu einem *MENSCHENHÄNDLER* gemacht!«

Ein schroffes Lachen erklang. »Du bist nichts ohne mich und alles dank mir, vergiss das nicht«, platzte es aus der älteren Frau heraus. Isa schnappte nach Luft, doch Dr. Blum hatte nur Augen für Mark. »Du jammerst herum, lässt dich von deinen Gefühlen leiten. Du scheinst zu vergessen, dass du nur dank mir zu jemandem geworden bist. Ich habe dich erschaffen. Ich habe mir die Hände schmutzig gemacht. Sehr schmutzig. So läuft das Leben nun einmal. Du hast an meinen Zitzen gehangen, du hast alles genommen, was du kriegen konntest, und jetzt wendest du dich ab? So selbstgerecht? Und willst all deine Taten einer armen alten Frau zuschieben?« Sie klang, als würde sie einen kleinen Jungen tadeln und schüttelte den Kopf. »Ich dachte, aus dir wäre etwas geworden.«

»Halt den Mund«, flüsterte Mark erstickt, die Waffe bebte in seiner Hand. »Halt einfach den Mund! So redest du nicht mit mir! Nicht mehr!«

»Wieso hast du nichts gesagt?«, flüsterte Isa. »Du hättest doch zur Polizei gehen können? Du hättest das Richtige tun können!«

»Tatsächlich habe ich darüber nachgedacht, denn die Polizei war auf der völlig falschen Fährte, was Agata angeht. Klar, das haben wir ja auch über Jahre so eingefädelt, unser Vorgehen perfektioniert. Ich habe wirklich überlegt, der Polizei einen anonymen Hinweis zu geben. Aber Adriana hatte natürlich Vorkehrungen getroffen.« Nun war Mark es, der lachte. Auf eine bittere Art. »Sie hat Beweise gegen mich gesammelt. Sie hat mich erpresst. Sie hat mich über Jahre zum Mittäter gemacht, sie hat mich in ihr perfides Spinnennetz eingewoben, bis ich nicht mehr entkommen konnte. Wenn ich sie verraten hätte, hätte ich auch mich selbst verraten. Und alles verloren, was mir je etwas bedeutet hat, alles, was ich mir so mühsam aufgebaut hatte. Das ging einfach nicht. Zumindest nicht so. Ich musste Zeit gewinnen. Einen Plan entwickeln. Wir befanden uns in einer Patt-Situation. Und dann wurde Ben geboren.« Isas Kinn begann heftig zu zittern. »Sie hat Ben entführen lassen!«, rief Mark dann, neue Tränen traten in seine Augen. »Um ein Druckmittel gegen mich zu haben, damit ich sie weiter unterstütze und ihr bei ihren Verbrechen helfe. Damit ich nicht doch auf die Idee komme, ihre Machenschaften aufzudecken! Sie hatte sich offensichtlich schon weit im Voraus, noch bevor ich überhaupt irgendetwas geahnt habe, meinen Haustürschlüssel nachmachen lassen, so dass es ihrem Handlanger ohne Probleme möglich war, in unser Haus einzudringen. Ben wurde zum Druckmittel. Sie hat ihn, unseren kleinen Jungen, ins Ausland verkauft! Sein Leben hing von meinem Mitwirken ab. Von meinem Schweigen, verstehst du? Sie hat auf den wundesten Punkt gezielt, den ich besaß und mich damit unter Kontrolle bekommen. Sie hat mich auf die schlimmste aller Arten manipuliert. Ich hatte keine Wahl! Hätte ich mich aufgelehnt, hätte ich irgendetwas unternommen, hätte sie Ben Schaden zugefügt! Ich wusste ja nicht, wo er war, ich konnte ihn nicht retten!« Heftige Schluchzer ergriffen Marks Körper.

KAPITEL 80

Hass strömte durch Isas Adern, rauschte durch ihre Ohren, kribbelte auf ihrer Haut. Sie warf einen Blick auf Marks Waffe und sah bereits vor sich, wie sie sie ihm entriss und das gesamte Magazin in den Körper der Ärztin feuerte. Ihr Sichtfeld glühte rot, doch in seinem Zentrum war Adam, dieser kleine schutzlose Junge, der lethargisch in den Armen seines Vaters hing. *Atme*, zwang sie sich. *Atme.* Das Rot pulsierte, doch sie atmete. Biss die Zähne so fest zusammen, dass es wehtat. *Nicht die Kontrolle verlieren.*

»Und woher kommt Adam?«, presste sie unter Aufbringung all ihrer Kraft hervor, weil ihr die Frage auf der Seele brannte, aber auch, um sich auf das Kind zu fokussieren, das soeben zum Bollwerk gegen die rohesten ihrer Gefühle geworden war. »Wo ist seine Mutter?«

Mark schloss die Augen. »Seine Mutter ist eine weitere von Adrianas Soldatinnen. Nathalie heißt sie. Hat sie geheißen. Adriana kümmerte sich auch um Nathalie, als sie jünger war, denn ihre Mutter litt unter Nathalies alkoholkrankem, gewalttätigem Vater, konnte sich aus dieser Bindung nicht befreien. Nathalie und ich kannten uns seit unserer Jugend. Sie hatte nie viel Geld, nahm irgendwann Drogen – es war die perfekte Grundlage für Adriana, auch sie in ihren Plan einzubinden. Nathalie hat die entführten Kinder an der Grenze zwischen Deutschland und Polen beherbergt, bevor sie nach Deutschland oder in andere

Länder verkauft wurden. Sie betrachtete diesen Job als eine gute Gelegenheit, ihre Existenz zu sichern. Und sie hat ihn gerne gemacht. Der Kinder wegen. Sie wusste ebenso wenig wie Carla und ich, was eigentlich alles dahintersteckte. Wir haben uns gesehen, wenn ich die Kinder dort untersucht habe. Sie hat sie geliebt. Jedes einzelne. Trotz ihrer eigenen Probleme.«

»Er ist nicht der weiße Ritter in glänzender Rüstung, für den du ihn hältst, Isa«, flehte Adriana, nun wieder ganz in der Rolle des Opfers. Isa war speiübel. Sie war eine Gestaltwandlerin, ein Raubtier im Schafspelz. »Er hat dich betrogen. Er hat ein weiteres Kind gezeugt, Nathalie und du wart fast genau zeitgleich schwanger. Während ihr eure Familie gegründet habt, hat er sich in fremden Betten herumgetrieben. Du weißt das. Du hast den Beweis direkt vor dir.«

Adrianas Worte trafen Isa heftig. Denn auch wenn alle anderen Facetten dieses Horrors um Welten schlimmer waren, so tat Marks Untreue doch weh. Ja, er hatte sie betrogen. Betrogen und hintergangen. Offenbar mehrmals. Und sie spürte, wie sich Misstrauen zurück in das Mitleid drängte, das sich in den letzten Minuten während seiner Schilderungen in ihr aufgebaut hatte. Ihr war bewusst, dass die Psychiaterin sie manipulierte. Aber ihr wurde ebenfalls bewusst, dass auch Mark das tat. Er hatte sie verraten. Und sie hatte das während seiner leidvollen Worte zeitweise völlig vergessen.

»So war das nicht, bitte glaub mir«, flehte Mark sie nun an, und Isa wollte lachen, hysterisch lachen, weil sie sich zwischen ihren Gefühlen so sehr hin- und hergerissen fühlte. »Es war ein einmaliger Fehltritt, den ich gleich darauf bereut habe!«

»Einmalig? Wohl kaum«, würgte Isa hervor und schüttelte den Kopf. »Schließlich war Nathalie nicht die Einzige, richtig? Habe ich dich überhaupt je wirklich gekannt? Hat dir unsere Liebe jemals etwas bedeutet?«

»Es war einmalig.« Mark senkte den Kopf. Isa zog die Brauen zusammen. »Ich habe dich nur dieses eine Mal mit Nathalie betrogen. Schlimm genug, ich weiß.« Seine Stimme wackelte. »Die andere Situation war gelogen. Die mit der angeblichen Kollegin.«

»Wieso solltest du zugeben, mich betrogen zu haben, obwohl das nicht geschehen ist? Das ergibt doch gar keinen Sinn!«

»In meinem Kopf hat es das. Und glaub mir, es ist mir alles andere als leichtgefallen. Du hattest bemerkt, dass ich mich distanziere. Es hat dich beschäftigt. Du hast mich beobachtet. Ich stand vollkommen unter Strom wegen alldem, was im Hintergrund passierte. Ich war ständig unterwegs, um Ben zu finden, um mir einen Plan zurechtzulegen, wie ich diese Situation lösen könnte, ich war so verzweifelt wie nie zuvor in meinem Leben. Du hattest bereits herausgefunden, dass ich nicht in Hamburg gewesen bin, also musste ich dir eine glaubwürdige Geschichte dafür präsentieren. Denn in Wirklichkeit war ich in Polen, um unseren Sohn zu suchen.« Tränen lösten sich aus seinen Wimpern. »Diese Wahrheit konnte ich dir nicht erzählen! Und dann hast du selbst mir eine Erklärung auf dem Silbertablett serviert.«

Isa wusste nicht, was sie erwidern sollte. Also starrte sie ihn nur an und schwieg, damit beschäftigt, irgendeinen der in ihrem Kopf herumwirbelnden Gedanken zu greifen und Ordnung in das Chaos zu bringen, das sich um sie herum auftürmte. Sie wusste schlicht nicht mehr, was sie glauben sollte.

»Ich habe nie gelernt, in einer glücklichen Familie zu leben«, fuhr Mark fort. »Es hat mir Angst gemacht. Angst, dass ich etwas aufbaue, das mir vielleicht doch wieder genommen wird. Das hätte mich zerstört. Das hat mich zerstört. Es war ein schwacher Moment, damals mit Nathalie. Sie und ich waren ja fast wie Geschwister. Wir hatten einfach schon sehr viel zusammen durchgemacht. An jenem Tag sind unsere Emotionen mit uns durchgegangen, es hatte rein gar nichts zu bedeuten!«

»Er versucht dich zu manipulieren«, rief die Psychiaterin. »Isa, sei nicht dumm!«

»Sei still, sonst beende ich diese Situation hier und jetzt!«, schrie Mark in ihre Richtung und stieß seine Pistole so ruckartig in die Luft, dass Adam abermals zu weinen begann.

»Mark«, setzte Isa erstickt an, mit einem Schlag zurückgeholt in die bedrohliche Realität, die sie in dieser Hütte umgab. Nicht die Vergangenheit bedeutete Gefahr, die Gegenwart tat es.

Sie musste die Situation unter Kontrolle bekommen. Sie musste Mark am Reden halten, bevor sein blinder Zorn ihnen allen großen Schaden zufügen würde.

»Wo ist Adams Mutter jetzt?«

Mark reagierte nicht gleich. »Sie ist tot«, flüsterte er dann. »Sie hat sich im Mai letzten Jahres das Leben genommen. Mit einer Überdosis. Sie ist in irgendeinem dreckigen Hauseingang gestorben, vollkommen *allein.*« Zorn und Kummer standen in seinen Augen. »Aber ich glaube nicht, dass das freiwillig war. Sie wollte aussteigen. Sich aus Adrianas Netz befreien. Aber du lässt niemanden gehen, der einmal darin verwoben ist, nicht wahr?«, schrie er in Richtung der Psychiaterin, seine Stimme schraubte sich erneut explosionsartig in die Höhe.

»Und weiter?«, fragte Isa mit bebender, aber lauter Stimme. »Wieso sollte sie sich umbringen, sie hatte doch Adam? Das würde eine Mutter doch niemals tun!«

»Richtig. Es sei denn, man lebt unter dem Einfluss dieser Frau.« Mark deutete zu Adriana hinüber, Hass verzerrte sein Gesicht. »Ich nehme an, sie hat sie verfolgen lassen. Nach ihrem Ausstieg. Sie wusste zu viel. Das ist zumindest das, was ich über meine Kontakte mitbekommen habe. Sie haben sie aufzuspüren versucht, in die Ecke getrieben. Nathalie muss sich absolut ausgeliefert gefühlt haben. Chancenlos angesichts Adrianas Netzwerk und Macht. Ich schätze, ihr Selbstmord war die einzige Option, wirklich und endgültig zu entkommen. Und Adam zu schützen, der in ihrer Nähe zwangsläufig in Gefahr war.« Mark schüttelte den Kopf und umschloss seinen Sohn enger. »Adam landete bei Nathalies Mutter. Sie muss ihn zu ihr gegeben haben.«

»Margarete Wiakowski? Sie ist Nathalies Mutter? Adams Oma?«

»Ja. Ich glaube nicht, dass es Nathalies Wunsch war, dass Adam zu mir kommt. Ich wusste überhaupt nichts von der Schwangerschaft. Von meinem Sohn. Sie hat mir offensichtlich nicht vertraut, sie hat mit ihrer Flucht alle Kontakte abgebrochen, die irgendwie mit Adriana und ihrem kriminellen Netzwerk zusammenhingen. Aber dann tauchte Margarete bei mir in der Praxis auf. Sie hatte einen Hinweis auf mich unter den Habseligkeiten ihrer Tochter gefunden. Sie eröffnete mir, dass ich einen Sohn hätte und dass sie nicht für ihn sorgen könne. Sie muss die Praxis gesehen haben, meinen Job und mein Leben und gedacht haben, ich wäre der ideale Vater.« Er verzog das Gesicht. »Ich war vollkommen schockiert. Es war ganz kurz nach Bens Entführung. Es hat so wehgetan, Adam zu sehen. Und all die Ähnlichkeiten zu Ben. Ich wusste nicht weiter. Dann hat Adriana davon Wind bekommen. Und einen Plan geschmiedet. Natürlich hat sie das. Sie weiß jede Situation für sich zu nutzen. Und irgendwie kam es mir ja auch zugute.«

»Natürlich kam es das«, keifte die Ärztin. »Es lag auf der Hand. Adam und Ben sahen sich unheimlich ähnlich und waren im fast gleichen Alter. Zudem verschwand Ben zu einem frühen Zeitpunkt. Zu einem Zeitpunkt, an dem Kinder sich noch stark verändern. Es war ein Leichtes, Adam an Bens Stelle zurückkehren zu lassen. Mit einem Sicherheitsabstand von ein paar Monaten. Es war der perfekte Schachzug.«

»Der perfekte Schachzug?«, flüsterte Isa. Tränen der Abscheu ließen ihr Blickfeld verschwimmen.

»Ja. Er sollte dich, die Ermittlungen und Mark beruhigen, ohne dass ich mein Druckmittel gegen ihn verliere. Wir haben Adam auf seinen Übergang vorbereitet. Wie auch all die anderen Kinder zuvor. Wir haben ihm Fotos von dir gezeigt, Mark hat Sprachnachrichten abgespielt, um ihn an deine Stimme zu gewöhnen. Wir haben viel Zeit investiert, damit er dich bei eurer Begegnung ›Mama‹ nennt.« Stolz schwang in den Worten der Psychiaterin mit, als täte es ihr gut, ihren Geniestreich endlich einmal in die Welt hinauszurufen.

Isa wollte sich auf die Holzplanken des Hüttenbodens übergeben.

»Nathalies Mutter, Margarete, hat natürlich nicht gewusst, dass wir Adam in Wirklichkeit auf dich vorbereitet haben, um ihn als Ben auszugeben«, ergänzte Mark so nüchtern, dass Isa sich unwillkürlich fragte, ob ihn das Vorgehen des Kindertauschs wirklich geschockt hatte oder ob auch er vor allem einen Nutzen darin gesehen hatte. Den Nutzen, Isa ruhigzustellen. Den Nutzen, sich mit seinem anderen Kind zu trösten und von Ben abzulenken. Den Nutzen, seine Affäre zu verheimlichen und ihr ein Kuckuckskind unterzuschieben.

»Ich habe ihr erzählt, dass ich ihn erst in meine Familie aufnehmen wolle, wenn er eine Bindung zu mir aufgebaut hat, um ihn nicht unsensibel aus seiner vertrauten Umgebung zu reißen. Und genau dafür habe ich die Monate bis zu seiner Rückkehr als Ben genutzt.«

»Deshalb also auch die häufigen Dienstreisen vor Bens beziehungsweise Adams Rückkehr?« Ekel legte sich auf Isas Zunge.

»Unter anderem, ja. Außerdem habe ich aber, wie ich schon

sagte, nach Ben gesucht, seit seinem Verschwinden. Heimlich, damit Adriana nichts mitbekommt. Habe meine Kontakte an der polnischen Grenze abgeklappert, immer und immer wieder. Versteh mich nicht falsch, Isa.« *Wie könnte ich*, dachte Isa sarkastisch und wollte schreien. Schreien und um sich schlagen und alles um sich herum in Schutt und Asche legen. »Es hat mir das Herz zerrissen, dich so viel allein zu lassen. Es war schlimm, dich so leiden zu sehen und zu wissen, dass ich einen Anteil daran trug. Schlimm nicht zu wissen, wo Ben ist. Ich habe mir den Kopf zermartert, wie ich ihn befreien könnte, ohne ihn in Gefahr zu bringen. Und all das, was ich mir aufgebaut hatte. Uns aufgebaut hatte. Natürlich hatte ich zu keinem Zeitpunkt aufgegeben, daran zu arbeiten, dass wir Ben wiederbekommen. Ich wusste nur einfach noch nicht, wie. Adriana hat nicht nur unseren Sohn, sondern auch unsere gesamte Existenz, meine gesamte Existenz bedroht. Ich wäre durchgedreht, aber das konnte ich mir nicht erlauben. Sie hielt mich bei der Stange«, weinte er. »Denn sie zeigte mir ab und an Fotos und Videos von unserem Sohn, als Beweis, dass es ihm gut geht. Und als Erinnerung daran, was für mich auf dem Spiel stand. Ich war gefangen, auf die grausamste Art, die man sich vorstellen kann. Und dann …« Marks brüchige Stimme nahm einen sanften Klang an. »Dann war da plötzlich Adam. Adam war auch mein Sohn. Er war ohne Mutter. Und ohne Vater, wenn ich ihn nicht aufnehmen würde. Ich wusste noch nicht, wie ich Ben helfen sollte. Ich wusste auch nicht, was ich tun sollte, wenn es mir gelingen sollte, Ben zurückzuholen. Ich hätte ja schlecht einfach so mit einem zweiten Kind auftauchen können. Aber trotzdem stand für mich fest, dass ich Adam helfen würde. Dass ich in Adrianas Plan des Kindertauschs einwilligen würde, vorerst. Es hätte schon irgendeine Lösung für diese ganze Verstrickung gegeben. Wichtig war erstmal nur, dass Adam nicht dasselbe Schicksal teilen sollte wie ich und als Waise aufwachsen, verstehst du? Er hatte ja mich. Wenigstens er hatte mich.«

Mark drückte den kleinen Jungen eng an sich. Adam sah man nur noch an den zusammengekniffenen kleinen Lippen an, wie sehr er litt. Seit einigen Minuten verhielt er sich vollkommen still. Erschreckend still. In den Armen eines Vaters, der so blind für seine tatsächlichen Bedürfnisse war.

KAPITEL 81

Es war dunkel geworden. Mark ging mit Adam zu dem an der rückseitigen Wand der Hütte festgeschraubten Tisch, legte kurz seine Waffe nieder und zündete ein paar Kerzen an. Dann ging er zurück zum Sofa und setzte den kleinen Jungen auf der Lehne ab, ohne ihn loszulassen. Sich selbst positionierte er so, dass er Dr. Blum wieder in Schussrichtung seiner Pistole hatte.

»Erzähl doch deiner Frau als Nächstes, wie du Carla getötet hast. Vielleicht glaubt sie dir dann, dass du das arme Unschuldslamm bist.« Ihre Worte gingen in ein Husten über.

Isa versteifte sich. Und während Mark zuvor auf beinahe jeden Einwurf der Psychiaterin hasserfüllt reagiert hatte, senkte er nun nur den Kopf und rührte sich nicht.

»Mark?«, wisperte Isa. Sie musste es wissen.

Er seufzte schwer. »Ich habe Carla erst vor einigen Monaten kennen gelernt. Durch dich, genau genommen. Adriana hatte sie wie gesagt auf dich angesetzt.«

Dr. Blum setzte zu einem Einwurf an, doch verstummte schlagartig, als Mark seine Waffe drohend nach oben zog.

»Sie hat sie auf dich angesetzt. Carla wusste nichts von den grausamen Machenschaften ihrer, unserer, Ziehmutter. Sie hatte nur am Rande mitbekommen, dass Adriana Adoptionsfamilien unterstützt, ohne je mehr darüber erfahren zu haben. Adriana hat ihr erzählt, dass ich ebenfalls ein Ziehkind von ihr bin. Sie hat ihr von unserem traurigen Schicksal erzählt. Von unserem verschwundenen Kind. Und davon, dass es unter mysteriösen Umständen zurückgekehrt sei, sie sich jedoch Sorgen mache, inwiefern du das verkraften würdest. Und inwiefern Ben das verkraften würde. Angesichts deiner … deiner Symptome.«

»Das ergibt überhaupt keinen Sinn«, entgegnete Isa, denn in ihrem Inneren begann sich wieder etwas aufzubäumen. Etwas, das nicht mehr hören wollte, was Mark zu erzählen hatte. Etwas, das am Ende seiner Kräfte war. »Hätte Carla sich nicht gefragt, wieso sich Adriana nicht selbst einbringt und uns unterstützt?«

»Natürlich hätte sie das. Deshalb hat Adriana ihr erzählt, dass ich keine Hilfe von ihr akzeptieren würde. Vergiss nicht, Adriana ist eine Meisterin der Täuschung. Sie ist immer fünf Schachzüge voraus. Sie erzählte Carla, wie sehr sie sich um Ben und dich sorge. Und um mich, der keine Hilfe von außen zulassen wolle. Sie erzählte ihr, dass ich meine Familie abschirme. Angesichts des Traumas, das wir erlitten hätten. Und dass ich womöglich deine Not nicht erkennen würde. Unglaublich, dass du dachtest, du kommst damit durch«, wandte sich Mark nun wieder an seine einstige Mentorin und schüttelte zornig den Kopf. »Dass du tatsächlich damit durchgekommen bist. So lange.« Dann drehte er sich wieder zu Isa. Das flackernde Kerzenlicht warf Schatten auf sein Gesicht, die seine Falten unnatürlich tief wirken ließen. »Auf diese Weise gelang es Adriana auch, selbst an dich heranzukommen. Wie ein Parasit hat sie sich in unsere Familie hineingefressen. Sie von innen heraus befallen. Auch auf diese Weise hat sie sich ein Druckmittel gegen mich beschafft. Denn sie signalisierte mir damit, wie weit ihr Einfluss reicht. Und dass sie nun auch dich in der Hand hatte. Und Adam.«

Isas Brust hob und senkte sich heftig, ihr Herz brannte lichterloh. So viel Verrat. So viel Grausamkeit. So viele Abgründe, die sich auftaten. Zu viele, als dass sie sie mit ihrer bisherigen Sicht auf die Welt vereinen könnte. Zu viele, als dass sie sie verdrängen könnte, auch wenn sie nichts mehr als das wollte.

»Hat Carla denn gar nichts geahnt?« Ein jaulender Schluchzer brach sich Bahn. *O Carla.*

Mark schlug die Augen nieder. »Doch, das hat sie wohl. Irgendwann jedenfalls. Doch anfangs wollte sie es nicht wahrhaben. In dem Moment, in dem sie dir Dr. Blum als Psychiaterin empfahl, wuchs in mir ein schrecklicher Verdacht, die Verbindung war ja offensichtlich. Ich konfrontierte sie damit und merkte schnell, dass sie nicht eingeweiht war. Zumindest nicht in die ganzen dunklen Wahrheiten, in die tatsächliche Welt unserer … Ziehmutter.« Er spuckte das letzte Wort geradezu aus. »Ich habe versucht, sie aufzuklären, aber sie sträubte sich, und Adriana tat natürlich ihr Übriges, um Carla auf ihrer Seite zu halten. Machte ihr weis, dass ich das Problem sei. Später, als wir uns in Warschau trafen«, er holte tief Luft, »gestand Carla mir, dass sie die Augen verschlossen habe. Nicht habe wahrhaben wollen, dass Adriana sie so hintergehen könnte. Sie war schließlich eine Art Mutter für uns.« Marks Stimme brach. Isa konnte den Schmerz in seinem Gesicht sehen. Es war der Schmerz eines verratenen Kindes. »Ich konnte diesen Wunsch, sich vor der Wahrheit zu verschließen, so gut verstehen. Aber ich hatte ihr genug an die Hand gegeben, dass sie sich doch irgendwann auf eigene Faust ein Bild machen wollte. Kurz nach Silvester war das. Ich erzählte ihr von Ben und von Adam. Von Margarete, Nathalies Mutter, die Adriana kaltblütig ermorden ließ, nachdem sie Adam wie vereinbart an der Dortmunder Tankstelle abgesetzt hatte. Ich erzählte ihr von dem ganzen dunklen Netzwerk. Aber am Ende warst du diejenige, die den Stein endgültig ins Rollen gebracht hat, Isa. Carla hat dich wirklich gemocht, sich dir verbunden gefühlt, das sagte sie mir in Warschau.« Isas Herz zog sich noch weiter zusammen. »Sie hat dich bewundert. Für deine Werte, deine Gefühle, deinen Kampf um die Wahrheit. Sie konnte sich ab einem gewissen Zeitpunkt einfach nicht mehr vorstellen, dass du so verrückt sein solltest, dass du dich als Mutter so täuschen könntest. Das hat sie wohl so misstrauisch werden lassen, dass sie Nachforschungen angestellt hat. Spätestens ab dem Zeitpunkt, als du in die Klinik eingeliefert wurdest – als Adriana so offensichtlich versucht hat, deine Integrität zu untergraben –, war sie überzeugt, dass du im Recht bist.«

»Du hast ihre Integrität ebenfalls untergraben, schon vergessen?«, warf die Psychiaterin mit scharfer Stimme ein und sprach hastig weiter. »Isa, merkst du das? Wie er seine eigene Beteiligung an der Situation immer wieder herunterspielt? Das tun Narzissten. Sie schützen sich selbst. Wer hat dir denn den gefälschten DNA-Test gezeigt? Wer hat dein Flehen nach der Wahrheit ignoriert, dein Flehen danach, mit deinen Zweifeln ernst genommen zu werden? Du und ich, wir kannten uns kaum. Aber Mark, Mark ist dein Ehemann. Er hat zugesehen, wie deine geistige Gesundheit in Abrede gestellt wurde. Hat dazu beigetragen und sich auf meine Seite gestellt, nicht deine. Sein Verrat wiegt so viel schwerer.«

Isas Atmung beschleunigte sich. Wieder einmal hatte Adriana Recht, auf ihre manipulative Art.

»Du hast mir doch keine Wahl gelassen!«, stieß Mark hasserfüllt aus.

»Wieso hat Carla mich nicht früher gewarnt? Sie war meine Freundin!«

Mark lenkte seine Aufmerksamkeit auf Isa zurück. »Sie hatte Angst. Sie hatte gerade erst angefangen, diesen ganzen Sumpf aus Niedertracht und Kriminalität aufzudecken. Sie wusste nicht, womit sie es zu tun hatte. Und dann überschlugen sich die Ereignisse.« Isa griff sich an den Hals, krampfhaft bemüht, die Kontrolle zu behalten. Der Kummer um ihre Freundin zerriss sie von innen. »Als das Foto von Adam im Fernsehen erschien«, fuhr Mark fort, »als das ganze Gebilde endgültig ins Wanken geriet, wusste ich nicht, was ich fühlen sollte. Ich habe mir so sehr gewünscht, dieses Leben aus Lug und Betrug nicht weiterführen zu müssen. Doch es gab kein Zurück mehr. Ich wusste nicht wie, und da war ja noch Ben, der nach wie vor nicht in Sicherheit war. Und Adam, der nur mich hat. Dann fand ich auch noch diese Botschaft in meinem Haus. Irgendwer war mir auf die Schliche gekommen.«

»Jakob«, flüsterte Isa.

»Was?« Mark zog die Brauen zusammen.

Adriana wiederum wirkte erschreckend wenig überrascht. »Das war doch klar«, stellte sie fest. »Er hat deine Frau und dich gestalkt. Ein Unruhestifter. Ein Störenfried.«

Isa fragte sich, ob irgendwann ein Zeitpunkt erreicht sein würde, an dem sie weitere finstere Enthüllungen nicht mehr schocken würden. Eine Art Gewöhnungseffekt. Bislang blieb er aus. Stattdessen spürte sie, wie all die Ohnmacht und all das Entsetzen, das sie die ganze Zeit unter einer fragilen Kontrolle hielt, an die Oberfläche zu sprudeln begannen.

»Du warst das also? Du hast ihn getötet? Er war vollkommen unschuldig! Ich habe in seinem Blut gekniet, er ist vor meinen Augen gestorben!«, rief sie und schnappte nach Luft.

»Das passt zu ihr.« Mark nickte, als wären Isa und er Verbündete.

»Hör auf!«, schrie Isa schrill. »Du hast Carla getötet!«

Mark schwieg eine ganze Weile, in der nur Isas verzweifelte Schluchzer zu hören waren. Dann räusperte er sich und fuhr mit seiner Schilderung fort, als könne er jetzt, wo er einmal damit angefangen hatte, nicht mehr damit aufhören.

»Als das gesamte Lügengebilde ins Wanken geriet und ich

alles verloren glaubte, machte ich mich auf den Weg nach Warschau. Ich wusste inzwischen, wo Ben sein musste, denn ich hatte die Adresse in Adrianas Praxis gefunden. Ich hatte ja nichts mehr zu verlieren, es war nun ohnehin ein Spiel auf Zeit. Also ging ich in die Vollen. Adriana wusste angesichts ihrer durchwühlten Räume natürlich sofort, was ich vorhaben musste. Als ich in Warschau ankam, ich hatte wegen Adam länger gebraucht und musste ihn erst an einem sicheren Ort unterbringen, erwartete sie mich bereits.«

Isa schniefte, doch sie hörte zu. Der kleine Adam lehnte sich gegen seinen Vater und hielt die Augen halb geschlossen. Er wirkte abwesend, als hätte er sich aus der Situation herausgelöst, völlig erschöpft und am Ende seiner Kräfte. Wenn sie nur zu ihm könnte. Wenn Mark sie nur zu ihm ließe. Doch sie wagte nicht, ihn zu unterbrechen.

»Als ich in Warschau ankam, das Ehepaar erschossen vorfand – Adriana hatte sie als Zeugen eliminiert und erwartete mich im Wohnzimmer –, als ich erkannte, dass Ben nicht dort war, drehte ich durch. Ich war zu spät gekommen. Ich war so kurz davor gewesen, endlich zu Ben vorzudringen, aber vergebens.« Seine Stimme nahm ein eigentümliches Zittern an. »Dann platzte Carla herein. Sie war mir gefolgt und hat versucht, mich davon abzubringen, Rache zu nehmen.«

»Sie hat versucht, dich zu schützen«, flüsterte Isa und wusste sofort, dass es stimmte, was sie spontan und ohne darüber nachzudenken ausgesprochen hatte. Voller Kummer um die Freundin, die im Herzen so gut gewesen war. »Sie wollte das Gute in dir schützen.«

»Ja. Das stimmt wohl«, antwortete Mark so leise, dass Isa ihn kaum verstehen konnte. »Sie hat mir zugerufen, ich solle Adriana nicht über mein Inneres siegen lassen. Dass wir es selbst in der Hand hätten. Dass wir selbst entscheiden könnten, ob wir die Monster sein wollen, zu denen sie uns gemacht hat. Sie hat gesagt, ich solle mich jetzt, wo ich eine Wahl habe, für die gute Seite entscheiden. Ich solle Adriana nicht siegen lassen.« Dann schluchzte er auf. »Aber der Hass hat mich überrollt. Er hat mich überrollt. Ich habe abgedrückt, um uns alle endlich von dieser Frau zu befreien. Carla hat sich in die Schussbahn geworfen, und, und … ich habe sie getötet, Isa. Ich habe ihr das Leben genommen.« Tränenüberströmt sah er sie an. »Und SIE hat überlebt!«

Isas Herz brannte und pochte.

»Dann mach den gleichen Fehler nicht noch einmal«, sprach Adriana, deren Anwesenheit Isa beinahe vergessen hatte. »Wie Carla dir so eindringlich versucht hat zu erklären, bin nicht ich für deine Taten verantwortlich, sondern du selbst. Lass mich gehen, Mark. Entscheide selbst, ob du das Böse oder das Gute wählst.«

Isa hatte keine Ahnung, wie Mark auf diese Worte reagieren würde. Abermals erkannte sie die Brillanz der Psychiaterin, der sie einst ihr ganzes Herz ausgeschüttet hatte. Isa musterte ihren Mann, wie er so zerbrochen und in sich zusammengesunken an dem Sofa lehnte und fragte sich, zu was oder wem er geworden war.

Zumindest kannte sie nun den Grund, weshalb er noch nicht abgedrückt hatte. Er scheute sich davor. Weil seine unüberlegte Handlung beim letzten Mal einen unschuldigen Menschen das Leben gekostet hatte. Carla. Offenbar gab es noch einen kläglichen Rest, eine klägliche kleine Balustrade in seinem Inneren, die seinen Rachedurst im Zaum hielt. *Noch.*

Doch dann veränderte sich etwas in Marks Gesicht. Es waren nur Nuancen, Schatten, die sich über seine Augen legten. Isa begann zu frösteln.

»Es gibt kein Zurück mehr«, wisperte er und richtete sich auf. »Ich kann sie nicht am Leben lassen. Das hat sie einfach nicht verdient. Nein, das hat sie nicht verdient.« Seine Stimme wurde lauter. »Das hat sie nicht verdient! Niemals wurde diese Frau mit irgendwelchen Grenzen konfrontiert, nie hat sie für irgendeine ihrer Taten büßen müssen! Also werde ich derjenige sein müssen. Isa«, seine Augen trafen ihre, flehentlich, als hoffe er auf ihr Verständnis, »ich muss derjenige sein, verstehst du?«

»Nein, das musst du nicht, du kannst Verantwortung übernehmen, Mark, für euch beide«, warf Isa mit rasendem Herzen ein, den Blick auf die Waffe in Marks Hand gerichtet, die zu beben begonnen hatte.

Doch Mark schüttelte nur den Kopf. Mit einem Mal wirkte er schrecklich gebrochen. »Nein, ich komme immer wieder zu dem gleichen Ergebnis. Ich kann mich nicht ausliefern. Ein guter Mensch würde sich ausliefern. Aber ich kann das nicht. Wer wäre ich dann noch? Ein Niemand. Ich bin kein guter Mensch. Das bin ich nie gewesen. Ich glaube, das habe ich uns allen bewiesen. Also wozu noch so tun?« Ein entrückter Ausdruck trat in das einst so attraktive Gesicht. »Ich werde der sein, zu dem sie mich gemacht hat. Der sein, der über sie richtet. Genau so muss es enden. Du kannst gehen, Isa. Du weißt jetzt alles, was du wissen musst. Du hast damit nichts zu tun.«

KAPITEL 82

»Mark, nein!«, schrie Isa auf. »Bitte tu das nicht. Du musst das nicht tun!«

»Doch, Isa, ich muss.« Er lachte ein trauriges Lachen. »Es ist schon unglaublich, dass die guten Menschen immer versuchen, die schlechten zu retten. Pech nur, dass ich einer der schlechten bin. Ich werde über dich richten, Adriana, *Mutter*, und am Ende hast du das dir selbst zu verdanken. So fügt sich eins zum anderen, oder?«

Er fixierte die Psychiaterin, in deren Augen die Todesangst zurückgekehrt war. Mit einem Mal wirkte sie wieder wie das Opfer, das sie in dieser Situation auch war.

Doch Isas Augen waren nur auf Adam gerichtet.

»Mark, bitte!«, flüsterte sie. »Willst du ihn das mit ansehen lassen? Sieh ihn dir an, Mark! Er ist noch so klein! Er hat schon so viel durchmachen müssen. Hat seine Mutter verloren und seine Großmutter. Siehst du nicht, was für eine Angst er hat? Wie erstarrt er ist? Lass ihn zu mir. Lass uns beide gehen. Weder ich noch er haben damit etwas zu tun!«

Mark nahm Adam, der nun wieder bebte, von der Lehne herunter auf seinen Arm und trat vom Sofa weg in Richtung Fenster, wo er sich wieder so ausrichtete, dass er Isa im Blick und die Psychiaterin in Reichweite seiner Waffe hatte. »Er hat sehr wohl etwas damit zu tun, denn diese Kreatur allein ist schuld daran, dass er seine Mutter verloren hat! Es ist seine Rache und meine

Rache! Und ich bin sein Vater, Isa! Ich bin alles, was er noch hat und alles, was er braucht!«

»Wenn du das hier tust, wird er auch dich verlieren! Was du wirklich meinst, ist, dass er alles ist, was *du* noch hast!«, wimmerte Isa. »Doch auch das stimmt nicht! Du hast auch noch Ben! Er braucht dich ebenso wie Adam.«

»Nein, das tut er nicht. Adam wird glücklich sein, weil ich als sein Vater für ihn sorgen werde, verstehst du das nicht? Ben hat dich. Adam hat niemanden außer mir!« In Marks Augen lag Kummer und das Flackern eines Wahnsinnigen, der sich von der Welt entrückt hatte. Der so lange in seinen inneren Abgrund gestarrt hatte, dass der Abgrund ein Echo zurückgesendet hatte. »Du kennst nun die Wahrheit. Ich muss das hier jetzt endlich zu Ende bringen. Das bin ich mir und meinen Söhnen schuldig.«

»NEIN!«, schrie Isa, als er die Pistole hob und erneut auf den Kopf der Psychiaterin ausrichtete. Sie machte einen Satz nach vorne, direkt vor die an der Wand kauernde Frau, und in die Schussbahn von Marks Waffe hinein. »NEIN! Ich kann nicht zulassen, dass du das tust! Dass du dir selbst, Adam und mir das antust!«

»Isa, aus dem Weg!«, brüllte Mark, doch sie rührte sich nicht von der Stelle.

Sie konnte nicht. Sie würde Adam schützen, vor einem weiteren Trauma, das seine kleine Seele vielleicht unwiderruflich zerstören würde. Und sie wollte Mark schützen, vor sich selbst und seinem blinden Wahn.

»Siehst du nun, was ich dir eben zu erklären versucht habe?«, weinte Adriana in ihrem Rücken. »Bitte hilf mir, Isa. Mark entscheidet niemals wirklich für andere, nur für sich selbst. Egal, was du von mir halten magst, sieh dir Adam an. Siehst du, wie er leidet? Mark fällt das nicht auf! Er glaubt wirklich, das Richtige zu tun, indem er mich vor den Augen dieses kleinen Jungen erschießt. Aber du weißt, dass das verkehrt ist. Du bist eine Mutter. Adams Mutter. Ich habe es dir angesehen. Endlich spürst du, wonach du dich all die Monate gesehnt hast. Du hast ihn als deinen Sohn angenommen. Eine Mutter schützt ihre Kinder. Du kannst nicht zulassen, dass Mark ihn weiter traumatisiert. Nicht wahr? Ich verstehe dich, Isa. Ich weiß, was in dir vorgeht. Noch immer!«

»Sei doch endlich mal *leise*!«, peitschte Isas Stimme durch die Hütte. Sie wollte nicht mehr hören, was ihre einstige Vertraute zu sagen hatte. Sie konnte nicht mehr ertragen, dass diese Psychopathin davon sprach, sie zu verstehen. Sich so brutal in ihre Familie einmischte.

»Ich bin Adams Vater! Er ist MEIN Sohn! Ich weiß, was das Richtige für ihn ist!«, brüllte nun auch Mark. Adam wand sich auf seinem Arm und weinte.

Adriana erhob ihre Stimme gegen den Lärm. »Isa, das, was Mark als Vaterliebe bezeichnet, ist in Wirklichkeit nur der Versuch, sich selbst und das Trauma seiner Kindheit zu heilen! Ich weiß, dass du das erkennst. Ich weiß, dass du es nicht glauben willst, aber dass du das ebenso siehst wie ich, jetzt und hier, in dieser Situation! Geh nicht zur Seite, bitte. Bitte, geh nicht weg! Dir wird er nichts tun.«

Und Isa ging nicht zur Seite, obwohl sie in diesem Moment nichts lieber getan hätte als das. Sie blieb stehen. Und schirmte den Körper von Adriana Blum mit ihrem eigenen ab. Aber nicht um ihretwillen. Sondern für Mark und vor allem für Adam.

Ein Schaben ertönte, ein Kratzen von Holz auf Holz. Zunächst war Isa nicht sicher, ob sie richtig gehört hatte. Doch dann sah sie, wie sich die Holztür bewegte.

KAPITEL 83

Eine große Gestalt trat mit erhobener Waffe durch die Tür und richtete sie in einer einzigen fließenden Bewegung auf Mark.

»Herr Winterberg, keine falsche Bewegung, sonst schieße ich!« Simons' Blick jagte sofort und systematisch durch die Hütte. Einen Wimpernschlag lang kreuzte er sich mit Isas.

Mark, der den Kopf herumgeworfen hatte, keuchte auf. »SIE?« Seine Brust hob und senkte sich heftig, dann riss er seine Pistole herum und richtete sie auf den Ermittler. »Ich habe Adam auf dem Arm und nichts zu verlieren!«, brüllte er und trat zwei Schritte in Richtung Fenster zurück, um neben Isa und Dr. Blum nun auch Simons im Blick behalten zu können. »Was machen Sie hier? Wie haben Sie uns gefunden? Ich dachte, du wärst allein gekommen! Du hast mich verraten! Du hast mich getäuscht«, spie er nun an Isa gewandt aus, die Augen übergroß.

»Herr Winterberg, lassen Sie uns miteinander sprechen. Lassen Sie uns eine gemeinsame Lösung finden, wie Sie aus dieser Situation herauskommen können«, sagte Simons mit ruhiger, deutlicher Stimme. »Ich hätte Sie überwältigen können, doch das habe ich nicht getan. Ich bin in die Hütte gekommen, um zu reden. Und eine Lösung finden. Das Spiel ist aus. Lassen Sie Adam zu Ihrer Frau gehen. Und dann reden wir darüber, was wir für Sie tun können.«

»SCHWEIGEN SIE!«, schrie Mark und hob die Waffe ein Stück höher.

»Mark«, flüsterte Isa und zwang sich, niemanden sonst anzusehen, sich von nichts ablenken zu lassen und all ihre Konzentration auf ihren Mann zu legen. Hatte er sich so sehr in sich selbst verloren? Rachedurst war das eine, aber das? Er musste die Ausweglosigkeit der Situation doch erkennen? »Mark? Mark, sieh mich an!«

Seine Augen flogen zwischen Isa und Simons hin und her, wild. »Du hast mich verraten! Du hast mich angelogen!«

»Mark, ich habe dich nicht angelogen. Du bist mir wichtig, deshalb bin ich allein gekommen!« Isa machte einen vorsichtigen Schritt auf ihn zu.

Einen Wimpernschlag lang sah er sie nur an. Tränen rollten seine Wangen hinunter. Dann ächzte er auf eine seltsame Weise, und sein Arm fuhr herum.

Isa fror ein. Vor ihr das schwarze Loch der Mündung von Marks Pistole. Das dieses Mal ihr galt und nicht Adriana oder Simons.

»NEIN!«, brüllte Simons mit plötzlicher Panik in der Stimme und trat mit ausgestreckter Waffe ebenfalls einen Schritt nach vorne. »Nehmen Sie die Waffe runter oder ich erschieße Sie!«

Mark begann zu lachen. Es war das Lachen eines Wahnsinnigen. »Wohl kaum, denn niemals würden Sie riskieren, dass ich dabei abdrücke und Isa töte. Ich wusste es! Glaubst du, ich bin blind, Isa?«, kreischte er. »Glaubst du, ich bin blöd? Ich habe gesehen, was zwischen euch ist. Wie du seine Nähe gesucht hast. Die Nähe eines Versagers, der dir die ganze Zeit über nicht helfen konnte, der mit leeren Händen dastand und für dich trotzdem der Retter in der Not war!«

Isa begann zu weinen und schüttelte den Kopf. »Was redest du da? Mark, so war das nicht!« Doch sie ahnte in diesem Moment noch mehr als bereits zuvor, dass sein Verstand ausgesetzt hatte. Angst und Verzweiflung hatten die Oberhand gewonnen.

»Als du hier aufgetaucht bist«, zischte er, »hat mich das wirklich aus der Bahn geworfen. Ich meine, du hast diesen ganzen Weg auf dich genommen, um hierherzukommen. Zu mir. Trotz allem.« Tränen traten aus seinen rotgeränderten Augen. »Ich dachte, das muss doch etwas zu bedeuten haben. Ich habe dir geglaubt! Ich hatte keinen Grund, das nicht zu tun. Du warst der einzige Mensch auf Erden, von dem ich wusste, er würde mich nicht verraten. BIS HEUTE!« Spucke flog in alle Richtungen. »Wenn selbst du mich verrätst, hat einfach nichts mehr auf dieser Welt noch eine Bedeutung!«

»Herr Winterberg, es hatte etwas zu bedeuten, dass sie allein gekommen ist!«, meldete sich Simons zu Wort, dessen Stimme vor Anspannung vibrierte. »Ihre Frau ist einfach verschwunden, ohne Ben, da war mir klar, dass etwas passiert sein musste. Ich habe eigenmächtig ihr Handy geortet, ich bin auf eigene Faust hergekommen, um sie zu suchen. Es ist, wie sie sagt. Sie wollte mit Ihnen allein sein, deshalb hat sie sich allein auf den Weg gemacht.«

Isa nickte hektisch. »Ja, Mark, bitte, du musst mir glauben! Ich bin zu dir gekommen, weil ich noch an dich glaube, ich ...«

»Für einen kurzen Moment habe ich gedacht, dass wir noch eine Chance haben. Dass ich noch eine Chance habe. Auf irgendetwas. Ich weiß nicht, was«, heulte Mark auf. Dann begann er vor und zurück zu wippen.

»Die hast du noch immer«, flüsterte Isa erstickt und beobachtete ihren Mann mit aufgerissenen Augen. Ihren Mann, der ihr so fremd erschien. So unberechenbar.

Ihr gesamter Organismus stand auf Alarm. Sie erkannte nicht nur, dass Mark jede innere Grenze überschritten hatte. Sie spürte auch, dass nicht mehr viel Zeit blieb. Nicht nur in Bezug auf Mark, sondern auch in Bezug auf Adam.

Sie sah es in Adams ausdruckslosem Gesicht und seinen

stumpfen Augen. Sie sah die getrockneten Tränenspuren auf seinen kleinen Wangen. Sie sah, wie erstarrt er wirkte, obwohl sich seine kleine schmächtige Brust seit ein paar Sekunden viel zu schnell hob und senkte.

Sie musste die Situation jetzt und hier unter Kontrolle bekommen. Es war genug.

»Herr Simons hat Recht, Mark«, setzte sie abermals an, flehentlich. »Es hat eine Bedeutung, dass ich hierhergekommen bin. Ich liebe dich. Das habe ich immer getan.«

Sie zwang sich, ihn anzusehen, während Tränen über ihre Wangen strömten. Es waren echte Tränen. Er war ihr Vertrauter. Ihr Ehemann. Der Vater ihres Kindes. *Aber er ist auch ein Verräter. Und ein Mörder.* »Du wolltest immer nur das Beste für uns, für deine Familie. Das sehe ich. Ich sehe, wie sehr du all die Monate gekämpft hast. Du hattest keine Wahl. Sie …«, Isa deutete auf Adriana, »sie hat dich verraten. Sie ist schuld an allem, nicht du! Carla hat es dir schon zu sagen versucht. Du bist ein guter Mensch!« Zitternd atmete sie ein und schmeckte Salz, als eine Träne über ihre Lippe rann. »Das ist der Grund, weshalb ich dich liebe! Und weshalb ich mit dir gehen möchte. Irgendwohin, wo wir endlich in Ruhe gelassen werden, wo wir eine Familie sein können!«

Sie trat einen weiteren vorsichtigen Schritt auf ihn zu.

Marks Augen weiteten sich, unsicher hob er die Pistole noch ein Stück höher. »Ich glaube dir nicht«, grollte er, hin- und hergerissen zwischen dem Wunsch nach wahrhaftiger Liebe, jetzt, wo seine Maske gefallen war, und Angst, sich in Isa zu täuschen. »Du wagst es, mich erneut zu belügen?«

»Frau Winterberg, bleiben Sie stehen!«, forderte Simons sie laut und deutlich auf. »Bringen Sie sich nicht selbst in Gefahr! Lassen Sie mich das regeln!«

»Mark, die anderen spielen keine Rolle!« Isa schob sich näher an ihn heran und ignorierte die Stimme des Kriminalhauptkommissars. Sie wusste, dass die einzige Chance darin lag, dass sie selbst einen Weg fand, zu Mark durchzudringen. Ihr Herz hämmerte. »Lass ihn reden. Er ist egal! Hör mir zu!«, weinte sie. »Ich liebe dich. Ich bewundere dich. Für all das, was du getan hast, um uns zu schützen. Und ich weiß, dass ich dir vertrauen kann.«

Ein kleines Glimmen erschien in Marks Augen, der sich ihr nun wieder zuwandte, unschlüssig, wie er reagieren sollte.

»Er …«, Isa sah zu Simons, der sie über seine bis zum Anschlag erhobene Dienstwaffe hinweg anstarrte. Die ehrliche Angst in seinen Augen ließ sie einen Wimpernschlag lang stocken. Dann fokussierte sie sich wieder auf ihren Mann, der seine Waffe auf sie richtete. »Er ist einfach nur der Polizist, der unseren Fall betreut hat, eine andere Bedeutung hatte er für mich nie. Wieso denn auch? Es gab doch immer nur dich. Wir können eine Zukunft haben, verstehst du? Wir vier. Du, ich, Ben und Adam. Aber dafür musst du dem Wahnsinn hier ein Ende setzen. Ich flehe dich an! Lass uns gehen, bevor Verstärkung eintrifft, die uns als Familie auseinanderreißen wird. Simons wird nicht schießen können, solange ich dich abschirme und du Adam auf deinem Arm hältst. Solange deine Waffe auf mich gerichtet bleibt. Du bist ein guter Vater, ich weiß, du wolltest uns nie schaden. Also schade Adam und mir auch jetzt nicht. Lass uns nichts sehen, was wir nicht verkraften können. Ich möchte, dass es wieder wird, wie es früher war«, schluchzte Isa, und ein Teil von ihr sprach die Wahrheit. »Ich möchte uns zurück, wie wir waren, bevor das alles passiert ist. Ich möchte an deiner Seite sein, mit dir unsere Söhne aufziehen. Wir haben nicht weniger als das verdient.« Bebend holte sie Luft. »Wir schützen einander. So wie Familien das tun. Wir holen Ben, und dann sind wir endlich alle zusammen. Und lassen all das«, sie wies auf den Raum, Dr. Blum und Simons, »hinter uns.«

Isa sah, wie es in Marks Kopf arbeitete. Wie er sich schützen wollte vor dem Sog ihrer Worte. Wie er sich dennoch zu öffnen begann für den Plan, den sie vorschlug.

»Frau Winterberg, tun Sie das nicht!«

Isa sah Simons an, dessen ganzer großer Körper zum Sprung bereit schien. Sein Blick jagte zwischen Isa, Mark und der Waffe in Marks Händen hin und her. Sein Kopf schien auf Hochtouren zu laufen, um eine Angriffstaktik zu finden.

»So viel Angst in Ihren Worten«, sagte die Psychiaterin. »So viel Angst. Damit haben Sie nicht gerechnet, oder? Damit hat der schlaue Polizist hier nicht gerechnet.« Sie betrachtete Simons und lächelte, als würde sie sich über ihn lustig machen. »Er hat tatsächlich nicht damit gerechnet, dass Isa sich von ihm abwenden könnte.«

Mark folgte Adrianas Blick.

Und Isa erkannte, dass Simons ihr unfreiwillig in die Karten gespielt hatte, während Adriana es absichtlich tat.

»Isa gehört zu mir«, flüsterte Mark. »So ist es, oder?«

Isa lächelte ihm unter Tränen zu. Tränen des Zorns, Tränen der Trauer, Tränen des Abschieds.

Mark, der nur Tränen der Liebe sehen konnte, öffnete zögernd seinen Arm. Und Isa ging langsam darauf zu.

KAPITEL 84

Ohnmacht überrollte ihn.

»Nein«, keuchte Simons, doch Frau Winterberg war schon bei ihrem Mann angekommen und ließ sich in seine Umarmung sinken.

Er wusste nicht, was sie vorhatte, ob sie überhaupt etwas vorhatte, oder ob sie die Wahrheit gesprochen hatte. Aber er wusste, dass Mark Winterberg in diesem Moment vollkommen unzurechnungsfähig war. Simons konnte das Adrenalin förmlich sehen, das den Körper des Mannes unter Spannung hielt. Skepsis bestimmte seine Mimik. Eine Skepsis, die Isa Winterberg, die an seinem Körper lehnte, offensichtlich verborgen geblieben war. Oder die sie nicht hatte sehen wollen.

Der Kriminalhauptkommissar taxierte die Hand mit der Waffe, die Herr Winterberg ungesichert auf die Schultern der jungen Frau abgelegt hatte und die nun gefährlich in Richtung des kleinen schutzlosen Jungen in seinem anderen Arm zeigte. Und er hatte keine Ahnung, was er tun sollte. Seine Gefühle rauschten durch ihn hindurch und verdrängten jeden klaren Gedanken.

Seit er Isa Winterbergs SMS erhalten hatte, hatten seine Emotionen die Kontrolle übernommen; ein Umstand, vor dem er sich zeit seines Lebens zu schützen versucht hatte, war genau diese emotionale Impulsivität doch der verheerende Fehler gewesen, der seinen Vater während eines Polizeieinsatzes das Leben gekostet hatte. Auch Simons hatte sich nun von seinen Gefühlen leiten lassen, während sein Verstand in ihm tobte, ihn warnte, ihn an das, was er gelernt hatte, zu erinnern versuchte. Auch seine Kollegen hatten ihn gewarnt, bereits zu einem viel früheren Zeitpunkt. Ihn darauf hingewiesen, dass er zu beteiligt gewesen war. Dass er sich ungewöhnlich viele Gedanken um Isa Winterberg gemacht hatte. Dass er sich unverhältnismäßig stark in den Fall verstrickt hatte. Doch er hatte es nicht wahrhaben wollen. Seinen beruflichen Ehrgeiz als Ausrede für alles genutzt, was in ihm vorgegangen war. Spätestens mit Isa Winterbergs SMS war eine Angst in ihm aufgekommen, die stärker gewesen war als alles andere. Angst um diese so faszinierend starke und doch so sanfte Frau und den kleinen Adam. Er hatte die Situation nicht eskalieren lassen wollen, er hatte keine Sekunde verstreichen lassen wollen. Er hatte den gottverdammten Helden spielen wollen.

Also hatte er sich sofort auf den Weg gemacht und nicht gewartet, bis die Bürokratie erledigt und das Sondereinsatzteam zusammengestellt war. In jedem normalen Einsatz wäre er überhaupt nicht hier gewesen, hätte die Führung einer spezialisierten Einheit übergeben. Doch dieser Einsatz, dieser Fall, war von Anfang an alles andere als normal gewesen. Mit der Konsequenz, dass er jetzt in dieser verfluchten dunklen Hütte in einem weitläufigen ebenso dunklen Wald stand und kaum noch die eigene Hand vor Augen erkannte. Vor ihm ein Irrer mit geladener Waffe und eine starrsinnige Frau, die sich von selbst in seine unberechenbare Gewalt gebracht hatte. Das würde ihn nicht nur seinen Job, sondern womöglich auch sein Leben kosten. *Wo bleibt die verdammte Verstärkung? Sie müssten längst hier sein!*

Während Simons verzweifelt nach einer Lösung suchte, denn schießen konnte er nicht, ohne ein unkalkulierbares Massaker anzurichten, kam Bewegung in Isa Winterberg. Es war, als würde sich alles in Zeitlupe abspielen. Innerhalb des Bruchteils einer Sekunde stieß sie die Hand ihres Mannes, die die Waffe trug, nach oben und entriss ihm das kleine Kind. Simons sah den Schock in Mark Winterbergs Augen, sah, wie er den Arm mit der Waffe eine Millisekunde später in einer ruckartigen Bewegung wieder auf Isa und Adam ausrichtete, die zu Boden taumelten.

»NEIN!«, brüllte Simons und warf sich ohne nachzudenken mit einem gewaltigen Satz nach vorne. Ein trommelfellzerfetzender Schuss krachte durch die Hütte.

KAPITEL 85

Isa ging zu Boden, Adam in den Armen, während ein Schuss durch die Hütte jagte. Dann noch einer und fast zeitgleich ein dritter. Der letzte war im Kreischen ihrer Ohren nur noch ein dumpfer Schlag.

»Es wird alles gut, mein Baby, es wird alles gut«, schluchzte sie, während sie den kleinen schreienden Jungen schützend unter ihrem Oberkörper verborgen hielt.

Adam krallte sich an ihr fest. Minutenlang lagen sie so da, auf den rauen Brettern, die Augen fest verschlossen, keuchend und weinend. Bis Isa irgendwann registrierte, dass außer ihr und dem kleinen Adam nichts mehr zu hören war. Bis schließlich auch sie beide verstummten. Bis es still wurde. Es war eine Stille, die sie bleischwer zu Boden drückte.

»Nein«, keuchte Isa. »Nein, bitte nicht.«

Eine allumfassende Angst ergriff von ihr Besitz. Eine finstere Realität waberte um sie herum und wartete nur darauf, dass sie den Kopf hob. Und die Augen öffnete. Doch sie konnte nicht. Sie konnte es einfach nicht.

»Bitte nicht. Bitte, bitte nicht«, flehte sie. Ihr ganzer Körper schüttelte sich angesichts des Grauens, das in ihr Bewusstsein dringen wollte.

Dann hörte sie Schreie. Rotorblätter. Lärm. Reflexhaft öffnete sie die Augen. Die Hütte war ausgefüllt von einer nebligen Dunkelheit, der Großteil der Kerzen war erloschen.

Dann zerschnitten Scheinwerfer die Wände, drangen durch jede Ritze zwischen den Brettern.

Übergossen die leblosen Körper von Dr. Blum, Mark und Simons mit gleißendem Licht.

Und Isas Inneres zerbarst in einem einzigen Schrei.

EPILOG

September 2024

Wind durchtanzte die Äste der hochgewachsenen Buchen, warf ein schillerndes Lichtspiel auf den Granit vor ihren Füßen und brachte ein wenig Abkühlung in die Hitze dieses Spätsommertages.

Isa strich durch seidig glattes weizenblondes Haar. Der kleine Junge drehte sich zu ihr um und hielt einen blau angemalten Kieselstein hoch. Ein fragender Ausdruck in den Kinderaugen.

»Ja.« Isa nickte und hockte sich zwischen die beiden Jungen. »Ihr könnt einen schönen Platz für eure Steine aussuchen.«

Adam tapste um das Grab herum und drapierte seinen Stein stolz auf dem Grabmal. Er kicherte, als Ben es ihm gleichtat und seinen ebenfalls obendrauf legte. Ein blauer Stein. Und ein schwarz-gelb gestreifter Stein. Wie ein Tiger, hatte Isa gesagt und gelacht, als Ben furchterregend geknurrt hatte.

Als die beiden Jungen dazu übergingen, zwischen den Buchen des kleinen Friedhofs Fangen zu spielen und eine Fröhlichkeit an diesen Ort brachten, die den Toten sicher gefallen hätte, setzte sich Isa auf die Grabumrandung. Sie legte eine Hand auf die warme Steinplatte.

Nathalie Wiakowski
12. September 1995 – Mai 2023

»Ich werde gut auf ihn aufpassen. Ich werde ihm die beste Mama sein, die ich kann. Das verspreche ich dir.«

Tränen lösten sich aus ihren Augen. Sie richtete ihren Blick auf das Blau zwischen den Baumkronen.

»Und auch dir, Mark«, flüsterte sie erstickt. »Ich gebe mein Bestes, deinen Söhnen eine wunderschöne Kindheit zu bieten. Eine, die sie verdient haben.«

Auch noch Monate nach seinem Tod fühlte Isa so viele widerstreitende Gefühle, wenn sie an Mark dachte. Abscheu und Hass angesichts der Entscheidungen, die er getroffen hatte. Angesichts seiner Taten. Seines Verrats. Kummer um den Mann, der er nicht geschafft hatte zu sein. Kummer um den Mann, der sich in sich selbst verloren hatte. Kummer um den Mann, der so verzweifelt das Licht gewollt, aber die Dunkelheit gewählt hatte. Viele Nächte lang lag Isa wach. Wurde immer wieder von drei dröhnenden Schüssen geweckt, die sie in ihren Träumen heimsuchten und sich für immer in ihr Gedächtnis eingegraben hatten.

Der erste Schuss hatte sich aus Marks Waffe gelöst, kurz nachdem Isa ihm Adam entrissen hatte und Simons in die Schussbahn gesprungen war. Bis heute war nicht klar, ob Mark die erste Kugel absichtlich abgefeuert hatte und wem sie gegolten hatte, bevor sie den Arm des Polizisten durchschlagen hatte.

Sein zweiter Schuss hatte ein unzweifelhaftes Ziel gehabt und Adriana Blum leblos an der Wand zusammensacken lassen.

Die dritte Kugel war gleich darauf von Simons abgefeuert worden, noch bevor er, schwer verletzt am Boden liegend, ohnmächtig geworden war. Sie hatte Marks Rachefeldzug beendet und damit auch sein Leben.

Isa hatte viele Gespräche mit Dr. Strohwanger gebraucht, um ihre Erleichterung über Marks Tod zu akzeptieren. Sie hatte mit sich gekämpft, es kam ihr falsch vor, seinen Tod tröstend zu finden. Und doch war es so. Sein Tod war die traurige, aber logische Konsequenz des Umstands gewesen, dass es kein Zurück mehr für ihn gegeben hatte. Ein möglicherweise letzter Akt seines alten Selbst, denn er musste genau gewusst haben, dass Simons nicht tatenlos dabei zusehen würde, wie er Menschen erschoss. Er musste gewusst haben, dass er das so sehr herbeigesehnte Ende Adrianas mit dem eigenen Leben bezahlen würde.

Und auch wenn es Isas Entscheidung, ihn zu täuschen, gewesen war, die die Kaskade weiterer Ereignisse in Gang gesetzt hatte, an deren Ende Marks Tod gestanden hatte, so wusste sie auch, dass es die einzig richtige gewesen war. Sie hatte sie aus Liebe getroffen. Aus Liebe zu ihren Kindern.

Sie beobachtete die beiden Jungen, die ihr so viel Trost spendeten. Ihr einfach alles bedeuteten. Sie tollten herum, ab und zu winkten sie kichernd in Richtung der niedrigen Friedhofsmauer, auf der Florian saß. Weit genug weg, um ihnen Raum zu lassen, aber nah genug, um da zu sein. Auch er winkte den Jungen mit seinem unverletzten Arm, der nicht in einer Schlinge steckte, und freute sich aufrichtig über ihre Ausgelassenheit. Isa fühlte Wärme in sich aufsteigen.

Schließlich zog sie zwei zusammengefaltete Seiten Papier aus ihrer Hosentasche. Sie hatte sie im Nachlass von Margarete und Nathalie Wiakowski gefunden, versteckt in einem kleinen Teddybären, der Adams Namen trug. Zwei Kisten waren geblieben. Zwei Kisten aus dem Leben zweier Frauen, denen die Möglichkeit genommen worden war, ihr Leben gemeinsam in Frieden zu verbringen. Und ihren Sohn und Enkel aufwachsen zu sehen.

Isa glättete die Seiten, so gut sie konnte.

»Adam? Ben? Kommt ihr mal?«

Es dauerte ein paar Sekunden, bis die beiden Jungen neben ihr erschienen. Verschwitzt und glücklich. Sie klopfte auf die warme Erde neben sich.

»Setzt euch mal zu mir.«

Als sie sich niedergelassen hatten und das Kichern verebbt war, zeigte sie ihnen den Brief in ihren Händen.

»Der ist von deiner Mama, Adam. Denn du hast eine hier auf Erden«, Isa deutete auf sich, »und eine dort oben, bei den schönen weißen Wolken.«

Die Jungen folgten ihrer Hand und schauten in den Himmel.

Und auch wenn sie mit ihren bald zwei Jahren noch zu klein waren, um den Inhalt des Briefes tatsächlich zu verstehen, so war sich Isa doch sicher, dass sie ihn fühlen konnten. Also las sie ihn vor.

Mein lieber Adam,

ich bin es, deine Mama. Du wirst dich nicht an mich erinnern können, wenn du diesen Brief in deinen Händen hältst. Ich hoffe sehr, dass er seinen Weg zu dir finden wird – eines Tages. Denn ich möchte dir sagen, wie sehr ich dich liebe. Ich möchte, dass du weißt, dass du mein größtes Glück warst und bist. Mit dem Wissen, dass ich dich unter meinem Herzen trage, hat sich einfach alles für mich verändert. Ich liebe dich mehr als alles andere. Und ich wünschte, ich könnte dir das auch weiterhin jeden Tag sagen. Ich wünschte, ich könnte all die kostbaren Momente mit dir teilen, die das Leben für dich bereithalten wird. Dich für deinen ersten Kindergartentag fertig machen. Deine Schultüte basteln. Deine verletzten Knie verarzten. Dich abends in den Schlaf singen, mit deinem Lieblingsschlaflied, das ich dir schon als Neugeborenes vorgesungen habe. Ich

wünschte, ich könnte dich zum Fußballtraining bringen. Mit dir schimpfen, weil du deine Hausaufgaben nicht machen möchtest. Dich bestärken, das Mädchen, in das du dich unsterblich verliebt hast, anzusprechen. Dir beibringen, wie man ein anständiger Mann wird. Ich wünschte, ich könnte dich beim Aufwachsen begleiten. Jeden einzelnen Geburtstag mit dir feiern. Und jede einzelne Träne von deinen Wangen küssen. Immer an deiner Seite sein.
Leider hat das Leben etwas anderes mit uns vor. Ich wollte dich keiner weiteren Gefahr aussetzen. Einer Gefahr, die wie ein Brandmal auf mir haftete und die ich durch meine vorherigen Taten selbst zu verantworten hatte. Ich habe versucht, Verantwortung für mein Handeln zu übernehmen. Mich abzuwenden. Ich bin mit dir geflohen, mein Schatz, doch wir wurden verfolgt, weil böse Menschen meine Abkehr nicht akzeptieren konnten. Und da du zu mir gehörst, warst auch du in Gefahr, also gab es nur eine Option: dich von mir zu befreien. Du bist das Einzige, was mir je wirklich wichtig war, du hast mein Leben so viel besser gemacht. Und auch wenn ich nun nicht direkt bei dir sein kann, werde ich immer auf dich aufpassen. Von dort oben, wo die Wolken fliegen und die Sterne funkeln. Da ist deine Mama, die immer für dich da ist. Und die dich unendlich liebt. Mehr als ihr eigenes Leben. Vom Himmel auf die Erde und noch viel weiter. Ich werde immer bei dir sein. Du warst all das wert und noch viel mehr, vergiss das nie.

Ich liebe dich, Adam. Für immer.
Deine Mama

ENDE

Danksagung

Das Autorendasein sei einsam, heißt es. Das habe ich tatsächlich bisher weniger so empfunden. Keine Formulierung kann auch nur ansatzweise zum Ausdruck bringen, wie viel mir die unerlässliche Unterstützung der folgenden Menschen bei der Entstehung dieses Buches bedeutet hat:

Christina, die HAPPY END als Allererste gelesen und mit ihrem Glauben an die Geschichte und mich entscheidend dazu beigetragen hat, dass ich überhaupt den Schritt in Richtung Agenturbewerbung gegangen bin – ein Schritt von vielen, die sich angeschlossen haben.

Meine Mutter, die so bedingungslos für ihre Kinder da ist, dass ich allein darüber ein ganzes Buch schreiben könnte – und genau genommen mit HAPPY END auch getan habe. HAPPY END erzählt jedoch nicht nur von Mutterliebe, sondern auch von Vaterliebe. Auch **mein Vater** hat mich mit absoluter Überzeugung während der Entstehung dieses Buches unterstützt, genauso wie in allen anderen Lebenslagen. Meine Dankbarkeit dafür, immer auf euch zählen zu können, ist genau die Art von Dankbarkeit, für die Worte niemals reichen können.

Saskia, Hanna und Maria: Auch unsere Verbindung zueinander definiert den Stoff, aus dem HAPPY END gemacht ist: Liebe und Zusammenhalt.

Danke auch an dich, **Alex**, für das gemeinsame Brainstorming und deine Notiz in das rote Lederbuch vor ein paar Jahren (du weißt, was ich meine).

Weiterhin möchte ich meinem Literaturagenten **Markus Michalek** und dem gesamten **AVA-Team** danken. Markus, du verstehst es wie niemand sonst, ein Maximum an Expertise mit Menschlichkeit zu verbinden. Ihr wart von Beginn an meine Nummer-1-Agentur – ein Gefühl, das sich bis hierhin schon unzählige Male bewahrheitet hat.

Mein weiterer Dank gilt meinem Verlag **Bastei Lübbe** und meiner **Lektorin Gerke Haffner** für ihr Vertrauen in mich als »Newbie« und dafür, dass ihr HAPPY END mit Herz und Zielsicherheit aus der Taufe gehoben habt. Ich muss mich tatsächlich noch immer kneifen.

Auch **Christiane Branscheid** hat mit viel Fingerspitzengefühl vor allem auch zwischen den Zeilen gelesen und dazu beigetragen, dass HAPPY END sein volles Potenzial entfalten konnte.

Hermann Grosfeld und **Ralf Rheidt** haben mir mit ihrer jahrelangen und umfassenden polizeilichen Expertise tatkräftig zur Seite gestanden und dafür gesorgt, dass die Soko der Kripo Köln vernünftige Arbeit macht. Danke für Ihre Zeit und den offenen Austausch, den ich sehr zu schätzen wusste. Sollten jetzt noch polizeiliche Fehler enthalten sein, gehen die allein auf meine Kappe, so viel steht fest!

Herzlichen Dank auch an **Rebecca** und **Ulrike**, die HAPPY END ebenfalls probegelesen und mir mit ihren Rückmeldungen Mut gemacht haben. Rebecca, dir möchte ich außerdem genau wie **Jenny, Julia** und **Jana** für deine/eure Freundschaft danken, die mich durchs Leben trägt.

Ein großer Shoutout geht an meine Autorenkollegen **Iver Niklas Schwarz** und **Annika Strauss**, mit denen ich mich gemeinsam durch alle aufregenden Themen des Autorendaseins navigiere. Danke, dass wir »Freud und Leid« miteinander teilen können.

Lieber **Daniel**, auch für deine bedingungslose Unterstützung bin ich unglaublich dankbar. Ich freue mich auf künftiges Testlesen, sicher sehr scharfsinnige Rückmeldungen und alles Weitere (#nff, aber vor allem ein verdammt großes #L).

Und nicht zuletzt ein riesiges Dankeschön an dich, **liebe Leserin bzw. lieber Leser**, dass du dich mit Isa auf diese Reise begeben hast. Ich hoffe, sie hat dir gefallen.

Sarah Bestgen im April 2024

Die Community für alle, die Bücher lieben

Das Gefühl, wenn man ein Buch in einer einzigen Nacht verschlingt – teile es mit der Community

In der Lesejury kannst du

- ★ Bücher lesen und rezensieren, die noch nicht erschienen sind
- ★ Gemeinsam mit anderen buchbegeisterten Menschen in Leserunden diskutieren
- ★ Autoren persönlich kennenlernen
- ★ An exklusiven Gewinnspielen und Aktionen teilnehmen
- ★ Bonuspunkte sammeln und diese gegen tolle Prämien eintauschen

Jetzt kostenlos registrieren: www.lesejury.de

Folge uns auf Instagram & Facebook:
www.instagram.com/lesejury
www.facebook.com/lesejury